Michael Crichton

Né en 1942 à Chicago, Michael Crichton poursuit des études de médecine à l'université de Harvard, d'où il sort diplômé en 1969. Sous différents pseudonymes, il écrit des romans pour financer ses études. Son premier best-seller, *Extrême urgence* (1968), remarqué par Stephen King, est encensé par la critique, et reçoit en 1969 le prix Edgar du meilleur roman policier. La même année, il publie *La variété Andromède*, qui connaît un succès immédiat et dont les droits d'adaptation sont achetés à Hollywood. Dès lors il ne cesse d'accumuler les succès en tant que réalisateur, scénariste ou romancier, et publie une série de best-sellers, dont *L'homme terminal* (1972), *Congo* (1980), *Sphère* (1987), *Jurassic Park* (1990), *Soleil levant* (1992), *Harcèlement* (1993), *Turbulences* (1996), *Prisonniers du temps* (2000). D'une grande exactitude dans la reconstitution des univers professionnels où se déroulent les intrigues, ses thrillers poussent jusqu'aux limites de l'imaginaire les progrès d'une science devenue le véhicule des hantises et du subconscient collectifs.

Dans son récit autobiographique *Voyages* (2000), Michael Crichton nous livre les multiples péripéties d'une vie d'aventures.

PRISONNIERS DU TEMPS

DU MÊME AUTEUR
CHEZ POCKET

LA VARIÉTÉ ANDROMÈDE
JURASSIC PARK
SOLEIL LEVANT
EXTRÊME URGENCE
UN TRAIN D'OR POUR LA CRIMÉE
LES MANGEURS DE MORTS
(LE 13e GUERRIER)
HARCÈLEMENT
CONGO
LE MONDE PERDU
L'HOMME TERMINAL
SPHÈRE
TURBULENCES
VOYAGES

MICHAEL CRICHTON

PRISONNIERS DU TEMPS

Traduit de l'américain
par Patrick Berthon

ROBERT LAFFONT

Titre original :
TIMELINE

ISBN 2-266-11522-7

Pour Taylor

Tous les grands empires à venir seront des empires de l'esprit.

Winston Churchill, 1953

Qui ne connaît pas l'histoire ne connaît rien.

Edward Johnston, 1990

L'avenir ne m'intéresse pas. Ce qui m'intéresse, c'est l'avenir de l'avenir.

Robert Doniger, 1996

Introduction

La science à la fin de notre siècle

Il y a cent ans, quand le XIXe siècle touchait à sa fin, les scientifiques du monde entier étaient convaincus d'être arrivés à une représentation exacte du monde physique. Selon les termes du physicien Alastair Rae : « Il semblait, à la fin du XIXe siècle, que les principes fondamentaux régissant le comportement de l'univers physique étaient connus. » De fait, nombre de scientifiques estimaient que l'étude de la physique était presque achevée ; plus de grandes découvertes à faire, il restait à mettre la dernière main à l'ouvrage, à régler quelques détails.

Mais à la fin de la dernière décennie, plusieurs découvertes ont eu de quoi exciter la curiosité du monde scientifique. Röntgen découvrit des rayons qui pénétraient à travers la chair ; leur nature étant inconnue, il les appela rayons X. Deux mois plus tard, Henri Becquerel observa par hasard que le minerai d'uranium émettait quelque chose qui impressionnait les plaques photographiques. L'électron et sa charge électrique furent découverts en 1897.

Les physiciens, dans leur ensemble, réagirent calmement, estimant que ces curieuses découvertes trouveraient leur explication dans les théories existantes. Nul n'aurait pu prévoir que, dans les cinq années à venir, leur vision du monde serait chamboulée, qu'une conception entièrement nouvelle de l'Univers allait voir le jour et que des techniques inconnues allaient transformer la vie quotidienne d'une manière inconcevable.

Si on avait dit en 1899 à un physicien qu'un siècle plus tard on recevrait dans toutes les maisons des images animées transmises du ciel par des satellites ; que des bombes d'une puissance inimaginable menaceraient l'espèce ; que des substances antibiotiques détruiraient les bactéries, mais que les bactéries se rebifferaient ; que les femmes disposeraient du droit de vote et de pilules permettant de contrôler la reproduction ; que des millions de personnes quitteraient le sol dans des appareils capables de décoller et d'atterrir automatiquement ; que l'on traverserait l'Atlantique à trois mille deux cents kilomètres à l'heure ; que l'homme irait sur la Lune, puis que l'intérêt retomberait ; que des microscopes permettraient de distinguer chaque atome ; que l'on porterait sur soi des téléphones sans fil pesant quelques grammes, à l'aide lesquels on appellerait aux quatre coins de la planète ; que la plupart de ces miracles dépendraient d'appareils gros comme un timbre-poste, utilisant une théorie nouvelle appelée mécanique quantique ; si on avait dit tout cela à ce physicien, il nous aurait pris pour des fous.

La plupart de ces inventions ne pouvaient être prévues, les théories scientifiques de l'époque les déclarant impossibles. Pour les rares qui étaient du domaine du possible — les avions, par exemple —, l'ampleur de leur utilisation aurait dépassé l'entendement. On pouvait imaginer un avion, mais dix mille appareils volant en même temps eût été inimaginable.

On peut donc affirmer qu'au seuil du XXe siècle les scientifiques les mieux informés n'avaient aucune idée de ce que serait l'avenir.

Au seuil du XXIe siècle, la situation est étrangement similaire. Cette fois encore, les physiciens ont la conviction que le monde physique a été expliqué, qu'aucune autre révolution ne peut se produire. Rendus prudents par l'expérience du passé, ils ne le déclarent pas publiquement, mais n'en sont pas moins convaincus. Certains observateurs sont allés jusqu'à avancer que la science a accompli sa mission, qu'il ne lui reste plus rien d'important à découvrir.

Mais de même que la fin du XIXe siècle fournissait des indications sur le futur, la fin du XXe siècle donne des indices sur ce que sera l'avenir. En particulier l'intérêt porté à la technologie quantique. Dans quantité de domaines se multiplient les travaux visant à créer une technologie utilisant la nature fondamentale de la réalité subatomique, ce qui promet de révolutionner notre conception du possible.

La technologie quantique contredit catégoriquement les idées généralement admises sur la manière dont le monde fonctionne. Elle pose un monde où les ordinateurs marchent sans avoir été allumés, où les objets sont trouvés sans être cherchés. Un ordinateur d'une puissance inimaginable peut être construit à partir d'une seule molécule. L'information circule instantanément entre deux points sans fils électriques, sans réseau. Des objets sont examinés à distance sans le moindre contact. Des ordinateurs effectuent leurs calculs dans d'autres univers. La téléportation se banalise de diverses manières.

Dans le courant des années 90, les recherches donnent leurs premiers résultats. En 1995, des messages quantiques indéchiffrables sont transmis sur une distance de douze kilomètres, ce qui laisse présager dans le courant du siècle la création d'un Internet quantique. À Los Alamos, des physiciens mesurent l'épaisseur d'un cheveu humain à l'aide d'un rayon laser qui n'est pas matériellement dirigé sur le cheveu, mais *aurait* pu l'être. Cette étonnante expérience ouvre un nouveau champ de détection protégé de toute interaction ; ce que l'on a appelé « trouver quelque chose sans chercher ».

En 1998, des démonstrations de téléportation quantique ont été réalisées dans trois laboratoires — à Innsbruck, à Rome et à l'université Cal Tech. Jeff Kimble, le chef de l'équipe de chercheurs de Cal Tech, a déclaré que la téléportation quantique pouvait être appliquée à des objets solides. « L'état quantique d'une entité peut être transmis à une autre entité... Nous pensons être en mesure de le réaliser. » Kimble s'est bien gardé de donner à entendre qu'on réussirait à téléporter un être humain, mais il imaginait qu'on pourrait essayer avec une bactérie.

Ces découvertes défiant la logique et le sens commun n'ont pas encore retenu l'attention du public ; ce n'est qu'une question de temps. D'aucuns estiment déjà que, dans les premières décennies du nouveau siècle, la majorité des physiciens travaillera dans un domaine d'application de la technologie quantique.

Il n'est donc pas étonnant qu'au milieu des années 90 plusieurs sociétés se soient lancées dans la recherche quantique. Deux ans après Fujitsu Quantum Devices, fondée en 1991, IBM a réuni une équipe de chercheurs sous la direction de Charles Bennett, un pionnier dans ce domaine. D'autres leur ont emboîté le pas, ainsi que des universités comme Cal Tech ou le Centre de recherches de Los Alamos. C'est également le cas d'ITC, une société du Nouveau-Mexique établie à une centaine de kilomètres de Los Alamos, qui, en peu de temps, obtint de magnifiques résultats. Il semble évident qu'ITC fut, dès 1998, la première société à réaliser des applications pratiques, concrètes en matière de technologie quantique de pointe.

On peut affirmer aujourd'hui qu'ITC doit à un heureux concours de circonstances d'avoir ouvert la voie d'une manière spectaculaire dans ce domaine. Malgré les affirmations de ses dirigeants selon lesquelles leurs découvertes étaient totalement inoffensives, une prétendue expédition de sauvetage en montra clairement les dangers. Deux personnes périrent, une troisième disparut, un des rescapés fut sérieusement blessé. Pour les étudiants qui entreprirent cette expédition, la technologie quantique, à l'aube du XXIe siècle, ne se révéla assurément pas inoffensive.

Un épisode caractéristique de ce qu'était une guerre locale eut lieu en 1357. Oliver de Vannes, un chevalier anglais de noble extraction et de caractère, s'était emparé des villes de Castelgard et de La Roque, sur les rives de la Dordogne. Au dire de tous, ce « seigneur d'emprunt » était un homme honnête et digne, aimé de ses manants. Au mois d'avril, les terres d'Oliver de Vannes furent envahies par une compagnie de deux mille brigands, chevaliers et hommes d'armes à pied, sous le commandement d'un défroqué, Arnaud de Cervole, dit l'Archiprêtre. Après avoir incendié Castelgard, Cervole rasa le monastère voisin de la Sainte-Mère, massacrant les moines, avant de détruire le célèbre moulin fortifié sur la Dordogne. Cervole donna ensuite la chasse à Oliver, qui se réfugia dans sa place forte de La Roque. Une terrible bataille s'ensuivit.

Oliver défendit sa forteresse avec courage et ingéniosité. Les témoignages de l'époque en attribuent le mérite à son conseiller militaire, Edwardus de Johnes. On connaît peu de chose sur cet homme autour duquel s'est developpé un mythe à la Merlin l'Enchanteur et dont on disait qu'il disparaissait dans un éclair éblouissant. D'après le chroniqueur Audreim, Johnes serait venu d'Oxford ; selon d'autres récits, il était milanais. Sachant qu'il voyageait avec un groupe de jeunes assistants, Johnes était certainement un expert itinérant, se louant à qui rémunérait ses services. Il était savant dans la fabrication de la poudre explosive et l'utilisation de l'artillerie à feu, des techniques nouvelles pour l'époque...

Oliver finit par perdre son imprenable forteresse. Un espion ayant connaissance d'un passage secret permit aux routiers de l'Archiprêtre de pénétrer dans la place. Ce genre de traîtrise est caractéristique des intrigues tortueuses qui avaient cours à l'époque.

La Guerre de Cent Ans en France
M. D. Backes, 1996

CORAZÓN

Qui n'est pas choqué par la théorie des quanta ne la comprend pas.

Niels Bohr, 1927

Personne ne comprend la théorie des quanta.

Richard Feynman, 1967

Jamais il n'aurait dû prendre ce raccourci.

Au volant de la Mercedes S500 flambant neuve qui filait en cahotant sur la route de terre, Dan Baker grimaça. Autour de la voiture qui s'enfonçait dans la réserve navajo du nord de l'Arizona le paysage était de plus en plus désolé : à l'est, au loin, des *mesas* de roche rouge ; à l'ouest, le désert s'étendant à perte de vue. Ils avaient traversé un village une demi-heure plus tôt — quelques habitations poussiéreuses, une église et une petite école blotties contre la paroi rocheuse —, mais, depuis, plus rien, pas même une clôture. Rien d'autre que ce désert vide et rouge. Ils n'avaient pas croisé une seule voiture depuis au moins une heure ; midi, et ils étaient sous un soleil de plomb. Baker, quarante et un ans, entrepreneur à Phoenix, sentait l'inquiétude le gagner. D'autant plus que sa femme, architecte, était de ces natures artistes qui ne se préoccupent aucunement de détails pratiques tels que faire le plein ou prévoir une bouteille d'eau. Le réservoir était à moitié vide, le moteur commençait à chauffer.

— Es-tu sûre, Liz, que nous allons dans la bonne direction ?

Penchée sur la carte, sa femme suivait leur itinéraire du bout du doigt.

— On ne peut pas s'être trompés, répondit-elle.

D'après le guide, il y a six kilomètres après l'embranchement du canyon Corazón.

— Je te rappelle que nous avons longé ce canyon il y a vingt minutes. Nous avons dû le rater.

— Comment veux-tu rater un comptoir commercial ?

— Je ne sais pas, répondit Baker, les yeux fixés sur la route. Mais il n'y a rien devant nous. Tu es sûre de vouloir y aller ? Tu sais, on vend de tout à Sedona ; on y trouvera de superbes couvertures navajos.

— Pas authentiques, riposta Liz avec une moue de dédain.

— Bien sûr que si, ma chérie. Une couverture est une couverture.

— Tissée.

— D'accord, soupira-t-il. Une couverture tissée.

— Et puis, non, ce n'est pas pareil, reprit-elle. Les boutiques de Sedona n'ont que de la camelote pour touristes — de l'acrylique, pas de la laine. Je veux les couvertures tissées qu'ils vendent dans la réserve. Il paraît que le comptoir en a une ancienne, des années 20, de Hosteen Klah, avec un motif traditionnel en sables colorés. Je la veux.

— D'accord, Liz.

Pour sa part, Baker ne comprenait pas pourquoi il lui fallait une couverture navajo de plus. Ils en avaient déjà deux douzaines à la maison ; elle en avait mis partout et les armoires en débordaient.

Ils continuèrent de rouler en silence. La route miroitant sous le soleil évoquait la surface argentée d'un lac. Au loin, des maisons ou des gens apparaissaient puis disparaissaient quand la voiture s'approchait des mirages.

— On a dû le rater, soupira Dan Baker.

— Roule encore un peu, insista sa femme.

— Combien de kilomètres ?

— Je ne sais pas. Quelques-uns !

— Décide, Liz ! Pendant combien de temps veux-tu continuer ?

— Encore dix minutes.
— Va pour dix minutes.
Baker regardait la jauge d'essence quand sa femme sursauta brusquement.
— Dan !
Baker releva la tête juste à temps pour apercevoir du coin de l'œil une forme au bord de la route — un homme, vêtu de brun. Il perçut un choc sourd sur l'aile.
— Mon Dieu ! s'écria Liz. Nous l'avons renversé !
— Comment ?
— On a renversé quelqu'un !
— Mais non. C'était un nid-de-poule.
Baker vit dans le rétroviseur la silhouette foncée, dont les contours s'estompaient rapidement dans le nuage de poussière.
— On ne l'a pas renversé, fit Baker. Il est toujours debout.
— Si, Dan, nous l'avons touché. Je l'ai vu.
— Je ne le crois pas, ma chérie.
Baker regarda derechef dans le rétroviseur qui ne lui renvoya rien d'autre que le tourbillon de poussière.
— Il faut aller voir, fit Liz.
— Pourquoi ?
Baker était presque certain que sa femme se trompait, qu'ils n'avaient même pas frôlé l'homme en brun. Mais s'il était blessé, aussi légèrement que ce fût — une coupure du cuir chevelu, une simple égratignure —, cela les retarderait beaucoup. Ils ne pourraient pas arriver à Phoenix avant la nuit. Il ne devait y avoir que des Navajos dans ce coin-là ; il leur faudrait conduire le blessé dans un hôpital, au mieux l'emmener à Gallup, la ville la plus proche, mais qui n'était pas sur leur route...
— Je croyais que tu voulais revenir sur tes pas ! fit Liz.
— Oui.
— Alors, allons-y.
— Je ne veux pas avoir de problèmes, Liz.

— Comment peux-tu te comporter ainsi, Dan ?

Il soupira, lâcha l'accélérateur.

— Bon, je fais demi-tour.

Il commença à manœuvrer en prenant garde de ne pas s'enliser dans le sable rouge, et repartit en sens inverse.

— Bon Dieu !

Baker freina en soulevant un nuage de sable. Il bondit de la voiture ; une chaleur suffocante s'abattit sur lui. Il devait faire plus de quarante-cinq degrés Celsius.

Tandis que la poussière retombait, il vit l'homme étendu sur le bord de la route, essayant faiblement de se dresser sur un coude. Barbu, le front dégarni, il devait avoir près de soixante-dix ans. Sa peau était claire ; il n'avait rien d'un Navajo. Son vêtement de laine ressemblait à une longue robe. Peut-être un religieux, se dit Baker.

— Vous allez bien ? demanda-t-il en aidant l'inconnu à s'asseoir.

— Oui, ça va, répondit le vieillard en toussant.

— Voulez-vous que je vous aide à vous mettre debout ? poursuivit Baker, soulagé de ne pas voir de sang.

— Dans une minute.

— Où est votre voiture ? dit Baker en regardant autour d'eux.

Le vieillard fut pris d'une nouvelle quinte de toux. La tête penchée en avant, il gardait les yeux fixés sur la route.

— Dan, glissa Liz. Je crois qu'il est blessé.

— Oui, fit Baker en examinant le vieillard qui paraissait déboussolé.

Il se retourna ; il n'y avait rien d'autre, dans toutes les directions, que l'immensité vide du désert nimbé d'une brume scintillante.

Pas de voiture. Rien.

— Comment est-il arrivé ici ? demanda Baker.

— Dépêche-toi, fit Liz, il faut l'emmener à l'hôpital.

Baker prit l'homme sous les aisselles pour le relever. La lourde étoffe brune ressemblait à du feutre. L'homme ne transpirait pas malgré la chaleur. En fait, son corps était frais, presque froid.

Ils traversèrent la route, le vieillard appuyé de tout son poids sur Baker. Liz ouvrit la portière arrière.

— Je peux marcher, affirma l'inconnu. Je peux marcher.

— Tant mieux, fit Baker en l'aidant à s'installer sur la banquette arrière.

L'homme se mit en chien de fusil sur le siège de cuir. Sous sa robe, il portait un simple jean, une banale chemise à carreaux, des Nike. Liz remonta dans la voiture, et Dan referma la portière. Debout dans la chaleur étouffante, il hésita avant de monter à son tour. Comment était-il possible que le vieillard se soit trouvé seul au milieu du désert ? Qu'il ne soit pas en nage, habillé comme il l'était ?

On aurait dit qu'il venait tout juste de descendre d'une voiture.

Alors, peut-être s'était-il endormi au volant ? Peut-être sa voiture avait-elle quitté la route ? Peut-être quelqu'un restait-il coincé dans le véhicule ?

— Abandonner, laisser tomber... Repartir, pas mourir..., entendit-il le vieillard marmonner.

En traversant, Baker enjamba un large nid-de-poule. Il faillit appeler sa femme pour le lui montrer, se ravisa au dernier moment.

Il n'y avait pas de traces de pneus de l'autre côté de la route, mais Baker vit distinctement sur le sable les empreintes du vieillard qui s'enfonçaient dans le désert. Il les suivit et, au bout d'une trentaine de mètres, découvrit un arroyo, le lit encaissé d'un cours d'eau. Les empreintes semblaient venir de là.

Il avança jusqu'au bord du ravin, regarda en bas : pas de voiture, rien qu'un serpent filant sur le lit pierreux. Il réprima un frisson.

Le regard de Baker fut attiré par quelque chose de blanc qui brillait deux ou trois mètres en contrebas ; il descendit la pente pour voir l'objet de plus près. C'était un morceau de céramique, carré, de trois centimètres de côté, ressemblant à un isolateur électrique. Baker le ramassa, constata avec étonnement qu'il était froid. Peut-être un de ces nouveaux matériaux qui n'absorbent pas la chaleur, se dit-il.

En examinant la céramique, il vit les lettres ITC gravées sur un côté, et une sorte de bouton dans une petite cavité. Il se demanda ce qui se passerait s'il appuyait dessus. Sous le soleil de plomb, au milieu d'un amas de gros rochers, il enfonça le bouton.

Il ne se passa rien.

Il recommença. Rien.

Baker gravit le versant du ravin et retourna à sa voiture. Le vieillard dormait en ronflant ; Liz était penchée sur les cartes.

— La ville la plus proche est Gallup, annonça-t-elle.

— En route pour Gallup, fit Baker en mettant le moteur en marche.

Ils retrouvèrent la nationale et roulèrent à bonne allure vers Gallup. Le vieillard continuait de dormir ; Liz se retourna pour le regarder.

— Dan...

— Quoi ?

— Tu as vu ses mains ?

— Qu'est-ce qu'elles ont ?

— Regarde les doigts.

Baker tourna la tête pour jeter un coup d'œil à l'arrière. Ses mains étaient rouges du bout des doigts jusqu'à la deuxième phalange.

— Et alors ? Ils sont brûlés par le soleil.

— Juste une partie des doigts ? Pourquoi pas toute la main ?

Baker haussa les épaules.

— Ils n'étaient pas comme ça avant, insista Liz. Ils n'étaient pas rouges quand on l'a trouvé.

— Tu ne l'avais sans doute pas remarqué, ma chérie.

— Si, j'avais remarqué qu'il s'était fait manucurer. Ça m'a paru curieux qu'un vieil homme marchant en plein désert se soit fait faire les mains.

— Ah bon ! fit Baker en regardant sa montre.

Il se demanda combien de temps ils allaient perdre à l'hôpital de Gallup. Plusieurs heures, sans doute, se dit-il en soupirant.

Devant eux la route s'étendait à perte de vue.

L'homme se réveilla en toussant au milieu du trajet.

— On y est ? Arrivés ?

— Comment vous sentez-vous ? demanda Liz.

— Comment je me sens ? Ça tourne éperdument. Bien, très bien.

— Quel est votre nom ?

Il cligna des yeux à plusieurs reprises.

— Et cum cantique me transporte.

— Votre nom ? répéta Liz.

— Comment je m'appelle ? Des noms à la pelle.

— Il fait rimer ce qu'il dit, glissa Baker.

— J'ai entendu, Dan.

— J'ai vu une émission là-dessus à la télé, poursuivit Baker. Ils disaient que c'est un signe de schizophrénie.

— Il faut rimer à point nommé, déclara le vieillard avant de se mettre à chanter d'une voix forte sur l'air d'une chanson de John Denver :

Et cum cantique me transporte
Jusque devant ma porte,
Près du vieux rocher noir,
Et cum cantique me transporte...

— Oh là là ! fit Baker.

— Monsieur, reprit Liz, pouvez-vous me dire comment vous vous appelez ?

— Le niobium peut causer l'opprobre. Les singularités interdisent les parités.

— Ce type est cinglé, soupira Baker.

Mais Liz ne voulait pas baisser les bras.

— Monsieur ? Connaissez-vous votre nom ?

— Appelez Gordon, lança l'homme d'une voix aiguë. Appelez Stanley. Ça ne doit pas sortir de la famille.

— Mais, monsieur...

— Fiche-lui la paix, Liz, glissa Baker. Laisse-le se calmer, veux-tu ? Nous avons encore de la route à faire.

Sur ce, le vieillard recommença à chanter à tue-tête :

— *Jusqu'à ma porte, vieille magie noire, mais quelle tragédie, écume du pays, j'en serai fort marri.*

— Combien de kilomètres ? demanda Liz.

— Ne m'en parle pas.

Baker avait téléphoné en route. Quand la Mercedes s'arrêta sous l'auvent du service de traumatologie de l'hôpital McKinley, des infirmiers attendaient avec un chariot. Le vieillard se laissa faire tandis qu'on l'allongeait, mais, dès que les infirmiers entreprirent de serrer les sangles, il commença à s'agiter.

— Lâchez-moi ! hurla-t-il. Détachez-moi !

— C'est pour votre sécurité, monsieur, affirma un des infirmiers.

— Vous savez ce que j'en fais de votre sécurité ? La sécurité est le dernier refuge des fripouilles !

Baker admira la manière dont les infirmiers l'attachèrent, avec un mélange de douceur et de fermeté. Il admira également la petite brune menue en blouse blanche qui les accompagnait.

— Beverly Tsosie, fit-elle en leur serrant la main. Je suis le médecin de garde.

Elle demeurait très calme, malgré les beuglements de l'homme.

— *Et cum cantique me transporte...*

Dans le hall, tous les regards se tournèrent vers lui. Baker vit un gamin d'une dizaine d'années, un bras en écharpe, qui observait le vieillard avec curiosité. Il se pencha vers sa mère, assise à ses côtés, pour lui murmurer quelque chose à l'oreille.

— *Jusque devant ma pooorte...*

— Depuis combien de temps est-il comme ça ? demanda le docteur Tsosie.

— Depuis le début. Depuis que nous l'avons trouvé sur le bord de la route.

— Sauf quand il dormait, ajouta Liz.

— A-t-il perdu connaissance à un moment ou à un autre ?

— Non.

— Nausées, vomissements ?

— Non.

— Où l'avez-vous trouvé exactement ? Vers le canyon Corazón ?

— À une dizaine de kilomètres plus loin.

— Il n'y a pas grand-chose dans ce coin !

— Vous connaissez la région ?

— J'y ai passé mon enfance, répondit Beverly Tsosie avec un petit sourire. À Chinle.

Le lit roulant sur lequel le vieillard continuait de chanter franchit une porte battante. Le médecin se tourna vers Baker.

— Attendez-moi là, fit-elle. Je reviens vous voir dès que j'en saurai un peu plus. Il y en aura pour un petit moment ; vous aurez peut-être envie de déjeuner.

Beverly Tsosie était en poste au centre hospitalier universitaire d'Albuquerque, mais, depuis peu, elle venait à Gallup deux jours par semaine voir sa grand-mère très âgée. Elle en profitait pour faire une vacation dans le service de traumatologie de l'hôpital McKinley dont la façade moderne peinte avec un jeu alterné de bandes rouges et crème lui plaisait. Elle appréciait le dévouement du personnel de l'établissement et elle se sentait à son aise dans cette ville, plus petite qu'Albuquerque, et où elle retrouvait ses racines.

L'arrivée du vieillard agité et braillant sema la perturbation dans le service où, le plus souvent, le silence régnait. Beverly écarta les rideaux du box, les infirmiers lui avaient déjà retiré sa robe de laine brune et ôté ses Nike. Comme il résistait et se débattait, ils n'avaient pas détaché les sangles ; ils étaient en train de découper son jean et sa chemise écossaise.

Nancy Hood, l'infirmière-chef du service, affirma que cela n'avait pas d'importance, car la chemise avait un gros défaut ; sur le devant une ligne brisée traversait la poche, de sorte que les carreaux ne coïncidaient pas.

— Elle a déjà été déchirée et recousue. Du travail cochonné, si vous voulez mon avis.

— Non, lança un infirmier. Regardez, elle n'a jamais été recousue ; le tissu est d'une seule pièce. Les carreaux ne coïncident pas parce qu'ils sont plus gros d'un côté que de l'autre...

— De toute façon, conclut Nancy Hood en lançant la chemise par terre, il ne la regrettera pas. Vous voulez essayer de l'examiner ? ajouta-t-elle en se tournant vers Tsosie.

Mais le patient était beaucoup trop agité.

— Pas maintenant. Nous allons lui faire une perfusion dans chaque bras et fouiller ses poches pour voir s'il a une pièce d'identité. Sinon, relevez ses empreintes digitales et faxez-les à Washington pour consulter les bases de données.

Vingt minutes plus tard, Beverly Tsosie examina un gamin à qui ses lunettes donnaient un air niais. Il s'était cassé le bras en jouant au base-ball et semblait presque fier de s'être blessé en faisant du sport. Nancy Hood vint la rejoindre.

— Nous avons fouillé notre inconnu, annonça-t-elle.

— Et alors ?

— Rien d'utile. Ni portefeuille, ni cartes de crédit, ni clés. Tout ce qu'il avait sur lui, c'est ça.

Elle tendit à Beverly un papier plié ressemblant à une feuille de listing et montrant des points disposés sur une sorte de grille. Au bas de la feuille figurait une inscription : « mon.ste.mere ».

— Monstemere ? Cela vous évoque quelque chose ?

— Si vous voulez mon avis, fit l'infirmière en secouant la tête, c'est un psychotique.

— Je peux le mettre sous sédatifs jusqu'à ce que nous sachions ce qui se passe dans sa tête. Il faudrait faire des radios du crâne pour s'assurer qu'il n'y a ni traumatisme ni hématome.

— Je vous rappelle que le matériel de radiologie est en cours de réparation. Il faudra attendre des heures pour avoir les radios. Vous pourriez faire une IRM tête et corps ; vous avez tout sous la main.

— Faites le nécessaire.

— Il y a une surprise, lança Nancy Hood en se retirant. Nous avons la visite de la police : notre ami Jimmy est là.

Dan Baker ne tenait pas en place. Comme il l'avait prévu, ils avaient passé des heures à poireauter dans la salle d'attente de l'hôpital. Au retour du déjeuner, pris à la cantine — des *burros* servis avec une sauce aux piments rouges —, ils avaient vu en traversant le parking un jeune policier devant leur voiture, en train de lisser la portière avant de la main. Baker avait senti un frisson le parcourir ; après un moment d'hésitation, il avait renoncé à aller voir le flic. Ils étaient donc retournés dans la salle d'attente. Il avait ensuite téléphoné à sa fille pour la prévenir de leur retard ; en réalité, il ne savait pas s'ils pourraient rentrer à Phoenix avant le lendemain.

L'attente s'était prolongée. Vers seize heures, n'y tenant plus, Baker alla prendre des nouvelles du blessé au bureau des admissions.

— Vous êtes de la famille ? demanda l'employée.

— Non, mais...

— Alors, veuillez attendre là-bas. Le médecin ne va pas tarder.

Il repartit s'asseoir en soupirant. Il se releva aussitôt,

s'avança vers la fenêtre. Le flic avait disparu, mais un papier était glissé sous le balai de l'essuie-glace de sa voiture. Baker pianota nerveusement sur l'appui de la fenêtre. Il fallait faire attention dans ces petits bleds, tout pouvait arriver. Plus l'attente se prolongeait, plus les scénarios catastrophe se bousculaient dans son esprit. Le vieillard était tombé dans le coma : ils ne pouvaient quitter la ville avant qu'il se réveille. Le vieillard mourait : ils étaient accusés d'homicide par imprudence. Ils n'étaient pas inculpés, mais devaient être interrogés dans le cadre de l'enquête, quatre jours plus tard.

Quand quelqu'un s'avança enfin vers eux, ce n'était pas la petite doctoresse, mais le jeune policier. Il n'avait pas trente ans, portait les cheveux longs et un uniforme parfaitement repassé. Sur sa poitrine un insigne signalait son identité : James Wauneka. Baker se demanda quelle était l'origine de ce patronyme ; hopi ou navajo, probablement.

— Monsieur et madame Baker ? demanda courtoisement Wauneka avant de se présenter. Je viens de voir le médecin ; elle a terminé son examen et a les résultats de l'IRM. Rien n'indique que le patient ait été heurté par un véhicule. J'ai moi-même examiné votre voiture ; je n'ai vu aucune trace d'un choc. Je pense que vous avez roulé dans un nid-de-poule et cru l'avoir touché ; la route est en mauvais état par là-bas.

Baker darda un regard noir sur sa femme ; Liz tourna la tête.

— Vous pensez qu'il est hors de danger ? demanda-t-elle au policier.

— On dirait, oui.

— Alors, nous pouvons partir ? fit Baker.

— Tu ne veux pas donner à monsieur l'objet que tu as trouvé ? poursuivit Liz.

— Si, bien sûr, fit Baker en montrant le petit carré de céramique.

— J'ai trouvé ça près de l'endroit où il était.

Wauneka tourna et retourna la céramique entre ses mains.

— ITC, fit-il en lisant l'inscription gravée sur le côté. Où était-ce exactement ?

— À une trentaine de mètres de la route. Je m'étais dit qu'il était peut-être dans une voiture qui avait quitté la route ; je suis allé m'en assurer. Je n'ai rien vu.

— Autre chose ?

— Non, c'est tout.

— Je vous remercie, fit Wauneka en glissant la céramique dans sa poche. J'ai failli oublier, reprit-il après un silence en prenant un bout de papier qu'il déplia délicatement. Il avait ça sur lui. Je me demandais si cela vous disait quelque chose.

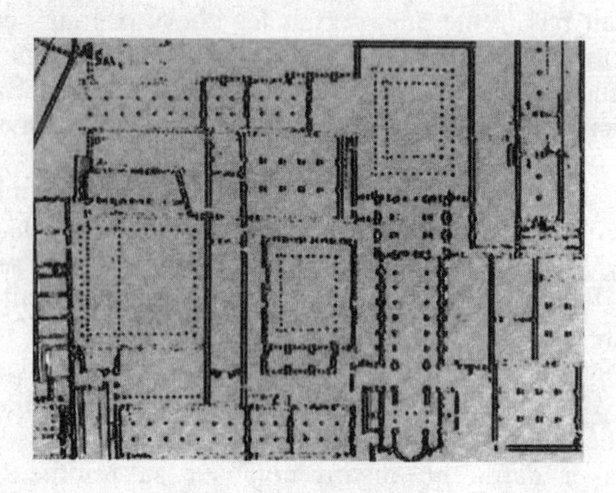

Baker jeta un coup d'œil au papier.

— Non, ça ne me dit rien.

— Ce n'est pas vous qui le lui avez donné ?

— Non.

— Aucune idée de ce que cela représente ?

— Aucune.

— Je crois savoir ce que c'est, glissa Liz.

— Ah bon ? fit le policier.

— Oui. Vous permettez ?...

Baker soupira. Liz s'était glissée dans son rôle

d'architecte ; elle étudiait le bout de papier d'un air pénétré, le tournant en tous sens, scrutant les alignements de points. Baker savait pourquoi : elle s'était trompée et essayait de détourner l'attention alors que la voiture avait bel et bien pris un nid-de-poule et qu'ils avaient gâché une journée entière dans ce trou. Elle s'efforçait de justifier cette perte de temps, de lui donner de l'importance.

— Oui, déclara-t-elle enfin. Je sais ce que c'est : une église.

— Une église ? fit Baker en se penchant sur le dessin.

— Le plan d'une église, en tout cas. Regarde la croix latine, la nef... Tu vois ? Aucun doute, Dan, c'est une église. Et tout autour, ces carrés imbriqués les uns dans les autres, formant des figures rectilignes, on dirait, oui... cela pourrait être un monastère.

— Un monastère, répéta Wauneka.

— Je crois.

— Et ce qui est écrit au bas de la feuille : *mon.ste.mere.* Le *mon* pourrait être l'abréviation de monastère. Je parie que oui. C'est bien un monastère.

Liz rendit le papier au policier.

— Il faut vraiment que nous partions, lança Baker en regardant ostensiblement sa montre.

— Bien sûr, fit Wauneka en lui tendant la main. Merci pour votre aide et désolé de vous avoir fait attendre. Je vous souhaite un bon voyage.

Baker prit fermement sa femme par la taille et la conduisit à l'extérieur. Le soleil brillait encore, mais il faisait moins chaud ; à l'est, des montgolfières s'élevaient dans le ciel. Gallup était un centre réputé pour les ascensions en ballon. Le papier sur le pare-brise était une publicité pour une vente de turquoises dans un magasin local. Baker le froissa, s'installa au volant. Les bras croisés sur la poitrine, Liz regardait droit devant. Il mit le moteur en marche.

— Je suis désolée, fit-elle. Tu es content ?

Elle gardait un visage renfrogné ; il savait qu'elle

n'en dirait pas plus. Il se pencha vers elle, l'embrassa sur la joue.

— Tu as fait ce qu'il fallait. Nous avons sauvé ce pauvre vieux.

Elle sourit. Ils sortirent du parking et prirent la direction de la nationale.

Le vieillard dormait, le visage en partie dissimulé par le masque à oxygène, la respiration régulière. Il était calme : Beverly Tsosie lui avait administré un sédatif léger. Elle se tenait au pied du lit de son patient avec Joe Nieto, un Apache Mescalero, bon spécialiste des maladies organiques et au diagnostic généralement infaillible.

— Race blanche, sexe masculin, environ soixante-dix ans. Troubles perceptifs, réflexes émoussés, légère insuffisance cardiaque congestive, taux d'enzymes hépatiques un peu élevé. Rien d'autre.

— Il n'a pas été heurté par cette voiture ?

— Apparemment pas. Mais il y a quelque chose de bizarre. Ils ont déclaré l'avoir rencontré errant sur le bord de la route, au nord du canyon Corazón. Mais il n'y a absolument rien à quinze kilomètres à la ronde.

— Et alors ?

— Ce type n'a aucun signe d'une exposition prolongée au soleil. Ni déshydratation, ni cétonémie. Pas même un début d'insolation.

— Tu crois que quelqu'un l'a lâché dans le désert ? Qu'on a voulu se débarrasser du papy ?

— Oui. C'est ce que je dirais.

— Et ses doigts, qu'en penses-tu ?

— Je ne sais pas. Il a certainement des troubles circulatoires. L'extrémité des doigts est froide, devient rouge et pourrait même se gangrener. Quelle qu'en soit la cause, leur état a empiré depuis son arrivée à l'hôpital.

— Diabète ?

— Non.

— Maladie de Raynaud ?

— Non.

Joe Nieto s'avança pour examiner de plus près les doigts du patient.

— Lésions distales. Seul le bout est atteint.

— Exact, fit Beverly. Si on ne l'avait pas trouvé dans le désert, je dirais qu'il s'agit de gelures.

— As-tu recherché la présence de cadmium ou d'arsenic, Bev ? Il pourrait s'agir d'une exposition toxique à des métaux lourds. Cela expliquerait l'état de ses phalanges et ses troubles mentaux.

— J'ai fait un prélèvement. Mais il faut l'envoyer à Albuquerque ; je ne recevrai pas les résultats avant soixante-douze heures.

— Tu as une pièce d'identité, un dossier médical, quelque chose ?

— Rien. Nous avons consulté le fichier des personnes disparues et transmis ses empreintes digitales à Washington, mais la consultation des bases de données peut prendre une semaine.

Nieto acquiesça de la tête.

— Et quand il délirait ? reprit-il. Qu'est-ce qu'il disait ?

— Des vers qu'il répétait continuellement. Il était question de Gordon et Stanley. Et puis cette phrase qui revenait sans cesse : « Et cum cantique me transporte. »

— *Et cum* ? C'est du latin, non ?

— Je ne suis pas allée à l'église depuis un bout de temps, fit Beverly avec un petit haussement d'épaules.

— Je crois que ce sont des mots latins, insista Nieto.

— Excusez-moi, fit une petite voix dans leur dos.

C'était le gamin à lunettes, qui occupait la chambre

de l'autre côté du couloir. Il était assis dans son lit, sa mère à son chevet.

— Nous attendons le chirurgien, Kevin, fit Beverly. Dès qu'il sera là, nous nous occuperons de ton bras.

— Il ne disait pas « et cum cantique », poursuivit l'enfant. Il disait « écume quantique ».

— Quoi ?

— Écume quantique. C'est ce qu'il disait.

Les deux médecins traversèrent le couloir.

— Et que signifie exactement « écume quantique » ? demanda Nieto, un sourire aux lèvres.

Le gamin les regarda d'un air sérieux, les paupières battant derrière les verres épais de ses lunettes.

— Au niveau subatomique, la structure de l'espace-temps est irrégulière. Elle n'est pas lisse, mais écumeuse, faite de petites bulles. Et comme c'est au niveau quantique, on l'appelle l'écume quantique.

— Quel âge as-tu ? demanda Nieto.

— Onze ans.

— Il lit énormément, glissa la mère. Son père travaille à Los Alamos.

— Et à quoi sert cette écume quantique, Kevin ? demanda Nieto.

— Elle ne sert à rien. C'est simplement la manière dont se présente l'univers au niveau subatomique.

— Pourquoi ce vieil homme en parlerait-il ?

— Parce que c'est un physicien connu, lança Wauneka en entrant dans la chambre. Je viens de recevoir la réponse du fichier des personnes disparues. Joseph A. Traub, annonça-t-il en jetant un coup d'œil à la feuille qu'il tenait à la main. Soixante et onze ans, physique des matériaux. Spécialiste des métaux supraconducteurs. Signalé disparu par son employeur, ITC Research, à Black Rock, aujourd'hui à midi.

— Black Rock ? C'est loin d'ici, près de Sandia.

C'était à plusieurs heures de route, dans le centre du Nouveau-Mexique.

— Comment ce type a-t-il pu échouer près du canyon Corazón, dans l'Arizona ?

— Je ne sais pas, fit Beverly, mais il...

Elle fut interrompue par les alarmes qui se déclenchaient.

Cela se produisit avec une rapidité qui laissa Jimmy Wauneka ébahi. Le vieillard dressa la tête, les regarda, les yeux exorbités, et vomit du sang. Son masque à oxygène devint rouge vif ; le sang déborda, commença à couler en longues traînées sur ses joues et son menton, tachant l'oreiller. Il émit un gargouillement ; il était en train de s'étouffer avec son propre sang.

Beverly s'était aussitôt élancée vers le lit du patient, Wauneka sur ses talons.

— Tourne-lui la tête ! cria Nieto en accourant à son tour. Tourne-la !

Beverly retira le masque à oxygène et essaya de tourner la tête du vieillard, mais il résistait, se débattait, la gorge obstruée, le regard paniqué. Wauneka l'écarta, saisit la tête de l'homme à deux mains et le força par un mouvement de torsion à se mettre sur le côté. Le vieillard vomit de nouveau ; le sang gicla sur les moniteurs et la tunique de Wauneka.

— Aspiration ! cria Beverly en montrant un tube sur le mur.

Wauneka essaya de saisir le tube sans lâcher le vieillard, mais le carrelage était glissant. Il perdit l'équilibre, se retint au lit pour ne pas tomber.

— Dépêchez-vous, bon sang ! hurla Tsosie. J'ai besoin de votre aide ! Aspiration !

Elle était à genoux, les doigts enfoncés dans la bouche de Traub, tirant sur sa langue. Wauneka se redressa, vit Nieto qui lui tendait l'aspirateur. Il le saisit, les doigts poisseux de sang, tandis que Nieto tournait la valve sur le mur. Beverly prit l'embout de néoprène et commença à aspirer le sang qui rougit le tube. Le vieillard prit une longue inspiration, eut une violente quinte de toux ; il s'affaiblissait.

— Je n'aime pas ça, fit Beverly. Il faudrait...

Les alarmes du moniteur se firent plus aiguës, le signal devint continu. *Arrêt du cœur.*

— Merde ! souffla-t-elle.

Il y avait du sang partout sur sa blouse et son chemisier.

— Les électrodes ! Vite !

Nieto se pencha sur le lit, les électrodes à bout de bras. Wauneka s'écarta pour laisser de la place à Nancy Hood ; tout le monde était agglutiné autour du patient. Wauneka perçut une odeur âcre ; les intestins venaient de se vider. Il comprit soudain que le vieillard allait mourir.

— Allez-y ! fit Nieto en appliquant les électrodes.

Le corps tressauta. Les bouteilles tintèrent sur le mur ; les alarmes continuèrent d'émettre leur signal continu.

— Tire le rideau, Jimmy, fit Beverly.

Wauneka se retourna, vit le gamin dans l'autre chambre qui les regardait, la bouche ouverte. Il ferma le rideau d'un coup sec.

Une heure plus tard, épuisée, Beverly Tsosie se laissa tomber dans le fauteuil d'un petit bureau d'angle pour rédiger son compte rendu. Il devrait être particulièrement détaillé ; le patient était mort. Tandis qu'elle écrivait lentement, Jimmy Wauneka lui apporta un café.

— Merci, fit-elle. À propos, as-tu le numéro de téléphone d'ITC ? Il faut que j'appelle son employeur.

— Je m'en charge, répondit Jimmy en effleurant son épaule de la main. Tu as eu une rude journée.

Avant qu'elle ait eu le temps de dire quoi que ce soit, Wauneka avait ouvert son calepin sur l'autre bureau et composé un numéro. Il lui sourit en attendant que la communication soit établie.

— ITC Research.

— J'appelle au sujet de Joseph Traub, votre employé porté disparu, fit Wauneka après s'être présenté.

— Un moment, s'il vous plaît. Je vais vous passer le bureau de notre directeur des ressources humaines.

Jimmy resta en attente plusieurs minutes. Une main sur le combiné, il se tourna vers Beverly.

— Es-tu libre pour le dîner, demanda-t-il d'un ton faussement détaché, ou vas-tu voir ta grand-mère ?

Elle continua à écrire, sans lever les yeux de sa feuille.

— Je vais voir ma grand-mère.

— Ça valait la peine d'essayer, fit-il avec un petit haussement d'épaules.

— Mais elle se couche de bonne heure. Vers vingt heures.

— C'est vrai ?

— Oui, répondit Beverly en souriant, le nez sur ses notes.

— Alors, ça marche, fit-il, l'air ravi.

— Ça marche.

Il perçut un déclic, puis une voix de femme.

— Ne quittez pas, je vous passe le docteur Gordon, notre premier vice-président.

— Merci.

Premier vice-président ! se dit Jimmy.

— John Gordon à l'appareil, articula une voix râpeuse.

— Bonjour, monsieur. James Wauneka, police de Gallup, Arizona. J'appelle de l'hôpital McKinley. J'ai une mauvaise nouvelle, je le crains.

Par la baie panoramique de la salle de conférences on voyait les miroitements du soleil sur les façades de verre et d'acier des cinq laboratoires du complexe de recherches de Black Rock. Au loin, au-dessus du désert, le ciel se chargeait de nuages orageux. Mais à l'intérieur de la pièce les douze administrateurs d'ITC n'avaient que faire de la vue. Devant un café servi sur une petite table, ils conversaient en attendant le début de la réunion du conseil : Robert Doniger, le président d'ITC, insomniaque notoire, fixait toujours les réunions à une heure tardive. La présence de tous les administrateurs, des P-DG ou de gros investisseurs de capital-risque était à mettre au crédit de l'intelligence exceptionnelle de Doniger.

Doniger se faisait attendre ; John Gordon, son bras droit, croyait savoir pourquoi. Un portable collé à l'oreille, Gordon se dirigea vers la porte. Ancien chef de projet dans l'armée de l'air, il avait conservé une allure martiale. Son complet bleu était fraîchement repassé et ses chaussures brillaient.

— Je comprends, fit-il en poussant la porte.

Comme il le supposait, Doniger était dans le couloir, allant et venant comme un collégien surexcité devant Diane Kramer, la directrice du service juridique. Gordon vit Doniger agiter devant elle un index rageur ; à l'évidence, elle passait un mauvais quart d'heure.

À trente-huit ans, Robert Doniger, physicien hors pair, était milliardaire. Malgré sa brioche et ses cheveux grisonnants, son comportement demeurait juvénile pour les uns... ou puéril, selon les autres. Son caractère n'avait assurément rien perdu de son aspérité avec les années. ITC était la troisième société qu'il fondait ; il avait fait fortune avec les deux premières, mais sa manière d'être était plus caustique et désagréable que jamais. Tout le monde ou presque tremblait devant lui.

Par égard pour les administrateurs, Doniger avait renoncé au jean et au sweat-shirt qu'il portait habituellement pour mettre un complet marine. Mais il avait l'air emprunté dans ces vêtements, comme un petit garçon que ses parents ont forcé à s'endimancher.

— Merci infiniment, monsieur Wauneka, fit Gordon, le portable toujours sur l'oreille. Nous prendrons toutes les dispositions utiles. Oui... Nous nous en occupons tout de suite. Merci encore.

Gordon coupa la communication, se tourna vers Doniger.

— Traub est mort, annonça-t-il. Ils ont identifié le corps.

— Où ?

— À Gallup. C'est un flic qui appelait de l'hôpital.

— De quoi pensent-ils qu'il est mort ?

— Ils ne savent pas vraiment ; ils attribuent la mort à un arrêt du cœur. Mais il avait un problème avec ses doigts, des troubles circulatoires. Ils vont pratiquer une autopsie ; la loi l'exige.

Doniger agita la main avec irritation pour mettre un terme à la conversation.

— La belle affaire ! L'autopsie ne leur apprendra rien. Traub avait des erreurs de transcription ; comment voulez-vous qu'ils y comprennent quelque chose ? Ne me faites pas perdre mon temps avec des conneries.

— Un de vos employés vient de mourir, Bob.

— C'est vrai, répliqua sèchement Doniger. Que voulez-vous que j'y fasse ? Je me sens triste, si vous saviez comme je me sens triste ! Envoyez donc des fleurs. Faites ce qu'il faut.

À des moments comme celui-là, Gordon respirait un bon coup et se répétait que Doniger n'était pas différent de la plupart des jeunes chefs d'entreprise combatifs. Que, derrière les sarcasmes, Doniger était presque toujours dans le vrai. Et il se répétait encore qu'en tout état de cause Doniger s'était toujours, aussi, comporté de cette manière.

Robert Doniger avait montré des signes précoces de génie, se plongeant dès l'école primaire dans des manuels d'ingénierie. À l'âge de neuf ans, il était capable de réparer n'importe quel appareil électronique — une radio ou un téléviseur — en tripotant les fils et les tubes jusqu'à ce que cela marche. Quand sa mère lui faisait observer d'une voix inquiète qu'il risquait de se faire électrocuter, il répliquait simplement : « Ne sois pas stupide. » Le jour de la mort de sa grand-mère préférée, le petit garçon, les yeux secs, avait informé sa mère que la vieille dame lui devait vingt-sept dollars et qu'il comptait sur elle pour le rembourser.

Après avoir obtenu avec mention très bien son diplôme de physique à Stanford, à dix-huit ans, Doniger avait travaillé au Fermilab, près de Chicago. Il avait claqué la porte au bout de six mois en disant au directeur du laboratoire que « la physique des particules élémentaires est faite pour les charlots ». Il avait repris le chemin de Stanford pour travailler dans un domaine qui lui paraissait plus prometteur : le magnétisme supraconducteur.

C'était l'époque où des scientifiques de tout poil quittaient les rangs de l'Université pour fonder des sociétés et y exploiter leurs découvertes. Un an plus tard, Doniger créa TechGate, il y fabriquait des composants de circuits intégrés qu'il avait inventés par ailleurs en passant. Quand le laboratoire de Stanford protesta en arguant qu'il avait fait ces découvertes dans le cadre de ses recherches, Doniger répondit : « Si cela vous dérange, traînez-moi en justice, sinon fermez-la. »

C'est à TechGate que les légendaires méthodes de Doniger devinrent monnaie courante. Pendant les réunions avec ses scientifiques, il restait dans un coin de la salle, en équilibre précaire sur deux pieds de sa chaise, et leur adressait un feu roulant de questions, cherchant à savoir pourquoi ils faisaient ou ne faisaient pas telle ou telle chose. Si la réponse le satisfaisait, il disait : « Peut-être... » C'était le plus beau compliment qu'on pouvait recevoir. Si la réponse ne lui convenait pas — ce qui était le plus souvent le cas —, il répliquait d'un ton hargneux : « Êtes-vous complètement abruti ? » « Aspirez-vous à devenir un crétin ? » « Voulez-vous mourir idiot ? » « Vous êtes pire qu'un demeuré ! » Quand il était vraiment mécontent, les stylos et les carnets volaient dans la pièce et il se mettait à les traiter de tous les noms.

Les employés de TechGate supportaient les crises de rage du patron, parce qu'il était un brillant physicien — meilleur qu'eux —, parce qu'il connaissait les difficultés que ses équipes de chercheurs devaient surmonter et parce que ses critiques étaient toujours justifiées. Aussi désagréable qu'il pût être, ce style acerbe portait ses fruits ; en deux ans, TechGate obtint des résultats remarquables.

En 1984, Doniger vendit sa société cent millions de dollars. La même année, *Time* lui fit une place sur la liste des cinquante personnes de moins de vingt-cinq ans qui devaient laisser leur empreinte en cette fin de siècle, liste sur laquelle figuraient également Bill Gates et Steve Jobs.

— Bon Dieu ! gronda Doniger en se tournant vers Gordon. Faut-il donc que je fasse tout moi-même ? Où a-t-on retrouvé Traub ?

— En plein désert. Dans la réserve navajo.

— Où *exactement* ?

— À une quinzaine de kilomètres au nord de

Corazón. Je n'en sais pas plus. Apparemment, il n'y a pas grand-chose là-bas.

— D'accord, fit Doniger. Appelez la sécurité et demandez à Baretto d'emmener la voiture de Traub à Corazón et de l'abandonner dans le désert. Il n'aura qu'à crever un pneu et repartir à pied.

Brune, la trentaine, vêtue d'un tailleur noir, Diane Kramer s'éclaircit la voix.

— Je ne suis pas sûre que ce soit une bonne idée, Bob. Vous falsifiez les preuves.

— Bien sûr que je falsifie les preuves ! C'est de cela qu'il s'agit ! Ils vont se demander comment Traub s'est retrouvé en plein désert. Alors, nous laissons sa voiture en évidence.

— Mais nous ne savons pas exactement où...

— Aucune importance. Faites ce que j'ai dit.

— Cela signifie que Baretto et une autre personne seront au courant de...

— Tout le monde s'en fout, Diane. Faites ce que j'ai dit.

Dans le moment de silence qui suivit, Diane Kramer regarda ses pieds, le visage renfrogné, manifestement mécontente.

— Vous souvenez-vous, reprit Doniger en se tournant vers Gordon, de ce contrat que Garman allait décrocher au détriment de mon ancienne société ? Vous souvenez-vous des rumeurs que nous avons fait courir ?

— Je m'en souviens.

— Vous étiez dans vos petits souliers, ajouta Doniger avant de se tourner vers l'avocate. Ce Garman était un gros porc, expliqua-t-il. Si gros que sa femme l'avait mis au régime et qu'il avait perdu beaucoup de poids. Nous avons laissé entendre que Garman avait un cancer, qu'il était inopérable. Il a démenti, bien entendu, mais personne ne l'a cru, tellement il avait maigri. Nous avons eu le contrat et j'ai envoyé un gigantesque panier de fruits à sa femme, conclut-il en riant. L'important est que personne ne soit remonté à la source de ces rumeurs. Tous les coups sont permis, Diane, les affaires sont les affaires. Emmenez la voiture dans ce foutu désert.

Elle hocha lentement la tête, les yeux toujours baissés.

— Et puis, poursuivit Doniger, je veux savoir comment Traub a réussi à se glisser dans la salle de transit à laquelle il n'était plus censé avoir accès. Il avait déjà fait trop de voyages, accumulé trop d'erreurs de transcription, il était au-delà de la limite. Comment a-t-il pu tromper la surveillance des hommes de garde ? Comment est-il entré ?

— Nous pensons qu'il se rendait au service d'entretien, pour travailler sur les machines, répondit Diane. Il a attendu le soir et a profité du changement d'équipe pour prendre une machine. Nous sommes en train de vérifier.

— Je ne vous demande pas de vérifier, Diane, lança Doniger d'un ton sarcastique. Je vous demande de régler cette affaire.

— Nous la réglerons, Bob.

— Vous avez intérêt, croyez-moi, fit Doniger. Nous sommes maintenant devant trois problèmes d'importance. Traub est de loin le moins grave des trois. Les deux autres sont des problèmes majeurs. Des problèmes cruciaux.

Doniger avait toujours eu une intuition juste de l'avenir. Il avait vendu TechGate en 1984, ayant prévu que celui des puces électroniques débouchait sur un cul-de-sac, ce qui, à l'époque, paraissait absurde. La puissance des puces doublait tous les dix-huit mois tandis que leur coût diminuait de moitié. Mais Doniger avait compris que ces progrès étaient réalisés en serrant de plus en plus les composants sur la pastille de silicium. Il ne pouvait en aller indéfiniment ainsi ; les circuits finiraient par être tellement saturés de composants que la chaleur ferait fondre les puces. Cela laissait supposer qu'il y avait une limite à la puissance des ordinateurs. Doniger savait que la société exigerait une puissance de calcul toujours plus grande, mais il ne voyait aucun moyen d'y parvenir.

Frustré, il revint à l'un de ses anciens centres d'intérêt, le magnétisme supraconducteur. Il créa une deuxième société, Advanced Magnetics, qui détenait plusieurs brevets indispensables pour les nouveaux appareils d'imagerie par résonance magnétique qui commençaient à révolutionner la médecine. Advanced Magnetics touchait deux cent cinquante mille dollars par appareil. C'était « comme une vache à lait », pour reprendre les termes de Doniger, « et à peu près aussi intéressant que de traire une vache ». En quête de nouveaux challenges, il vendit en 1988. Il avait vingt-huit ans et pesait un milliard de dollars. Mais, de son point de vue, il lui restait encore à laisser son empreinte.

L'année suivante, en 1989, il fonda ITC.

L'un des modèles de Doniger était le physicien Richard Feynman. Au début des années 80, Feynman s'était dit qu'il devrait être possible de construire un ordinateur utilisant les propriétés quantiques des atomes. Un tel « ordinateur quantique » serait théoriquement des milliards de fois plus puissant que tout ce qui existait jusqu'alors. Mais l'idée de Feynman supposait une technologie radicalement nouvelle, qui devait être créée de toutes pièces et qui bouleversait toutes les règles. Comme personne ne voyait comment, de manière pratique, construire un ordinateur quantique, l'idée de Feynman fut rapidement abandonnée.

Pas par Doniger.

Il entreprit en 1989 de mettre au point le premier ordinateur quantique. L'idée était si révolutionnaire — et si aléatoire — qu'il ne fit jamais publiquement connaître ses intentions. Il baptisa sobrement sa nouvelle société ITC, International Technology Corporation, et installa ses bureaux à Genève, recrutant des physiciens travaillant au CERN.

Pendant les années qui suivirent, nul n'entendit parler de Doniger ni de son entreprise. Ceux qui pensaient encore à lui supposèrent qu'il s'était retiré des affaires. Il était assez courant que des entrepreneurs en vue dans le secteur des technologies de pointe disparaissent, fortune faite.

En 1994, Robert Doniger ne figurait pas sur la liste établie par *Time* des vingt-cinq personnes de moins de quarante ans qui allaient marquer le monde. Nul ne s'en soucia ; nul ne se souvenait de lui.

La même année, de retour aux États-Unis, il s'installa à Black Rock, Nouveau-Mexique, à une heure de route au nord d'Albuquerque. Un observateur attentif aurait remarqué qu'il avait encore une fois choisi un emplacement lui permettant de puiser à loisir dans un réservoir de physiciens. Mais il n'y avait pas d'observateur, attentif ou non.

L'essor continu d'ITC au long des années 90 passa donc inaperçu. De nouveaux laboratoires s'élevèrent sur le site du Nouveau-Mexique ; de nouveaux physiciens furent recrutés. Le nombre d'administrateurs passa de six à douze. Tous P-DG de sociétés ayant investi dans ITC ou spécialistes du capital-risque. Tous avaient signé des accords draconiens de non-divulgation : ils s'engageaient à déposer une forte caution, à se soumettre, à la demande d'ITC, au détecteur de mensonge et à autoriser la mise sur écoute de leurs téléphones sans en être avisés. Doniger exigeait en outre un investissement minimal de trois cents millions de dollars. C'était, expliquait-il avec arrogance, le prix d'un siège au conseil d'administration. « Si vous voulez savoir ce que j'ai en tête, si vous voulez participer à ce que nous faisons ici, cela vous coûtera un tiers de milliard de dollars. C'est à prendre ou à laisser ; quoi qu'il en soit, je n'en ai rien à faire. »

Ce qui était faux, naturellement. Les dépenses d'ITC étaient affolantes ; plus de trois milliards de dollars avaient été engloutis en neuf ans. Et Doniger affirmait que ce n'était qu'un début.

— Problème numéro un, expliqua Doniger, la capitalisation. Il faut un milliard supplémentaire pour nous en sortir. Comme ils ne veulent pas en entendre parler, poursuivit-il avec un signe de tête en direction de la salle de réunion, j'ai besoin de leur accord pour prendre trois nouveaux administrateurs.

— Ce ne sera pas une partie de plaisir, fit Gordon.

— Je sais. Ils voient les dépenses et veulent savoir quand cela s'arrêtera. Ils exigent des résultats concrets ; c'est ce que je vais leur présenter aujourd'hui.

— Quels résultats concrets ?

— Une victoire, répondit Doniger. Ces têtes de pioche ont besoin de cela, qu'on leur donne des nouvelles excitantes à propos d'un des projets.

Diane Kramer retint son souffle.

— Bob, objecta Gordon, tous les projets sont à long terme.

— L'un d'eux doit être près d'aboutir. La Dordogne, par exemple ?

— Absolument pas. À mon sens, ce n'est pas un bon choix.

— Il me faut une victoire, insista Doniger. Le professeur Johnston vit en France à nos frais depuis trois ans avec sa bande d'étudiants. Il devrait avoir quelque chose à offrir en échange.

— Pas encore, Bob. Nous n'avons même pas acheté toutes les terres.

— Il y en a bien assez.

— Bob...

— Diane ira. Elle fera pression sur eux en douceur.

— Johnston ne va pas apprécier.

— Je suis sûr que Diane saura convaincre Johnston.

Un assistant ouvrit la porte de la salle de conférences pour jeter un coup d'œil dans le couloir.

— Une minute, bon sang ! rugit Doniger.

Mais il se dirigea aussitôt vers la porte.

— Faites ce que j'ai dit ! lança-t-il par-dessus son épaule avant de faire son entrée dans la salle.

Gordon s'éloigna dans le couloir avec Diane Kramer dont les talons claquaient sur le sol. En baissant les yeux, il vit qu'avec un classique et impeccable tailleur noir Jil Sander, elle, portait des chaussures noires à talons hauts, ouvertes sur l'arrière. C'était tout Diane Kramer : séduisante et inaccessible à la fois.

— Vous étiez au courant ? demanda Gordon.

— Depuis peu, répondit-elle. Il m'en a parlé il y a une heure.

Gordon garda le silence en s'efforçant de contenir son irritation. Il travaillait depuis douze ans avec Doniger, depuis l'époque d'Advanced Magnetics. Il avait dirigé pour ITC d'importants travaux de recherches industrielles sur deux continents, avait eu sous ses ordres des dizaines de physiciens, de chimistes et d'informaticiens. Il lui avait fallu acquérir les connaissances indispensables dans des domaines tels que les métaux supraconducteurs, la compression fractale, la physique quantique. Il s'était plongé jusqu'au cou dans la physique théorique de la pire espèce tout en atteignant ses objectifs : les délais de fabrication étaient respectés, les dépassements de coût acceptables. Malgré ces réussites, Doniger ne se confiait toujours pas à lui.

Diane Kramer, tout au contraire, avait toujours eu avec Doniger des relations privilégiées. Elle était avocate dans un cabinet extérieur quand elle avait commencé à travailler pour Doniger ; lui trouvant de l'élégance et de l'allure, il l'avait engagée. Ils étaient sortis ensemble pendant un an. C'était de l'histoire ancienne, mais Diane avait toujours son oreille. Elle avait réussi au fil des ans à éviter plusieurs désastres potentiels.

— Nous gardons le secret depuis dix ans sur cette technologie, reprit Gordon. Quand on y pense, cela tient du miracle. Traub est le premier incident que nous n'avons pu étouffer. Par bonheur, l'affaire est entre les mains d'un flic borné et n'ira pas plus loin. Mais si Doniger s'avise de précipiter les choses en France, certains seront tentés de faire des rapprochements. Il y a déjà cette journaliste de Paris qui ne nous lâche pas. Bob risque de tout ficher en l'air.

— Il a déjà envisagé tout cela. C'est le deuxième gros problème.

— Que la nature de nos travaux s'ébruite ?

— Oui. Que tout soit étalé au grand jour.

— Il n'est pas inquiet ?

— Si. Mais il semble avoir son idée pour maîtriser la situation.

— Je le souhaite, fit Gordon. Nous n'aurons pas toujours la chance qu'un flic borné fouille dans notre linge sale.

Quand James Wauneka arriva à l'hôpital McKinley le lendemain matin, il demanda à voir Beverly Tsosie. Il voulait connaître les résultats de l'autopsie. Beverly était au deuxième étage, dans le service imagerie médicale.

Il la trouva dans une petite pièce beige adjacente à la salle du scanner. Elle s'entretenait avec Calvin Chee, le technicien de l'IRM. Assis à son pupitre, il faisait apparaître sur l'écran une succession d'images en noir et blanc montrant cinq cercles alignés ; ils allaient en rapetissant au fil des images.

— C'est impossible, Calvin, fit Beverly. Il doit y avoir une erreur.

— Tu me demandes de te montrer les images et tu ne crois pas ce que tu vois. Je t'assure, Bev, il n'y a pas d'erreur. C'est bien réel. Tiens, regarde l'autre main.

Chee frappa sur quelques touches et un ovale horizontal contenant cinq cercles pâles apparut sur l'écran.

— Tu y es ? Voici la paume de la main gauche en coupe médiane. Ce que vous verriez, ajouta-t-il en se tournant vers Wauneka, si vous posiez la main sur le billot d'un boucher et la coupiez en deux avec un hachoir.

— Très joli, Calvin.

— Je veux que ce soit clair pour tout le monde. Bon, poursuivit-il en se retournant vers l'écran, prenons des points de repère. Ces cinq cercles sont les os de la paume et, là, vous avez les tendons qui partent vers les doigts. N'oublions pas que les muscles qui actionnent la main se trouvent pour la plupart dans l'avant-bras. Ce petit cercle est l'artère radiale qui distribue le sang dans la main en passant par le poignet. Nous allons maintenant nous éloigner du poignet par coupes successives.

Les images changèrent ; l'ovale se rétrécit et, un par un, les os s'écartèrent, comme dans la division cellulaire d'une amibe. Il restait maintenant quatre cercles.

— Nous venons de dépasser la paume et nous ne voyons plus que les doigts, reprit Calvin Chee. À l'intérieur de chaque phalange, de petites artères se ramifient et rapetissent à mesure que nous avançons, mais elles sont encore visibles. Voyez, ici et là. Bon. Continuons à avancer vers l'extrémité des doigts. Les os de la phalange grossissent, voici la jointure... regardez bien les artères, suivez leur trajet... image après image... *Là !*

— On dirait une rupture, observa Wauneka, l'air perplexe. Comme si quelque chose avait sauté.

— Quelque chose a sauté en effet, confirma Chee. Les artérioles sont décalées ; il y a un défaut d'alignement. Je vais vous le remontrer.

Il revint à la coupe précédente, puis à celle d'avant. C'était net : les cercles des petites artères semblaient faire un bond de côté.

— Voilà pourquoi ce type avait les doigts gangrenés. Il n'y avait plus d'irrigation sanguine ; ses artérioles n'étaient pas alignées.

— Calvin ! soupira Beverly en secouant la tête.

— Vous pouvez me croire. Et ce n'est pas tout ; on retrouve la même chose à d'autres endroits. Le cœur, par exemple. Il est mort d'une embolie. Pas étonnant, ses cloisons ventriculaires n'étaient pas alignées non plus.

— Un tissu cicatriciel ancien, fit Beverly en

secouant la tête. Il avait soixante et onze ans, Calvin. Son cœur n'était peut-être pas en très bon état, mais il a tenu jusque-là. Même chose pour les mains. S'il y a réellement un défaut d'alignement des artérioles, ses doigts seraient tombés depuis longtemps. Ce n'est pas le cas. Quoi qu'il en soit, cette lésion est récente ; elle s'est aggravée depuis son entrée à l'hôpital.

— Que vas-tu me dire ? Que l'appareil se trompe ?

— Nécessairement. N'est-il pas vrai que tu as des anomalies de fonctionnement et que tu as trouvé des bogues dans le logiciel ?

— J'ai vérifié, Bev. Tout fonctionne parfaitement.

— Désolée, répliqua-t-elle, raconte ça à quelqu'un d'autre. Il y a un problème quelque part. Puisque tu es si sûr d'avoir raison, descends donc en pathologie et examine-le toi-même.

— Je suis allé voir, Bev. Le corps avait déjà été enlevé.

— Ah bon ? fit Wauneka. Quand ?

— À cinq heures du matin. Quelqu'un de sa société.

— Elle est basée près de Sandia, fit Wauneka. Ils sont peut-être encore sur la route...

— Non, coupa Calvin. Le corps a été incinéré ce matin.

— C'est vrai ? Où ?

— À la morgue de Gallup.

— Ils l'ont fait incinérer ici ?

— Croyez-moi, fit Chee, il y a du louche dans cette histoire.

Beverly Tsosie croisa les bras et regarda les deux hommes.

— Il n'y a rien de louche, déclara-t-elle. Tout avait été réglé au téléphone par les employeurs de Traub. Ils ont appelé la morgue et se sont déplacés pour le faire incinérer. Cela arrive souvent, surtout lorsqu'il n'y a pas de famille. Maintenant, Calvin, arrête tes conneries et demande qu'on envoie un technicien pour réparer ton appareil. Le seul problème, c'est ton IRM.

Jimmy Wauneka voulait en finir aussi rapidement que possible avec l'affaire Traub. Mais, juste avant de partir, il vit un sac en plastique contenant les vêtements et les objets personnels du vieillard. Il n'y avait rien d'autre à faire que de rappeler ITC. On lui passa cette fois une vice-présidente du nom de Diane Kramer ; le docteur Gordon était en réunion et ne pouvait être dérangé.

— C'est au sujet du docteur Traub, commença-t-il.

— Ah oui !... Pauvre Traub. Un homme si charmant.

— Il a été incinéré ce matin, mais nous avons encore une partie de ses affaires personnelles. Je ne sais pas ce que vous voulez en faire.

— Le docteur Traub n'avait pas de famille, fit Diane Kramer. Je doute que quelqu'un de chez nous veuille récupérer ses vêtements ou quoi que ce soit. Quels objets personnels sont en votre possession ?

— Nous avons trouvé un plan dans sa poche. On dirait une église, peut-être un monastère.

— Ah ! ah !

— Savez-vous pourquoi il avait sur lui le plan d'un monastère ?

— Je ne saurais le dire. Pour ne rien vous cacher, le docteur Traub avait, ces dernières semaines, un comportement un peu bizarre. Il était déprimé ; il ne s'était pas remis de la mort de sa femme. Êtes-vous sûr qu'il s'agit d'un monastère ?

— Pas du tout ; je ne sais pas ce que c'est. Voulez-vous récupérer ce plan ?

— Si vous n'y voyez pas d'inconvénient.

— Et l'objet en céramique ?

— Quel objet en céramique ?

— Il avait aussi un morceau de céramique. À peu près trois centimètres sur trois, portant le sigle ITC.

— Ah oui ! Ce n'est pas un problème.

— Je me demandais ce que cela pouvait bien être.

— Ce que c'est ? Eh bien, c'est un badge.

— Je n'ai jamais vu un badge de cette sorte.

— C'est un nouveau modèle. Nous nous en servons pour pénétrer dans certains locaux sous surveillance, par exemple.

— Voulez-vous le récupérer aussi ?

— Si ce n'est pas trop vous demander. Écoutez, je vais vous donner notre numéro de FedEx ; vous n'aurez qu'à le glisser dans une enveloppe et l'expédier.

Foutaises, se dit Jimmy Wauneka en raccrochant.

Il appela le père Grogan, le prêtre catholique de la paroisse de Gallup, pour lui parler du plan et de l'abréviation figurant au bas de la feuille : mon.ste.mere.

— Il doit s'agir du monastère de la Sainte-Mère, fit promptement le curé.

— C'est donc bien un monastère ?

— Absolument.

— Où est-il ?

— Je n'en ai pas la moindre idée. Ce n'est pas un nom espagnol ; en français, la Sainte Mère est la Vierge Marie. Peut-être est-ce en Louisiane.

— Comment pourrais-je le trouver ?

— Je dois avoir quelque part une liste des monastères. Donnez-moi une ou deux heures, je vous le dirai.

— Je regrette, Jimmy, je ne vois aucun mystère là-dessous.

Carlos Chavez était à quelques mois de la retraite. Adjoint du chef de la police de Gallup, il était le mentor de Jimmy Wauneka depuis son entrée dans la police municipale. Renversé dans son fauteuil, les bottes posées sur le bureau, il écoutait Jimmy avec une moue sceptique.

— Ce qui me chagrine, expliqua Wauneka, c'est qu'ils ont découvert ce type errant près du canyon Corazón. Il était comme fou, il délirait, mais il n'avait pas de traces d'insolation ni de déshydratation.

— Et alors ? Il s'est fait larguer dans le désert. Sa famille a voulu se débarrasser de lui.

— Il n'a pas de famille.
— Bon, alors, il y est allé tout seul.
— Personne n'a vu de voiture.
— Qui est personne ?
— Ceux qui l'ont ramassé au bord de la route.
— T'es-tu rendu sur place toi-même, demanda Chavez en soupirant, pour voir s'il y avait une voiture ?
— Non, répondit Wauneka après une courte hésitation.
— Tu les as donc crus sur parole ?
— Oui...
— Sur parole ? Il est donc possible qu'il y ait une voiture là-bas ?
— Peut-être... Oui.
— Bon. Qu'as-tu fait ensuite ?
— J'ai appelé son employeur, ITC.
— Qu'est-ce qu'on t'a dit ?
— Qu'il était déprimé depuis la mort de sa femme.
— Ça se tient.
— J'ai un doute, poursuivit Wauneka. J'ai appelé la résidence où habitait Traub ; j'ai parlé au gérant. La mort de sa femme remonte à un an.
— C'était donc la période de l'anniversaire de sa mort ; cela se passe en général à ce moment-là, Jimmy.
— Je crois qu'il faudrait que j'aille discuter avec des gens d'ITC.
— Pourquoi ? Ils sont à quatre cents kilomètres de l'endroit où on a retrouvé ce type.
— Je sais, mais...
— Mais quoi ? Combien de fois récupère-t-on des touristes en rade dans la réserve ? Trois, quatre fois par an ? La moitié du temps, ils sont morts, non ? Ou ils meurent peu après, non ?
— Oui...
— Et il n'y a toujours que deux catégories. Soit des excentriques New Age de Sedona venus communier avec le dieu aigle et dont la voiture tombe en panne dans le désert, soit des dépressifs. Et ton Traub était en pleine déprime.

— C'est ce qu'on m'a dit...

— Parce qu'il ne se remettait pas de la perte de sa femme. Eh bien, moi, j'y crois. Il y en a qui sont accablés de chagrin, d'autres fous de joie, conclut Carlos en soupirant.

— Mais il reste des questions sans réponse, insista Wauneka. Cette sorte de plan et un bout de céramique...

— Il y a toujours des questions sans réponse, Jimmy. Quelle mouche te pique ? poursuivit Chavez en le regardant du coin de l'œil. Serais-tu en train d'essayer d'en mettre plein la vue à la jolie petite doctoresse ?

— Quelle doctoresse ?

— Tu sais très bien de qui je parle.

— Certainement pas. Pour elle, il n'y a rien de louche dans cette histoire.

— Elle a raison. Laisse tomber.

— Mais...

— Jimmy, fit Carlos Chavez en secouant la tête. Crois-moi, laisse tomber.

— D'accord.

— Je parle sérieusement.

— Bon, bon, fit Wauneka. Je laisse tomber.

Le lendemain, la police de Shiprock tomba sur une bande de gamins de treize ans qui faisaient une virée dans une voiture volée immatriculée dans le Nouveau-Mexique. La carte grise dans la boîte à gants était au nom de Joseph Traub. Les gosses affirmèrent avoir trouvé le véhicule au bord de la route, après le canyon Corazón. Les clés étaient sur un siège. Ils avaient bu, renversé de la bière, tout l'intérieur était poisseux.

Wauneka ne se donna pas la peine d'aller voir.

Le surlendemain, il reçut un coup de téléphone du père Grogan.

— J'ai fait des recherches pour vous, Jimmy. Il n'y a de monastère de la Sainte-Mère sur aucun des cinq continents.

— Bon, fit Wauneka. Merci quand même.

Il s'y attendait. Encore un cul-de-sac.

— Il y a eu autrefois un monastère de ce nom en France, mais il a été entièrement détruit par le feu au XIVe siècle. Il n'en reste que des ruines. Des archéologues de Yale et de l'université de Toulouse ont entrepris des fouilles sur le site, mais il ne doit pas rester grand-chose.

— Ah bon !...

Certaines paroles prononcées par le vieillard avant sa mort remontèrent à la mémoire du policier, un des vers sans queue ni tête. « Yale en France, aucune chance », ou quelque chose d'approchant.

— Où est-ce ? demanda-t-il.

— Dans le sud-ouest de la France, au bord d'une rivière appelée la Dordogne.

— La Dordogne, répéta Wauneka. Comment écrivez-vous ça ?

LE PROJET DORDOGNE

La gloire du passé est une illusion ;
il en va de même pour la gloire du présent.

Edward Johnston

L'hélicoptère était enveloppé d'un épais brouillard gris. Sur le siège arrière, Diane Kramer changea nerveusement de position. Chaque fois que la nappe s'éclaircissait, elle distinguait la cime des arbres, juste sous le ventre de l'appareil.

— Sommes-nous obligés de voler aussi bas ? demanda-t-elle.

— Ne vous inquiétez pas, répondit en riant l'homme assis à côté du pilote. Nous ne risquons rien.

André Marek ne semblait pas être du genre à s'inquiéter de quoi que ce soit. À le voir, grand, baraqué, muscles saillants sous son tee-shirt, il semblait difficile d'imaginer que le jeune homme de vingt-neuf ans était maître-assistant d'histoire à Yale. Ou numéro deux du projet Dordogne.

— La brume va bientôt se dissiper, affirma Marek avec une pointe d'accent hollandais, sa langue maternelle.

Diane savait tout de lui. Diplômé de l'université d'Utrecht, Marek appartenait à cette nouvelle race d'historiens « expérimentaux », qui s'attachaient à recréer des fragments du passé afin de mieux le comprendre en s'en imprégnant. Marek était un partisan enthousiaste de cette école ; il connaissait sur le bout des doigts les vêtements, la langue et les coutumes du Moyen Âge. Il se murmurait même qu'il savait combattre à la lance. En le regardant, il n'y avait pas à s'en étonner.

— Je m'attendais à ce que le professeur Johnston nous accompagne, remarqua Diane.

N'était-elle pas un cadre dirigeant de la société qui finançait ses recherches ? La bienséance aurait voulu que Johnston la guide en personne au long de cette visite. Et elle avait prévu de commencer à le travailler au corps dans l'hélicoptère.

— Le professeur avait malheureusement un autre rendez-vous.

— Vraiment ?

— Avec François Bellin, le directeur des Monuments historiques, qui vient spécialement de Paris.

— Je vois, fit Diane.

Elle préférait cela : Johnston devait à l'évidence donner la priorité aux autorités. Le projet Dordogne dépendait entièrement des bonnes relations avec le ministère.

— Y a-t-il un problème ?

— Je ne le crois pas. Ce sont de vieux amis... Ah ! enfin !

L'appareil déchira les derniers lambeaux de brume pour déboucher dans la lumière du matin. Les ombres des fermes s'étiraient sur le sol.

Au moment où ils survolaient une basse-cour, un troupeau d'oies s'enfuit dans un grand battement d'ailes ; une femme en tablier brandit le poing en direction de l'appareil.

— Elle n'est pas contente, fit Marek en montrant la fermière.

— Mettez-vous à sa place, fit Diane en prenant ses lunettes de soleil. Il est six heures du matin. Pourquoi sommes-nous partis si tôt ?

— Pour la lumière, répondit Marek. Les ombres du matin révèlent les courbes de niveau, les affleurements, tout ça.

Il indiqua quelque chose à ses pieds. Trois gros boîtiers métalliques jaunes fixés sur l'avant des barres transversales de l'appareil.

— Nous transportons du matériel pour des levés aériens, rayons infrarouges et ultraviolets, radar à balayage latéral.

Diane indiqua par la vitre arrière un tube argenté de deux mètres de long suspendu sous le ventre de l'hélicoptère.

— Et ça, qu'est-ce que c'est ?

— Un magnétomètre à protons.

— Ah bon ? Et ça sert à quoi ?

— À détecter dans le sol des anomalies magnétiques qui pourraient indiquer la présence de murs enfouis, de céramiques ou de métal.

— Souhaiteriez-vous d'autre matériel ?

— Merci, madame Kramer, répondit Marek en souriant. Nous avons tout ce que nous avons demandé.

Au moutonnement des collines boisées survolées à basse altitude avaient succédé des affleurements de roche grise, des abrupts qui découpaient le paysage. Marek se comportait comme un guide chevronné et parlait presque sans discontinuer.

— Ces escarpements calcaires sont les vestiges d'une ancienne grève, expliqua-t-il. Il y a plusieurs millions d'années, cette partie de la France était recouverte par une mer. Quand elle s'est retirée, elle a laissé une grève qui s'est lentement transformée en terrain calcaire. La pierre est très tendre ; ces parois rocheuses sont parsemées de grottes.

Diane y distinguait en effet de nombreuses ouvertures sombres.

— Il y en a beaucoup, en effet.

— Cette région de la France, poursuivit Marek, est un des endroits de la planète où l'homme habite depuis le plus longtemps. Des êtres humains ont vécu ici pendant au moins quatre cent mille ans ; les traces d'une présence humaine continue remontent à l'homme de Neandertal.

— Et notre projet ? coupa Diane avec un mouvement de tête impatient.

— Nous arrivons sur le site.

À la forêt avaient succédé des fermes éparses entourées de champs. L'hélicoptère se dirigeait vers un village posé au sommet d'une colline ; Diane vit une grappe de maisons, des rues étroites et le donjon d'un château se découpant sur le ciel.

— C'est Beynac-et-Cazenac, annonça Marek sans se retourner. Et voici notre signal Doppler.

Diane perçut dans son écouteur des signaux sonores à intervalles de plus en plus rapprochés.

— Paré, annonça le pilote.

Marek appuya sur un bouton ; une demi-douzaine de lumières vertes s'allumèrent.

— C'est bon, fit le pilote. Trois... deux... un.

Le moutonnement des collines boisées se termina brutalement par un à-pic et Diane Kramer découvrit la vallée de la Dordogne qui s'étendait sous l'appareil.

La Dordogne déroulait ses méandres ocrés dans la vallée qu'elle s'était creusée des centaines de milliers d'années auparavant. Malgré l'heure matinale, des kayakistes s'en donnaient déjà à cœur joie.

— À l'époque médiévale, reprit Marek, la Dordogne servait de frontière militaire. Cette rive était française, l'autre anglaise ; des combats se déroulaient de part et d'autre de la rivière. Juste au-dessous de nous, vous voyez Beynac, une ancienne place forte française.

Diane Kramer regarda le pittoresque village touristique aux belles maisons coiffées de sombres toits de lauzes. Quelques touristes flânaient déjà dans les rues étroites et sinueuses. Le village blotti au pied de la falaise s'élevait jusqu'aux murs du vieux château.

— Là-bas, poursuivit Marek en montrant l'autre rive, vous voyez le château de Castelnaud, le rival de Beynac. Une ancienne place forte anglaise.

Diane vit un autre château fort en pierre jaune perché sur un promontoire. Il était de taille modeste mais magnifiquement restauré ; ses trois tours rondes, reliées par de hautes murailles, se dressaient fièrement dans le ciel. Là aussi un village pittoresque se nichait au pied de la forteresse médiévale.

— Mais ce n'est pas notre projet...

— Non, fit Marek. Je veux simplement vous donner une idée de la configuration de la région. Les châteaux se succèdent tout le long de la Dordogne, et sur chaque rive. Il y a également deux châteaux dans notre projet, à quelques kilomètres d'ici. C'est notre prochaine étape.

L'hélicopère amorça un virage vers l'ouest, en direction des collines ; Diane vit avec plaisir ce paysage en grande partie boisé. Ils survolèrent le village d'Enveaux au bord de la rivière avant de reprendre la direction des collines. Derrière une élévation de terrain, Diane découvrit soudain une large étendue verdoyante. Au centre du champ apparaissaient les vestiges de maisons aux murs bizarrement d'aplomb. Il s'agissait à l'évidence des ruines d'une ville située sous les murailles d'un château. Mais les murs ne formaient plus qu'une ligne de décombres et il ne subsistait presque rien du château ; elle ne voyait que la base de deux tours circulaires et des portions du mur qui les avait reliées. Des tentes blanches étaient montées çà et là, au milieu des ruines. Plusieurs dizaines de personnes travaillaient sur le chantier.

— Il y a trois ans, expliqua Marek, tout cela appartenait encore à un fermier qui élevait des chèvres. Plus personne ne semblait s'intéresser à cette pierraille envahie par la végétation. Nous avons tout déblayé et commencé à reconstruire. Ce que vous voyez est l'ancienne place forte anglaise de Castelgard.

— C'est ça, Castelgard ? fit Diane en soupirant.

Il restait si peu de vestiges. Quelques pans de mur dessinaient les contours de la ville ; du château lui-même, presque rien.

— Je pensais qu'il y aurait plus de choses à voir.

— Cela viendra, affirma Marek. Le château était imposant, l'agglomération importante pour l'époque. Mais plusieurs années seront nécessaires avant qu'ils soient restaurés.

Diane se demanda comment elle allait expliquer cela à Doniger. Le projet Dordogne n'était pas aussi avancé qu'il l'imaginait. Il serait extrêmement difficile d'entreprendre d'importants travaux de reconstruction à partir de vestiges aussi fragmentaires. Et elle était certaine que le professeur Johnston ne se laisserait pas aisément convaincre.

— Nous avons établi notre QG là-bas, reprit Marek en montrant les bâtiments d'une ferme, proche du site de fouille.

Une tente verte s'y dressait.

— Voulez-vous refaire un tour au-dessus de Castelgard ?

— Non, répondit Diane en s'efforçant de ne pas laisser transparaître sa déception. Passons à la suite.

— Bien. Allons voir le moulin.

Cap au nord, l'hélicoptère reprit la direction de la rivière. Le sol descendait en pente douce avant de s'aplanir à l'approche des berges de la Dordogne. Ils survolèrent la rivière, large à cet endroit et d'un brun profond, atteignirent une île couverte d'une végétation dense. Entre l'île et la rive nord coulait un bras d'eau large de cinq mètres. Diane vit les ruines d'une autre construction, en si mauvais état, à vrai dire, qu'il était difficile de savoir de quoi il s'agissait.

— Et ça ? demanda-t-elle, la tête penchée vers la vitre. Qu'est-ce que c'est ?

— Le moulin à eau. Il y avait autrefois un pont qui enjambait la rivière. On utilisait l'énergie hydraulique pour moudre le grain et actionner de gros soufflets utilisés pour la forge.

— Rien n'a encore été reconstruit, soupira Diane.

— Non, répondit Marek, mais nous y travaillons. Chris Hugues, un de nos étudiants de troisième cycle, a étudié le moulin en détail. Tenez, le voilà, avec le professeur.

Diane vit un jeune homme brun et trapu qui se tenait près d'un homme à la haute et imposante silhouette en qui elle reconnut le professeur Johnston. Ni l'un ni l'autre ne leva la tête vers l'appareil qui passait au-dessus d'eux ; ils étaient absorbés par leur travail.

Laissant la Dordogne derrière lui, l'hélicoptère poursuivit sa route vers le nord. Il survola un ensemble de murs rectangulaires, des traits sombres dans la lumière rasante du matin. Diane se dit que les murs ne devaient pas faire plus de quelques centimètres de haut, mais on distinguait clairement les contours de ce qui ressemblait à un autre village.

— Et ça ? Encore un village ?

— Plus ou moins, répondit Marek. C'est le monastère de la Sainte-Mère, un des plus riches et des plus puissants de France. Il a été entièrement détruit par le feu au XIVe siècle.

— Les fouilles ont l'air importantes.

— Oui, c'est notre plus gros chantier.

Diane aperçut en passant les profondes excavations carrées pratiquées dans le sol pour atteindre les catacombes, sous le monastère. Diane savait que l'équipe de fouilleurs accordait une attention particulière à ce site où ils espéraient découvrir des documents dans leurs cachettes. Ils en avaient déjà mis un certain nombre au jour.

L'hélicoptère changea de nouveau de cap, repartit vers la rivière. Il prit de la hauteur pour survoler la falaise.

— Nous arrivons au quatrième et dernier site, annonça Marek. La forteresse qui domine le village de Bézenac ; elle s'appelait La Roque à l'époque médiévale. Elle se trouve sur la rive française de la Dordogne, mais a été bâtie par les Anglais qui cherchaient à s'implanter en territoire français. Comme vous pouvez le constater, c'était un vaste édifice.

L'énorme demeure fortifiée dressée au sommet de la

falaise et protégée par une triple enceinte de murailles concentriques s'étendait sur une vingtaine d'hectares. Diane poussa un petit soupir de soulagement. La forteresse de La Roque était en meilleur état que les autres sites. Les murs étaient plus nombreux à être debout ; on pouvait plus facilement se représenter ce qu'elle avait été.

Mais l'endroit grouillait de touristes.

— Vous laissez visiter les ruines ? demanda Diane, l'air consterné.

— Cela ne dépend pas de nous, répondit Marek. Comme vous le savez, nous travaillons depuis peu à La Roque et les autorités françaises tenaient à ce qu'elle reste ouverte au public. Nous en interdirons l'accès quand les travaux commenceront.

— Dans combien de temps ?

— D'ici deux à cinq ans.

Diane garda le silence. L'hélicoptère décrivit un cercle autour des ruines en prenant de la hauteur.

— Voilà, fit Marek, la visite est terminée. D'où nous sommes, vous pouvez voir l'ensemble du projet : la forteresse de La Roque, le monastère en contrebas, le moulin et, sur l'autre rive, le château de Castelgard. Désirez-vous le survoler à nouveau ?

— Non, répondit Diane. Nous pouvons rentrer ; j'en ai assez vu.

Le professeur Edward Johnston, titulaire de la chaire d'histoire de l'université de Yale, plissa les yeux pour regarder l'hélicoptère qui, après avoir survolé le chantier, se dirigea vers le terrain d'atterrissage de Domme.

— Continuons, Chris, fit Johnston en consultant sa montre.

— D'accord, répondit Chris Hugues.

Il se retourna vers l'ordinateur posé sur un trépied, installa le GPS et alluma l'appareil.

— Je suis prêt dans une minute.

Christopher Stewart Hugues était l'un des cinq étudiants de troisième cycle de Johnston. Le Professeur — il était invariablement connu sous ce nom — avait en outre sur le chantier deux douzaines d'étudiants de deuxième cycle qui avaient craqué dès son cours d'introduction à la civilisation occidentale.

Chris savait qu'il était facile de se laisser séduire par Edward Johnston. La soixantaine bien sonnée, une certaine prestance et un corps bien entretenu, le Professeur dégageait une impression de vigueur et d'énergie. Son teint hâlé et ses yeux noirs lui donnaient parfois un air sardonique. Fidèle au code vestimentaire du corps enseignant, il portait une chemise à col boutonné et une cravate ; sa seule concession aux conditions de travail sur le terrain étant un jean et des chaussures de randonnée.

Ce qui rendait Johnston si cher à ses étudiants était la manière dont il s'impliquait dans leur vie. Il les invitait à dîner une fois par semaine et prenait soin de leur bien-être. S'ils rencontraient des difficultés financières, familiales ou encore dans leurs études, il était toujours disposé à leur venir en aide d'une manière très naturelle.

Chris ouvrit la boîte métallique posée à ses pieds et en sortit délicatement un écran transparent à cristaux liquides qu'il plaça verticalement en le fixant sur l'ordinateur ; il remit l'appareil en marche pour lui permettre de reconnaître l'écran.

— Encore quelques secondes, annonça-t-il. L'étalonnage du GPS est en cours.

Johnston hocha patiemment la tête en souriant.

Chris étudiait l'épistémologie — discipline sujette à de vives controverses — mais il esquivait les polémiques en se concentrant non sur la science moderne, mais sur les sciences et les technologies médiévales. Il devenait ainsi un spécialiste des techniques métallurgiques, de la fabrication des armures, de l'assolement triennal, de la chimie du tannage et de nombreux autres procédés de l'époque. Il avait décidé de soutenir sa thèse de doctorat sur les moulins médiévaux, un sujet passionnant et délaissé. Toute son attention allait évidemment au moulin de la Sainte-Mère.

Chris était en troisième année d'histoire quand ses parents avaient trouvé la mort dans un accident de la route. Anéanti, le jeune homme, fils unique, avait envisagé d'arrêter ses études. Johnston l'avait hébergé trois mois et lui avait servi de père pendant de longues années, le conseillant dans tous les domaines, autant pour régler la succession que les problèmes avec ses petites amies.

Et il en avait rencontré une certaine quantité avec celles-ci.

À la mort de ses parents, Chris avait réagi en se jetant dans les bras de nombreuses femmes. Les complications que cela amena dans sa vie — regards assassins lors d'un séminaire d'une maîtresse abandonnée, coups de téléphone en pleine nuit d'une étudiante affolée par un retard de règles pendant qu'il était au lit avec une autre, rendez-vous clandestins dans une chambre d'hôtel avec une assistante de philosophie prise dans la tourmente d'un méchant divorce — formèrent la trame de son quotidien. Ses notes en souffrirent fatalement ; Johnston le prit à part et ils passèrent plusieurs soirées à parler à cœur ouvert.

Mais Chris fit la sourde oreille ; peu après, son nom fut mêlé à la procédure de divorce. Seule l'intervention personnelle du Professeur lui évita l'exclusion de Yale. Le dos au mur, Chris se plongea dans ses études ; ses notes remontèrent rapidement et il décrocha brillamment son diplôme. Mais il y perdit le goût de l'aventure.

Aujourd'hui, à vingt-quatre ans, il souffrait de troubles gastriques et avait de petites manies. Seules les femmes le poussaient encore à sortir de lui-même.

— Ça y est ! lança Chris. L'image arrive.

Sur l'écran à cristaux liquides apparurent en vert vif les contours d'un bâtiment. On distinguait dans la transparence les ruines du moulin auxquelles se superposait le dessin du moulin reconstitué. C'était le système le plus récent de modélisation informatique des structures archéologiques. Ils avaient jusqu'alors fabriqué des maquettes ordinaires en mousse synthétique blanche, découpée. Mais cela demandait du temps et les modifications se révélaient malaisées à effectuer.

Tous les modèles étaient maintenant conçus par ordinateur, les éléments étaient rapidement assemblés et facilement modifiés. Cette méthode permettait en outre une application sur le terrain, l'image sur l'écran étant parfaitement en perspective.

Ils regardèrent les contours verts se remplir. L'image était celle d'un pont couvert de belle taille, construit en pierre, sous lequel étaient disposées trois roues hydrauliques.

— Chris, fit Johnston d'un ton où perçait la satisfaction, tu l'as fortifié...

— Je sais que c'est hasardeux...

— Non, non, coupa le Professeur. Je crois que c'est une bonne idée.

La littérature médiévale faisait référence à des moulins fortifiés et d'innombrables conflits relatifs à l'utilisation des moulins et aux redevances étaient mentionnés dans les documents d'époque. Mais il y avait peu de moulins fortifiés dont l'existence était attestée : un à Buerge, un autre récemment découvert près de Montauban. La plupart des historiens estimaient que ce type de constructions était rare.

— Les piles du pont du côté de la rive reposaient sur une base très large, expliqua Chris. Quand le moulin a été abandonné, il a servi de carrière, comme toutes les constructions alentour. La population locale a utilisé les pierres pour bâtir des maisons, mais les blocs de roche du soubassement sont restés, tout simplement parce qu'ils étaient trop lourds pour être déplacés. À mon avis, cela laisse supposer qu'il s'agissait d'un pont massif, probablement fortifié.

— Tu as peut-être raison, approuva Johnston. Et je pense...

Il fut interrompu par les grésillements de la radio attachée à sa ceinture.

— Chris ? Le Professeur est avec toi ? Bellin vient d'arriver.

Johnston regarda derrière les excavations faites au monastère, en direction de la route de terre qui longeait la rivière. Un Land Rover vert portant une inscription blanche sur les portières s'approchait à toute allure en soulevant un nuage de poussière.

— Oui, fit-il, ce doit être François. Toujours pressé.

— Edward ! Edward !

François Bellin prit le Professeur aux épaules, l'embrassa sur les deux joues. Massif et exubérant, le crâne dégarni, Bellin commença à parler avec un débit rapide.

— Mon cher ami, cela fait une éternité ! Vous allez bien, j'espère ?

— Je vais bien, François, répondit le Professeur en reculant pour couper court à ces effusions.

Les démonstrations d'amitié de Bellin étaient toujours signe d'un problème latent.

— Et vous, François ? Comment va ?

— Ça se maintient, ça se maintient. À mon âge, ce n'est pas si mal.

Il lança un regard circulaire sur le site avant de poser la main sur l'épaule de Johnston et de se pencher vers lui avec un air de conspirateur.

— Edward, j'ai un service à vous demander. J'ai une petite difficulté à résoudre.

— Vraiment ?

— Vous connaissez cette journaliste de *L'Express*...

— Absolument pas, répondit Johnston.

— Mais, Edward...

— Je lui ai parlé au téléphone. Elle fait partie de ceux qui crient à la conspiration. Le capitalisme est un fléau, le mal vient des grandes sociétés...

— Oui, oui, Edward, ce que vous dites est vrai, fit Bellin en baissant le ton. Mais elle est la maîtresse du ministre.

— Cela ne change pas grand-chose.

— Je vous en prie, Edward ! On commence à l'écouter. Elle peut nous mettre en difficulté aussi bien moi que vous. Et nuire à votre projet.

Johnston soupira sans rien dire.

— Vous savez qu'il y a un jugement très répandu chez nous, selon lequel les Américains détruisent la culture, car ils en sont eux-mêmes dépourvus. Le cinéma et la musique sont des sujets sensibles. Il a même été question d'interdire aux Américains de travailler en France sur des sites culturels. Alors ?

— Ce n'est pas nouveau.

— Et votre commanditaire, ITC, vous a prié de lui parler.

— Croyez-vous ?

— Absolument. Mme Kramer vous en a fait la demande.

Johnston soupira de nouveau.

— Cela ne prendra que quelques minutes, je vous le garantis, poursuivit Bellin en agitant la main en direction du Land Rover. Elle est dans la voiture.

— Vous l'avez amenée vous-même ?

— Edward, j'essaie de vous faire comprendre qu'il faut la prendre au sérieux. Elle s'appelle Louise Delvert.

Chris vit descendre de la voiture une femme d'à peu près quarante-cinq ans, mince et brune, au visage avenant, aux traits réguliers. Elle avait cette élégance des femmes européennes à leur maturité et il émanait d'elle une sensualité discrète et raffinée. Louise Delvert s'était habillée comme pour une expédition, en pantalon et chemise kaki, appareil-photo, caméscope et magnétophone en bandoulière. Un carnet à la main, elle s'avança vers eux d'un pas décidé.

Mais elle ralentit en approchant.

— Professeur Johnston, fit-elle, la main tendue, dans un anglais sans accent, avec un sourire franc et chaleureux. Je ne saurais vous dire combien j'apprécie le fait que vous m'accordiez un peu de votre temps.

— Je vous en prie, répondit Johnston. Vous avez fait un long voyage, mademoiselle Delvert, et je serai ravi de vous aider dans la mesure de mes moyens.

Johnston continua à lui tenir la main et elle continua à lui sourire. Il s'écoula encore dix secondes, le temps pour elle de dire qu'il était trop aimable, pour lui de répondre que c'était la moindre des choses.

Ils commencèrent à déambuler au beau milieu du chantier de fouilles ; le Professeur et Louise Delvert ouvraient la marche, Bellin et Chris les suivaient, pas de trop près mais en essayant quand même d'entendre ce qu'ils disaient. Bellin arborait un sourire tranquille et satisfait.

Le Professeur avait perdu sa femme depuis de nombreuses années ; malgré les rumeurs, Chris ne l'avait jamais vu avec une autre femme. Il l'observa avec fascination. Rien dans l'attitude de Johnston n'avait changé ; il accordait simplement toute son attention à la journaliste, lui donnant l'impression que rien au monde en cet instant n'était plus important qu'elle. Et Chris avait le sentiment que les questions de Louise Delvert étaient beaucoup moins incisives qu'elle ne l'avait prévu.

— Comme vous le savez, professeur, il y a déjà un certain temps que mon journal prépare un article sur la société ITC.

— Oui, je l'ai entendu dire.

— Est-il exact que ces fouilles sont commanditées par ITC ?

— Oui.

— On cite le chiffre d'un million de dollars par an...

— À peu près.

Ils continuèrent de marcher en silence. Elle semblait chercher comment formuler sa prochaine question.

— Certains de mes collègues estiment que c'est dépenser beaucoup d'argent pour des fouilles d'archéologie médiévale.

— Eh bien, répondit Johnston, vous pourrez dire à vos collègues qu'il n'en est rien. En réalité, nous sommes dans la moyenne pour un chantier de cette importance. ITC nous verse directement deux cent cinquante mille dollars, cent vingt-cinq mille vont à l'université, quatre-vingt mille servent à régler les bourses d'études, les traitements, les frais de voyage, la nourriture, et cinquante mille couvrent les dépenses de laboratoire et d'archivage.

— Ce n'est certainement pas tout, insista la journaliste en entortillant son stylo dans ses cheveux et en cillant rapidement.

Chris avait de la peine à en croire ses yeux. Jamais il

n'avait vu une femme battre ainsi des cils ; il fallait être française pour oser le faire.

— Ce n'est pas tout, en effet, répondit imperturbablement le Professeur. Mais le reste ne nous revient pas ; ce sont les dépenses affectées à la reconstruction du site. Elles sont budgétées séparément puisque, vous le savez, ces dépenses sont partagées avec le gouvernement français.

— Bien sûr. Vous estimez donc que le demi-million de dollars qui revient à votre équipe n'a rien d'exceptionnel ?

— Eh bien, nous pourrons poser la question à François, répondit Johnston. Mais sachez que, dans la région, des travaux sont en cours sur vingt-sept sites, allant du paléolithique pour l'université de Zurich en partenariat avec la fondation Carnegie-Mellon, à un fort romain pour une équipe de Bordeaux en partenariat avec Oxford. Le coût annuel moyen de chacun de ces projets tourne autour d'un demi-million de dollars.

— Je l'ignorais.

Elle le regarda droit dans les yeux, ouvertement admirative. Trop ouvertement, se dit Chris. L'idée lui vint brusquement qu'il s'était peut-être mépris sur ce qui se passait. Peut-être était-ce simplement pour la journaliste le moyen de faire un bon papier.

Johnston tourna la tête vers Bellin qui marchait derrière lui.

— Qu'en pensez-vous, François ?

— Je crois que vous savez ce que vous faites... pardon, ce que vous dites. Le financement varie de quatre cent mille à six cent mille dollars. Les équipes scandinaves, allemandes et américaines sont les plus chères ; le paléolithique est plus coûteux. Mais la moyenne tourne en effet autour d'un demi-million de dollars.

— Et pour obtenir ce financement, professeur, poursuivit Louise Delvert sans quitter Johnston des yeux, êtes-vous tenu d'avoir des contacts réguliers avec ITC ?

— Pratiquement aucun.

— Vraiment ?

— Robert Doniger, le président de la société, est venu nous voir il y a deux ans. C'est un mordu d'histoire ; il s'est montré très enthousiaste, comme un gamin. Nous recevons à peu près une fois par mois la visite d'un vice-président ; c'est le cas aujourd'hui. Mais, dans l'ensemble, nous avons les coudées franches.

— Que savez-vous d'ITC, professeur ?

— Ils font des recherches en physique quantique, répondit Johnston avec un petit haussement d'épaules. Ils fabriquent des composants pour les appareils d'imagerie médicale, ce genre de chose. Ils développent également différentes techniques de datation quantique, qui permettront de dater avec précision toute pièce archéologique. Nous apportons notre aide.

— Je vois. Et ces techniques fonctionnent-elles ?

— Nous avons des prototypes ici, mais ils se sont montrés jusqu'à présent trop fragiles pour le travail de terrain ; ils ne cessent de tomber en panne.

— Mais c'est bien pour cette raison qu'ITC finance vos travaux... pour expérimenter le matériel ?

— Non, répondit Johnston, c'est le contraire. ITC fabrique du matériel de datation pour la même raison qu'ITC nous accorde son appui financier. Parce que Bob Doniger est un fana d'histoire ; nous sommes son violon d'Ingres.

— Un violon d'Ingres qui coûte cher !

— Pas pour lui, répliqua Johnston, pas pour un milliardaire. Il a payé vingt-trois millions de dollars une Bible de Gutenberg. Il a acheté dix-sept millions la tapisserie de Rouen à une vente aux enchères. Notre projet est de la menue monnaie.

— Peut-être. Mais M. Doniger est aussi un homme d'affaires implacable.

— Assurément.

— Croyez-vous sincèrement qu'il finance vos recherches par simple passion pour l'histoire ?

demanda la journaliste d'un ton léger, presque malicieux.

— On ne sait jamais, mademoiselle Delvert, répondit Johnston en la regardant droit dans les yeux, quelles sont les motivations d'un être.

Il a des soupçons, lui aussi, se dit Chris.

Louise Delvert sembla également le percevoir ; elle reprit aussitôt un ton plus professionnel.

— Naturellement. Mais j'ai posé cette question pour une raison précise : n'est-il pas vrai que le fruit de vos recherches ne vous appartient pas ? Que tout ce que vous trouvez, tout ce que vous découvrez est la propriété d'ITC ?

— C'est exact.

— Cela ne vous dérange pas ?

— Si je travaillais pour Microsoft, le fruit de mes recherches serait la propriété de Bill Gates. Tout ce que je découvrirais lui appartiendrait.

— Certes, mais la situation n'est pas comparable.

— Pourquoi ? ITC est une société de technologie et Doniger a institué ce fonds comme n'importe quelle société. Les conditions ne me dérangent pas. Nous sommes en droit de publier les résultats de nos découvertes — les frais sont même pris en charge par ITC.

— Après avoir reçu leur approbation.

— En effet, nous leur envoyons d'abord nos rapports. Mais jamais personne n'a fait de commentaire.

— Vous ne voyez donc pas un grand dessein d'ITC derrière tout cela ?

— Et vous ?

— Je ne sais pas, répondit la journaliste. C'est pour cela que je vous pose la question. Certains aspects du comportement d'ITC ont de quoi intriguer.

— Quels aspects ?

— Savez-vous, par exemple, qu'ITC est l'un des plus gros consommateurs de xénon au monde ?

— De xénon ? Le gaz ?

— Oui. Il est utilisé pour les lasers et les tubes électroniques.

— Ils peuvent utiliser tout le xénon qu'ils veulent, fit Johnston en haussant les épaules. Je ne vois pas en quoi cela me concerne.

— Pourquoi s'intéressent-ils aussi à des métaux rares ? ITC vient de racheter une société nigériane pour assurer son approvisionnement en niobium.

— Le niobium ? fit le Professeur en secouant la tête. Qu'est-ce que c'est ?

— Un métal aux propriétés voisines de celles du titane.

— À quoi sert-il ?

— Électroaimants supraconducteurs et réacteurs nucléaires.

— Et vous vous demandez ce qu'ITC peut en faire ? Il faudra leur poser la question, mademoiselle Delvert.

— Je l'ai fait. On m'a répondu qu'on l'utilisait pour des « recherches de pointe sur le magnétisme ».

— Vous voyez bien. Avez-vous des raisons d'en douter ?

— Non. Mais, comme vous l'avez dit vous-même, ITC est une société de recherche. Elle emploie deux cents physiciens dans ses installations de Black Rock, au Nouveau-Mexique. Il s'agit manifestement, indiscutablement d'une société high-tech.

— Oui...

— Alors, je me demande pourquoi une telle société a besoin de tant de terres.

— De terres ?

— ITC a acheté de vastes étendues dans des endroits isolés, aux quatre coins du monde : dans les montagnes de Sumatra, au nord du Cambodge, au sud-est du Pakistan, dans la jungle centrale du Guatemala et sur les hauts plateaux du Pérou.

— En êtes-vous sûre ? demanda Johnston, l'air perplexe.

— Absolument. Elle a également acquis des terrains en Europe. Cinq cents hectares à l'ouest de Rome. Sept cents en Allemagne, près de Heidelberg.

Mille hectares en France, dans la vallée du Lot. Et, pour finir, ici même.

— Ici ?

— Oui. Par l'intermédiaire de holdings britanniques et suédois, ils sont discrètement devenus propriétaires de cinq cents hectares, tout autour de votre site. Ce sont en majeure partie des terres boisées et cultivées, pour l'instant.

— Pourquoi passer par des holdings ?

— Il est très difficile de savoir qui se cache derrière. Quel que soit le but qu'ils poursuivent, ils agissent dans le plus grand secret. Pourquoi l'entreprise qui finance vos recherches achèterait-elle les terres entourant les fouilles ?

— Je n'en ai pas la moindre idée, répondit Johnston. D'autant plus qu'ITC n'est pas propriétaire du site. Vous vous souvenez que toute la zone des fouilles a été cédée l'an dernier à la France.

— Bien évidemment, cela a permis d'obtenir une exonération fiscale.

— Peu importe. ITC n'est pas propriétaire. Pourquoi achèteraient-ils ces terres ?

— Je me ferai un plaisir de vous montrer le dossier que j'ai constitué.

— Ce serait peut-être une bonne idée, approuva Johnston.

Ils se dirigèrent vers le Land Rover. Bellin étouffa un petit rire en les suivant des yeux.

— Ah ! mon cher ! On ne peut se fier à personne de nos jours.

Chris s'apprêtait à répondre dans son mauvais français quand sa radio grésilla. C'était David Stern, le technologue du projet.

— Chris ? Le Professeur est avec toi ? Demande-lui s'il connaît quelqu'un du nom de James Wauneka.

— Le Professeur est occupé, David. De quoi s'agit-il ?

— Un type de Gallup qui a déjà appelé. Il veut nous

envoyer un plan de notre monastère qu'il prétend avoir trouvé dans le désert.

— Quoi ? Dans le désert ?

— Il a l'air un peu fêlé. Il dit qu'il est de la police et il raconte des trucs bizarres sur un employé d'ITC qui serait mort dans son bled.

— Demande-lui d'envoyer son plan par courrier électronique. Tu y jetteras un coup d'œil.

Chris coupa la communication. Bellin regarda sa montre en continuant à glousser, puis tourna la tête vers le Professeur et Louise Delvert, penchés sur des papiers.

— J'ai des rendez-vous, geignit Bellin. Qui sait combien de temps cela va prendre ?

— Pas très longtemps, à mon avis, répondit Chris.

Vingt minutes plus tard, Bellin se mettait au volant, la journaliste à ses côtés. Chris et le Professeur les saluèrent de la main.

— Je crois que cela s'est plutôt bien passé, fit Johnston.

— Que vous a-t-elle montré ?

— Des documents prouvant l'achat de terrains dans les environs, mais rien de concluant. Quatre parcelles ont été acquises par une société d'investissement allemande dont on ne sait pas grand-chose. Deux par un avocat anglais qui prétend vouloir s'y retirer, une par un banquier hollandais qui veut la mettre au nom de sa fille et encore quelques autres.

— Les Anglais et les Hollandais achètent des terrains dans le Périgord depuis des années. Ce n'est pas nouveau.

— Précisément. Elle s'est mis en tête que l'on peut remonter à ITC pour toutes ces acquisitions, mais c'est un peu mince.

La voiture avait disparu. Ils se dirigèrent lentement vers la rivière. Le soleil était plus haut dans le ciel ; la température se réchauffait.

— C'est une femme charmante, fit Chris avec précaution.

— Je pense, observa Johnston, qu'elle se donne trop à son métier.

Ils montèrent dans la barque amarrée sur la berge ; Chris saisit les rames et ils gagnèrent la rive opposée.

Ils laissèrent l'embarcation au bord de l'eau et commencèrent à gravir la pente menant à Castelgard. Ils atteignirent les premiers vestiges des murs du château. Il ne subsistait de ce côté que des talus herbeux s'achevant en longues cicatrices de roche dénudée et effritée. Au bout de six siècles, ils semblaient se fondre dans la nature ; mais il s'agissait bien des restes d'un mur.

— Tu sais, Chris, fit le Professeur, ce qui lui déplaît vraiment, c'est le mécénat d'entreprise. Mais les recherches archéologiques ont toujours dépendu d'un financement extérieur. Il y a cent ans, les mécènes étaient des particuliers : Carnegie, Peabody, Stanford. Aujourd'hui, la vraie richesse est dans les entreprises ; c'est pourquoi Nippon TV finance les travaux de la chapelle Sixtine, British Telecom le chantier de York, Philips Electronics les fouilles du *castrum* de Toulouse et ITC nos propres recherches.

— Quand on parle du loup..., fit Chris en apercevant au loin la mince silhouette sombre de Diane Kramer en compagnie d'André Marek.

— Une journée complètement gâchée, soupira le Professeur. Combien de temps va-t-elle rester ?

— Elle prend l'avion à Bergerac. Le décollage est prévu à quinze heures.

— Je suis désolée pour cette journaliste, dit Diane Kramer à Johnston quand le Professeur vint la rejoindre. Je sais qu'elle embête tout le monde, mais nous n'avons rien pu faire pour l'empêcher de venir.

— Bellin a dit que vous vouliez que je lui parle.

— Nous voulons que tout le monde lui parle. Nous

faisons notre possible pour la convaincre qu'il n'y a pas de secrets.

— Elle semblait surtout préoccupée, poursuivit Johnston, par les achats de terrains d'ITC dans les environs.

— Des achats de terrains ? répéta Diane en riant. Je n'avais pas encore entendu celle-là ! Vous a-t-elle interrogé sur le niobium et les réacteurs nucléaires ?

— En effet. Elle a dit que vous aviez racheté une société au Nigeria pour assurer votre approvisionnement.

— Au Nigeria, répéta Kramer en secouant la tête. Pas possible ! Notre niobium vient du Canada et ce n'est pas précisément un métal rare. Savez-vous qu'il se négocie à soixante-quinze dollars la livre ? Nous lui avons proposé de visiter nos installations, d'interviewer notre président, de se faire accompagner d'un photographe, de ses propres experts, de qui elle voulait. Mais non. C'est le journalisme moderne : ne laissez pas les faits se mettre en travers de votre chemin.

Diane Kramer se retourna et montra les ruines de Castelgard d'un ample geste du bras.

— Quoi qu'il en soit, fit-elle, j'ai beaucoup apprécié les visites guidées du docteur Marek, aussi bien dans les airs que sur terre. Il est évident que ce que vous faites est impressionnant. Vos progrès sont rapides, votre travail universitaire est d'une haute qualité, vos rapports d'activité sont remarquables, vos étudiants sont heureux et le site est bien géré. C'est parfait ; je ne saurais dire à quel point je suis satisfaite. Mais le docteur Marek m'a confié qu'il risquait d'être en retard pour sa leçon de... de quoi, déjà ?

— D'épée, fit Marek.

— Je pense qu'il devrait y aller. Ce n'est certainement pas quelque chose que l'on peut déplacer comme une leçon de piano. Voulez-vous, pendant ce temps, que nous nous promenions un peu sur le chantier, professeur ?

— Naturellement.

La radio de Chris émit un signal sonore.
— Chris ? fit une voix. C'est Sophie, pour toi.
— Je la rappellerai...
— Allez-y, je vous en prie, coupa Diane Kramer. Je parlerai au Professeur seule à seul.
— En général, Chris m'accompagne, fit vivement Johnston. Pour prendre des notes.
— Je ne pense pas que nous aurons besoin de prendre de notes aujourd'hui.
— Comme vous voudrez, fit Johnston. Passe-moi ta radio, à tout hasard, ajouta-t-il en se tournant vers Chris.
— Pas de problème.
Chris détacha la radio de sa ceinture, la tendit au Professeur. Il le vit enfoncer la touche lui permettant de la déclencher vocalement avant de fixer l'appareil à sa ceinture.
— Merci, fit Johnston. Maintenant, va appeler Sophie ; tu sais qu'elle n'aime pas attendre.
— C'est vrai.
Tandis que Diane Kramer et le Professeur s'avançaient au milieu des ruines, Chris traversa au pas de course le champ qui le séparait de la ferme où était établi leur quartier général.

Juste derrière les murs effondrés de la ville de Castelgard, ils avaient acheté une remise délabrée. Après avoir refait la toiture et remis la maçonnerie en état, ils y avaient entreposé le matériel électronique et de laboratoire ainsi que leurs archives informatisées. Sous la grande tente verte accolée au bâtiment, les objets exhumés étaient disposés par terre.
Chris entra dans la remise, constituée d'une seule et vaste pièce qui avait été divisée en deux. Sur la gauche, Elsie Kastner, la linguiste et épigraphiste de l'équipe, était penchée sur de vieux parchemins. Sans s'occuper d'elle, Chris fila dans la partie de la remise où était rassemblé le matériel électronique. David Stern, le technologue, était au téléphone.

— Eh bien, dit-il, il faudra scanner votre document à une haute résolution et nous l'envoyer. Disposez-vous d'un scanner ?

Chris commença à fourrager précipitamment dans le matériel entassé sur la table, à la recherche d'une radio. Il n'en vit pas ; tous les chargeurs étaient vides.

— Il n'y a pas de scanner au poste de police ? fit Stern, étonné. Ah ! vous n'êtes pas là-bas... Eh bien, pourquoi n'y allez-vous pas pour utiliser le scanner de la police ?

Chris tapa sur l'épaule osseuse de Stern. Il forma avec ses lèvres le mot : radio.

Stern hocha la tête et détacha son propre appareil de sa ceinture.

— Oui, le scanner de l'hôpital fera l'affaire. Peut-être trouverez-vous quelqu'un pour vous aider. Il nous faut du 1 280 × 1 024 pixels. Ensuite, vous nous le transmettez...

Chris ressortit en hâte, essayant les différents canaux sans prendre le temps de s'arrêter.

De la porte de la remise, il avait une vue d'ensemble du site. Johnston et Diane Kramer marchaient au bord du plateau qui dominait le monastère. Elle lui montrait un carnet qu'elle tenait à la main.

Il les capta sur le canal huit.

— ... une accélération importante du rythme de vos travaux, disait Diane.

— Quoi ? lança le Professeur.

Johnston, par-dessus ses lunettes cerclées de métal, la regarda.

— C'est impossible, affirma-t-il.

Diane prit une longue inspiration.

— Je ne me suis peut-être pas très bien expliquée. Vous avez déjà commencé la reconstruction. Ce que Bob aimerait, c'est que vous passiez maintenant à un programme plus complet.

— Oui. Et c'est impossible.

— Dites-moi pourquoi.

— Parce que nous n'en savons pas assez, voilà tout,

répondit Johnston avec irritation. Écoutez : nous avons effectué jusqu'à présent des travaux pour des raisons de sécurité. Nous avons rebâti des murs afin qu'ils ne tombent pas sur nos fouilleurs. Mais nous ne sommes pas prêts à entreprendre la restauration de l'ensemble du site.

— En partie, certainement, insista Diane. Prenons par exemple le monastère. Vous pourriez reconstruire la chapelle, ainsi que le cloître, le réfectoire et...

— Quoi ? s'écria Johnston. Le réfectoire ?

Il montra le chantier où des murs bas et des tranchées s'entrecroisaient dans une apparente confusion.

— Qui a dit que le réfectoire était attenant au cloître ?

— Euh... je...

— Vous voyez ? lança Johnston. C'est précisément ce que j'essaie d'expliquer. Nous ne connaissons pas encore avec certitude l'emplacement du réfectoire. Ce n'est que depuis peu que nous commençons à penser qu'il pourrait être contigu au cloître, mais nous n'en sommes pas sûrs.

— Professeur, répliqua Diane avec irritation, les recherches universitaires peuvent durer indéfiniment, mais des résultats concrets...

— Je ne demande qu'à obtenir des résultats concrets, coupa Johnston, mais il est essentiel sur un site comme le nôtre de ne pas répéter les erreurs du passé. Au siècle dernier, un architecte du nom de Viollet-le-Duc a restauré de nombreux monuments dans toute la France. Certains furent très réussis. Mais lorsqu'il manquait d'informations, il faisait à sa manière.

— Je comprends que vous teniez à l'exactitude...

— Si j'avais su qu'ITC imaginait Disneyland, je n'aurais jamais accepté.

— Nous ne voulons pas Disneyland.

— Si nous rebâtissons maintenant, ce que vous aurez, madame Kramer, ce sera un parc médiéval.

— Je vous assure avec la plus grande fermeté que

ce n'est pas notre volonté. Nous voulons une reconstruction historiquement exacte du site.

— Ce n'est pas réalisable.

— Nous sommes persuadés que si.

— Comment ?

— Avec le respect que je vous dois, professeur, vous êtes trop prudent. Vous en savez plus que vous ne le pensez. Prenons la ville de Castelgard, au pied du château ; elle pourrait certainement être reconstituée.

— Je suppose... en partie, certainement.

— C'est tout ce que nous demandons. Une reconstruction partielle.

À l'entrée de la remise, David Stern trouva Chris, la radio collée sur l'oreille.

— Alors, on écoute aux portes ?

— Chut ! souffla Chris. C'est important.

Stern haussa les épaules. Il avait beaucoup de mal à partager les emballements des étudiants avec qui il travaillait. Les autres étaient des historiens, lui avait une formation de physicien et était enclin à voir les choses différemment. Il ne pouvait guère se sentir excité par la découverte d'un foyer médiéval ou de quelques ossements trouvés dans une sépulture. En tout état de cause, Stern avait accepté ce boulot — consistant à faire fonctionner le matériel électronique, à effectuer différentes analyses chimiques, la datation au carbone 14, etc. — pour rester près de sa petite amie qui suivait des cours à l'université d'été de Toulouse. Il avait été intrigué par l'idée de datation quantique, mais, jusqu'à présent, le matériel n'avait pas fonctionné.

Chris entendit à la radio la voix de Diane Kramer qui développait son idée.

— Et si vous reconstruisez partiellement la ville, vous pouvez aussi reconstruire en partie le mur d'enceinte du château, à l'endroit où il touche la ville. Cette portion-là.

Elle indiquait un mur bas, discontinu, traversant le site selon un axe nord-sud.

— Je suppose, en effet, que nous pourrions..., commença le Professeur.

— Vous pourriez également poursuivre le mur vers le sud, coupa Diane Kramer, à l'endroit où il se perd dans ce bois. Il faudrait défricher le bois avant de reconstruire la tour.

Chris et David Stern échangèrent un regard perplexe.

— Qu'est-ce qu'elle raconte ? fit Stern. Quelle tour ?

— Personne n'a encore inspecté le bois. Nous devions le défricher à la fin de l'été et en dresser le plan.

— Votre proposition est fort intéressante, madame Kramer, reprit le Professeur. Permettez-moi d'en discuter avec mes collaborateurs ; nous nous retrouverons pour le déjeuner.

Chris vit de loin le Professeur se tourner vers lui et montrer le bois d'un doigt impérieux.

Après avoir traversé le champ de ruines, ils gravirent un talus et pénétrèrent dans le bois sous le feuillage des arbres aux troncs fins ; il faisait sombre et frais. Chris Hugues suivit le vieux mur d'enceinte du château qui, au début, lui arrivait à la taille, mais se réduisait rapidement à quelques pierres affleurant avant de se perdre sous les broussailles.

Il lui fallait se pencher pour écarter de la main des fougères afin de suivre le tracé du mur.

La végétation devenait plus dense ; un sentiment de paix monta en lui. Il se souvint que, lorsqu'il avait vu Castelgard pour la première fois, la quasi-totalité du site était enfouie dans la forêt. Les rares portions de murs à être encore debout, couvertes de mousses et de lichens, semblaient jaillir du sol comme autant de plantes aux formes étranges. Le site avait alors un caractère mystérieux qu'il avait perdu après le défrichage et les premières trouées.

Stern le suivait de près. Le technologue ne sortait pas beaucoup du labo et paraissait apprécier la balade.

— Pourquoi les arbres sont-ils si frêles ? demanda-t-il.

— Parce que c'est une forêt jeune, répondit Chris. Presque toutes les forêts du Périgord ont moins de cent ans. Autrefois, on travaillait les terres pour les rendre propres à la culture de la vigne.

— Et alors ?

— La maladie, fit Chris avec un petit haussement d'épaules. Le phylloxéra a ravagé le vignoble au début du siècle et la forêt a repris sa place. L'industrie viticole française a failli disparaître, ajouta-t-il. Elle ne s'en est sortie qu'en important de Californie des plants résistants à cet insecte. Ce qu'elle s'efforce d'oublier.

Il continuait de scruter le sol tout en parlant, découvrait de-ci de-là un moellon qui lui permettait de suivre le mur.

Soudain, ce fut comme si le mur avait disparu. Il allait devoir revenir sur ses pas, retrouver sa trace.

— Merde !

— Qu'est-ce qu'il y a ? lança Stern.

— Je l'ai perdu. Il filait dans cette direction et puis sous ma main et il n'y a plus rien...

À l'endroit où ils se tenaient, le sous-bois était particulièrement dense, les hautes fougères s'enchevêtraient et les plantes épineuses écorchaient les jambes nues de Chris. Stern, qui portait un pantalon, fut le premier à se remettre en route.

— Je ne comprends pas, Chris, lança-t-il par-dessus son épaule. Il doit être par là...

Chris commençait à rebrousser chemin quand il entendit Stern hurler.

Il pivota d'un bloc.

Stern s'était volatilisé.

— David ?

— Aïe !... Bordel !

— Qu'est-ce qui s'est passé ?

— Je me suis cogné le genou. Ça fait un mal de chien.

— Où es-tu ? demanda Chris qui ne le voyait toujours pas.

— Tombé dans un trou, répondit Stern. Fais attention si tu viens par ici. En fait...

Un grognement de douleur. Un juron étouffé.

— Ne t'en fais pas, je tiens sur mes deux jambes. Ça ira. En fait, je me demande...

— Qu'est-ce qu'il y a ?

— Une seconde...

— Qu'est-ce qu'il y a ?

— Je te demande une seconde !

Chris perçut des mouvements dans les broussailles ; le balancement des fougères se propageait. Puis il entendit la voix de Stern : elle était bizarre.

— Hé, Chris ?

— Qu'est-ce qu'il y a ?

— C'est un tronçon du mur. Incurvé.

— Qu'est-ce que tu dis ?

— Je crois que je me trouve au pied de ce qui était autrefois une tour circulaire.

— Sans blague !

Il se demanda comment Diane Kramer pouvait être au courant de *ça*.

— Interroge l'ordinateur, demanda le Professeur à Chris. Vérifie si nous avons des levés aériens d'hélicoptère — rayons infrarouges ou radar — qui attestent la présence d'une tour et qui auraient été enregistrés sans que nous y prêtions attention.

— Tentons les infrarouges en fin d'après-midi, glissa Stern, assis dans un fauteuil, une poche de glace sur le genou.

— Pourquoi la fin d'après-midi ?

— Le calcaire retient la chaleur. C'est la raison pour laquelle les hommes des cavernes aimaient vivre ici. Même en hiver, il faisait, dans une caverne creusée dans la roche calcaire du Périgord, trois degrés de plus qu'à l'extérieur.

Et l'après-midi...

— Le mur conserve la chaleur tandis que la forêt se refroidit. L'infrarouge le montrera.

— Même si le mur est enfoui ?

Stern haussa les épaules en signe d'ignorance.

Chris commença à pianoter sur le clavier ; l'ordinateur émit un signal sonore discret. L'image changea brusquement.

— Hop là ! Nous avons du courrier.

Chris cliqua sur l'icône de la boîte aux lettres. Il y avait un seul message ; le transfert prit un long moment.

— Qu'est-ce que c'est que ça ?

— Je parie que c'est le flic, Wauneka, fit Stern. Je lui ai demandé d'envoyer un grand format ; il n'a pas dû le compresser.

L'image apparut enfin sur l'écran : une suite de points dessinant une figure géométrique. Il n'y avait pas à s'y tromper ; ils reconnurent aussitôt le monastère de la Sainte-Mère.

Leur site archéologique. Plus détaillé que sur leurs propres plans.

Johnston étudia attentivement l'image en tambourinant sur la table.

— N'est-il pas curieux, dit-il enfin, que Bellin et Diane Kramer arrivent ici le même jour ?

Les autres se regardèrent.

— Qu'est-ce qu'il y a de curieux ? demanda Chris.

— Bellin n'a pas demandé à s'entretenir avec elle, lui qui tient toujours à rencontrer les bailleurs de fonds.

— Il avait l'air très pris, fit Chris.

— Oui, c'est l'impression qu'il donnait. En tout cas, ajouta-t-il en se tournant vers Stern, vous pouvez imprimer ça. Nous verrons ce qu'en pense notre architecte.

Katherine Erickson — cheveux blond cendré, yeux bleus, hâle profond — était suspendue à quinze mètres du sol sur le dos, le visage à quelques centimètres du plafond gothique de la chapelle de Castelgard. Retenue par un harnais de sécurité, elle prenait tranquillement des notes.

Kate était la dernière arrivée ; elle n'avait rejoint l'équipe que quelques mois auparavant. Au départ, elle était allée à Yale pour étudier l'architecture ; s'étant rendu compte qu'elle n'aimait guère cette discipline, elle s'était inscrite en histoire. Johnston lui avait parlé, l'avait convaincue de se lancer dans l'aventure, comme il avait convaincu les autres. « Pourquoi ne laissez-vous pas tomber les vieux bouquins pour faire de la véritable histoire ? De l'histoire sur le tas ? »

Si travailler sur le tas supposait être suspendue dans le vide, cela ne dérangeait pas Kate qui avait passé sa jeunesse dans le Colorado. Elle était une mordue de la grimpe et passait ses dimanches à escalader les falaises de Dordogne. Elle y rencontrait rarement d'autres amateurs, ce qui était appréciable ; chez elle, il fallait faire la queue au pied des meilleures parois.

À l'aide d'un pic, elle détacha quelques fragments de mortier en différents endroits ; ils seraient soumis à une analyse spectroscopique. Elle les laissa tomber l'un après l'autre dans les boîtes en plastique — semblables à celles qui contiennent les rouleaux de pellicule — qu'elle portait comme une cartouchière sur les épaules et la poitrine.

Elle était en train d'étiqueter les boîtes quand elle entendit une voix.

— Comment descendez-vous de là ? Je veux vous montrer quelque chose.

Elle regarda par-dessus son épaule, vit Johnston, la tête levée.

— Facile, répondit Kate.

Elle se laissa glisser au sol le long de la corde, atterrit avec légèreté devant Johnston. Elle écarta de son visage quelques mèches blondes. Kate Erickson n'était pas très jolie — comme sa mère, une ancienne reine de beauté de l'université de Californie, le lui avait si souvent répété — mais il émanait d'elle une fraîcheur que les hommes trouvaient attirante.

— Je parie que vous êtes capable d'escalader n'importe quoi, fit le Professeur.

— C'est le seul moyen de se procurer ces échantillons, répondit-elle en détachant son harnais.

— Puisque vous le dites.

— Sérieusement, professeur, si vous voulez un historique architectural de cette chapelle, il faut que je grimpe. Ce plafond a été reconstruit plusieurs fois, soit parce qu'il était mal fait et s'effondrait, soit parce qu'il avait été détruit au cours des sièges par des machines de guerre.

— Certainement au cours des sièges, dit Johnston.

— Je n'en suis pas si sûre, objecta Kate. Les structures principales du château — le grand salon, les appartements — sont solides, mais d'autres murs ne sont pas bien bâtis. On dirait qu'ils ont été ajoutés pour créer des passages secrets ; on en trouve plusieurs dans notre château. Il y en a même un qui mène à la cuisine ! Celui qui a effectué ces transformations devait être parano. Et les travaux ont peut-être été faits à la hâte. Alors, poursuivit-elle en s'essuyant les mains sur son short, qu'avez-vous à me montrer ?

Johnston lui tendit la feuille de papier où une suite de points formait une figure géométrique.

— Qu'est-ce que c'est ?

— À vous de me le dire.

— On dirait le monastère.

— Croyez-vous ?

— Il me semble, oui, mais le problème...

Elle sortit de la chapelle ; de la porte, elle voyait en contrebas le chantier du monastère. À cette distance de quinze cents mètres, les vestiges mis au jour dessinaient un plan presque aussi net que celui qu'elle tenait à la main.

— Ha !

— Qu'est-ce qu'il y a ?

— Certaines constructions que nous n'avons pas

découvertes figurent sur ce plan. Une chapelle absidiale, un second cloître dans le quadrant nord-est et... on dirait un jardin, à l'intérieur de l'enceinte. Comment avez-vous eu ce plan ?

De la terrasse du restaurant de Marqueyssac, la vue sur la vallée de la Dordogne était magnifique. En voyant arriver Johnston, Diane Kramer constata avec étonnement qu'il était accompagné de Marek et de Chris. Elle se rembrunit ; elle s'attendait à un déjeuner en tête à tête et avait pris une table pour deux.

Marek apporta deux chaises de la table voisine ; tout le monde s'assit. Le Professeur se pencha vers elle avec un regard scrutateur.

— Madame Kramer, commença-t-il, comment savez-vous où se trouve le réfectoire ?

— Le réfectoire ? Je ne sais pas... J'ai dû le lire dans votre compte rendu hebdomadaire. Non ? Alors, c'est peut-être le docteur Marek qui m'en a parlé. Messieurs, poursuivit-elle en voyant les visages graves tournés vers elle, les monastères ne sont pas vraiment ma spécialité. J'en ai entendu parler, je ne sais où.

— Et la tour dans le bois ?

— Une observation aérienne, sans doute ? Ou une des vieilles photographies.

— Non. Nous avons vérifié.

Johnston fit glisser le plan sur la table.

— Et comment expliquez-vous qu'un employé d'ITC du nom de Joseph Traub ait été en possession d'un plan du monastère plus complet que les nôtres ?

— Je ne sais pas... Qui vous a fait parvenir cela ?

— Un policier de Gallup, Nouveau-Mexique, qui se pose, lui aussi, des questions.

Diane le regarda fixement, sans rien dire.

— Je pense, madame Kramer, reprit Johnston, que vous nous cachez certaines choses. Je pense que vous avez fait vos propres analyses derrière notre dos, sans partager vos découvertes. Et je pense que la raison en est que vous vous êtes mis d'accord avec Bellin pour exploiter le site dans l'éventualité où je ne me montrerais pas coopératif. L'administration française serait trop heureuse de chasser les Américains de son patrimoine archéologique.

— Il n'en est absolument rien, professeur. Je vous assure...

— Non, madame Kramer, vous ne pouvez rien m'assurer. À quelle heure décolle votre avion ?

— Quinze heures.

— Je suis prêt à partir maintenant, fit Johnston en repoussant sa chaise.

— Mais je vais à New York.

— Je crois que vous allez devoir changer votre destination et aller directement au Nouveau-Mexique.

— Vous voulez parler à Bob Doniger, mais je ne connais pas son emploi du temps.

— Madame Kramer, articula Johnston en se penchant vers elle. Arrangez ça !

— Je prie Dieu de favoriser votre voyage et de vous ramener sain et sauf, déclara Marek tandis que le Professeur s'éloignait.

C'est ce qu'il disait toujours à un ami sur le départ. Une formule chère au comte Geoffrey de la Tour, six siècles auparavant.

D'aucuns estimaient que la fascination de Marek pour le passé n'était pas loin d'être obsessionnelle. En réalité, elle était parfaitement naturelle. Fortement attiré dès l'enfance par la période médiévale, il semblait aujourd'hui, de bien des manières, s'y être établi. Un jour, au restaurant, il avait confié à un ami qu'il ne voulait pas se laisser pousser la barbe, car ce n'était pas à la mode. Étonné, l'ami avait protesté : « Bien sûr que si, regarde autour de toi ! » Ce à quoi Marek avait répondu : « Non, non, je veux dire que ce n'était pas à la mode à *mon* époque. » À savoir, dans son esprit, aux XIIIe et XIVe siècles.

Si nombre de médiévistes étaient capables de lire les langues anciennes, Marek, lui, les parlait. Moyen anglais, moyen français, occitan, latin. Il connaissait sur le bout des doigts la mode vestimentaire et les usages de l'époque. Sa carrure athlétique lui avait permis de maîtriser les arts de combat traditionnels ; il n'oubliait jamais de rappeler que l'état de guerre était permanent. Il chevauchait déjà les puissants percherons utilisés comme destriers à l'époque médiévale et commençait à manier correctement la lance, après avoir passé des heures à charger la quintaine, le mannequin de paille suspendu servant à l'entraînement du chevalier. Marek était devenu si précis à l'arc anglais qu'il commençait à en enseigner le maniement. Il apprenait maintenant celui de l'épée à double tranchant.

Mais cette connaissance approfondie du passé le mettait en décalage avec le présent. Le brusque départ du Professeur laissa tout le monde désorienté et inquiet ; les bruits les plus fous commencèrent à circuler, en particulier parmi les jeunes étudiants. ITC leur coupait les vivres ; ITC transformait le site en un parc médiéval ; ITC avait tué quelqu'un dans le désert et se trouvait en fâcheuse posture. Le travail cessa ; les fouilleurs attendirent en discutant entre eux.

Marek prit la décision d'organiser une réunion pour couper court aux rumeurs. En début d'après-midi, il rassembla toute l'équipe sous la grande tente verte dressée près de la remise. Il expliqua qu'un désaccord s'était fait jour entre le Professeur et ITC et que Johnston s'était rendu au siège de la société pour tirer les choses au clair. Marek affirma qu'il s'agissait d'un malentendu, que tout serait réglé en quelques jours. Il ajouta qu'il restait en liaison avec le Professeur qui avait promis d'appeler toutes les douze heures, qu'il attendait bientôt son retour et espérait que les choses reviendraient rapidement à la normale.

Cela ne servit pas à grand-chose ; le profond sentiment de malaise persista. Plusieurs étudiants donnèrent à entendre qu'il faisait vraiment trop chaud pour travailler et que, dans ces conditions, mieux valait faire du kayak sur la rivière. Marek sentit leurs réticences et finit par leur donner quartier libre.

L'un après l'autre, les étudiants de troisième cycle décidèrent, eux aussi, de prendre leur après-midi. Kate, munie d'un impressionnant matériel d'escalade, annonça qu'elle allait gravir la falaise derrière Gageac. Elle demanda à Chris s'il voulait l'accompagner — pour tenir les cordes ; elle savait qu'il ne grimperait pas —, mais il répondit qu'il allait au centre équestre avec Marek. Stern déclara qu'il partait pour Toulouse où il resterait dîner. Rick Chang se rendait aux Eyzies où un de ses collègues travaillait sur un site du paléolithique. Elsie Kastner, l'épigraphiste, resta seule dans la remise, face à une pile de documents. Quand Marek lui demanda si elle voulait se joindre à lui, elle répondit sans lever le nez : « Ne dis pas de bêtises, André. »

Le centre équestre se trouvait près de Souillac ; c'est là que Marek allait s'entraîner deux fois par semaine. Au fond d'un champ, il avait installé une pièce de bois en forme de T montée sur un socle pivotant. Une des branches du T portait la cible, un carré de toile rembourrée ; à l'autre était suspendu un sac de cuir ressemblant à un punching-ball.

C'était la quintaine, un engin si ancien qu'on le trouvait représenté en marge de manuscrits millénaires ornés par les moines. Marek avait fabriqué la sienne d'après ces enluminures.

La fabrication avait été assez simple, mais se procurer de bonnes lances avait été bien plus difficile. C'était le genre de problème auquel se heurtait sans cesse un spécialiste de l'histoire expérimentale. Les objets les plus simples, les plus courants du passé étaient impossibles à reproduire dans le monde d'aujourd'hui. Même si l'argent était là ! À l'époque médiévale, les lances étaient façonnées à partir de pièces de bois de trois mètres cinquante, la longueur moyenne d'une lance de tournoi. Mais il n'existait pratiquement plus de lattes de cette taille ; après d'interminables recherches, Marek avait pourtant déniché un atelier de menuiserie spécialisé, dans le nord de l'Italie, près de la frontière autrichienne. Ils étaient en mesure de fabriquer des lances de pin aux dimensions spécifiées, mais s'étonnèrent de sa commande initiale de vingt pièces. Il expliqua que les lances se brisaient, qu'il lui en fallait un certain nombre. Pour se protéger des éclats de bois, il fixa un bout de treillis métallique sur la visière d'un casque de football américain. Ainsi affublé, avec sa dégaine d'apiculteur déjanté, il ne passait pas inaperçu.

Marek finit par se résigner à utiliser des matériaux

modernes ; il fit faire, par une société qui fabriquait des battes de base-ball, des lances en aluminium. Mieux équilibrées, elles lui paraissaient plus authentiques, même si elles étaient anachroniques. Et comme il n'y avait plus d'éclats de bois à redouter, il pouvait se contenter d'un casque de moto.

De l'autre côté du champ, il fit signe à Chris, qui se tenait près de la quintaine.

— Chris ? Prêt ?

Chris hocha la tête et positionna la barre en T face au cavalier. Marek leva la main, baissa sa lance et éperonna sa monture.

La simplicité de l'exercice n'était qu'apparente. Le cavalier galopait vers la quintaine et s'efforçait de toucher la cible de la pointe de sa lance. S'il y parvenait, la barre en T se mettait à pivoter, ce qui obligeait le cavalier à accélérer avant que le sac de cuir ne le frappe à la tête. Marek savait qu'autrefois le sac était assez pesant pour désarçonner un cavalier peu aguerri. Celui de Marek était juste assez lourd pour provoquer une sensation cuisante d'échec.

Pour sa première charge, il toucha la cible en plein milieu, mais ne fut pas assez rapide pour éviter le sac qui atteignit son oreille gauche. Il s'arrêta, fit demi-tour.

— Tu ne veux pas essayer, Chris ?

— Plus tard, peut-être, répondit Chris en replaçant la barre en T pour la charge suivante.

À deux ou trois reprises, ces derniers temps, Chris avait accepté sur les instances de Marek de s'exercer à la quintaine. Mais Marek soupçonnait qu'il fallait en chercher la raison dans l'intérêt nouveau que Chris portait à tout ce qui touchait à l'équitation.

Marek fit faire une volte à son cheval et chargea derechef. Au début, atteindre une cible de trente centimètres, sur une monture lancée au galop, lui avait semblé invraisemblablement difficile. Mais il avait attrapé le coup et la percutait maintenant en moyenne quatre fois sur cinq.

Le cheval approcha dans un fracas de sabots ; le cavalier baissa sa lance.

— Salut, Chris !

Chris se retourna et salua joyeusement de la main la jeune fille à cheval. Au même moment, la lance de Marek frappa la cible et le sac de cuir vint heurter Chris en plein visage.

Il resta étendu, étourdi, tandis que la jeune fille riait à gorge déployée. Mais elle mit rapidement pied à terre et l'aida à se relever.

— Ne m'en veuillez pas, Chris, je n'ai pu m'empêcher de rire, fit-elle avec son accent britannique raffiné. C'est ma faute, je sais... Je n'aurais pas dû vous distraire.

— Ça ira, fit-il d'un ton maussade.

Il s'essuya le menton, la regarda dans les yeux, parvint à sourire.

Comme d'habitude, il fut frappé par sa beauté, surtout à cette heure du jour. Le soleil de l'après-midi éclairait sa chevelure blonde, mettant en valeur son teint lumineux et ses yeux d'un violet profond. Sophie Rhys-Hampton était la plus belle fille qu'il eût jamais rencontrée. La plus intelligente. La plus accomplie. Et la plus séduisante.

— Chris, Chris ! poursuivit-elle en effleurant sa joue du bout des doigts. Je suis vraiment navrée. Ça va mieux ?

Étudiante à Cheltenham, elle avait vingt ans, quatre de moins que lui. La ferme que l'équipe louait pour l'été appartenait à son père, Hugh Hampton, avocat à Londres. Sophie logeait chez des amis, dans une propriété voisine. Un jour, elle était venue prendre quelque chose dans le bureau de son père ; en la voyant, Chris était aussitôt rentré dans un tronc d'arbre. Il songea piteusement que cette première rencontre avait donné le ton de leurs relations.

— Je suis flattée de vous faire tant d'effet, Chris, mais je m'inquiète pour votre sécurité.

Avec un petit rire cristallin, elle effleura des lèvres la joue de Chris.

— Je vous ai appelé aujourd'hui.

— Je sais. Je n'ai pas pu me libérer ; nous avions un problème urgent à régler.

— Un problème urgent ? Qu'est-ce qui peut être urgent en archéologie ?

— Oh ! vous savez, une histoire de financement.

— Avec ITC, cette boîte du Nouveau-Mexique ? Savez-vous qu'ils ont voulu acheter la ferme de mon père ?

— C'est vrai ?

— Ils ont dit qu'ils l'utiliseraient si longtemps qu'ils avaient intérêt à l'acheter. Mon père a refusé, bien entendu.

— Bien entendu, fit-il en souriant. On dîne ensemble ?

— Pas ce soir, Chris, je ne peux pas. Mais nous pouvons monter ensemble demain. D'accord ?

— Comme vous voudrez.

— Le matin ? Dix heures ?

— Très bien. Rendez-vous demain, à dix heures.

— Je ne vous dérange pas dans votre travail ?

— Vous savez bien que si.

— Nous pouvons remettre ça à un autre jour.

— Non, non ! Demain, dix heures.

— Tope là ! fit-elle avec un sourire éblouissant.

Sophie Hampton était presque trop jolie, sa silhouette trop parfaite, ses manières trop charmantes pour être tout à fait réelles. Marek, pour sa part, n'éprouvait aucune attirance pour elle.

Mais Chris était subjugué.

Quand elle se fut éloignée, Marek chargea de nouveau. Cette fois, Chris parvint à éviter la quintaine. Marek revint lentement, s'arrêta devant lui.

— Elle te mène par le bout du nez, dit-il.

— Peut-être, répondit Chris.

En vérité, cela lui était parfaitement égal.

Le lendemain, au monastère, Marek aidait Rick Chang à creuser les tranchées des catacombes. Ils piochaient depuis des semaines et progressaient lentement, car ils ne cessaient d'exhumer des restes humains. Chaque fois qu'ils mettaient au jour des ossements, ils remplaçaient les pelles par les truelles et les brosses à dents.

Rick Chang était l'anthropologue de l'équipe. Il savait rendre le moindre fragment d'os de la taille d'un petit pois à son propriétaire. Que l'os appartienne au poignet droit ou gauche d'un homme ou d'une femme, d'un enfant ou d'un adulte, et que le squelette soit ancien ou contemporain.

Mais les restes qu'ils découvraient avaient de quoi intriguer. Pour commencer, on était uniquement en présence d'hommes. Certains os longs portaient des marques de blessures reçues au combat et plusieurs crânes présentaient des lésions osseuses dues à des flèches. C'est ainsi que périssaient la plupart des soldats au XIVe siècle. Mais il n'existait aucun témoignage d'une bataille livrée au monastère même. Du moins, à leur connaissance.

Ils venaient de trouver quelque chose qui ressemblait à un éclat de casque rouillé quand le portable de Marek sonna. C'était le Professeur.

— Comment ça se passe ? demanda Marek.

— Bien, jusqu'à présent.
— Avez-vous rencontré Doniger ?
— Oui, cet après-midi.
— Et alors ?
— Je ne sais pas encore.
— Ils veulent toujours lancer la reconstruction ?
— Je n'en suis pas sûr. La situation n'est pas tout à fait celle que je m'attendais à trouver.
Le Professeur restait vague ; il avait l'air préoccupé.
— C'est-à-dire ?
— Je ne peux pas en parler au téléphone, mais je voulais vous dire que je n'appellerai pas pendant les douze heures qui viennent. Probablement pas même avant vingt-quatre heures.
— Bon, d'accord. Tout va bien ?
— Tout va bien, André.
Marek n'en était pas convaincu.
— Avez-vous besoin d'aspirine ? demanda-t-il.
C'était une de leurs phrases codées, une manière de demander si quelque chose clochait, au cas où l'autre n'aurait pu parler librement.
— Non, non. Pas du tout.
— Vous avez l'air un peu absent.
— Surpris, assurément. Mais tout va bien. Du moins, je l'espère. Et vous ? reprit-il après un silence. Que se passe-t-il sur le chantier ?
— Je suis en ce moment au monastère, avec Rick. Nous fouillons le quatrième secteur des catacombes. Je pense que nous arriverons au fond en fin de journée, ou demain au plus tard.
— Excellent. Vous faites du bon boulot, André. Je vous rappelle dans un ou deux jours.
Il raccrocha.
Marek replaça le téléphone à sa ceinture, l'air perplexe. Que pouvait-il bien se passer ?
Le bourdonnement de l'hélicopère lui fit lever la tête ; il vit les détecteurs sous le fuselage. Stern avait gardé l'appareil une journée de plus pour faire deux nouveaux passages, un le matin, l'autre l'après-midi. Il

voulait vérifier l'existence des ruines mentionnées par Diane Kramer, savoir exactement ce que les instruments faisaient apparaître.

Marek aurait aimé savoir comment cela se passait, mais, pour lui parler, il avait besoin d'une radio. La plus proche était dans la remise.

— Elsie, lança Marek en entrant, où est la radio pour se mettre en liaison avec David ?

Elsie Kastner, à son habitude, ne répondit pas. Elle continua à scruter le document placé devant elle. Jolie, un peu forte, elle était capable d'une intense concentration. Elle passait des journées entières dans la remise à déchiffrer le texte des parchemins. Son travail exigeait qu'elle maîtrise non seulement les six principales langues de l'Europe médiévale, mais les dialectes oubliés, les jargons et les abréviations. Marek se réjouissait de l'avoir à ses côtés, même si elle gardait ses distances avec l'équipe et si, parfois, elle était un peu bizarre.

— Elsie ?

— Quoi ? fit-elle en levant brusquement la tête. Oh ! pardon, André ! Je suis... euh... un peu... C'est une facture du monastère adressée à un comte allemand, expliqua-t-elle en montrant le parchemin qu'elle étudiait. Le vivre et le couvert de sa suite pour une nuit : vingt-neuf personnes, trente-cinq chevaux. Voilà ce que ce comte emmenait avec lui quand il voyageait. Mais c'est rédigé dans un mélange de latin et d'occitan, et l'écriture est presque illisible.

Elsie prit le parchemin, l'emporta dans un angle de la remise où un appareil photographique monté sur quatre pieds et entouré de lumières stroboscopiques était fixé sur une table. Elle posa le parchemin sur le plateau, le lissa, régla le lecteur et prit la photo en format standardisé.

— Elsie, où est la radio pour appeler David ?

— Oh ! pardon ! Sur la table du fond ; celle qui a une étiquette portant ses initiales, DS.

Marek saisit la radio, établit la communication.

— David ? C'est André.

— Salut, André...

Le bruit sourd des rotors était si fort que Marek l'entendait à peine.

— As-tu trouvé quelque chose ?

— Que dalle, répondit Stern. Absolument rien. Nous avons survolé plusieurs fois le monastère et le bois. Aucun des repères indiqués par Diane Kramer n'est apparu ; SLS, radar, infrarouges, ultraviolets, rien. Je ne comprends pas comment ils ont fait ces découvertes.

Ils allaient à bride abattue sur le plateau dominant la rivière. Plus exactement, Sophie galopait ; ballotté en tous sens, Chris se cramponnait pour ne pas vider les étriers. Par égard pour Chris, cavalier débutant, elle évitait habituellement le galop pendant leurs promenades, mais, ce jour-là, elle filait à travers champs en poussant de petits cris de joie.

Il essayait de ne pas se laisser distancer, priant pour qu'elle s'arrête bientôt. Enfin, elle freina l'allure de son étalon noir ; en attendant que Chris la rejoigne, elle flatta l'encolure de l'animal qui s'ébrouait.

— C'était très excitant, non ?

— En effet, acquiesça Chris qui peinait à reprendre son souffle. On peut le dire.

— Vous vous êtes fort bien débrouillé, Chris. Votre assiette s'améliore.

Il inclina la tête en silence. Il avait le postérieur endolori par la longue chevauchée et les cuisses douloureuses d'avoir serré si fort sa monture.

— C'est beau ici, fit-elle en montrant la rivière et les formes sombres des châteaux sur la rive opposée.

Il la vit avec agacement regarder sa montre. Mais la suite de la promenade fut étonnamment plaisante. Ils allaient côte à côte, les chevaux se touchant presque, elle se penchait pour lui parler à l'oreille ; à un moment, elle le prit par l'épaule et l'embrassa sur la bouche avant de détourner la tête, apparemment embarrassée par sa propre audace.

De l'endroit où ils se trouvaient, ils dominaient tout le site archéologique : les ruines de Castelgard, le monastère et, au loin, La Roque. Les nuages courant dans le ciel projetaient des ombres mouvantes à travers le paysage. L'air était doux et chaud ; la quiétude de l'endroit n'était troublée que par le bruit assourdi d'une automobile.

— Oh ! Chris, soupira-t-elle en entrouvrant la bouche.

Quand leurs lèvres se séparèrent, elle regarda au loin, agita brusquement la main.

Un cabriolet jaune montait en grondant sur la route sinueuse. La voiture de sport s'arrêta à quelques dizaines de mètres ; le conducteur se redressa derrière le volant avant de s'asseoir sur le dossier de son siège.

— Nigel ! s'écria joyeusement Sophie.

Le conducteur répondit d'un geste indolent de la main, décrivant lentement un arc de cercle.

— Chris, voulez-vous être un amour ?

Sophie lui tendit les rênes, mit pied à terre et dévala la pente jusqu'à la voiture, où elle se jeta dans les bras du conducteur. Elle sauta dans le cabriolet, se retourna pour envoyer à Chris un baiser du bout des doigts. La voiture démarra sur les chapeaux de roue.

La ville médiévale de Sarlat était particulièrement ravissante de nuit, avec ses constructions tassées les unes contre les autres et ses rues étroites sous l'éclairage au gaz diffusé par des candélabres. Marek et les étudiants de troisième cycle étaient attablés à la terrasse d'un restaurant de la rue Tourny, où ils buvaient un cahors sous les parasols blancs.

En général, Chris adorait ces soirées, mais, cette fois, tout semblait aller de travers. Il faisait trop chaud, sa chaise était inconfortable. Il avait commandé une pintade aux cèpes, son plat préféré, mais la viande était sèche, les champignons fadasses. Même la conversation lui portait sur les nerfs. Les étudiants évoquaient le plus souvent leur journée de travail, mais, ce soir-là, Kate Erickson avait rencontré des amis de New York, des opérateurs boursiers en vacances avec leurs petites amies. Chris les avait d'emblée trouvés antipathiques.

Les deux hommes, à peine âgés de trente ans, ne cessaient de se lever pour utiliser leur portable. Les femmes travaillaient dans la même agence publicitaire ; elles venaient de terminer la préparation d'une grande réception pour le lancement du dernier livre de Martha Stewart. Leur air affairé, leur côté m'as-tu-vu tapèrent rapidement sur les nerfs de Chris. De plus, ces gens du monde des affaires étaient enclins à considérer les universitaires comme une race légèrement demeurée, incapable de s'adapter au monde réel. Peut-être trouvaient-ils simplement inexplicable que quelqu'un pût choisir une profession qui ne faisait pas de lui un milliardaire à l'âge de vingt-quatre ans.

Il lui fallait pourtant reconnaître qu'ils étaient de bonne compagnie : ils buvaient beaucoup, posaient des tas de questions sur le projet. Les questions habituelles, malheureusement, celles qu'on retrouvait toujours dans la bouche des touristes. *Qu'est-ce que ce site a de si particulier ? Comment savez-vous où il faut creuser ? Comment savez-vous ce qu'il faut chercher ? Jusqu'à quelle profondeur creusez-vous et comment savoir quand s'arrêter ?*

— Pourquoi travaillez-vous à cet endroit ? demanda une des femmes. Qu'est-ce qu'il a de si particulier ?

— C'est un site caractéristique de la période médiévale, répondit Kate, avec deux châteaux qui se font pendant. Mais le principal intérêt est qu'il a été négligé, jamais des fouilles n'y avaient été entreprises.

— Et c'est bien ? demanda la publicitaire, perplexe.

Dans son monde, la négligence était mal vue.

— C'est tout à fait souhaitable, glissa Marek. Dans notre domaine, les meilleures chances de faire des découvertes se présentent quand une zone est restée à l'écart du monde. Comme Sarlat, par exemple.

— L'endroit est ravissant, fit l'autre femme tandis que les deux hommes s'écartaient de la table, le portable à la main.

— Le fait est, reprit Kate, que le vieux Sarlat existe un peu par hasard. La ville était à l'origine un lieu de pèlerinage qui s'est développé autour d'une abbaye bénédictine conservant des reliques. Après la décadence de l'abbaye, Sarlat demeura une ville prospère dont les foires étaient renommées dans toute la région. Mais son importance ne cessa de décroître au fil du temps. Au début du siècle, à l'écart des grands axes, Sarlat était devenue si pauvre que la municipalité n'avait pas de quoi rénover les vieux quartiers ; les maisons anciennes restaient en l'état, sans plomberie ni électricité. Nombre d'entre elles étaient abandonnées. À la fin des années 50, la municipalité s'apprêtait à démolir le quartier ancien pour y construire des logements neufs. André Malraux, le ministre des Affaires culturelles de l'époque, s'y opposa et débloqua les fonds pour entreprendre un programme de restauration. Aujourd'hui, Sarlat est la cité médiévale la mieux préservée de France et l'un des sites touristiques les plus visités.

— C'est intéressant, fit distraitement la femme tandis que les deux hommes revenaient s'asseoir en glissant leur portable dans leur poche.

— Que se passe-t-il ? demanda Kate.

— C'est la clôture à Wall Street, répondit l'un d'eux. Alors, vous parliez de Castelgard. Qu'est-ce que l'endroit a de si particulier ?

— Nous disions qu'il n'y a jamais eu de fouilles là-bas. Mais le site est précieux pour nous, car Castelgard est une ville fortifiée caractéristique du XIVe siècle. La ville est plus ancienne, mais la plupart des ouvrages défensifs ont été construits ou modifiés entre 1300 et 1400 : murs plus épais, enceintes concentriques, douves et portes mieux défendues.

— C'est quelle époque ? demanda l'un des hommes en se versant un verre de vin. L'âge des ténèbres ?

— Non, répondit Marek. C'est ce que nous appelons le bas Moyen Âge.

— Ha ! fit le courtier. Et je parie qu'avant c'est le haut Moyen Âge ?

— Exact.

— Vous voyez ! s'écria l'homme en levant son verre. Gagné du premier coup !

À partir de 40 avant Jésus-Christ, l'Europe était soumise à la loi de Rome. Cette province romaine était nommée Aquitania. Les Romains avaient construit des routes, organisé les échanges commerciaux, maintenu la loi et l'ordre dans toute l'Europe, favorisant sa prospérité.

Vers l'an 400, Rome commença à retirer ses troupes et à abandonner ses places fortes. Après l'effondrement de l'empire, l'Europe sombra dans une période d'anarchie qui allait durer cinq siècles. La population régressa, le commerce périclita, les villes cessèrent de se développer. Les campagnes étaient ravagées par des vagues d'envahisseurs : Goths, Vandales, Huns, Vikings. Cette période sombre constitue le haut Moyen Âge.

— Vers la fin du premier millénaire, expliqua Marek, la situation commença à s'améliorer. Une nouvelle organisation politique et sociale se mit en place, que nous appelons la féodalité. L'agriculture devint plus productive, le commerce et les villes reprirent leur essor. En 1200, l'Europe avait retrouvé sa prospérité et une population plus nombreuse qu'au temps de l'Empire romain. Cette année marque donc le début d'une période de croissance où la culture était florissante.

— Si tout allait pour le mieux, demanda l'un des Américains, l'air sceptique, pourquoi bâtir de nouveaux ouvrages de défense ?

— À cause de la guerre de Cent Ans qui opposa la France et l'Angleterre.

— Une guerre de religion ?

— Non. La religion n'a rien à voir avec ce conflit. À l'époque, tout le monde était catholique.

— C'est vrai ? Et les protestants ?

— Il n'y avait pas de protestants.

— Où étaient-ils ?

— Ils ne s'étaient pas encore « inventés ».

— Ah bon ? Alors, pourquoi se faire la guerre ?

— Pour une question de souveraineté. Une grande partie de la France vivait sous la domination anglaise.

— Qu'est-ce que vous me chantez là ? fit l'autre Américain avec une moue dubitative. La France appartenait à l'Angleterre ?

Marek soupira discrètement.

Aux yeux de Marek, les gens de cette espèce — des

individus ignorants du passé et fiers de l'être — souffraient d'une étroitesse d'esprit.

Ils étaient convaincus que le présent était la seule partie du temps qui comptait, que tout ce qui s'était passé à une époque antérieure ne méritait pas qu'on s'y arrête. Le monde moderne s'imposait irrésistiblement et le passé n'influait aucunement sur lui. Étudier l'histoire était aussi inutile qu'apprendre l'alphabet Morse ou la manière de conduire un attelage de chevaux. La période médiévale, avec ses chevaliers engoncés dans leur pesante armure et les dames en robe longue, coiffées d'un hennin pointu, était si éloignée du temps présent qu'elle ne pouvait à l'évidence constituer un sujet d'intérêt.

La vérité était pourtant que le monde moderne avait été inventé au Moyen Âge. Du système judiciaire à l'idée de nation en tant qu'État, du développement nécessaire de la technique au concept d'amour romantique, tout remontait à l'époque médiévale. Ces boursiers devaient l'idée même d'économie de marché au Moyen Âge. S'ils ne savaient pas cela, ils ne connaissaient pas les données fondamentales de leur propre vie ; ils ignoraient pourquoi ils exerçaient cette activité et même d'où ils venaient.

Comme le professeur Johnston aimait à le dire : « Qui ne connaît pas l'histoire ne connaît rien. » Telle une feuille qui n'a pas conscience de faire partie d'un arbre.

Le boursier n'allait pas s'arrêter en si bon chemin. Il s'enfonça avec l'entêtement dont font montre certaines personnes face à leur propre ignorance.

— C'est bien vrai ? Une partie de la France appartenait à l'Angleterre ? Ça ne tient pas debout. Les Anglais et les Français se sont toujours détestés.

— Pas toujours, rectifia Marek. Il y a six siècles, le monde était complètement différent. Les Français et les Anglais étaient bien plus proches. Depuis la conquête de l'Angleterre par les Normands, en 1066, la nouvelle aristocratie anglaise était de souche française.

Les nobles parlaient français, mangeaient français, vivaient selon les usages français. Rien d'étonnant à ce qu'une partie du territoire de la France leur ait appartenu. L'Aquitaine était ainsi sous leur domination depuis plus d'un siècle.

— Alors, pourquoi se sont-ils fait la guerre ? Les Français avaient décidé de tout garder pour eux ?

— En gros, oui.

— Ça se tient, fit l'Américain d'un air entendu.

Tandis que Marek poursuivait ses explications, Chris passait son temps à essayer d'accrocher le regard de Kate. La lueur des bougies adoucissait singulièrement ce que son visage pouvait avoir d'anguleux, voire de dur. Il la trouvait plus attirante qu'il ne l'aurait imaginé.

Mais elle ne répondait pas à ses regards ; son attention restait fixée sur ses amis boursiers. Comment s'en étonner ? Quoi qu'elles disent, les femmes n'étaient attirées que par les hommes ayant le pouvoir et l'argent. Même des minables comme ces deux-là.

Il se surprit à examiner leur montre. Ils portaient tous deux une grosse et lourde Rolex dont le bracelet métallique n'était pas ajusté, de sorte qu'il pendait mollement sur le poignet, comme un bijou féminin. C'était un signe de désinvolture et d'opulence, une marque de laisser-aller donnant à entendre qu'ils étaient perpétuellement en vacances. Chris en fut prodigieusement agacé.

Quand un des hommes commença à jouer avec sa montre en la faisant tourner autour de son poignet, c'en fut trop pour lui. Il se leva brusquement, marmonna une vague excuse en prétextant des analyses à surveiller sur le chantier et descendit la rue Tourny en direction du parking situé à la limite du vieux Sarlat.

Il eut l'impression tout le long de la rue de ne voir que des couples, des amants enlacés, la tête de la femme posée sur l'épaule de son compagnon. Parfaitement détendus, ils ne semblaient pas éprouver le besoin de parler et se contentaient de jouir du cadre idyllique. Chaque couple qu'il croisait accentuait son irritation et lui faisait presser le pas.

C'est avec soulagement qu'il monta enfin dans sa voiture pour prendre la route du chantier.

Nigel !

Fallait-il être crétin pour s'appeler Nigel !

Le lendemain matin, Kate était encore suspendue dans la chapelle de Castelgard quand sa radio grésilla.

— À table ! À table ! Secteur quatre ! Le déjeuner est servi !

C'était le signal informant l'équipe d'une nouvelle découverte. Ils utilisaient un code pour toutes les transmissions importantes, afin d'échapper aux oreilles indiscrètes. Il arrivait sur d'autres sites que les pouvoirs publics dépêchent des agents pour confisquer les découvertes, sans laisser le temps aux fouilleurs de les répertorier ni de les évaluer. Les autorités françaises avaient une conception éclairée de l'archéologie — meilleure, dans bien des domaines, que celle des Américains —, mais le fait de voir des étrangers s'approprier une part du noble patrimoine national faisait souvent grincer des dents.

Le secteur quatre était situé au monastère. Après avoir hésité à faire tout le chemin, Kate décida d'y aller. En vérité, une grande partie du travail quotidien était morne et répétitive. Ils avaient tous besoin de ces flambées d'enthousiasme.

Elle traversa les ruines de la ville de Castelgard. Contrairement à beaucoup d'autres, Kate était capable de reconstruire en esprit l'ensemble de l'agglomération. Elle aimait Castelgard : c'était une ville au tracé rigoureux, conçue et bâtie en période de guerre. Elle avait toute l'authenticité et la simplicité que Kate n'avait pas trouvées à l'école d'architecture.

En sentant sur son cou et sur ses jambes la chaude caresse du soleil, elle pensa pour la centième fois qu'elle était heureuse d'être en France plutôt qu'à New Haven, dans son bureau exigu du sixième étage dont les fenêtres panoramiques donnaient sur la façade de style pseudo-colonial de l'université Davenport et celle en faux gothique du gymnase Payne Whitney. Le bâtiment de l'école d'architecture était si déprimant ! Elle n'avait jamais regretté d'avoir bifurqué vers l'histoire.

Un été dans le sud de la France ne se refusait pas. Elle s'était facilement intégrée à l'équipe et avait passé jusqu'à présent de bons moments.

Il avait certes fallu repousser quelques hommes. Marek lui avait fait des avances au début du séjour, puis il y avait eu Rick Chang et elle allait bientôt devoir s'occuper du cas de Chris Hugues. Chris avait très mal pris son échec avec la petite Anglaise — il était apparemment le seul à ne pas avoir vu le coup venir — et se comportait maintenant comme un adolescent blessé. Il ne l'avait pas quittée des yeux la veille, pendant le dîner. Les hommes ne semblaient pas se rendre compte qu'un tel comportement venant de quelqu'un qui est sous le coup d'une déception sentimentale a quelque chose de légèrement insultant.

Perdue dans ses pensées, elle gagna la rive où était amarrée la barque qu'ils utilisaient pour traverser la Dordogne.

Devant l'embarcation, un grand sourire aux lèvres, Chris Hugues l'attendait.

Quand ils furent installés, il proposa de prendre les rames ; elle accepta. Chris ramait à une bonne cadence. Kate gardait le silence, les yeux fermés, le visage offert au soleil. Il faisait chaud, elle se sentait bien.

— Quelle belle journée, l'entendit-elle dire.

— Oui, magnifique.

— Tu sais, Kate, poursuivit-il, j'ai passé une bonne soirée, hier. Je me suis dit que peut-être...

— C'est très flatteur, Chris, mais je vais être franche avec toi.

— À quel propos ?

— Je viens de rompre avec quelqu'un.

— Ha ! Eh bien...

— Et je veux prendre du recul.

— Bien sûr, fit-il. Je comprends. Mais nous pourrions quand même...

— Je ne pense pas, coupa-t-elle avec son plus beau sourire.

— Bon, d'accord...

Elle vit la moue boudeuse se dessiner.

— Je crois que tu as raison, déclara-t-il au bout de quelques secondes. Je pense que ce sera mieux si nous restons collègues.

— Collègues, fit Kate en lui serrant la main.

La barque accosta l'autre rive.

Au monastère, il y avait foule autour de l'excavation du secteur quatre.

La fosse avait la forme d'un carré de six mètres de côté ; elle descendait à une profondeur de trois mètres. Au nord et à l'est, les fouilleurs avaient découvert les montants verticaux d'arches de pierre, ce qui indiquait qu'ils se trouvaient maintenant à l'intérieur des catacombes, au-dessous du monastère primitif. Les arches étaient remplies de terre compacte ; la semaine précédente, ils avaient creusé sous l'arche nord une tranchée qui semblait ne mener nulle part. Des madriers l'étayaient et plus personne ne s'en occupait.

Toute la curiosité se portait aujourd'hui sur l'arche est, sous laquelle une tranchée était creusée depuis quelques jours. Les travaux avançaient lentement, car les restes humains y étaient nombreux ; Rick Chang les identifiait comme des soldats.

En regardant à l'intérieur de la fosse, Kate vit que les parois de la tranchée s'étaient effondrées des deux côtés et que la terre avait recouvert le fond. Un amas de terre éboulée interdisait la poursuite des travaux.

Des crânes et quantité d'os longs et jaunâtres avaient été entraînés avec la terre.

Elle vit dans la tranchée Rick Chang et Marek, mais aussi Elsie qui avait quitté sa tanière. Elle prenait des photos à l'aide de son appareil numérique fixé sur un trépied ; elles seraient ultérieurement assemblées par l'ordinateur pour former un angle de trois cent soixante degrés. Prises à un intervalle d'une heure, elles permettaient de suivre toutes les phases de l'excavation.

Marek leva les yeux, vit Kate au bord du trou.

— Je te cherchais. Viens nous rejoindre.

Elle descendit l'échelle jusqu'au fond de la fosse. Cela sentait la poussière sous le chaud soleil de l'après-midi ; elle perçut aussi l'odeur ténue de matières organiques en décomposition. Un os se détacha de sa gangue de terre et roula à ses pieds. Elle ne le toucha pas ; elle savait que les ossements devaient rester tels qu'ils étaient jusqu'à ce que Chang les retire.

— Ce sont peut-être les catacombes, fit Kate, mais ces ossements n'ont pas été réunis en un seul endroit. Y a-t-il eu une bataille ici ?

— Il y a eu des batailles partout, répondit Marek avec un petit haussement d'épaules. Ce qui m'intéresse beaucoup plus, c'est *ça*.

Il montra la voûte en forme d'arc, sans décoration, légèrement aplatie.

— Cistercien, peut-être XIIe siècle...

— Oui, bien sûr. Mais je parle de *ça*.

Juste au-dessous du centre de l'arc, l'effondrement de la tranchée avait laissé un trou noir d'un mètre de large.

— Qu'est-ce que tu as derrière la tête ?

— Je pense que nous devrions aller faire un tour là-dedans. Sans perdre de temps.

— Pourquoi ? demanda Kate. Qu'y a-t-il de si urgent ?

— Il semble qu'il y ait un espace vide à l'intérieur, expliqua Chang. Une salle, peut-être plusieurs.

— Et alors ?

— Cet espace est maintenant exposé à l'air. Pour la première fois depuis six siècles.

— Et l'air contient de l'oxygène, ajouta Marek.

— Tu crois que nous trouverons quelque chose ?

— Je ne sais pas ce que nous trouverons, répondit Marek, mais, en quelques heures, les dégâts pourraient être considérables. Avons-nous le serpent ? poursuivit-il en se tournant vers Rick Chang.

— Non, il est en réparation, à Toulouse.

Le serpent était un câble à fibres optiques qui pouvait être relié à une caméra ; ils l'utilisaient pour explorer des endroits inaccessibles par d'autres moyens.

— Pourquoi ne pas remplir l'espace d'azote ?

L'azote est un gaz inerte, plus lourd que l'air. Injecté par l'ouverture, il remplirait la ou les salles comme de l'eau et protégerait les pièces archéologiques des effets corrosifs de l'oxygène.

— Je le ferais, répondit Marek, si j'avais assez de gaz. Notre plus grosse bouteille ne contient que cinquante litres. C'est très insuffisant.

— Je sais, poursuivit Kate en montrant les ossements, mais, si nous faisons quelque chose maintenant, nous allons déplacer...

— Il n'y a pas à s'inquiéter pour ces squelettes, coupa Rick Chang. Ils ont déjà changé de position. Nous avons dû tomber sur une fosse commune creusée après une bataille. Mais ils n'ont pas grand-chose à nous apprendre.

Il leva la tête vers le bord de l'excavation.

— Chris, qui a le réflecteur ?

— Pas moi. Je crois qu'il a été utilisé ici la dernière fois.

— Non, lança un des étudiants. Il est dans le secteur trois.

Chang demanda aux étudiants d'aller le chercher. Quatre d'entre eux s'éloignèrent au pas de course.

— Elsie, as-tu bientôt fini de photographier ?

— Ne me bouscule pas.

— As-tu fini, oui ou non ?

— Encore une minute.

— Écoutez, tout le monde ! cria Marek en s'adressant aux autres. Je veux des torches, des bouteilles d'oxygène, des masques, des cordes, tout le bazar... Et que ça saute !

Au milieu de l'excitation générale, Kate continuait d'observer la cavité sous l'arche. La voûte lui paraissait fragile, soutenue par des pierres disjointes. Normalement, elles sont maintenues par la clé de voûte, une pierre en forme de coin placée à la partie centrale. Mais là, toute la partie courbée surmontant l'ouverture risquait de s'effondrer. L'amas de terre éboulée n'était pas stabilisé ; elle voyait encore çà et là des pierres se détacher et rouler. Tout cela ne lui disait rien qui vaille.

— André, je ne pense pas qu'il soit prudent de grimper sur ce...

— Qui te parle de grimper ? Nous allons te faire descendre.

— Moi ?

— Oui. Tu seras suspendue à l'arche et tu te glisseras dans le trou. Ne t'inquiète pas, poursuivit-il avec un grand sourire en voyant sa mine horrifiée. Je t'accompagne.

— Tu as conscience que si nous commettons une erreur...

Elle pensait : Nous risquons d'être enterrés vivants.

— Qu'est-ce qu'il y a ? fit Marek. Tu te dégonfles ?

Il n'eut pas à en dire plus.

Dix minutes plus tard, elle était suspendue au bord de la voûte. Elle portait un sac à dos rempli de matériel, auquel était attachée une bouteille d'oxygène ; deux torches pendaient comme des grenades à main des boucles de sa ceinture. Elle avait un masque relevé sur le front ; des fils reliaient la radio à une batterie au fond de sa poche. Avec tout ce matériel, elle se sentait gauche, mal à l'aise. Au-dessus d'elle, Marek tenait la corde de sûreté. Dans la fosse, Rick et les étudiants, le visage tendu, suivaient sa progression.

— Donne-moi un mètre cinquante, dit-elle à Marek.

Il laissa filer la corde. Elle descendit, jusqu'à ce que ses pieds effleurent le tas de terre, qui commença à ruisseler en petits filets.

— Encore un mètre.

Kate se laissa tomber sur les mains et les genoux, faisant porter tout son poids sur la terre. Elle leva un regard inquiet vers l'arche ; la clé de voûte était effritée sur les bords.

— Tout va bien ? demanda Marek.

— Ça va. Je vais entrer dans le trou.

Elle recula en rampant vers la cavité béante, détacha une torche en levant les yeux vers Marek.

— Je ne sais pas si tu y arriveras, André. La terre ne supportera peut-être pas ton poids.

— Très drôle... Je ne te laisse pas y aller seule, Kate.

— Laisse-moi au moins passer la première.

Elle alluma la torche, mit la radio en marche et abaissa le masque pour respirer à travers les filtres. Puis elle entra à quatre pattes dans le trou et disparut dans les ténèbres.

L'air était étonnamment frais. Le faisceau de lumière jaune de la torche courait sur des murs nus et un sol de pierre. Chang avait vu juste : il existait un espace libre au-dessous du monastère. Il semblait se prolonger sur une certaine distance, jusqu'à ce que le passage soit bouché par un amas de terre et de matériaux ; cette salle n'avait pas été remplie de décombres comme les autres. Kate dirigea sa torche vers le plafond pour voir dans quel état il était. Pas fameux.

Elle continua d'avancer à quatre pattes sur le tas de terre, commença à glisser vers le sol. Quelques instants plus tard, elle se tenait debout dans les catacombes.

— J'y suis !

Tout était sombre autour d'elle, l'atmosphère humide. Il flottait une odeur déplaisante, même à travers le masque dont les filtres retenaient les bactéries et les virus. Sur la plupart des sites de fouilles, personne ne se donnait la peine de porter un masque. Ici, ils étaient indispensables ; la peste avait frappé plusieurs fois dans le courant du XIVe siècle, faisant périr un tiers de la population. Sous une de ses formes, la maladie se transmet par les rats, mais, sous sa forme pulmonaire, elle est contagieuse par l'air, de sorte que celui qui pénètre dans un lieu humide et hermétiquement clos depuis des siècles est en droit de s'inquiéter de...

Elle perçut des bruits derrière elle, vit Marek passer par l'ouverture. Il commença à glisser, préféra sauter. Dans le silence qui suivit, ils entendirent tomber la terre et les petits cailloux qu'il avait entraînés.

— Te rends-tu compte que nous pouvons être enterrés ? fit-elle.

— Tu as raison, répondit Marek, il faut toujours voir le bon côté des choses.

Il commença à avancer, une grosse lampe fluorescente munie de réflecteurs à la main, qui éclairait toute une partie de la salle. Maintenant qu'ils voyaient distinctement, elle paraissait bien nue. Sur la gauche se trouvait le cercueil d'un chevalier ; la pierre tombale portant un gisant sculpté avait été déplacée. Ils regardèrent à l'intérieur du cercueil : il était vide. Il y avait aussi contre un mur une table de bois grossièrement assemblée ; elle était nue. Sur la gauche s'ouvrait un passage menant à un escalier dont seules les premières marches étaient visibles, le reste disparaissant sous un amas de décombres. Sur la droite deux monticules de terre bloquaient un autre couloir, une autre voûte...

— Tant d'excitation pour rien, soupira Marek.

Mais Kate redoutait encore qu'un nouvel éboulement ne remplisse la salle. Elle inspecta attentivement les deux tas de terre sur la droite.

— André, fit-elle doucement après un moment de silence. Viens voir.

C'était une petite protubérance couleur de terre, qui

ne ressortait pas sur le fond du monticule, mais dont la surface reflétait la lumière. Kate dégagea l'objet avec la main : de la toile cirée. Elle mit un angle à nu : une toile cirée enveloppant quelque chose.

— Bien, fit Marek par-dessus son épaule. Très bien.

— La toile cirée existait à l'époque ?

— Bien sûr. C'est une invention des Vikings, qui remonte à peu près au IXe siècle. Très répandue en Europe à notre période. Mais je ne crois pas que nous en ayons trouvé d'autres dans le monastère.

Il l'aida à gratter, avec mille précautions, pour éviter que l'amas de terre ne s'éboule sur eux. Ils parvinrent à dégager entièrement la toile cirée ; c'était un rectangle de soixante centimètres de côté, entouré de ficelles imbibées d'huile.

— J'imagine que ce sont des documents, fit Marek.

Ses doigts s'agitaient nerveusement à la lumière de la lampe fluorescente ; il mourait d'envie de l'ouvrir. Mais il parvint à se retenir.

— Nous allons la remonter.

Il glissa le paquet sous son bras, repartit vers l'entrée. Kate jeta un dernier coup d'œil au monticule de terre pour s'assurer que rien ne lui avait échappé. Non. Elle commença à faire pivoter sa torche...

Elle arrêta son geste.

Elle avait aperçu du coin de l'œil quelque chose de brillant. Elle se retourna, fit parcourir le chemin inverse au faisceau lumineux. Il lui fallut quelques secondes pour retrouver ce qu'elle avait vu.

C'était un petit bout de verre dépassant de la terre.

— André ? fit-elle. Je crois qu'il y a autre chose.

Un verre mince et parfaitement transparent. La tranche en était lisse et arrondie, d'aspect presque moderne. Elle essuya la terre du bout des doigts, dégagea un verre de lunettes.

C'était un verre à double foyer.

— Qu'est-ce que tu as trouvé ? demanda André en revenant.

— À toi de me le dire.

Il approcha sa lampe pour mieux voir. Son visage était si près du verre que le bout de son nez le touchait presque.

— Où as-tu trouvé ça ? demanda-t-il, l'air préoccupé.

— Juste là.

— Complètement dégagé, comme il est là ? poursuivit-il sèchement, d'un ton presque accusateur.

— Non, seul le bord était visible. Je l'ai nettoyé.

— Comment ?

— Avec mon doigt.

— Tu es donc en train de dire qu'il était partiellement enfoncé dans la terre ? reprit Marek, comme s'il avait du mal à en croire ses oreilles.

— Qu'est-ce qui te prend ?

— Réponds, s'il te plaît !

— Non, André, il était enfoncé en majeure partie. Seul le bord gauche dépassait.

— J'aurais préféré que tu n'y touches pas.

— Moi aussi. Si j'avais su que tu allais te conduire comme un...

— Il doit y avoir une explication. Tourne-toi.

— Quoi ?

— *Tourne-toi.*

Il la prit par l'épaule, la fit pivoter sans ménagement, jusqu'à ce qu'elle ait le dos tourné.

— Quelle histoire !

Elle regarda par-dessus son épaule pour voir ce qu'il faisait. Il avait approché sa lampe du sac à dos et la déplaçait lentement pour en examiner minutieusement la surface. Le faisceau lumineux descendit sur le short de Kate.

— Pourrais-tu me dire à quoi...

— Tais-toi, s'il te plaît.

Une longue minute s'écoula avant qu'il reprenne la parole.

— La poche gauche de ton sac est ouverte. C'est toi qui as tiré le zip ?

— Non.

— Elle est donc ouverte depuis le début ? Depuis que tu as pris le sac ?

— Je suppose...

— T'es-tu, à un moment ou à un autre, frottée contre le mur ?

— Je ne crois pas.

Elle avait pris soin de ne pas trop s'approcher du mur, craignant qu'il ne s'effrite.

— En es-tu certaine ?

— Bon sang, André, non, je n'en suis pas certaine !

— Bien. Maintenant, à toi de m'inspecter.

Il lui tendit sa lampe et se retourna.

— Que veux-tu que j'inspecte ?

— Ce verre est une contamination. Il faut trouver une explication à sa présence. Regarde si une poche de mon sac est ouverte.

Elle vérifia ; tout était fermé.

— As-tu bien regardé ?

— Oui, répondit-elle avec une pointe d'agacement, j'ai bien regardé.

— Je crois que tu n'as pas pris assez de temps.

— J'ai tout vérifié, André.

Marek considéra longuement l'amas de terre ; de petits cailloux continuaient de ruisseler.

— Il a pu tomber d'un de nos sacs et être recouvert...

— Oui, c'est une possibilité.

— Si tu l'as dégagé avec un doigt, il n'était pas pris dans la terre.

— Non, il est sorti facilement.

— Bon. Nous avons notre explication.

— Laquelle ?

— Je ne sais pas comment, mais ce verre est arrivé avec nous. Pendant que nous étions penchés sur la toile cirée, il est tombé d'un sac et a été recouvert de terre. Au moment de partir, tu l'as vu et tu l'as nettoyé. C'est la seule explication.

— Si tu veux...

Marek prit plusieurs photos du verre, à différentes distances — en gros plan pour commencer, puis en s'éloignant progressivement. Il prit ensuite une pochette en plastique, saisit délicatement le verre à l'aide d'une pince à épiler et le laissa tomber dedans. Après avoir glissé la pochette dans un autre emballage, il ferma le tout avec un adhésif et tendit le paquet à Kate.

— Prends ça, dit-il. Et fais bien attention.

Il semblait plus détendu, mieux disposé à son égard.

Ils gravirent l'un derrière l'autre le monticule de décombres pour retrouver la sortie.

Leur retour fut salué par des acclamations de toute l'équipe ; le paquet de toile cirée fut remis à Elsie qui s'empressa de l'emporter dans la remise. La mine sombre et l'air préoccupé de Rick Chang et de Chris Hugues contrastaient avec les visages souriants qui les entouraient. Ils avaient chacun un casque et avaient suivi toute la conversation dans la salle souterraine.

La contamination d'un site était une affaire extrêmement grave ; tout le monde le savait. Jetant le doute sur le sérieux du travail des fouilleurs, elle mettait en question l'ensemble des découvertes faites sur le site. Un exemple caractéristique était le petit scandale qui avait secoué les Eyzies l'année précédente.

Les Eyzies sont un site archéologique du paléolithique où on étudiait les abris des premiers hommes sous les surplombs rocheux. Les archéologues travaillaient sur un gisement daté de trois cent vingt mille ans quand l'un d'eux était tombé sur un préservatif à demi enterré, encore dans son enveloppe. Le fait qu'on eût découvert cet objet — à demi enterré — laissait supposer qu'ils ne prenaient pas assez de précautions. Un vent de panique souffla sur l'équipe ; l'affolement dura quelque temps, même après le départ de l'étudiant, plus que honteux, qu'on avait renvoyé à Paris.

— Où est ce verre de lunettes ? demanda Chris à Marek.

— C'est Kate qui l'a.

Elle le donna à Chris. Tandis que les derniers vivats retentissaient, il se retourna pour développer le paquet et lever la pochette vers la lumière.

— Moderne, cela ne fait aucun doute, déclara-t-il, le visage renfrogné. Je vais vérifier. N'oublie pas de le mentionner dans le rapport.

Marek l'assura qu'il le ferait.

— La récréation est terminée ! cria Rick Chang en tapant dans ses mains. Tout le monde au boulot !

Marek avait mis une séance de tir à l'arc au programme de l'après-midi. Cette activité amusait les étudiants qui ne rataient jamais un entraînement ; Kate, elle aussi, s'y était mise depuis peu. Ce jour-là, la cible était un épouvantail garni de paille placé à quarante-cinq mètres. Alignés sur le pas de tir, l'arc à la main, les étudiants écoutaient Marek qui allait et venait derrière eux.

— Pour tuer un homme, commença-t-il, n'oubliez pas qu'il portera certainement une plaque de métal qui lui couvre la poitrine. La tête, le cou et les jambes sont moins bien protégés. Pour le tuer, il faut donc viser la tête ou le côté du buste que les plaques de l'armure ne protègent pas.

Kate ne put se retenir de sourire en l'écoutant. André prenait les choses tellement au sérieux. *Pour tuer un homme*. Comme s'il le pensait vraiment. Debout en plein soleil, sur ce pas de tir d'où ne leur parvenait que le bruit étouffé des voitures sur la route, l'idée avait quelque chose d'absurde.

— Mais si vous voulez arrêter un homme, poursuivit Marek, visez la jambe. Il tombera tout de suite. Aujourd'hui, nous utilisons l'arc de cinquante livres.

C'était la puissance nécessaire pour bander l'arc ; l'arme était lourde, difficile à tendre. Les longues flèches mesuraient près de quatre-vingt-dix centimètres. La plupart des étudiants éprouvaient des difficultés, surtout au début ; Marek terminait le plus souvent les séances par des exercices de musculation.

Il parvenait lui-même à bander un arc de cent livres. Les autres avaient de la peine à le croire, mais il affirmait que telle était la puissance des armes au XIVe siècle.

— Bien, reprit Marek. Encochez votre flèche, visez, lâchez.

Une volée de flèches siffla dans l'air.

— Non, non, David, ne tends pas la corde jusqu'à ce que ta main tremble ; garde la maîtrise de ton geste. Karl, pense à la position de tes pieds. Bob, c'est trop haut. Deanna, place bien tes doigts. Pas mal, Rick, tu fais des progrès. Allez, on recommence. Encochez la flèche, visez... lâchez.

L'après-midi touchait à sa fin quand Stern appela Marek à la radio pour lui demander de passer à la remise. Il ajouta qu'il avait de bonnes nouvelles. Marek le trouva devant un microscope, en train d'examiner le verre de lunettes.

— Alors ?

— Tiens. Regarde par toi-même.

Stern s'écarta pour laisser Marek regarder. Il vit la ligne nette divisant le verre en deux parties. Çà et là, des taches blanches peu marquées évoquaient des bactéries par leur forme circulaire.

— Que suis-je censé voir ?

— Regarde le bord gauche.

Il déplaça la lame jusqu'à ce que la tranche apparaisse. Dans le rayon lumineux, elle paraissait très blanche. Marek remarqua que les taches blanches débordaient sur la surface du verre.

— Ce sont des bactéries qui se développent sur le verre, expliqua Stern. Comme le vernis de roche.

C'était le terme employé pour désigner la patine de bactéries et de moisissures qui se formait sur la face inférieure des rochers. Ce dépôt de matière organique pouvait être daté.

— Crois-tu qu'on pourrait l'analyser ? demanda Marek.

— Certainement, répondit Stern, s'il y en a suffisamment pour une datation au carbone 14. Mais je peux d'ores et déjà te dire que ce n'est pas le cas. On ne peut rien avoir de sérieux avec une quantité si faible ; pas la peine d'essayer.

— Alors ?

— La tranche du verre qui nous intéresse est celle qui était découverte, d'accord ? Le bord dont Kate a dit qu'il dépassait de la terre ?

— Oui...

— Alors, il est ancien, André. Je ne saurais dire exactement quel âge il a, mais il ne s'agit pas d'une contamination du site. Rick est en train d'étudier les ossements qui viennent d'être mis au jour ; il pense que certains sont postérieurs à notre période. XVIIIe, peut-être même XIXe siècle. Cela signifie que l'un de ces hommes pouvait porter des lunettes à double foyer.

— Je ne sais pas. Ce verre semble taillé à vive arête...

— Cela ne veut pas dire qu'il soit récent. Il existe depuis deux cents ans d'excellentes techniques de polissage. J'ai pris des dispositions pour que le verre soit examiné par un opticien de New Haven. J'ai demandé à Elsie de s'occuper tout de suite des documents contenus dans la toile cirée, juste pour voir si elle découvre quelque chose de bizarre. En attendant, je crois que nous pouvons nous détendre.

— Bonnes nouvelles, en effet, fit Marek en souriant.

— Je me suis dit que cela te ferait plaisir. On se retrouve pour le dîner.

Ils s'étaient donné rendez-vous sur la grand-place de Domme, un gros bourg perché sur un promontoire, à quelques kilomètres de leur site. À la nuit tombante, Chris, qui avait été bougon toute la journée, commença à être de meilleure humeur et à se réjouir de ce dîner. Il se demandait si Marek avait des nouvelles du Professeur ; dans le cas contraire, que pouvaient-ils faire ? L'attente devenait pesante.

Sa bonne humeur s'envola dès qu'il vit à leur table les deux boursiers flanqués de leurs compagnes. Ils avaient apparemment été invités d'affilée pour un second dîner. Chris s'apprêtait à faire demi-tour, mais Kate se leva et passa le bras autour de sa taille pour le conduire vers la table.

— Je préfère ne pas y aller, fit-il à voix basse. Je ne supporte pas ces gens-là.

Elle exerça sans rien dire une légère pression des doigts, ne le lâcha que lorsqu'il eut pris place avec les autres. Les boursiers offraient le vin : il vit sur la table un château-lafite-rothschild 1995, à deux mille francs la bouteille, au bas mot.

Après tout, se dit-il, il y aura des compensations.

— Cette petite ville est adorable, disait une des femmes. Nous nous sommes promenés le long des remparts. C'est fou ce qu'ils sont longs et hauts. Et puis il y a la porte des Tours, à l'entrée de la ville, vous savez, avec ses tours jumelles. Magnifique.

— N'est-il pas amusant de constater, fit Kate, qu'un grand nombre des villages que nous trouvons si charmants aujourd'hui étaient les centres commerciaux du XIVe siècle ?

— Comment cela ? demanda la publicitaire.

Un grésillement s'éleva de la radio accrochée à la ceinture de Marek.

— André ? Tu me reçois ?

C'était Elsie. Elle travaillait tard, ne sortait jamais dîner avec les autres.

— Oui, Elsie ? fit Marek en prenant la radio.

— Je viens de découvrir quelque chose de très bizarre, André.

— Oui...

— Peux-tu demander à David de venir ? J'ai besoin de lui pour une analyse. Mais, je vous préviens, si c'est une blague, je n'apprécie pas du tout.

Marek entendit un déclic. La communication était coupée.

— Elsie ?

Pas de réponse.

Marek interrogea tout le monde du regard.

— Quelqu'un lui a fait une blague ?

Ses compagnons secouèrent la tête.

— Elle est peut-être en train de craquer, suggéra Chris. Cela ne m'étonnerait pas, à force de passer ses journées à déchiffrer des parchemins.

— Je vais voir ce qu'elle veut, déclara David Stern en se levant.

Il fit quelques pas, puis disparut dans l'obscurité. Chris hésita à le suivre, mais il vit Kate tourner les yeux vers lui en souriant. Il s'enfonça dans son siège et tendit la main vers son verre.

— Vous disiez que ces villages étaient l'équivalent de nos centres commerciaux ?

— Pour un bon nombre d'entre eux, c'est exact, répondit Kate. Et ils étaient tous construits sur le même modèle. Voyez cet emplacement couvert où se tient le marché, poursuivit-elle. C'est la halle. Vous en trouverez beaucoup dans la région, dans les villages fortifiés appelés bastides. Près d'un millier de bastides ont été construites en France au XIVe siècle. Certaines servaient à protéger le territoire, les autres simplement à gagner de l'argent.

Cette affirmation piqua la curiosité des deux boursiers.

— Comment le fait de construire un village peut-il permettre de gagner de l'argent ? demanda vivement l'un d'eux.

— Prenons un noble du XIVe siècle, répondit Kate en souriant, propriétaire de nombreuses terres. La campagne française étant essentiellement composée de forêts, notre seigneur possède de vastes étendues arborées. Il a bien quelques fermiers par-ci, par-là qui lui versent un maigre fermage, mais ce n'est pas comme cela qu'on s'enrichit. En sa qualité de noble, il a cruellement besoin d'argent pour partir en guerre et recevoir avec prodigalité pour tenir son rang. Que peut-il faire pour accroître ses revenus ? Construire une ville neuve. Y attirer des habitants en leur accordant des allègements de redevances et des franchises collectives. En gros, libérer les gens de la seigneurie de certaines obligations féodales.

— Pourquoi leur offrir tout ça ?

— Parce que les commerces se développent rapidement dans la ville et que le revenu indirect s'accroît en conséquence. La population est soumise à des prélèvements de toutes natures. On paie pour emprunter la route qui mène à la ville, pour en franchir les portes, pour vendre sur le marché, pour entretenir les soldats chargés de maintenir l'ordre, pour les prêteurs sur gages du marché.

— Pas mal, fit l'Américain.

— Pas mal, en effet. Le seigneur prélève en outre un pourcentage sur tout ce qui se vend au marché.

— Vraiment ? Quel pourcentage ?

— Il dépend de la ville et de la marchandise, répondit Kate. De un à cinq pour cent, en règle générale. Le marché est donc la raison d'être de la ville. Cela se voit clairement à la manière dont elle est dessinée. Regardez l'église, là-bas. Elle était auparavant le centre de la ville ; les habitants allaient à la messe au moins une fois par jour. Toute la vie sociale tournait autour d'elle. Mais, ici, elle est un peu à l'écart ; c'est le marché qui est au centre de la ville.

— Tous les revenus proviennent donc du marché ?

— Pas tous. La ville fortifiée offrant une protection pour les habitants de la région, les fermiers vont mettre de nouvelles terres en valeur et les exploiter. Il y aura donc de nouveaux fermages. La construction d'une ville neuve est un investissement fructueux, ce qui explique pourquoi elles sont si nombreuses.

— Étaient-elles construites pour cette seule raison ?

— Non, il y a aussi des considérations d'ordre militaire...

La radio de Marek grésilla de nouveau. C'était encore Elsie.

— André ?

— Oui.

— Tu ferais mieux de venir tout de suite. Je ne sais pas ce qu'il faut faire.

— Pourquoi ? Que se passe-t-il ?

— Viens, André. Vite.

Le ronflement sourd du groupe électrogène montait vers le ciel étoilé ; au milieu du champ obscur, la ferme semblait répandre une lumière éclatante.

Tout le monde se rassembla dans la remise. Assise à son bureau, Elsie les considéra l'un après l'autre, d'un regard qui paraissait absent.

— Elsie ?

— C'est impossible ! articula-t-elle.

— Qu'est-ce qui est impossible ? Que se passe-t-il ici ?

Marek lança un coup d'œil en direction de David Stern ; il était penché sur une table, au fond de la pièce.

— Je ne comprends pas, soupira Elsie. Je ne comprends pas.

— Eh bien, fit Marek, commence par le commencement.

— Allons-y... par le commencement.

Elle se leva, traversa la pièce pour montrer la pile de documents posée par terre, sur un bout de toile goudronnée.

— Voilà le paquet des documents découverts dans la journée au monastère et enregistrés sous le numéro M-031. David m'avait demandé de m'en occuper aussi vite que possible.

Tout le monde garda le silence, sans perdre un seul de ses gestes.

— Bon, reprit-elle, voici de quelle manière je procède : je prends une dizaine de parchemins que j'apporte à mon bureau.

Elle regagna son bureau, un paquet de documents à la main.

— Je les étudie un par un. Après avoir résumé le contenu de chaque feuille et saisi le résumé, je photographie la feuille.

Elle passa à la table voisine, glissa un document sous l'appareil-photo.

— Nous savons comment..., commença Marek.

— Non, coupa sèchement Elsie. Tu ne sais rien du tout.

Elle repartit à son bureau, saisit le premier document.

— Je les étudie donc chacun à son tour, reprit-elle. Cette pile contient des parchemins de toute nature : factures, copies de lettres, réponses à des instructions de l'évêché, état des récoltes, listes des possessions du monastère. Tous, à de rares exceptions près, sont datés de l'an 1357.

Elle prit, l'un après l'autre, tous les documents.

— Et puis..., fit-elle en saisissant le dernier. J'ai vu ceci.

Tout le monde écarquilla les yeux.

Pas un son ne sortit des bouches ouvertes.

Le parchemin était du même format que les autres, mais, au lieu d'un texte dense rédigé en latin ou en moyen français, il ne contenait que deux mots tracés à la hâte en bon anglais et une date :

À L'AIDE
4-7-1357

— Pour le cas où quelqu'un se poserait la question, ajouta Elsie, c'est l'écriture du Professeur.

Un profond silence s'était abattu dans la pièce. Tout le monde semblait pétrifié.

Marek réfléchissait à toute allure, passant en revue les différentes hypothèses. Son savoir encyclopédique lui avait valu d'être employé de longues années par le Metropolitan Museum de New York comme consultant externe pour les pièces archéologiques de l'époque médiévale. Il avait en conséquence une grande expérience des faux en tout genre. En pratique, on soumettait rarement à son jugement des documents falsifiés ; les faux étaient le plus souvent des pierres précieuses enchâssées dans un bracelet vieux d'à peine dix années ou une armure fabriquée à Brooklyn. Son expérience lui permettait donc de considérer la situation dans tous ses détails.

— Bon, fit-il. Procédons par ordre. As-tu la certitude que c'est son écriture ?

— Oui, répondit Elsie. Sans l'ombre d'un doute.

— Comment peux-tu le savoir ?

— C'est ma spécialité, André, répondit-elle avec une moue de dédain. Mais regarde par toi-même.

Elle alla chercher une note écrite par Johnston quelques jours plus tôt, en capitales, agrafée à une facture : CHERCHER LA COMMANDE SVP.

Elle la posa à côté du parchemin.

— Les majuscules sont plus faciles à analyser,

expliqua-t-elle. Il y a, par exemple, en bas de son *H* une diagonale peu apparente. Il trace une ligne verticale, lève son stylo, trace la seconde verticale et termine par la barre transversale. Regardez aussi son *P*. Il tire la verticale en commençant par le haut, puis remonte pour former le demi-cercle. Ou le *E* qu'il commence comme un *L* avant de faire une ligne brisée pour tracer les deux barres supérieures. Pas de doute : c'est son écriture.

— Quelqu'un aurait pu l'imiter ?

— Non, pas de falsification. Il y a des signes qui ne trompent pas. Cette écriture est la sienne.

— Aurait-il voulu nous faire une blague ? lança Kate.

— Si c'est le cas, elle n'est pas drôle.

— Et le parchemin qui lui sert de support ? demanda Marek. Est-il aussi ancien que les autres de cette pile ?

— Oui, répondit David Stern en s'approchant. En attendant la confirmation par le carbone 14, il est de la même époque que les autres.

Comment est-ce possible ? se demanda Marek.

— Tu en es certain ? fit-il. Ce parchemin a l'air différent ; la surface m'en semble plus rugueuse.

— Elle l'est, répondit Stern, car elle a été mal grattée. Un parchemin était précieux à l'époque médiévale. Le plus souvent, on effaçait la première écriture pour pouvoir écrire une nouvelle fois. Si on passe celui-ci aux rayons ultraviolets... Quelqu'un peut s'occuper de la lumière ?

Kate éteignit ; Stern fit pivoter une lampe sur la table.

Marek distingua aussitôt une autre écriture sur le parchemin, estompée mais parfaitement visible.

— C'était à l'origine une facture concernant le gîte, glissa Elsie. Le parchemin a été gratté d'une manière grossière et hâtive.

— Tu veux dire que c'est le Professeur qui l'aurait fait ? demanda Chris.

— Je ne sais pas, mais c'est du travail bâclé.

— Bon, fit Marek en se tournant vers Stern, il existe un moyen de savoir une fois pour toutes à quoi s'en tenir. Que penses-tu de l'encre, David ? Est-elle authentique ?

— Je n'en suis pas sûr, répondit Stern après une seconde d'hésitation.

— Tu n'en es pas sûr ? Pourquoi ?

— L'analyse chimique correspond exactement à ce qu'on pouvait attendre, expliqua Stern. Le fer est présent sous la forme d'oxyde de fer, mélangé à de la noix de galle comme liant organique. On pouvait y ajouter du noir de fumée pour la couleur et cinq pour cent de sucre afin de donner à l'encre un aspect brillant. Il s'agit donc d'une encre ordinaire, comme on pouvait en trouver à l'époque. Ce qui, en soi, ne veut pas dire grand-chose.

— Exact, fit Marek.

Stern laissait entendre qu'elle avait pu être trafiquée.

— J'ai donc titré la solution, poursuivit-il, afin de déterminer la proportion exacte de fer et de noix de galle, comme je le fais en général dans les cas douteux. Le résultat indique que l'encre en question est similaire mais pas identique à celle des autres documents.

— Similaire mais pas identique, répéta Marek. Peux-tu préciser ?

— Vous savez que pour les encres médiévales on mélangeait les ingrédients à la main avant usage, car elles ne se conservaient pas. La galle du chêne est une substance organique que l'on utilise broyée, de sorte que l'encre finit par s'altérer. On ajoute parfois du vin comme conservateur. Quoi qu'il en soit, les proportions varient sensiblement d'un document à l'autre ; on peut trouver une différence de vingt à trente pour cent. Cela nous permet de savoir si deux documents ont été écrits le même jour, avec la même encre. Celle qui nous intéresse diffère de vingt-neuf pour cent de l'encre utilisée sur les deux documents voisins.

— Ce n'est pas concluant, déclara Marek. Ces

chiffres ne permettent pas de dire s'il y a falsification ou non. As-tu fais une analyse spectrographique ?

— Je viens de la terminer, répondit Stern. Voici le spectre de trois documents ; celui du Professeur est au milieu.

Trois lignes, une succession de pics et de creux.

— Là aussi, les tracés sont similaires mais pas identiques.

— Pas très similaires, fit Marek en étudiant les spectres. Outre le pourcentage de fer, il y a des traces de différents éléments dans l'encre du Professeur, en particulier ce pic... Que représente-t-il ?

— Du chrome.

— Ce qui signifie que l'encre est moderne, soupira Marek.

— Pas nécessairement.

— Le chrome n'entre pas dans la composition de l'encre des deux autres.

— Exact. Mais on en trouve couramment dans l'encre des manuscrits sur papier.

— Y a-t-il du chrome dans cette vallée ?

— Non, répondit Stern, mais on en importait dans toute l'Europe. Il était utilisé en teinture aussi bien que pour l'encre.

— Et les autres ? poursuivit Marek en montrant plusieurs pics. Désolé, David, je ne marche pas.

— Je suis d'accord, approuva Stern. Ce doit être une blague.

— Mais nous n'aurons pas de certitude sans une datation au carbone 14.

Cette méthode permettrait d'attribuer à cinquante ans près une date à la fois à l'encre et au parchemin. Un résultat assez précis pour régler la question de l'authenticité.

— J'aimerais aussi une datation par thermoluminescence, reprit Stern. Et, tant que nous y sommes, une activation laser.

— On ne peut pas faire ça ici.

— Non. J'emporterai le document aux Eyzies.

Les spécialistes de la préhistoire disposaient d'un laboratoire bien équipé où il était possible d'effectuer des datations au carbone 14 et au potassium-argon, et de réaliser une activation neutronique et d'autres analyses délicates. Les résultats n'étaient pas aussi précis que dans les laboratoires de Paris ou de Toulouse, mais les scientifiques obtenaient une réponse en quelques heures.

— Crois-tu que ce sera possible cette nuit ?

— Je vais essayer, répondit Stern.

Chris vint se joindre à eux ; il avait essayé d'appeler le Professeur sur son portable.

— Je n'ai eu que sa messagerie vocale, fit-il.

— Très bien, dit Marek. Nous ne pouvons rien faire de plus dans l'immédiat. Je considère que ce message est une plaisanterie douteuse — j'ignore qui en est l'auteur, mais, pour moi, c'est une plaisanterie. Nous en ferons une datation demain ; il ne fait aucun doute qu'il se révélera récent. Avec tout le respect que je dois à Elsie, il s'agit probablement d'un faux.

Elsie commença à bredouiller quelque chose, mais Marek n'avait pas terminé.

— En tout état de cause, poursuivit-il, le Professeur doit appeler demain ; nous lui demanderons ce qu'il en est. En attendant, je suggère que nous allions nous coucher et que nous prenions une bonne nuit de repos.

Marek ferma silencieusement la porte avant d'allumer la lumière. Il fit le tour de la pièce du regard.

Impeccablement ordonnée, comme il s'y attendait, la chambre avait la propreté d'une cellule de moine. Cinq ou six dossiers étaient empilés près du lit ; d'autres documents étaient rangés à côté d'un ordinateur portable. Il fouilla rapidement le tiroir du bureau.

Il ne trouva pas ce qu'il cherchait.

Il ouvrit ensuite la penderie. Les vêtements du Professeur étaient disposés sur des cintres régulièrement espacés. Marek passa de l'un à l'autre, tâtant toutes les poches. Rien. Peut-être n'étaient-elles pas là ; peut-être les avait-il emportées à New York.

Il y avait une commode de l'autre côté de la porte. Il regarda dans le tiroir du haut : de la monnaie dans une soucoupe, des billets de banque américains entourés d'un élastique, quelques objets personnels, un couteau, un stylo, une montre, rien de particulier.

Il vit un étui en plastique, couché sur la tranche.

Il l'ouvrit. L'étui contenait des lunettes ; il les posa sur la commode.

De forme ovale, les verres étaient à double foyer.

Marek prit un petit sac en plastique dans la poche de sa chemise. Il entendit un craquement derrière lui ; en se retournant, il vit Kate Erickson se glisser dans la chambre.

— On fouine dans les sous-vêtements du Professeur ? lança-t-elle, l'air étonné. J'ai vu de la lumière sous la porte et je suis entrée.

— Sans frapper ?

— Qu'est-ce que tu fais là ?...

Elle s'interrompit en voyant la pochette en plastique.

— C'est ce à quoi je pense ?

— Oui.

À l'aide d'une pince, Marek sortit le verre à double foyer de la pochette en plastique, le plaça sur la commode, à côté des lunettes de rechange du Professeur.

— Pas identiques, fit Kate, mais je dirais que le verre est le sien.

— Moi aussi.

— C'est ce que tu as toujours pensé, non ? Il est le seul sur le site à porter des lunettes à double foyer. La contamination ne peut venir que de son verre.

— Il n'y a pas de contamination, rectifia Marek. Ce verre est ancien.

— Quoi ?

— David affirme que la tache blanche est produite par des bactéries. Ce verre n'est pas moderne, Kate.

Elle se pencha pour l'examiner de près.

— Pas possible, fit-elle. Observe la manière dont les verres sont taillés. Ce verre et les lunettes sont pareils.

— Je sais, mais David affirme qu'il est ancien.

— Quel âge ?

— Il ne peut pas le dire précisément.

— Il ne peut pas le dater ?

— Pas assez de matière organique, expliqua Marek en secouant la tête.

— Alors, fit Kate, si je comprends bien, tu es venu dans sa chambre pour...

Elle s'interrompit, regarda une nouvelle fois les lunettes.

— Je croyais t'avoir entendu dire que le message était un faux, reprit-elle, le front plissé.

— Je l'ai dit.

— Mais tu as aussi demandé à David s'il pouvait faire la datation au carbone 14 dès ce soir ?

— En effet.

— Puis tu es venu ici, avec le verre, parce que tu es préoccupé par...

Elle agita vivement la tête, comme pour s'éclaircir les idées.

— Par quoi exactement ? Que se passe-t-il, à ton avis ?

— Je n'en ai pas la moindre idée, répondit Marek en la regardant dans les yeux. Cette histoire est dénuée de sens.

— Mais tu es préoccupé ?

— Oui, répondit Marek. C'est le moins qu'on puisse dire.

Le lendemain matin, dès le lever du jour, un soleil éclatant avait illuminé le ciel d'azur. Le Professeur n'appela pas en début de matinée. Marek essaya deux fois de le joindre, mais il n'entendit que sa voix enregistrée : « Laissez-moi un message, je vous rappellerai. »

Pas de nouvelles non plus de David Stern. On leur avait dit au laboratoire des Eyzies qu'il était occupé. « Il recommence les analyses, avait expliqué un technicien sans cacher son agacement. C'est la troisième fois ! »

Marek se demandait pourquoi. Il envisagea d'aller voir par lui-même — le trajet en voiture n'était pas long —, mais décida de rester à la ferme, pour le cas où le Professeur appellerait.

— Viens voir ! lança soudain Elsie.

— Qu'est-ce qu'il y a ?

Elle était penchée sur un autre parchemin.

— Ce document fait partie de la pile voisine de celle où nous avons trouvé le message du Professeur.

— Et alors ? fit Marek en s'approchant.

— On dirait qu'il y a des traces d'encre venant du stylo du Professeur. Regarde : là et là.

— Il devait être en train d'étudier ce parchemin juste avant d'écrire son message.

— Elles sont dans la marge, insista Elsie. Comme une annotation.

— Sur quoi ? De quoi parle ce document ?

— D'histoire naturelle. C'est la description par un moine d'un cours d'eau souterrain. Il dit qu'il faut être prudent à certains endroits indiqués par un nombre de pas, etc.

— Un cours d'eau souterrain, répéta Marek sans manifester aucun intérêt.

Les moines étaient les érudits de leur région. Ils aimaient à rédiger de courts essais sur telle ou telle particularité géographique locale, la menuiserie, la période idéale pour la taille des arbres fruitiers ou la bonne méthode pour entreposer les céréales en hiver. Ils traitaient de curiosités et se trompaient souvent.

— « Frère Marcel a la clé », reprit Elsie en lisant le texte. Je me demande ce que cela signifie. C'est l'endroit où le Professeur a fait ses marques d'encre. Et puis, cela parle de... pieds géants..., non, de pieds du géant. Les pieds du géant... Ensuite, le mot *vivix*, ce qui veut dire en latin... voyons... je ne connais pas.

Elle se tourna pour consulter un dictionnaire.

Incapable de tenir en place, Marek alla faire quelques pas dehors. Il se sentait nerveux, irritable.

— Curieux, fit Elsie. Je ne trouve pas le mot *vivix* dans ce dictionnaire.

Méthodique, comme toujours, elle nota le mot sur une feuille.

Marek soupira.

L'attente était interminable.

Le Professeur n'appelait pas.

À midi, les étudiants commencèrent à se diriger vers la grande tente où était servi le déjeuner. Marek se planta à l'entrée pour les regarder. Ils semblaient insouciants, se bousculaient en riant, échangeaient des plaisanteries.

Quand le téléphone sonna, il pivota d'un bloc. Elsie décrocha.

— Oui, l'entendit-il dire. Il est avec moi, je vous le passe.

— Le Professeur ? demanda-t-il à voix basse en s'approchant à grands pas.

— Non, répondit-elle. C'est quelqu'un d'ITC.

Elle lui tendit le combiné.

— André Marek à l'appareil.

— Veuillez patienter un instant, monsieur Marek. M. Doniger désire vivement vous parler.

— Vraiment ?

— Oui. Nous essayons de vous joindre depuis plusieurs heures. Veuillez patienter, je vais vous mettre en communication avec lui.

Un long silence. Un morceau de musique classique. Marek couvrit le microphone de la main.

— Doniger, souffla-t-il en direction d'Elsie.

— Bravo ! Tu as la cote ! Le grand chef en personne.

— Pourquoi Doniger veut-il me parler ?

Cinq minutes plus tard, il était toujours en attente quand Stern entra dans la remise.

— Tu ne vas jamais me croire, fit-il en secouant la tête.

— Ah bon ? fit Marek. Qu'est-ce qu'il y a ?

Sans répondre, Stern lui tendit une feuille de papier sur laquelle étaient inscrits quelques chiffres :

638 ± 47 BP

— Qu'est-ce que c'est ? demanda Marek.

— La date de l'encre.

— De quoi parles-tu ?

— L'encre sur le parchemin, expliqua Stern. Elle a six cent trente-huit ans, plus ou moins quarante-sept.

— Quoi ? s'écria Marek ?

— Tu as bien entendu. L'encre est datée de 1361 après Jésus-Christ.

— *Quoi ?*

— Je sais, je sais, fit Stern. Nous avons fait l'analyse trois fois de suite. Le résultat est indiscutable. Si le Professeur est vraiment l'auteur de ce message, il l'a écrit il y a six cents ans.

Marek retourna la feuille. Le verso portait une autre inscription :

1361 apr. J.-C. ± 47 ans.

Dans l'écouteur de Marek, la musique s'interrompit brusquement.

— Bob Doniger à l'appareil, fit une voix vibrante. Docteur Marek ?

— Oui.

— Vous ne vous en rappelez peut-être pas, mais nous nous sommes rencontrés il y a deux ans, quand j'ai visité le site.

— Je m'en souviens parfaitement.

— J'appelle au sujet du professeur Johnston. Nous sommes très inquiets pour sa sécurité.

— Il a disparu ?

— Non, il n'a pas disparu. Nous savons exactement où il se trouve.

Quelque chose dans le ton de Doniger fit froid dans le dos à Marek.

— Alors, je peux lui parler ?

— Pas pour l'instant, je le crains.

— Le Professeur est en danger ?

— Difficile à dire. J'espère que non. Mais nous allons avoir besoin de votre aide et de celle de vos collaborateurs. Un avion est en route pour vous prendre.

— Il semble, monsieur Doniger, que nous soyons en possession d'un message du professeur Johnston daté d'il y a six cents ans...

— Pas au téléphone ! coupa sèchement Doniger.

Marek remarqua qu'il ne semblait pas le moins du monde étonné.

— Il est midi en France, n'est-ce pas ? poursuivit Doniger.

— Oui. Passé de quelques minutes.

— Très bien, fit Doniger. Choisissez les trois membres de votre équipe qui connaissent le mieux la région. Prenez une voiture pour vous rendre à l'aérodrome de Bergerac. Ne perdez pas de temps à faire des bagages ; nous vous fournirons tout à votre arrivée. L'avion atterrira à quinze heures, heure locale, et vous emmènera au Nouveau-Mexique. C'est compris ?

— Oui, mais...

— Je vous verrai à votre arrivée.

Et Doniger raccrocha.

David Stern n'avait pas quitté Marek des yeux pendant la conversation téléphonique.

— Que se passe-t-il ?

— Va chercher ton passeport.

— Comment ?

— Va chercher ton passeport. Et reviens avec la voiture.

— Nous partons quelque part ?

— Oui, répondit Marek en saisissant sa radio.

Des remparts du château de La Roque, Kate Erickson regardait la vaste cour intérieure couverte d'herbe, six mètres en contrebas. L'espace grouillait de touristes en bermuda et chemise de couleurs vives. Des appareils-photos crépitaient dans toutes les directions. Elle entendit une fillette protester.

— Encore un château, maman. Pourquoi faut-il visiter tous ces châteaux ?

— Cela intéresse papa, répondit la mère.

— Mais ils sont tous pareils !

— Je sais, mon poussin.

À quelques mètres de là, le père se tenait à l'entrée d'un mur bas délimitant une ancienne salle.

— Et là, fit-il en s'adressant à sa petite famille, nous avons le salon de réception.

Kate vit aussitôt qu'il n'en était rien. L'homme se trouvait à l'intérieur des vestiges de la cuisine, comme en témoignaient sur sa gauche les trois fours encore visibles dans le mur et la pierre à évier juste derrière lui.

— Que faisaient-ils dans cette salle ? demanda la fillette.

— Ils donnaient des banquets et les chevaliers venaient y rendre hommage au roi.

Kate ne put s'empêcher de soupirer. Il n'était mentionné nulle part qu'un roi eût jamais séjourné à La Roque. Tout au contraire, les documents d'époque indiquaient que le château avait toujours été une demeure privée. Bâti au XIe siècle par Armand de Cléry, il avait été considérablement renforcé au XIVe siècle par un nouveau mur d'enceinte et des ponts-levis supplémentaires. Ces travaux avaient été réalisés vers 1302 par un chevalier du nom de François le Gros.

Malgré son patronyme, François était un chevalier anglais ; il avait donné au château le nouveau style architectural instauré par le roi Edward Ier. La demeure était vaste, avec de spacieuses cours intérieures et des appartements confortables pour le seigneur. Un style convenant parfaitement à François qui, au dire de tous, avait un sens artistique développé, un penchant à la paresse et une fâcheuse propension à dilapider ses biens. Il fut ainsi contraint d'hypothéquer le château, puis de s'en séparer. Au long de la guerre de Cent Ans, La Roque passa successivement entre les mains de plusieurs seigneurs. Mais les fortifications résistèrent ; le château ne fut jamais pris à la suite d'un siège ; il ne changea de mains que par des transactions.

D'où elle se trouvait, Kate voyait le salon de réception sur la gauche. Les rares vestiges subsistant dessinaient une salle bien plus vaste, longue de trente mètres. La cheminée monumentale — trois mètres de haut, près de quatre de large — était encore visible. Kate savait qu'une salle de ces dimensions devait avoir des murs de cette hauteur et un plafond à poutres apparentes. Elle distingua très haut dans la pierre des entailles où venaient s'encastrer les énormes poutres horizontales. Au-dessus il devait y avoir des entretoises pour soutenir le toit.

Un groupe de touristes britanniques passa derrière elle sur l'étroit chemin de ronde. Elle entendit le guide s'adresser à eux.

— Ces remparts ont été construits en 1363 par François le Mauvais, un seigneur qui portait bien son nom. Il aimait torturer les hommes, les femmes et même les enfants dans les cachots du château. En regardant sur votre gauche, vous verrez le Saut de l'Amante, où Mme de Renaud a trouvé la mort en 1292, pour échapper au déshonneur de porter l'enfant d'un valet d'écurie. Mais on ignore si elle a sauté ou si elle a été poussée par le mari trompé...

Kate soupira de nouveau. Où allaient-ils chercher tout ça ? Elle se pencha sur son carnet de croquis, où elle relevait le tracé des murs. Le château avait des passages secrets. François le Gros était un architecte de talent : ses passages étaient essentiellement destinés à la défense. L'un d'eux partant des remparts arrivait au fond du salon de réception, derrière l'énorme cheminée. Un autre suivait les fortifications le long des remparts sud.

Mais Kate n'avait toujours pas découvert le plus important. D'après le célèbre chroniqueur Froissart, jamais des assiégeants n'avaient pu s'emparer du château ; personne n'avait trouvé le passage secret permettant d'acheminer l'eau et les vivres. Selon certaines rumeurs, il aurait été relié au réseau de cavernes creusées sous le château ; d'autres affirmaient qu'il courait sur une certaine distance, jusqu'aux falaises, où son ouverture était masquée.

La méthode la plus facile consisterait à déterminer l'endroit où il débouchait à l'intérieur du château pour pouvoir le remonter jusqu'à son issue. Pour ce faire, elle avait besoin de matériel ; le mieux serait certainement un radar au sol. Mais le château devait être vide. Il ne fermait que le lundi ; ils le feraient peut-être le lundi suivant, si...

Un crépitement annonça un appel radio.

— Kate ?

C'était Marek.

Elle approcha l'appareil de son visage, appuya sur la touche d'émission.

— Oui, c'est moi.

— Reviens tout de suite à la ferme, dit Marek. C'est urgent.

Il coupa la communication.

À trois mètres de profondeur, Chris Hugues entendait le gargouillement du régulateur tandis qu'il réglait la longueur de la corde qui lui permettait de résister au courant. La visibilité n'était pas mauvaise ce jour-là — près de quatre mètres — et il distinguait la totalité de la pile la plus proche de la rive du pont fortifié. De la base du pilier, un amoncellement de grosses pierres partait en ligne droite vers le milieu de la rivière. Ces pierres étaient les vestiges de la travée du pont.

Chris se déplaçait le long de cette ligne en examinant attentivement les pierres. Il cherchait des entailles, des encastrements qui lui permettraient de déterminer où des poutres avaient été utilisées. Il essayait de loin en loin de retourner une pierre, mais il était difficile de rencontrer un point d'appui sous l'eau.

Il avait laissé en surface un flotteur muni d'un fanion rayé de rouge, destiné à le protéger des kayakistes. C'était du moins le but recherché.

Il sentit un coup sec sur la corde, une traction qui l'arracha au fond. En remontant à la surface, sa tête heurta une coque jaune. Le flotteur à la main, le kayakiste hurlait quelque chose dans une langue qui devait être de l'allemand. Chris retira son masque.

— Voulez-vous lâcher ça, s'il vous plaît ?

L'homme lui répondit d'une phrase en allemand incompréhensible tout en montrant la rive d'un air irrité.

— Écoutez, mon vieux, je ne sais pas à quoi vous...

L'homme continua de crier, le doigt pointé vers la rive.

Chris tourna la tête.

Debout au bord de l'eau, un étudiant brandissait une radio. Il criait quelque chose qu'il fallut un moment à Chris pour comprendre.

— Marek veut que tu rentres à la ferme... Immédiatement.

— Dans une demi-heure, dès que j'ai terminé...

— Il a dit *immédiatement*.

Au loin, sur les *mesas* couraient de gros nuages noirs annonciateurs de pluie.

— Ils ont accepté de venir, annonça Doniger en raccrochant le téléphone de son bureau.

— Bien, fit Diane Kramer, debout devant lui, dos aux fenêtres. Nous avons besoin de leur aide.

— Malheureusement, soupira Doniger.

Il se leva, commença à aller et venir dans la pièce, incapable, comme d'habitude, de rester en place quand il réfléchissait.

— Je n'ai toujours pas compris comment nous avons perdu le Professeur, reprit Diane. Il a dû entrer dans l'autre monde. Vous lui aviez interdit de le faire et dit de ne pas partir...

— Nous ignorons ce qui s'est passé, coupa Doniger. Nous n'en avons pas la moindre idée.

— Nous savons seulement qu'il a écrit un message.

— D'après Kastner, oui. Quand lui avez-vous parlé ?

— Hier soir ; elle m'a appelée dès qu'elle l'a su. C'est une femme sur qui on peut compter...

— Peu importe ! lança Doniger avec un geste agacé de la main. Ce n'est pas vital !

C'était son expression quand il estimait que quelque chose n'était pas à propos.

— Qu'est-ce qui est vital ? demanda Diane.

— De le ramener, répondit Doniger. Il est essentiel de ramener le Professeur. Ça, c'est vital !

— Aucun doute là-dessus, approuva Diane.

— Personnellement, poursuivit Doniger, il m'a paru chiant comme la pluie. Mais si nous ne le ramenons pas, ce sera une catastrophe pour notre image.

— Oui. Une catastrophe.

— Je réglerai le problème.

— Vous réglerez le problème, je n'en doute pas.

Au fil des ans, Diane Kramer avait pris l'habitude de répéter tout ce que disait Doniger quand il réfléchissait à voix haute. Pour quelqu'un de l'extérieur, cela pouvait passer pour de la flagornerie, cependant ce comportement avait son utilité pour Doniger. En l'entendant répéter ce qu'il venait de dire, il se trouvait souvent en désaccord avec ses propres paroles. Diane avait conscience de lui servir de faire-valoir. Cela ressemblait à une conversation entre deux personnes, pourtant il n'en était rien ; Doniger se parlait à lui-même.

— Le problème, reprit-il, est que le nombre de ceux qui sont au courant de cette technologie va croissant, mais que cela ne nous apporte pas grand-chose en retour. Rien ne prouve que ces jeunes gens réussiront à ramener Johnston.

— Ils sont les mieux placés pour le faire.

— Ce n'est qu'une présomption, répliqua Doniger en se remettant à faire les cent pas. Faible.

— Je suis d'accord, Bob. Elle est faible.

— Et cette équipe de secours que vous avez envoyée ? Qui en faisait partie ?

— Gomez et Baretto. Ils n'ont vu le Professeur nulle part.

— Combien de temps sont-ils restés ?

— Une heure, à peu près.

— Ils ne sont pas entrés dans l'autre monde ?

— À quoi bon leur faire courir des risques inutiles, Bob ? Ce sont deux anciens marines. Même s'ils étaient passés de l'autre côté, ils n'auraient pas su où chercher. Ni même ce qu'il y a à redouter. Tout est complètement différent là-bas.

— Les étudiants, eux, sauront peut-être où chercher.

— C'est l'idée, fit Diane.

Un roulement de tonnerre se fit entendre au loin. Les premières gouttes de pluie s'écrasèrent sur les vitres du bureau. Doniger les regarda ruisseler.

— Et si nous perdons aussi les étudiants ?

— Une catastrophe pour notre image.

— Peut-être, fit Doniger. Mais nous devons nous préparer à cette éventualité.

Dans un hurlement strident de moteurs, le *Gulf-stream V*, portant sur la queue l'inscription *ITC* en grosses lettres argentées, roula vers eux sur la piste. L'escalier s'abaissa, une hôtesse en uniforme déroula un tapis rouge.

Les étudiants n'en croyaient pas leurs yeux.

— C'est pas une blague, souffla Chris Hugues. Nous avons droit aux honneurs.

— Allons-y, fit Marek, son sac à dos sur l'épaule, en entraînant les autres vers l'appareil.

Il avait refusé de répondre à leurs questions, alléguant son ignorance. Il donna le résultat de la datation au carbone 14, ajouta qu'il n'avait pas d'explication. Il leur dit qu'ITC voulait qu'ils viennent en aide au Professeur, que c'était urgent. Il s'en tint là. Et il remarqua que Stern, lui aussi, gardait le silence.

L'intérieur de l'appareil était gris et argent ; l'hôtesse demanda ce qu'ils désiraient boire. Tout ce luxe contrastait avec l'aspect rude de l'homme aux cheveux poivre et sel qui vint les rejoindre. Il portait un complet, mais Marek sentit la poigne d'un militaire dans la main qu'il leur donna à serrer à tour de rôle avant de se présenter.

— Je m'appelle Gordon, je suis vice-président d'ITC. Bienvenue à bord. La durée du vol jusqu'au

Nouveau-Mexique est de neuf heures quarante minutes. Vous feriez mieux d'attacher vos ceintures.

À peine installés dans leur siège, ils sentirent que l'appareil commençait à rouler. Peu après, les moteurs se mirent à rugir ; quand Marek regarda par le hublot, il vit la piste et les champs rapetisser sous l'appareil.

Cela aurait pu être pire, se dit Gordon en regardant le petit groupe. Bien sûr, c'étaient des universitaires, ils se sentaient un peu perdus. Et il n'y avait pas de coordination entre eux, pas d'esprit d'équipe.

Ils semblaient par ailleurs en bonne condition physique, surtout Marek ; il paraissait costaud. La fille n'avait pas l'air mal non plus : bonne tonicité des bras, cals aux mains, un air compétent. Elle serait peut-être en mesure de résister à la pression.

Mais le petit mignon ne serait pas à la hauteur. Gordon soupira quand Chris tourna la tête vers le hublot et se passa la main dans les cheveux en voyant son reflet sur le verre.

Quant au quatrième, Gordon n'arrivait pas à se faire une idée sur lui. Il passait manifestement du temps en plein air ; ses vêtements étaient décolorés, ses lunettes rayées. Mais Gordon avait reconnu un technicien, un de ces types incollables sur le matériel et les circuits et qui ne savent rien du monde réel. Difficile de dire comment il réagirait si les choses tournaient mal.

— Allez-vous nous expliquer ce qui se passe ? demanda Marek.

— Je pense que vous le savez déjà, répondit Gordon. N'est-ce pas ?

— J'ai un parchemin de six cents ans portant l'écriture du professeur Johnston. Avec une encre du même âge.

— En effet.

— Mais j'ai de la peine à le croire.

— Pour exprimer les choses simplement, répliqua Gordon en se levant pour aller les rejoindre, c'est aujourd'hui une réalité technologique. Oui, cela peut être réalisé.

— Vous parlez du voyage dans le temps, fit Marek.

— Non, répondit Gordon, pas du tout. Le voyage dans le temps est impossible. Tout le monde le sait. Le concept même de voyage dans le temps n'a aucun sens, poursuivit-il, puisque le temps ne s'écoule pas. Le fait que nous considérions que le temps passe n'est qu'un accident de notre système nerveux ; c'est l'impression que les choses nous donnent. En réalité, le temps ne passe pas ; c'est nous qui passons. Le temps lui-même est invariant : il *est*. En conséquence, le passé et l'avenir ne sont pas des endroits distincts, comme le sont New York et Paris. Et comme le passé n'est pas un endroit, on ne peut s'y rendre.

Personne n'ouvrit la bouche, mais tous les regards étaient braqués sur Gordon.

— Il faut que les choses soient parfaitement claires, reprit-il. La technologie d'ITC n'a rien à voir avec le voyage dans le temps, du moins pas directement. Ce que nous avons mis au point est une forme de voyage dans l'espace. Pour être précis, nous utilisons la technologie quantique pour opérer un changement orthogonal de coordonnées dans le plurivers.

Ils le regardaient maintenant d'un air ébahi.

— Cela signifie, poursuivit Gordon, que nous nous rendons en un autre point du plurivers.

— Qu'est-ce que c'est ?

— Le plurivers est le monde défini par la mécanique quantique. Ce qui veut dire...

— La mécanique quantique ? lança Chris. Qu'est-ce que c'est ?

— C'est assez difficile à expliquer, reprit Gordon après un silence. Mais comme j'ai affaire à des historiens, je vais essayer de le faire d'un point de vue historique.

« Il y a un siècle, poursuivit Gordon, les physiciens pensaient que l'énergie — la lumière, le magnétisme, l'électricité — prenait la forme d'ondes continues. On parle aujourd'hui encore d'ondes radio et d'ondes lumineuses. Établir que toutes les formes d'énergie partagent cette nature ondulatoire fut l'une des grandes avancées de la physique du XIXe siècle. Mais il existait un petit problème. On savait qu'un flux lumineux projeté sur une plaque de métal produit un courant électrique. Le physicien Max Planck a étudié la relation entre la quantité de lumière projetée sur la plaque et la quantité de courant ainsi produit ; il en a conclu que l'énergie n'était pas une onde continue. Elle semblait au contraire être composée d'unités qu'il nomma les *quanta*. Cette découverte fut le point de départ de la physique quantique. Quelques années plus tard, Einstein démontra que l'on pouvait expliquer l'effet photoélectrique en admettant que la lumière était composée de particules qu'il appela *photons*. Ces photons frappent la surface de la plaque et éjectent des électrons, produisant un courant électrique. Mathématiquement, les équations étaient acceptables ; elles allaient dans le sens de la théorie selon laquelle la lumière est composée de particules. Vous me suivez ?

— Oui...

— Peu après, des physiciens commencèrent à se rendre compte que non seulement la lumière mais toutes les formes d'énergie étaient composées de particules. En réalité, toute la matière contenue dans l'univers prenait la forme de particules. Autour du noyau de l'atome constitué de particules lourdes circulaient des particules plus légères appelées *électrons*. D'après la nouvelle théorie, tout était donc constitué de particules. D'accord ?

— D'accord...

— Les particules sont des unités discrètes ou quanta. La théorie décrivant leur comportement s'appelle la théorie des quanta. Une découverte de la plus haute importance de la physique du XXe siècle.

Tout le monde hochait silencieusement la tête.

— En poursuivant l'étude de ces particules, reprit Gordon, les physiciens se sont rendu compte que ce sont de très étranges entités. On ne peut être sûr de l'endroit où elles se trouvent, on ne peut les mesurer avec précision, on ne peut prédire leur comportement. Tantôt elles réagissent comme des particules, tantôt comme des ondes. Il peut se produire une interaction entre deux particules, même si elles sont à des millions de kilomètres l'une de l'autre, sans aucun lien entre elles. Et ainsi de suite. La théorie commence à paraître vraiment bizarre. Il faut en retenir deux choses : la première est que la théorie des quanta est confirmée par de multiples expériences ; jamais la vérité d'une théorie n'a été prouvée à ce point dans l'histoire de la science. Les scanners des supermarchés, les lasers, les circuits intégrés reposent tous sur les principes de la mécanique quantique. Il ne peut y avoir aucun doute sur le fait que la théorie des quanta est la description mathématique correcte de l'univers. Le problème est qu'il s'agit *seulement* d'une description mathématique ; ce n'est qu'un système d'équations. Et les physiciens n'étaient pas en mesure de se représenter le monde tel que ces équations le décrivaient ; il était trop bizarre, trop contradictoire. Voilà qui déplaisait à Einstein, en particulier ; il avait le sentiment que cela impliquait que la théorie était imparfaite. Mais elle ne cessait d'être confirmée et la situation ne s'arrangeait pas. Même les scientifiques recevant le prix Nobel pour leur contribution à la théorie des quanta étaient obligés de reconnaître qu'ils ne la comprenaient pas. Cela donne une situation très curieuse : il existe pendant la majeure partie du XXe siècle une théorie de l'univers dont tout le monde se sert, dont tout le monde s'accorde à dire qu'elle est exacte, mais dont personne n'est capable d'expliquer ce qu'elle dit du monde.

— Qu'est-ce que tout cela a à voir avec le plurivers ? demanda Marek.

— Nous y arrivons.

Gordon poursuivit en disant que nombre de physiciens avaient essayé d'expliquer les équations. Tous, pour une raison ou pour une autre, avaient échoué. Mais, en 1957, un physicien du nom de Hugh Everett proposa une explication audacieuse. Everett prétendait que notre univers — celui que nous voyons, l'univers des rochers, des arbres, des humains et des galaxies dans l'espace — n'était qu'un univers parmi une infinité d'autres existant côte à côte.

Chacun de ces univers se subdivisait constamment, de sorte qu'il y avait un univers où Hitler avait perdu la guerre et un autre où il l'avait gagnée, un univers où Kennedy était mort et un autre où il vivait. Mais aussi un monde où vous vous brossiez les dents le matin et un autre où vous ne le faisiez pas. Et ainsi de suite. Une infinité de mondes.

Everett appela son interprétation de la mécanique quantique la théorie des « mondes multiples ». Son explication était compatible avec les équations quantiques, mais ses collègues la trouvaient difficile à accepter. Ils n'aimaient pas l'idée de tous ces mondes qui ne cessaient de se diviser ; il leur paraissait incroyable que la réalité pût prendre cette forme. La plupart d'entre eux refusent encore de l'accepter, même si personne n'a jamais pu démontrer que cette interprétation était erronée.

Everett était exaspéré par les objections de ses collègues. Il proclamait haut et fort que sa théorie était juste, que cela plût ou non. Ceux qui la dénigraient étaient bornés, vieux jeu, exactement comme les scientifiques qui avaient rejeté la théorie de Copernic plaçant le Soleil au centre du système solaire, qui, à l'époque, avait semblé tout aussi incroyable. Everett affirmait avec force que le concept des mondes multiples était une réalité, qu'il y avait véritablement des univers multiples coexistant avec le nôtre. On finit par leur donner le nom de plurivers.

— Un instant, fit Chris. Êtes-vous en train de nous dire que c'est vrai ?

— Oui, répondit Gordon. Ça l'est.

— Comment le savez-vous ?

— Je vais vous le montrer.

Gordon saisit une chemise en papier bulle portant l'inscription : *ITC/CTC Technologie*.

Il prit une feuille blanche et commença à dessiner.

— Voici une expérience très simple, réalisée depuis deux cents ans. Prenons deux murs placés l'un derrière l'autre. Le premier a une fente verticale.

Gordon leur montra le dessin.

— Nous dirigeons maintenant un faisceau lumineux vers cette fente. Sur le mur de derrière, vous voyez...

— Une ligne blanche, répondit Marek. Produite par la lumière passant à travers la fente.

— Exact, fit Gordon. Elle aurait à peu près cet aspect, ajouta-t-il en montrant une photographie.

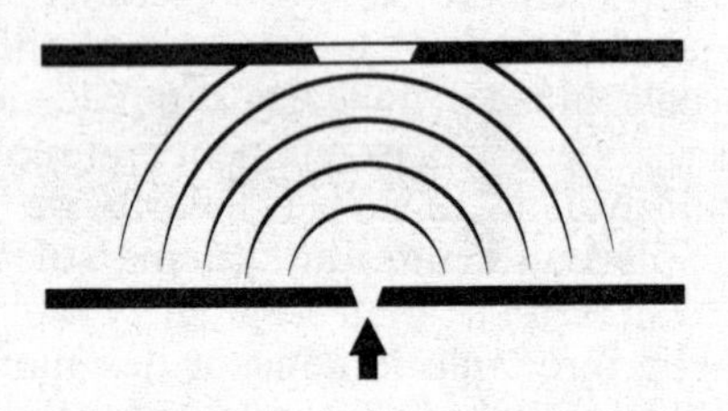

— Maintenant, poursuivit-il en continuant à dessiner, nous avons *deux* fentes verticales dans notre mur. En projetant le faisceau lumineux, que voyons-nous sur le mur de derrière ?

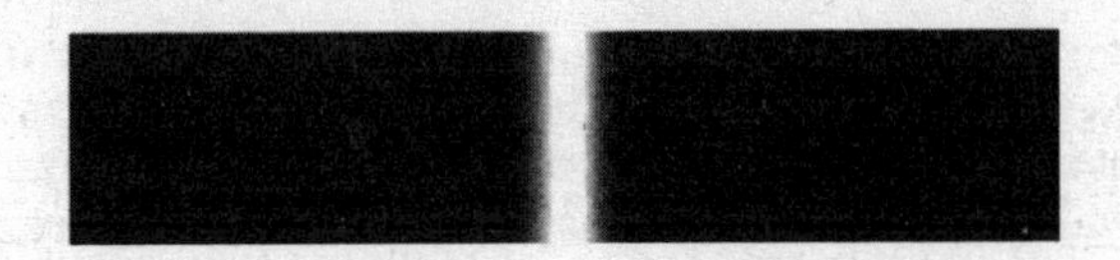

— Deux lignes verticales, répondit Marek.

— Non, nous voyons une alternance de bandes d'ombre et de lumière, des franges d'interférence.

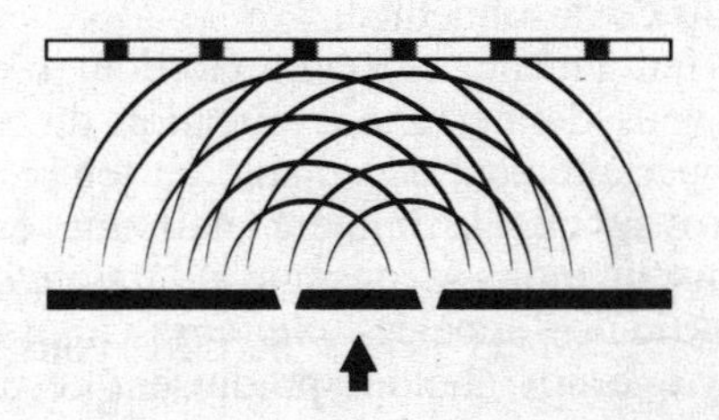

— Et si le flux lumineux passe à travers *quatre* fentes, poursuivit Gordon, nous aurons moitié moins de bandes lumineuses que précédemment. Une sur deux devient noire.

— Plus il y a de fentes, moins il y a de bandes ? fit Marek, l'air perplexe. Pourquoi ?

— L'explication la plus courante est celle que vous voyez sur mon dessin : la lumière passant à travers les fentes agit comme deux ondes qui se superposent. À certains endroits, elles s'ajoutent l'une à l'autre ; à d'autres, elles s'annulent mutuellement. Cela produit une alternance de bandes d'ombre et de lumière sur le mur. Nous disons que les ondes interfèrent les unes avec les autres, que nous sommes en présence d'un phénomène d'interférence.

— Et alors ? lança Chris Hugues. Qu'est-ce qui cloche dans ce raisonnement ?

— Ce qui cloche, répondit Gordon, c'est que je viens de vous donner une explication du XIXe siècle. Elle était parfaitement acceptable au temps où tout le monde croyait que la lumière était une onde, mais, depuis Einstein, nous savons que la lumière est composée de particules appelées *photons*. Comment expliquez-vous que nos photons produisent ce phénomène d'interférence ?

Tout le monde secoua la tête en silence.

— Les particules ne sont pas aussi simples que la description que vous en avez faite, objecta David Stern, ouvrant la bouche pour la première fois. Elles ont dans certaines situations des propriétés ondulatoires ; elles peuvent produire des interférences. Dans le cas qui nous intéresse, les photons du faisceau lumineux interfèrent les uns avec les autres pour produire ce phénomène.

— Cela semble logique, en effet, acquiesça Gordon. Après tout, un rayon de lumière est composé d'un nombre incalculable de petits photons. On peut aisément imaginer qu'ils interfèrent les uns avec les autres d'une manière quelconque pour produire ce phénomène.

Tout le monde hocha la tête en chœur. C'était facile à imaginer.

— Mais en est-il vraiment ainsi ? reprit Gordon. Est-ce réellement ce qui se passe ? Un moyen de le découvrir consiste à éliminer toute interaction entre les photons. Prenons-les donc un par un, comme cela a été fait d'une manière expérimentale. Imaginons un flux lumineux si faible qu'un seul photon est émis à la fois. Et l'on peut placer derrière les fentes des détecteurs ultrasensibles... si sensibles qu'ils décèlent le choc d'un photon unique. D'accord ?

Tout le monde hocha de nouveau la tête, plus lentement cette fois.

— Il ne peut plus y avoir interaction entre les photons, puisque nous n'avons affaire qu'à un seul. Ils arrivent donc l'un après l'autre et le détecteur enregistre leur point de chute. Le résultat obtenu au bout de quelques heures montre à peu près ceci :

— Nous constatons, reprit Gordon, que les photons arrivent seulement à certains endroits, jamais à d'autres. Ils se comportent exactement de la même manière que dans un flux lumineux normal, mais se déplacent un par un. Il n'y a pas d'autres photons pour interférer avec eux, mais *quelque chose* produit des interférences, puisque nous retrouvons le phénomène d'interférence habituel. La question est la suivante : qu'est-ce qui peut interférer avec un photon unique ?

Silence.

— Une idée, monsieur Stern ?

— Si on calcule les probabilités..., commença Stern d'une voix hésitante.

— Ne vous réfugiez pas dans les mathématiques ; restez dans la réalité. N'oubliez pas que cette expérience a été réalisée avec de vrais photons frappant de vrais détecteurs. Et il y a une interférence avec quelque chose de réel. La question est toujours : quoi ?

— D'autres photons, nécessairement, répondit Stern.

— En effet, fit Gordon, mais où sont-ils ? Nous disposons de détecteurs qui ne détectent la présence d'aucun autre photon. Où sont-ils donc ?

— D'accord, soupira Stern en levant les mains.

— Comment ça, d'accord ? fit Chris. D'accord pour quoi ?

— Expliquez-leur, fit Gordon en encourageant Stern d'un petit signe de tête.

— Il veut dire que le phénomène d'interférence observé avec l'émission d'un seul photon prouve que la réalité dépasse ce que nous voyons dans notre univers. Il y a interférence, mais nous ne sommes pas en mesure d'en déceler la cause dans notre univers. En conséquence, les photons doivent se trouver dans d'autres univers. Ce qui prouve qu'il existe d'autres univers.

— Exact, fit Gordon. Et ils sont parfois en interaction avec le nôtre.

— Voudriez-vous reprendre ? fit Marek. Pourquoi un autre univers produirait-il des interférences avec le nôtre ?

— C'est la nature du plurivers. N'oubliez pas que dans le plurivers les univers se subdivisent constamment, ce qui implique que nombre d'autres univers sont très semblables au nôtre. Et ils sont en interaction avec lui. Chaque fois que nous projetons un rayon lumineux dans notre univers, d'autres sont projetés simultanément dans quantité d'univers semblables ; ce sont les photons de ces autres univers qui interfèrent avec les photons du nôtre et produisent le phénomène que nous avons observé.

— Vous voulez nous faire croire que c'est vrai ?

— C'est absolument vrai. L'expérience a été réalisée à maintes reprises.

Marek plissait le front. Kate regardait fixement devant elle tandis que Chris se grattait la tête.

— Mais tous les univers ne sont pas semblables au nôtre ? demanda David Stern après un long silence.

— Non.

— Sont-ils tous simultanés ?

— Pas tous.

— Certains univers existent donc à une époque antérieure ?

— Oui. En réalité, comme leur nombre est infini, les univers existent à toutes les époques antérieures.

— Et vous nous dites, reprit Stern après un moment de réflexion, qu'ITC dispose de la technologie permettant de voyager vers ces autres univers ?

— Oui, répondit Gordon, c'est ce que je dis.

— Comment ?

— En reliant deux trous dans l'écume quantique.

— L'écume de Wheeler ? Les fluctuations subatomiques de l'espace-temps ?

— Oui.

— Mais c'est impossible !

— Vous en jugerez par vous-mêmes, répondit Gordon en souriant. Dans peu de temps.

— Comment cela, par nous-mêmes ? lança Marek. Que voulez-vous dire ?

— Je croyais que vous aviez compris. Le professeur Johnston est au XIVe siècle. Nous voulons que vous y alliez aussi, pour le ramener.

Dans le silence qui suivit, l'hôtesse appuya sur un bouton et un écran glissa devant tous les hublots, occultant la lumière du jour. Elle disposa des draps et des couvertures sur les canapés pour en faire des lits, plaça sur chacun un casque muni de gros écouteurs.

— Comment y allons-nous ? demanda Chris Hugues.

— Il sera plus facile de vous le montrer, le moment venu, répondit Gordon en leur distribuant des plaquettes de pilules sous cellophane. Pour l'instant, je veux que vous preniez ceci.

— Qu'est-ce que c'est ? demanda Chris.

— Trois sédatifs différents, répondit Gordon. Après les avoir pris, vous vous allongerez, les écouteurs sur les oreilles. Dormez si vous le désirez. Il ne reste que neuf heures de vol ; de toute façon, vous n'assimilerez pas grand-chose. Mais cela vous permettra au moins de vous habituer à la langue et à la prononciation.

— Quelle langue ? demanda Chris en avalant les pilules.

— Le vieil anglais et le moyen français.

— J'ai appris ces langues, affirma Marek.

— Je doute que vous connaissiez la prononciation correcte. Mettez les écouteurs.

— Personne ne le peut...

Marek voulut se reprendre ; Gordon ne lui en laissa pas le temps.

— Je pense que vous constaterez que *nous* la connaissons.

Chris s'étendit sur un canapé ; il remonta la couverture, plaça les écouteurs sur ses oreilles. Ils avaient au moins l'avantage d'assourdir le bruit des moteurs.

Les pilules devaient être efficaces ; il se sentit soudain très détendu. Incapable de garder les yeux ouverts, il écouta la bande qui commençait à se dérouler.

— Respirez profondément, articula une voix. Imaginez que vous êtes dans un magnifique jardin ensoleillé. Tout vous est familier. Juste devant vous se trouve une porte donnant accès au sous-sol. Vous ouvrez cette porte. Vous connaissez bien les lieux, vous êtes chez vous. Vous entamez la descente des marches de pierre qui mènent au sous-sol bien chauffé et rassurant. À chaque marche, vous entendez des voix. Vous les trouvez agréables à écouter, faciles à écouter.

Une voix d'homme et une voix de femme se firent alors entendre en alternance.

— Donne-moi mon chapeau. *Yiff may mean haht.*

— Voici ton chapeau. *Hair baye thynhatt.*

— Merci. *Grah mersy.*

— De rien. *Ayepray thee.*

Les phrases devinrent plus longues. Chris commençait à avoir de la peine à les suivre.

— J'ai froid. Je préférerais mettre mon manteau. *Ayeam chillingcold, ee wolld leifer half a coot.*

Chris se laissait doucement, imperceptiblement gagner par le sommeil, avec la sensation d'être encore en train de descendre une volée de marches, de s'enfoncer de plus en plus profondément dans un endroit respirant la tranquillité, empli d'échos. Il se sentait très calme, même si les deux dernières phrases dont il garda le souvenir avaient de quoi susciter quelque inquiétude.

— Prépare-toi à combattre. *Ditch theeselv to ficht*.

— Où est mon épée ? *Whar beest mee swearde ?*

Il laissa échapper un soupir et sombra dans le sommeil.

BLACK ROCK

Qui ne risque pas tout ne gagne rien.

Geoffrey de Charny, 1358

La nuit était froide et le ciel parsemé d'étoiles quand ils débarquèrent. À l'est, Marek distingua les contours des mesas couronnées de nuages bas. Ils firent quelques pas sur la piste luisante de pluie, jusqu'au Land Cruiser qui attendait à proximité.

Quelques minutes plus tard, ils roulaient sur une large route bordée d'une forêt dense.

— Où sommes-nous exactement ? demanda Marek.

— À une heure au nord d'Albuquerque, répondit Gordon. La ville la plus proche s'appelle Black Rock ; c'est là que se tiennent nos installations.

— On se croirait en pleine cambrousse.

— Seulement la nuit. Quinze entreprises de haute technologie se sont établies à Black Rock. Sandia est tout près, Los Alamos se trouve à une heure de voiture, White Sands un peu plus loin.

Ils parcoururent encore quelques kilomètres avant de découvrir un panneau vert et blanc, bien en vue sur le bord de la route, qui indiquait : LABORATOIRE ITC-BLACK ROCK. Le Land Cruiser tourna à droite dans la forêt, s'engagea sur une petite route serpentant à flanc de colline.

— Vous nous avez dit que vous étiez en mesure de communiquer avec d'autres univers, dit soudain Stern de l'arrière de la voiture.

— En effet.

— En passant par l'écume quantique.
— Exact.
— Cela n'a aucun sens, poursuivit Stern.
— Pourquoi ? fit Kate en étouffant un bâillement. Qu'est-ce que l'écume quantique ?
— Un résidu de la formation de l'univers, répondit Stern.
Il entreprit d'expliquer que l'univers était constitué à l'origine d'un point de matière unique et très dense, qu'il serait issu d'une énorme explosion survenue il y a dix-huit milliards d'années, nommée *big bang*.
— Après l'explosion, poursuivit Stern, l'univers s'est dilaté en prenant la forme d'une sphère, mais qui n'était pas parfaite. À l'intérieur de cette sphère l'univers n'était pas complètement homogène, ce qui explique pourquoi nous avons aujourd'hui des galaxies groupées et disséminées irrégulièrement au lieu d'être réparties de manière uniforme. Quoi qu'il en soit, cette sphère en expansion permanente avait de minuscules imperfections, qui n'ont jamais disparu et font toujours partie de l'univers.
— Où sont-elles ?
— Elles sont subatomiques. Parler d'écume quantique est une manière de dire qu'à des dimensions infinitésimales l'espace-temps forme des ondulations et des bulles. Mais au niveau atomique, il est possible qu'il y ait des trous dans cette écume.
— Il y en a, affirma Gordon.
— Mais comment peut-on les utiliser pour voyager ? On ne peut faire passer une personne par un si petit trou. On ne peut *rien* faire passer par là.
— Exact, fit Gordon. Pas plus qu'on ne peut faire passer une feuille de papier par une ligne téléphonique. Mais on peut envoyer un fax.
— C'est totalement différent, répliqua Stern, l'air perplexe.
— Pourquoi ? On peut transmettre ce qu'on l'on veut, à condition de pouvoir le compresser et l'encoder. N'est-ce pas ?

— En théorie, oui, reconnut Stern. Mais nous parlons de compresser et d'encoder l'ensemble des informations pour un être humain.

— Exact.

— C'est impossible à réaliser.

— Pourquoi ? demanda Gordon en souriant franchement.

— Parce que la description complète d'un être humain comporte trop d'informations — des milliards de cellules, leurs interconnexions, leurs propriétés chimiques et les molécules qu'elles contiennent, leur état biochimique — pour qu'un ordinateur puisse les traiter.

— Ce ne sont que des informations, rétorqua Gordon avec un petit haussement d'épaules.

— Certes, mais trop nombreuses.

— Nous les compressons en utilisant un algorithme fractal.

— C'est tout de même un énorme...

— Excusez-moi, glissa Chris, êtes-vous en train de dire que vous compressez une personne ?

— Non. Nous compressons les informations équivalant à une personne.

— Comment peut-on faire ça ?

— Avec des algorithmes de compression, une méthode utilisée pour entasser des données sur un ordinateur afin qu'elles prennent moins de place. Comme JPEG et MPEG sur les supports visuels. Vous connaissez ?

— J'ai des logiciels qui les utilisent, c'est tout.

— Tous les programmes de compression fonctionnent de la même façon, expliqua Gordon. Ils cherchent les similitudes dans les données. Supposons que nous ayons la photo d'une rose composée d'un million de pixels. Chaque pixel ayant un emplacement et une couleur, le total représente trois millions d'informations, ce qui n'est pas rien. Mais la plupart de nos pixels seront rouges et entourés d'autres pixels rouges. Le programme scanne la photo ligne par ligne et voit si les pixels adjacents sont de la même couleur. Si c'est le cas, il envoie une instruction à l'ordinateur pour lui dire de faire en rouge tel pixel et les cinquante pixels voisins sur la ligne. Puis de passer au gris pour les dix pixels suivants. Et ainsi de suite. Il ne mémorise pas les informations pour chaque point, mais les instructions sur la manière de recréer une photo. Et les données sont réduites à un dixième de ce qu'elles étaient.

— Peu importe, insista Stern. On ne parle pas d'une photo en deux dimensions, mais d'un objet vivant tridimensionnel dont la description nécessite tellement de données...

— Qu'un puissant multiprocesseur est indispensable, acheva Gordon. C'est tout à fait vrai.

— Qu'est-ce qu'un multiprocesseur ? demanda Chris.

— Plusieurs ordinateurs sont interconnectés, de sorte que le travail soit divisé entre eux et effectué plus rapidement. Pour un gros multiprocesseur, seize mille unités de traitement seraient interconnectées. Pour un très gros, il y en aurait trente-deux mille. Nous avons trente-deux *milliards* d'unités de traitement.

— Milliards ? souffla Chris.

— C'est impossible, fit Stern en se penchant en avant. Même en essayant de faire un seul...

Le nez levé au plafond de la voiture, il commença à calculer à voix haute.

— En laissant... disons deux bons centimètres entre les cartes mères... cela fait une pile de... huit cents mètres de haut. Même en lui donnant la forme d'un cube, cela ferait un bâtiment gigantesque. Vous ne pourriez jamais le construire ni le refroidir. De toute façon, cela ne pourrait pas marcher : les unités de traitement seraient beaucoup trop éloignées les unes des autres.

Gordon regarda Stern en souriant ; il attendait la suite.

— Le seul moyen de traiter une telle quantité de données, poursuivit Stern, serait d'utiliser les caractéristiques quantiques de chaque électron. Mais nous parlons là d'un ordinateur quantique. Personne, à ce jour, n'en a encore créé.

Gordon continua de sourire sans rien dire.

— À moins que..., reprit Stern d'une voix hésitante.

— Laissez-moi vous expliquer de quoi parle David, fit Gordon en s'adressant aux autres. Un ordinateur normal utilise pour ses calculs deux états appelés un et zéro. C'est ainsi que fonctionnent tous les ordinateurs, avec des uns et des zéros. Mais, il y a vingt ans, Richard Feynman a lancé l'idée qu'il pourrait être possible de réaliser un ordinateur extrêmement puissant en utilisant les trente-deux états quantiques d'un électron. De nombreux laboratoires essaient aujourd'hui de fabriquer cet ordinateur quantique. L'avantage d'une telle machine est une incroyable puissance — si grande qu'elle est en mesure de décrire et de compresser un objet vivant tridimensionnel en un flux électronique. Exactement comme un fax. On peut alors transmettre ce flux électronique à travers un trou de l'écume quantique et le reconstruire dans un autre univers. C'est ce que nous faisons. Il ne s'agit pas de téléportation quantique ni de particules liées, mais d'une transmission directe vers un autre univers.

Dans le silence qui suivit, tous les yeux restèrent braqués sur lui. Le Land Cruiser arriva dans une clairière ; ils virent plusieurs bâtiments de brique et de verre de deux étages, d'apparence étonnamment banale. Ils auraient pu être dans n'importe quelle petite zone industrielle, à la périphérie de quantité de villes.

— C'est ITC ? demanda Marek.

— Nous recherchons la discrétion, répondit Gordon. En fait, nous avons choisi cet emplacement à cause d'une vieille mine qui s'y trouve. Il est difficile, de nos jours, de tomber sur une bonne mine, tellement la physique en a besoin pour ses travaux.

Sur un côté de la clairière, à la lumière de puissants projecteurs, un petit groupe d'hommes s'apprêtait à lancer un ballon, tout blanc, de moins de deux mètres de diamètre. Ils le virent s'élever rapidement dans le ciel, emportant avec lui un petit paquet renfermant des instruments de mesure.

— Pourquoi faites-vous ça ? demanda Marek.

— Nous contrôlons la couverture nuageuse toutes les heures, surtout quand le temps est à l'orage. Dans le cadre de recherches visant à déterminer si les conditions atmosphériques peuvent provoquer des interférences.

— Des interférences avec quoi ? demanda Marek.

La voiture s'arrêta devant le plus grand des bâtiments. Un employé de la sécurité ouvrit la portière.

— Bienvenue chez ITC ! lança-t-il avec un large sourire. M. Doniger vous attend.

Doniger s'engagea rapidement dans le couloir avec Gordon, Diane Kramer sur leurs talons. Tout en marchant, Doniger étudia une feuille de papier sur laquelle figuraient l'identité et le cursus de chacun des nouveaux arrivants.

— Quelle impression vous ont-ils faite, John ?

— Meilleure que je ne pensais. Ils sont en bonne forme ; ils connaissent la région et la période historique.

— Seront-ils difficiles à persuader ?

— Je pense qu'ils sont prêts. Faites seulement attention à ne pas trop parler des risques.

— Êtes-vous en train de me conseiller de ne pas jouer franc-jeu ?

— Prenez garde à la manière dont vous présentez les choses. Ils sont très intelligents.

— Vraiment ? fit Doniger en poussant la porte qui se trouvait devant lui. Voyons cela de plus près.

Kate et les autres avaient été laissés seuls dans une salle de réunion austère, sobrement meublée d'une table en Formica autour de laquelle étaient disposées quelques chaises pliantes. Sur un grand tableau étaient griffonnées quelques formules, si longues qu'elles en occupaient toute la largeur. C'était de l'hébreu pour Kate qui s'apprêtait à demander à Stern ce qu'elles représentaient quand Robert Doniger fit son entrée.

Kate fut surprise par sa jeunesse. Il ne paraissait pas beaucoup plus âgé qu'eux, avec son jean, son tee-shirt Quicksilver et ses baskets. Malgré l'heure tardive, il semblait déborder d'énergie. Il fit rapidement le tour de la table, serrant la main à chacun, les appelant par leur prénom.

— Bonjour, Kate, fit-il en souriant. Content de faire votre connaissance. J'ai lu votre rapport préliminaire sur la chapelle ; beau travail.

— Merci, articula-t-elle, prise de court.

Mais Doniger était déjà passé au suivant.

— Chris, c'est un plaisir de vous revoir. J'ai bien aimé votre simulation informatisée du pont du moulin ; je pense que vous êtes sur la bonne voie.

Doniger laissa à peine le temps à Chris d'acquiescer de la tête avant de poursuivre.

— Et vous êtes David Stern. Je n'ai pas le plaisir de vous connaître, mais je crois savoir que vous êtes physicien, comme moi.

— Exact...

— Bienvenue à bord. Et vous, André, je vois que vous n'avez pas rapetissé ! Votre étude sur les tournois au temps d'Edward Ier vaut celle de Contamine. Bon, je vais vous demander à tous de vous asseoir.

Tout le monde prit place autour de la table ; Doniger s'installa au bout.

— J'irai droit au but, commença-t-il. J'ai besoin de votre aide et je vais vous expliquer pourquoi. Depuis dix ans, ma société développe une technologie révolutionnaire. Ce n'est ni une technologie de guerre ni une technologie commerciale dont nous chercherions à tirer profit. Il s'agit tout au contraire d'une technologie inoffensive, entièrement pacifique, qui apportera de grands bienfaits à l'humanité. De *grands* bienfaits. Mais j'ai besoin de votre aide.

« Réfléchissons un peu, poursuivit Doniger, à la manière dont le développement de la technologie au cours du XXe siècle a influé inégalement sur les différents domaines de la connaissance. La physique utilise aujourd'hui une technologie de pointe, entre autres des accélérateurs circulaires de particules de plusieurs milliers de mètres de diamètre. Il en va de même pour la chimie et la biologie. Il y a cent ans, Faraday et Maxwell travaillaient dans de petits laboratoires privés. Darwin disposait d'un microscope et d'un cahier. Aucune découverte scientifique d'importance ne pourrait être faite aujourd'hui avec un matériel aussi sommaire. Les sciences sont devenues totalement dépendantes de ce matériel de pointe. Et les sciences humaines ? Comment ont-elles évolué dans le même laps de temps ?

Doniger s'interrompit, ménageant ses effets.

— La réponse, reprit-il, est qu'elles n'ont pratiquement pas bénéficié des progrès technologiques. Le spécialiste de littérature ou d'histoire travaille exactement de la même manière que ses prédécesseurs du siècle dernier. Certes, il y a eu des améliorations mineures pour l'authentification de documents, l'arrivée du CD-ROM, et ainsi de suite. Il n'en demeure pas moins que le travail au jour le jour de l'érudit est *exactement le même*. Nous constatons donc une injustice, poursuivit-il en les regardant tour à tour, un déséquilibre entre les différents domaines de la connaissance. Les médiévistes sont fiers de la révolution de leur discipline au XXe siècle. Mais la physique en a connu *trois* dans le courant du siècle. Il y a cent ans, les physiciens étaient en désaccord sur l'âge de l'univers et la source de l'énergie solaire ; nul ne connaissait les réponses à ces questions. Aujourd'hui, elles sont à la portée de tous les écoliers. Nous connaissons maintenant l'univers en long et en large, nous le comprenons depuis les galaxies jusqu'aux particules subatomiques. Nous avons tellement appris que nous pouvons parler en détail de ce qui s'est passé dans les minutes ayant suivi l'explosion primordiale de l'univers. Les médiévistes peuvent-ils faire état de tels progrès dans leur domaine ? La réponse est non. Pourquoi ? Parce qu'ils ne disposent pas pour les assister d'une technologie nouvelle. Aucune n'a été mise au point pour aider les historiens... jusqu'à présent.

Une prestation magistrale, songea Gordon dans le silence qui suivit. Un Doniger au meilleur de son talent : charmeur, énergique, presque excessif par moments. Il avait réussi à leur donner une explication alléchante du projet sans rien révéler de son véritable objectif. Sans même leur dévoiler ce qui se passait réellement.

— Mais j'ai dit que j'avais besoin de votre aide, reprit Doniger. Voici pourquoi.

Son ton avait changé. Il parlait plus lentement, l'air sombre, préoccupé.

— Vous savez que le professeur Johnston est venu nous voir ; il pensait que nous dissimulions des informations. Dans un sens, c'était vrai. Nous disposions de certaines informations que nous n'avions pas portées à sa connaissance, car nous n'étions pas en mesure d'expliquer comment nous les avions obtenues.

Et aussi, se dit Gordon, parce que Diane Kramer a tout fichu en l'air.

— Le professeur Johnston nous a mené la vie dure, poursuivit Doniger. Vous savez comment il peut être. Il a même menacé d'avertir la presse. Nous avons fini par lui montrer ce que nous allons vous montrer ; il s'est enthousiasmé, comme vous le ferez. Mais il a insisté pour partir, pour voir de ses propres yeux... Nous ne le voulions pas, reprit Doniger après un silence. Il a recommencé à user de menaces, de sorte que nous avons été obligés de céder. C'était il y a trois jours. Il est encore là-bas. Il a demandé votre aide dans un message qu'il savait que vous trouveriez. Vous connaissez le site et l'époque mieux que n'importe qui au monde. Vous devez aller là-bas et le ramener : c'est sa dernière chance.

— Que s'est-il passé exactement quand il est arrivé là-bas ? demanda Marek.

— Nous l'ignorons, répondit Doniger. Mais il a enfreint les règles.

— Quelles règles ?

— Vous devez comprendre que cette technologie est encore très récente. Nous prenons mille précautions, nous envoyons des observateurs depuis deux ans... des ex-marines, des militaires bien entraînés. Mais ils ne sont pas historiens et nous leur laissons une marge de manœuvre très étroite.

— C'est-à-dire ?

— Nous n'avons jamais laissé nos observateurs entrer dans l'autre monde. Nous n'avons permis à aucun d'eux de rester plus d'une heure. Et nous n'avons jamais autorisé personne à s'éloigner de plus de cinquante mètres de la machine. Personne n'avait encore abandonné la machine pour s'aventurer dans l'autre monde.

— Mais le Professeur l'a fait, dit Marek.

— Certainement.

— Et si nous voulons le retrouver, il nous faudra aussi entrer dans l'autre monde.

— Oui, répondit Doniger.

— Et vous dites que nous serons les premiers à pénétrer dans l'autre monde ?

— Oui, vous serez les premiers. Avec le Professeur.

Le silence qui suivit fut rompu par Marek, le visage illuminé.

— Génial ! s'écria-t-il. Je meurs d'envie de partir !

Les autres ne semblaient pas partager son enthousiasme. Ils paraissaient mal à l'aise, crispés.

— Et ce type qu'on a trouvé dans le désert..., fit Stern d'une voix hésitante.

— Joe Traub, répondit Doniger. Il était l'un de nos meilleurs scientifiques.

— Que faisait-il dans ce désert ?

— Apparemment, il s'y était rendu en voiture ; on a retrouvé le véhicule. Mais nous ne savons pas ce qu'il faisait là-bas.

— D'après ce que j'ai compris, poursuivit Stern, il était très perturbé et il avait quelque chose aux doigts.

— Cela ne figurait pas dans le rapport d'autopsie, répliqua Doniger. Il a succombé à une crise cardiaque.

— Alors, sa mort n'a rien à voir avec votre technologie ?

— Absolument rien, répondit Doniger.

Dans le nouveau silence qui se prolongeait, Chris s'agita sur sa chaise.

— Pour le non-initié que je suis, cette technologie est-elle dangereuse ?

— Moins que la conduite d'une voiture, répondit Doniger sans hésiter. Vous recevrez toutes les explications nécessaires et vous serez accompagnés par nos observateurs expérimentés. Le voyage ne durera pas plus de deux heures. Vous partirez là-bas et vous ramènerez Johnston, c'est tout.

Chris Hugues tapota sur la table. Kate se mordit les lèvres. Personne n'ouvrit la bouche.

— Que les choses soient claires, reprit Doniger. Vous ne partez que si vous êtes volontaires ; vous êtes entièrement libres de refuser. Mais le Professeur vous a appelés à l'aide et je ne pense pas que vous le laisserez tomber.

— Pourquoi ne vous contentez-vous pas d'envoyer les observateurs ? demanda Stern.

— Parce qu'ils n'en savent pas assez sur ce qui les attend, David. Vous n'ignorez pas que c'est un monde entièrement différent. Vos connaissances du site, de la période, de la langue et des coutumes vous font bénéficier d'un précieux avantage.

— Mais elles sont théoriques, objecta Chris.

— Plus maintenant, répliqua Doniger.

Ils sortirent de la pièce à la file indienne, emboîtant le pas à Gordon qui les emmenait voir les machines. Doniger les regarda s'éloigner ; il se retourna à l'entrée de Diane Kramer qui avait tout suivi grâce à la télévision en circuit fermé.

— Qu'en pensez-vous, Diane ? demanda Doniger. Ils vont y aller ?

— Oui, répondit-elle. Ils vont y aller.
— Sont-ils capables de réussir ?
— Je dirais une chance sur deux, fit Diane après un instant d'hésitation.

Ils descendirent une rampe de béton assez large pour laisser le passage à un camion. Au pied de la rampe se trouvaient deux lourdes portes blindées. Marek vit une demi-douzaine de caméras de surveillance disposées le long de la rampe. Les caméras se déplaçaient pour les suivre au long de la descente. Arrivé en bas, Gordon leva les yeux vers la caméra la plus proche et attendit.

Les portes s'ouvrirent.

Gordon les précéda dans une petite pièce ; les portes se refermèrent bruyamment. Il s'avança vers d'autres portes au fond de la pièce, attendit de nouveau.

— Vous ne pouvez pas les ouvrir vous-même ? demanda Marek.

— Non.

— Pourquoi ? On ne vous fait pas confiance ?

— On ne fait confiance à personne. Croyez-moi, nul n'entre ici sans être autorisé à le faire.

Les portes s'ouvrirent.

Ils entrèrent dans une sorte de cage métallique. L'air était froid, avec une légère odeur de moisi. Les portes se refermèrent. Un ronronnement se fit entendre et la cage métallique commença à descendre.

Ils étaient dans un ascenseur.

— Nous descendons à plus de trois cents mètres, fit Gordon. Soyez patients.

L'ascenseur s'arrêta, les portes s'ouvrirent. Ils

s'engagèrent dans un long tunnel ; le bruit de leurs pas se répercutait sur les murs en béton.

— Nous sommes au niveau du contrôle et de l'entretien, expliqua Gordon. Les machines sont cent cinquante mètres plus bas.

Ils s'arrêtèrent devant deux lourdes portes d'un bleu sombre et transparentes. Marek crut au début qu'elles étaient faites d'un verre extrêmement épais, mais, quand elles s'ouvrirent en coulissant sur une glissière, il remarqua un léger mouvement sous la surface vitrée.

— C'est de l'eau, expliqua Gordon. Nous utilisons beaucoup d'écrans à eau. La technologie quantique est très sensible aux influences extérieures telles que les rayons cosmiques ou les champs électroniques accidentels. C'est pour cette raison que nous travaillons à cette profondeur.

Le couloir était, semble-t-il, aussi banal que celui d'un laboratoire normal. Après avoir franchi deux autres portes vitrées, ils s'engagèrent dans un nouveau couloir d'un blanc aseptisé ; des portes s'ouvraient des deux côtés. La première sur la gauche portait l'inscription PRÉCOMPRESSION, la deuxième PREP CHAMP. Plus loin, un autre panneau indiquait simplement TRANSIT.

— Passons tout de suite à la compression, fit Gordon en se frottant les mains.

La pièce était petite ; elle rappelait à Marek un laboratoire d'hôpital, ce qui le rendit nerveux. Au centre se dressait un tube vertical d'un peu plus de deux mètres de haut et d'un mètre cinquante de diamètre. Il était ouvert. Marek distingua à l'intérieur des bandes mates.

— C'est pour bronzer ? demanda Marek.

— En réalité, c'est une machine perfectionnée d'imagerie par résonance magnétique. Vous verrez, c'est un bon entraînement pour la machine elle-même. Vous devriez peut-être passer le premier, docteur Marek.

— Entrer là-dedans ? fit Marek en montrant le tube qui, vu de près, ressemblait à un cercueil blanc.

— Vous n'avez qu'à vous déshabiller et entrer. C'est exactement comme une IRM : vous ne sentirez absolument rien. Le tout ne durera pas plus d'une minute. Nous serons à côté.

Ils sortirent par une porte latérale munie d'une petite vitre, donnant dans une autre pièce. Marek ne put voir ce qu'il y avait dedans. La porte se referma avec un bruit sec.

Il vit un siège dans un angle, posa ses vêtements sur le dossier et entra dans le tube. Il entendit le déclic d'un interphone et la voix de Gordon.

— Docteur Marek, voulez-vous regarder vos pieds.

Marek baissa les yeux.

— Vous voyez le cercle au sol ? Assurez-vous que vos pieds soient entièrement à l'intérieur de ce cercle.

Marek rapprocha ses pieds l'un de l'autre.

— Merci, c'est parfait. Maintenant, la porte va se fermer.

Avec un bourdonnement mécanique, la porte se mit en mouvement. Un sifflement accompagna sa fermeture hermétique.

— Étanchéité ? demanda Marek.

— Indispensable. Vous allez probablement sentir un peu d'air froid. Nous vous donnerons un peu plus d'oxygène pendant l'étalonnage. Vous n'êtes pas claustrophobe ?

— Pas jusqu'à présent.

Marek regarda autour de lui. Il vit que ce qu'il avait pris pour des bandes mates était en fait des ouvertures recouvertes de plastique. Derrière le plastique il distingua des lumières, perçut le ronronnement de petites machines. L'air devint sensiblement plus froid.

— Nous procédons maintenant à l'étalonnage, reprit Gordon. Essayez de ne pas bouger.

Les bandes qui l'entouraient se mirent brusquement à tourner, les machines à cliqueter. La vitesse de rotation des bandes augmenta, puis, d'un seul coup, elles cessèrent de tourner.

— Bien, fit la voix de Gordon. Comment vous sentez-vous ?

— Comme à l'intérieur d'un moulin à poivre.

— L'étalonnage est terminé, poursuivit Gordon en riant. Le reste exigeant un minutage parfait, l'opération sera automatique. Contentez-vous de suivre les instructions à mesure qu'elles vous parviennent. D'accord ?

— D'accord.

Un déclic indiqua la fin de la communication. Marek était seul.

— La séquence de scanner a commencé, annonça une voix enregistrée. Nous mettons les lasers en marche. Regardez droit devant vous. Ne levez pas les yeux.

L'intérieur du tube s'emplit instantanément d'une éclatante lumière bleue ; l'air même semblait briller.

— Les lasers sont en train de polariser le xénon qui est injecté dans la cabine. Cinq secondes.

Du xénon ? se dit Marek.

L'intensité du bleu éclatant qui l'environnait continua de s'accroître. Il regarda sa main qu'il avait de la peine à distinguer à travers le miroitement de l'air.

— Nous avons atteint la concentration voulue de xénon. Nous allons maintenant vous demander de respirer profondément.

Respirer profondément ? se dit Marek. Du xénon ?

— Restez trente secondes dans cette position, sans bouger. Prêt ? Immobile... les yeux ouverts... respirez profondément... *Ne bougez plus !*

Les bandes de plastique se mirent à tourner à une vitesse folle. L'une après l'autre, elles commencèrent à aller et venir d'avant en arrière, comme si elles regardaient et étaient obligées de revenir pour s'assurer de ce qu'elles avaient vu. Chacune des bandes semblait se mouvoir séparément. Marek avait le sentiment troublant d'être examiné par des centaines d'yeux.

— Veuillez ne pas bouger, fit la voix enregistrée. Encore vingt secondes.

Autour de lui les bandes de plastique bourdonnaient,

vrombissaient. Tout s'arrêta d'un seul coup ; il y eut plusieurs secondes de silence. La machine se remit en marche. Au mouvement d'avant en arrière des bandes de plastique s'ajouta un déplacement latéral.

— Ne bougez pas. Dix secondes.

Les bandes se mirent alors à décrire des cercles. Leurs mouvements, lentement, devinrent synchrones et elles se mirent à tourner toutes en même temps. Puis s'arrêtèrent.

— L'opération est terminée. Merci pour votre coopération.

La lumière bleue s'éteignit, la porte s'ouvrit automatiquement. Marek sortit.

Dans la pièce contiguë, Gordon était assis devant une console ; les autres avaient rapproché des chaises pour s'asseoir autour de lui.

— La plupart des gens, expliqua-t-il, ignorent que l'IRM que l'on trouve dans n'importe quel hôpital fonctionne en modifiant l'état quantique d'atomes du corps humain, en général l'impulsion angulaire de particules nucléaires. L'expérience montre que cette opération n'a pas d'effets néfastes sur l'organisme. En réalité, on ne se rend compte de rien. L'IRM ordinaire utilise un champ magnétique très puissant, de l'ordre d'un tesla et demi, vingt-cinq mille fois plus fort que le champ magnétique de la Terre. Nous n'avons pas besoin de cela. Nous utilisons des SQUID, des dispositifs supraconducteurs d'interférence quantique tellement sensibles qu'ils peuvent mesurer la résonance à partir du champ magnétique de la Terre. Il n'y a pas d'aimant là-dedans.

— Je suis curieux de voir à quoi je ressemble, fit Marek en entrant.

L'écran montrait une image translucide, mouchetée de rouge, de ses membres.

— Vous voyez la moelle à l'intérieur des os longs, de la colonne vertébrale et du crâne, expliqua Gordon. Elle se ramifie... Voici maintenant les os...

Ils virent apparaître l'ensemble du squelette.

— ... et maintenant nous ajoutons les muscles.

— Votre ordinateur est incroyablement rapide, observa Stern en voyant les systèmes organiques se succéder sur l'écran.

— Nous l'avons beaucoup ralenti, fit Gordon. Sinon, vous n'auriez absolument rien vu. Le temps de traitement est proche de zéro.

— De zéro ? répéta Stern en ouvrant des yeux ronds.

— C'est un monde différent, fit Gordon en hochant la tête, où les vieilles références n'ont plus cours. Alors ? lança-t-il en se tournant vers les autres. Qui est le prochain ?

Ils suivirent le couloir jusqu'à la porte du fond portant l'inscription TRANSIT.

— Pourquoi avons-nous fait tout cela ? demanda Kate.

— C'est ce que nous appelons la précompression, répondit Gordon. Cela nous permet de transmettre plus vite ; la plupart des informations sont déjà chargées dans la machine. Un dernier passage à l'IRM pour déceler d'éventuelles différences et la transmission peut commencer.

Ils prirent un autre ascenseur, franchirent une autre double porte remplie d'eau.

— Voilà, annonça Gordon. Nous y sommes.

Ils débouchèrent dans un gigantesque espace éclairé *a giorno*, où les sons se répercutaient et où l'air était froid. Ils s'engagèrent sur une passerelle métallique suspendue à trente mètres au-dessus du sol. En regardant en bas, Chris vit trois écrans de verre semi-circulaires remplis d'eau, disposés de manière à former un cercle, entre lesquels était ménagé un espace assez large pour laisser passer une personne. À l'intérieur de cette première enceinte, trois demi-cercles plus petits formaient un deuxième rempart. Et à l'intérieur de cette deuxième enceinte il y en avait une troisième.

Chacun des demi-cercles était disposé de telle façon que les ouvertures n'étaient jamais alignées, ce qui donnait à l'ensemble l'aspect d'un labyrinthe.

Au centre des cercles concentriques se trouvait un espace d'environ six mètres de côté contenant une demi-douzaine d'appareils en forme de cage, de la taille d'une cabine téléphonique, au toit métallique peint d'une couleur terne. Des vapeurs blanches flottaient dans cet espace. Entre des cuves posées par terre serpentaient de gros câbles électriques noirs. Cela ressemblait à un atelier ; plusieurs hommes travaillaient sur une des cages.

— Voici notre zone de transmission, annonça Gordon. Fortement protégée, comme vous pouvez le constater. Nous en construisons une autre là-bas, mais elle ne sera pas terminée avant plusieurs mois.

Il montra au loin un autre assemblage d'écrans concentriques en cours d'installation. Ils n'avaient pas encore été remplis d'eau ; on voyait à travers les parois de verre.

Une cabine suspendue à un câble conduisait de la passerelle à la zone de transmission.

— Pouvons-nous descendre ? demanda Marek.

— Non, pas encore.

Un technicien regarda en l'air et agita la main.

— Combien de temps avant la vérification des paramètres, Norman ?

— Deux minutes. Gomez est en route.

— Parfait, fit Gordon. Allons regarder ça de la salle de contrôle, ajouta-t-il en se tournant vers les autres.

Baignant dans une lumière d'un bleu profond, les machines étaient montées sur une plate-forme. Elles étaient d'un gris terne et émettaient un bourdonnement discret. Des traînées de vapeur rampaient au ras du sol, masquant en partie leur base. Deux ouvriers en parka bleue travaillaient à quatre pattes à l'intérieur d'une des cages.

Elles se présentaient sous la forme d'un cylindre

ouvert, avec un toit et une haute base de métal. Trois barres fixées sur le pourtour de la base soutenaient le toit.

Des techniciens tiraient les câbles noirs enchevêtrés par un grillage et les fixaient sur le toit d'une des machines, comme des pompistes remplissant le réservoir d'essence d'une voiture.

L'espace compris entre la base et le toit était totalement vide, donnant une impression générale de décevante simplicité. Les barres étaient curieuses, triangulaires et cloutées sur toute leur longueur. Une fumée bleu pâle semblait provenir du dessous du toit.

Kate n'avait jamais rien vu qui ressemblât à ces machines. Elle ne quittait pas des yeux les écrans géants de la salle de contrôle exiguë. Derrière elle, deux techniciens en bras de chemise étaient au pupitre d'un ordinateur. Elle avait l'impression devant ces écrans de regarder par une fenêtre alors que la salle de contrôle n'en avait pas.

— Vous voyez la dernière version de notre technologie de boucle temporelle fermée, reprit Gordon, la topologie de l'espace-temps que nous utilisons pour nos voyages. Il a fallu mettre au point des techniques entièrement nouvelles pour réaliser ces machines. Celle que vous avez devant vous est la sixième version depuis le premier prototype dont la construction remonte à trois ans.

Chris fixait les machines sans rien dire. Kate observait autour d'elle. Stern était nerveux ; il se frottait la lèvre supérieure. Marek ne le quittait pas des yeux.

— La partie la plus importante de l'appareillage est localisée dans la base, poursuivit Gordon, y compris la mémoire quantique à base d'indium-gallium-arsenic, les lasers et les batteries. Les lasers de vaporisation se trouvent bien évidemment dans les bandes métalliques. Le métal à l'aspect terne est du niobium ; les réservoirs pressurisés sont en aluminium ; les composants de stockage en polymère.

Une jeune femme aux cheveux roux coupés court et

aux manières brusques s'avança vers les machines. Elle portait une chemise kaki, un short et des chaussures montantes ; elle donnait l'impression d'être habillée pour un safari.

— Gomez sera un de vos assistants quand vous ferez le voyage, expliqua Gordon. Elle part tout de suite pour faire ce que nous appelons une vérification des paramètres. Elle a déjà programmé sa balise de navigation et fixé la date. Elle va maintenant s'assurer que tout est correct. Sue ? poursuivit-il en enfonçant une touche de l'interphone. Voulez-vous nous montrer votre balise.

La femme présenta une plaquette blanche rectangulaire. À peine plus grosse qu'un timbre-poste, elle tenait aisément dans sa paume.

— Elle s'en servira pour partir. Et pour appeler la machine au moment de revenir. Voulez-vous nous indiquer le bouton, Sue ?

— Ce ne sera pas facile à distinguer, fit-elle en présentant la tranche de la balise. Il y a un tout petit bouton sur le côté, que l'on enfonce avec l'ongle du pouce. Il sert à appeler la machine quand on est prêt à revenir.

— Merci, Sue.

— Saut de champ, annonça un des techniciens.

Tout le monde se retourna pour regarder. Un écran de la console montrait une surface tridimensionnelle parcourue d'ondulations. Au centre apparaissait une crête dentelée, pareille au sommet aigu d'une montagne.

— Joli, fit Gordon. Classique. Grâce à notre matériel, expliqua-t-il, nous sommes en mesure de détecter les discontinuités les plus ténues du champ magnétique. Nous les appelons « sauts de champ ». Nous enregistrons leur formation deux heures avant leur apparition. Ce que vous voyez a commencé il y a à peu près deux heures ; cela signifie qu'une machine est en train de revenir.

— Quelle machine ? demanda Kate.

— Celle de Sue.

— Mais elle n'est pas encore partie !

— Je sais, fit Gordon. Cela semble dénué de sens. Les événements quantiques violent le sens commun.

— Vous voulez dire, poursuivit Kate, que vous recevez l'indication qu'elle revient avant même qu'elle soit partie ?

— C'est ça.

— Pourquoi ?

— C'est compliqué, soupira Gordon. En fait, ce que nous voyons dans le champ est une fonction de probabilités... la probabilité qu'une machine va revenir. En général, nous ne pensons pas de cette manière : nous disons simplement qu'elle revient. Pour être précis, un saut de champ nous indique qu'il est hautement probable qu'une machine est en train de revenir.

— Je ne saisis pas, fit Kate en secouant la tête.

— Disons simplement que dans le monde normal nous croyons à un type de rapport entre les causes et les effets. Les causes produisent les effets. Cet ordre n'est pas toujours respecté dans le monde quantique. Les effets et les causes peuvent être simultanés ; les effets peuvent aussi précéder les causes. Ce que vous voyez en est un exemple mineur.

La femme entra dans une des cages. Elle introduisit la balise blanche dans une fente pratiquée dans la base de la machine.

— Elle vient d'installer sa balise de navigation qui guidera la machine pour l'aller et le retour, expliqua Gordon.

— Comment peut-on être sûr que l'on reviendra ? demanda Stern.

— Un transfert de plurivers crée une sorte d'énergie potentielle, comme un ressort tendu qui ne demande qu'à revenir en place. Le retour des machines s'effectue donc assez facilement. L'aller est plus délicat ; c'est ce qui est encodé dans la céramique.

Gordon se pencha pour appuyer sur une touche de l'interphone.

— Sue ? Combien de temps serez-vous partie ?

— Une minute. Peut-être deux.

— D'accord. Temps de synchronisation enregistré.

Les techniciens commencèrent à parler entre eux en actionnant des commandes sur une console et en suivant les affichages sur les écrans.

— Niveau hélium.

— Presque au maximum.

— Contrôle EMR.

— OK.

— Prêt pour alignement lasers.

Un des techniciens actionna une commande. Des trois barres métalliques jaillit un dense faisceau de rayons laser dirigés vers le centre de la machine, couvrant de dizaines de points verts le visage et le corps de Gomez, parfaitement immobile, les yeux fermés.

Les barres se mirent à tourner lentement autour de la femme immobile. Les rayons laser formaient maintenant sur son corps des bandes vertes horizontales. Puis les barres cessèrent de tourner.

— Lasers alignés.

— Nous nous revoyons dans une ou deux minutes, Sue, fit Gordon. Voilà, ajouta-t-il à l'adresse des autres. C'est parti.

Les écrans d'eau incurvés émirent alors une lumière bleutée. La machine se remit à tourner autour de la femme rigoureusement immobile.

Le bourdonnement s'amplifia ; la vitesse de rotation augmenta. La femme demeurait calme, détendue.

— Pour ce voyage, reprit Gordon, elle n'utilisera qu'une ou deux minutes. Mais sa batterie peut tenir trente-sept heures. C'est la limite au-delà de laquelle les machines ne peuvent pas rester au même emplacement.

Les barres tournaient de plus en plus vite. Ils percevaient maintenant une succession de bruits secs rappelant le crépitement d'une arme automatique.

— C'est la vérification du dégagement. Des détecteurs à infrarouge s'assurent qu'il y a assez d'espace libre autour de la machine ; il faut deux mètres de chaque côté. Il s'agit d'une mesure de sécurité : nous ne voudrions pas que la machine apparaisse au milieu d'un mur de pierre.

Le bourdonnement devenait très fort ; la machine tournait si vite que les contours des barres métalliques se brouillaient. Mais ils voyaient distinctement la femme dans la cage.

— Restez immobile, ordonna une voix enregistrée. Ouvrez les yeux... respirez profondément... ne bougez plus... *Maintenant !*

Du toit de la machine descendit un anneau qui balaya rapidement Gomez de la tête aux pieds.

— Soyez attentifs, reprit Gordon. Cela va très vite.

Kate vit des rayons laser d'un violet intense converger sur le centre de la cage. La femme sembla émettre un rayonnement, comme un métal chauffé à blanc, puis un éclair éblouissant de lumière blanche emplit l'intérieur de la machine, obligeant Kate à fermer les paupières et à tourner la tête. Quand elle put de nouveau regarder, elle avait des taches devant les yeux et il lui fallut un moment pour comprendre ce qui s'était passé. Elle se rendit compte que la machine était plus petite. Elle s'était détachée des câbles qui pendaient maintenant au-dessus d'elle.

Un autre éclair laser.

La machine était encore plus petite ; la femme aussi. Elle faisait maintenant moins d'un mètre de haut et continuait de rapetisser sous leurs yeux à chaque éclair laser.

— Bon Dieu ! souffla Stern, les yeux exorbités. Qu'est-ce qu'on ressent ?

— Rien, répondit Gordon. On ne sent rien du tout. Le temps de conduction de l'influx nerveux de la peau au cerveau est de l'ordre de cent millisecondes. Celui de la vaporisation laser de cinq nanosecondes. On est parti depuis longtemps.

— Mais elle est encore là.

— Non. Elle est partie avec le premier éclair laser.

L'ordinateur est seulement en train de traiter les données. Ce que vous voyez est un artefact du processus de compression. C'est une compression de l'ordre de trois à la puissance moins deux...

Il y eut un nouvel éclair. La cage diminuait rapidement de hauteur. Quatre-vingt-dix centimètres. Soixante. Elle se rapprochait du sol ; une vingtaine de centimètres de haut. La femme ressemblait à une petite poupée habillée en kaki.

— Moins quatre, annonça Gordon.

Encore un éclair, tout près du sol. Kate ne distinguait plus la cage.

— Où est-elle passée ?

— Elle est là. À peine visible.

L'éclair suivant ne fut qu'un point de lumière vive au ras du sol.

— Moins cinq.

Les éclairs se succédaient de plus en plus vite, clignotant comme une luciole ; leur intensité allait en diminuant. Gordon poursuivit le décompte.

— Et moins quatorze... Terminé.

Il n'y avait plus d'éclairs.

Plus rien.

La cage avait disparu. Il ne restait rien sur le sol de caoutchouc noir.

— Vous voulez que nous fassions la même chose ? lança Kate.

— L'expérience n'est pas désagréable, affirma Gordon. On reste pleinement conscient d'un bout à l'autre, ce que nous ne savons pas à ce jour expliquer. En arrivant aux derniers stades de la compression de données, on atteint des régions subatomiques où la conscience ne devrait pas être possible. Et pourtant elle est là. Nous pensons qu'il peut s'agir d'une manière d'hallucination qui occupe la transition. Ce serait, dans ce cas, un phénomène analogue au membre fantôme d'un amputé qui croit sentir ce membre, comme s'il était encore présent. Il s'agirait ainsi d'une sorte de cerveau fantôme. Nous parlons évidemment de périodes très courtes qui se mesurent en nanosecondes. En tout état de cause, personne ne comprend ce qu'est la conscience.

Kate était songeuse. Depuis quelque temps déjà, elle considérait la scène avec le regard d'un architecte et y voyait une application de l'adage « la forme suit la fonction ». Elle trouvait remarquable la symétrie concentrique — rappelant vaguement celle des châteaux du Moyen Âge — de ces énormes structures souterraines, dont la conception était pourtant étrangère à toute considération de nature esthétique ; elles avaient simplement été construites pour résoudre un problème scientifique. Kate trouvait le résultat fascinant.

Mais depuis qu'elle avait vu à quoi *servaient* réellement ces machines, elle s'efforçait de donner un sens à ses observations. Et sa formation d'architecte ne lui était absolument d'aucun secours.

— Mais cette méthode pour... rétrécir les gens... est-ce que cela veut dire qu'on les décompose...

— Non, répondit Gordon sans ambages, on les détruit. Il faut détruire l'original pour qu'il puisse être reconstruit de l'autre côté. On ne peut avoir l'un sans l'autre.

— Alors, elle est morte ?

— Je ne dirais pas ça, non. Vous voyez...

— Même si on détruit la personne d'un côté, coupa Kate, elle ne meurt pas ?

— Il est difficile d'exprimer cela en termes conventionnels, répondit Gordon en soupirant. Comme on est reconstruit à l'instant même où on est détruit, on ne peut parler de mort. On n'est pas mort. On est juste ailleurs.

Stern avait la certitude — une conviction viscérale — que Gordon ne disait pas toute la vérité sur cette technologie. En regardant les écrans d'eau et les différentes machines sur l'aire de transit, il avait le sentiment que beaucoup de choses restaient inexpliquées. Il essaya d'en savoir plus.

— Elle est donc maintenant dans l'autre univers ? fit-il en se tournant vers Gordon.

— Absolument.

— Vous l'avez transmise et elle est arrivée dans cet autre univers ? Exactement comme un fax ?

— Tout juste !

— Mais pour la reconstruire, il vous faut un fax de l'autre côté.

— Pas du tout, répondit Gordon en secouant la tête.

— Pourquoi ?

— Parce qu'elle est déjà là.

— Elle est déjà là ? répéta Stern, l'air perplexe. Comment est-ce possible ?

— Au moment de la transmission, la personne est déjà dans l'autre univers. Elle n'a donc pas besoin d'être reconstruite par nos soins.

— Pourquoi ?

— Pour l'instant, contentons-nous de dire que c'est une caractéristique du plurivers. Nous pourrons en parler plus tard, si vous le désirez. Je ne suis pas sûr qu'il soit nécessaire d'ennuyer tout le monde avec ces broutilles.

Décidément, songea Stern, il y a autre chose, qu'il ne veut pas nous dire. Il se retourna vers l'aire de transit, essayant de découvrir le détail qui clochait. Il était sûr que quelque chose n'allait pas.

— Vous ne nous avez pas dit que vous n'aviez envoyé que quelques personnes de l'autre côté ?

— Si. En effet.

— Plus d'une à la fois ?

— Jamais ou presque. Très rarement deux.

— Dans ce cas, poursuivit Stern, pourquoi avez-vous tant de machines ? J'en compte huit. Deux ne suffiraient pas ?

— Vous voyez les résultats de notre programme de recherches, expliqua Gordon. Nous nous efforçons constamment d'améliorer la conception des machines.

Il avait répondu avec un apparent détachement, mais

Stern était sûr d'avoir surpris une lueur fugitive d'embarras dans son regard.

Il cachait manifestement quelque chose.

— J'aurais cru, reprit Stern, que vous apportiez des améliorations aux mêmes machines.

Gordon haussa les épaules sans répondre.

Manifestement.

— Que font ces ouvriers ? poursuivit Stern en montrant les hommes travaillant à quatre pattes sur la base d'une des machines. Que réparent-ils exactement ?

— David, commença Gordon, je pense sincèrement...

— Votre technologie est-elle *vraiment* sans danger ?

— Voyez par vous-même, soupira Gordon en montrant l'écran.

Stern vit sur le sol de l'aire de transit une rapide succession d'éclairs.

— La voilà, dit Gordon.

Les éclairs devinrent plus éblouissants. Le crépitement se fit de nouveau entendre, étouffé pour commencer, puis de plus en plus fort. Et la cage apparut. Le bourdonnement s'estompa, la vapeur tourbillonna sur le sol et la femme descendit de la machine en saluant les spectateurs de la main.

Stern l'observa avec attention ; elle semblait tout à fait normale. Son apparence était identique à celle qu'elle avait auparavant.

— Croyez-moi, fit Gordon en se tournant vers lui, il n'y a aucun danger. Comment était-ce, Sue ? lança-t-il en se retournant vers l'écran.

— Parfait, répondit-elle. Le site de transit est sur la rive nord. Un endroit retiré, dans les bois. Et il fait très beau pour un mois d'avril. Réunissez votre équipe, docteur Gordon, ajouta-t-elle en regardant sa montre. Je vais paramétrer la balise de réserve. Puis nous irons là-bas et nous ramènerons votre professeur avant qu'on ne lui fasse du mal.

— Allongez-vous sur le côté gauche, s'il vous plaît.

Kate roula sur la table en suivant d'un regard inquiet les gestes de l'homme d'âge mûr en blouse blanche qui levait une sorte de pistolet à glu et l'approchait de son oreille.

— Vous allez avoir une sensation de chaleur.

De chaleur ? Elle sentit quelque chose de brûlant pénétrer à l'intérieur du pavillon.

— Qu'est-ce que c'est ?

— Un polymère organique. Non toxique et non allergène. Il prend en huit secondes... Très bien. Maintenant, faites des mouvements de mastication pour qu'il y ait un peu de jeu. Parfait, continuez à mastiquer.

Il passa au suivant ; elle l'entendit parler à Chris qui se trouvait sur la table voisine, juste devant Stern et Marek.

— Allongez-vous sur le côté gauche, s'il vous plaît. Vous allez éprouver une sensation de chaleur...

L'homme en blouse blanche revint peu après. Il lui demanda de se retourner pour injecter le polymère brûlant dans l'autre oreille.

— C'est encore un peu expérimental, fit Gordon qui les observait d'un coin de la salle, mais jusqu'à présent cela a très bien marché. Le polymère commencera à se biodégrader au bout d'une semaine.

Plus tard, l'homme en blouse blanche leur demanda

de se lever. Il retira adroitement l'implant en plastique de leurs oreilles.

— J'entends très bien, lança Kate à Gordon. Je n'ai pas besoin d'un appareil acoustique.

— Ce n'est pas un appareil acoustique.

À l'autre bout de la salle, l'homme en blouse blanche perçait le centre des implants et y insérait du matériel électronique. Il travaillait très vite ; quand il eut terminé, il recouvrit le trou d'une couche de plastique.

— C'est un traducteur automatique couplé à un micro. Pour le cas où il faudrait comprendre ce que quelqu'un vous dit.

— Même si je comprends ce qu'on me dit, demanda Kate, comment pourrai-je répondre ?

— Ne t'en fais pas, glissa Marek en lui donnant un petit coup de coude. Je parle l'occitan et le moyen français.

— Quelle chance ! répliqua-t-elle. Et tu vas m'enseigner les deux langues dans le quart d'heure qui vient ?

Kate était nerveuse. Elle allait bientôt être détruite, vaporisée ou dans cette fichue machine ; ces paroles lui avaient échappé.

Marek eut l'air étonné.

— Non, répondit-il avec gravité. Mais si tu restes avec moi, je prendrai soin de toi.

Elle fut rassurée par le ton qu'il avait pris. Elle connaissait sa droiture ; s'il promettait de prendre soin d'elle, il le ferait. Elle se détendit.

Tout le monde fut équipé en peu de temps des écouteurs couleur chair.

— Pour l'instant, expliqua Gordon, ils sont coupés. Si vous voulez les activer, il suffit de taper votre oreille avec le doigt. Maintenant, si vous voulez bien me suivre...

Gordon remit ensuite à chacun une petite bourse en cuir.

— Nous préparons depuis un certain temps une

trousse de premiers secours ; ce que vous venez de recevoir est un prototype. Comme vous serez les premiers à entrer dans l'autre monde, elle sera peut-être utile. Vous pouvez la cacher sous vos vêtements.

Il ouvrit une bourse, en sortit un tube d'aluminium d'une dizaine de centimètres de haut et de trois centimètres de diamètre, qui ressemblait à une petite bombe de crème à raser.

— C'est le seul moyen de défense que nous pouvons vous fournir. Il contient douze doses de dihydride d'éthylène, avec un substrat protéique. Nous allons faire une démonstration avec le chat H.G. Où es-tu, H.G. ?

Un chat noir sauta sur la table. Gordon le caressa avant de lui vaporiser une dose de gaz sur le nez. L'animal cligna des yeux, éternua et roula sur le côté.

— Perte de connaissance en moins de six secondes, reprit Gordon. Le produit provoque une amnésie rétrograde, mais n'oubliez pas que ses effets sont de courte durée. Et il faut viser droit sur le visage.

Le chat commençait déjà à s'agiter et à se tortiller. Gordon plongea la main dans la bourse pour prendre trois cubes de carton rouge de la taille d'un sucre, recouverts d'une couche de cire transparente. Les cubes ressemblaient à des pièces d'artifice.

— Si vous avez besoin d'allumer un feu, poursuivit Gordon, cela fera l'affaire. Tirez la petite ficelle et le cube s'enflamme. Ils portent des chiffres : quinze, trente et soixante. C'est le nombre de secondes qui s'écouleront avant qu'ils prennent feu. La cire les rend imperméables. Je vous mets en garde : il arrive qu'ils ne fonctionnent pas.

— Pourquoi ne pas prendre un bic ? demanda Chris.

— Cela n'appartient pas à cette époque ; on ne peut emporter du plastique de l'autre côté. Nous avons aussi, poursuivit-il en se retournant vers les autres, des produits pharmaceutiques de base, rien de sophistiqué. Anti-inflammatoire, antidiarrhéique, antispasmodique, antalgique. On ne vomit pas dans un château. Mais nous ne pouvons vous donner de cachets pour assainir l'eau.

En écoutant tout cela, Stern éprouvait un sentiment d'irréalité. Vomir dans un château ?

— Écoutez..., commença-t-il.

— Pour finir, coupa Gordon en montrant un objet ressemblant à un couteau suisse, vous avez un outil de poche universel comprenant un couteau et un crochet. Vous n'aurez probablement pas à utiliser quoi que ce soit, ajouta-t-il en replaçant le tout dans la bourse de cuir, mais ce sera à portée de votre main. Maintenant, vous allez vous habiller.

Stern ne parvenait pas à chasser un sentiment de malaise persistant. Une femme d'un certain âge au visage bienveillant, penchée sur une machine à coudre, s'était levée à leur arrivée et leur tendait des vêtements. D'abord les braies, une sorte de caleçon de toile blanche — comme un boxer-short, mais sans élastique — puis une ceinture de cuir et un collant de laine noire.

— Qu'est-ce que c'est ? demanda Stern. Un collant ?

— On appelle cela des chausses, mon cher.

Elles n'avaient pas d'élastique à la taille non plus.

— Comment tiennent-elles ?

On les passe sous la ceinture, par-dessous le pourpoint, ou on les attache au pourpoint avec les aiguillettes.

— Les aiguillettes ?

Stern se tourna pour regarder les autres. Ils empilaient tranquillement les vêtements à mesure qu'on les leur remettait ; ils semblaient savoir exactement à quoi servait chacun d'eux et paraissaient aussi détendus que s'ils avaient été dans un grand magasin. Stern, lui, était perdu ; il sentait l'affolement le gagner. On lui donna successivement une chemise de toile blanche qui descendait jusqu'en haut des cuisses, puis un gilet appelé « doublet », fait d'une étoffe feutrée et rembourrée, et enfin une dague sur une chaîne d'acier, qu'il considéra d'un air méfiant.

— Tout le monde en porte une. Vous en aurez besoin, de toute façon, pour manger.

Il posa distraitement l'arme au sommet de la pile et fouilla dans les vêtements pour essayer de trouver les aiguillettes.

— Ces vêtements se veulent aussi neutres que possible, expliqua Gordon, ni coûteux ni bon marché. Nous cherchons à nous rapprocher de la tenue d'un marchand moyennement prospère, d'un page ou d'un noble désargenté.

On tendit à Stern des chaussures de cuir à bout pointu et incurvé. Comme des chaussures de bouffon de cour, se dit-il tristement.

— Ne vous inquiétez pas, fit la vieille dame avec un bon sourire. Elles ont des semelles à coussin d'air, comme vos Nike.

— Pourquoi tout est-il sale ? demanda Stern en regardant le pourpoint d'un air dégoûté.

— Vous voulez faire vrai, non ?

— Comment exactement faut-il... ? commença Stern en regardant les autres dans le vestiaire où les hommes se changeaient.

— Tu veux savoir comment on s'habille au XIVe siècle ? fit Marek. C'est simple.

Il s'était entièrement déshabillé et marchait dans le vestiaire, nu comme un ver, très décontracté. Il avait une puissante musculature. Intimidé, Stern enleva lentement son pantalon.

— D'abord, expliqua Marek, tu mets les braies. C'est une toile de bonne qualité ; on faisait de belles toiles à cette époque. Pour qu'elles tiennent, passe la ceinture autour de ta taille et roule le haut du sous-vêtement autour de la ceinture. Il vaut mieux faire deux tours. Pigé ?

— La ceinture est *sous* les vêtements ?

— C’est ça ; elle retient les braies. Ensuite, tu mets les chausses.

Marek entreprit d’enfiler son collant de laine noire ; il avait des pieds, comme un pyjama de bébé.

— Il y a des cordons, en haut, tu les vois ?

— Elles font des poches aux genoux, grommela Stern en tirant sur les chausses.

— Normal. Ce n’est pas un vêtement de cérémonie ; il n’est pas moulant. Ensuite, tu mets le doublet. Passe-le par-dessus la tête et laisse-le flotter. Non, non, David... la fente à la hauteur du cou se place sur le devant.

Stern sortit les bras et fit gauchement tourner le doublet de toile.

— Pour finir, poursuivit Marek en saisissant un vêtement rembourré, tu mets le pourpoint qui se porte aussi bien en plein air qu’à l’intérieur, et qu’on n’ôte que lorsqu’il fait très chaud. Tu vois les aiguillettes ? Maintenant, attache tes chausses au pourpoint en passant les aiguillettes par les fentes du doublet.

Il ne fallut pas longtemps à Marek pour réussir l’opération, comme s’il avait fait cela toute sa vie. Stern constata avec satisfaction que Chris allait beaucoup plus lentement. Lui-même avait du mal à tordre le buste pour nouer les cordons sur l’arrière.

— Tu trouves ça simple ? grogna-t-il à l’adresse de Marek.

— Regarde comment nous sommes habillés aujourd’hui. Les Occidentaux du XXe siècle portent de neuf à douze pièces d’habillement. Là, tu n’en as que six.

Stern mit son pourpoint, tira dessus pour le faire descendre jusqu’aux cuisses. Ce faisant, il plissa le doublet. Marek l’aida à tout remettre en place et resserra les chausses.

Pour finir, il passa la dague et la chaîne autour de la taille de Stern, et recula pour l’admirer.

— Voilà, fit-il en hochant la tête d’un air satisfait. Comment te sens-tu ?

— Comme une volaille troussée, répondit Stern en tortillant les épaules.

— Tu t'y feras, conclut Marek en riant.

Kate finissait de s'habiller quand Susan Gomez, la jeune femme qui venait de faire le voyage dans l'autre monde, entra en tenue médiévale, coiffée d'une perruque. Elle lança à Kate une autre chevelure postiche.

Kate fit la grimace.

— Il faut la mettre, déclara Susan. Pour les femmes, les cheveux courts sont la marque du déshonneur ou de l'hérésie. Ne laissez jamais quelqu'un voir la vraie longueur de vos cheveux.

Kate essaya la perruque dont les cheveux d'un blond cendré lui tombaient sur les épaules. En se tournant pour regarder dans le miroir, elle vit le visage d'une inconnue. Elle paraissait plus jeune, plus douce. Plus vulnérable.

— Soit vous la gardez, reprit Susan Gomez, soit vous coupez vos cheveux très court, comme un homme. À vous de choisir.

— Je la garde, répondit Kate.

Diane Kramer regarda Victor Baretto droit dans les yeux.

— Cela a toujours été la règle, Victor. Vous le savez.

— Oui, mais le problème, c'est que, cette fois, la mission est différente.

Mince, le visage dur, la trentaine, Baretto était un ex-ranger recruté par ITC deux ans plus tôt. Au long de cette période, il s'était forgé la réputation d'un agent de sécurité compétent mais quelque peu imbu de lui-même.

— Vous nous demandez maintenant d'entrer dans l'autre monde sans nous permettre d'emporter des armes.

— C'est cela, Victor. Pas d'anachronisme. Pas d'objets modernes de l'autre côté. Telle a été notre règle depuis le début.

Diane essaya de cacher son agacement. Les ex-militaires étaient difficiles à manier, surtout les hommes. Cela se passait bien avec les femmes, comme Gomez, mais les hommes essayaient systématiquement de « mettre leur formation en pratique », comme ils disaient, à l'occasion des voyages dans l'autre monde. Cela ne marchait jamais. Diane pensait dans son for intérieur que ce n'était pour les hommes qu'un moyen de masquer leur anxiété, mais elle ne pouvait le leur dire en face. Il était déjà assez difficile pour eux de recevoir des ordres d'une femme comme elle.

Les hommes avaient aussi plus de difficultés à garder le secret sur la nature de leurs travaux : ils étaient tous tentés de se vanter de leurs voyages dans le passé. Ils étaient évidemment liés par toutes sortes d'engagements contractuels, mais on peut en oublier les termes après quelques verres dans un bar. C'est pourquoi Kramer les avait informés de l'existence de plusieurs balises de navigation spécialement programmées. Devenues mythiques, elles étaient connues par leurs noms : Toungouska, Vésuve, Tokyo. La balise Vésuve vous envoyait dans la baie de Naples en 79, le 24 août à sept heures du matin, juste avant que l'éruption du volcan ne fasse périr tous les habitants. Toungouska vous emmenait en Sibérie en 1908, juste avant la chute du météorite géant qui avait provoqué une onde de choc, tuant tout ce qui vivait à des centaines de kilomètres à la ronde. Tokyo vous expédiait au Japon en 1903, juste avant le séisme qui avait entièrement détruit la ville. L'idée était que celui qui ébruiterait le secret risquait de s'embarquer avec l'une de ces balises lors de son prochain voyage. Les militaires de formation ne savaient pas exactement dans quelle mesure il fallait prendre cette menace au sérieux.

Ce qui faisait l'affaire de Diane Kramer.

— C'est une mission différente, répéta Baretto, comme si elle n'avait pas entendu. Vous nous demandez d'entrer dans l'autre monde — de passer derrière les lignes ennemies, pour ainsi dire — sans emporter d'armes.

— Mais vous êtes entraînés à combattre à mains nues. Vous, Gomez, les autres.

— Je ne crois pas que ce soit suffisant.

— Victor...

— Avec tout le respect que je vous dois, madame Kramer, poursuivit Baretto avec obstination, je ne pense pas que votre évaluation de la situation soit bonne. Vous avez déjà perdu deux personnes ; trois, si l'on compte Traub.

— Non, Victor. Nous n'avons perdu personne.

— Vous ne pouvez pas nier avoir perdu Traub.

— Nous n'avons pas perdu le docteur Traub. Il est parti de son propre chef et il était dépressif.

— C'est ce que vous supposez.

— Nous le savons, Victor. Depuis la mort de sa femme, il était profondément déprimé, presque suicidaire. Il avait dépassé la limite, mais il voulait repartir, pour voir s'il pouvait apporter des améliorations à la technologie. Il croyait pouvoir modifier les machines de manière à réduire le nombre d'erreurs de transcription. Apparemment, il se trompait ; c'est pourquoi il s'est retrouvé dans le désert de l'Arizona. Je ne pense pas, pour ma part, qu'il ait réellement eu l'intention de revenir. Je considère qu'il s'agit d'un suicide.

— Et vous avez perdu Rob, insista Baretto. Ce n'était pas un suicide.

Diane Kramer soupira. Rob Deckard était l'un des premiers observateurs envoyés de l'autre côté, il y avait près de deux ans. Il avait été l'un des premiers à présenter des erreurs de transcription.

— Cela remonte à un certain temps, Victor ; la technologie n'était pas aussi perfectionnée qu'aujourd'hui. Et vous savez bien ce qui s'est passé. Après plusieurs voyages, Rob a commencé à présenter des signes inquiétants, mais il a insisté pour continuer. Nous ne l'avons pas perdu.

— Il est parti et n'est jamais revenu, lança Baretto. Rien ne m'en fera démordre.

— Rob savait exactement ce qu'il faisait.

— Et maintenant, c'est le tour du Professeur.

— Nous n'avons pas perdu le Professeur, riposta Diane. Il est encore vivant.

— C'est ce que vous espérez. Vous ne savez même pas pourquoi il n'est pas revenu.

— Victor...

— Ce que je veux dire, poursuivit Baretto, c'est que

la logistique n'est pas adaptée au profil de la mission. Vous nous demandez de prendre des risques inutiles.

— Rien ne vous oblige à partir, fit Diane d'une voix douce.

— Je n'ai pas dit ça !

— Vous n'êtes pas obligé.

— J'y vais !

— Dans ce cas, il faut respecter la règle. Aucun objet moderne ne doit entrer dans l'autre monde. Compris ?

— Compris.

— Et pas un mot de notre conversation aux autres.

— Aucun risque. Je suis un professionnel.

— Parfait.

Diane le regarda s'éloigner. Il faisait la tête, mais il se résignerait. Comme ils le faisaient toujours. Il était important de respecter la règle. Même si Doniger aimait à déclarer qu'on ne pouvait rien changer du cours de l'histoire, nul ne pouvait en être véritablement certain et il n'était pas question d'en courir le risque. Ils ne voulaient pas introduire d'armes ou d'objets modernes ni de plastique dans l'autre monde.

Personne ne l'avait jamais fait.

Stern était assis comme les autres sur une chaise au dossier dur. Aux murs de la pièce étaient épinglées plusieurs cartes. Susan Gomez leur parlait avec un débit rapide et presque une certaine brusquerie.

— Nous allons au monastère de la Sainte-Mère, au bord de la Dordogne. Nous arriverons à huit heures quatre, le jeudi 7 avril 1357, le jour où le Professeur a écrit son message. Nous avons de la chance : il y a ce jour-là un tournoi à Castelgard et le spectacle attirera une foule nombreuse qui nous permettra de passer inaperçus.

Elle indiqua un point sur une carte murale.

— Pour vous permettre de vous repérer, voici le monastère. Castelgard se trouve sur l'autre rive et la forteresse de La Roque est là, sur la falaise dominant le monastère. Des questions ?

Tout le monde secoua la tête.

— Très bien. La situation est assez instable dans la région. La guerre de Cent Ans dure déjà depuis une vingtaine d'années et sept mois se sont écoulés depuis la victoire anglaise à Poitiers où le roi de France a été fait prisonnier. Jean le Bon ne sera libéré que contre une rançon. La France, sans roi, est en émoi. Le château de Castelgard est aux mains d'Oliver de Vannes, un chevalier anglais né en France, qui s'est aussi emparé de La Roque où il renforce les défenses de la forteresse. Oliver est un personnage antipathique, connu pour son mauvais caractère. Il a été surnommé le « Boucher de Crécy » pour la cruauté dont il a fait montre au cours de la bataille.

— Oliver est donc le maître des deux châteaux ? fit Marek.

— Pour le moment. Mais une troupe nombreuse, sous la conduite d'un prêtre défroqué, Arnaud de Cervole...

— L'Archiprêtre, coupa Marek.

— Exactement, l'Archiprêtre. Il traverse la région et tentera certainement de prendre les châteaux à Oliver. Nous pensons que les troupes de l'Archiprêtre sont encore à plusieurs jours de marche, mais les hostilités peuvent commencer à tout moment et il nous faudra faire vite.

Elle se tourna vers une autre carte, à plus grande échelle, montrant les bâtiments du monastère.

— Nous arriverons à peu près ici, à la lisière de la forêt de la Sainte-Mère. De l'endroit où nous serons, nous devrions être en mesure de voir le monastère. Comme le message du Professeur a été écrit là-bas, nous nous y rendrons directement. Comme vous le savez, le repas principal est servi à dix heures ; le Professeur devrait se tenir au réfectoire. Si la chance nous sourit, nous l'y trouverons et nous le ramènerons.

— Comment pouvez-vous savoir tout cela ? demanda Marek. Je croyais que personne n'était jamais entré dans l'autre monde.

— C'est exact, personne n'y est entré. Mais les observateurs restés près des machines ont rapporté assez d'observations pour nous permettre de savoir comment les choses se passent à cette heure-là. D'autres questions ?

Ils secouèrent la tête en silence.

— Bien. Il est très important de récupérer le Professeur pendant qu'il est encore au monastère. S'il se rend à Castelgard ou à La Roque, ce sera infiniment plus difficile. Notre mission sera minutée ; je pense y passer entre deux et trois heures. Nous resterons ensemble en toutes circonstances. Si l'un de nous devait être séparé des autres, qu'il utilise les écouteurs pour les rejoindre. Dès que nous aurons trouvé le Professeur, nous reviendrons. D'accord ?

— D'accord.

— Nous serons deux pour vous escorter, Victor Baretto et moi-même. Il est là-bas, dans le coin. Dis bonjour, Victor.

Le deuxième accompagnateur était un homme renfrogné, au physique d'ex-marine. Ses vêtements d'époque, faits d'une grosse toile tissée lâche, étaient plus proches de la tenue d'un manant. Il leur adressa un signe de tête et un petit geste de la main ; il semblait de méchante humeur.

— Alors ? reprit Susan Gomez. Y a-t-il d'autres questions ?

— Le professeur Johnston est là-bas depuis trois jours, fit Chris.

— Exact.

— Pour qui les gens du pays le prennent-ils ?

— Nous n'en savons rien, répondit Susan Gomez. Nous ne savons même pas pourquoi il s'est éloigné de la machine ; il doit avoir eu une bonne raison. Le plus simple pour lui dans l'autre monde serait de se faire passer pour un clerc, un érudit venu de Londres intéressé par le pèlerinage de Saint-Jacques-de-Compostelle. Le monastère de la Sainte-Mère se trouve sur la route et il n'est pas rare de voir des pèlerins y faire halte et y passer quelques jours, surtout s'ils se lient d'amitié avec le père supérieur, un drôle de personnage. C'est peut-être ce qu'a fait le Professeur ; nous n'en savons rien.

— J'ai une question, fit Chris Hugues. Sa présence n'est-elle pas susceptible de modifier l'histoire locale ? Ne va-t-il pas influer sur le cours des événements ?

— Non, répondit Susan Gomez.

— Comment pouvez-vous le savoir ?

— Ce n'est pas possible.

— Et les paradoxes du temps ?

— Les paradoxes du temps ?

— Oui, expliqua Stern. Vous savez bien... Par exemple, remonter dans le temps et tuer son grand-père, de manière qu'on ne puisse être engendré et donc remonter dans le temps pour tuer son grand-père...

— Ah, ça ! fit Susan Gomez en secouant la tête avec impatience. Non, il n'y a pas de paradoxes du temps.

— Comment ça ? Bien sûr qu'il y en a.

— Non, lança une voix forte derrière eux.

Ils se retournèrent, virent Doniger.

— Les paradoxes du temps n'existent pas.

— Expliquez-vous, insista Stern, vexé de voir que l'on faisait si peu de cas de sa question.

— Le temps n'entre pas véritablement en jeu dans ces prétendus paradoxes, poursuivit Doniger. Il y est plutôt question d'idées sur le passé qui sont attrayantes mais fausses. Attrayantes, car il est flatteur de s'imaginer que l'on peut influer sur le cours des événements. Fausses, car, à l'évidence, il n'en est rien.

— On ne peut influer sur le cours des événements ?

— Non.

— Bien sûr que si.

— N'en croyez rien. Ce sera plus facile à comprendre en prenant un exemple contemporain. Imaginons que vous assistiez à une rencontre de base-ball entre les Yankees et les Mets, que les Yankees sont en train de gagner. Vous voulez changer le résultat et donner la victoire aux Mets. Que pouvez-vous faire, sachant que vous êtes seul dans la foule ? Si vous essayez de rejoindre le banc de touche, vous serez arrêté en chemin, si vous essayez de pénétrer sur le terrain, vous vous ferez expulser. La plupart des possibilités d'action qui vous sont offertes se termineront par un échec et ne changeront pas le résultat de la rencontre.

« Imaginons que vous ayez recours à un moyen plus radical : vous décidez d'abattre le lanceur des Yankees. À peine aurez-vous sorti votre arme, vous serez maîtrisé par des supporters assis autour de vous. Même si vous réussissez à tirer, vous raterez probablement votre cible. Et si, par miracle, vous parvenez à atteindre le lanceur, quel serait le résultat ? Un autre joueur prendrait sa place et les Yankees l'emporteraient quand même. Imaginons maintenant que vous décidiez d'employer un moyen encore plus radical en lâchant un gaz neuroplégique pour tuer tout le monde dans le stade. Cette fois encore, vous avez peu de chances de réussir, comme nous l'avons vu dans l'hypothèse d'une arme à feu. Mais même si vous parveniez à tuer tout le monde, le résultat de la rencontre n'en serait pas inversé pour autant. Vous pouvez alléguer que vous avez fait légèrement dévier l'histoire — je vous l'accorde —, mais vous n'avez pas permis aux Mets de remporter la victoire. En réalité, vous ne pouvez absolument rien faire pour la leur donner. Vous restez ce que vous avez toujours été : un spectateur. Le même principe s'applique à la grande majorité des circonstances historiques. Un seul individu ne peut pas faire grand-chose pour modifier le cours des événements d'une manière significative. Il est vrai qu'un mouvement de masse peut « changer le cours de l'histoire ». Mais pas un individu.

— Admettons, fit Stern, mais je *peux* tuer mon grand-père. S'il est mort, je ne pourrai venir au monde, donc je n'existerai pas et il me sera impossible de l'avoir tué. N'est-ce pas un paradoxe ?

— Si... à supposer que vous le tuiez réellement. Ce qui, en pratique, peut se révéler difficile. Tant de choses ne se passent pas comme on l'avait prévu. Vous ne le retrouverez peut-être pas en temps voulu. Vous pouvez aussi être renversé en chemin par un autobus, tomber amoureux, être arrêté par la police ou bien tuer votre grand-père trop tard, après la conception de votre père ou de votre mère. Il se peut encore que, sitôt face à lui, vous soyez incapable d'appuyer sur la détente...

— Mais en théorie...

— Quand on parle d'histoire, les théories sont sans

valeur, coupa Doniger avec un geste dédaigneux de la main. Une théorie n'a de valeur que si elle permet de prévoir des événements à venir. Mais l'histoire est la mémoire des actions humaines et aucune théorie ne peut prévoir les actions humaines. Et maintenant, ajouta-t-il en se frottant les mains, trêve de conjectures et passons à la suite.

Il y eut des murmures dans l'assistance. David Stern s'éclaircit la voix.

— En fait, je crois que je ne vais pas partir.

Marek s'y attendait. En observant David pendant la réunion, il avait remarqué qu'il se tortillait sur sa chaise, comme s'il était incapable d'adopter une position. Sa nervosité n'avait cessé de croître depuis leur arrivée.

Marek, pour sa part, ne se posait pas la question. Depuis sa jeunesse, il avait vécu dans le monde médiéval, s'imaginant à Carcassonne, à Avignon ou à Milan. Il avait suivi les guerres galloises avec Edward Ier, il avait vu les bourgeois de Calais remettre les clés de leur cité, il avait assisté aux foires de Champagne. Il avait connu les fastes de la cour d'Aliénor d'Aquitaine et du duc de Berry. Marek ferait ce voyage quoi qu'il advienne. Quant à Stern...

— Je suis désolé, disait-il, mais ce n'est pas mon affaire. Je ne me suis joint à l'équipe du Professeur que parce mon amie suivait les cours de l'université d'été à Toulouse. Je ne suis pas historien de formation ; je suis un scientifique. Et, en tout état de cause, je ne pense pas que ce soit sans danger.

— Vous ne croyez pas que les machines sont sûres ? lança Doniger.

— Je parle du lieu. De cette année 1357. Après Poitiers, la France était ravagée par la guerre civile. Des compagnies de routiers pillaient le pays. Il y avait des bandits, des brigands partout, l'anarchie régnait.

Marek acquiesça en silence. Stern avait au moins le mérite de comprendre la situation. Le XIVe siècle était un monde révolu et dangereux. C'était aussi un monde religieux ; les gens, pour la plupart, allaient à la messe au moins une fois par jour. Mais un monde d'une incroyable violence où les bandes armées massacraient tout un chacun sur leur passage, où les femmes et les enfants étaient taillés en pièces, les femmes enceintes éventrées pour le plaisir. Un monde qui se prétendait fidèle aux idéaux de la chevalerie tout en pillant et massacrant à tour de bras, où les femmes que l'on imaginait faibles et fragiles possédaient des fortunes, commandaient des châteaux, prenaient des amants à leur guise et tramaient des assassinats et des rébellions. Un monde aux frontières changeantes et aux allégeances mouvantes. Un monde de mort, ravagé par les épidémies, les maladies, les guerres permanentes.

— Nous ne tenons absolument pas à vous forcer, affirma Gordon en regardant Stern dans les yeux.

— N'oubliez pas que vous ne serez pas seul, glissa Doniger. Vous aurez une escorte.

— Je suis navré, murmura Stern. Vraiment navré.

— Qu'il reste, lança Marek. Il a raison. Ce n'est ni son époque ni son affaire.

— Puisqu'on en parle, fit Chris, ce n'est pas vraiment mon époque non plus. Je suis plus fin du XIIIe que véritablement XIVe. Je ferais peut-être mieux de rester avec David...

— Pas question, coupa Marek en le prenant par l'épaule. Tu t'en sortiras très bien, Chris.

Il faisait semblant de prendre cela à la plaisanterie, sachant fort bien que Chris ne plaisantait pas vraiment.

Pas vraiment.

Il faisait froid dans la salle de transit ; en se dirigeant vers les machines, ils créaient des remous dans les vapeurs glaciales qui enveloppaient leurs pieds et leurs chevilles.

Quatre cages avaient été réunies par leur base ; une cinquième se trouvait à part.

— C'est la mienne, déclara Baretto en montant dans la cage isolée.

Il attendit, raide, le regard fixé devant lui.

— Suivez-moi, vous autres, fit Susan Gomez en montant dans une des quatre machines accolées.

Kate, Marek et Chris prirent place dans les trois dernières cages qui semblaient montées sur ressorts ; elles oscillèrent légèrement sous leurs pieds.

— Tout le monde est prêt ?

Un murmure d'acquiescement, des signes de tête.

— Les femmes d'abord, fit Baretto.

— Et comment ! lança Gomez qui ne semblait pas avoir beaucoup de sympathie pour lui. Très bien, ajouta-t-elle à l'adresse des autres. C'est parti !

Le cœur de Chris s'emballa. Il sentit un vertige le prendre, l'affolement le gagner. Il serra les poings.

— Détendez-vous, reprit Gomez. Je pense que cela vous sera agréable.

Elle se baissa pour glisser la céramique dans la fente et se redressa.

— Voilà, fit-elle. N'oubliez pas de rester rigoureusement immobile au moment du départ.

Les machines commencèrent à bourdonner. Chris sentit une légère vibration dans la base, sous ses pieds. L'intensité du bourdonnement s'accrut. La vapeur s'écarta en tourbillonnant de la base des machines. Des craquements et des grincements se firent entendre, comme si du métal était soumis à des torsions. Le bruit s'amplifia pour devenir une sorte de hurlement continu.

— C'est l'hélium liquide, expliqua Gomez. Il refroidit le métal jusqu'à la supraconductivité.

Le hurlement cessa brusquement, aussitôt remplacé par le crépitement.

— Vérification du dégagement, fit Gomez. Détecteurs à infrarouge... C'est parti.

Malgré lui, Chris sentit son corps se mettre à trembler. Il essaya de se dominer, mais ses jambes refusaient de lui obéir. L'affolement le gagnait — peut-être valait-il mieux tout arrêter...

— Restez immobile, ordonna une voix enregistrée. Ouvrez les yeux...

Trop tard, se dit Chris. Trop tard.

— ... respirez profondément... ne bougez plus... *Maintenant !*

L'anneau descendit du toit de la machine, balaya son corps de la tête aux pieds. Il émit un bruit métallique en touchant la base. Un éclair éblouissant de lumière blanche — plus éclatant que le soleil — enveloppa Chris, mais il ne sentit absolument rien. Il éprouvait en réalité une étrange impression de détachement, comme s'il observait la scène de loin.

Le monde autour de lui était totalement, absolument silencieux.

Il vit sur le côté la machine de Baretto grandir, se dresser au-dessus de lui. Baretto était un géant ; sa face énorme aux pores monstrueux se penchait pour les regarder.

Les éclairs se succédaient.

À mesure que la machine de Baretto grandissait, elle semblait aussi s'éloigner d'eux, découvrant un sol qui allait en s'élargissant : une vaste plaine de caoutchouc noir qui s'étendait au loin.

Encore des éclairs laser.

Les cercles disposés sur le sol de caoutchouc se dressaient maintenant autour d'eux comme des falaises noires. Des falaises devenant si hautes qu'on eût dit des gratte-ciel ; ils donnaient l'impression de devoir se rejoindre, de cacher toute la lumière. Ils finirent par se toucher, plongeant le monde dans les ténèbres.

Déchirées de loin en loin par un éclair.

Ils restèrent plongés dans une obscurité profonde, puis Chris commença à distinguer des points lumineux tremblotants qui formaient une sorte de quadrillage et partaient dans toutes les directions. Comme s'ils étaient à l'intérieur d'une gigantesque structure cristalline. Les points lumineux devenaient plus gros et plus brillants. Puis leurs contours se brouillèrent ; ils prirent la forme de boules flamboyantes et floues. Chris se demanda si c'étaient des atomes.

Il ne voyait plus le quadrillage, seulement les boules les plus proches. La cage se dirigea droit sur l'une d'elles qui paraissait palpiter, changer de forme en oscillant.

Et ils furent à l'intérieur de la boule, plongés dans une brume éclatante qui semblait parcourue de pulsations d'énergie.

La lumière s'estompa et s'évanouit.

Ils se retrouvèrent dans l'obscurité totale. Le néant.

Les ténèbres.

Chris remarqua soudain qu'ils continuaient de descendre, de plonger vers la surface spumeuse d'un océan noir dans la nuit noire. Les bouillonnements de l'océan agité produisaient une écume bleutée. À mesure qu'ils s'en rapprochaient, l'écume grossissait. Chris vit qu'une bulle en particulier émettait une vive lumière bleue.

La machine se dirigea en accélérant vers cette bulle,

de plus en plus vite. Il eut l'étrange sensation qu'ils allaient s'écraser sur la surface écumeuse ; ils entrèrent dans la bulle et il entendit une sorte de cri perçant.

Puis ce fut le silence.

Les ténèbres.

Le néant.

Dans la salle de contrôle, David Stern suivait les éclairs laser qui allaient en se raccourcissant sur le sol de caoutchouc. Les machines avaient disparu. Les techniciens se tournèrent aussitôt vers Baretto pour préparer son départ.

Mais Stern ne pouvait quitter des yeux l'endroit où il avait vu ses amis disparaître.

— Où sont-ils maintenant ? demanda-t-il à Gordon.

— Ils sont déjà arrivés. Ils sont là-bas.

— Ils sont reconstruits ?

— Oui.

— Sans fax de l'autre côté ?

— Exactement.

— Expliquez-moi, poursuivit Stern, qu'est-ce qui aurait pu les inquiéter ?

— Il n'y a rien de grave, fit Gordon. J'ai simplement pensé que vos amis pourraient trouver... disons troublant.

— J'écoute.

— Revenons au phénomène qui, vous vous en souvenez, nous a montré que d'autres univers interfèrent avec le nôtre. Il n'y a rien à faire pour le provoquer ; il se produit tout seul.

— Oui.

— Cette interaction se produira toujours, chaque fois que l'on présentera les deux fentes dans le mur.

Stern acquiesça en silence. Il s'interrogeait. Où cela allait le mener ? Mais il ne voyait pas quelle direction prenait Gordon.

— Nous savons donc que dans certaines situations nous pouvons compter sur d'autres univers pour qu'il se produise quelque chose. Nous présentons les deux fentes et les autres univers produisent les interférences que nous observons. Chaque fois.

— D'accord...

— Et si nous effectuons une transmission par un trou de l'écume quantique, la personne est reconstituée de l'autre côté. Nous pouvons compter là-dessus aussi.

Il y eut un silence.

Le front de Stern se plissa.

— Attendez un peu... Êtes-vous en train de dire que la personne en question est reconstituée *par* un autre univers ?

— En effet. Il ne peut en aller autrement. Nous ne pouvons les reconstituer de l'autre côté, puisque nous n'y sommes pas. Nous sommes dans cet univers.

— Ainsi, vous ne reconstituez pas...

— Non, coupa Gordon.

— Parce que vous ne savez pas le faire.

— Parce que nous n'en voyons pas la nécessité. De la même manière que nous ne voyons pas la nécessité de coller des assiettes sur une table pour les faire tenir. Elles tiennent toutes seules, grâce à une caractéristique de l'univers : la pesanteur. Dans le cas qui nous intéresse, nous utilisons une caractéristique du plurivers.

Stern fut aussitôt sur ses gardes ; l'analogie éveillait sa méfiance. Elle semblait trop facile, spécieuse.

— La caractéristique de la technologie quantique, reprit Gordon, est de recouvrir plusieurs univers. Quand un ordinateur quantique calcule — en utilisant les trente-deux états quantiques de l'électron —, il effectue théoriquement ses calculs dans d'autres univers. D'accord ?

— Théoriquement, mais...

— Non, pas théoriquement. Réellement.

Il y eut un nouveau silence.

— Ce sera peut-être plus facile à comprendre, reprit Gordon, en le voyant du point de vue de l'autre univers. On voit surgir une personne venant d'un autre univers.

— Oui...

— C'est ce qui se passe ; cette personne vient d'un autre univers. Mais il ne s'agit pas du nôtre.

— Vous pouvez répéter ?

— Cette personne ne vient pas de notre univers.

— D'où vient-elle ? demanda Stern en battant des cils.

— D'un univers qui est presque identique au nôtre — à tous égards —, avec cette seule différence qu'on sait le reconstituer de l'autre côté.

— Vous plaisantez ?

— Non.

— Vous voulez dire que la Kate qui est arrivée là-bas n'est pas celle qui est partie d'ici ? Que c'est une Kate d'un autre univers ?

— Oui.

— Une presque Kate ? Une sorte de Kate ? Une demi-Kate ?

— Non. C'est Kate. Autant que nous puissions en juger d'après nos expériences, elle est absolument identique à notre Kate. Parce que notre univers et cet autre univers sont presque identiques.

— Mais elle n'est pas la Kate qui est partie d'ici ?

— Comment serait-ce possible ? Elle a été détruite puis reconstruite.

— On se sent différent quand cela se produit ? demanda Stern.

— Seulement pendant une ou deux secondes, répondit Gordon.

Les ténèbres.

Le silence. Puis, au loin, une lumière blanche éblouissante.

Qui se rapprochait. Vite.

Chris frissonna quand un violent choc électrique se propagea dans tout son corps, provoquant des mouvements convulsifs de ses doigts. L'espace d'un instant, il *sentit* son corps, comme on sent des vêtements quand on les met ; il sentit la chair qui l'entourait, en perçut le poids, eut conscience de la pesanteur, de la pression de tout le corps sur la plante des pieds. Puis une douleur fulgurante lui transperça le crâne ; elle disparut aussitôt et il fut enveloppé dans une intense lumière pourpre. Il grimaça, cligna des yeux.

Il était debout au soleil. L'air était frais, humide. Des oiseaux gazouillaient dans les arbres gigantesques qui se dressaient autour de lui. Des rayons de soleil jouant à travers le feuillage dessinaient sur le sol des motifs changeants. L'un de ces rayons donnait en plein sur lui. La machine était posée près d'un étroit sentier boueux serpentant dans la forêt. Juste devant lui, par une trouée entre les arbres, il apercevait un village médiéval.

Au premier plan, des champs et des habitations sommaires au toit de chaume. Ensuite, un mur et l'enchevêtrement de toits sombres des maisons du village. À l'arrière-plan, le château et ses tours circulaires.

Il reconnut du premier coup d'œil la ville et la forteresse de Castelgard. Ce n'étaient plus des ruines ; les murs étaient intacts.

Il y était.

CASTELGARD

Rien au monde n'est certain comme la mort.

Jean Froissart, 1359

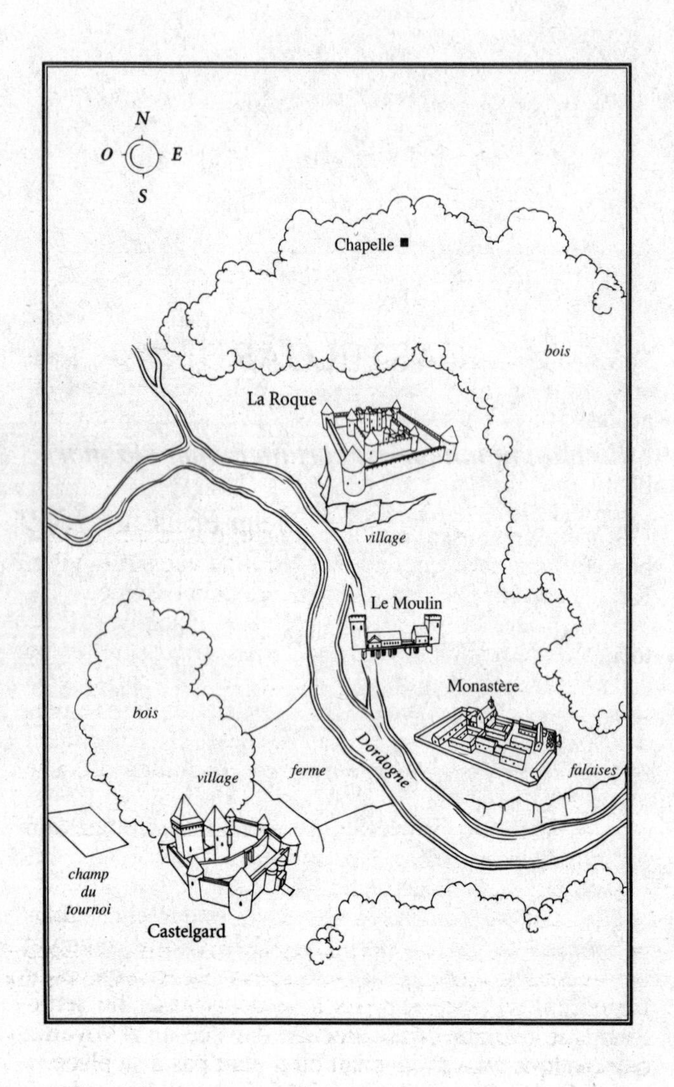
N
O
E
S
Chapelle
bois
La Roque
village
Le Moulin
Monastère
bois
Dordogne
ferme
village
falaises
champ
du
tournoi
Castelgard

37:00:00

Susan Gomez sauta sur le sol d'un bond léger. Kate et Marek sortirent lentement de leur cage en lançant autour d'eux un regard hébété. Chris descendit à son tour. Il toucha le sol couvert de mousse, souple sous le pied.

— Fantastique ! s'écria Marek.

Il s'éloigna aussitôt de la machine, traversa le sentier boueux pour avoir un meilleur point de vue sur la ville. Kate le suivit ; elle paraissait encore déboussolée.

Mais Chris voulait rester près des machines. Il se tourna lentement vers la forêt. Dense, sombre, telle une forêt vierge. Il fut frappé par la taille des arbres ; certains avaient un tronc si large que trois ou quatre personnes auraient pu se cacher derrière. Ils s'élevaient très haut et leur vaste feuillage assombrissait une grande partie du sol.

— C'est magnifique, non ? demanda Gomez qui semblait percevoir l'anxiété de Chris.

— Oui, magnifique.

Il n'était pas sincère, loin de là ; quelque chose dans cette forêt lui paraissait sinistre. Il fit un tour complet sur lui-même, essayant de percer la raison pour laquelle il ne parvenait pas à se débarrasser du sentiment que quelque chose clochait dans ce qu'il voyait... que quelque chose manquait ou n'était pas à sa place.

— Qu'est-ce qui cloche ici ? finit-il par demander.

— Ah oui ! fit Gomez en riant. Écoutez bien, vous allez comprendre.

Chris tendit l'oreille. Il perçut le pépiement des oiseaux, le bruissement des feuilles agitées par la brise. Rien d'autre...

— Je n'entends rien, fit-il.

— Précisément. Certains sont désorientés à leur arrivée. Il n'y a pas de bruit ambiant ici : pas de radio ni de télé, pas d'avions, pas de machines, pas de moteurs de voitures. Au XXe siècle, nous sommes tellement habitués à ce bruit permanent que le silence paraît menaçant.

— Ça doit être ça.

C'est exactement ce que ressentait Chris. Il se retourna vers l'étroit chemin qui s'engageait dans la forêt. À certains endroits, la boue creusée de marques de sabots atteignait une soixantaine de centimètres de hauteur.

Un monde de chevaux, se dit Chris.

Pas un bruit de machine. Des empreintes de sabots en quantité.

Il prit une profonde inspiration, exhala lentement. Même l'air paraissait différent. Plus vif, grisant, comme si sa teneur en oxygène était plus élevée.

En regardant derrière lui, il vit que la machine avait disparu. Gomez n'avait pas l'air de s'en soucier.

— Où est-elle passée ? demanda-t-il en s'efforçant de dissimuler son inquiétude.

— Elle a dérivé.

— *Dérivé ?*

— Quand les machines sont chargées, elles sont légèrement instables et tendent à s'écarter du moment présent. Voilà pourquoi nous ne les voyons pas.

— Où sont-elles ?

— Nous ne le savons pas exactement, répondit Gomez avec un petit haussement d'épaules. Probablement dans un autre univers. En tout état de cause, elles reviennent toujours.

Elle lui en fit la démonstration en levant la céramique et en enfonçant le bouton avec l'ongle du pouce. Accompagnée d'éclairs de plus en plus intenses, la machine revint : les quatre cages réunies, à l'endroit précis où elles s'étaient trouvées quelques minutes auparavant.

— Elle va rester ici une ou deux minutes avant de disparaître de nouveau, expliqua Gomez. Je les laisse faire ; comme ça, on ne les voit pas.

Chris hocha la tête ; elle semblait savoir de quoi elle parlait. Mais il éprouvait un vague malaise à l'idée que les machines dérivaient. Elles représentaient sa seule garantie de retour et il n'aimait pas savoir qu'elles se déplaçaient de leur propre initiative et pouvaient disparaître à tout moment. Qui serait assez téméraire pour prendre un avion dont le pilote dirait qu'il est « instable » ? Il sentit une moiteur sur son front, un début de sueur froide.

Pour se changer les idées, Chris traversa le sentier pour rejoindre les autres, en essayant de ne pas s'enfoncer dans la boue. Lorsqu'il eut rejoint un sol ferme, il commença à se frayer un passage dans la végétation constituée d'arbustes au feuillage dense, qui lui arrivaient à la taille et ressemblaient à des rhododendrons.

— Il y a quelque chose à craindre dans ces bois ? lança-t-il par-dessus son épaule en direction de Gomez.

— Juste des vipères, répondit-elle. Elles sont le plus souvent sur les branches basses des arbres et se laissent tomber sur les épaules des promeneurs qu'elles attaquent.

— Génial ! Sont-elles venimeuses ?

— Très.

— La morsure est mortelle ?

— Ne vous en faites pas, il y en a très peu.

Chris décida de ne plus poser de questions. Il atteignit une trouée ensoleillée dans le sous-bois et découvrit, soixante mètres en contrebas, un méandre de la Dordogne qui ne lui parut pas très différent de ce qu'il avait l'habitude de voir.

Mais si la rivière était la même, le reste du paysage était différent. Le château de Castelgard était intact, la ville aussi. Autour des murs s'étendaient des terres cultivées ; le labourage était en cours dans quelques champs.

Son attention fut attirée vers la droite, où il aperçut le grand rectangle formé par l'enceinte du monastère et le pont fortifié du moulin. *Mon* pont fortifié, ne put-il s'empêcher de penser. Le pont qu'il avait étudié tout l'été...

Et qui, malheureusement, ne ressemblait guère à celui qu'il avait dans l'ordinateur.

Chris vit qu'il y avait quatre roues hydrauliques — et non trois — mues par l'eau coulant sous le pont. Et le pont lui-même ne formait pas une structure unique. Il semblait y avoir au moins deux constructions indépendantes, semblables à de petites maisons. La plus grande était en pierre, l'autre en bois, ce qui donnait à penser qu'elles avaient été bâties à des époques différentes. La construction de pierre crachait un panache de fumée. Peut-être y fabrique-t-on vraiment de l'acier, se dit Chris. Avec des soufflets hydrauliques, on pouvait avoir un véritable fourneau de forge. Ce qui expliquerait l'existence de deux structures distinctes. Le feu — jusqu'à la simple flamme d'une bougie — était interdit à l'intérieur des moulins où était moulu le grain. C'est pourquoi ils ne fonctionnaient que de jour.

Absorbé par ce qu'il avait devant les yeux, il se détendit lentement.

De l'autre côté du sentier, Marek contemplait le village de Castelgard en s'efforçant de chasser le sentiment d'incrédulité qui l'habitait.

Il y était.

Tout excité, presque étourdi de plaisir, il regardait dans les champs les paysans en chausses rapiécées et tunique rouge et bleu, orange et rose. Les couleurs vives ressortaient sur le fond sombre de la terre. La plupart des champs étaient déjà emblavés, les semis recouverts. On était au début avril, les semailles de printemps — orge, pois, avoine, haricots, appelés les céréales de carême — devaient être presque terminées.

Il vit dans un champ un attelage de deux bœufs tirer une charrue ; le soc retournait la terre et traçait des sillons réguliers. Marek distingua avec satisfaction une garde de bois fixée au-dessus du soc, caractéristique de l'époque.

Derrière le laboureur marchait un paysan qui semait à la volée d'un geste cadencé. Le sac de semences était suspendu à son épaule. Sur les talons du semeur, des oiseaux voletaient autour du sillon et picoraient les graines. Ils n'avaient pas beaucoup de temps. Dans un champ voisin, Marek vit le herseur sur le dos d'un cheval tirant la herse fixée à un bâti de bois en T, alourdi par une grosse pierre, qui enfouissait les semences.

Tout paraissait se dérouler au même rythme lent et régulier. Le semeur répandant le grain, la charrue traçant son sillon, la herse enfouissant les semences. Le calme du matin n'était troublé par aucun autre son que le bourdonnement des insectes et le piaillement des oiseaux.

Au-delà des champs s'étendait le mur d'enceinte haut de six mètres de la ville de Castelgard. La pierre était d'un gris sombre, patinée par le temps. Des travaux étaient en cours sur une section de la muraille ; les nouvelles pierres étaient plus claires, d'un gris tirant sur le jaune. Au sommet du mur sur lequel des maçons travaillaient avec diligence, des gardes en cotte de mailles patrouillaient en s'arrêtant de temps en temps pour regarder au loin.

Derrière, dominant les alentours de la ville, se dressait le château flanqué de ses tours circulaires et coiffé de toits noirs. Les oriflammes flottant aux tourelles portaient les mêmes armoiries : un écu bordeaux et gris à la rose d'argent.

Ces décorations donnaient au château un air de fête. Dans un champ au pied du mur d'enceinte, on montait pour le tournoi une grande tribune en gradins. Une assistance nombreuse était déjà rassemblée. On y remarquait aussi quelques chevaliers ; leur monture était attachée près des tentes rayées de couleurs vives disposées autour de la lice. Des pages et des écuyers circulaient entre les tentes, les bras chargés de pièces d'armure et de seaux d'eau pour les chevaux.

Marek laissa échapper un long soupir de satisfaction. C'était exactement, dans les moindres détails, ce qu'il s'attendait à trouver.

Il y était.

Kate Erickson considérait Castelgard avec une certaine perplexité. Près d'elle, Marek soupirait d'un air enamouré, mais elle ne comprenait pas bien pourquoi. Certes, elle avait devant les yeux un village animé, rendu à sa gloire passée, avec ses maisons et son château intacts, mais le paysage dans son ensemble ne se distinguait guère de ce qu'on pouvait voir dans n'importe quelle campagne de France. Peut-être était-il un peu plus attardé, avec des chevaux et des bœufs à la place des tracteurs. Sinon... rien ne tranchait vraiment.

Sur le plan architectural, il existait une différence frappante : toutes les habitations étaient couvertes de lauzes, de petites dalles noires. Ces toits de pierre incroyablement lourds nécessitaient une robuste charpente, ce qui expliquait pourquoi on ne les utilisait plus dans la région que dans les lieux touristiques. Kate était plus habituée à voir dans la campagne française des toitures ocre de tuiles plates ou romaines.

Mais là, elle ne discernait à perte de vue que des toits de lauzes.

Petit à petit, son attention fut attirée par d'autres détails. Il y avait, par exemple, des chevaux en grand nombre. Vraiment nombreux, si on faisait le total de ceux qui travaillaient dans les champs, étaient rassemblés pour le tournoi, circulaient sur la route de terre et avaient été mis au pâturage. D'où elle se tenait, elle devait bien en compter une centaine. Jamais, pas même dans le Colorado de sa jeunesse, elle n'en avait vu autant en si peu d'espace. Et il y avait de tout, du fringant destrier au pesant cheval de labour.

Les habits de la plupart de ceux qui travaillaient aux champs étaient misérables, mais leurs couleurs éclatantes évoquaient les Caraïbes. Les rapiéçages bariolés formaient, au loin, des motifs de décoration.

Kate prit aussi conscience de la séparation nette entre les zones d'habitation — les villages et les champs — assez peu étendues et l'immense tapis vert de la forêt s'étendant à perte de vue dans toutes les directions. La forêt était prédominante dans ce paysage. Kate avait le sentiment d'être au cœur d'une nature sauvage au sein de laquelle les humains étaient des intrus.

En portant de nouveau son regard sur la ville de Castelgard, quelque chose lui parut bizarre, mais elle n'aurait su dire quoi. La réponse lui vint brusquement : pas une seule cheminée ne se distinguait !

Les chaumières des paysans avaient un simple trou dans le toit par où sortait la fumée. Il en allait de même pour les maisons du village, bien que la toiture fût en lauzes ; la fumée s'échappait par un trou ou par un orifice dans un mur. Pas la moindre non plus sur les toits du château.

À l'époque, les cheminées n'existaient pas dans cette partie de la France. Sans qu'elle sût pourquoi, cet infime détail architectural la fit frissonner. Un monde d'avant la cheminée ! À propos, quand l'avait-on inventée ? Elle ne savait plus exactement. La cheminée était d'un usage courant en 1600, mais on en était bien loin.

La voix de Gomez interrompit le cours de ses pensées.

— Te rends-tu compte de ce que tu fais ?

En se retournant, Kate vit que Baretto, leur accompagnateur à la mine renfrognée, venait d'arriver. Sa cage était visible de l'autre côté du sentier, quelques mètres à l'intérieur du bois.

— Je fais ce que j'ai décidé de faire ! répliqua-t-il.

Il avait relevé sa tunique de grosse toile, découvrant un étui de cuir contenant un pistolet et deux grenades noires. Il sortit le pistolet de son étui.

— Si nous devons entrer dans l'autre monde, grommela-t-il, je serai prêt.

— Tu n'emportes pas ça avec toi ! lança Gomez.

— C'est ce qu'on va voir !

— Tu ne les prends pas ! Tu sais que c'est interdit. Gordon ne permettrait jamais qu'on introduise des armes modernes de l'autre côté.

— Mais Gordon n'est pas là, vois-tu ?

— Ça suffit ! s'écria Gomez en prenant son rectangle de céramique et en l'agitant devant Baretto.

Comme si elle le menaçait de repartir.

36:50:22

— Nous avons des sauts de champ, annonça un des techniciens devant sa console.

— Vraiment ? fit Gordon. Voilà une bonne nouvelle.

— Pourquoi ? demanda Stern.

— Cela signifie que quelqu'un est en route et arrivera dans moins de deux heures. Très certainement vos amis.

— Ils devraient donc être de retour avec le Professeur dans moins de deux heures ?

— Oui, c'est exactement...

Gordon s'interrompit pour regarder sur l'écran du moniteur une petite surface présentant une ondulation et une crête.

— C'est ça ?

— Oui, répondit le technicien.

— Mais l'amplitude est beaucoup trop grande, fit Gordon.

— Oui. Et la période va en diminuant... vite.

— Vous voulez dire que quelqu'un est en train de revenir ?

— On dirait que cela ne va pas tarder.

Stern regarda sa montre. Les autres n'étaient partis que depuis quelques minutes. Ils n'avaient pu récupérer si rapidement le Professeur.

— Qu'est-ce que cela signifie ? demanda-t-il.

— Je n'en sais rien, répondit Gordon qui n'aimait pas du tout la tournure que prenaient les choses. Ils doivent avoir des ennuis.

— De quelle nature ?

— Au bout de si peu de temps, c'est probablement mécanique. Peut-être une erreur de transcription.

— De quoi s'agit-il ?

— Je prévois une arrivée dans vingt minutes et cinquante-sept secondes, annonça le technicien qui mesurait les forces du champ et la période de l'onde.

— Combien sont-ils ? demanda Gordon. Tout le monde ?

— Non, répondit le technicien. Un seul.

36:49:19

Chris Hugues n'y pouvait rien : son anxiété était revenue. Malgré la fraîcheur de l'air matinal, il transpirait, il avait la peau froide et le cœur battant. Entendre Gomez et Baretto se disputer ne contribuait pas à accroître sa confiance.

Il repartit vers le sentier en contournant les flaques boueuses. Marek et Kate revenaient aussi ; ils restèrent un peu à l'écart de leurs deux accompagnateurs.

— D'accord, d'accord, je vais le faire ! s'écria Baretto.

Il se débarrassa de ses armes, posa soigneusement le tout sur le sol de sa cage.

— Voilà ! Madame est satisfaite ?

Gomez continua de parler tout doucement, d'une voix si faible que Chris ne l'entendait pas.

— Ça ira ! lança Baretto d'une voix rageuse.

Gomez ajouta quelques mots à voix basse ; Baretto grinça des dents. Il était gênant d'assister à une telle scène. Chris s'écarta de quelques mètres et leur tourna le dos, attendant la fin de la dispute.

Il fut étonné de voir que le sentier descendait en pente assez raide ; par une trouée entre les arbres, il apercevait le monastère : un assemblage géométrique de cours, de passages couverts et de cloîtres. Toutes ces constructions en pierre d'un brun très clair étaient entourées par un haut mur d'enceinte. On aurait dit une ville en miniature. Le monastère était tout proche ; à quatre cents mètres, pas plus.

— Ras le bol ! lança Kate. Je vais marcher !

Elle commença à descendre le chemin. Chris et Marek se regardèrent et lui emboîtèrent le pas.

— Ne vous éloignez pas ! cria Baretto.

— Nous ferions mieux de les suivre, fit Gomez.

— Pas avant d'avoir tiré quelque chose au clair, grogna Baretto en la retenant par le bras. Je parle de la façon dont cette expédition est conduite.

— Je pense que c'est parfaitement explicite, répondit Gomez.

— Je n'ai pas aimé la manière dont tu as..., riposta Baretto en se penchant vers elle.

Le reste de sa phrase, prononcé d'une voix basse et sifflante, devint inaudible.

Chris tourna avec soulagement un coude du sentier, les laissant à leur explication orageuse.

Kate allait d'un pas vif ; elle sentait la tension nerveuse se retirer peu à peu de son corps. L'altercation l'avait embarrassée et agacée. Derrière elle, Chris et Marek parlaient ; Chris était anxieux, Marek essayait de le rassurer. Elle n'avait pas envie d'entendre leur discussion. Elle pressa légèrement le pas. Après tout, être là, dans cette forêt fantastique, au milieu de ces arbres gigantesques...

Au bout d'une ou deux minutes, elle avait distancé ses deux compagnons, mais elle savait qu'ils n'étaient pas loin. Elle trouvait agréable d'être seule ; la forêt était fraîche et apaisante. Elle écoutait le chant des oiseaux et le bruit de ses pas amorti par la terre. À un moment, elle crut percevoir autre chose ; elle ralentit le pas, tendit l'oreille.

Oui, il y avait un autre bruit, des pas précipités. Il semblait venir de plus bas, devant elle. Elle perçut un halètement, la respiration de quelqu'un qui cherchait son souffle.

Il y avait un autre son, comme un roulement de tonnerre lointain. Elle cherchait à comprendre ce que cela pouvait être quand un jouvenceau déboucha à toute allure du virage.

Il portait des chausses noires, un pourpoint d'un vert éclatant et un chapeau noir. Il avait le visage cramoisi et courait à l'évidence depuis un bon moment. Il parut surpris de la trouver sur le sentier.

— *Aydethee amsel ! Grassa due ! Aydethee !* s'écria-t-il en arrivant près d'elle.

Presque aussitôt, elle entendit la traduction dans son écouteur.

— Cachez-vous, madame ! Pour l'amour de Dieu, cachez-vous !

Me cacher de quoi ? se demanda Kate. La forêt était déserte ; que voulait dire ce jeune homme ? Peut-être n'avait-elle pas bien compris ? Peut-être la traduction était-elle erronée ? « Cachez-vous ! » cria derechef le garçon en arrivant à sa hauteur. D'une bourrade, il écarta Kate, la poussa vers les arbres. Elle trébucha sur une racine, roula dans le sous-bois. Sa tête heurta quelque chose ; elle éprouva une douleur aiguë, eut une sorte d'étourdissement. Elle se remettait péniblement debout quand elle comprit ce qu'était le grondement qu'elle avait entendu.

Des chevaux.

Fonçant vers elle au grand galop.

Chris vit le jeune homme courant sur le chemin et entendit presque aussitôt le bruit des chevaux lancés à sa poursuite. Hors d'haleine, le garçon s'arrêta près d'eux, plié en deux.

— Cachez-vous ! parvint-il à articuler avant de s'enfoncer sous le couvert des arbres.

Marek ne s'occupait pas de lui ; il regardait vers le bas du sentier.

— Que se passe-t-il exactement ? fit Chris.

— Vite ! s'écria Marek.

Entourant de son bras les épaules de Chris, il le hissa et le porta à l'abri du feuillage.

— Voudrais-tu m'expliquer...

— Chut ! souffla Marek en plaquant la main sur sa bouche. Tu veux nous faire tuer ?

Non, Chris ne voulait la mort de personne. Six cavaliers casqués, en cotte de mailles et tunique bordeaux et gris gravissaient la pente à toute allure. Les chevaux étaient couverts d'un drap noir semé d'argent. L'effet était terrifiant. Le cavalier de tête, un plumet noir au cimier de son casque, tendit le bras devant lui en rugissant : *Godin !*

Baretto et Gomez se tenaient encore au bord du sentier, pétrifiés à la vue des chevaux fonçant sur eux. Le cavalier noir se pencha sur le côté, son épée décrivit un arc de cercle au moment où il arrivait à la hauteur de Gomez.

Chris vit le sang jaillir du haut du torse de Gomez ; le corps bascula en arrière. Baretto, éclaboussé de sang, s'enfuit dans le bois en jurant. Les autres cavaliers surgissaient au galop en hurlant : *Godin ! Godin !* L'un d'eux banda son arc.

La flèche transperça l'épaule gauche de Baretto, qui mit un genou à terre sous la violence du choc. Il se releva en titubant, réussit à atteindre la machine.

Il saisit sa ceinture, dégoupilla une des grenades et se retourna pour la lancer. La flèche le toucha en plein cœur. La surprise se peignit sur son visage ; il toussa et s'affaissa, les bras en croix, le dos contre les barres. Il fit un dernier effort pour arracher la flèche de sa poitrine ; le trait suivant lui perça la gorge de part en part. La grenade roula de sa main ouverte.

Sur le sentier, les chevaux se cabraient en hennissant. Les cavaliers leur faisaient décrire des cercles en criant et en montrant la machine.

Il y eut un éclair éblouissant.

Chris se retourna. Il eut le temps de voir le corps inerte de Baretto adossé à la machine qui se rapetissait en projetant des éclairs.

Quelques secondes plus tard, la cage avait disparu. La peur se lisait maintenant sur le visage des soldats ; le cavalier au plumet noir cria quelque chose aux autres. Ils éperonnèrent leur monture comme un seul homme et disparurent en haut du sentier.

Quand le cavalier noir fit tourner son cheval pour les suivre, l'animal marcha sur le corps de Gomez. L'homme tira sur les rênes en jurant ; le cheval se cabra, piétina longuement le corps décapité. Le sang éclaboussa les pattes de l'animal. Avec un dernier juron, le cavalier noir piqua des deux pour rejoindre les autres.

Quelle soudaineté ! Quelle violence aveugle !

Chris se releva lentement et remonta le sentier au pas de course.

Le corps de Gomez gisait dans une flaque boueuse, méconnaissable. Une main ouverte reposait sur le sol. À côté de la main se trouvait la balise blanche de céramique.

Broyée, éventrée, montrant tous ses composants électroniques.

Chris la ramassa. La céramique s'émietta entre ses doigts, des fragments blancs et argentés tombèrent dans la boue. À cet instant, leur situation lui apparut clairement.

Leurs deux guides étaient morts.

Une machine avait disparu.

Leur balise de navigation était en mille morceaux.

Sans guides ni assistance, sans espoir de retour, ils étaient coincés, pris au piège à tout jamais.

À tout jamais.

36:30:42

— Attention ! lança un technicien. Une arrivée !

Sur le sol de caoutchouc, au centre des écrans d'eau incurvés, de petits éclairs jaillirent.

— Dans une minute, nous saurons ce qui s'est passé, fit Gordon en regardant Stern du coin de l'œil.

Les éclairs augmentèrent d'intensité, une machine commença à apparaître.

— Bon Dieu ! s'écria Gordon quand elle ne faisait encore pas plus de soixante centimètres de haut. Quelle tête de mule, celui-là !

Stern murmura quelque chose, mais Gordon ne l'écoutait pas. Il voyait Baretto adossé aux barres de la machine, manifestement sans vie. La machine atteignit sa taille normale ; en voyant le pistolet dans la main de Baretto, il comprit aussitôt ce qui s'était passé. Malgré l'interdiction formelle de Diane, ce salopard avait emporté des armes modernes de l'autre côté. Naturellement, Gomez l'avait renvoyé et...

Un petit objet noir roula sur le sol de caoutchouc.

— Qu'est-ce que c'est ? demanda Stern.

— Je ne sais pas, répondit Gordon, le regard rivé sur l'écran. On dirait une gre...

L'explosion retentit dans la salle de transit, formant un champignon blanc sur les écrans vidéo, soufflant tout autour de la cage. Dans la salle de contrôle le son, curieusement déformé, ressemblait à des parasites. Une fumée blanche emplit aussitôt la salle.

— Merde ! rugit Gordon en abattant son poing sur la console.

Les techniciens poussaient des hurlements ; l'un d'eux avait le visage couvert de sang. L'instant d'après, il perdit l'équilibre, entraîné par le torrent d'eau qui se déversait des écrans crevés par les éclats de grenade ; une masse d'eau d'un mètre de haut parcourue de mouvements semblables à une houle. Elle se retira presque aussitôt, laissant sur le sol nu des nappes de vapeur chuintante.

— Ce sont les cellules, reprit Gordon. Elles perdent de l'acide fluorhydrique.

Dans la salle de transit obscurcie par la fumée, des silhouettes portant des masques à gaz couraient en tous sens pour venir en aide aux techniciens blessés. Des poutrelles métalliques tombèrent du plafond, fracassant les écrans d'eau restants. D'autres s'écrasèrent dans l'espace central.

Dans la salle de contrôle, quelqu'un donna un masque à Gordon, en tendit un autre à Stern.

— Il faut partir. L'air est contaminé.

Stern ne quittait pas les écrans des yeux. À travers la fumée, il apercevait les autres machines fracassées, renversées ; de leur base s'échappaient de la vapeur et un gaz vert pâle. Une seule restait debout, légèrement de guingois. Il vit soudain une entretoise s'écraser sur la cage.

— Il ne reste plus de machines, souffla-t-il. Est-ce que cela veut dire que...

— Oui, fit Gordon sans lui laisser le temps d'achever sa phrase. Je crains, dans l'immédiat, que vos amis ne soient seuls.

36:30:00

— Calme-toi, Chris, fit Marek.

— Me calmer ? s'écria Chris. Me calmer ? Mais regarde ça, André... en miettes ! Nous n'avons plus de balise. Ce qui veut dire que nous ne pouvons pas repartir, que nous sommes faits comme des rats. Et tu voudrais que je reste calme ?

— Précisément, Chris, fit Marek d'une voix très douce, très ferme. C'est précisément ce que je veux. Je veux que tu gardes ton calme et que tu reprennes tes esprits.

— Pourquoi garderais-je mon calme ? Vois les choses en face, André : nous allons tous mourir ici. Tu le sais, non ? Nous allons nous faire tuer, André. Et nous n'avons aucun moyen de nous en sortir.

— Si, il y en a un.

— Je veux dire que nous n'avons absolument rien... même pas de nourriture. Nous sommes coincés dans ce trou, sans pouvoir...

Il s'interrompit, se tourna vers Marek.

— Qu'est-ce que tu as dit ?

— J'ai dit qu'il existait un moyen.

— Lequel ?

— Réfléchis un peu. L'autre machine est repartie vers le Nouveau-Mexique.

— Et alors ?

— Ils verront dans quel état elle est.

— Il est mort, André. Ils verront qu'il est *mort*.

— L'important est qu'ils sauront qu'il s'est passé quelque chose. Et ils viendront à notre secours. Ils enverront une machine pour nous ramener.

— Comment le sais-tu ?

— Ils le feront.

Sur ce, Marek tourna les talons et commença à descendre le sentier.

— Où vas-tu ?

— Chercher Kate. Nous devons rester ensemble.

— Moi, je reste ici.

— Comme tu voudras. Du moment que tu ne t'éloignes pas.

— Ne t'en fais pas, assura Chris en montrant le sol juste devant lui. C'est à cet endroit précis que la machine est arrivée. Je ne m'en éloignerai pas.

Marek repartit d'un pas vif et disparut dans la courbe du sentier. Chris se retrouva seul. Il se demanda aussitôt s'il ne ferait pas mieux de prendre ses jambes à son cou pour rattraper Marek. Il était peut-être préférable de ne pas être seul, de rester ensemble, comme l'avait dit Marek.

Il fit deux ou trois pas sur le sentier avant de s'arrêter. Non. Il avait dit qu'il resterait où il était. Il demeura planté au milieu du sentier, essayant de ralentir les battements de son cœur.

Il baissa les yeux, se rendit compte qu'il marchait sur la main de Gomez. Il s'écarta d'un bond. Il remonta le sentier sur quelques mètres, de manière à ne plus voir le corps. Il respirait plus lentement, commençait à être en mesure de réfléchir à la situation. Marek avait raison. On leur enverrait une autre machine, dans peu de temps sans doute. Arriverait-elle au même endroit que les autres ? Était-ce le lieu habituel ou serait-ce dans les environs ?

Quoi qu'il en fût, Chris avait la conviction qu'il ne devait pas s'éloigner.

Il regarda dans la direction où Marek avait disparu.

Où était donc Kate ? Elle avait suivi le sentier et devait avoir parcouru plusieurs centaines de mètres.

Il aurait tout donné pour être loin d'ici.

Soudain, sur sa droite, il entendit un craquement dans les bois.

Quelqu'un approchait.

Il se raidit, pensa qu'il n'avait pas d'arme. Puis il se souvint de la bourse de cuir attachée à sa ceinture, sous les vêtements. Il avait la bombe de gaz ; c'était mieux que rien. Il tâtonna sous sa chemise à la recherche de...

— *Pst.*

Il pivota sur lui-même. C'était le jouvenceau, à la lisière du bois. Son visage était lisse et frais ; il ne devait pas avoir plus de douze ans.

— *Arkith. Thou. Earwashmann.*

Chris fronça les sourcils ; il ne comprenait rien à ce que l'autre disait. Quelques secondes plus tard, une petite voix dans son oreille lui donna la traduction.

— Hé ! Vous. L'Irlandais.

— Quoi ?

— *Coumen hastealey.*

— Venez vite, entendit-il dans son oreille.

Le jouvenceau lui faisait signe d'approcher, nerveusement, avec des gestes pressants.

— Mais...

— Venez ! Messire Guy va bientôt se rendre compte qu'il a perdu ma trace. Il reviendra sur ses pas.

— Mais...

— Vous ne pouvez rester ici. Il va vous tuer. Venez !

En plein désarroi, Chris montra le sentier que Marek avait suivi.

— Votre valet vous retrouvera. Venez !

Chris perçut le bruit sourd des sabots qui se rapprochait rapidement.

— Êtes-vous complètement abruti ? demanda le garçon en ouvrant de grands yeux. Venez !

Le roulement s'intensifia. Chris demeurait pétrifié sur place, hésitant sur le parti à prendre.

Le jouveanceau perdit patience. Avec un geste dégoûté de la tête, il s'enfonça dans la forêt, disparaissant aussitôt dans le sous-bois touffu.

Chris resta seul sur le sentier. Il regarda vers le bas : pas de trace de Marek. Il se tourna vers le haut, où le bruit sourd de la cavalcade allait en s'amplifiant. Son cœur se remit à battre la chamade.

Il fallait prendre une décision. Tout de suite.

— J'arrive ! cria-t-il en direction du garçon.

Il s'élança à toutes jambes vers le bois.

Assise sur une souche, la perruque de travers, Kate palpait son crâne avec précaution. Elle avait du sang sur les doigts.

— Tu es blessée ? demanda Marek en s'approchant.

— Je ne crois pas.

— Fais voir.

En soulevant la perruque, Marek vit des cheveux collés et une coupure de plusieurs centimètres sur le cuir chevelu. Le sang ne coulait plus ; il avait commencé à se coaguler sur le fond de la perruque. La plaie aurait mérité quelques points de suture, mais Kate pouvait s'en passer.

— Tu survivras, fit Marek en remettant la perruque en place.

— Que s'est-il passé ?

— Nos deux guides sont morts. Il n'y a plus que nous trois ; Chris est un peu affolé.

— Chris est un peu affolé, répéta Kate en hochant la tête comme si elle s'y attendait. Alors, il vaut mieux aller le chercher.

Ils entreprirent de remonter le sentier.

— Que sont devenues les balises ? demanda Kate chemin faisant.

— Baretto est reparti en emportant la sienne. Gomez a été piétinée par un cheval, sa balise est en mille morceaux.

— Et l'autre ?

— Quelle autre ?

— Elle en avait une de secours.

— Comment le sais-tu ?

— C'est elle qui l'a dit. Tu ne t'en souviens pas ? En revenant de son voyage de reconnaissance, elle a dit que tout allait bien, que nous devions nous préparer sans perdre de temps. Elle a ajouté qu'elle allait programmer la balise de secours ou quelque chose de ce genre.

Marek réfléchit, le front plissé.

— Il paraît logique qu'il y ait une balise de secours, poursuivit Kate.

— Eh bien, fit Marek, Chris sera ravi de l'apprendre.

Ils s'arrêtèrent au milieu du sentier, regardèrent autour d'eux.

Chris avait disparu.

Chris se frayait un chemin dans le sous-bois sans s'occuper des ronces qui lui griffaient les jambes et s'accrochaient à ses chausses. Il aperçut enfin le jouvenceau, une cinquantaine de mètres devant. Mais le garçon ne prêtait pas attention à lui, ne marquait aucune pause pour l'attendre ; il continuait à courir en direction du village. Chris s'efforça de ne pas perdre de terrain.

Il entendit derrière lui les chevaux hennir et se cabrer tandis que les hommes criaient.

— Dans les bois ! s'écria l'un d'eux.

Un autre lâcha un juron. Au bord du sentier, la végétation était dense. Chris escaladait des troncs d'arbres et des souches pourries, il brisait des branches grosses comme sa cuisse, traversait d'épais ronciers. Était-ce un terrain trop difficile pour les chevaux ? Les hommes seraient-ils obligés de mettre pied à terre ? Allaient-ils renoncer ou se lancer à leur poursuite ?

Bien sûr qu'ils allaient les poursuivre !

Il accéléra l'allure, entra dans une zone marécageuse. Il se fraya un passage entre les plantes aquatiques qui lui arrivaient à la taille et dégageaient une odeur nauséabonde, glissa dans la boue, plus profonde à chaque pas. Il percevait son halètement et le bruit de succion que faisaient ses pieds.

Mais il n'entendait personne derrière lui.

Il retrouva bientôt un sol sec qui lui permit d'aller plus vite. L'adolescent n'avait plus que dix mètres d'avance, mais il ne ralentissait pas. Le souffle court, Chris s'efforçait de ne pas se faire distancer.

Soudain, un craquement dans son oreille gauche.

— Chris ?

C'était la voix de Marek.

— Où es-tu, Chris ?

Que fallait-il faire pour répondre ? Y avait-il un micro ? Puis il se souvint que quelqu'un avait parlé de conduction osseuse.

— Je... je suis en train de courir, dit-il à voix haute.

— J'entends. Mais où es-tu ?

— Le garçon... le village...

— Tu vas vers le village ?

— Je ne sais pas. Je crois.

— Tu crois ! Chris, dis-moi où tu es.

À ce moment-là, Chris entendit derrière lui des craquements de branches, des cris et des hennissements.

Les cavaliers étaient à ses trousses. Et il avait laissé sur son passage des branches cassées et des empreintes dans la boue. Il devait être facile de suivre sa trace.

Il accéléra encore l'allure, courant cette fois à perdre haleine. D'un seul coup, il remarqua que le jouvenceau avait disparu.

Il s'arrêta, essayant de reprendre son souffle, fit un tour complet sur lui-même. Personne.

Le garçon s'était évanoui, comme par enchantement.

Chris se retrouvait seul dans la forêt.

Et les soldats étaient sur ses talons.

Au bord du sentier dominant le monastère, Kate et Marek étaient à l'affût du moindre son dans leur écouteur. Il n'y avait plus rien. Kate tapota son oreille.

— Je ne reçois plus rien.

— Peut-être sommes-nous hors de portée, suggéra Marek.

— Pourquoi va-t-il vers le village ? fit Kate. On dirait qu'il suit ce garçon. Je me demande bien pourquoi.

Marek se tourna vers le monastère ; il n'était pas à plus de dix minutes à pied de l'endroit où ils se tenaient.

— Le Professeur doit être là-bas pour l'heure. Il suffirait d'aller le chercher et nous pourrions repartir. Cela aurait pu être si facile, ajouta-t-il en donnant un coup de pied rageur dans une souche.

— Plus maintenant, fit Kate.

Un bruit de friture dans leur écouteur les fit grimacer. Ils entendirent la respiration haletante de Chris.

— Où es-tu, Chris ?

— Je ne peux pas... parler maintenant.

Il avait prononcé ces mots dans un murmure, d'une voix tremblante de peur.

— Non, non, *non* ! murmura le jouvenceau, juché sur une branche d'un gros arbre, la main tendue vers Chris pour l'aider à monter.

Il avait eu pitié de lui en le voyant tourner en rond comme un animal affolé. Il avait sifflé, lui avait fait signe de grimper.

Les jambes serrées autour du tronc, Chris essayait désespérément de se hisser sur une branche basse, mais la manière dont il s'y prenait ne convenait pas au garçon.

— Non, non ! souffla-t-il, exaspéré. Les mains ! Seulement avec les mains ! Vous êtes vraiment stupide... regardez les marques de vos pieds sur le tronc !

Suspendu à une branche, Chris baissa les yeux. L'autre avait raison : il y avait sur l'écorce des traînées boueuses très visibles.

— Nous sommes perdus ! s'écria le jouvenceau en balançant les jambes par-dessus la tête de Chris pour se laisser tomber au sol avec agilité.

— Que faites-vous ? demanda Chris.

Mais le garçon était déjà loin, écartant les ronces, passant d'arbre en arbre. Chris se lâcha et le suivit.

Il marmonnait avec irritation en inspectant les branches de chacun des arbres. Il cherchait apparemment un arbre au tronc très large et aux branches assez basses ; aucun ne lui convenait. Leurs poursuivants se rapprochaient.

Ils eurent bientôt parcouru une bonne centaine de mètres dans une zone couverte de pins noueux et rabougris. Le terrain était plus découvert, ensoleillé sur la droite où les arbres étaient clairsemés ; Chris vit qu'ils longeaient le bord d'une falaise surplombant le village et la rivière. Le garçon s'écarta de la lumière pour replonger dans l'ombre de la forêt. Il trouva presque aussitôt un arbre qui lui plaisait, fit signe à Chris de le rejoindre.

— Montez le premier. Attention à vos pieds !

Le jeune garçon plia les genoux, croisa les doigts de ses deux mains et banda ses muscles. Chris avait l'impression qu'il était trop fluet pour supporter son poids, mais le garçon secoua la tête avec impatience. Chris posa un pied sur les mains nouées, tendit les bras ; avec l'aide de son compagnon, il parvint à se hisser sur la branche la plus basse et à se rétablir dans un ultime effort. Allongé sur sa branche, il baissa les yeux vers le jeune homme, qui lui fit signe de continuer à grimper. Chris se mit sur les genoux, réussit à poser les deux pieds sur la branche. La suivante était facile à atteindre ; il poursuivit son ascension.

Pendant ce temps, le jouvenceau saisissait d'un bond la branche basse et se hissait prestement dessus. Malgré ses formes sveltes, il avait une force étonnante ; il passait de branche en branche avec sûreté.

Chris était maintenant suspendu à plus de six mètres au-dessus du sol ; ses bras étaient douloureux, sa respiration haletante, mais il continuait de s'élever.

La main du garçon se referma sur son mollet ; il s'immobilisa. Tournant lentement la tête, il regarda par-dessus son épaule et vit son compagnon figé sur une branche. Puis Chris entendit un cheval s'ébrouer. Le son était proche.

Très proche.

Les six cavaliers avançaient lentement, aussi silencieusement que possible. Ils étaient encore à quelque distance, visibles dans les trouées entre les arbres. Quand un animal s'ébrouait, son cavalier le calmait en lui flattant l'encolure.

Ils savaient que leurs proies n'étaient pas loin ; penchés sur leur selle, ils scrutaient le sol. Par bonheur, dans la zone des petits pins rabougris où ils se trouvaient, les fugitifs n'avaient pas laissé de traces.

Communiquant par signes, ils se déployèrent pour avancer de front. Ils passèrent de part et d'autre de l'arbre. S'ils lèvent les yeux..., se dit Chris en retenant son souffle.

Ils ne levèrent pas les yeux.

Les cavaliers s'engagèrent plus avant dans la forêt, puis l'un d'eux parla à voix haute. C'était l'homme au plumet noir, celui qui avait tranché la tête de Gomez. Il avait remonté sa visière.

— Inutile de continuer. Ils nous ont échappé.

— Comment ? En sautant de la falaise ?

— L'enfant n'est pas si bête, répondit le chevalier noir en secouant la tête.

Chris distingua un visage sombre au teint basané et aux yeux noirs.

— Ce n'est plus un enfant, messire.

— S'il est tombé, c'est par erreur, je n'en doute pas. Mais je pense que nous avons fait fausse route. Retournons d'où nous venons.

— Oui, messire.

Les cavaliers firent demi-tour, repartirent en sens inverse. Ils passèrent de nouveau sous l'arbre de Chris, toujours sur une ligne, se dirigeant vers le soleil.

— Avec une meilleure lumière nous retrouverons leur piste.

Chris poussa un long soupir de soulagement.

Son compagnon lui tapota la jambe et fit de la tête un signe d'approbation, comme pour le féliciter. Ils attendirent que les cavaliers soient à une centaine de mètres, presque hors de vue, avant que le garçon descende de l'arbre sans un bruit. Chris fit de son mieux pour l'imiter.

Quand il toucha le sol, il vit que les cavaliers approchaient de l'arbre où il avait laissé des traces de boue. Le chevalier noir passa devant sans rien remarquer ; les autres suivaient.

Le garçon le saisit par le bras pour l'entraîner dans le sous-bois.

— Messire Guy ! Voyez l'arbre ! Ils sont dans l'arbre !

Un des hommes d'armes avait remarqué les traces.

Les cavaliers se tournèrent sur leur selle pour observer le sommet de l'arbre. Le chevalier noir revint sur ses pas, sceptique.

— Montre-moi ça.

— Je ne les vois pas, messire.

Les soldats regardèrent en haut, derrière eux, dans toutes les directions.

Et ils les virent.

— Là-bas !

Ils éperonnèrent leur monture.

— Seigneur Dieu, nous sommes perdus ! s'écria le garçon en s'élançant à toutes jambes. Savez-vous nager ?

— Nager ? répéta Chris.

Bien sûr qu'il savait nager. Mais il avait l'esprit ailleurs. Il était en train de se dire qu'ils couraient ventre à terre vers la clairière...

Vers la falaise.

Le sol descendit d'abord en pente douce, puis marquée. La végétation se fit plus clairsemée, montrant des affleurements de calcaire jaune sous le soleil éclatant.

Le chevalier noir hurla quelque chose que Chris ne comprit pas.

Ils arrivèrent enfin au bout de la clairière. Sans la moindre hésitation, le garçon sauta dans le vide.

Chris n'était pas sûr de vouloir le suivre. Il jeta un coup d'œil derrière lui, vit les hommes d'armes qui chargeaient en brandissant leur épée.

Il n'avait plus le choix.

Chris se retourna et s'élança à grandes enjambées vers le bord de la falaise.

Marek sursauta quand le hurlement de Chris lui déchira les oreilles. Un cri assourdissant qui s'arrêta net aussitôt relayé par un bruit fracassant.

Un choc.

Il écouta en échangeant un regard avec Kate, debout au bord du sentier.

Ils n'entendaient plus rien, pas même le grésillement de la friture.

— Tu crois qu'il est mort ? murmura Kate.

Sans répondre, Marek se dirigea rapidement vers le corps de Gomez. Il s'accroupit, commença à fouiller dans la boue.

— Aide-moi, fit-il. Il faut trouver cette balise de secours.

Ils tâtonnèrent plusieurs minutes dans la boue, puis Marek saisit la main de Gomez. La peau était froide et grisâtre, les muscles devenaient rigides. Il souleva son bras, la retourna sur le ventre, faisant gicler de la boue. L'attention de Marek fut attirée par un bracelet de ficelle tressée au poignet de Gomez, qui semblait faire partie de son costume d'époque et qu'il n'avait pas remarqué jusqu'alors. Ce bracelet ne correspondait absolument pas à la période. Une paysanne, aussi modeste fût-elle, aurait porté un bracelet de métal, ou encore de pierre ou de bois. Pas ce gadget hippie.

Sa curiosité en éveil, Marek posa les doigts sur le bracelet et constata avec étonnement qu'il était dur, un peu comme du carton. En le faisant tourner sur le poignet pour trouver l'attache, il vit s'ouvrir une sorte de petit couvercle. Il comprit que le bracelet cachait un petit minuteur électronique.

Des chiffres s'affichaient sur l'écran : 36:10:37.

Il comprit aussitôt qu'il s'agissait d'un dispositif indiquant le temps qui restait avant le départ de la machine. Ils avaient à l'origine trente-sept heures ; une cinquantaine de minutes s'étaient déjà écoulées.

Il faut le garder précieusement, se dit Marek.

Il détacha le bracelet, le passa autour de son propre poignet et referma le couvercle.

— Nous avons un minuteur, fit Kate, mais pas de balise de navigation.

Ils passèrent encore cinq minutes à chercher dans la boue. Finalement, à contrecœur, Marek dut se résoudre à regarder la vérité en face.

Il n'y avait pas de balise. Et sans balise les machines ne reviendraient pas.

Chris avait eu raison de dire qu'ils étaient pris au piège.

36:28:04

Quand la sonnerie continue d'une alarme retentit dans la salle de contrôle, les deux techniciens se levèrent pour se diriger vers la porte. Stern sentit la main de Gordon se poser fermement sur son bras.

— Il faut y aller : l'air est contaminé par l'acide fluorhydrique. L'aire de transit est remplie de vapeurs toxiques qui ne vont pas tarder à monter jusqu'ici.

Il sortit à son tour en entraînant Stern qui regarda en passant un écran qui montrait l'amas de poutrelles enveloppées de fumée.

— Et s'ils essaient de revenir quand tout le monde sera parti ? protesta Stern.

— Ne vous inquiétez pas, répondit Gordon, cela ne se fera pas. Les débris déclencheront les infrarouges. N'oubliez pas que les détecteurs ont besoin de deux mètres de chaque côté ; ils ne les auront pas. Les détecteurs ne laisseront pas les machines revenir avant que nous ayons dégagé tout ce bazar.

— Combien de temps faudra-t-il ?

— Il faut d'abord renouveler l'air de la salle souterraine.

Gordon entraîna Stern vers le long couloir menant à l'ascenseur principal. Il y avait du monde qui allait dans la même direction : les voix se répercutaient sur les murs.

— Renouveler l'air de la salle, reprit Stern. Cela

représente un volume énorme. Combien de temps faudra-t-il ?

— Neuf heures, répondit Gordon. En théorie.

— En théorie ?

— Nous n'avons jamais eu à le faire jusqu'à présent. Mais nous en avons les moyens, bien entendu. Les grands ventilateurs devraient se mettre en marche incessamment.

Quelques secondes plus tard, un puissant vrombissement emplit le couloir. Stern sentit le souffle pousser sur son corps, tirer sur ses vêtements.

— Et quand l'air aura été renouvelé ? Que se passera-t-il ?

— Nous reconstruirons l'aire de transit et nous attendrons leur retour. Comme prévu.

— Mais s'ils essaient de revenir avant que nous ne soyons prêts ?

— Ce n'est pas un problème, David. La machine refusera, un point c'est tout. Elle les renverra à leur point de départ.

— Ils sont donc coincés, fit Stern.

— Oui, répondit Gordon, pour le moment, ils sont coincés. Et nous ne pouvons rien y faire.

36:13:17

Du bord de la falaise, Chris Hugues se précipita dans le vide en hurlant, battant l'air de ses jambes et de ses bras. Il vit la Dordogne, soixante mètres en contrebas, serpentant dans la campagne verdoyante. Elle était trop loin, l'eau n'avait pas assez de profondeur ; il allait mourir.

Puis il se rendit compte que la paroi de la falaise n'était pas abrupte. Partant du bord supérieur, il y avait un ressaut une douzaine de mètres plus bas, une saillie de roche nue parsemée d'arbustes rabougris. Il tomba sur le côté, la violence du choc chassant l'air de ses poumons, et commença aussitôt à rouler vers le bord. Il s'efforça de ralentir le mouvement en s'accrochant aux branches d'un arbrisseau ; le végétal était trop chétif, il le déracina. Il vit en poursuivant sa dégringolade la main du garçon tendue vers lui, mais ne réussit pas à la saisir. Il continua de rouler dans la pente, tout tournait devant ses yeux. Le garçon le suivait du regard, l'air horrifié. Chris savait qu'il allait basculer, qu'il allait tomber dans le vide...

Le choc contre l'arbre lui arracha un grognement. Il ressentit dans le ventre une douleur aiguë qui se propagea par tout son corps. Pendant quelques secondes, il ne sut plus où il était, tellement il souffrait ; tout, autour de lui, était d'un blanc verdâtre. Puis il reprit lentement ses sens.

L'arbre avait arrêté sa chute, mais il ne pouvait plus respirer. Les étoiles qui dansaient devant ses yeux s'estompèrent, il vit que ses pieds pendaient dans le vide, par-dessus le bord de la falaise.

Et qu'ils descendaient.

L'arbre qui l'avait sauvé était un pin au tronc grêle qui ployait lentement, imperceptiblement sous son poids. Chris sentit qu'il commençait à glisser sans rien pouvoir faire pour s'arrêter. Il referma les bras sur le tronc, serra de toutes ses forces. Dès qu'il cessa de glisser, il entreprit de remonter le long du tronc vers la saillie rocheuse.

Soudain, il vit avec horreur les racines se détacher peu à peu des crevasses de la roche, se rompre l'une après l'autre, blanches sous le soleil. Ce n'était qu'une question de temps avant que l'arbre tout entier soit arraché.

Puis il sentit qu'on le tirait par le col, vit le garçon au-dessus de lui qui le ramenait sur la terre ferme.

— Allez-vous vous dépêcher ! lança le jouvenceau, l'air exaspéré.

Chris se laissa tomber sur un rocher plat pour reprendre son souffle.

— Juste une minute...

Une flèche siffla à son oreille ; il sentit le déplacement d'air, d'une étonnante puissance. Stimulé par la peur, il remonta la saillie rocheuse, plié en deux, passant d'arbre en arbre. Une autre flèche s'enfonça dans le tronc auquel il s'accrochait.

Du haut de la falaise, les hommes d'armes suivaient leurs mouvements.

— Espèce d'imbécile ! rugit le chevalier noir en souffletant l'archer et en lui arrachant son arme.

Il n'y eut pas d'autre flèche.

Prenant Chris par le bras, le jouvenceau l'entraîna le long de l'escarpement. Chris ne savait pas où il allait, mais le garçon semblait avoir son idée. En haut de la falaise, les cavaliers tournèrent bride pour repartir dans la forêt.

La saillie se terminait par un rebord large d'une trentaine de centimètres, qui épousait la courbe de la paroi rocheuse et formait de l'autre côté un à-pic au-dessus de la rivière. Chris baissa les yeux vers les eaux de la Dordogne, mais son compagnon le saisit par le menton, le forçant à relever la tête.

— Ne regardez pas en bas. Suivez-moi.

Le garçon se plaqua contre la paroi calcaire, les bras écartés, et avança précautionneusement le long du rebord. Toujours haletant, Chris l'imita. Il savait qu'à la moindre hésitation il serait pris d'une peur panique. Le vent faisait claquer ses vêtements, l'écartait de la falaise. Il appuya sa joue contre la pierre chaude, cherchant des prises.

Chris vit son compagnon disparaître derrière un angle de la falaise ; il continua d'avancer.

À l'angle de la paroi, le rebord s'était effondré, laissant un trou. Chris l'enjamba prudemment et poussa un soupir de soulagement.

La paroi rocheuse à laquelle il se retenait s'achevait en une longue pente boisée descendant jusqu'à la rivière. Le garçon lui faisait des signes ; Chris se remit en marche pour le rejoindre.

— À partir d'ici, ce sera plus facile.

Le jeune homme commença à descendre vers la rivière ; Chris lui emboîta le pas. Il se rendit très vite compte que le terrain était plus pentu qu'il ne le paraissait. Il faisait sombre sous le couvert végétal ; le sol était détrempé. Le garçon glissa sur la terre boueuse et disparut dans les arbres. Chris continua à descendre avec précaution en se retenant aux branches ; à son tour, il perdit l'équilibre, glissa sur le dos. Je suis un étudiant de troisième cycle à Yale, se prit-il soudain à penser. Un spécialiste de l'histoire de la technologie. Comme s'il avait voulu s'accrocher à une identité dont la réalité le fuyait, tel un rêve au milieu duquel on se réveille et dont les images s'estompent rapidement.

Glissant la tête la première dans la boue, Chris heurtait des arbustes, sentait des branches lui fouetter le visage, mais ne pouvait rien faire pour ralentir cette interminable dégringolade.

Marek se releva en soupirant. Il n'y avait pas de balise de navigation sur le corps de Gomez ; il en était certain. Debout à ses côtés, Kate se mordait la lèvre.

— Je sais qu'elle a dit qu'elle en prenait une de secours. J'en suis sûre !

— Je ne l'ai pas trouvée, fit Marek.

Inconsciemment, Kate commença à se gratter la tête. Elle toucha d'abord la perruque, puis la bosse qu'elle avait sur le crâne la fit grimacer de douleur.

— Cette saleté de perruque...

Elle laissa sa phrase en suspens, regarda Marek.

Elle prit la direction du bois en suivant le bord du sentier.

— Où est-elle partie ? demanda-t-elle sans se retourner.

— Quoi ?

— La tête.

Elle la découvrit presque aussitôt, s'étonna de la voir si petite ; une tête détachée d'un corps n'est pas très grosse. Elle s'efforça de ne pas regarder le cou tranché.

Surmontant sa répulsion, elle s'accroupit, la retourna de manière à avoir devant elle le visage terreux et les yeux vides. La langue était à moitié sortie. Des mouches bourdonnaient dans la cavité buccale.

Elle souleva la perruque, vit immédiatement la balise de céramique retenue par un adhésif à l'intérieur de la chevelure postiche. Elle la détacha.

— Je l'ai ! s'écria-t-elle.

Kate la fit tourner dans sa main. Elle vit le bouton sur le côté de la céramique ; il y avait un point lumineux. Il était si petit qu'on ne pouvait l'enfoncer qu'avec l'ongle du pouce.

Marek s'approcha, étudia attentivement la céramique.

— On dirait bien que c'est ça.

— Alors, nous pouvons repartir ? fit Kate. Quand nous voulons ?

— As-tu envie de repartir ? demanda Marek.

— Nous sommes venus chercher le Professeur, répondit-elle après un moment de réflexion. Je pense que nous devons essayer de le trouver.

Un sourire s'épanouit sur le visage de Marek.

Ils perçurent un roulement de sabots, eurent juste le temps de plonger dans le sous-bois pour voir passer six cavaliers en armes qui dévalaient le sentier en direction de la rivière.

Chris avançait péniblement sur le sol marécageux. L'eau lui montait aux genoux ; il avait une telle quantité de boue sur le visage, les cheveux et les vêtements qu'il en sentait le poids. Devant lui, le jouvenceau avait atteint la rivière et se nettoyait dans le courant.

S'arrachant au fouillis d'herbes dans lequel il s'empêtrait les jambes, Chris découvrit enfin l'eau de la rivière. Elle était froide, mais il n'en avait cure. Il y plongea la tête, se passa la main dans les cheveux pour essayer de se débarrasser de cette gangue de terre.

Sur la berge opposée, le garçon était assis au soleil sur un rocher. Il prononça quelques mots que Chris ne comprit pas, mais dont il eut la traduction dans son écouteur.

— Vous n'enlevez pas vos vêtements pour vous baigner ?

Chris tendit la main vers lui, insinuant que le garçon, lui-même, ne l'avait pas fait.

— Vous pouvez, si vous voulez, poursuivit le jouvenceau avec un haussement d'épaules.

Chris gagna l'autre rive à la nage et sortit de l'eau. Ses vêtements trempés étaient encore boueux et il commençait à avoir froid. Il se déshabilla jusqu'à la ceinture, rinça ses vêtements dans le cours d'eau et les étendit sur les rochers pour les faire sécher. Son corps était couvert d'égratignures et d'ecchymoses. Il s'allongea sur le sol, la tête levée au ciel, les yeux fermés. Il sentait la chaleur bienfaisante du soleil sur sa peau. Il entendait le chant assourdi des femmes dans les champs, le pépiement des oiseaux dans les arbres et le clapotis de l'eau sur la rive. Il sentait descendre sur lui une paix profonde, une paix absolue, comme il n'en avait jamais connu de sa vie.

Il dut sommeiller quelques minutes ; le bruit d'une voix le réveilla.

— *Howbite thou speakst foolsimple ohcopan, eek invich array thouart. Essay thousooth Earisher ?*

C'était la voix du jouvenceau. Un instant plus tard, la petite voix dans son oreille lui donna la traduction.

— Vous parlez sans détour à votre ami et vous avez de drôles d'habits. Dites la vérité. Vous êtes irlandais, n'est-ce pas ?

Chris hocha lentement la tête en réfléchissant. Le garçon avait dû l'entendre parler à Marek sur le sentier et en conclure qu'ils étaient irlandais. Il n'y avait pas de mal à le laisser croire ce qu'il voulait.

— Aye, fit-il.

— *Aie ?* répéta son compagnon, comme si le mot lui était inconnu.

Il forma lentement la syllabe en ramenant les lèvres en arrière, ce qui découvrit ses dents.

Il ne comprend pas, se dit Chris. Je vais essayer autre chose.

— Oui, fit-il.

— *Oui... oui...*

L'autre semblait toujours aussi perplexe ; soudain son visage s'éclaira.

— *Ourie ? Seyngthou ourie ?*

Chris attendit la traduction.

— Pauvre ? Vous dites pauvre ?

Chris secoua la tête. Cela commençait à devenir très compliqué.

— Je dis : *Yes*.

— *Yezz ?* répéta le garçon en faisant siffler la consonne.

— C'est ça, fit Chris.

— Ah ! *Earisher.*
— Ah ! Irlandais, fit la voix dans l'écouteur.
— Oui.
— *Wee sayen yeaso. Oriwis, thousay trew.*
— *Thousay trew*, répéta Chris.
La voix traduisit ses propres paroles.
— Vous dites vrai.
Le jouvenceau hocha la tête, satisfait de la réponse. Ils restèrent un moment assis en silence, puis le garçon examina Chris de pied en cap.
— Ainsi, vous êtes gentil ?
Gentil ? Chris haussa les épaules. Bien sûr qu'il était gentil ; il n'avait pas un tempérament batailleur.
— *Thousay trew*, fit-il.
Le garçon hocha la tête d'un air sagace.
— Il me semblait bien. Votre prestance le montre, même si votre mise dément votre rang.
Chris garda le silence ; il n'était pas sûr d'avoir bien compris.
— Comment vous appelez-vous ? reprit son compagnon.
— Christopher Hugues.
— Christopher de Hewes, articula lentement le jeune garçon qui semblait peser le nom d'une manière qui échappait à Chris. Où se trouve Hewes ? Sur la terre d'Irlande ?
— *Thousay trew.*
— Êtes-vous chevalier ? reprit le garçon après un silence.
— Non.
— Alors, vous êtes écuyer, poursuivit-il en hochant la tête. Très bien. Et votre âge ? Vingt et un ans ?
— Pas loin. Vingt-quatre ans.
Cette réponse suscita une réaction de surprise de son compagnon. Pourquoi pas vingt-quatre ans ? se demanda Chris.
— Eh bien, damoiseau, soyez remercié pour votre aide, pour m'avoir sauvé des griffes de messire Guy et de ses hommes.

Il montra sur la rive opposée les six cavaliers qui les observaient du bord de l'eau. Ils laissaient leur monture boire dans la rivière, mais gardaient les yeux fixés sur les deux jeunes gens.

— Je ne vous ai pas sauvé, protesta Chris. C'est vous qui m'avez sauvé.

— Vous êtes trop modeste, mon bon seigneur, repartit le garçon. Je vous dois la vie et j'aurai plaisir à satisfaire vos besoins quand nous serons au château.

— Au château ? répéta Chris.

Kate et Marek sortirent prudemment du bois et prirent la direction du monastère sans voir aucun signe des cavaliers qui avaient dévalé le sentier. Tout était paisible. Devant eux s'étendaient les parcelles cultivées du monastère délimitées par des murets. À l'angle de l'un des lopins de terre se dressait un monticule orné de sculptures aussi ouvragées que la flèche d'une église gothique.

— C'est une montjoie ? hasarda Kate.

— Très bien !... Oui, c'est une borne. On en voit partout.

Ils avancèrent entre les parcelles, en direction du mur d'enceinte du monastère, haut de trois mètres. Les paysans travaillant dans leur champ ne leur prêtaient aucune attention. Sur la rivière, une barge chargée de ballots se laissait porter par le courant ; à l'arrière, le batelier chantait joyeusement.

Les chaumières des paysans étaient rassemblées près du mur du monastère. Derrière les habitations rudimentaires, Marek aperçut une petite porte dans le mur. Le monastère couvrait une telle superficie qu'il y avait des entrées aux quatre points cardinaux. Ce n'était assurément pas l'entrée principale, mais Marek estima qu'il était préférable d'essayer d'abord de ce côté.

En approchant du mur, ils entendirent un hennissement suivi d'une voix douce et rassurante. Marek tendit la main pour arrêter Kate.

— Qu'est-ce qu'il y a ? murmura-t-elle.

Il lui montra, à une vingtaine de mètres, à moitié cachés derrière une des habitations, cinq chevaux tenus par un valet. Les animaux richement parés avaient une selle recouverte de velours rouge bordé d'argent. Des bandes de tissu rouge descendaient le long de leurs flancs.

— Ce ne sont pas des chevaux de labour, souffla Marek en cherchant en vain les cavaliers du regard.

— Que faisons-nous ? demanda Kate.

Chris Hugues suivait le garçon vers le village de Castelgard quand il perçut des grésillements dans son écouteur. Il entendit Kate demander : « Que faisons-nous ? » et Marek répondre : « Je ne sais pas. »

— Avez-vous trouvé le Professeur ? souffla Chris.

— Vous me parlez, damoiseau ? lança son compagnon en se retournant.

— Non, répondit Chris. Je me parle à moi-même.

— Votre langue est difficile à comprendre, fit le jeune garçon en secouant la tête.

— Où es-tu, Chris ? demanda Marek dans l'écouteur.

— Je vais au château, répondit-il d'une voix forte. Par cette belle journée.

Il leva les yeux vers le ciel d'azur pour faire croire à son compagnon qu'il parlait tout seul.

— Qu'est-ce que tu vas faire là-bas ? reprit la voix de Marek. Tu es encore avec ce garçon ?

— Oui, une si belle journée.

Le jeune homme se retourna de nouveau, l'air inquiet.

— Vous parlez à l'air ? Vous êtes de ceux qui entendent des voix dans leur tête ?

— En effet, répondit Chris. J'aimerais seulement que mes compagnons me rejoignent au château.

— Pourquoi ? demanda Marek.

— Je suis sûr qu'ils vous rejoindront en temps voulu, fit le garçon. Parlez-moi de vos compagnons. Sont-ils irlandais aussi ? Sont-ils des gentils comme vous ou des domestiques ?

— Pourquoi lui as-tu dit que tu étais un gentil ? demanda Marek.

— Cela me convient.

— Chris !... Gentil signifie noble. Tu connais le mot gentilhomme : c'est un homme noble de naissance. Tu vas attirer l'attention sur toi et susciter des questions embarrassantes sur ta famille, auxquelles tu ne pourras répondre.

— Ah bon !

— C'est vrai, cela vous convient, reprit le garçon. Vos compagnons aussi ? Ce sont des gentils ?

— *Thousay trew*, fit Chris. Mes compagnons sont des gentils aussi.

— Arrête, Chris ! lança Marek. Ne plaisante pas avec ce que tu ne comprends pas. Tu cherches les ennuis ; si tu continues comme ça, tu seras servi.

Un peu à l'écart des chaumines, Marek entendit Chris lui répondre : « Occupe-toi plutôt de retrouver le Professeur. » Puis le garçon posa une autre question brouillée par un bruit de friture.

Il se tourna vers Castelgard, de l'autre côté de la rivière. Il vit de loin le garçon précédant Chris de quelques pas.

— Je te vois, Chris, reprit-il. Fais demi-tour et reviens. Rejoins-nous ici. Nous devons rester ensemble.

— Très difficile.

— Pourquoi ? lança Marek d'un ton agacé.

Chris ne répondit pas directement ; il fit semblant de s'adresser au garçon.

— Et qui, je vous prie, sont ces cavaliers que nous voyons sur l'autre rive ?

Marek tourna la tête, vit les hommes d'armes au bord de l'eau, les chevaux qui buvaient.

— C'est messire Guy de Malegant, surnommé Guy Tête noire. Il est au service de monseigneur Oliver. C'est un chevalier fameux pour ses massacres et ses vilenies.

— Il ne peut pas venir nous rejoindre à cause des cavaliers, glissa Kate.

— Vous dites vrai, fit Chris.

— Jamais il n'aurait dû s'éloigner de nous, pesta Marek.

Il se retourna en entendant un grincement derrière lui. Il reconnut la silhouette familière du professeur Johnston qui sortait par la petite porte percée dans le mur du monastère et s'avançait dans la lumière. Il était seul.

35:31:11

Edward Johnston était vêtu d'un pourpoint bleu marine sur des chausses noires. Une mise simple, sans décorations ni broderies, qui lui donnait l'apparence austère d'un lettré. Marek se dit qu'il pouvait véritablement passer pour un clerc londonien sur les routes de Saint-Jacques-de-Compostelle. Geoffrey Chaucer, un autre lettré de l'époque, devait avoir été vêtu de la même manière.

Le Professeur fit quelques pas tranquilles avant de commencer à tituber. Kate et Marek s'élancèrent vers lui, virent qu'il était à bout de souffle.

— Vous avez une balise ? demanda-t-il, la poitrine haletante.

— Oui, répondit Marek.

— Vous n'êtes que tous les deux ?

— Non, Chris est venu aussi. Mais il n'est pas avec nous.

Johnston eut un geste d'irritation, vite réprimé.

— Très bien. Je vous mets rapidement au courant : Oliver est à Castelgard, mais il veut se replier à La Roque avant l'arrivée d'Arnaud. Sa hantise est le passage secret qui permet d'entrer dans la forteresse. Oliver veut absolument le découvrir ; tout le monde ne pense qu'à cela. Ce passage est la clé de tout. Les gens d'ici me prennent pour un savant. L'abbé m'a demandé de fouiller dans les documents anciens et j'ai trouvé...

La petite porte s'ouvrit, des hommes d'armes en bordeaux et gris les entourèrent. Ils bousculèrent Kate et Marek, les écartant sans ménagement ; Kate faillit perdre sa perruque. Mais ils traitèrent courtoisement le Professeur, sans porter la main sur sa personne, l'encadrant jusqu'aux chevaux. Les soldats semblaient avoir du respect pour lui et se conduisaient comme une escorte. Marek se releva et épousseta ses vêtements ; il eut le sentiment qu'ils avaient reçu l'ordre de ne faire aucun mal au Professeur.

Il regarda en silence Johnston et les hommes d'armes enfourcher leur monture et s'éloigner sur la route.

— Que faisons-nous ? murmura Kate.

Le Professeur tapota sa tempe. Dans leur écouteur, ils l'entendirent psalmodier, comme s'il chantait un texte religieux.

— Suivez-moi. Je vais essayer de nous réunir. Occupez-vous de Chris.

35:25:18

Chris suivit son compagnon jusqu'à l'entrée de Castelgard : porte à double battant, renforcée de barres d'acier. Les deux vantaux ouverts étaient gardés par un soldat qui s'avança à leur rencontre.

— Vous montez une tente ? Vous étalez une pièce de toile ? Il en coûte cinq sous pour vendre sur le marché le jour du tournoi.

— *Non sumus mercatores*, expliqua le garçon. Nous ne sommes pas des marchands.

Chris entendit la réponse du garde. *Anthoubeeest, ye schule payen. Quinquesols maintenant, aut decem postea.* Mais la traduction n'arriva pas tout de suite dans son écouteur ; l'homme parlait un curieux mélange d'anglais, de français et de latin.

— Si vous êtes des marchands, vous devez payer. Cinq sous maintenant ou dix plus tard.

— Voyez-vous des marchandises ? demanda le garçon.

— *Herkle, non.* Par Hercule, non.

— Vous avez votre réponse.

Malgré sa jeunesse, le garçon parlait avec l'autorité de celui qui a l'habitude de donner des ordres. Le garde haussa les épaules et fit demi-tour ; Chris et son compagnon franchirent les portes et entrèrent dans le village.

Juste à l'intérieur de l'enceinte se trouvaient plusieurs fermes et des parcelles clôturées. Une forte odeur de lisier flottait dans l'air. Ils longèrent des chaumières et des enclos où étaient parqués des porcs, gravirent quelques marches menant à une rue pavée sinuant entre des maisons de pierre. Ils étaient dans le village à proprement parler.

La rue était étroite et animée, les constructions avaient deux étages, le deuxième en surplomb, de sorte que le soleil ne pénétrait pas dans la rue. Des échoppes occupaient le rez-de-chaussée : un forgeron, un charpentier qui faisait aussi de la tonnellerie, un tailleur et un boucher. Protégé par un grand tablier en toile cirée, le boucher égorgeait un porc devant sa boutique. Ils s'écartèrent pour ne pas marcher sur les pavés souillés.

La rue était bruyante, les odeurs à la limite du supportable pour Chris. Ils débouchèrent sur une place pavée dont le centre était occupé par une halle. Chris se souvint que, sur le site des fouilles, ce n'était qu'un champ. Il s'arrêta, parcourut la place du regard, essayant de faire correspondre ce qu'il savait avec ce qu'il avait devant les yeux.

Venant de l'autre côté de la place, une jeune fille bien vêtue accourut vers le garçon.

— Votre longue absence, monsieur, indispose fortement messire Daniel, fit-elle d'une voix empreinte d'inquiétude.

Le garçon parut agacé de la voir.

— Dis à mon oncle que je le verrai bientôt, lança-t-il avec irritation.

— Il en sera bien aise, répondit la jeune fille avant de s'engouffrer dans une ruelle.

Le garçon conduisit Chris dans une autre direction. Il ne fit aucun commentaire sur cette conversation, se contentant de marmonner des paroles inaudibles. Ils atteignirent une sorte d'esplanade, juste devant le château. L'endroit était animé et coloré ; des chevaliers paradaient sur leur monture, des oriflammes claquaient au vent.

— Les visiteurs sont nombreux aujourd'hui, fit le garçon. Pour le tournoi.

Juste devant eux se trouvait le pont-levis donnant accès au château. Chris leva les yeux vers le mur d'enceinte et les tourelles qui le flanquaient. Des hommes d'armes arpentaient le chemin de ronde. Sans hésiter, le garçon entraîna Chris vers le château ; les planches du pont-levis sonnaient creux sous leurs pas. Il y avait deux gardes à l'entrée ; Chris sentit la tension monter en lui.

Les gardes ne leur prêtèrent aucune attention. L'un d'eux leur adressa distraitement un petit signe de tête. L'autre avait le dos tourné ; il nettoyait la boue de sa chaussure.

— Ils ne gardent pas l'entrée ? demanda Chris, étonné de tant d'indifférence.

— À quoi bon ? Nous sommes en plein jour et personne ne nous attaque.

Trois femmes, la tête enveloppée d'un bonnet blanc qui ne laissait entrevoir que le visage, sortirent du château, un panier sous le bras. Les gardes ne se retournèrent même pas à leur passage. Elles s'éloignèrent en jacassant et en riant sans que personne leur eût rien demandé.

Chris comprit qu'il y avait là une de ces erreurs historiques si profondément enracinées que nul ne songeait à les remettre en question. Un château étant une place forte dont l'entrée avait toujours des défenses — un fossé, des douves, un pont-levis —, tout le monde considérait comme acquis que l'accès en était sévèrement gardé à toute heure du jour et de la nuit.

À quoi bon ? comme l'avait dit son compagnon. En temps de paix, le château était un centre social et commercial animé, où les allées et venues étaient nombreuses. Il n'y avait aucune raison de le garder, surtout de jour.

Cette constatation évoqua à Chris les immeubles de bureaux modernes que les agents de sécurité ne protègent que la nuit. Ils sont présents dans la journée, mais se contentent de donner des renseignements. Ce que ces gardes devaient faire, eux aussi.

En levant les yeux, il vit la herse, la lourde grille armée de fortes pointes, qui pouvait être abaissée en peu de temps pour défendre l'entrée du château. Et pour en interdire la sortie.

Il était entré facilement ; il n'était pas sûr de pouvoir en sortir aussi aisément.

Ils débouchèrent dans une vaste cour ceinte de murs. Il y avait quantité de chevaux ; assis par petits groupes, des hommes d'armes prenaient leur repas de midi. Des galeries en bois couraient en hauteur le long des remparts. Devant lui se dressait un autre grand bâtiment aux murs surmontés de tourelles en encorbellement. Un château à l'intérieur du château. Son compagnon l'entraîna dans cette direction.

Sur un côté, devant une petite porte ouverte, un garde dévorait à belles dents une cuisse de poulet.

— Nous venons voir dame Claire, déclara le garçon. Elle souhaite s'entretenir avec cet Irlandais.

— Allez, grogna le garde avec indifférence.

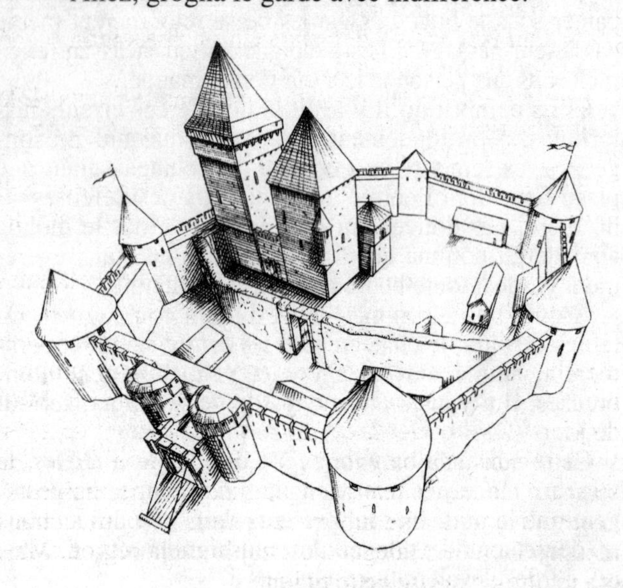

À l'intérieur, un passage voûté donnait dans le grand salon où une foule d'hommes et de femmes devisaient par petits groupes. Tous étaient richement vêtus ; les voix se répercutaient sur les murs de pierre.

Le garçon ne laissa pas beaucoup de temps à Chris pour observer la scène. Il l'entraîna dans un étroit escalier en fer à cheval et suivit un couloir donnant dans un appartement.

Trois servantes, tout de blanc vêtues, s'élancèrent à la rencontre du garçon pour le serrer dans leurs bras. Elles paraissaient profondément soulagées de le revoir.

— Dieu soit loué, madame, vous êtes de retour !

— Madame ? s'écria Chris.

À cet instant, le chapeau noir vola en l'air et un flot de cheveux blonds dégringola sur les épaules de la jeune femme. Elle inclina le buste, fit une révérence.

— Je suis sincèrement désolée, fit-elle. Me pardonnerez-vous cette tromperie ?

— Qui êtes-vous ? demanda Chris, abasourdi.

— Mon nom est Claire.

Elle se redressa, le regarda droit dans les yeux. Elle était plus âgée qu'il ne l'avait cru : vingt et un ou vingt-deux ans. Et très belle.

Il resta bouche bée, incapable d'articuler un mot. Il ne savait que dire ni que faire. Il se sentait stupide, affreusement gêné.

Dans le silence qui se prolongeait, une des servantes s'avança et s'inclina devant lui.

— Permettez-moi de vous présenter dame Claire d'Eltham, veuve de feu Geoffrey d'Eltham, propriétaire de vastes domaines en Guyenne et dans le Middlesex. Messire Geoffrey est mort des suites de blessures reçues à la bataille de Poitiers et lord Oliver, le seigneur de ce château, sert de tuteur à ma maîtresse. Lord Oliver souhaite la voir se remarier ; il lui a choisi messire Guy de Malegant, un noble de la région. Mais ma maîtresse refuse cette union.

Claire se tourna vers la jeune fille pour lui signifier de se taire, mais la servante poursuivit son discours.

— Ma maîtresse dit à qui veut l'entendre que messire Guy n'a pas les moyens de défendre ses terres de France et d'Angleterre. Messire Oliver aura sa récompense si leur union est célébrée et Guy a...

— Elaine !

— Oui, madame.

La jeune fille battit précipitamment en retraite et rejoignit au fond de la pièce les autres servantes qui se mirent à parler à voix basse, apparemment pour la réprimander.

— Trêve de bavardages, déclara Claire. Je vous présente Christopher de Hewes, mon sauveur du jour. Il m'a permis d'échapper à la convoitise de messire Guy qui cherchait à prendre de force ce que je ne lui ai accordé de gré.

— Non, non, protesta Chris. Ce n'est pas du tout ce qui s'est passé...

Il s'interrompit en voyant que tout le monde le regardait, la bouche ouverte, les yeux écarquillés.

— En vérité, il parle bizarrement, glissa Claire, car il vient d'une région retirée des terres d'Irlande. Et il est modeste, comme il sied à un gentilhomme. Christopher m'a vraiment sauvée et je le présenterai ce jour à mon tuteur, dès qu'il aura des habits convenables. Messire Brandon, notre palefrenier, n'est-il pas de la même taille ? demanda-t-elle à une des servantes. Va me chercher son pourpoint indigo, sa ceinture d'argent et ses meilleures chausses blanches. Donne-lui ce qu'il demande, ajouta-t-elle en tendant une bourse à la jeune fille, mais fais vite.

En s'élançant vers la porte, la servante passa devant un vieillard austère qui observait la scène dans l'ombre. Il portait une robe de riche velours bordeaux semé de fleurs de lys argentées et un col d'hermine.

— Comment va dame Claire ? fit-il en s'avançant dans la pièce.

— Bien, messire Daniel, répondit-elle avec un petit salut.

— Te voilà revenue saine et sauve.

— J'en rends grâce à Dieu.

— Tu fais bien, maugréa le vieillard. Même Sa patience est mise à rude épreuve. Et le résultat de ton équipée ? Le jeu en valait-il la chandelle ?

— Je crains que non, répondit Claire en se mordant la lèvre.

— As-tu vu l'abbé ?

Une légère hésitation.

— Non.

— Dis-moi la vérité, Claire.

— Je ne l'ai pas vu, mon oncle. Il était parti à la chasse.

— C'est grand dommage, soupira messire Daniel. Que ne l'as-tu attendu ?

— Je n'ai pas osé. Les hommes de messire Oliver ont violé l'asile du monastère pour emmener le Maître de force. Craignant d'être découverte, je me suis enfuie.

— Ah ! le Maître ! marmonna messire Daniel d'un ton lugubre. Un personnage bien encombrant ; on ne parle décidément que de lui. Sais-tu ce qu'on dit ? Qu'il a le pouvoir d'apparaître dans un éclair de feu.

Le vieillard secoua longuement la tête ; impossible de savoir s'il croyait à ce qu'il disait.

— Il doit être savant en matière de poudre à canon, reprit-il lentement. As-tu vu le Maître de tes yeux ?

— Oui, mon oncle. Je lui ai même parlé.

— Vraiment ?

— L'abbé étant absent, je me suis mise en quête du Maître. On dit que ces deux-là se sont liés d'amitié.

Chris avait du mal à suivre la conversation ; il lui fallut un moment pour comprendre qu'ils parlaient du Professeur.

— Le Maître ?

— Connaissez-vous le Maître ? demanda Claire. Edward de Johnes ?

Chris fit aussitôt machine arrière.

— Euh... non... je ne...

Messire Daniel considéra Chris en ouvrant de grands yeux.

— Que dit-il ?

— Il dit qu'il ne connaît pas le Maître.

— Dans quelle langue ? poursuivit le vieillard, pas encore revenu de sa surprise.

— Une sorte d'anglais, mon oncle, auquel il mêle un peu de gaélique. Du moins, je le crois.

— Un gaélique tel que je n'en ai jamais entendu, répliqua messire Daniel. Parlez-vous la langue d'oc ? poursuivit-il en se tournant vers Chris. Non ? *Loquerisquide Latine ?*

On demandait à Chris s'il parlait latin. Il n'en avait qu'une connaissance livresque. Il se hasarda à répondre d'une voix hésitante.

— *Non, senior Danielis, solum perpaululum. Perdoleo*. Juste un petit peu. Désolé.

— *Per, per... dicendo ille Ciceroni persimilis est*. Il parle comme Cicéron.

— *Perdoleo*. Désolé.

— Autant garder le silence, dans ce cas, fit sèchement le vieillard. Que t'a dit le Maître ? enchaîna-t-il en se tournant vers Claire.

— Qu'il ne pouvait rien pour moi.

— Connaissait-il le secret que nous cherchons ?

— Il a dit que non.

— Mais le père supérieur, lui, le connaît, insista messire Daniel. Il *doit* le connaître. C'est son prédécesseur, l'évêque de Laon, qui était l'architecte des derniers travaux de fortification de La Roque.

— D'après le Maître, l'évêque n'était pas l'architecte.

— Non ? s'étonna messire Daniel. Comment le Maître peut-il le savoir ?

— Il doit le tenir de l'abbé. À moins qu'il ne l'ait appris en fouillant dans les documents de l'époque. Le

Maître a entrepris, à la demande du père supérieur, de trier et de classer les parchemins du monastère.

— Allons donc ! fit pensivement messire Daniel. Je me demande bien pourquoi.

— L'arrivée des hommes de lord Oliver ne m'a pas laissé le temps de lui poser la question.

— Le Maître sera bientôt dans nos murs, continua messire Daniel, et lord Oliver l'interrogera en personne...

Il s'interrompit, mécontent à l'évidence de cette situation, puis se tourna brusquement vers le garçon d'une dizaine d'années qui se tenait derrière lui.

— Conduis messire Christopher dans ma chambre, où il pourra prendre un bain.

En entendant ces paroles, Claire lança un regard dur au vieillard.

— Ne contrecarrez pas mes projets, mon oncle.

— L'ai-je déjà fait ?

— Vous avez essayé, vous le savez.

— Mon unique souci, ma chère enfant, a toujours été ta sécurité... et ton honneur.

— Un honneur, mon oncle, qui n'est pas encore engagé.

Sur ce, Claire s'avança vers Chris, passa la main autour de son cou et le regarda effrontément dans les yeux.

— Je compterai chaque seconde de votre absence, fit-elle doucement, les yeux humides, et vous me manquerez infiniment. Revenez-moi vite.

De ses lèvres entrouvertes elle effleura la bouche de Chris. Elle s'écarta, le lâcha comme à regret en laissant glisser les doigts sur son cou. Abasourdi, il ne pouvait détacher son regard des yeux de Claire, des yeux si beaux...

Messire Daniel toussota et s'adressa au jeune garçon.

— Occupe-toi de notre visiteur et aide-le à sa toilette.

Le garçonnet s'inclina devant Chris. Tout le monde

le considéra en silence ; à l'évidence, le moment était venu de se retirer.

— Je vous remercie, dit-il à messire Daniel.

Il s'attendait à voir les regards surpris autour de lui. Pour une fois, il n'y en eut pas ; ils semblaient avoir compris. Messire Daniel le salua d'un raide signe de tête et il sortit.

34:25:54

Tandis que les sabots des chevaux claquaient sur le pont-levis, le Professeur regardait droit devant lui, sans accorder la moindre attention aux soldats qui l'escortaient. Les gardes levèrent à peine les yeux au passage de la petite troupe.

Debout près du pont-levis, Kate vit le Professeur disparaître à l'intérieur du château.

— Que faisons-nous ? demanda-t-elle à Marek. Faut-il le suivre ?

Il ne répondit pas. En se retournant, elle vit qu'il regardait attentivement deux chevaliers combattant à l'épée dans la lice, devant les murailles. Cela semblait être une sorte de démonstration ou d'entraînement ; un cercle de jeunes gens en livrée — certains en vert vif, les autres en jaune et or, apparemment les couleurs des chevaliers — s'était formé autour des deux cavaliers. La foule des spectateurs riait et criait des insultes ou des encouragements, les chevaux tournaient court, se touchant presque, laissant les hommes en armure face à face. Les épées s'entrechoquaient sans relâche dans l'air limpide du matin.

Marek dévorait la scène des yeux. Kate lui tapa sur l'épaule.

— Écoute, André, le Professeur...

— Une minute.

— Mais...

— Une minute !

Marek sentait pour la première fois un doute se glisser en lui. Rien de ce qu'il avait vu jusqu'alors dans ce monde ne lui avait semblé déplacé ou inattendu. Le monastère était tel qu'il se le représentait, les paysans dans les champs tels qu'il se les imaginait, le tournoi en préparation tel qu'il se le figurait. En entrant dans la ville de Castelgard, il avait, là aussi, trouvé exactement ce qu'il s'attendait à trouver. Kate avait été horrifiée par le sang sur les pavés, devant la boucherie, et écœurée par l'odeur s'élevant des cuves des tanneurs. Pas Marek. Tout était comme il l'imaginait depuis des années.

Mais pas ça, se disait-il en regardant les chevaliers s'affronter.

Tout allait si vite ! Les combattants attaquaient dans toutes les positions, avec une telle vivacité qu'on eût dit de l'escrime au fleuret plus qu'un combat à l'épée. Il ne s'écoulait pas plus de deux secondes entre les chocs successifs des longues lames et l'affrontement se poursuivait sans hésitation ni interruption.

Marek avait toujours pensé que ces duels se déroulaient au ralenti : des hommes engoncés dans une armure, brandissant des armes si pesantes que chaque mouvement était un effort, que le poids de l'épée les entraînait vers l'avant et qu'il leur fallait du temps pour reprendre leur équilibre et se remettre en position. Sur la foi de récits mentionnant l'épuisement des chevaliers au sortir du combat, il avait supposé que cette fatigue résultait des efforts prolongés consentis par les combattants dans leur costume d'acier.

Ceux qu'il avait devant les yeux étaient grands et puissants. Montés sur d'énormes chevaux, ils devaient mesurer plus d'un mètre quatre-vingts et déployaient une énergie incroyable.

Marek ne s'était jamais laissé abuser par la petite taille des armures exposées dans les vitrines des musées ; il savait que les seules que l'on y trouvait étaient des armures de parade qui n'avaient jamais été portées en d'autre circonstance que lors d'une cérémonie. Il soupçonnait aussi, sans être en mesure de le prouver, que la plupart de celles ayant traversé les siècles — richement décorées, aux plaques de métal repoussé et ciselé — n'avaient été fabriquées que pour être exposées et avaient été réalisées à l'échelle trois quarts, afin de mettre en valeur la délicatesse du travail de l'artisan.

Les véritables armures de guerre étaient introuvables. Marek avait lu assez de récits pour savoir que les plus célèbres guerriers du Moyen Âge étaient des colosses, bâtis à chaux et à sable. Ils venaient de la noblesse, ils étaient bien nourris, grands et puissants. Il savait comment ils s'entraînaient, comment ils se plaisaient à accomplir des prouesses pour les beaux yeux des nobles dames.

Mais jamais, au grand jamais, il n'aurait imaginé voir cela. Les deux hommes se battaient avec une furie qui, pas un instant, ne retombait ; ils donnaient l'impression de pouvoir continuer ainsi jusqu'à la nuit. Ils ne montraient pas le moindre signe de fatigue et semblaient même prendre plaisir à cette débauche d'efforts.

En observant les chevaliers, Marek se dit qu'en pareille situation il aurait choisi de se battre exactement de la même manière, en jouant sur l'endurance pour miner la résistance de l'adversaire. Il avait imaginé une certaine lenteur des combats en présumant inconsciemment que les hommes du passé étaient plus faibles, plus lents ou plus bornés que l'homme moderne.

Il savait que l'hypothèse de cette supériorité était un travers partagé par tous les historiens. Mais il ne lui était pas venu à l'esprit qu'il pût s'en être rendu coupable.

À l'évidence, il n'y avait pas échappé.

Il lui fallut un moment, à cause du brouhaha s'élevant de la foule, pour se rendre compte que les chevaliers avaient une telle condition physique qu'ils gardaient assez de souffle pour crier en combattant ; ils vomissaient entre chaque coup d'épée un torrent de sarcasmes et d'insultes.

Puis il vit que leurs armes n'étaient pas émoussées, qu'ils utilisaient de vraies épées de combat, au fil tranchant comme un rasoir. Manifestement, ils ne se voulaient pourtant aucun mal ; il s'agissait pour eux de s'échauffer en s'amusant avant le tournoi. Cette joyeuse désinvolture était presque aussi déconcertante que la vitesse et l'intensité de leur affrontement.

Le combat se poursuivit encore dix minutes, jusqu'à ce qu'un coup bien assené désarçonne un des chevaliers. Il se releva en riant, aussi aisément que s'il n'avait pas eu d'armure. De l'argent passa de main en main dans la foule ; des cris s'élevèrent pour demander la poursuite du combat ; une rixe éclata entre des pages en livrée. Les deux chevaliers s'éloignèrent bras dessus, bras dessous en direction de l'hostellerie.

— André..., reprit Kate d'une voix hésitante.

Il se tourna lentement vers elle.

— Tout va bien, André ?

— Tout va bien, fit-il. Mais j'ai beaucoup à apprendre.

Ils s'engagèrent sur le pont-levis ; Marek sentit Kate se crisper à ses côtés quand ils s'approchèrent des gardes.

— Que faisons-nous ? Que disons-nous ?

— Ne t'inquiète pas. Je parle occitan.

À ce moment, un autre combat débuta derrière le fossé, attirant l'attention des gardes. Ils ne tournèrent pas la tête quand Kate et Marek franchirent la voûte de pierre pour entrer dans la cour du château.

— Nous sommes passés, fit Kate, étonnée. Et maintenant, ajouta-t-elle en regardant autour d'elle, que faisons-nous ?

Quel froid ! se dit Chris, presque nu sur un tabouret, dans la chambre de messire Daniel, à côté d'un bassin d'eau fumante et d'un linge de toilette. Le jeune garçon avait apporté le bassin de la cuisine avec mille précautions, comme s'il s'agissait d'un trésor. Tout dans son attitude indiquait que disposer d'eau chaude était la marque d'une grande faveur.

Chris s'était docilement nettoyé, refusant l'assistance du garçon. L'eau du petit récipient était rapidement devenue noire, mais, avec l'aide d'un petit miroir métallique que lui tendait l'enfant, il avait réussi à se débarrasser de la boue maculant ses ongles et son visage.

— Messire Christopher, vous n'êtes pas propre ! lança l'enfant avec un regard de détresse quand il s'était déclaré satisfait.

Il avait insisté pour faire le reste.

Voilà pourquoi Chris frissonnait sur un tabouret de bois pendant que l'enfant le frottait interminablement. Il était intrigué : il avait toujours cru qu'au Moyen Âge les gens étaient sales et sentaient mauvais, alors qu'ils semblaient être des maniaques de la propreté. Tous ceux qu'il avait vus au château étaient propres ; aucune mauvaise odeur ne l'avait frappé.

Même les latrines — situées dans la chambre, derrière une porte de bois — où l'enfant l'avait envoyé avant de commencer à le laver n'avaient rien d'épouvantable. C'était un réduit équipé d'un siège de pierre sur un bassin qui se vidait dans un conduit. Les eaux sales descendaient apparemment jusqu'au rez-de-chaussée du château où elles étaient vidées quotidiennement. Le garçonnet expliqua qu'un domestique versait chaque matin de l'eau parfumée dans le conduit et plaçait un bouquet d'herbes odoriférantes dans le réduit. L'odeur n'était pas incommodante. Chris songea à certaines toilettes d'avion, bien plus nauséabondes.

Pour finir, on disposait pour s'essuyer de bandes d'étoffe blanche. Décidément, Chris allait de surprise en surprise.

Devoir rester assis sur son tabouret donnait au moins à Chris la possibilité d'essayer de parler avec l'enfant qui se montrait tolérant et lui répondait lentement, comme on s'adresse à un idiot. Mais cela permettait à Chris de l'entendre avant d'avoir la traduction dans son écouteur ; il découvrit rapidement que l'imitation était utile. Quand il employait en surmontant son embarras les tournures archaïques lues dans des textes anciens, le petit le comprenait bien plus facilement, de sorte qu'il commença à le faire systématiquement.

Chris était encore sur le tabouret quand messire Daniel fit son entrée. Il avait dans les bras un paquet de beaux vêtements d'aspect coûteux, soigneusement pliés, qu'il posa sur le lit.

— Alors, Christopher de Hewes, vous êtes tombé sous le charme de notre beauté.

— Elle m'a sauvé la vie.

— J'espère que cela ne vous mettra pas dans une situation périlleuse.

— Périlleuse ?

— Elle m'a confié, mon ami, soupira messire Daniel, que vous êtes gentilhomme mais non chevalier. Vous êtes donc écuyer.

— En vérité, je le suis.

— Un écuyer fort âgé, poursuivit messire Daniel. Quelle expérience avez-vous des armes ?

— Des armes ? fit Chris, l'air perplexe. Eh bien, je...

— En avez-vous ? Parlez franchement : quelle expérience avez-vous ?

Chris décida qu'il valait mieux dire la vérité.

— Au vrai, je... j'ai fait des études.

— Des études ? répéta le vieillard en secouant la tête. *Escolie ? Esne discipulus ? Studesne sub magistro ?* Sous la conduite d'un professeur ?

— *Ita est*. En effet.

— *Ubi ?* Où ?

— Euh... à Oxford.

— Oxford ? grommela messire Daniel. Dans ce cas, vous n'avez rien à faire ici avec dame Claire. Ce n'est pas un endroit pour un *scolere*, croyez-moi. Je vais vous brosser un tableau de la situation.

« Lord Oliver a besoin d'argent pour payer ses hommes d'armes et a déjà pillé les villes voisines. Il pousse donc Claire à se marier pour toucher la somme promise. Guy de Malegant a fait une offre alléchante dont lord Oliver se réjouit grandement, mais Guy n'a pas de fortune et ne pourra faire honneur à son engagement qu'en hypothéquant une partie des biens de Claire. Ce à quoi elle se refuse. Il se murmure que lord Oliver et Guy se sont depuis longtemps mis d'accord, l'un pour vendre dame Claire, l'autre ses terres.

Chris garda le silence.

— Il existe un autre obstacle à cette union, poursuivit le vieillard. Claire n'a que mépris pour Malegant qu'elle soupçonne d'être pour quelque chose dans la mort de son époux. Il était au service de Geoffrey au moment de son trépas ; une mort si soudaine en a surpris plus d'un. Geoffrey était un jeune et vigoureux chevalier ; malgré la gravité de ses blessures, il se rétablissait vite. Nul ne sait ce qui s'est passé ce jour-là, mais il y a eu des rumeurs insistantes d'empoisonnement.

— Je vois, fit Chris.

— Vous voyez ? Permettez-moi d'en douter. Sachez que dame Claire pourrait aussi bien être prisonnière de lord Oliver en ce château. Il lui est loisible, à elle, d'aller et venir librement, mais elle ne peut faire sortir, en catimini, toute sa suite. Si elle essayait de s'enfuir secrètement pour regagner l'Angleterre — ce à quoi elle aspire —, lord Oliver se vengerait sur moi et sur les autres membres de l'entourage de Claire. Le sachant, elle se voit contrainte de rester. Lord Oliver veut la marier au plus vite ; Claire élabore des stratagèmes pour repousser l'échéance. Elle ne manque pas d'imagination, mais lord Oliver n'est pas patient ; il va bientôt forcer la décision. Le seul espoir de Claire est là.

Messire Daniel lui montra quelque chose par la fenêtre.

Chris alla le rejoindre. De la haute fenêtre, il avait une vue dégagée sur la cour et les remparts du château. Au-delà, il distinguait les toits des maisons, le mur d'enceinte de la ville, les gardes sur le chemin de ronde. Plus loin encore, les champs s'étendaient à perte de vue. Il lança à messire Daniel un regard interrogateur.

— Là, *scolere*. Les feux.

Il montrait quelque chose au loin. En plissant les yeux, Chris parvint à distinguer de minces colonnes de fumée qui se fondaient dans la brume bleutée.

— C'est la compagnie d'Arnaud de Cervole, expliqua le vieillard. Leur camp est à moins de vingt-cinq kilomètres d'ici. Ils seront là dans une journée, deux au plus. Tout le monde le sait.

— Et lord Oliver ?

— Il sait que la bataille sera rude.

— Ce qui ne l'empêche pas d'organiser un tournoi...

— Question d'honneur, fit messire Daniel. Un honneur chatouilleux. Il l'annulerait s'il pouvait, mais n'ose le faire. C'est là que se trouve votre chance.

— Ma chance ?

Messire Daniel poussa un soupir et commença à aller et venir dans la pièce.

— Habillez-vous maintenant. Je vais vous présenter à lord Oliver et essayer d'éviter le désastre qui s'annonce.

Le vieillard sortit rapidement de la chambre ; Chris regarda le garçonnet qui avait cessé de frotter.

— Quel désastre ? demanda-t-il.

33:12:51

Une particularité des études médiévales réside dans le fait qu'il n'existe pas une seule représentation d'époque de l'intérieur d'un château du XIVe siècle. Pas le moindre tableau, pas la moindre enluminure sur un manuscrit, pas le moindre croquis sur un carnet. Rigoureusement rien. Les représentations les plus anciennes de la vie au XIVe siècle dataient en réalité du XVe ; les scènes d'intérieur — nourriture, vêtements et autres — étaient conformes à la réalité du XVe siècle, pas du précédent.

En conséquence, les historiens modernes ignoraient tout de l'ameublement, de la décoration murale, des costumes et des comportements. L'absence d'informations était telle que, lorsque les appartements du roi Edward Ier furent mis au jour dans la Tour de Londres, les murs reconstruits demeurèrent nus, nul ne sachant quelles décorations auraient pu y prendre place.

Pour la même raison, les recréations artistiques de cette époque montraient en général des intérieurs spartiates, des pièces aux murs nus, chichement meublées — un siège, un coffre, pas grand-chose d'autre. L'absence même de représentations semblait impliquer une austérité de la vie à cette époque.

Tout cela traversa l'esprit de Kate Erickson au moment où elle pénétrait dans le grand salon de Castelgard. Ce qu'elle allait voir, aucun historien ne l'avait jamais vu. Elle se glissa dans la foule à la suite de Marek, sidérée par l'étalage de luxe et le grouillement de la foule.

Le salon de réception brillait de mille feux, tel un énorme bijou. Le soleil pénétrant à travers les hautes fenêtres donnait sur des tapisseries brodées d'or dont les reflets éclatants dansaient sur le plafond peint en rouge et or. Tout un côté de la salle était décoré d'une grande tenture d'un bleu profond semé de fleurs de lis argentées. Sur le mur opposé, une tapisserie représentant une bataille montrait des chevaliers en armure de guerre, portant des bannières bleu et blanc ou rouge et or entrelacées de fils d'or.

Le fond de la salle était occupé par une cheminée monumentale, assez haute pour laisser le passage à un homme sans qu'il eût à se baisser, au manteau sculpté, orné de dorures miroitantes. Devant l'âtre était disposé un énorme écran d'osier, doré lui aussi. Au-dessus du manteau était tendue une tapisserie représentant des cygnes volant sur un champ de fleurs rouge et or.

La salle était d'une élégance raffinée, assez féminine selon les critères modernes. Ce luxe et cette beauté contrastaient vivement avec les manières bruyantes, grossières, tapageuses de l'assistance.

La table d'honneur était dressée devant la cheminée ; couverte d'une nappe blanche, garnie de plats en or chargés de monceaux de nourriture. Des petits chiens se promenaient sur la nappe ; ils se servirent dans les plats jusqu'à ce que l'homme assis au centre de la table les fasse descendre d'un revers de la main accompagné d'un juron.

Âgé d'une trentaine d'années, lord Oliver de Vannes avait de petits yeux enfoncés dans un visage bouffi de débauché. Sa bouche formait en permanence une sorte de rictus cruel ; il essayait de garder les lèvres jointes, car il lui manquait plusieurs dents. Sa mise était aussi somptueuse que la décoration de la salle : une robe bleu et or au col montant rehaussé de broderies d'or et une toque de fourrure. Son collier était fait de pierres bleues de la taille d'un œuf de rouge-gorge. Il portait des bagues à plusieurs doigts, d'énormes gemmes ovales serties dans de lourdes montures en or. Il piquait la nourriture avec son couteau et mangeait bruyamment en répondant à ses compagnons par des grognements.

Malgré l'élégance de sa tenue, il donnait l'impression d'un être irascible et dangereux ; ses yeux injectés de sang allaient et venaient en tous sens, à l'affût d'une offense, prêt à en découdre avec quiconque. Il était nerveux, prompt à frapper. Quand un des petits chiens revint tenter sa chance sur la table, Oliver lui planta sans hésiter la pointe de son couteau dans l'arrière-train ; l'animal fit un bond et s'enfuit en glapissant de douleur.

Lord Oliver éclata de rire, essuya le sang sur son couteau et se remit à manger.

Les hommes assis à sa table s'esclaffèrent en chœur. À en juger par leur apparence, c'étaient des soldats, tous à peu près de l'âge d'Oliver, fort bien vêtus sans toutefois égaler la somptuosité de la mise de leur chef. Il y avait aussi trois ou quatre femmes, jeunes, jolies et vulgaires, en robe moulante et aux cheveux impudiquement dénoués, qui pouffaient en tâtonnant sous la table.

Kate ne pouvait détacher les yeux de cette scène. Une expression lui vint à l'esprit : *un chef de guerre*. C'était un chef de guerre médiéval faisant bombance avec ses lieutenants et quelques ribaudes dans le château qu'il venait de prendre.

Un héraut frappa le plancher de son bâton.

— Monseigneur ! Le maître Edward de Johnes !

Kate se retourna, vit Johnston qu'on poussait à travers la foule en direction de la table d'honneur.

Lord Oliver leva les yeux, essuya d'un revers de main la sauce qui coulait sur son menton.

— Soyez le bienvenu, maître Edwardus. Mais je ne sais si je dois dire maître ou magicien.

— Lord Oliver, fit le Professeur en occitan, avec une courte inclination de tête.

— Pourquoi tant de froideur ? lança Oliver en faisant la moue. Voulez-vous me blesser ? Qu'ai-je fait pour mériter cette réserve ? Êtes-vous mécontent d'avoir dû quitter le monastère ? Vous mangerez aussi bien ici, croyez-moi. Mieux même. En tout état de cause, l'abbé n'a pas besoin de vous. Moi, si.

Johnston le regarda la tête haute, sans ouvrir la bouche.

— Vous n'avez rien à dire, reprit Oliver, la mine rembrunie. Cela changera, ajouta-t-il à voix basse en lui lançant un regard mauvais.

Johnston demeura immobile, silencieux.

Il fallut un moment à lord Oliver pour se reprendre.

— N'allons pas nous brouiller pour si peu, lança-t-il avec un sourire mielleux. Avec courtoisie et respect, je vous demande conseil. Vous êtes sage et, à en croire mes nobles compagnons, j'ai grand besoin de sagesse.

De gros rires accueillirent cette boutade.

— Et on m'a dit, reprit Oliver, que vous pouvez voir l'avenir.

— Cela n'est donné à aucun homme, déclara Johnston.

— Vraiment ? Je pense que vous avez ce don, maître. Veuillez le considérer vôtre ; il ne conviendrait pas à un homme de votre qualité de souffrir longtemps. Savez-vous comment a péri votre homonyme, notre bon roi Edward ? Je vois à votre visage que vous le savez. Vous n'étiez pourtant pas présent dans le château. Il n'y a pas eu la moindre marque sur son corps, ajouta-t-il en s'enfonçant dans son siège avec un sourire mauvais.

— Ses cris s'entendaient à des kilomètres, fit Johnston en hochant lentement la tête.

Kate lança un regard interrogateur à Marek.

— Ils parlent d'Edward II d'Angleterre, expliqua-t-il à voix basse. Il a été emprisonné et assassiné. Ses tortionnaires ne voulaient pas être soupçonnés de l'avoir tué ; ils ont d'abord fourré un tube dans son rectum avant d'y faire passer un tisonnier chauffé au rouge pour lui brûler les intestins jusqu'à ce qu'il meure.

Kate ne put retenir un frisson horrifié.

— Comme il était homosexuel, ajouta Marek, la manière dont il a été exécuté témoignait de beaucoup d'esprit.

— En effet, reprit Oliver, ses cris s'entendaient à des kilomètres. Pensez-y. Vous savez beaucoup de choses que je voudrais savoir aussi. Vous serez mon conseiller ou vous quitterez bientôt ce monde.

Lord Oliver fut interrompu par un chevalier qui se glissa le long de la table pour venir lui murmurer quelque chose à l'oreille. L'homme était richement vêtu de bordeaux et gris, mais il avait le visage dur et tanné d'un homme de guerre. Une profonde balafre courait de son front à son menton et disparaissait dans son col. Oliver écouta, puis tourna la tête vers lui.

— Ah ? fit-il. Vous croyez, Robert ?

Le chevalier balafré se pencha derechef pour ajouter quelques mots à voix basse sans quitter des yeux le Professeur. Lord Oliver regarda aussi Johnston en écoutant.

— Bien, fit-il. Nous verrons cela.

Le chevalier continua de lui parler à l'oreille ; Oliver acquiesça de la tête.

Debout dans la foule, Marek se tourna vers son voisin et s'adressa à lui en occitan.

— Savez-vous, je vous prie, quel est ce noble chevalier qui a l'oreille de lord Oliver ?

— En vérité, mon ami, c'est messire Robert de Kere.

— De Kere ? répéta Marek. Je ne crois pas le connaître.

— Il est depuis peu de sa suite, moins d'un an, mais il a su gagner la faveur de lord Oliver.

— Vraiment ? Et pour quelle raison ?

L'homme eut un haussement d'épaules résigné,

comme pour indiquer que nul ne savait ce qui se passait dans l'entourage du seigneur.

— Messire Robert a des dispositions pour la guerre ; il conseille lord Oliver en la matière et jouit de sa confiance. Mais je pense assurément, poursuivit l'homme en baissant la voix, qu'il ne peut accepter de bon gré la présence d'un autre conseiller, surtout aussi éminent.

— Je comprends, fit Marek.

Les murmures de messire Robert se faisaient plus pressants. D'un petit geste de la main, comme on chasse un moustique, Oliver mit un terme à cet aparté ; le chevalier s'inclina, recula pour se placer derrière son maître.

— Maître Edward...

— Monseigneur ?

— On m'informe que vous connaissez la formule du feu grégeois.

Marek étouffa un ricanement.

— Personne ne la connaît, souffla-t-il à Kate.

Le feu grégeois était une fameuse énigme historique, une arme incendiaire dévastatrice utilisée au VIe siècle par les Byzantins, dont la nature exacte faisait encore l'objet de controverses chez les historiens. Nul ne savait précisément ce qu'était le feu grégeois ni comment il était fabriqué.

— Oui, répondit Johnston. Je connais cette formule.

Marek ouvrit de grands yeux. Qu'est-ce que cela signifiait ? Le Professeur avait à l'évidence reconnu un rival en Robert de Kere, mais le jeu était dangereux. On allait assurément lui demander de prouver ce qu'il avançait.

— Vous savez fabriquer le feu grégeois ?

— Oui, monseigneur.

— Ah !

Lord Oliver jeta un coup d'œil en direction de son conseiller qui, semblait-il, s'était fourvoyé, avant de reporter son attention sur Johnston.

— Ce ne sera pas difficile, reprit le Professeur, avec l'aide de mes assistants.

C'est donc cela, se dit Marek. Il fait des promesses en l'air dans l'espoir de nous réunir.

— Vos assistants ? Vous avez des assistants ?

— Oui, monseigneur, et...

— Ils pourront naturellement être à vos côtés, maître Edward. En leur absence, nous vous fournirons l'aide dont vous aurez besoin. Soyez sans crainte. Et le feu de Nathos, le connaissez-vous aussi ?

— Oui, monseigneur.

— Et vous pourrez m'en faire la démonstration ?

— Quand il vous plaira, monseigneur.

— Très bien, maître Edward. Très bien.

Dans le silence qui suivit, Oliver planta son regard dans celui du Professeur.

— Vous savez bien, reprit-il, le secret qui me tient le plus à cœur.

— Celui-là, monseigneur, je ne le connais point.

— Vous le connaissez ! Et vous me le révélerez !

Oliver hurlait en tapant sur la table avec un gobelet ; les veines saillaient sur son front cramoisi. Sa voix se répercutait dans la salle où un profond silence s'était abattu.

— Vous m'aurez répondu avant la fin du jour !

Un petit chien monté sur la table eut un mouvement de recul ; d'une main, Oliver le projeta au sol. Quand la jeune femme assise à ses côtés commença à protester, il la gifla en jurant, avec une telle violence que son siège se renversa et s'écroula. Sans dire un mot, sans faire un geste, elle demeura rigoureusement figée, les jambes en l'air.

— Oh, je suis en courroux, en grand courroux ! gronda lord Oliver en se levant.

La main sur la poignée de son épée, il parcourut l'assistance d'un œil furibond, comme s'il y cherchait un coupable.

Tout le monde restait immobile et silencieux, les yeux baissés, comme dans un tableau où seul le maître des lieux eût été doué de vie. Écumant de rage, il finit par dégainer son épée et frappa violemment la table du tranchant de la lame qui resta enfoncée dans le bois, faisant voler les assiettes et les gobelets.

Oliver darda un regard noir sur le Professeur, mais il commençait à se ressaisir.

— Maître Edward, s'écria-t-il, vous ferez ma volonté ! Emmenez-le, ajouta-t-il en faisant signe aux gardes, et laissez-le méditer sur son sort.

Les hommes d'armes saisirent le Professeur et l'entraînèrent sans ménagement vers l'autre bout de la salle. Kate et Marek s'écartèrent à leur passage, mais Johnston ne les vit pas.

Lord Oliver parcourut une dernière fois du regard l'assemblée silencieuse.

— Asseyez-vous et prenez du bon temps avant que mon humeur ne se gâte ! lança-t-il hargneusement.

Les musiciens se remirent aussitôt à jouer et le bruit de la foule emplit la salle.

Robert de Kere sortit peu après, à la suite du Professeur. Pour Marek, ce départ ne présageait rien de bon. D'un coup de coude, il indiqua à Kate qu'ils feraient bien de suivre le chevalier balafré. Ils se dirigeaient vers la porte quand le bâton du héraut frappa le sol.

— Monseigneur ! Dame Claire d'Eltham et messire Christopher de Hewes.

— Merde ! souffla Marek en s'arrêtant.

Une belle jeune femme fit son entrée, Chris Hugues à ses côtés. Vêtu avec l'élégance d'un courtisan, il avait l'air très distingué... et très embarrassé.

Marek tapota son oreille et s'adressa à Chris à voix basse.

— Tant que tu seras dans cette salle, ne parle pas, ne fais rien. As-tu compris, Chris ?

Il le vit incliner imperceptiblement la tête et poursuivit :

— Fais comme si tu ne comprenais rien. Ce ne devrait pas être très difficile.

Chris et la jeune femme traversèrent la foule et

s'avancèrent jusqu'à la table d'honneur ; lord Oliver ne chercha pas à dissimuler son déplaisir.

La jeune femme s'en rendit compte ; elle s'inclina profondément et resta dans cette attitude de soumission.

— Approchez, approchez, fit Oliver avec irritation en agitant la cuisse de poulet qu'il tenait à la main. L'obséquiosité ne vous sied point.

— Monseigneur, murmura Claire en se redressant.

— Alors, poursuivit Oliver. Qui nous amenez-vous aujourd'hui ? Quelque nouvelle conquête ?

— Avec votre permission, je vous présente messire Christopher de Hewes, un écuyer venu d'Irlande ; il m'a sauvée d'une bande de brigands qui s'apprêtait à m'enlever ou pis encore.

— Quoi ? Des brigands ? Qui voulaient vous enlever ?

Lord Oliver lança un regard amusé vers ses chevaliers.

— Eh bien, messire Guy ? Qu'avez-vous à dire à cela ?

Un homme au teint basané se leva rageusement. Guy de Malegant était entièrement vêtu de noir, une aigle de la même couleur brodée sur la poitrine.

— Je crains, monseigneur, que dame Claire ne s'amuse à nos dépens. Elle sait parfaitement que j'ai demandé à mes hommes de lui venir en aide, la voyant seule et en détresse.

Guy s'avança vers Chris, le regard noir.

— C'est cet homme, monseigneur, qui a mis sa vie en danger. Je ne comprends pas comment elle peut prendre sa défense, sinon pour afficher son esprit singulier.

— Quel esprit ? demanda Oliver. Éclairez-moi, madame.

— Seuls ceux qui manquent d'esprit, monseigneur, en voient là où il n'y en a pas.

— Belles paroles qui ne servent qu'à cacher ce

qu'on ne veut montrer, fit, en ricanant, le chevalier noir.

Malegant s'avança vers Chris, s'arrêta à quelques centimètres de lui. Tout en le regardant intensément, il commença à retirer lentement son gant.

— Messire Christopher, tel est bien votre nom ?

Chris hocha la tête en silence.

Il était terrifié, prisonnier d'une situation qu'il ne comprenait pas, dans cette salle remplie de soudards sanguinaires, face à cet homme au regard étincelant de fureur, à l'haleine fétide, chargée de relents d'ail et de vin. Il avait toutes les peines du monde à empêcher ses genoux de trembler.

Il entendit la voix de Marek dans son écouteur.

— Ne parle pas, quoi qu'il advienne.

— Je vous ai posé une question, messire, poursuivit Malegant, les yeux plissés. Auriez-vous l'obligeance d'y répondre ?

Il n'avait pas encore fini de retirer son gant ; Chris était sûr qu'il allait le frapper de son poing nu.

— Ne parle pas, répéta Marek.

Trop heureux de suivre son conseil, Chris respira à fond, essayant de se calmer. Il avait les jambes comme du coton et l'impression qu'il allait s'affaisser devant le chevalier noir. Il fit un effort de volonté pour se retenir de tomber, prit une longue inspiration.

— Votre sauveur parle-t-il, madame ? reprit Malegant en se tournant vers Claire. Ou ne fait-il que soupirer ?

— Sachez, messire Guy, qu'il vient d'un pays lointain et ne comprend pas toujours notre langue.

— *Dic mihi nomen tuum, scutari*. Dites-moi votre nom.

— Le latin non plus, je le crains.

— *Commodissime*, lâcha Malegant avec une moue dégoûtée. Ce mutisme est trop commode. Nous ne pouvons lui demander pourquoi il est venu ici ni dans quel but. Cet écuyer irlandais est loin de sa patrie. Il n'est pourtant venu faire ni un pèlerinage ni la guerre.

Pourquoi donc est-il ici ? Voyez comme il tremble. Que peut-il redouter ? Rien de notre part, monseigneur... à moins qu'il ne soit à la solde d'Arnaud, envoyé en reconnaissance. Cela expliquerait son mutisme ; un poltron n'oserait ouvrir la bouche.

— Ne réponds pas, murmura Marek.

De l'index, Malegant frappa Chris sur la poitrine.

— Ainsi donc, messire le poltron, je vous traite d'espion et de scélérat, je dis que vous n'avez pas le courage de montrer votre vrai visage. Vous n'êtes même pas digne de mon mépris.

Le chevalier finit de retirer son gant qu'il lâcha d'un geste dégoûté. Le gant de mailles tomba avec un bruit métallique sur la chaussure de Chris. Messire Guy se détourna insolemment pour repartir vers la table d'honneur.

Tous les regards étaient braqués sur Chris.

— Le gant..., murmura Claire à ses côtés.

Il la regarda du coin de l'œil.

— Le gant !

Sans comprendre, Chris se pencha pour ramasser le gant ; il était lourd dans sa main. Il le tendit à Claire, mais elle avait déjà tourné la tête et s'adressait à Malegant.

— Chevalier, Christopher de Hewes relève votre défi.

Quel défi ? se demanda Chris.

— Trois lances non émoussées, annonça aussitôt Malegant. À outrance.

— Mon pauvre garçon, souffla Marek. Sais-tu ce que tu viens de faire ?

— Monseigneur, reprit Malegant en se tournant vers lord Oliver, je demande que les rencontres du jour commencent par notre combat singulier.

— Accordé.

Messire Daniel se glissa au premier rang de la foule et s'inclina profondément.

— Monseigneur, ma nièce pousse la plaisanterie trop loin, pour un piètre résultat. Peut-être cela l'amuset-elle de voir messire Guy, un chevalier de renom, s'abaisser en provoquant un simple écuyer, mais il n'a rien à y gagner.

— Vraiment ? fit lord Oliver en se tournant vers le chevalier noir.

— Un écuyer ? lança Malegant en crachant par terre. Cet homme, je vous le dis, n'est pas un écuyer, mais un chevalier qui se cache, un scélérat et un espion. Sa fourberie aura sa récompense. Je l'affronterai aujourd'hui.

— Si monseigneur le permet, insista messire Daniel, je pense que ce n'est pas équilibré. En vérité, ce n'est qu'un écuyer, qui n'a guère l'expérience des armes et ne sera pas de taille contre votre vaillant chevalier.

Chris essayait encore de comprendre ce qui se passait quand il vit Marek s'avancer et l'entendit s'exprimer dans une langue qui ressemblait au français, mais n'était pas exactement du français. De l'occitan, sans doute. Chris entendit la traduction dans son écouteur.

— Monseigneur, commença Marek en s'inclinant avec grâce, ce digne gentilhomme dit la vérité. Messire Christopher est mon compagnon, mais il n'est pas versé dans le maniement des armes. Je vous demande, dans un souci de justice, d'autoriser Christopher à choisir un champion pour relever ce défi à sa place.

— Un champion ? Quel champion ? Je ne vous connais pas.

Claire observait Marek avec un intérêt non dissimulé. Chris vit qu'il lui rendait son regard avant de s'adresser de nouveau à Oliver.

— Permettez-moi de me présenter, monseigneur. André de Marek, originaire du Hainaut. Je me propose comme champion et, avec l'aide de Dieu, j'affronterai ce vaillant chevalier.

Oliver réfléchit en se frottant le menton.

Le voyant dans l'indécision, messire Daniel revint à la charge.

— Ouvrir votre tournoi par un combat inégal ne

contribuera pas à en faire un événement mémorable, monseigneur. Je pense que messire Marek saura le rendre plus intéressant.

Oliver se retourna vers Marek pour voir ce qu'il en pensait.

— Monseigneur, reprit Marek, si mon ami Christopher est un espion, il en va de même pour moi. En le diffamant, messire Guy me diffame et je demande la permission de défendre mon honneur.

Lord Oliver semblait se réjouir de ce rebondissement imprévu.

— Qu'en dites-vous, Guy ?

— Je consens à reconnaître que ce Marek peut être un digne second si son bras est aussi agile que sa langue. Mais en sa qualité de second, il convient qu'il affronte le mien, messire Charles de Gaune.

Un homme de haute taille se leva au bout de la table. Avec sa face blême, son nez écrasé et ses yeux rouges, il ressemblait à un dogue.

— Je vous seconderai, avec grand plaisir, déclara-t-il d'un ton chargé de dédain.

— Il semble donc, reprit Marek en jouant sa dernière carte, que messire de Malegant ait peur de m'affronter le premier.

À ces mots, Claire adressa un sourire éclatant à Marek ; à l'évidence il l'intéressait. Sa réaction agaça Malegant.

— Je n'ai peur de personne, répliqua-t-il, surtout pas d'un Hainuyer. Si vous sortez vivant de l'affrontement avec mon second, ce dont je doute grandement, je vous livrerai combat avec plaisir pour mettre un terme à votre insolence.

— Il en sera ainsi, déclara Oliver d'un ton indiquant que la discussion était close.

32:16:01

Les chevaux virevoltaient et chargeaient en se croisant sur l'herbe. Le sol tremblait quand les puissants coursiers passaient devant Chris et Marek, adossés à la clôture pour suivre les galops d'essai. Autour du champ clos qui paraissait immense à Chris — de la taille d'un terrain de football —, des tribunes étaient montées sur deux côtés et les dames commençaient à y prendre place. Des spectateurs bruyants, en vêtements grossiers, venus de la campagne environnante se pressaient le long de la lice.

Deux autres cavaliers se ruaient l'un vers l'autre sur des montures aux naseaux dilatés.

— Tu montes bien ? demanda Marek à Chris.

— J'ai fait quelques promenades avec Sophie, répondit Chris sans conviction.

— Je connais peut-être le moyen de te garder en vie, Chris. Mais il faut que tu fasses exactement ce que je dis.

— D'accord.

— Jusqu'à présent, lui rappela Marek, on ne peut pas dire que tu m'aies écouté. Cette fois, il le faudra.

— Bon, d'accord.

— Tout ce que tu auras à faire, c'est rester assez longtemps en selle pour recevoir le coup de lance. En voyant à quel point tu montes mal, Malegant sera obligé de viser la poitrine ; c'est l'endroit le plus large, le plus facile à atteindre sur un cavalier au galop. Je veux que tu prennes sa lance en pleine poitrine. Tu as compris ?

— Je prends sa lance dans la poitrine, répéta Chris d'un air malheureux.

— Quand la lance te frappera, laisse-toi désarçonner. Ce ne devrait pas être difficile. Quand tu toucheras le sol, ne bouge plus, comme si le choc t'avait assommé, ce qui arrivera peut-être. Ne te relève en aucun cas. Compris ?

— Je ne me relève pas.

— C'est ça. Quoi qu'il advienne, reste couché. Si Malegant t'a démonté et que tu sois évanoui, le combat est terminé. Mais si tu te relèves, il demandera une autre lance ou décidera de poursuivre le combat à pied, à l'épée. Et il te tuera.

— Je ne me relève pas, répéta Chris.

— C'est bien, fit Marek. En aucun cas, tu ne te relèves. Avec un peu de chance, ajouta-t-il en tapant sur l'épaule de Chris, tu en sortiras vivant.

— Dieu t'entende ! soupira Chris tandis que deux coursiers faisaient trembler le sol devant eux.

Ils s'éloignèrent du champ clos et se glissèrent entre les tentes disposées à l'extérieur de l'enceinte. Les tentes étaient petites et rondes, rayées de couleurs vives ou décorées de lignes brisées, surmontées d'oriflammes ; des chevaux étaient attachés à l'extérieur. Des pages et des valets d'armes circulaient en tous sens, transportant des armures, des selles, des bottes de foin ou de l'eau.

Plusieurs pages roulaient sur le sol des barriques qui produisaient une sorte de chuintement.

— C'est du sable, expliqua Marek. Ils roulent les cottes de mailles dans le sable pour enlever la rouille.

— Ah bon ?

Chris essayait de concentrer son attention sur des détails pour ne plus penser à ce qui allait se passer, mais il était dans l'état d'esprit d'un condamné à quelques minutes de son exécution.

Ils entrèrent dans une tente où trois pages attendaient. Un feu brûlait dans un coin ; l'armure était étalée sur une pièce de toile. Marek l'examina rapidement.

— Elle est bien, fit-il, s'apprêtant à repartir.

— Où vas-tu ?

— Dans une autre tente, pour me préparer.

— Mais je ne sais pas comment...

— Les pages vont s'occuper de toi, coupa Marek en sortant.

Chris regarda les pièces de l'armure étalées sur le sol, surtout le heaume au devant allongé, semblable au large bec d'un canard, qui n'avait qu'une fente étroite pour les yeux. À côté il y avait un autre casque, plus simple. Chris se demanda...

— Avec votre permission, messire.

Le premier page, un garçon de quatorze ou quinze ans, légèrement plus âgé et un peu mieux habillé que les autres, s'adressait à lui.

— Veuillez vous placer là, je vous prie, poursuivit le jeune homme en indiquant le centre de la tente.

Chris sentit des mains courir sur son corps. Les pages retirèrent promptement ses vêtements, le laissant en chemise et braies. À mesure qu'ils découvraient son corps, ils laissaient échapper des murmures inquiets.

— Avez-vous été malade, messire ? s'enquit l'un d'eux.

— Euh, non...

— Une mauvaise fièvre qui vous aurait affaibli de la sorte ?

— Non, répondit Chris, perplexe.

Sans insister, ils entreprirent de l'habiller en commençant par une paire d'épaisses chausses et une cotte rembourrée à manches longues, boutonnée sur le devant. Ils le prièrent de plier les bras. Il y parvint difficilement, tellement l'étoffe était épaisse.

— Elle vient d'être lavée, signala un des pages. Elle va s'assouplir.

Chris en doutait. Il pouvait à peine remuer et ils

n'avaient pas encore passé l'armure. À l'aide de bandes de cuir, ils relièrent des lames de métal articulées qui couvraient ses jambes des cuisses aux mollets ; ils firent la même chose pour les bras. À chaque pièce de métal, ils lui demandaient de remuer les membres, pour s'assurer que les liens n'étaient pas trop serrés.

On lui fit ensuite enfiler le haubergeon, une tunique de mailles qui pesait sur ses épaules. Pendant qu'on attachait les plates, les pièces de métal protégeant la poitrine, le premier page posa à Chris plusieurs questions auxquelles il ne savait que répondre.

— Lance couchée ou sous le bras ?

— Tenez-vous le pommeau ou gardez-vous la main libre ?

— Étrivières longues ou courtes ?

Chris répondait par des grognements. Le page continuait de l'interroger.

— Épée à droite ou à gauche ?

— Bassinet sous le heaume ?

Il se sentait de plus en plus lourd, de plus en plus raide à mesure que chaque articulation était encastrée dans une pièce de métal. Les pages travaillaient vite : en quelques minutes, il avait revêtu l'armure complète. Ils s'écartèrent pour l'examiner.

— Tout va bien, messire ?

— Tout va bien.

— Maintenant le heaume.

Il portait déjà une sorte de calotte de fer, mais ils saisirent le casque au devant pointu et lui en couvrirent la tête. Chris fut plongé dans la pénombre ; il sentit le poids du casque sur ses épaules. Il ne voyait rien d'autre que ce qui se trouvait juste devant ses yeux, à travers la fente horizontale.

Son cœur se mit à battre. Il n'y avait pas d'air ; il ne pouvait pas respirer. Il tira sur le casque, essaya de soulever la visière ; elle ne bougea pas. Il était enfermé dans le noir. Il entendit sa respiration amplifiée par les parois de métal. Son souffle chaud créait une atmosphère suffocante. *Il n'y avait pas d'air.* Il saisit le casque, tira de toutes ses forces pour le retirer.

Les pages l'en libérèrent en le regardant avec étonnement.

— Tout va bien, messire ?

Chris se contenta de hocher la tête en toussant ; il n'osait pas parler. Il ne voulait pas remettre cet instrument de supplice sur sa tête. Mais déjà les pages le conduisaient vers la porte de la tente, où un cheval attendait.

Chris n'en crut pas ses yeux. L'animal était gigantesque et recouvert d'encore plus de métal que lui-même. Il avait une plaque décorée sur la tête, d'autres sur le poitrail et les flancs. Même équipé de son armure, l'animal était nerveux et fougueux ; il hennissait en tirant sur la bride tenue par un page. C'était un destrier, un vrai cheval de bataille, bien plus impétueux que les animaux qu'il avait montés jusqu'alors. Mais la préoccupation principale de Chris était la taille du destrier ; l'animal était si grand qu'il ne pouvait voir par-dessus. Et la selle de bois surélevée le faisait paraître encore plus haut. Les regards des pages étaient braqués sur lui ; ils attendaient. Que devait-il faire ? Probablement se mettre en selle.

— Et comment faut-il... ?

Ils écarquillèrent les yeux ; le premier page s'avança.

— Placez votre main ici, messire, sur le bois, pour prendre appui...

Chris leva le bras, mais il atteignait à peine le pommeau, un rectangle de bois sculpté à l'avant de la selle. Il referma les doigts autour du pommeau, souleva le genou, glissa le pied dans l'étrier.

— Le pied gauche, messire...

Le pied gauche, bien sûr. Il le savait ; il était juste anxieux, perturbé. Il repoussa l'étrier pour dégager son pied droit, mais une plaque de métal de l'armure restait accrochée. Il se pencha pesamment pour s'aider de la main. Rien à faire. Il tira plus fort, perdit l'équilibre quand l'étrier se dégagea et tomba lourdement sur le dos, à côté des sabots de sa monture. Les pages, horrifiés, l'éloignèrent précipitamment du cheval.

Ils le relevèrent, l'aidèrent à se mettre en selle. Il sentit des mains soutenir son postérieur tandis qu'il s'élevait en vacillant, soulevait la jambe — que c'était difficile ! — et retombait sur la selle avec un grand bruit métallique.

Chris inclina la tête pour regarder par terre ; il avait l'impression d'être à trois mètres du sol. À peine fut-il en selle, le cheval se mit à hennir en secouant la tête ; il tournait sur lui-même et cherchait à saisir la jambe de son cavalier. Cette foutue bête essaie de me mordre, se dit Chris.

— Les rênes, messire ! Les rênes ! Il faut le tenir !

Chris tira sur les rênes. Le monstre ne réagit pas et continua d'essayer de le mordre.

— Soyez ferme, messire ! Plus ferme !

Chris tira si violemment qu'il crut qu'il allait rompre le cou de l'animal. Le destrier s'ébroua une dernière fois et retourna la tête vers l'avant, calmé.

— Bien joué, messire.

Des trompettes retentirent, trois sonneries prolongées.

— C'est le premier appel, expliqua le page. Nous devons rejoindre le champ clos.

Il prit la bride du cheval pour conduire Chris vers la lice.

36:02:00

Il était une heure du matin. Par la fenêtre de son bureau, Robert Doniger regardait l'entrée de la salle souterraine illuminée par les gyrophares de six ambulances. Il entendait les grésillements des radios des infirmiers, voyait le personnel quitter le tunnel. Gordon sortit avec Stern ; ils ne semblaient blessés ni l'un ni l'autre.

Il vit dans la vitre le reflet de Diane Kramer quand elle entra dans la pièce. Elle était un peu essoufflée.

— Combien de blessés ? demanda-t-il sans se retourner.

— Six. Deux assez sérieusement atteints.

— C'est grave ?

— Blessures par éclats de grenade. Brûlures par inhalation de gaz toxiques.

— Alors, ils vont les transporter au CHU.

Doniger parlait de l'hôpital de l'université, à Albuquerque.

— Oui, répondit Diane. Mais je leur ai expliqué ce qu'ils pouvaient dire : un accident de laboratoire par exemple. Et j'ai appelé Whittle à l'hôpital pour lui remettre en mémoire le montant de notre dernière donation. Je ne pense pas qu'il y ait de problème de ce côté-là.

— Pas sûr, fit Doniger en continuant de regarder par la fenêtre.

— Notre service communication s'en chargera.
— Pas sûr, répéta Doniger.
Le service communication d'ITC s'était développé au fil des ans pour compter vingt-six personnes dans le monde entier. Leur tâche consistait moins à attirer l'attention sur la société qu'à la détourner. Ils expliquaient qu'ITC fabriquait des dispositifs quantiques supraconducteurs pour les magnétomètres et les scanners à usage médical qui consistaient en un élément électromécanique complexe d'une quinzaine de centimètres. La documentation bourrée de spécifications techniques était incroyablement rébarbative.
ITC proposait aux rares journalistes pas encore rebutés par cette lecture une visite de ses installations au Nouveau-Mexique. On les promenait dans quelques laboratoires de recherches choisis avant de les conduire dans un vaste atelier de montage où on leur montrait comment les dispositifs étaient fabriqués : le gradiomètre relié au cryostat, l'écran supraconducteur, les fils qui en sortaient. Les explications faisaient référence aux équations de Maxwell. Cela suffisait immanquablement à décourager les journalistes. Comme l'avait dit l'un d'eux : « C'est à peu près aussi fascinant qu'une chaîne de montage de sèche-cheveux. »
C'est ainsi que Doniger était parvenu à garder le secret sur la plus extraordinaire découverte scientifique de la fin du XXe siècle. Il s'agissait en partie pour lui de se préserver. D'autres entreprises — IBM ou Fujitsu — avaient mis en œuvre leur propre programme de recherches quantiques ; même si Doniger disposait d'une avance de quatre ans, il avait intérêt à ce qu'on ignore où il en était exactement.
Il savait aussi que son programme n'était pas encore terminé ; le secret était indispensable pour le mener à son terme. Comme il aimait à le dire en souriant comme un gamin : « Si on savait ce que nous projetons, on essaierait *vraiment* de nous en empêcher. »
Mais il ne se faisait pas d'illusions : il ne pourrait garder indéfiniment le secret sur la nature de ses tra-

vaux. Tôt ou tard, accidentellement peut-être, la vérité finirait par percer. Il lui faudrait, le moment venu, se débrouiller pour gérer la situation.

La question qu'il se posait était de savoir si le moment était venu.

Il suivit le départ des ambulances accompagné des hurlements de sirènes.

— Il y a quinze jours, dit-il à Diane Kramer, rien ne filtrait de nos activités. Notre seul problème était la journaliste française. Puis il y a eu Traub ; ce vieux fou dépressif nous a mis en danger. Sa mort a mis la puce à l'oreille de ce flic de Gallup qui continue à fouiner. Ensuite, il y a eu Johnston, puis ses quatre étudiants. Et maintenant six techniciens vont être hospitalisés. Cela commence à faire beaucoup de monde, Diane. Beaucoup de menaces.

— Vous pensez que les choses nous échappent ?

— Possible, mais je me battrai pour reculer l'échéance. D'autant plus que j'ai rendez-vous après-demain avec trois administrateurs potentiels. Il faut tout verrouiller.

— Je pense sincèrement que nous pouvons gérer cette situation.

— D'accord, fit Doniger en se retournant. Trouvez une chambre libre pour Stern ; assurez-vous qu'il dorme et coupez le téléphone. Que Gordon ne le lâche pas d'une semelle de la journée. Faites-lui visiter les installations ou ce que vous voudrez, mais qu'il y ait quelqu'un avec lui. Préparez une audioconférence avec nos responsables de la communication pour demain, huit heures. Et une réunion sur les dégâts de l'aire de transit, à neuf heures. Je verrai ces fouille-merde de la presse à midi. Prévenez tout le monde maintenant, pour leur laisser le temps de se préparer.

— Très bien.

— Je ne réussirai peut-être pas à maîtriser la situation, poursuivit Doniger, mais je vais me donner les moyens de le faire.

Le front plissé, il regarda le groupe rassemblé devant l'entrée du tunnel.

— Combien de temps avant de pouvoir retourner dans la salle de transit ?

— Neuf heures.

— Et nous pourrons mettre sur pied une opération de sauvetage ? Envoyer une autre équipe ?

Diane Kramer toussota.

— Euh...

— Vous êtes malade ? Ou voulez-vous dire non ?

— Toutes les machines ont été détruites dans l'explosion, Bob.

— Toutes.

— Je crois, oui.

— Alors, il ne nous reste plus qu'à reconstruire l'aire de transit et à attendre pour savoir s'ils reviennent sains et saufs.

— Exactement. Nous ne pouvons rien faire pour leur porter secours.

— Espérons qu'ils seront capables de se débrouiller, déclara Doniger. Les voilà livrés à eux-mêmes ; je ne peux que leur souhaiter bonne chance.

31:40:44

À travers l'étroite ouverture de la visière du heaume, Chris vit que les tribunes étaient remplies — presque uniquement de dames — et que les manants se pressaient sur dix rangs le long de la lice. Tout le monde réclamait à grands cris l'ouverture du tournoi. Chris se trouvait à l'extrémité est du champ clos, entouré de ses pages, s'efforçant de tenir en bride sa monture énervée par les cris de la foule, qui s'agitait en décochant des ruades. Les pages lui tendirent une lance d'une longueur invraisemblable et si encombrante qu'il était incapable de la tenir sur l'énorme cheval qui ne cessait de s'ébrouer et de piaffer.

Il aperçut Kate derrière la lice, au milieu de la foule. Elle lui souriait en l'encourageant de la main, mais le destrier virait sur place et son regard ne fit que croiser celui de Kate.

Pas très loin, il reconnut la silhouette de Marek en armure, entouré de pages.

Quand le cheval fit une nouvelle volte-face — pourquoi diable les pages ne le tenaient-ils pas ? —, Chris vit Malegant à l'autre bout du champ, tranquillement assis sur son destrier, en train de mettre son heaume garni d'un plumet noir.

La monture de Chris lança une ruade et commença à tourner en rond. Il entendit une sonnerie de trompettes ; les regards des spectateurs se dirigèrent vers la tribune. De rares applaudissements saluèrent l'arrivée de lord Oliver qui s'installa à la place d'honneur.

Quand les trompettes retentirent encore une fois, un page lui tendit la lance.

— C'est votre signal, messire.

Il réussit cette fois à la tenir assez longtemps pour la loger dans une encoche du pommeau, de sorte que la longue hampe, traversant le dos du cheval, était pointée vers la gauche. Quand le destrier pivota sur lui-même, les pages s'égaillèrent en hurlant pour éviter la lance qui décrivait un grand arc de cercle.

Nouvelle sonnerie de trompettes.

Incapable de voir ou presque, Chris tira sur les rênes pour essayer de calmer son cheval. Il aperçut Malegant parfaitement immobile sur sa monture. Chris aurait voulu en finir, mais le destrier était comme fou ; il tira violemment sur les rênes en parlant à l'animal.

— Allez, hue ! Vas-tu avancer !

À ces mots, l'animal redressa brusquement la tête et la baissa aussitôt en rabattant les oreilles.

Et il chargea.

Marek suivit nerveusement l'assaut. Il n'avait pas tout dit à Chris : à quoi bon l'effrayer plus qu'il n'était nécessaire ? Mais Malegant allait certainement tenter de le tuer, ce qui signifiait qu'il allait viser la tête. Chris tressautait sur sa selle, sa lance montait et descendait, son corps se balançait de droite et de gauche. Il ne constituait pas une cible facile, mais si Malegant était adroit, ce dont Marek ne doutait pas, il allait quand même viser la tête pour porter un coup fatal, au risque de rater le premier assaut.

Il suivit des yeux la course cahotante de Chris, en équilibre instable sur sa selle, et la charge de Guy de Malegant, ferme sur ses arçons, le corps penché en avant, la lance bien calée sous le bras.

Il y a au moins une chance que Chris survive, se dit Marek avec résignation.

Chris ne distinguait pas grand-chose. Secoué en tous sens sur le dos de l'énorme animal, il entrevoyait la tribune, l'herbe et l'autre cavalier qui fonçait vers lui, trop fugitivement pour lui permettre d'estimer à quelle distance se trouvait l'adversaire et combien de temps il restait avant le moment de l'impact. Il percevait le bruit assourdissant et cadencé des sabots de son cheval, son souffle puissant. Ballotté sur la selle, il essayait de s'accrocher à sa lance. Tout était bien plus long qu'il ne l'avait imaginé ; il avait l'impression d'être sur le dos de cette bête depuis une heure.

Au dernier moment, il aperçut Malegant, tout près, se rapprochant à une vitesse terrifiante. Sa lance recula dans sa main, heurtant violemment sa cage thoracique ; il sentit une douleur aiguë dans son épaule gauche. Le choc le fit pivoter sur sa selle ; il entendit un craquement de bois qui se brisait.

Un rugissement s'éleva de la foule.

Le cheval de Chris poursuivit sa course jusqu'à l'extrémité du champ, portant son cavalier étourdi. Que s'était-il passé ? Son épaule le brûlait atrocement et sa lance s'était brisée en deux.

Mais il était toujours en selle.

Marek ne put réprimer une grimace. Pas de chance : la lance avait touché Chris en oblique, trop pour le désarçonner. Ils allaient devoir faire un deuxième assaut. Il tourna la tête vers Malegant qui arrachait en jurant une autre lance des mains de ses pages et faisait tourner son cheval pour reprendre le combat.

De l'autre côté, Chris avait toutes les peines du monde à tenir sa lance qui allait et venait comme un balancier de métronome. Il parvint enfin à l'appuyer sur la selle, mais sa monture tournait la tête en lançant des ruades.

Guy de Malegant était humilié et furieux. Incapable de contenir son impatience, il piqua des deux et chargea furieusement.

Quel salopard ! se dit Marek.

Un grondement de surprise s'éleva de la foule à la vue du chevalier seul dans la lice. Chris l'entendit, vit Malegant fondre sur lui au grand galop. Il n'avait toujours pas réussi à calmer son impétueuse monture. Au moment où il tirait sur les rênes, il perçut un claquement ; un des pages venait de taper vigoureusement sur l'arrière-train du cheval.

Le destrier poussa un hennissement, rabattit les oreilles en s'élançant.

Le deuxième assaut était pire que le premier : cette fois, Chris savait à quoi s'attendre.

Le choc fut brutal. Des ondes de douleur se propagèrent dans sa poitrine et il fut soulevé en l'air. Tout se déroula au ralenti. Il vit la selle s'éloigner de lui, puis les flancs du cheval lui apparurent et il bascula en arrière, les yeux levés au ciel.

Il retomba lourdement sur le dos ; son crâne frappa l'intérieur du casque avec un bruit métallique. Des points bleus dansèrent devant ses yeux, s'agrandirent et virèrent au gris. Il entendit la voix de Marek dans son oreille.

— *Ne bouge plus !*

Il perçut une lointaine sonnerie de trompettes. Tout se brouilla et il se sentit glisser dans les ténèbres.

À l'autre extrémité de la lice, Malegant faisait tourner son cheval pour se préparer à un nouvel assaut, mais les trompettes annonçaient déjà le prochain combat singulier.

Marek baissa sa lance, éperonna sa monture et partit au galop. Il vit son adversaire, Charles de Gaune, fondre sur lui. Le bruit sourd et régulier des sabots du cheval fut couvert par le grondement de la foule avide de sensations. Sa monture était incroyablement rapide.

D'après les textes médiévaux, la principale difficulté de la joute, ce combat singulier, n'était pas de tenir la lance ni de la diriger vers tel ou tel point de la cible, mais de ne pas quitter sa ligne au moment de l'impact — de ne pas céder à la panique qui gagnait tous les cavaliers ou presque filant au grand galop à la rencontre de leur adversaire.

Marek avait lu ces textes ; maintenant, il en comprenait le sens. Parcouru de frissons, il se sentait sans forces, les jambes molles, serrant les flancs de sa monture de ses cuisses tremblantes. Il se força à se concentrer, à fixer les yeux et aligner sa lance sur son adversaire. Mais à l'extrémité de la hampe, la pointe ne cessait d'osciller. Il la souleva du pommeau, la cala à la saignée de son bras. C'était mieux. Sa respiration devenait plus régulière ; il sentait ses forces revenir. Il dirigea la lance sur son adversaire. Encore soixante-dix mètres.

Le cheval filait comme le vent.

Il vit de Gaune modifier la position de sa lance, la redresser légèrement. Il allait viser la tête. Ou était-ce une feinte ? On savait que dans une joute les cavaliers pouvaient changer de cible au dernier moment.

Cinquante mètres.

Le coup à la tête était risqué si les deux adversaires ne le tentaient pas ensemble. La pointe de la lance touchait le torse une fraction de seconde avant la tête ; une question d'angle. L'impact faisait bouger les deux cavaliers, rendant le coup à la tête plus incertain. Mais un chevalier expérimenté pouvait déplacer sa lance, l'avancer pour gagner les quinze ou vingt centimètres qui lui permettraient de toucher le premier. Il fallait énormément de force dans les bras pour amortir le choc et contrôler le recul de la lance afin que le cheval en subisse le plus gros. Mais on avait toutes les chances, en le prenant de vitesse, d'empêcher l'adversaire de porter son coup.

Quarante mètres.

Marek vit la lance du chevalier revenir à l'horizontale, le cavalier se pencher en avant pour mieux tenir son arme. Était-ce une nouvelle feinte ?

Trente-cinq mètres.

Impossible de le savoir. Marek décida de viser la

poitrine. Il plaça sa lance en position ; il ne la déplacerait plus.

Vingt-cinq mètres.

Il percevait le roulement des sabots, le bruit sourd de la foule. Les textes médiévaux conseillaient de ne pas fermer les yeux au moment de l'impact, de les garder bien ouverts pour s'assurer que le coup était bien porté.

Quinze mètres.

Marek avait les yeux ouverts.

Le salopard leva sa lance.

Il visait la tête.

Le craquement du bois retentit comme une détonation. Marek sentit dans son épaule gauche une douleur se propageant rapidement vers le haut. Il poursuivit sur son élan, jusqu'au bout du champ, lâcha sa lance brisée, tendit la main pour en prendre une autre. Mais le regard des pages restait fixé derrière lui.

Il se retourna, vit son adversaire étendu de tout son long, inanimé.

Puis il vit Malegant tourner autour du corps de Chris en excitant sa monture. C'est ainsi qu'il allait se venger, bien sûr, en le faisant piétiner par son cheval jusqu'à ce que mort s'ensuive.

Marek dégaina son épée, la brandit au-dessus de sa tête.

Avec un hurlement de rage, il éperonna sa monture et fondit sur Malegant.

Rugissant de plaisir, les spectateurs se mirent à tambouriner sur la lice. Guy de Malegant se retourna, vit Marek foncer sur lui. Il jeta un regard à Chris, piqua son cheval de l'éperon afin de le mettre en position pour qu'il foule le corps aux pieds.

Des huées s'élevèrent de la foule. Oliver lui-même s'était dressé, l'air atterré.

Marek était déjà à la hauteur de Malegant. Incapable d'arrêter sa monture, il assena en passant un coup du plat de son épée sur le casque du chevalier noir. Malegant ne serait pas blessé, mais le coup était offensant et le pousserait à abandonner Chris.

Malegant s'écarta aussitôt du corps inerte tandis que Marek faisait volte-face. Malegant dégaina son arme et frappa vicieusement. L'épée siffla dans l'air, s'abattit sur la lame de Marek qui sentit la poignée vibrer dans sa main sous la violence du choc. Il frappa d'estoc, visant la tête ; Malegant para le coup. Les chevaux tournèrent, les épées s'entrechoquèrent.

Le combat était engagé. Dans un recoin de son cerveau, Marek savait que ce serait une lutte à mort.

Kate suivait l'affrontement de la lice. Marek tenait bon, il était plus fort physiquement, mais il sautait aux yeux qu'il n'avait pas l'expérience de Malegant. Ses coups étaient plus désordonnés, ses positions moins sûres. Il semblait en avoir conscience ; Malegant aussi, qui ne cessait d'écarter son cheval afin de se ménager l'espace nécessaire pour faire décrire de grands arcs à son épée. Marek, de son côté, s'efforçait de se rapprocher, de réduire la distance qui les séparait, tel un boxeur cherchant à combattre corps à corps.

Kate comprit que Marek ne pourrait tenir longtemps ; tôt ou tard, Malegant porterait un coup fatal.

À l'intérieur de son heaume, Marek avait les cheveux trempés ; des gouttes de sueur lui piquaient les yeux. Il ne pouvait rien y faire. Il secoua la tête pour essayer d'y voir mieux ; cela ne changea pas grand-chose.

Le souffle commençait à lui manquer. À travers la fente du casque, il voyait Malegant, apparemment infatigable, prenant implacablement l'offensive, frappant inlassablement en cadence. Marek comprit qu'il devait faire quelque chose sans tarder, avant que la fatigue ne l'envahisse. Il fallait briser le rythme du chevalier noir.

Sa main droite, celle qui tenait l'épée, le brûlait à cause des efforts répétés. Sa main gauche était forte : pourquoi ne pas l'utiliser ?

Cela valait la peine d'essayer.

Éperonnant son cheval, il se rapprocha de son adversaire jusqu'à ce qu'ils soient poitrine contre poitrine. Il attendit d'avoir paré un coup de Malegant, puis, d'un mouvement preste du plat de la main gauche, frappa de bas en haut sur le casque de son adversaire. Le heaume partit en arrière ; il entendit avec satisfaction le bruit sourd du crâne de Malegant entrant en contact avec le métal.

Marek fit aussitôt tourner son épée, écrasant l'extrémité de la poignée sur le casque noir. Il y eut un fracas de métal, le corps de Malegant fit un bond sur la selle. Ses épaules s'affaissèrent l'espace d'un moment. Marek assena un second coup sur le casque, plus violent que le premier. Il lui faisait mal, il le savait.

Pas assez.

Il vit — trop tard — l'épée de Malegant décrire un arc de cercle en direction de son dos, sentit une vive douleur, semblable à la morsure d'un fouet, en travers de ses épaules. La cotte de mailles avait-elle résisté ? Était-il blessé ? Il pouvait encore remuer les bras. Il frappa violemment de son arme l'arrière du casque de son adversaire ; Malegant ne fit rien pour esquiver le coup qui résonna comme un gong. Marek se dit qu'il devait être étourdi.

Il frappa derechef, fit tourner son cheval et revint à la charge, l'épée levée, visant la gorge. Malegant para le coup, mais le choc fut si violent qu'il partit en arrière. Il glissa de sa selle, essaya de se retenir au pommeau, mais finit par vider les étriers.

Marek commença à descendre de cheval ; un rugissement s'éleva de la foule. Malegant s'était relevé aisément ; ses blessures étaient feintes. L'épée brandie, il se rua sur Marek qui n'avait pas encore mis pied à terre. Une jambe levée, retenue par l'étrier, il para maladroitement le coup avant de réussir à dégager son pied pour faire face à son adversaire. Malegant donnait une impression de force et d'assurance.

Marek comprit que la nouvelle situation ne jouait pas en sa faveur. Il attaquait avec vigueur, Malegant contrait avec aisance. Son jeu de jambes était sûr et vif. Marek avait du mal à respirer dans son casque ; il était certain que l'autre entendait son souffle rauque et savait ce que cela signifiait.

Il s'épuisait.

Malegant n'avait qu'à continuer à reculer jusqu'à ce que les forces de Marek l'abandonnent.

À moins que...

Sur la gauche, Chris restait docilement allongé sur le dos.

Marek poursuivit son attaque, avançant vers la droite à chaque coup. Malegant reculait avec légèreté, en se rapprochant de Chris.

Chris reprit lentement connaissance en entendant le fracas des épées. Encore sonné, il tenta de faire le point. Il était étendu sur le dos, les yeux ouverts sur le ciel bleu ; mais il était en vie. Que s'était-il passé ? Il tourna la tête à l'intérieur du heaume dont la seule ouverture était l'étroite fente ménagée pour les yeux. L'atmosphère était étouffante ; il sentit la claustrophobie le gagner.

Il eut un haut-le-cœur.

La nausée se fit plus forte. Il ne voulait pas vomir à l'intérieur du casque trop serré ; il risquait de s'étouffer. Il devait se débarrasser de ce fichu casque. Il saisit l'armure de tête à deux mains et tira.

Le heaume ne bougea pas. Pourquoi ? Les pages l'avaient-ils attaché ? Ou était-ce parce qu'il était sur le dos ?

Il allait vomir. Dans ce foutu casque.

Pris de panique, il roula par terre.

Marek continuait d'attaquer avec l'énergie du désespoir. Derrière Malegant il vit Chris commencer à remuer. Il aurait voulu lui crier de rester où il était, mais le souffle lui manquait.

Chris tirait sur son casque pour essayer de l'enlever. Malegant était encore à dix mètres de lui, reculant à petits pas gracieux, parant aisément les coups de Marek. Il semblait s'amuser.

Marek était presque arrivé à la limite de ses forces. Les coups qu'il portait étaient de plus en plus faibles. Malegant avait encore de la vigueur ; il continuait de reculer et d'esquiver en douceur. Attendant le moment propice.

Plus que cinq mètres.

Chris avait roulé sur le ventre et entreprenait de se relever. Il était à quatre pattes, la tête baissée. Il eut une éructation retentissante.

Malegant entendit, tourna légèrement la tête de côté...

Marek se rua sur le chevalier noir, la tête en avant, le touchant violemment en pleine poitrine ; Malegant recula en vacillant, heurta le corps de Chris et bascula en arrière.

Il roula prestement sur lui-même, mais Marek était déjà sur lui, écrasant sa main droite pour l'empêcher d'utiliser son arme, balançant l'autre jambe pour clouer l'épaule opposée au sol. Marek leva son épée, prêt à la plonger dans le corps de son adversaire.

Le silence se fit dans la foule.

Malegant cessa de bouger.

Marek baissa lentement son arme, coupa les lanières retenant le heaume du chevalier noir, le repoussa de la pointe de sa lame, découvrant la tête de Malegant. Il saignait abondamment de l'oreille gauche.

Le chevalier à terre lui lança un regard mauvais et cracha dans sa direction.

Marek leva de nouveau son épée. La sueur lui piquait les yeux, il avait les bras endoloris, la fureur et la fatigue lui brouillaient la vue. Serrant les mains sur la poignée de son arme, il s'apprêta à trancher la tête du chevalier.

Malegant le comprit.

— Grâce ! s'écria-t-il, assez fort pour que tout le monde entende. Je demande grâce ! Par la Sainte Trinité et la Vierge Marie ! Grâce ! Grâce !

La foule restait silencieuse.

Tout le monde attendait.

Marek hésitait sur ce qu'il devait faire. Une petite voix venant du fond de son cerveau lui soufflait : Tue cette ordure ou tu regretteras de ne pas l'avoir fait. Il fallait prendre une décision rapide ; plus il attendrait, plus le courage d'achever Malegant risquait de lui manquer.

Il tourna la tête vers les spectateurs massés le long de la lice. Personne ne bougeait ; tous les yeux étaient fixés sur lui. Il regarda en direction de la tribune, vit lord Oliver au milieu des dames. Il paraissait pétrifié. Pas un mouvement non plus du côté des pages rassemblés au bord de la lice. Soudain, d'un geste presque subliminal, l'un d'eux leva la main à la hauteur de sa poitrine et fit un petit mouvement du poignet qui voulait dire : *tranchez !*

Il donne un bon conseil, se dit Marek.

Mais il hésitait encore. Le profond silence régnant sur le champ clos n'était troublé que par les éructations et les gémissements de Chris. Ce furent en fin de compte ces éructations qui poussèrent Marek à se décider. Il s'écarta de son adversaire, tendit la main pour l'aider à se relever. Saisissant la main tendue, Malegant se remit debout.

— Puissiez-vous rôtir en enfer ! souffla-t-il au visage de Marek.

Il pivota aussitôt sur ses talons et s'éloigna à grands pas.

31:15:58

Le petit ruisseau serpentait à travers un tapis de mousse piqueté de fleurs des champs. Chris était à genoux, le visage plongé dans l'eau. Il se redressa en crachotant et en toussant, se tourna vers Marek accroupi à ses côtés, le regard dans le vide.

— J'en ai assez ! lança Chris. J'en ai vraiment assez !

— J'imagine.

— J'aurais pu me faire tuer ! Tu appelles ça un sport ? Ces gens sont fous à lier !

Sur ce, il replongea la tête dans l'eau.

— Chris ?

— Je ne supporte pas de dégobiller. Je ne supporte pas ça !

— Chris ?

— Quoi ? Qu'est-ce qu'il y a encore ? Tu veux me dire que mon armure va rouiller ? Eh bien, André, je m'en contrefous !

— Non, je veux te dire que tes sous-vêtements vont gonfler et que tu auras du mal à retirer l'armure.

— C'est vrai ? Eh bien, je m'en fous aussi. Les pages s'en chargeront.

Il s'assit sur la mousse en toussant.

— Bon Dieu ! je n'arrive pas à me débarrasser de cette odeur. Il faudrait que je prenne un bain.

Marek garda le silence. Il laissa Chris se défouler,

les mains tremblantes. Il valait mieux qu'il déballe ce qu'il avait sur le cœur.

Dans un champ en contrebas, des archers en bordeaux et gris s'entraînaient. Sans se laisser distraire par l'agitation suscitée par le tournoi, ils tiraient une flèche sur leur cible, reculaient, tiraient tranquillement une autre flèche. Les textes anciens le disaient : les archers anglais étaient extrêmement disciplinés et s'entraînaient quotidiennement.

— Ces hommes sont la nouvelle arme absolue, fit Marek. Ils décident du sort des batailles. Regarde-les.

— Tu plaisantes, répondit Chris en s'appuyant sur un coude.

Les archers étaient maintenant à cent quatre-vingts mètres des cibles circulaires ; à cette distance, elles paraissaient minuscules. Mais les soldats continuaient imperturbablement de lever leur arc vers le ciel.

— C'est une blague ? fit Chris.

Une volée de flèches obscurcit le ciel. Les traits atteignirent leur cible ou se fichèrent dans l'herbe, la manquant de peu.

— Ce n'est pas une blague.

Presque aussitôt, une nouvelle volée siffla dans l'air. Elle fut suivie d'une autre et encore d'une autre. Marek comptait à voix basse. Trois secondes entre chaque volée. C'était donc vrai : les archers anglais pouvaient réellement tirer vingt flèches à la minute. Les cibles étaient maintenant hérissées de projectiles.

— Les combattants à cheval sont impuissants contre cela, expliqua Marek. Les flèches tuent aussi bien les cavaliers que les montures ; c'est pourquoi les chevaliers anglais mettent pied à terre pour se battre. Les Français qui poursuivent leur charge comme le veut la tradition se font massacrer sans même pouvoir s'approcher de l'ennemi. Quatre mille chevaliers ont péri à Crécy, ils étaient encore plus nombreux à Poitiers. Des chiffres très élevés pour l'époque.

— Pourquoi les Français ne changent-ils pas de tactique ? Ils ne comprennent donc pas qu'ils n'ont aucune chance ?

— Si, mais ce serait renoncer à tout un art de vivre, à leur culture, en vérité. Les chevaliers sont des nobles ; il leur faut une armure, au moins trois destriers et de quoi entretenir leur suite de pages et de valets d'armes. Ils étaient jusqu'à présent le facteur déterminant sur les champs de bataille, mais cette époque est révolue. Ces hommes sont issus du peuple, poursuivit Marek en montrant les archers. La coordination et la discipline sont leurs armes maîtresses ; la bravoure personnelle n'entre pas en ligne de compte. Ils touchent une solde pour accomplir une tâche. Mais ils sont l'avenir de la guerre : des soldats payés, disciplinés, anonymes. C'est le crépuscule de la chevalerie.

— Sauf pour les tournois, répliqua Chris d'un ton acerbe.

— On peut dire cela. Mais s'il y a toutes ces plaques de métal par-dessus la cotte de mailles, c'est à cause des flèches. Elles transpercent un homme sans protection et traversent une cotte de mailles. Les chevaliers ont donc besoin d'une armure, leurs chevaux aussi. Mais avec une volée comme celle-ci...

Marek s'interrompit pour montrer la grêle de flèches qui s'abattait en sifflant dans l'air.

— Il n'y a rien à faire, acheva-t-il.

Chris se tourna vers le champ clos où se déroulait le tournoi.

— Pas trop tôt ! lâcha-t-il.

Marek vit cinq pages en livrée s'avancer vers eux, accompagnés de deux hommes d'armes en surcot rouge et noir.

— Je vais enfin pouvoir sortir de cette carapace de métal.

Chris et Marek se levèrent à l'approche du petit groupe. Un des soldats s'adressa à eux.

— Vous avez enfreint les règles du tournoi, jeté le déshonneur sur le chevalier Guy de Malegant et offensé lord Oliver. Vous êtes en état d'arrestation ; vous allez nous suivre.

— Attendez un peu, protesta Chris. Vous dites que *nous* avons jeté le déshonneur sur lui ?

— Suivez-nous.

— Mais...

Du plat de la main, le soldat le frappa sur la tête pour le pousser en avant ; Marek lui emboîta le pas. Ils prirent avec leur escorte le chemin du château.

Kate était restée en bordure du champ clos, attendant ses deux compagnons. Elle eut d'abord l'idée de regarder dans les tentes disposées à proximité, mais il n'y avait que des hommes — chevaliers, écuyers et pages — dans cette zone. Elle y renonça. C'était un monde différent où la violence était latente ; elle ne se sentait pas en sécurité. Un monde dont la population se caractérisait par la jeunesse. Les chevaliers qui se mesuraient dans la lice n'avaient guère plus de vingt-cinq à trente ans, les écuyers étaient encore dans l'adolescence. Habillée comme elle l'était, elle ne pouvait à l'évidence passer pour une dame de la noblesse. Elle avait le sentiment que, si on l'entraînait dans un endroit écarté pour la violer, cela ne susciterait guère d'émotion.

Il était midi, il faisait soleil, mais elle se surprit à avoir le même comportement qu'à New Haven en pleine nuit. S'efforçant de ne jamais rester isolée, elle se déplaçait en suivant un groupe et se tenait à distance des hommes.

Elle passa derrière les gradins, tandis que la foule acclamait les deux jouteurs suivants. Elle regarda entre les tentes, ne vit ni Marek ni Chris. Ils n'avaient pourtant quitté le champ clos que quelques minutes auparavant. Étaient-ils à l'intérieur d'une tente ? Elle n'avait rien entendu dans son écouteur depuis une heure ; elle supposa que c'était à cause des casques qui empêchaient la transmission. Mais ils avaient dû enlever le leur.

D'un seul coup, elle les aperçut dans une prairie, assis au bord d'un ruisseau sinueux.

Elle commença à descendre vers eux. Sa perruque lui tenait chaud au soleil et la démangeait ; peut-être pouvait-elle s'en débarrasser et ramener ses cheveux sous une coiffe. Et si elle les coupait un peu plus court, peut-être pourrait-elle passer pour un jeune homme, même sans coiffure.

Il serait intéressant d'être un homme pendant quelque temps.

Elle se demandait où elle pourrait se procurer des ciseaux quand elle vit les soldats s'approcher de Chris et de Marek. Elle ralentit le pas. Elle ne comprenait pas pourquoi elle n'entendait toujours rien dans l'écouteur ; elle était si proche d'eux.

Était-il coupé ? Elle tapota son oreille, entendit aussitôt la voix de Chris.

— Nous avons jeté le déshonneur sur lui ?

Après quelques mots incompréhensibles, elle vit les soldats pousser Chris vers le château et Marek les suivre.

Elle attendit un moment, prit la même direction.

Castelgard était désert, les échoppes fermées ; tout le monde assistait au tournoi. Les pas retentissaient dans les rues vides, ce qui compliquait la tâche de Kate. Elle se laissa distancer, le temps que Chris, Marek et leur escorte tournent le coin d'une rue pour les suivre en accélérant l'allure jusqu'à l'angle.

Un tel comportement devait paraître suspect, mais il n'y avait personne alentour. À l'étage d'une maison, elle vit une vieille femme prenant le soleil, les yeux fermés. Elle ne bougea pas la tête ; peut-être dormait-elle.

Kate déboucha sur l'esplanade du château, déserte elle aussi. Des chevaliers caracolant sur leur monture, des combats d'entraînement, des bannières flottant au vent, il ne restait plus rien. Tandis que le petit groupe traversait le pont-levis, un rugissement s'éleva de la foule des spectateurs. Les soldats tournèrent la tête, demandèrent ce qui se passait aux gardes patrouillant le long des remparts. D'où ils se tenaient, ces derniers avaient une vue dégagée sur le champ clos : ils crièrent une réponse. Cet échange de propos fut accompagné de force jurons ; apparemment, des paris avaient été engagés.

Au milieu de cette agitation, Kate franchit tranquillement la porte du château.

Elle s'arrêta dans la petite cour intérieure. Elle vit des chevaux attachés à un piquet, que personne ne gardait. Il n'y avait pas un soldat dans la cour ; tous étaient montés sur les remparts pour suivre le tournoi.

Chris et Marek avaient disparu. Ne sachant que faire, Kate franchit la porte donnant accès au salon d'honneur. Elle entendit sur la gauche un bruit de pas résonner dans un escalier en colimaçon.

Elle commença à gravir les marches en spirale, mais les pas s'assourdissaient. Ils avaient dû descendre.

Elle rebroussa rapidement chemin ; l'escalier aboutissait à un passage de pierre bas de plafond, sentant l'humidité et la moisissure, bordé d'un côté d'une rangée de cachots. Les portes étaient ouvertes : personne à l'intérieur. Plus loin, derrière un angle du couloir, elle entendait des voix et des cliquetis de métal.

Elle avança prudemment ; elle devait être sous le grand salon. Elle essaya de reconstruire mentalement la topographie des lieux d'après ses souvenirs du château en ruine exploré méthodiquement quelques semaines auparavant. Mais elle n'avait aucun souvenir de ce passage. Il avait dû s'effondrer depuis bien longtemps.

Un claquement de porte, suivi de rires sonores. Puis des pas.

Il lui fallut un moment pour se rendre compte qu'ils se rapprochaient.

Marek tomba dans la paille détrempée et glissante, en décomposition. Chris perdit l'équilibre sur le sol couvert de moisissures et s'affala à côté de lui. La porte du cachot se referma avec fracas. Ils étaient au fond d'un couloir, avec des cachots contigus de chaque côté ; à travers les barreaux, Marek vit les gardes s'éloigner en riant.

— Hé ! Paolo ! Où vas-tu comme ça ? lança l'un d'eux. Tu restes ici pour les surveiller.

— Pourquoi ? Où veux-tu qu'ils aillent ? Je vais voir la suite du tournoi !

— Oliver veut que les prisonniers soient gardés. C'est ton tour.

Il y eut des protestations et des jurons. D'autres rires gras, des pas qui s'éteignaient. Un garde corpulent revint, regarda à travers les barreaux en lançant un chapelet d'insultes. Il était furieux ; à cause des prisonniers, il allait rater le spectacle. Il cracha par terre, se laissa tomber sur un tabouret de bois, à quelques mètres de la porte du cachot. Marek ne le voyait plus, mais il distinguait son ombre sur le mur.

Il semblait se curer les dents.

Marek se colla contre les barreaux pour essayer de voir à l'intérieur des autres cachots. Il ne voyait pas celui de droite, mais, dans celui qui se trouvait juste en face du leur, il discerna une silhouette contre le mur, assise dans la pénombre. Quand ses yeux se furent habitués à l'obscurité, il reconnut le Professeur.

30:51:09

David Stern était dans la salle à manger privée d'ITC, une petite pièce avec pour tout mobilier une table couverte d'une nappe blanche et dressée pour quatre personnes. En face de lui, Gordon mangeait goulûment ses œufs brouillés au bacon. Stern observait le sommet de son crâne aux cheveux ras suivre le rythme de la mastication. Il avalait les bouchées à toute vitesse.

Dehors, à l'orient, le soleil montait déjà dans le ciel, au-dessus des mesas. Stern jeta un coup d'œil discret sur sa montre : il était six heures du matin. Des techniciens étaient en train de lâcher un nouveau ballon sur le parking ; Gordon avait dit qu'ils le faisaient toutes les heures. Le ballon monta rapidement et se perdit dans des nuages élevés. Sans prendre le temps de le regarder disparaître, les hommes se dirigèrent vers un bâtiment voisin.

— Comment est votre pain perdu ? demanda Gordon en levant le nez de son assiette. Vous préférez autre chose ?

— Très bon, merci, répondit Stern. Je n'ai pas vraiment faim.

— Si vous voulez un conseil d'un vieux militaire, poursuivit Gordon, ne sautez pas un repas. On ne sait jamais quand viendra le suivant.

— Vous avez raison, fit Stern. Mais je n'ai pas faim.

Avec un haussement d'épaules, Gordon replongea le nez dans son assiette.

Un homme en veste de serveur amidonnée entra dans la pièce.

— Avez-vous du café, Harold ? lança Gordon.

— Oui, monsieur. Cappuccino, si vous préférez.

— Je prendrai un café noir.

— Certainement, monsieur.

— Et vous, David ? Du café ?

— Avec du lait allégé, si c'est possible.

— Certainement, monsieur, répondit Harold en faisant demi-tour.

Stern se retourna vers la fenêtre. Il entendait Gordon mastiquer, sa fourchette racler sur l'assiette.

— Voyons si j'ai bien compris, dit-il enfin. Pour le moment, ils ne peuvent pas revenir, c'est bien cela.

— Exact.

— Parce que l'aire de transit est inutilisable.

— Exact.

— À cause des débris qui l'encombrent.

— Exact.

— Dans combien de temps pourront-ils revenir ?

Gordon soupira en écartant sa chaise de la table.

— Tout se passera bien, David. Les choses finiront par s'arranger.

— Dites-moi seulement dans combien de temps.

— Bon, faisons le calcul... Encore trois heures pour renouveler l'atmosphère de la salle souterraine ; ajoutons une heure pour faire bonne mesure. Cela fait quatre. Deux heures pour le nettoyage des débris. Nous sommes à six. Ensuite, il faudra reconstruire les écrans d'eau.

— Reconstruire les écrans d'eau ?

— Les trois enceintes. C'est vital.

— Pourquoi ?

— Pour limiter les erreurs de transcription.

— Que sont exactement ces erreurs de transcription ? demanda Stern.

— Des erreurs de reconstruction. Quand un individu est reconstruit par la machine.

— Vous m'avez dit qu'il n'y avait pas d'erreurs. Que vous pouviez reconstruire avec exactitude.

— Pratiquement, oui. À condition d'avoir les écrans.

— Et sans les écrans ?

— Nous les aurons, David, soupira Gordon. J'aimerais que vous cessiez de vous inquiéter, ajouta-t-il en regardant sa montre. Il reste plusieurs heures avant que l'aire de transit soit en état de fonctionner. Vous vous faites inutilement du mauvais sang.

— Je n'arrive pas à m'ôter de l'esprit que nous devons pouvoir faire quelque chose. Envoyer un message, établir un contact, sous une forme ou une autre...

— Non, coupa Gordon, pas de message, pas de contact. C'est tout simplement impossible. Dans l'immédiat, ils sont entièrement isolés de tout ; et nous ne pouvons rien y faire.

30:40:39

Aplatie contre le mur, Kate Erickson sentait l'humidité de la pierre dans son dos. Elle s'était glissée dans un des cachots et attendait en retenant son souffle tandis que les gardes qui venaient d'enfermer Chris et Marek revenaient sur leurs pas. Ils riaient, semblaient d'humeur joyeuse.

— Lord Oliver en voulait terriblement au Hainuyer d'avoir humilié son lieutenant, dit l'un d'eux.

— As-tu vu l'autre ? Il monte comme un sac, mais il a couru deux lances avec Tête noire !

Les gardes s'esclaffèrent.

— En vérité, il a ridiculisé Tête noire. Ils le paieront de leur vie avant la fin du jour.

— Je gage que lord Oliver leur fera trancher la tête avant le souper.

— Non, après. L'assistance sera plus nombreuse.

Nouvel éclat de rire général.

Les voix s'estompèrent à mesure qu'ils avançaient dans le couloir. Bientôt, Kate ne les entendit plus. Il y eut un court moment de silence : avaient-ils commencé à remonter l'escalier ? Non, pas encore. Elle perçut leurs rires. Les rires se prolongeaient ; ils paraissaient forcés.

Il y avait quelque chose d'anormal.

Kate tendit l'oreille. Les gardes parlaient de Guy de

Malegant et de dame Claire, mais elle n'en avait qu'un faible écho.

Son visage se crispa ; les voix n'étaient plus aussi étouffées.

Les gardes revenaient.

Pourquoi ? Que s'était-il passé ?

Elle tourna la tête vers la porte, vit sur le sol de pierre des traces de pas humides.

L'herbe de la prairie avait trempé ses chaussures. Il en allait de même pour les autres et des traces de pas humides et boueuses s'entrecroisaient au milieu du couloir. Mais les traces d'une seule personne tournaient pour entrer dans un cachot.

Elles avaient dû attirer l'attention des gardes.

— Quand se termine le tournoi ? demanda une voix.

— À la fin de la neuvième heure du jour.

— C'est donc bientôt terminé ?

— Lord Oliver aura hâte de souper pour se préparer à l'arrivée de l'Archiprêtre.

Kate écoutait, essayant de compter les voix. Combien de gardes avait-elle vus ? Au moins trois, quatre ou cinq peut-être. Elle n'y avait pas prêté attention sur le moment.

— On dit que l'Archiprêtre a un millier d'hommes avec lui.

Une ombre passa devant l'ouverture du cachot ; les gardes se trouvaient maintenant de part et d'autre de la porte.

Que faire ? Il ne fallait en aucun cas qu'elle soit capturée. Elle était une femme et n'avait rien à faire là ; ils la violeraient avant de la tuer.

Mais ils ne savaient pas qu'ils avaient affaire à une femme ; pas encore. Un pas traînant rompit le silence qui s'était installé. Qu'allaient-ils faire ? Probablement envoyer un homme dans la cellule tandis que les autres se préparaient dans le couloir. Ils allaient tirer leur épée, la lever...

Elle ne pouvait pas attendre. Elle prit son élan et fonça.

Kate heurta le garde qui s'avançait dans l'embrasure de la porte ; elle le toucha sur le côté, à la hauteur du genou. Avec un grognement de douleur et de surprise mêlées, il tomba en arrière. Les autres se mirent à crier, mais elle avait déjà franchi la porte. Une épée frappa la pierre derrière elle, faisant jaillir des étincelles, tandis qu'elle filait à toutes jambes dans le couloir.

— Une femme ! C'est une femme !

Ils se lancèrent à sa poursuite.

Elle arriva à l'escalier en colimaçon, commença à gravir les marches quatre à quatre. Elle entendit derrière elle le bruit des armures de ses poursuivants, mais elle avait déjà atteint le rez-de-chaussée. Sans réfléchir, elle s'engagea en courant dans le grand salon.

Il était désert, les tables dressées pour un banquet, les assiettes vides. Sans ralentir son allure, elle chercha une cachette du regard. Derrière une tapisserie ? Non, elles étaient tendues sur les murs. Sous une nappe ? Non, ce serait le premier endroit auquel ils penseraient. Où ? *Où ?* Dans la cheminée monumentale flambait un grand feu. N'y avait-il pas un passage secret permettant de sortir de cette salle ? Était-ce ici ou bien à La Roque ? Elle ne s'en souvenait plus... Elle aurait dû faire plus attention.

Elle se revit en short kaki, tee-shirt et Nike, marchant d'un pas nonchalant au milieu des ruines, un calepin à la main. Ses préoccupations — si tant est qu'elle en ait eu — se bornaient à donner satisfaction à ses collègues.

Elle aurait dû faire plus attention !

Elle entendit les gardes approcher... Plus le temps ! Elle se précipita vers la haute cheminée, se glissa derrière l'énorme écran d'osier doré. Une chaleur intense se dégageait du foyer. Elle entendit les hommes entrer dans la salle ; ils criaient, couraient, regardaient partout. Elle s'accroupit derrière l'écran, patienta en retenant son souffle.

Elle entendit des coups de pied et de poing, des bruits de vaisselle sur les tables. Elle ne distinguait pas bien les voix en partie couvertes par le grondement des flammes dans son dos. Quelque chose de lourd se fracassa par terre ; une torchère peut-être.

L'attente se poursuivit.

Un des hommes aboya une question qui resta sans réponse. Un autre demanda quelque chose ; cette fois, elle entendit la réponse, faite d'une voix douce. Cela ne ressemblait pas à une voix d'homme. À qui parlaient-ils ? On aurait dit une femme. Kate tendit l'oreille : pas de doute, c'était une voix de femme.

Il y eut un autre échange de paroles avant que les hommes s'éloignent bruyamment. Elle avança la tête au bord de l'écran, les vit disparaître par une porte.

Elle laissa passer un moment avant de se relever.

Elle découvrit une fillette d'une dizaine d'années, la tête enroulée dans une pièce d'étoffe blanche, de sorte que seul son visage était visible. La petite portait une robe rose flottante qui descendait presque jusqu'au sol. Elle tenait un pichet en or et versait de l'eau dans les gobelets.

En voyant Kate apparaître, l'enfant ouvrit de grands yeux.

Kate pensait que la petite allait se mettre à crier, mais elle garda le silence, se contentant de la considérer avec curiosité.

— Ils sont montés, dit-elle au bout d'un moment.

Kate quitta la salle en courant.

Par une des hautes fenêtres du cachot, Marek entendit les sonneries de trompettes et les acclamations assourdies de la foule. Le garde leva la tête, la mine renfrognée ; il lâcha un juron en direction de Marek et de Johnston et retourna sur son tabouret.

— Avez-vous encore une balise ? demanda le Professeur à mi-voix.

— Oui, répondit Marek. Vous avez la vôtre ?

— Je l'ai perdue. Trois minutes après mon arrivée.

Johnston expliqua que la machine s'était posée dans les bois, près du monastère et de la rivière. On lui avait assuré chez ITC que l'endroit serait désert et idéalement situé, qu'il n'aurait pas à s'éloigner de la machine pour voir les principaux sites de ses fouilles.

Ce qui s'était passé relevait du hasard malheureux. Johnston était arrivé au moment précis où un groupe de bûcherons, la hache sur l'épaule, entrait dans le bois.

— Ils ont d'abord vu les éclairs, puis ils m'ont vu. Ils sont tous tombés à genoux, dans l'attitude de la prière ; ils croyaient à un miracle. Ils se sont ressaisis et ont pris leur hache. J'ai cru qu'ils allaient me tuer, mais, par bonheur, je parle occitan. Je les ai convaincus de me conduire au monastère et de laisser les moines décider de mon sort.

Les moines l'avaient déshabillé pour examiner son corps, à la recherche de stigmates.

— J'ai demandé à voir le père supérieur. Il voulait connaître l'emplacement du passage secret de La Roque ; je le soupçonne d'avoir promis à Arnaud de le lui révéler. Quoi qu'il en soit, j'ai suggéré que la réponse pouvait être dans les documents du monastère. J'étais tout disposé, ajouta le Professeur avec un grand sourire, à parcourir les parchemins pour lui.

— Et alors ?

— Je crois avoir trouvé.

— Le passage ?

— Je pense. Comme il suit une rivière souterraine, il doit être fort long. Il part d'un endroit appelé la chapelle verte ; il y a une clé pour en révéler l'entrée.

— Une clé ?

Le garde grogna quelque chose ; Marek garda le silence un moment. Chris se leva pour épousseter ses chausses.

— Il faut sortir de ce trou, fit-il. Où est donc passée Kate ?

Marek haussa les épaules en signe d'ignorance. Kate était encore libre, à moins que les cris des gardes dans le couloir n'aient salué sa capture. Il ne le croyait pas. Si Kate réussissait à entrer en contact avec eux, elle serait peut-être en mesure de les faire sortir.

Il lui faudrait d'abord neutraliser le garde. Mais le tabouret était à une vingtaine de mètres de l'angle du couloir ; impossible de le prendre par surprise. Si Kate était à portée de voix, il pourrait peut-être...

— Holà, gardien ! Venez par ici !

C'était Chris qui hurlait en tapant sur les barreaux de la porte.

Avant que Marek ait pu dire quoi que ce fût, le gardien arriva. Il considéra avec curiosité le prisonnier qui avait passé une main à travers les barreaux et lui faisait signe d'approcher.

— Holà ! Par ici ! Approchez !

L'homme fit un pas vers le prisonnier, lui tapa sur la main ; il fut pris d'un brusque accès de toux quand Chris lui vaporisa le gaz de sa bombe dans le nez. L'homme commença à tanguer ; Chris allongea le bras, saisit le garde au collet et vaporisa une seconde dose.

Les yeux du soldat roulèrent dans ses orbites ; ses jambes ployèrent sous lui. Le bras de Chris qui ne l'avait pas lâché heurta violemment un barreau ; il poussa un cri de douleur, lâcha l'homme qui bascula en arrière et s'affaissa au milieu du couloir.

Hors de sa portée.

— Bien joué, fit Marek. Et maintenant ?

— Tu ferais mieux de m'aider, répliqua Chris, au lieu d'être si négatif.

À genoux, le bras passé jusqu'à l'aisselle entre deux barreaux, il avait la main tendue dans le couloir. Ses doigts touchaient presque le pied du gardien. Presque mais pas tout à fait ; il manquait quinze centimètres jusqu'à la semelle de la chaussure. Chris étira le bras en grognant.

— Si on avait quelque chose, un bâton ou un crochet pour le tirer vers...

— Cela ne servira à rien, déclara le Professeur du fond de son cachot.

— Pourquoi ?

Johnston s'avança dans la clarté du couloir et regarda à travers les barreaux.

— Il n'a pas la clé.

— Il n'a pas la clé ? Où est-elle ?

— Accrochée au mur, répondit Johnston en montrant le couloir.

— Merde ! lâcha Chris.

Un frémissement agita la main du gardien ; une jambe fut parcourue de mouvements convulsifs. Il reprenait connaissance.

— Qu'allons-nous faire ? lança Chris, affolé.

— Kate, tu m'entends ? fit Marek en portant la main à son oreille.

— Je suis là.

— Où ?

— Dans le couloir, un peu plus loin. Je suis revenue en me disant qu'ils ne penseraient pas à me chercher ici.

— Viens nous rejoindre, Kate. Vite !

Il entendit le bruit d'une course dans le couloir.

Le garde toussa, roula sur le dos et se souleva sur un coude. Il regarda autour de lui, s'efforça de se relever.

Il était à quatre pattes quand Kate lui balança un coup de pied qui projeta sa tête en arrière. Il retomba lourdement sur le sol, mais il n'était qu'étourdi. Il entreprit de se relever en secouant la tête.

— Kate, les clés..., fit Marek.

— Où ?

— Au mur.

Elle s'éloigna, décrocha le trousseau et revint vers le cachot de Marek. Elle en extraya une clé, la glissa dans la serrure ; ce n'était pas la bonne.

Le garde se jeta sur elle en poussant un grognement, l'écartant de la porte. Il la saisit à bras-le-corps, roula par terre avec elle. Kate était beaucoup plus frêle que le soldat ; il n'eut aucune difficulté à prendre le dessus.

Les deux bras passés à travers les barreaux, Marek

saisit la clé, la retira de la serrure, en testa une autre. Ce n'était pas la bonne non plus.

À califourchon sur Kate, le garde plaça les mains sur son cou et entreprit de l'étrangler.

Marek essaya une autre clé ; pas de chance. Il en restait six sur le trousseau.

Kate commençait à bleuir. Elle émettait des sons rauques, voilés. Elle tapa du poing sur les bras de l'homme, mais ses coups n'avaient aucune force. Elle tenta d'atteindre l'entrejambe, mais l'armure le protégeait.

— Le couteau ! cria Marek. Le couteau !

Kate ne semblait pas comprendre. Il courut sa chance avec une nouvelle clé, sans succès. De son cachot Johnston hurla quelque chose en français.

L'homme tourna la tête pour lancer une réponse chargée de mépris. Kate en profita pour prendre sa dague et l'enfoncer de toutes ses forces dans l'épaule du gardien. La lame ne réussit pas à traverser la cotte de mailles ; elle continua de frapper. Furieux, le garde commença à lui taper la tête sur le sol de pierre pour l'obliger à lâcher son arme.

Marek fit un nouvel essai avec une autre clé.

Elle s'enclencha dans la serrure avec un claquement.

Le Professeur hurlait, Chris hurlait. Marek ouvrit violemment la porte. Le gardien fit volte-face pour l'affronter ; il se mit debout, lâchant Kate. Toussant et crachant, elle planta la dague dans une jambe que rien ne protégeait, arrachant à l'homme un cri de douleur. Marek le frappa deux fois à la tête avec violence. Le soldat s'effondra et demeura immobile.

Chris ouvrit la porte du cachot du Professeur tandis que Kate se relevait. Elle reprenait des couleurs.

Marek tenait la céramique à la main.

— Voilà, fit-il, le pouce sur le bouton. Nous sommes enfin réunis.

Il mesura du regard l'espace entre les murs.

— C'est assez grand ? Pouvons-nous appeler la machine ici ?

— Non, fit Chris. Il faut deux mètres de chaque côté.

— Cherchons un endroit plus dégagé, déclara Johnston en se tournant vers Kate. Sais-tu comment on sort d'ici ?

Elle hocha la tête. Ils s'élancèrent dans le couloir.

30:21:02

Elle les entraîna rapidement dans l'escalier en spirale, emplie d'une confiance nouvelle. La lutte avec le gardien l'avait libérée ; le pire avait failli arriver et elle s'en était sortie. Elle éprouvait une douleur lancinante à la tête, mais se sentait plus calme, plus lucide. Et les souvenirs lui étaient revenus : elle savait où se trouvaient les passages.

Arrivés au rez-de-chaussée, ils regardèrent dans la cour d'honneur. Il y avait plus d'animation qu'ils ne l'auraient cru. Au milieu des groupes de soldats, des chevaliers en armure et des membres de l'entourage seigneurial vêtus avec élégance revenaient du tournoi. Kate estima qu'il devait être quinze heures ; la cour était encore baignée de lumière, mais les ombres des remparts commençaient à s'allonger.

— On ne peut pas sortir, fit Marek.

— Ne t'inquiète pas.

Kate leur fit monter une autre volée de marches avant de tourner dans un passage voûté où des portes s'ouvraient vers l'intérieur et des fenêtres sur la cour. Elle savait que ces portes donnaient dans de petits logements réservés à la famille du seigneur ou aux invités.

— Je suis venu ici, fit Chris dans son dos. Claire est dans cette pièce, ajouta-t-il en indiquant une des portes.

Marek poussa un grognement de mépris ; Kate continua sans s'arrêter. Au bout du couloir, une tenture recouvrait le mur de gauche. Kate la souleva — elle était étonnamment lourde — et entreprit de longer le mur en appuyant sur les pierres.

— Je suis sûre que c'est par-là, fit-elle.

— De quoi parles-tu ? demanda Chris.

— Du passage qui mène à la cour des communs.

Elle arriva au bout du couloir sans avoir trouvé de porte. Elle se retourna pour examiner le mur ; il ne semblait pas y avoir d'ouverture. Les pierres étaient parfaitement alignées et jointes ; le mur était droit, sans saillie ni enfoncement. Il n'y avait aucune trace d'ajout ni de travaux récents. La joue collée contre la pierre, elle suivit la ligne du mur.

Se trompait-elle ?

N'était-ce pas le bon couloir ?

Elle ne pouvait pas se tromper ; la porte était là, quelque part. Elle revint sur ses pas, appuya de nouveau sur les pierres. Rien. Quand elle rencontra enfin l'ouverture, ce fut par hasard. Ils entendirent des voix à l'autre bout du couloir, venant de l'escalier. En se retournant, Kate racla du pied la base du mur.

Elle sentit la pierre bouger.

Avec un bruit métallique étouffé, une ouverture apparut juste devant elle. La porte ne s'entrouvrit que de quelques centimètres, mais elle vit que l'interstice était habilement dissimulé par la maçonnerie. Kate poussa la porte ; tout le monde lui emboîta le pas. Marek, qui passait le dernier, laissa retomber la tenture avant de refermer la porte.

Ils étaient dans un passage sombre et étroit. De petites ouvertures ménagées dans le mur laissaient entrer une faible clarté, de sorte qu'il devenait inutile de s'éclairer à la torche.

Quand elle avait porté ce passage sur le plan des ruines de Castelgard, Kate s'était interrogée sur sa raison d'être ; il semblait ne servir à rien. Mais dès qu'elle y fut entrée, elle comprit quel était son usage.

Il ne s'agissait pas d'un passage reliant deux endroits du château mais d'un lieu permettant d'espionner les invités dans leur logement.

Ils avancèrent sans bruit. Kate entendit des voix venant de la chambre la plus proche ; un homme et une femme. Ils s'arrêtèrent devant les trous dans le mur, regardèrent à l'intérieur. Kate entendit Chris pousser un soupir ressemblant à un gémissement.

Chris ne discerna dans un premier temps que deux silhouettes se découpant sur le fond lumineux d'une fenêtre. Il fallut un moment à ses yeux pour s'adapter à l'éclat de la lumière et reconnaître Claire d'Eltham et Guy de Malegant. Ils se prenaient la main, se caressaient voluptueusement. Malegant l'embrassa avec passion ; elle lui rendit son baiser avec une égale ferveur en le serrant contre elle.

Chris n'en croyait pas ses yeux.

Les amants se détachèrent l'un de l'autre. Guy de Malegant s'adressa à sa maîtresse qui le dévorait des yeux.

— Sachez, madame, que votre comportement à mon égard et vos façons discourtoises suscitent dans mon dos des rires et des murmures sur ma virilité que je ne saurais tolérer.

— Dans notre intérêt commun, il ne peut en aller autrement, répondit-elle. Vous ne le savez que trop bien.

— Ne pourriez-vous au moins prendre un ton moins acerbe ?

— Comment le pourrais-je ? Mettriez-vous en péril ce que nous désirons tous deux ? Il est d'autres murmures, mon ami, vous le savez. Aussi longtemps que je refuse ce mariage, je me range au nombre de ceux qui vous soupçonnent d'avoir trempé dans la mort de mon mari. Mais si lord Oliver me contraint, malgré tous mes efforts, à vous épouser, nul ne pourra m'en tenir rigueur. N'est-il pas vrai ?

— Que si, répondit Malegant, l'air malheureux.

— Mais la situation sera tout autre si je vous donne

des marques de préférence. Les mauvaises langues ne tarderont pas à faire courir le bruit que je ne suis pas étrangère à la mort prématurée de mon pauvre mari. Ce bruit se propagera jusqu'à l'Angleterre et arrivera aux oreilles de sa famille. Ils caressent déjà l'idée de reprendre ses biens et n'attendent qu'un prétexte pour ce faire. Voilà pourquoi messire Daniel a l'œil sur mes faits et gestes. Une femme perdue de réputation ne s'en remet jamais. Notre unique chance réside dans l'hostilité farouche que je vous témoigne. Efforcez-vous, de grâce, de supporter les humiliations que je vous fais subir et songez à la récompense qui vous attend.

Chris en resta bouche bée. Elle avait avec Malegant exactement le même comportement de tendre intimité — le regard ardent, la voix basse, les caresses légères sur le cou — qu'elle avait eu avec lui. Chris en avait conclu qu'il l'avait séduite ; il apparaissait clairement que c'était l'inverse.

Malgré ces marques de tendresse, Malegant demeurait maussade.

— Et vos visites au monastère ? Je souhaiterais que vous y mettiez fin.

— Comment donc ? fit-elle d'un ton moqueur. Mon seigneur serait-il jaloux de l'abbé ?

— Je dis seulement que je ne veux plus que vous vous y rendiez, répondit Malegant, l'air buté.

— L'objet de ces visites était pourtant d'importance. Qui connaît le secret de La Roque a barre sur lord Oliver ; il fera tout ce qu'on demande en échange de ce secret.

— Vous dites vrai, madame, mais vous n'avez pas appris ce secret. L'abbé le connaît-il ?

— Je n'ai pas vu l'abbé. Il était absent.

— Et le Maître prétend ne rien savoir.

— C'est ce qu'il prétend. J'interrogerai de nouveau le père supérieur ; demain peut-être.

On frappa à la porte ; une voix d'homme étouffée se fit entendre. Les deux amants se retournèrent.

— Ce doit être messire Daniel, fit Malegant.

— Vite, mon ami. Gagnez votre cachette habituelle.

Guy de Malegant se dirigea précipitamment vers le mur derrière lequel ils étaient tapis, écarta une tenture. Horrifiés, ils le virent ouvrir une porte et se glisser dans l'étroit passage, tout près d'eux. Malegant écarquilla les yeux, se mit aussitôt à hurler.

— Les prisonniers ! Ils se sont échappés ! Les prisonniers !

Ses cris furent repris par Claire qui sortit dans le couloir.

— Si nous sommes séparés, dit le Professeur, allez au monastère. Trouvez le frère Marcel ; c'est lui qui a la clé du passage secret.

Avant qu'ils aient eu le temps de répondre, des hommes d'armes se ruèrent dans le passage. Chris sentit des mains se refermer sur ses bras et le tirer brutalement en arrière.

Ils étaient pris.

30:10:55

Un luth égrenait des notes dans le salon de réception tandis que les domestiques finissaient de dresser les tables. Le maître à danser battait la mesure avec un sourire enthousiaste. Lord Oliver et Robert de Kere dansaient en tenant la main de leur cavalière. Au bout de quelques pas, quand Oliver se retourna pour faire face à la sienne, il ne rencontra que son dos. Il jura à voix basse.

— C'est sans importance, monseigneur, fit précipitamment le maître à danser sans se départir de son attitude souriante. Monseigneur se souvient certainement que c'est avant-arrière, avant-arrière, un tour, arrière, et un tour, arrière. Nous avons manqué un tour.

— Je n'ai pas manqué de tour, déclara Oliver, péremptoire.

— En vérité, monseigneur, vous n'avez rien manqué, fit vivement Robert. C'est l'une des phrases musicales qui a provoqué la confusion, expliqua-t-il en foudroyant du regard le jeune luthiste.

— Allons-y, fit Oliver en reprenant sa position, la main tendue vers sa cavalière. Vous avez dit avant-arrière, avant-arrière, un tour, arrière...

— Très bien ! lança le maître à danser en souriant. Comme cela...

— Monseigneur, fit une voix venant de la porte.

La musique s'arrêta. Furieux, Oliver fit volte-face et

vit Guy de Malegant accompagné de gardes encadrant le Professeur et ses amis.

— Il semble, monseigneur, que le Maître ait des compagnons.

— Quoi, des compagnons ?

Oliver s'avança. Il reconnut le Hainuyer, l'Irlandais stupide qui ne savait pas se tenir à cheval, et vit une jeune femme de petite taille, au regard farouche.

— Que sont ces compagnons ?

— Ils prétendent, monseigneur, être les assistants du Maître.

— Des assistants ? fit Oliver en haussant les sourcils. Quand vous avez dit, cher maître, que vous aviez des assistants, il ne m'est pas venu à l'esprit qu'ils pouvaient être dans ce château.

— Je l'ignorais moi-même, répondit Johnston.

— Des assistants ? ricana Oliver en les considérant l'un après l'autre. Vous avez tous dix ans de trop et rien dans votre attitude n'a montré que vous le connaissiez... Vous ne dites point la vérité, tous autant que vous êtes.

Il se tourna vers Malegant en secouant la tête.

— Je ne les crois pas et je saurai ce qu'il en est. Mais pas tout de suite. Qu'on les jette au cachot !

— Ils y étaient, monseigneur, et s'en sont échappés.

— Échappés ? Comment cela ?

Oliver leva la main pour ne pas entendre la réponse.

— Quel est l'endroit le plus sûr du château ? reprit-il.

Robert de Kere fit un pas vers son maître pour lui chuchoter quelques mots.

— Ma chambre du donjon ? fit Oliver en riant. Là où je retiens damoiselle Alice ? Un endroit sûr, en vérité. Oui, qu'on les y enferme.

— Je m'en charge, monseigneur, fit Malegant.

— Ces « assistants » seront le gage de la bonne conduite de leur maître, reprit Oliver avec un sourire mauvais. Je crois, maître Edward, que vous allez apprendre à danser avec moi.

Les trois jeunes gens furent entraînés par les hommes d'armes. Sur un petit signe de la main d'Oliver, le luthiste et le maître à danser se retirèrent en s'inclinant. Les femmes les suivirent. Robert de Kere resta un peu, mais, sur un regard sans équivoque d'Oliver, il sortit à son tour.

Il ne restait plus dans la grande salle que les domestiques s'affairant en silence autour des tables.

— Alors, maître, quel est ce jeu ?

— Que Dieu m'en soit témoin, répondit Johnston, ce sont bien mes assistants, comme je le dis depuis le début.

— Des assistants ? L'un d'eux est un chevalier.

— Il me doit une faveur et s'est placé à mon service.

— Tiens donc ? Quelle faveur, je vous prie ?

— J'ai sauvé la vie de son père.

— Vraiment ? poursuivit Oliver en tournant autour de Johnston. Comment l'avez-vous sauvé ?

— En lui administrant des remèdes.

— De quoi souffrait-il ?

— Si vous désirez vous en assurer en personne, monseigneur, répondit Johnston en portant la main à son oreille, mandez sur-le-champ le chevalier de Marek. Il vous dira la même chose que moi, savoir que j'ai sauvé son père souffrant d'hydropisie grâce à l'herbe arnica, que cela s'est passé à Hampstead, un village près de Londres, à l'automne de l'année passée. Faites-le venir et interrogez-le.

Oliver cessa de marcher ; il plongea les yeux dans ceux de Johnston.

Le silence fut rompu par l'arrivée d'un homme aux habits couverts de traînées de poudre blanche.

— Monseigneur ? lança-t-il d'une des portes du fond.

— Quoi encore ? s'écria Oliver en pivotant sur lui-même.

— Un entremets, monseigneur.

— Un entremets... Très bien, mais qu'on fasse vite.

— Monseigneur, fit l'homme en s'inclinant et en claquant simultanément des doigts. Le premier entremets...

Deux jeunes garçons s'avancèrent, un plat sur les épaules. Sur le plat étaient enroulés de pâles anneaux représentant des intestins à côté des testicules et du pénis d'un gros animal. Oliver en fit lentement le tour, scrutant le contenu.

— Les entrailles du sanglier ramené de la chasse, fit-il avec un hochement de tête approbateur. Très convaincant. Appréciez-vous le travail de ma cuisine ? ajouta-t-il en se tournant vers Johnston.

— Absolument, monseigneur. À la fois traditionnel et fort bien exécuté. Les testicules sont particulièrement réussis.

— Mille mercis, messire, fit le cuisinier en s'inclinant. Ils sont faits de sucre chauffé et de pruneaux, pour vous servir. Les intestins sont des fruits en chapelet recouverts d'une pâte à base d'œufs et de bière, puis d'une couche de miel.

— Bien, bien, fit Oliver. Vous le servirez avant le deuxième plat.

— À vos ordres, monseigneur.

— Et le second ?

— Du massepain coloré de safran et de fleurs de dent-de-lion.

À un signe du cuisinier, d'autres garçons accoururent avec un plat présentant un imposant modèle réduit de la forteresse de Castelgard, d'un jaune pâle reproduisant fidèlement la couleur des pierres. L'ouvrage soignait les détails ; on avait même planté de petits drapeaux sur les remparts nappés de sucre, hauts d'un mètre cinquante.

— Que d'élégance ! s'écria Oliver. C'est parfait !

Il se mit à battre des mains, tel un enfant incapable de contenir sa joie.

— Vous savez, reprit-il en montrant le modèle réduit au Professeur, que l'infâme Arnaud avance à marche forcée sur notre château et que je dois me défendre.

— Je sais.

— Comment me conseilleriez-vous de disposer mes forces à Castelgard ?

— À votre place, monseigneur, répondit Johnston, je ne défendrais pas Castelgard.

— Et pourquoi, je vous prie ?

Oliver se dirigea vers la table la plus proche pour se servir du vin dans un gobelet.

— Combien d'hommes d'armes vous a-t-il fallu pour l'enlever aux Gascons ?

— Cinquante ou soixante, pas plus.

— Vous avez votre réponse.

— Mais nous ne l'avons pas pris d'assaut. Nous avons utilisé la ruse. Une attaque furtive.

— L'Archiprêtre n'en fera pas autant ?

— Il pourra essayer, mais nous l'attendrons de pied ferme. Nous serons prêts à repousser un assaut.

— Peut-être, fit Johnston en se retournant. Peut-être pas.

— Vous êtes un esprit clairvoyant...

— Non, monseigneur, je ne vois pas l'avenir ; je n'ai pas ce don. Je donne simplement mon avis en tant qu'homme. Et je dis que l'Archiprêtre ne sera pas moins rusé que vous.

La mine renfrognée, Oliver but quelques gorgées en silence. Puis il sembla remarquer la présence du cuisinier et des marmitons avec leur plateau. Il les congédia d'un geste.

— Prenez grand soin de cet entremets ! cria-t-il au moment où ils quittaient la pièce. Il ne doit rien lui arriver avant que les invités l'aient vu. Pas plus qu'à ce château, reprit-il dès qu'il fut seul avec Johnston, en montrant les tapisseries.

— Point n'est besoin de défendre ce château, monseigneur, quand vous en avez un autre bien plus sûr.

— Vous parlez de La Roque ? Mais La Roque a un

point faible, un passage que je ne parviens pas à découvrir.

— Comment savez-vous que ce passage existe ?

— Il doit exister, affirma Oliver, car le vieux Laon est l'architecte de La Roque. Vous connaissez Laon ? Non ? Il était le père supérieur du monastère avant celui qui occupe cette charge aujourd'hui. Le vieil évêque était rusé : chaque fois qu'on faisait appel à lui pour reconstruire une ville, un château ou une église, il y laissait un secret connu de lui seul. Chaque château a un passage inconnu, un point faible que Laon, si besoin était, pouvait vendre à un assaillant. Il avait à cœur les intérêts de l'Église... et encore plus son intérêt personnel.

— Pourtant, reprit Johnston, si nul ne sait où se trouve ce passage, il se peut fort bien qu'il n'existe pas. Il y a d'autres éléments à prendre en compte, monseigneur. De combien de soldats disposez-vous ?

— Deux cent vingt hommes d'armes, deux cent cinquante archers et deux cents piquiers.

— Arnaud en a, dit-on, le double. Peut-être plus.

— Croyez-vous ?

— Il ne vaut en vérité guère mieux qu'un brigand, mais un brigand devenu célèbre pour avoir marché sur Avignon et exigé du pape qu'il dîne en compagnie de ses hommes et lui verse dix mille livres pour épargner la ville.

— Vraiment ? fit Oliver, l'air perplexe. J'ignorais cela. Certes, il y a des rumeurs selon lesquelles Arnaud projette de marcher sur Avignon, peut-être dès le mois prochain. Et l'on présume qu'il menacera le pape. Mais il ne l'a pas encore fait... L'aurait-il donc fait ?

— Monseigneur est dans le vrai, répondit vivement le Professeur. Je voulais dire que l'audace de ses projets attire chaque jour à ses côtés de nouveaux soldats. Il en compte aujourd'hui un millier dans sa compagnie. Peut-être deux.

— Je n'ai pas peur, grogna Oliver.

— Je n'en doute pas, monseigneur, mais les douves

de ce château ne sont guère profondes, il n'y a qu'un pont-levis, une unique porte, pas de chausse-trappe et une seule herse. Les remparts sont bas à l'est, vous n'avez la place d'entreposer des vivres et de l'eau que pour quelques jours. La garnison est à l'étroit dans les petites cours et il sera malaisé de faire manœuvrer vos hommes.

— Mon trésor est ici, répliqua Oliver. Je resterai pour le défendre.

— Je vous conseillerais, poursuivit Johnston, de rassembler vos possessions et de quitter le château. La Roque est construit sur un éperon rocheux, bordé de deux côtés d'un à-pic et de douves profondes sur un troisième ; il est défendu par deux pont-levis et deux portes munies d'une herse. Même si les assaillants parviennent à franchir la première enceinte...

— Je connais les avantages de La Roque !

Johnston regarda Oliver sans rien ajouter.

— Et je n'ai pas envie qu'on me dicte ma conduite !

— Comme vous voudrez, monseigneur. Mais...

— Mais quoi ?

— Je ne puis vous conseiller, monseigneur, si vous cachez certaines choses.

— Je ne cache rien, maître Edward. Je parle franchement, sans rien taire.

— Combien d'hommes avez-vous à La Roque ?

— Trois cents, répondit Oliver, visiblement embarrassé.

— Ainsi donc, votre trésor est déjà là-bas.

Sans répondre, lord Oliver lança un regard en coin à Johnston. Il commença à tourner en silence autour de lui.

— Vous m'exhortez à partir à La Roque en attisant mes craintes.

— Nenni, monseigneur.

— Vous voulez que je m'y retranche, car vous savez que ce château a un point faible. Vous êtes une créature d'Arnaud, chargée de préparer son assaut.

— Si La Roque n'est pas plus sûr, monseigneur,

rétorqua Johnston, pourquoi y avoir emporté votre trésor ?

— Vous êtes habile en paroles, ricana Oliver.

— Vos propres actes, monseigneur, indiquent lequel des deux châteaux est le plus sûr.

— Soit. Mais si je vais à La Roque, vous m'accompagnerez. Et si un autre trouve cette entrée secrète avant que vous ne m'en ayez révélé l'emplacement, je m'assurerai en personne que vous mourriez dans des souffrances qui feront paraître douce la fin atroce du roi Edward.

— Je comprends, monseigneur.

— Vraiment ? Alors, faites ce qu'il faut.

Chris Hugues regardait par la fenêtre la cour plongée dans l'ombre, quinze mètres en contrebas. Des hommes et des femmes en tenue élégante se dirigeaient vers le salon d'honneur illuminé ; des bribes de musique montaient jusqu'à lui. À la vue de cette scène festive, il se sentait encore plus seul et abattu. Ils allaient mourir tous les trois... et ne pouvaient rien y faire.

On les avait enfermés dans une petite pièce, en haut de la tour principale du château, d'où la vue portait sur les murailles et la ville. C'était la chambre d'une femme, à en juger par le rouet et un petit autel contre un mur, une marque de piété apparente, démentie par l'énorme lit couvert d'une luxueuse courtepointe bordée de fourrures qui occupait le centre de la pièce. La porte en chêne massif était munie d'une serrure neuve. Malegant les avait personnellement enfermés après avoir placé un garde à l'intérieur de la pièce, assis près de la porte, et deux autres dans le couloir.

Cette fois, on ne prenait pas de risques.

Assis sur le lit, perdu dans ses pensées, Marek regardait dans le vide. Ou peut-être écoutait-il ; il avait une main plaquée sur l'oreille. Pendant ce temps, Kate allait et venait nerveusement d'une fenêtre à l'autre. Elle se pencha à celle du fond pour regarder en bas, revint vers celle où se tenait Chris et se pencha de la même manière.

— Tu as la même vue d'ici, fit-il, agacé par sa nervosité.

Puis il la vit tendre le bras et palper sur le côté les pierres et le mortier.

Il lui lança un regard interrogateur.

— Peut-être, fit-elle, l'air songeur. Peut-être.

Chris se pencha à son tour pour toucher le mur. La maçonnerie était presque lisse, le mur vertical s'incurvant légèrement formait une paroi abrupte.

— Tu n'y penses pas sérieusement ?

— Si.

Chris se pencha de nouveau. Il n'y avait pas que les invités du banquet dans la cour. Un groupe d'écuyers devisait et riait en nettoyant des armures et en bouchonnant des chevaux ; des soldats patrouillaient sur le chemin de ronde. Il suffisait pour se faire prendre que l'un d'eux lève la tête si un mouvement attirait son attention.

— On te verra.

— De cette fenêtre, oui, pas de l'autre, répondit Kate. Notre seul problème, c'est lui, ajouta-t-elle en indiquant de la tête le garde à la porte. Pouvez-vous faire quelque chose ?

— Je m'en occupe, fit Marek à mi-voix.

— Qu'est-ce que ça veut dire ? s'écria Chris, la mine courroucée. Tu ne me crois pas capable de le faire ?

— Non.

— J'en ai par-dessus la tête de la manière dont tu me traites ! poursuivit Chris d'une voix forte.

Furieux, il chercha autour de lui quelque chose pour se battre ; il saisit le petit siège du rouet, se dirigea vers Marek.

— *Non, non, non !* fit vivement le garde en s'élançant vers Chris.

Il ne vit pas le coup venir. Marek le frappa parderrière avec un chandelier de cuivre. L'homme s'affaissa sur lui-même ; Marek le retint et l'étendit silencieusement par terre. Du sang coulait de sa tête sur un tapis d'Orient.

— Il est mort ? demanda Chris, les yeux ronds.

— Quelle importance ? répondit Marek. Continue de parler doucement pour que ceux de l'extérieur entendent une voix.

Ils se tournèrent vers la fenêtre ; Kate n'était plus là.

Ce n'est qu'une grimpe en solo, se dit Kate, suspendue au mur du donjon, à vingt mètres au-dessus du sol.

Le vent la giflait, faisait onduler ses vêtements. Elle s'accrochait du bout des doigts aux légères saillies du mortier. Quand il s'effritait, il lui fallait s'assurer une nouvelle prise. Mais le mortier présentait çà et là des enfoncements assez larges pour que le bout de ses doigts y loge.

Elle avait gravi des parois plus difficiles ; c'était le cas d'un certain nombre de bâtiments à Yale. Il est vrai qu'elle n'avait ni craie pour les doigts, ni chaussures appropriées, ni corde de sécurité.

Ce n'est pas loin.

Elle avait choisi la fenêtre orientée à l'ouest, car elle se trouvait derrière le garde et du côté de la ville — il y avait moins de chances qu'on la voie de la cour —, mais aussi parce qu'elle était la plus proche de la fenêtre s'ouvrant au bout du couloir.

Ce n'est pas loin, se répéta-t-elle. Pas plus de trois mètres. Prends ton temps. Pas de précipitation. Une main, puis un pied... l'autre main...

J'y suis presque.

Presque.

Elle sentit sous ses doigts la pierre du rebord de la fenêtre, assura sa prise. En appui sur une main, elle se hissa lentement à la hauteur de la fenêtre pour regarder dans le couloir.

Pas de gardes.

Le couloir était vide.

Utilisant ses deux mains, elle opéra un rétablissement sur l'appui de la fenêtre et se laissa glisser à l'intérieur. Elle s'avança jusqu'à la porte verrouillée.

— J'y suis, souffla-t-elle.

— Des gardes ? demanda Marek.

— Non. Mais pas de clé non plus.

Elle inspecta la porte. Épaisse, en bois massif.

— Tu vois les pentures ? demanda Marek.

— Oui, à l'extérieur.

Kate examina les lourdes pièces de fer forgé ; elle savait ce qu'il voulait. Si elle parvenait à enlever les clous, il serait facile d'ouvrir la porte.

— Il faudrait un marteau ou autre chose. Il n'y a rien ici.

— Vas-y, souffla Marek à travers la porte. Trouve quelque chose.

Il entendit ses pas s'éloigner dans le couloir.

— De Kere, fit lord Oliver à l'entrée du chevalier balafré, le Maître nous conseille de nous replier sur La Roque.

— Le risque serait grand, monseigneur.

— Et en restant ici ?

— Si le Maître est de bonne foi, s'il n'a pas d'intention cachée, pourquoi ses assistants ont-ils dissimulé leur identité en arrivant au château ? Un tel comportement n'est pas une marque d'honnêteté. Il conviendrait d'avoir une réponse qui vous satisfasse avant d'ajouter foi aux conseils de ce Maître fraîchement débarqué.

— Nous aurons une réponse, déclara Oliver. Allez chercher sur-le-champ les assistants ; nous leur demanderons ce que vous désirez savoir.

— Monseigneur, murmura de Kere en s'inclinant.

Kate se glissa dans la foule allant et venant dans la cour. Elle pensait utiliser un outil de charpentier ou de maréchal-ferrant, un marteau de forgeron. Voyant sur sa gauche des valets d'écurie et des chevaux, elle prit cette direction. Dans le grouillement de la foule, personne ne s'occupait d'elle. Elle avait atteint le mur est et cherchait comment détourner l'attention des palefreniers quand elle vit, droit devant elle, un chevalier immobile qui la considérait fixement.

Robert de Kere.

Ils se regardèrent un moment dans le blanc des yeux, puis Kate prit ses jambes à son cou. Derrière elle, de Kere criait qu'on la poursuive, des voix de soldats s'élevaient de partout. Elle se fraya un chemin dans la foule soudain hostile ; des mains se tendaient vers elle, s'accrochaient à ses vêtements, comme dans un cauchemar. Pour échapper à toutes ces mains, elle s'engouffra par la première porte venue, la claqua derrière elle.

Elle était dans les cuisines.

Il y faisait affreusement chaud et il y avait encore plus de monde que dans la cour. D'énormes chaudrons étaient au feu dans la cheminée gigantesque. Une douzaine de chapons tournaient sur une rangée de broches actionnées par un marmiton. Elle s'immobilisa, ne sachant où aller. De Kere entra à son tour, la bouche déformée par un rictus cruel ; il brandit son épée.

Kate se jeta entre les tables chargées de plats de service. L'épée s'abattit sur l'une d'elles, projetant les pièces de vaisselle en tous sens. Kate se glissa sous une table au milieu des hurlements des cuisiniers. En se relevant, elle vit un modèle réduit du château, se dirigea vers la pâtisserie ; de Kere la serrait de près.

— Non, messire Robert, *non !* s'écrièrent en chœur cuisiniers et marmitons.

Certains, cédant à l'affolement, s'élancèrent au-devant du chevalier pour l'arrêter.

Kate se baissa pour éviter la lame qui siffla dans l'air et détacha proprement la partie supérieure des remparts du château, soulevant un nuage de poudre blanche. Un cri horrifié jaillit de toutes les poitrines ; accourant de tous côtés, les cuisiniers se jetèrent sur de Kere en hurlant que cet entremets avait plu à monseigneur Oliver, qu'il ne fallait pas y toucher. En jurant, de Kere roula par terre pour essayer de se débarrasser d'eux.

Kate profita de la confusion pour rebrousser chemin et sortir par la même porte.

Elle vit sur sa droite le mur arrondi de la chapelle. Le bâtiment était en travaux ; il y avait une échelle contre le mur et un échafaudage sommaire sur le toit, où les couvreurs effectuaient des réparations.

Elle devait s'éloigner de la foule et des soldats. Elle savait que de l'autre côté de la chapelle un passage étroit courait entre le bâtiment et le mur du donjon ; elle y serait au moins à l'abri de la foule. Elle s'élança vers le passage, entendit dans son dos de Kere crier aux soldats de la rattraper. Elle accéléra, essayant de distancer ses poursuivants. Elle vit du coin de l'œil plusieurs soldats faisant le tour du bâtiment pour couper sa retraite.

Robert de Kere continuait d'aboyer des ordres. Il tourna l'angle de la chapelle, s'arrêta net ; des murmures de surprise s'élevèrent des rangs des hommes d'armes qui le suivaient.

Le passage, large d'un peu plus d'un mètre, était vide. Des soldats apparurent à l'autre extrémité.

La femme avait disparu.

Accrochée au mur de la chapelle, Kate était suspendue à trois mètres du sol, dissimulée par la saillie d'une fenêtre et l'épais feuillage d'un lierre. Si quelqu'un levait la tête, il la verrait tout de suite ; le passage était dans l'ombre, personne n'en eut l'idée.

Elle entendit de Kere donner des ordres d'un ton furieux.

— Allez voir les autres assistants et qu'on en finisse avec eux !

Il y eut un flottement dans les rangs des hommes d'armes.

— Messire Robert, ce sont les assistants du Maître...

— Ordre de lord Oliver ! Tuez-les tous !

Les hommes d'armes repartirent au pas de course vers le château.

De Kere lâcha une bordée de jurons avant de se tourner vers un soldat resté avec lui. Les deux hommes parlaient à voix basse ; l'écouteur grésillait, Kate ne comprenait pas ce qu'ils disaient. Elle s'étonnait même d'avoir si bien entendu jusqu'à présent.

Comment cela avait-il été possible ? Elle était trop loin de De Kere pour que ses paroles soient si distinctes. Pourtant, sa voix était nette, comme amplifiée. Peut-être l'acoustique du passage...

En baissant la tête, elle vit qu'un certain nombre de soldats n'étaient pas partis, qu'ils restaient à proximité. Impossible de redescendre. Elle décida de grimper jusqu'au toit et d'attendre que les choses se calment. C'était un toit pentu, encore éclairé par le soleil, à la couverture de lauzes, où des trous indiquaient celles que l'on devait remplacer.

— André ? fit-elle en atteignant la gouttière.

Elle crut reconnaître la voix de Marek au milieu des grésillements ; il y avait trop de parasites.

— André, reprit-elle. Ils viennent pour vous tuer.

Pas de réponse. Juste un bruit de friture.

— André ?

Toujours pas de réponse.

Peut-être les murs qui l'entouraient étaient-ils un obstacle à la transmission. Elle commença à remonter la pente du toit pour atteindre le haut en contournant les endroits en réparation où les couvreurs avaient installé une petite plate-forme avec un bac à mortier et une pile de lauzes. Des pépiements d'oiseaux s'élevaient des trous dans la couverture. Un autre bruit lui fit lever les yeux ; la tête d'un soldat apparut au faîte du toit. Il s'immobilisa en la voyant.

Un autre soldat vint le rejoindre.

Voilà donc pourquoi de Kere parlait à voix basse ; il l'avait vue sur le mur et avait envoyé des hommes monter à l'échelle de l'autre côté du toit.

Elle regarda en bas, vit d'autres hommes d'armes dans le passage, la tête levée.

Le premier soldat enjamba le faîtage et entama sa descente vers elle.

Il lui restait une seule issue. Le trou du couvreur faisait une soixantaine de centimètres de côté. À travers l'ouverture elle distingua l'assemblage des chevrons du faîte et, trois mètres plus bas, les arches de pierre du plafond de la chapelle. Une sorte de passerelle faite de planches courait au-dessus des arches.

Kate se glissa dans le trou et se laissa tomber sur les planches. Cela sentait la poussière et la fiente d'oiseau. Il y avait des nids partout, sur les planches, sur les solives, dans tous les recoins. Elle se baissa quand des hirondelles s'envolèrent devant elle et se trouva soudain prise dans un tourbillon assourdissant d'ailes et de plumes. Les oiseaux vivaient là par centaines ; elle les dérangeait. Elle ne pouvait rien faire d'autre que cacher son visage dans ses bras et rester immobile. Les cris furieux diminuèrent bientôt d'intensité.

Quand elle ouvrit les bras, elle vit que seuls quelques oiseaux volaient encore. Et les deux soldats étaient en train de passer par des ouvertures dans le toit.

Kate s'élança sur l'étroite passerelle en direction d'une porte qui devait donner dans la chapelle. La porte s'ouvrit brusquement, un troisième soldat apparut.

Trois contre un.

Elle rebroussa chemin, courant le long des nervures des voûtes du plafond. Les deux autres soldats s'avançaient vers elle, la dague à la main ; elle ne se faisait aucune illusion sur leurs intentions.

Kate se souvint du jour où, suspendue au plafond, elle avait examiné les fissures et les réparations effectuées au fil des siècles. Elle était pour le moment au-dessus de ce même plafond. La présence des planches laissait clairement supposer que les voûtes manquaient de solidité. À quel point ? Supporteraient-elles son poids ? Les soldats se rapprochaient inexorablement.

Elle s'engagea prudemment sur une des voûtes, s'assurant du pied de sa solidité.

Elle tenait.

Les soldats la suivirent en avançant lentement. Il y eut un nouvel envol d'oiseaux, des cris, un nuage de plumes. Les soldats levèrent les bras pour se protéger. Les hirondelles passaient si près que Kate sentait leurs ailes sur son visage. Elle battit en retraite ; ses pieds s'enfoncèrent dans un amas de déjections.

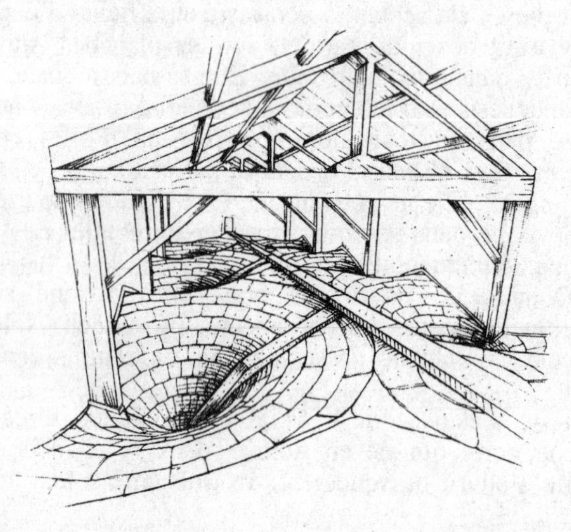

Elle se trouvait maintenant sur un ensemble de creux et de bosses au point de rencontre de deux voûtes. Sachant qu'elles seraient plus résistantes, elle s'efforça de rester sur ces nervures en se dirigeant vers l'autre extrémité de la chapelle où s'ouvrait une petite porte qui devait conduire à l'intérieur, peut-être derrière un autel.

Un des soldats s'élança à sa poursuite sur les planches ; il posa le pied sur une nervure séparant deux voûtes. La dague à la main, il lui coupait la route.

Kate s'accroupit, esquissa une feinte ; le soldat ne bougea pas. Un autre vint se placer près de lui. Le troisième derrière Kate.

Elle partit sur sa droite, mais les deux hommes foncèrent sur elle ; le troisième se rapprochait.

Les deux hommes n'étaient plus qu'à quelques mètres quand elle entendit un craquement semblable à une détonation. Elle baissa les yeux, vit une crevasse s'ouvrir dans la maçonnerie, entre les pierres. Les soldats reculèrent précipitamment, mais la crevasse s'élargissait, se ramifiait comme un arbre. Le regard horrifié, ils virent les fentes profondes s'étirer entre leurs jambes. Puis les pierres cédèrent sous leurs pieds et ils disparurent en hurlant de terreur.

Kate se tourna vers le troisième homme, qui trébucha et tomba en se précipitant vers les planches. Un craquement se fit entendre quand il toucha le sol. Kate vit l'affolement dans son regard quand il sentit les pierres céder lentement, l'une après l'autre, sous le poids de son corps. Il disparut à son tour en poussant un long cri.

Elle se retrouva seule.

Seule avec les oiseaux tournoyant autour d'elle. Trop effrayée pour bouger, elle essaya simplement de ralentir sa respiration.

Elle n'avait pas de mal.

Tout allait bien.

Elle entendit un craquement.

Puis plus rien. Elle se résolut à prendre patience.

Un autre craquement. Elle sentit, juste sous ses pieds, les pierres qui se mettaient à bouger. Elle baissa les yeux, vit des fissures se former dans la maçonnerie, rayonner à partir de ses pieds. Elle fit un pas de côté, cherchant un sol plus résistant. Trop tard.

Une pierre se détacha, son pied passa dans le trou qui s'élargissait. Elle dégringola jusqu'à mi-corps, aplatit le buste sur les pierres, écarta les bras pour mieux répartir son poids. Elle demeura plusieurs secondes dans cette position, la poitrine haletante. *Je savais que ce n'était pas une construction solide.*

Elle attendit, cherchant comment elle pourrait sortir de ce trou. Elle commença à se tortiller...

Crac.

Devant ses yeux une lézarde s'ouvrit dans la maçonnerie et plusieurs pierres tombèrent ; elle en sentit d'autres se détacher sous elle. Une horrible certitude l'envahit : elle allait à son tour passer à travers le plafond de la chapelle.

Chris n'était pas sûr de ce qu'il avait perçu dans son écouteur. Il avait cru entendre Kate dire : « Ils viennent pour vous tuer. » Elle avait ajouté quelque chose qu'il n'avait pas saisi, avant que la friture ne couvre sa voix.

Marek avait ouvert un meuble bas près du petit autel ; il fourrageait fébrilement dans les tiroirs.

— Viens m'aider !

— À quoi faire ? demanda Chris.

— C'est la chambre où Oliver loge sa maîtresse. Je parie qu'il a une arme quelque part.

Chris se dirigea vers un autre meuble, au pied du lit. Il semblait ne contenir que des vêtements et de la lingerie de soie. Il lança en l'air les sous-vêtements qui retombaient mollement autour de lui tandis qu'il continuait à fouiller.

Il n'y avait pas d'arme.

Rien.

Il se tourna vers Marek, debout au milieu d'un tas de vêtements, qui secouait la tête.

Pas d'arme.

Des pas précipités résonnèrent dans le couloir ; les soldats arrivaient. À travers la porte, Chris entendit le bruit métallique des épées tirées de leur fourreau.

29:10:24

— Je vous propose un Coca light ou normal, un Fanta ou un Sprite, fit Gordon.

— Je prendrai un Coca, répondit Stern.

Les deux hommes se tenaient devant un distributeur automatique de boissons, dans le bâtiment abritant les laboratoires d'ITC.

La boîte dégringola des entrailles de la machine. Stern la prit, tira la languette métallique. Gordon choisit un Sprite.

— Il est important dans le désert de rester hydraté, expliqua-t-il. Nous avons des humidificateurs, mais ils ne suffisent pas.

Ils suivirent le couloir jusqu'à la première porte.

— Je me suis dit que vous auriez envie de voir cela, reprit Gordon en entraînant Stern dans la pièce. Ne fût-ce que pour l'intérêt historique. C'est dans ce laboratoire que nous avons mis au point notre technologie.

C'était une vaste salle au sol couvert de carreaux gris antistatiques. Par le plafond ouvert on voyait des lumières protégées par des écrans et des plateaux métalliques contenant de gros câbles semblables à des cordons ombilicaux qui descendaient jusqu'aux ordinateurs. Sur une table étaient posés deux petits appareils en forme de cage, d'une trentaine de centimètres de hauteur.

— Je vous présente Alice, fit fièrement Gordon en montrant la première cage. Et voici Bob.

Stern savait qu'une tradition de longue date voulait que les appareils de transmission quantique soient baptisés Alice et Bob ou A et B. Il examina les petites cages. L'une contenait une poupée en plastique, une petite fille en robe de coton à carreaux.

— La toute première transmission a eu lieu ici, expliqua Gordon. Nous avons réussi à faire passer cette poupée d'une cage à l'autre.

Stern prit la poupée, un jouet bon marché avec des bourrelets de plastique le long du visage et du corps. Les yeux se fermèrent et s'ouvrirent quand il la fit basculer dans sa main.

— Notre idée de départ, reprit Gordon, était de perfectionner la transmission d'objets en trois dimensions. La télécopie tridimensionnelle. Vous savez peut-être que cela a suscité un vif intérêt.

Stern acquiesça de la tête ; il avait entendu parler de ces travaux.

— Stanford avait un peu d'avance, poursuivit Gordon, et on mettait les bouchées doubles dans la Silicon Valley. Ces vingt dernières années, toute la transmission de documents était devenue électronique — fax ou e-mail. Plus besoin d'envoyer du papier, des signaux électroniques suffisent. L'idée que, tôt ou tard, il en irait de même pour tous les objets se répandait. Inutile, par exemple, d'expédier des meubles ; il n'y aurait qu'à les transmettre entre deux stations.

— Était-ce réalisable ?

— Tant que nous avons travaillé avec des objets simples, cela l'était. Mais il ne suffisait évidemment pas de transmettre quelque chose entre deux stations reliées par des câbles mais de le faire à distance, sur les ondes, pour ainsi dire. C'est ce que nous avons essayé d'effectuer. Là-bas.

Gordon traversa la salle et s'arrêta devant deux autres cages, un peu plus grandes, un peu plus élaborées. Elles commençaient à ressembler aux cages que

Stern avait vues sur l'aire de transit et n'étaient plus reliées par des câbles.

— Alice et Bob, acte deux, reprit Gordon. Allie et Bobbie, comme nous les appelions. Première expérience de transmission à distance.

— Et alors ?

— Cela n'a pas marché. Nous transmettions à partir d'Allie sans jamais arriver à Bobbie. Pas une seule fois.

— Les objets d'Allie partaient dans un autre univers, fit Stern en hochant lentement la tête.

— Nous ne l'avons pas compris tout de suite, comme vous pouvez vous en douter. C'était l'explication théorique, mais qui aurait imaginé que cela se produisait réellement ? Il nous a fallu un temps fou pour comprendre. Nous avons fini par construire une machine qui partait et revenait automatiquement.

Une autre cage, encore plus grande — près d'un mètre de haut —, ressemblant beaucoup à celles que Stern avait vues. Avec les trois barres et l'assemblage de lasers.

— Continuez, fit Stern.

— Quand nous avons acquis l'assurance de pouvoir faire partir et revenir l'objet, nous sommes passés à des choses plus compliquées. Nous avons réussi en peu de temps à envoyer un appareil-photo. Et nous avons reçu une photo.

— Oui ?

— C'était une image du désert, de l'endroit où se trouvent nos installations, pour être précis. Mais avant la construction des bâtiments.

— Avez-vous réussi à la dater ?

— Pas tout de suite. Nous avons continué à envoyer notre appareil-photo, mais nous ne recevions que des images du désert. Parfois sous la pluie, parfois sous la neige, mais toujours le désert. Nous étions à l'évidence à différentes époques — mais lesquelles ? Dater l'image était délicat. Comment vous y prendriez-vous pour dater une image d'un paysage comme celui-là ?

Stern réfléchit ; il voyait la difficulté. Il est possible de dater les vieilles photos grâce aux objets d'origine humaine qu'elles montrent — un bâtiment ou un véhicule, des vêtements ou des ruines. Mais un désert au fin fond du Nouveau-Mexique pouvait ne changer que très peu d'apparence en plusieurs milliers, voire centaines de milliers d'années.

— Nous avons placé l'appareil-photo verticalement, expliqua Gordon en souriant, monté un grand-angle et photographié le ciel de nuit.

— Tiens !

— Cela ne marche pas toujours — il faut que ce soit la nuit, que le ciel soit dégagé —, mais, si les planètes sont assez nombreuses sur l'image, il est possible de déterminer la date avec précision, au jour et à l'heure près. C'est ainsi que nous avons entrepris de développer notre technologie de navigation.

— Tout votre programme a donc changé...

— Oui. Nous savions ce que nous faisions, bien entendu. Il ne s'agissait plus de transmission d'objets — à quoi bon insister ? — mais de transport entre différents univers.

— Quand avez-vous commencé à envoyer des êtres humains ?

— Au bout d'un certain temps.

Gordon l'entraîna dans une autre partie du laboratoire, derrière un mur garni de matériel électronique. Stern découvrit d'énormes feuilles de plastique remplies d'eau, semblables à des matelas d'eau suspendus, au centre desquelles se trouvait une cage moins sophistiquée que celles de la salle de transit mais utilisant à l'évidence la même technologie.

— Notre première vraie machine, annonça fièrement Gordon.

— Une minute, fit Stern. Vous voulez dire qu'elle fonctionne ?

— Naturellement.

— Elle est en état de marche ?

— Elle n'a pas été utilisée depuis quelque temps, mais je suppose que oui. Pourquoi ?

— Si je voulais partir là-bas pour leur prêter main-forte, répondit Stern d'une voix hésitante, je pourrais... dans cette machine. Oui ou non ?

— Oui, fit Gordon en hochant lentement la tête. Vous pourriez utiliser cette machine, mais...

— J'ai le sentiment qu'ils sont en mauvaise posture.

— Probablement.

— Et vous dites que nous disposons d'une machine en état de marche...

— Je crains, David, fit Gordon en soupirant, que ce ne soit un peu plus compliqué qu'il n'y paraît.

29:10:00

Entraînée par les pierres du plafond, Kate commença à descendre au ralenti. Dans sa chute, ses doigts se refermèrent sur le rebord de maçonnerie. Avec la sûreté que confère une longue pratique, elle serra de toutes ses forces. Suspendue par une main, elle regarda au-dessous d'elle les pierres qui tombaient dans un nuage de poussière sur le sol de la chapelle. Elle ne vit pas ce qui était arrivé aux soldats.

Elle leva l'autre main, s'agrippa au rebord de pierre. Elle savait que, d'un instant à l'autre, les autres pierres allaient se détacher ; tout le plafond s'effondrait. La plus forte résistance s'exerçait à l'endroit où les voûtes se joignaient. Ou bien sur le mur latéral de la chapelle, une paroi verticale de pierre.

Elle allait essayer d'atteindre le mur.

Le rebord lâcha ; elle resta accrochée par la main gauche. Elle fit passer l'autre main par-dessus, étendant le bras aussi loin qu'elle le pouvait, s'efforçant de nouveau de répartir au maximum le poids de son corps.

La pierre tenue par sa main gauche se détacha et dégringola dans la chapelle. Elle se balança dans le vide, retenue par l'autre main, réussit à trouver une prise. Elle n'était plus qu'à un mètre du mur ; l'arête de pierre allait en s'épaississant. Son point d'appui devenait plus stable.

Elle entendit des soldats courir et crier dans la chapelle. Ils n'allaient pas tarder à la cribler de flèches.

Elle lança sa jambe gauche sur l'arête, cherchant toujours à répartir son poids. Elle pencha le buste, parvint à se hisser sur la saillie, remonta l'autre jambe. La première flèche siffla à son oreille ; d'autres rebondirent sur la pierre en soulevant de petits nuages crayeux.

Elle ne pouvait rester là. Elle s'écarta en roulant sur elle-même tandis que de nouvelles pierres se détachaient.

Les soldats cessèrent de crier. L'un d'eux avait peut-être été atteint par une pierre. Non. Elle les entendit sortir précipitamment de la chapelle. Il y avait d'autres hommes à l'extérieur, du remue-ménage, des hennissements.

Que se passait-il ?

Chris perçut des grattements derrière la porte, le bruit de la clé dans la serrure. Avant d'ouvrir, les soldats qui étaient dans le couloir appelèrent l'homme resté dans la chambre.

Marek continuait de fouiller avec frénésie ; à genoux, il regardait sous le lit.

— Ça y est !

Il se releva, une épée et une longue dague à la main. Il lança la dague à Chris.

Dans le couloir, les soldats appelaient toujours leur camarade. Marek s'avança vers la porte, fit signe à Chris de se placer de l'autre côté.

Chris se plaqua contre le mur. Derrière la porte les voix étaient nombreuses ; son cœur battait à tout rompre. Il avait été horrifié par la manière dont Marek s'était débarrassé du garde.

Ils viennent pour vous tuer.

La phrase de Kate qui passait et repassait dans sa tête avait quelque chose d'irréel. Il ne semblait pas possible que des hommes en armes s'apprêtent à le tuer.

Dans le confort de la bibliothèque universitaire, il

avait lu des récits de violences, de morts, de massacres, des descriptions de rues couvertes de sang, de soldats ensanglantés de la tête aux pieds, de femmes et d'enfants éventrés malgré leurs supplications. Mais Chris avait toujours supposé que ces histoires étaient exagérées, que l'auteur en rajoutait. Pour être dans le ton à la fac d'histoire, il convenait d'interpréter les documents avec une bonne dose d'ironie, d'insister sur la naïveté du récit, de parler de textes privilégiant le point de vue des puissants. Une telle attitude faisait de l'histoire une sorte de jeu intellectuel. Chris y excellait, mais à force d'y jouer il avait plus ou moins perdu de vue une réalité toute simple, à savoir que les textes anciens rapportaient des histoires horribles et des épisodes violents qui n'étaient que trop souvent véridiques. Il avait perdu de vue qu'il lisait des récits historiques.

Cette vérité lui revint brutalement en mémoire.

La clé tourna dans la serrure.

Marek avait un visage grimaçant ; les lèvres tirées, serrant la mâchoire. Chris se dit qu'il était comme un animal. Il le vit bander ses muscles, serrer la main sur la poignée de son épée, prêt à frapper. Prêt à tuer.

La porte s'ouvrit brusquement, bouchant la vue de Chris. Mais il eut le temps de voir Marek lever son arme. Il entendit un hurlement, un jet de sang aspergea le sol et un corps s'affaissa avec un bruit mat.

Le battant heurta le corps de Chris, le repoussant contre le mur. De l'autre côté, un homme martela la porte, un coup d'épée fit voler des éclats de bois. Chris essaya de se dégager, mais un autre soldat tomba, bloquant le passage.

Il enjamba les corps ; la porte s'écrasa contre le mur tandis que Marek frappait un autre assaillant. Le soldat fit quelques pas en titubant, avant de tomber aux pieds de Chris. Il avait la poitrine couverte de sang ; un filet rouge coulait de sa gorge. Chris se pencha pour arracher l'épée de la main du mourant. Il tira, l'homme résista en grimaçant. D'un seul coup, les forces lui manquèrent et il lâcha brusquement son arme ; déséquilibré, Chris partit en arrière et heurta le mur.

L'homme étendu continuait de le fixer, le visage déformé par une grimace de fureur. Soudain, ses traits se figèrent.

Il est mort, se dit Chris.

Un autre soldat, lui tournant le dos, repoussait les assauts de Marek. Les épées s'entrechoquaient ; les hommes se battaient avec rage. Le soldat n'avait pas remarqué la présence de Chris qui leva son épée. L'arme était lourde et difficile à manier ; il se demanda s'il serait capable de porter un coup, de frapper quelqu'un par-derrière. Il leva l'épée, plia le bras en arrière... comme un batteur. Il allait frapper quand l'épée de Marek trancha le bras de son adversaire à la hauteur de l'épaule.

Le membre sectionné traversa la pièce et tomba au pied du mur, sous la fenêtre. La surprise se peignit fugitivement sur le visage de l'homme, juste avant que Marek lui tranche la tête qui fut projetée contre la porte, à côté de Chris ; elle atterrit sur son pied.

Il repoussa précipitamment la tête, qui roula par terre et s'arrêta, la face tournée vers le plafond ; Chris vit les yeux cligner et la bouche remuer, comme pour former un mot. Il recula en hâte.

Son regard se posa sur le torse pantelant, d'où le sang coulait du cou tranché. Des flots de sang se répandaient sur le sol de pierre... des litres de sang, à ce qu'il semblait. Il leva les yeux vers Marek, assis au bord du lit, haletant, le visage et le pourpoint souillés de traînées rouges.

— Pas de mal ? demanda Marek, le souffle court.

Chris ne répondit pas.

Il était incapable d'articuler un mot.

La cloche de l'église se mit à sonner à toute volée.

Chris vit par la fenêtre des flammes s'élevant de deux fermes, à la périphérie du village, près du mur d'enceinte. Des hommes couraient dans les rues en direction de l'incendie.

— Il y a le feu, fit-il.

— J'en doute, répondit Marek qui n'avait pas bougé.

— Je t'assure. Regarde.

Des chevaux galopaient dans les rues ; les cavaliers étaient habillés en marchands, mais montaient comme des soldats.

— Une diversion classique, expliqua Marek, pour lancer un assaut.

— Un assaut ?

— L'Archiprêtre attaque Castelgard.

— Déjà ?

— Ce n'est qu'une avant-garde, un détachement d'une centaine d'hommes au plus, qui cherche à créer la confusion. Le gros des troupes est probablement encore sur l'autre rive, mais les hostilités ont commencé.

D'autres, en apparence, partageaient cet avis. Dans la cour du château, un flot d'invités quittant le salon d'honneur se hâtait vers le pont-levis ; la fête était terminée. Ils s'éparpillèrent devant un groupe de chevaliers en armure qui traversa le pont-levis à grand fracas et fila vers le village.

Kate passa la tête dans l'embrasure de la porte.

— Allons-y, les gars, fit-elle, hors d'haleine. Il faut trouver le Professeur avant qu'il soit trop tard.

28:57:32

C'était le branle-bas général dans le salon de réception. Les musiciens battaient en retraite, les invités se ruaient vers les portes, les chiens aboyaient et les plats se fracassaient par terre. Les chevaliers hurlaient des ordres à leurs écuyers. Lord Oliver se leva et saisit Johnston par le bras en se tournant vers Guy de Malegant.

— Nous allons à La Roque. Occupez-vous de Claire et amenez-moi les assistants.

Sur ces entrefaites, Robert de Kere s'approcha en courant.

— Monseigneur, les assistants sont morts ! lança-t-il, essoufflé. Ils ont péri en essayant de s'échapper !

— De s'échapper ? Ils ont essayé de s'échapper, au risque de mettre en péril la vie de leur maître ? Suivez-moi !

Le visage sombre, Oliver entraîna Johnston vers une petite porte donnant directement dans la cour.

Kate dévala l'escalier en colimaçon, Marek et Chris sur ses talons. Au premier étage, elle dut ralentir pour laisser descendre un groupe qui les précédait. En se penchant, elle vit plusieurs dames d'atour et un vieillard en robe rouge, marchant avec peine.

— Qu'est-ce qui se passe ? cria Chris dans son dos.

Kate leva la main pour lui faire signe de patienter ; une minute plus tard, ils débouchèrent dans la cour.

La confusion était totale. Des hommes à cheval brandissant des fouets se frayaient un passage dans la foule affolée. La cour résonnait de hurlements d'effroi, de hennissements et des cris des soldats courant le long des remparts.

Kate entraîna Marek et Chris ; ils longèrent le mur avant de contourner la chapelle et de se retrouver dans la cour des communs où l'agitation était aussi à son comble.

Ils virent Oliver à cheval, le Professeur à ses côtés, escortés par un groupe de chevaliers. Oliver cria quelque chose ; la troupe se mit en route vers le pont-levis.

Kate les suivit seule ; elle les aperçut devant le pont-levis. Oliver prit sur sa gauche, dans la direction opposée au village. Des gardes ouvrirent une porte dans le mur est ; il sortit avec son escorte. La porte se referma aussitôt derrière eux.

Marek et Chris la rejoignirent.

— Où sont-ils ?

Elle indiqua la porte gardée par trente hommes d'armes ; d'autres se tenaient sur les remparts.

— On ne passera jamais, fit Marek.

Derrière eux des soldats retirèrent la tunique brune qu'ils portaient sur une cotte noir et vert ; ils commencèrent à se battre pour progresser vers le château. Les chaînes du pont-levis se mirent à grincer.

— Venez ! fit Marek.

Ils s'élancèrent sur le pont-levis ; le bois craquait et se mit à se soulever sous leurs pieds. Le pont mobile était déjà à un mètre du sol quand ils atteignirent l'autre extrémité. Ils sautèrent, atterrirent dans l'herbe.

— Et maintenant ? demanda Chris en se relevant.

Il tenait toujours son épée tachée de sang.

— Suivez-moi, fit Marek en prenant le chemin du village.

Ils se dirigèrent vers l'église, bifurquèrent pour

s'éloigner de l'étroite rue principale où la bataille faisait rage entre les soldats d'Oliver en bordeaux et gris et les hommes d'Arnaud en vert et noir. Marek leur fit traverser la place du marché désertée par les commerçants. Ils se jetèrent contre un mur pour éviter un détachement de cavaliers portant les armes d'Arnaud, qui galopaient en direction du château. L'un d'eux essaya d'embrocher Marek au passage. Ils regardèrent les cavaliers s'éloigner et se remirent en route.

Chris s'attendait à trouver des corps de femmes éviscérées, de bébés égorgés ; il ne savait s'il devait être déçu ou soulagé de ne pas en voir. Au vrai, il ne distinguait ni femmes ni enfants.

— Ils se sont enfuis ou cachés, expliqua Marek. Les gens sont habitués à la guerre par ici ; ils savent quoi faire.

— Quelle direction ? demanda Kate.

— À gauche, vers la porte principale.

Ils tournèrent dans une ruelle, entendirent un cri derrière eux. En se retournant, ils virent des soldats s'approcher en courant. Chris était incapable de dire si les soldats les poursuivaient ou s'ils couraient dans leur direction. Pas question d'attendre pour savoir à quoi s'en tenir.

Marek accéléra l'allure, ses compagnons le suivirent. Au bout d'un moment, Chris regarda par-dessus son épaule : ils étaient en train de distancer les soldats. Il en éprouva une curieuse fierté.

Mais Marek ne voulait pas prendre de risques. Il tourna brusquement dans une autre ruelle où s'élevait une odeur forte et désagréable. Les échoppes fermées étaient séparées par des allées ; celle que Marek suivait les conduisit à une cour clôturée dépendant d'une boutique. De grandes cuves de bois étaient disposées dans la cour ; l'odeur — un mélange de chairs en décomposition et d'excréments — y était presque insupportable. C'était une tannerie.

— Vite ! fit Marek.

Ils passèrent par-dessus la clôture, s'accroupirent

derrière les cuves qui dégageaient une odeur pestilentielle.

— Berk ! fit Kate en se bouchant le nez. Qu'est-ce que ça sent ?

— Ils trempent les peaux dans la fiente de poulet, murmura Chris. L'azote contenu dans les excréments assouplit les peaux.

— Génial !

— Ils utilisent aussi les crottes de chien.

— De mieux en mieux !

Chris vit d'autres cuves et des peaux étendues pour sécher. Çà et là s'élevaient des tas nauséabonds d'une substance jaunâtre : la graisse raclée sur la face intérieure des peaux.

— Les yeux me brûlent, fit Kate.

Chris montra la croûte blanche déposée sur les cuves qui les entouraient. Elles contenaient une solution alcaline qui faisait disparaître les poils et les lambeaux de chair restant après le grattage des peaux. C'étaient ces vapeurs qui leur brûlaient les yeux.

Il reporta son attention sur l'allée où se faisaient entendre des bruits de pas précipités et des cliquetis de métal. Ils virent à travers la clôture Robert de Kere accompagné de sept soldats. Les hommes regardaient dans toutes les directions ; ils les cherchaient.

Chris se demanda pourquoi on les poursuivait encore. Qu'avaient-ils de si important pour que de Kere préfère se débarrasser d'eux plutôt que d'aider à repousser les assaillants ?

Leurs poursuivants ne supportaient apparemment pas mieux qu'eux la puanteur de l'allée ; sur un ordre du chevalier balafré, ils firent rapidement demi-tour en direction de la rue.

— Qu'est-ce que c'est que cette histoire ? murmura Chris.

Marek secoua la tête en signe d'ignorance.

Ils perçurent aussitôt des cris et un bruit de course ; les soldats revenaient. Chris se demanda comment ils avaient pu entendre. Il se tourna vers Marek qui partageait à l'évidence sa perplexité. « Ici ! ici ! » cria de Kere derrière la clôture. Chris se dit qu'il avait dû laisser un homme dans l'allée. Il ne voyait pas d'autre explication ; il n'avait pas parlé assez fort pour que sa voix porte. Marek commença à s'avancer vers les poursuivants, puis il hésita en voyant de Kere et ses hommes escalader la clôture. Ils étaient huit ; impossible de les affronter tous.

— André, fit Chris en montrant une cuve. C'est de la lessive.

— Allons-y, dit Marek en souriant.

Ils poussèrent de toutes leurs forces sur le bois et parvinrent à renverser la cuve. La solution alcaline écumeuse se répandit sur le sol et coula vers les soldats. L'odeur prenait à la gorge. Les hommes d'armes comprirent aussitôt ce que c'était — la chair entrant en contact avec ce liquide serait brûlée — et remontèrent précipitamment sur la clôture en s'assurant qu'ils gardaient les pieds en l'air. Les piquets de bois émirent un chuintement quand le liquide les toucha ; la clôture se mit à osciller sous le poids des hommes en armes. Ils se jetèrent en hurlant dans l'allée.

— Ne perdons pas de temps, fit Marek.

Il entraîna ses compagnons au fond de la cour ; ils grimpèrent sur un appentis pour se retrouver dans l'allée voisine.

L'après-midi touchait à sa fin, la lumière allait en s'affaiblissant. Les flammes des fermes incendiées projetaient sur le sol des ombres mouvantes. Les tentatives pour éteindre le feu avaient échoué ; le chaume des toits flambait avec ardeur et des brins de paille enflammés voletaient dans le ciel.

Ils suivaient une venelle serpentant entre des porcheries. Rendus nerveux par les incendies proches, les animaux grognaient et criaient.

Contournant les fermes en flammes, ils se dirigèrent vers la porte sud, par laquelle ils étaient entrés. Ils virent de loin que d'âpres combats s'y déroulaient ;

l'entrée était presque entièrement bloquée par des cadavres de chevaux. Les soldats d'Arnaud devaient gravir l'entassement d'animaux morts pour atteindre les défenseurs qui les repoussaient furieusement à la hache et à l'épée.

Marek décida de rebrousser chemin vers des fermes.

— Où allons-nous ? demanda Chris.

— Je ne sais pas exactement.

Marek vit des soldats courir le long du mur d'enceinte de la ville ; ils allaient vers la porte sud pour se jeter dans la bataille.

— Je veux monter sur ce mur.

— Sur le mur ?

— Là-bas, fit-il en montrant une ouverture ménagée dans la muraille, où l'on distinguait des marches.

Ils débouchèrent en haut du mur. De leur poste d'observation, ils virent que d'autres parties de la ville étaient la proie des flammes ; les incendies se rapprochaient des rues commerçantes. Toute la ville de Castelgard serait bientôt en feu. Marek se pencha par-dessus le mur pour regarder en bas ; le sol était à six mètres. Des buissons d'un mètre cinquante semblaient avoir un feuillage assez épais pour amortir leur chute, mais la lumière était trop faible pour voir avec précision.

— Restez relâchés, fit-il. Gardez le corps détendu.

— Relâchés ? répéta Chris tandis que Kate se hissait sur le mur.

Elle se suspendit par les mains et se laissa tomber au pied du mur ; elle toucha le sol avec la souplesse d'un chat. Elle leva la tête, leur fit signe de sauter.

— C'est haut, marmonna Chris. Je ne veux pas me casser une jambe...

Ils entendirent des cris sur leur droite. Trois soldats couraient vers eux en brandissant leur épée.

— Alors, reste, fit Marek en sautant à son tour.

Chris l'imita dans la lumière indécise du soir. Il poussa un grognement en touchant le sol et roula sur lui-même. Il se remit lentement debout : rien de cassé.

Il se sentait soulagé, assez content de lui, quand il entendit le sifflement de la première flèche qui se ficha dans la terre, juste entre ses pieds.

Les soldats tiraient sur eux du haut du mur. Marek prit Chris par le bras ; ils parcoururent ventre à terre les dix mètres qui les séparaient du sous-bois, se jetèrent sous le couvert végétal. Ils se plaquèrent au sol et attendirent.

D'autres flèches passèrent aussitôt au-dessus de leur tête ; elles venaient cette fois de l'autre côté. À la lumière incertaine du crépuscule, Chris aperçut des silhouettes en vert et noir sur une élévation de terrain.

— Ce sont les hommes d'Arnaud ! s'écria-t-il. Pourquoi tirent-ils sur nous ?

Marek ne répondit pas. Il s'enfonça en rampant dans le sous-bois ; Kate l'imita. Une flèche siffla si près de Chris qu'elle déchira son pourpoint à l'épaule ; il ressentit une brève douleur.

Il se jeta par terre et suivit ses compagnons.

28:12:39

— J'ai une bonne et une mauvaise nouvelle, lança Diane Kramer en entrant dans le bureau.

Il était à peine neuf heures ; assis devant son ordinateur, Doniger tapotait d'une main sur le clavier, une boîte de Coca dans l'autre.

— Commencez par la mauvaise.

— Nos blessés ont été transportés au CHU. Vous ne devinerez jamais qui était de garde... Le docteur Tsosie, la femme qui s'est occupée de Traub à Gallup.

— Elle travaille dans les deux établissements ?

— Oui. Elle est surtout au CHU, mais elle fait deux jours par semaine à Gallup.

— Merde ! souffla Doniger. C'est légal ?

— Absolument. Quoi qu'il en soit, le docteur Tsosie a examiné nos techniciens avec le plus grand soin ; elle a même fait passer une IRM à trois d'entre eux. Elle a réservé l'appareil dès qu'elle a appris que l'accident s'était produit dans les locaux d'ITC.

— Une IRM ? répéta Doniger, les sourcils froncés. Cela laisse supposer qu'elle devait savoir que Traub avait des erreurs d'alignement.

— Oui, acquiesça Diane. Elle en avait apparemment fait passer une à Traub. Elle cherchait quelque chose, c'est sûr : vices de conformation, erreurs d'alignement.

— Merde !

— Elle a fait tout un plat de cette histoire, au point de rendre parano le personnel de l'hôpital. Et elle a prévenu Wauneka, le flic de Gallup ; il semble qu'ils soient amis.

— Comme si j'avais besoin de ça, grogna Doniger.

— On passe à la bonne nouvelle ?

— Je suis prêt.

— Wauneka appelle ses collègues d'Albuquerque. Le chef de la police en personne se transporte sur les lieux, escorté par deux journalistes. Tout le monde attend du corps médical des révélations fracassantes — radioactivité, contamination, des choses de ce genre. Déception : toutes les blessures sont superficielles, dues pour la plupart à des éclats de verre. Même les fragments de métal n'ont pas traversé l'épiderme.

— Les écrans d'eau ont dû les freiner, fit Doniger.

— C'est aussi mon avis. Tout le monde est déçu, mais le coup de grâce est porté par les résultats de l'IRM : rien d'étrange. Aucune erreur de transmission ; normal, ce ne sont que des techniciens. Le chef de la police l'a mauvaise ; le directeur de l'hôpital aussi. Les journalistes partent couvrir l'incendie d'un immeuble. Pendant ce temps, un patient souffrant de calculs rénaux manque de passer l'arme à gauche ; l'IRM n'était pas disponible. Tsosie commence à craindre pour son poste ; Wauneka reçoit un bon savon.

— Parfait ! s'écria Doniger en tapant du poing sur la table. Ces deux-là n'ont que ce qu'ils méritent !

— J'ai gardé le meilleur pour la fin, ajouta Diane Kramer d'un ton triomphant. Louise Delvert, la journaliste française, accepte de venir visiter nos installations.

— Enfin ! Quand ?

— La semaine prochaine. Nous lui ferons faire la tournée bidon habituelle.

— Décidément, fit Doniger, cette journée s'annonce bien. Finalement, nous réussirons peut-être à étouffer l'affaire. C'est tout ?

— La presse sera là à midi.

— Cela entre dans la rubrique des mauvaises nouvelles.

— Et Stern a découvert le vieux prototype : il veut partir dans l'autre monde. Gordon s'y oppose catégoriquement, mais Stern exige que vous confirmiez son refus.

— Je suis d'avis de le laisser faire, déclara Doniger après un silence.

— Bob !...

— Pour quelles raisons n'irait-il pas ?

— C'est extrêmement dangereux ! Cette machine a une protection minimale, elle n'a pas été utilisée depuis plusieurs années et a déjà provoqué de graves erreurs de transcription sur ses passagers. Il n'est même pas sûr qu'il revienne.

— Je sais, fit Doniger avec un petit geste agacé de la main. Ce n'est pas vital.

— Qu'est-ce qui est vital ? demanda Diane, l'air perplexe.

— Baretto.

— Baretto ?

— Vous n'êtes pas obligée de répéter ce que je dis, Diane. Faites plutôt travailler votre matière grise !

Diane Kramer se renfrogna, secoua la tête.

— Examinons la situation. Baretto est mort une ou deux minutes après le départ de la machine ; il a été criblé de flèches juste au moment du départ.

— Oui...

— Pendant les premières minutes, poursuivit Doniger, tout le monde reste groupé autour des machines. Vrai ou faux ? Quelle raison avons-nous donc de croire que Baretto s'est fait tuer, mais pas les autres ?

Diane Kramer garda le silence.

— Il est raisonnable de penser que ceux qui ont tué Baretto ont tué les autres. Tous les autres.

— Admettons...

— Cela signifie qu'ils ne reviendront probablement pas. Le Professeur non plus ; tout le groupe a disparu. C'est malheureux, certes, mais nous pouvons fournir une explication à la disparition d'un groupe. Un tragique accident de laboratoire où tous les corps sont calcinés, un avion qui s'écrase au sol ; personne ne s'apercevra de rien.

— Mais il y a Stern, fit Diane après un silence. Il connaît toute l'histoire.

— Exact.

— En l'envoyant là-bas, vous cherchez donc à vous débarrasser de lui aussi. À faire place nette.

— Pas du tout, protesta Doniger. Je suis opposé à son départ. Mais il est volontaire pour le faire, il veut voler au secours de ses amis. Ce ne serait pas bien de ma part de l'en empêcher.

— Bob, soupira Diane, il y des fois où vous êtes vraiment un beau salaud.

Doniger éclata de rire. Il avait un rire aigu, nerveux, hystérique, semblable à celui d'un petit enfant. Nombre de scientifiques avaient ce rire qui évoquait toujours à Diane celui d'une hyène.

— Si vous laissez partir Stern, je vous quitte.

Le rire de Doniger redoubla d'intensité ; il rejeta la tête en arrière dans son fauteuil. Diane sentit la colère monter en elle.

— Je parle sérieusement, Bob !

Il cessa enfin de rire, essuya les larmes qui s'étaient formées au coin de ses paupières.

— Allons, Diane, je plaisante ! Bien sûr que Stern ne peut pas y aller. Qu'avez-vous fait de votre sens de l'humour ?

— Je vais lui dire que vous refusez de le laisser partir, fit Diane en se dirigeant vers la porte. Mais vous ne plaisantiez pas.

Doniger éclata de nouveau d'un grand rire dont les échos emplirent la pièce. Furieuse, Diane claqua la porte.

27:27:22

Depuis quarante minutes, ils avançaient péniblement dans la forêt, au nord-est de Castelgard. En atteignant enfin le sommet d'une colline dominant la contrée, ils firent halte pour reprendre leur souffle et faire le point.

— Mon Dieu ! s'écria Kate en ouvrant de grands yeux.

Ils se trouvaient face à la Dordogne et au monastère, mais leurs regards étaient irrésistiblement attirés par la masse imposante du château qui s'élevait au-dessus du monastère : la forteresse de La Roque. Elle était gigantesque ! Dans la pénombre bleutée qui allait s'épaississant, le château était éclairé par d'innombrables fenêtres et des torches disposées le long des remparts. Malgré les lumières, la forteresse avait un aspect menaçant. Les murs d'enceinte projetaient leurs abruptes parois noires au-dessus de l'eau sombre des douves. À l'intérieur se trouvait une autre enceinte de murailles renforcée par plusieurs tours circulaires, au centre de laquelle s'élevait le château proprement dit, avec sa tour rectangulaire se dressant à trente mètres au-dessus du sol.

— Cela ressemble à la forteresse d'aujourd'hui ? demanda Marek à Kate.

— Pas du tout, répondit-elle. Cette construction est gigantesque. Le château moderne n'a qu'une ceinture de murs alors que celle-ci en a deux ; une des enceintes a disparu.

— À ma connaissance, reprit Marek, personne n'a jamais enlevé le château par la force.

— Je comprends pourquoi, glissa Chris. Regardez sa situation.

Au sud et à l'est, la forteresse occupait le sommet d'une falaise calcaire présentant un à-pic de cent cinquante mètres qui dégringolait jusqu'à la rivière. À l'ouest, où la paroi était moins abrupte, les maisons accrochées à la falaise grimpaient vers le château, mais des assaillants passant par le village se trouveraient face à un large fossé et à plusieurs ponts-levis. Au nord, la pente était plus douce, mais tous les arbres avaient été abattus, laissant un vaste terrain découvert par lequel toute attaque eût été suicidaire.

— Là-bas ! fit Marek en tendant le bras. Regardez !

À la clarté du crépuscule une petite troupe s'approchait du château sur une route de terre. Les deux cavaliers qui ouvraient la marche portaient une torche diffusant assez de lumière pour leur permettre de reconnaître lord Oliver, Malegant, le Professeur ; des chevaliers sur deux colonnes fermaient la marche. Ils étaient si éloignés qu'on discernait à peine les silhouettes. Chris, pour sa part, n'avait aucun doute sur leur identité.

Il vit les cavaliers traverser un pont sur un fossé et franchir une large porte flanquée de tours jumelles semi-circulaires, appelée porte en double D : vues du ciel, les tours avaient la forme de deux D accolés. En haut des tours, des soldats regardaient passer la petite troupe.

Les cavaliers pénétrèrent dans une première cour où de longs bâtiments en bois servaient à loger les troupes. Au fond de cette cour, ils traversèrent un second fossé sur un pont-levis et franchirent une autre porte dont les tours jumelles, hautes de neuf mètres, étaient éclairées à profusion par des torches disposées derrière les meurtrières.

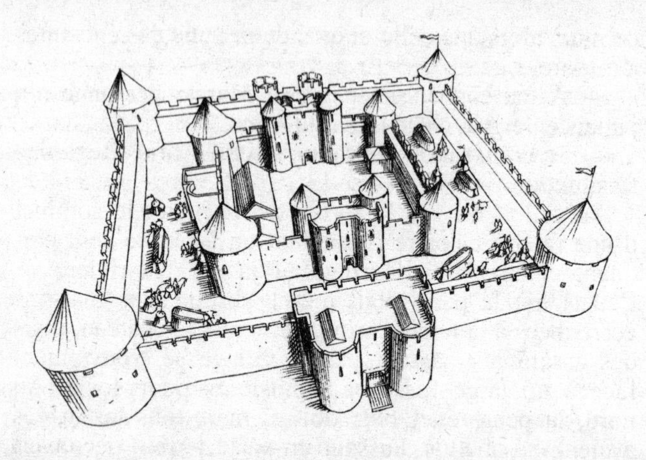

Les cavaliers mirent pied à terre dans la cour intérieure du château. Oliver entraîna Johnston vers le grand salon ; ils disparurent à l'intérieur.

— Le Professeur a dit que si nous étions séparés, fit Kate, nous devions nous rendre au monastère et demander à voir le frère Marcel qui a la clé. Je suppose qu'il parlait de la clé du passage secret.

— C'est ce que nous allons faire, acquiesça Marek. Dès que la nuit sera tombée.

Chris regarda autour de lui. Il distinguait dans le demi-jour de petits groupes de soldats éparpillés dans les champs, jusqu'à la rivière. Ils allaient devoir passer sans attirer l'attention de tous les hommes d'armes.

— Tu veux vraiment y aller ce soir ?

— Aussi dangereux que cela paraisse, répondit Marek, ce sera pire demain matin.

26:12:01

Le ciel sans lune était noir et criblé d'étoiles ; de rares nuages passaient rapidement. Ils descendirent la colline, longèrent le village en flammes et continuèrent d'avancer dans le noir. Quand ses yeux se furent habitués à l'obscurité, Chris constata avec étonnement qu'il voyait fort bien à la seule lumière des étoiles. Probablement parce qu'il n'y avait pas de pollution atmosphérique. Il se souvenait d'avoir lu que dans les siècles passés on pouvait apercevoir la planète Vénus dans la journée, comme on distingue aujourd'hui la lune. Ce n'était plus possible depuis bien longtemps.

Il était aussi étonné par la profondeur du silence nocturne. Le son le plus fort était celui de leurs pieds dans l'herbe, frôlant parfois un buisson.

— Nous allons rejoindre le sentier, murmura Marek, et descendre jusqu'à la rivière.

Leur progression était lente. Marek s'arrêtait fréquemment, se baissait pour écouter deux ou trois minutes avant de reprendre sa marche. Près d'une heure s'écoula avant qu'ils discernent le sentier reliant l'agglomération à la rivière ; il faisait un trait clair sur le fond sombre de l'herbe et du feuillage environnant.

Marek s'arrêta encore une fois. Le silence était total ; il ne percevait que le souffle léger du vent. Chris était impatient de repartir. Au bout d'une minute d'attente, il commença à se lever.

Marek le força à rester près du sol.

Il mit un doigt sur ses lèvres.

Chris tendit l'oreille. Ce n'était pas seulement le souffle du vent ; il y avait aussi des rumeurs. Il écouta plus attentivement. Il y eut d'abord une toux discrète, venant de devant, puis une autre, plus proche, de leur côté du chemin.

Du doigt, Marek indiqua la gauche puis la droite. De l'autre côté du sentier, Chris vit dans les buissons un éclat argenté : une armure à la lumière des étoiles.

Il perçut des frôlements dans le sous-bois.

C'était une embuscade ; des soldats étaient cachés de part et d'autre du sentier.

Marek leur fit signe de rebrousser chemin ; ils s'éloignèrent sans bruit du sentier.

— Et maintenant ? souffla Chris.

— Nous allons rester à l'écart du sentier, répondit Marek. Continuons vers l'est, en direction de la rivière. Suivez-moi.

Les nerfs à vif, Chris était à l'affût du moindre son. Le bruit de leurs pas était si fort qu'il couvrait tout le reste. Il comprenait maintenant pourquoi Marek s'arrêtait si souvent : c'était le seul moyen d'être sûr qu'aucun danger ne les guettait.

Ils s'éloignèrent de deux cents mètres du sentier avant d'entamer leur descente à travers champs. Chris avait le sentiment d'être vulnérable malgré l'obscurité qui les enveloppait. Les champs étaient séparés par des murets offrant un maigre couvert, mais Chris demeurait nerveux. Il poussa un soupir de soulagement quand ils retrouvèrent une végétation plus dense.

Ce monde de silence et de ténèbres lui était totalement étranger, mais il s'y adapta rapidement. Le danger pouvait venir d'un mouvement infime, d'un son presque inaudible. Il allait lentement, les jambes fléchies, posant précautionneusement la pointe du pied avant de déplacer son poids, tournant constamment la tête de gauche et de droite.

Il se sentait comme un animal ; cela lui rappela

comment Marek, avant d'attaquer le garde dans le donjon, avait montré les dents comme un grand singe. Il se tourna vers Kate, vit qu'elle aussi avançait pliée en deux, nerveuse.

Il se prit à penser à la salle de séminaires de Yale, au premier étage du bâtiment Peabody, avec ses murs crème et ses boiseries sombres, aux vives discussions entre les étudiants de troisième cycle assis autour de la longue table. L'archéologie évolutive était-elle avant tout de nature historique ou archéologique ? Les critères formels devaient-ils prendre le pas sur les critères objectifs ? La doctrine dérivationniste dissimulait-elle un engagement normatif ?

Pas étonnant qu'ils n'aient pas été d'accord. Les questions agitées étaient de pures abstractions, totalement dépourvues de substance. Leurs débats creux ne pouvaient avoir de conclusion, leurs questions de réponses. Mais il y avait une telle intensité, une telle passion dans ces discussions ! D'où provenaient-elles ? Comment pouvaient-ils prendre ces sujets à cœur ? Il n'arrivait même plus à se souvenir pourquoi cela leur paraissait si important.

Tandis qu'il descendait la collline dans l'obscurité, le monde universitaire semblait s'éloigner irréversiblement, appartenir à un passé de plus en plus vague. Aussi terrifié qu'il fût dans cette nuit noire où il risquait sa vie, la situation avait une réalité qu'il ne pouvait s'empêcher de trouver rassurante, voire grisante...

Il entendit un craquement de brindille, s'immobilisa aussitôt.

Kate et Marek s'arrêtèrent aussi.

Ils perçurent un froissement dans les broussailles, sur leur gauche, puis un grognement étouffé. Marek posa la main sur la poignée de son épée.

Une petite silhouette sombre passa près d'eux en grommelant : un sanglier.

— J'aurais dû le tuer, murmura Marek. J'ai faim.

Ils s'apprêtaient à se remettre en route quand Chris comprit que le sanglier avait été effrayé par quelqu'un d'autre. Ils entendirent des pas, nombreux, un bruit de course dans les buissons, des craquements de branches. Les bruits se rapprochaient.

Marek voyait assez bien dans l'obscurité pour distinguer des miroitements de métal. Il devait y avoir sept ou huit soldats, parcourant rapidement quelques mètres dans leur direction, puis se laissant tomber au sol où ils restaient silencieux et immobiles. Il était perplexe.

Ces soldats leur avaient tendu une embuscade sur le sentier ; ils s'étaient déplacés dans la même direction qu'eux et les attendaient de nouveau.

Comment était-ce possible ?

Il regarda Kate, accroupie près de lui ; la peur se lisait sur son visage.

Chris lui tapa sur l'épaule, montra son oreille.

Marek hocha la tête, écouta ; il n'entendait que le vent. Il se retourna vers Chris, qui se tapota le haut de la joue, près de son oreille.

Il lui demandait de mettre son écouteur en marche.

Marek se frappa doucement l'oreille.

Un petit craquement se manifesta quand le son arriva, puis plus rien. Avec un haussement d'épaules, il regarda Chris, qui lui fit signe d'attendre. Il patienta.

Au bout de quelques instants de silence, il perçut le souffle léger et régulier d'une respiration.

Il se tourna vers Kate, un doigt sur les lèvres, pour lui demander de ne faire aucun bruit ; elle acquiesça de la tête. Il fit de même avec Chris, qui indiqua qu'il avait compris.

Marek recommença à écouter en silence ; il percevait encore dans son écouteur le bruit léger d'une respiration.

Mais il ne venait pas d'eux.

Il y avait quelqu'un d'autre.

— Cela devient trop dangereux, André, murmura Chris. Il vaut mieux ne pas traverser la rivière cette nuit.

— Tu as raison, répondit Marek. Nous allons repartir vers Castelgard et nous cacher à l'extérieur de la ville pendant la nuit.

— Oui. Bonne idée.

— En route.

Ils échangèrent un signe de tête dans l'obscurité avant de se tapoter l'oreille pour couper leur écouteur.

Ils se mirent à plat ventre et attendirent.

Au bout d'un moment, les soldats se remirent en marche dans les broussailles. Cette fois, ils remontaient la colline, en direction de Castelgard.

Ils laissèrent passer encore cinq ou six minutes avant de partir dans la direction opposée.

C'est Chris qui avait compris le premier. En descendant la colline dans la nuit, il avait chassé un moustique d'un geste de la main, mettant sans le vouloir son écouteur en marche. Peu après, il avait entendu un éternuement.

Aucun d'eux n'avait éternué.

Quelques minutes plus tard, au moment où passait le sanglier, il avait reconnu le bruit d'une respiration haletante dans l'écouteur. Kate et Marek, tapis près de lui dans l'obscurité, étaient parfaitement silencieux.

Il eut à cet instant la certitude que quelqu'un d'autre était muni d'un écouteur. Et il avait une bonne idée de l'endroit d'où il provenait : de Gomez. Quelqu'un avait dû le prendre sur la tête tranchée de Gomez. La seule question que cela posait était de savoir...

Marek lui donna un petit coup de coude et tendit le bras devant lui.

Kate leva le pouce en souriant.

Devant eux, la Dordogne roulait ses flots paisibles. La rivière était si large à cet endroit qu'ils distinguaient à peine sur la rive opposée la ligne sombre des arbres et des sous-bois profonds. Il n'y avait pas le moindre mouvement. Chris regarda en amont ; il discerna la silhouette du pont et de son moulin. Il savait que le moulin était fermé la nuit, qu'on ne pouvait y travailler que de jour ; une simple chandelle risquait de provoquer une explosion.

Marek lui tapa sur le bras pour désigner quelque chose sur l'autre rive. Chris haussa les épaules : il ne voyait rien.

Marek insista, le doigt tendu.

En plissant les yeux, Chris aperçut quatre petites fumées blanches. S'il y avait des feux, pourquoi ne voyaient-ils pas de lumière ?

Ils remontèrent la rivière en restant au bord de l'eau, arrivèrent devant une barque amarrée à la rive. Poussée par le courant, la coque tapait contre des rochers. Marek regarda de l'autre côté ; il ne voyait plus les fumées.

Il montra la barque. Les autres voulaient-ils courir le risque de la prendre ?

Il n'y avait qu'une seule autre possibilité : traverser à la nage. La nuit était froide, Chris ne voulait pas se mouiller. Il pointa du doigt l'embarcation en hochant la tête.

Kate acquiesça en silence.

Ils montèrent dans la barque, Marek prit les rames. Ils commencèrent sans bruit à traverser la rivière.

Assise à côté de Chris, Kate se remémora leur conversation sur cette même rivière, quelques jours plus tôt. Combien de jours exactement ? Pas plus de deux, mais elle avait l'impression que cela datait de plusieurs semaines.

Elle scruta la rive opposée, à l'affût d'un mouvement. La barque ne devait être qu'une forme noire sur l'eau sombre et le fond obscur de la colline, mais, si quelqu'un regardait dans leur direction, elle n'en serait pas moins visible.

Ce n'était apparemment pas le cas. Kate vit la rive se rapprocher ; la barque s'enfonça dans les herbes avec une sorte de chuintement et s'arrêta en douceur. Ils descendirent. Un chemin étroit longeait le bord de l'eau ; Marek s'y engagea en faisant signe aux autres de rester silencieux. Il se dirigeait vers les fumées.

Ils le suivirent en silence.

Quelques minutes plus tard, ils avaient la réponse à leur question. Les flammes des quatre feux disposés à intervalles réguliers le long de la rive étaient entourées par des fragments de pièces d'armure enfoncés dans de petits tas de terre, de sorte que seule la fumée était visible.

Mais il n'y avait pas de soldats.

— Une vieille ruse, murmura Marek. Les feux servent à tromper l'ennemi.

Kate ne comprenait pas très bien le but de cette « vieille ruse ». Peut-être s'agissait-il de faire croire que l'on avait une armée plus forte, plus nombreuse. Ils longèrent la rangée de feux abandonnés, en virent d'autres un peu plus loin sur la rive. Ils marchaient près de l'eau qui clapotait doucement. Au moment où il atteignait le dernier feu, Marek pivota d'un bloc et se jeta au sol ; les autres l'imitèrent. Ils entendirent des voix chantant une chanson à boire aux paroles répétitives. Une de ces interminables chansons de corps de garde, se dit Kate.

Elle leva lentement la tête, aperçut une demi-douzaine de soldats en vert et noir assis autour d'un feu et braillant à qui mieux mieux. Peut-être avaient-ils reçu l'ordre de faire assez de boucan pour expliquer le nombre de feux.

Marek leur fit signe de rebrousser chemin. Quand ils furent à une certaine distance des soudards, il tourna sur la gauche, s'éloignant de la rivière. Ils traversèrent l'écran d'arbres bordant la rive, se retrouvèrent dans les champs, en terrain découvert. Kate se rendit compte qu'elle était déjà passée par là dans la matinée. Elle distingua sur sa gauche des lumières tremblotantes à plusieurs fenêtres du monastère ; quelques moines travaillaient tard. Juste devant elle apparurent les contours sombres de plusieurs chaumières.

Chris indiqua le monastère : pourquoi n'y allaient-ils pas ?

Marek pencha la tête sur ses mains jointes : tout le monde dort.

Et alors ?

Marek mima quelqu'un que l'on tire du sommeil, qui est surpris, alarmé. Il semblait vouloir dire que leur arrivée en pleine nuit sèmerait la perturbation.

Chris haussa de nouveau les épaules : et alors ?

Marek agita l'index : ce n'est pas une bonne idée. Il forma deux mots avec ses lèvres : *demain matin*.

Chris poussa un soupir de résignation.

Ils longèrent les premières chaumières, parvinrent devant une ferme détruite par le feu, dont il ne subsistait que quatre murs noircis et les restes calcinés des poutres qui soutenaient le toit de chaume. Marek entra par une porte ouverte, barrée d'une marque rouge que Kate distingua à peine dans l'obscurité.

Il ne restait à l'intérieur que des pièces de vaisselle brisées, éparpillées dans l'herbe haute. Marek entreprit de fouiller dans l'herbe, revint avec deux pots de terre cuite aux bords ébréchés — des vases de nuit, se dit Kate — qu'il posa soigneusement sur un appui de fenêtre noirci par le feu.

— Où allons-nous dormir ? souffla-t-elle.

Marek montra le sol.

— Pourquoi ne pas aller au monastère ? insista-t-elle en montrant le toit éventré.

La nuit était froide, elle avait faim. Elle avait envie du confort d'un espace clos.

— Pas sûr, murmura Marek. Nous dormons ici.

Il s'étendit sur l'herbe, ferma les yeux.

— Pourquoi n'est-ce pas sûr ?

— Quelqu'un a un écouteur et il sait où nous voulons aller.

— Je voulais te parler de..., commença Chris à voix basse.

— Pas maintenant, coupa Marek sans ouvrir les yeux. Il faut dormir.

Kate se coucha, Chris s'étendit près d'elle. Elle poussa son dos contre lui. Juste pour avoir un peu de chaleur ; il faisait si froid.

Elle entendit au loin un roulement de tonnerre.

Peu après minuit, il se mit à pleuvoir ; Kate sentit les premières grosses gouttes s'écraser sur sa joue. Elle se leva avant que la pluie tombe à verse. Elle repéra dans l'obscurité un petit appentis de bois, partiellement brûlé, mais au toit intact. Elle se glissa sous l'auvent, s'assit contre le mur en se serrant contre Chris qui l'avait suivie. Marek vint les rejoindre ; il s'allongea près d'eux, se rendormit aussitôt. Elle vit la pluie dégouliner sur ses joues, mais il ronflait déjà.

26:12:01

Une demi-douzaine de montgolfières s'élevaient au-dessus des mesas dans le ciel lumineux ; il était près de onze heures. Un des ballons était décoré d'un motif en zigzag qui évoquait à Stern les sables colorés navajos.

— Je regrette, fit Gordon d'une voix ferme, la réponse est non. Vous ne pouvez utiliser le prototype, David. C'est trop dangereux.

— Pourquoi ? Je croyais que tout était sûr, plus sûr qu'une voiture. Où est le danger ?

— J'ai dit que nous n'avions pas d'erreurs de transcription, celles qui se produisent pendant la reconstruction. Eh bien, ce n'est pas tout à fait exact.

— Ah bon ?

— Il est vrai, en règle générale, que nous ne trouvons pas trace d'erreurs de transcription. Mais il est probable qu'à chaque voyage se produisent des erreurs minimes, impossibles à déceler. Comme les expositions aux radiations, les erreurs de transcription s'additionnent. On ne voit rien au retour du premier voyage, mais, après dix ou vingt, les signes apparaissent. Sous la forme d'un petit bourrelet semblable à une cicatrice ou d'une petite trace sur la cornée. Ou bien ce sont des symptômes, du diabète, par exemple, ou encore des problèmes circulatoires. Dès que ces signes ont été relevés, il faut mettre un terme aux voyages, sous peine de voir les problèmes s'aggraver. C'est ce que nous appelons « avoir atteint la limite ».

— Ça s'est déjà produit ?

— Oui. Sur des animaux de laboratoire... et sur quelques personnes. Les pionniers, ceux qui ont utilisé ce prototype.

— Que sont-ils devenus ? demanda Stern après une hésitation.

— La plupart sont encore ici. Ils travaillent pour nous, mais ne font plus le voyage. Impossible.

— Je comprends, fit Stern, mais il ne s'agirait pour moi que d'un seul voyage.

— Nous n'avons ni utilisé ni étalonné cette machine depuis longtemps, répliqua Gordon. Elle peut être en bon état, mais ce n'est pas certain. Imaginons que je vous laisse partir et qu'en arrivant en 1357 vous découvriez que vous avez des erreurs de transcription si inquiétantes que vous n'osez revenir, de peur qu'elles ne s'aggravent.

— Vous voulez dire que je serais obligé de rester là-bas ?

— Oui.

— Est-ce déjà arrivé à quelqu'un ?

— Possible, répondit Gordon d'un ton hésitant.

— Il y aurait quelqu'un là-bas en ce moment ?

— Possible, répéta Gordon. Nous n'en sommes pas sûrs.

— C'est très important, insista Stern, soudain très excité. Il y aurait quelqu'un sur place, qui pourrait les aider ?

— Je ne sais pas si la personne en question les aiderait.

— Mais il faut le leur dire. Il faut les prévenir.

— Nous ne sommes pas en mesure d'entrer en contact avec eux.

— Je pense que si, déclara Stern.

16:12:23

Frissonnant de froid, Chris s'éveilla avant l'aube. Le ciel était d'un gris pâle, une brume légère couvrait le sol. Il était assis sous l'appentis, les genoux remontés sur la poitrine, le dos contre le mur. À côté de lui, dans la même position, Kate dormait encore. Il se tourna pour regarder à l'extérieur, grimaça aussitôt de douleur. Tous ses muscles étaient contractés et endoloris — les bras, les jambes, le torse, partout. Il avait mal au cou quand il remuait la tête.

Il découvrit que l'épaule de son pourpoint était raide de sang séché. La flèche qui l'avait effleuré la veille au soir avait dû entamer assez profondément la chair pour provoquer un saignement. Après avoir fait bouger son bras en se mordant les lèvres, il décida que ce n'était pas grave.

L'humidité du petit matin le faisait grelotter. Ce qu'il voulait, c'était un bon feu et quelque chose à manger ; il n'avait rien avalé depuis plus de vingt-quatre heures. Et il avait soif. Où allait-on chercher de l'eau ici ? Pouvait-on boire celle de la Dordogne ou fallait-il trouver une source ? Et la nourriture ?

Il tourna la tête pour interroger Marek ; il n'était plus là. Chris se tortilla au prix d'atroces douleurs pour inspecter les alentours de la ferme : aucune trace de Marek.

Il commençait à se mettre debout quand il entendit

des pas qui approchaient. Marek ? Non, il y avait plusieurs personnes. Il reconnut le cliquetis caractéristique des mailles métalliques d'une armure.

Le bruit de pas s'amplifia, puis cessa. Il retint son souffle. Sur sa droite, à moins d'un mètre de sa tête, un gantelet passa par la fenêtre ouverte et se posa sur le rebord. La manche qui prolongeait le gant était verte, bordée de noir.

Les hommes d'Arnaud.

— *Hic nemo habitavit nuper*, fit une voix.

— *Et intellego quare*, répondit une autre voix venant de la porte. *Specta, porta habet signum rubrum. Estne pestilentiae ?*

— *Pestilentia ? Certo scisne ? Abeamus !*

La main se retira vivement, les pas s'éloignèrent. L'écouteur n'avait rien traduit : il n'était pas branché. Chris ne pouvait compter que sur ses souvenirs de latin. Que signifiait *pestilentia* ? La peste, sans doute. En voyant la marque rouge sur la porte, les soldats avaient filé.

Était-ce une maison frappée par la peste ? Est-ce pour cette raison qu'on l'avait brûlée ? La maladie pouvait-elle encore se transmettre ? Telles étaient les questions qu'il se posait quand il vit avec horreur un rat noir écarter l'herbe épaisse et sortir par la porte. Chris ne put retenir un frisson ; Kate se réveilla en bâillant.

— Quelle heure est...

Il posa un doigt sur ses lèvres, lui fit signe de se taire.

Les soldats continuaient de s'éloigner, leurs voix de plus en plus faibles dans la grisaille du matin. Chris sortit de son abri à quatre pattes, s'avança jusqu'à la fenêtre et leva prudemment la tête.

Il vit autour de la ferme une douzaine de soldats portant les couleurs vert et noir d'Arnaud, qui fouillaient méthodiquement toutes les chaumières proches de l'enceinte du monastère. Il reconnut soudain Marek qui se dirigeait vers les hommes d'armes, une poignée de plantes à la main ; il était tout recroquevillé et traînait la jambe. Les soldats l'arrêtèrent ; il s'inclina servilement. Son corps paraissait petit et malingre. Il montra aux soldats ce qu'il tenait ; ils le repoussèrent en riant. Marek se remit en route, toujours voûté et obséquieux.

Kate le vit passer devant la maison incendiée et disparaître derrière le mur du monastère. Il allait attendre pour les rejoindre que les soldats se soient éloignés.

Chris regagna en grimaçant l'abri de l'appentis. Il semblait blessé à l'épaule ; il y avait du sang sur son pourpoint. Tandis que Kate l'aidait à déboutonner le vêtement, il se mordit les lèvres. Elle écarta délicatement le col ouvert de la chemise de toile : sur tout le côté gauche de sa poitrine s'étalait une tache violacée aux bords d'un noir jaunâtre. Ce devait être l'endroit où la lance l'avait touché.

— À voir ta tête, ça ne doit pas être bien joli.

— Je pense que ce n'est qu'une grosse ecchymose. Peut-être une ou deux côtes cassées.

— C'est très douloureux.

Kate dénuda l'épaule de Chris, découvrant la blessure faite par la flèche. Le sang avait déjà séché sur l'entaille longue de cinq centimètres et peu profonde.

— Alors ? demanda Chris en observant son visage.

— Une coupure.

— Infectée ?

— Non. La plaie semble propre.

Elle baissa un peu plus le pourpoint, vit d'autres ecchymoses sur le dos et sous l'aisselle. Tout son corps n'était qu'un gros hématome ; il devait affreusement souffrir. Kate n'en revenait pas de ne pas l'entendre se plaindre, lui qui piquait une crise quand on servait des champignons déshydratés au lieu de cèpes frais dans l'omelette du petit déjeuner, lui qui faisait la tête quand le vin choisi au restaurant ne lui plaisait pas.

Elle commença à reboutonner le pourpoint.

— Je peux le faire.

— Je vais t'aider...

— J'ai dit que je pouvais le faire !

— D'accord, d'accord, fit Kate en s'écartant.

— Il faut bien que je fasse bouger mes bras.

Il y arriva tout seul, en grimaçant à chaque bouton. Quand il eut terminé, il s'adossa au mur, les yeux fermés, le front couvert de sueur, épuisé par l'effort et la douleur.

— Chris...

— Ça ira, fit-il en rouvrant les yeux. Ne t'inquiète pas pour moi.

Il parlait sérieusement.

Kate avait presque l'impression d'être à côté d'un inconnu.

Quand Chris avait vu son épaule et sa poitrine — la peau couleur violacée de la viande morte —, il avait été étonné de sa propre réaction. Au lieu d'être horrifié ou terrifié, il avait éprouvé un sentiment de légèreté, presque d'insouciance. La douleur qui rendait sa respiration difficile était au fond de peu d'importance. Il éprouvait simplement du bonheur à être en vie, à entamer une nouvelle journée. Ses geignements, ses chicaneries, ses incertitudes, comme tout paraissait dérisoire ! Il découvrait en lui une énergie sans limites, une vitalité presque agressive qu'il ne se rappelait pas avoir jamais connue. Il la sentait parcourir son corps comme des ondes de chaleur. Autour de lui tout éclatait de vie, tout s'imprégnait d'une sensualité nouvelle.

Pour Chris, la grisaille de l'aube se parait d'une beauté exaltante. L'air froid et humide portait des effluves d'herbe et de terre mouillées ; les pierres dans son dos étaient là pour le soutenir. La douleur même avait son utilité : elle l'aidait à se débarrasser des sentiments superflus. Il avait l'impression d'être neuf, sur le qui-vive, prêt à tout. C'était un monde différent, aux règles différentes.

Un monde auquel il appartenait.

De toutes les fibres de son être.

Marek revint dès que les hommes d'armes eurent disparu.

— Avez-vous compris ce qui se passait ? demanda-t-il.

— Explique.

— Les soldats cherchent trois individus venant de Castelgard : deux hommes et une femme.

— Pourquoi ?

— Arnaud désire leur parler.

— Quel plaisir d'être si populaire, fit Chris avec un sourire forcé. Tout le monde nous traque.

Marek leur tendit une poignée de plantes et de feuilles humides de rosée.

— Votre petit déjeuner : allez-y.

Chris commença à mâchonner bruyamment.

— Délicieux, fit-il, à moitié sincère.

— La plante aux feuilles dentées est un fébrifuge. La tige blanche est du saule ; il réduira la tuméfaction.

— Merci, fit Chris, c'est très bon.

Marek lui lança un regard incrédule avant de se tourner vers Kate.

— Il se sent bien ?

— Aussi étrange que cela paraisse, je pense qu'il va bien.

— Tant mieux. Quand vous aurez fini de manger, nous irons au monastère. Si nous réussissons à éviter les sentinelles.

— Pas de problème, fit Kate en retirant sa perruque. Tu as dit qu'ils cherchaient deux hommes et une femme ? Lequel de vous a le couteau le plus tranchant ?

Par chance, elle avait déjà les cheveux courts ; quelques minutes suffirent à Marek pour couper les mèches les plus longues.

— J'ai réfléchi à ce qui s'est passé hier soir, fit Chris au bout d'un moment.

— À l'évidence, quelqu'un a un écouteur.

— C'est sûr. Et je crois savoir d'où il vient.

— Gomez.

— C'est aussi mon avis. Tu ne le lui as pas pris ?

— Je n'y ai pas pensé.

— Quelqu'un a pu enfoncer l'écouteur assez loin dans son oreille pour entendre, même s'il n'est pas parfaitement adapté.

— La question est de savoir qui, poursuivit Marek. À l'époque où nous sommes, un petit objet rose qui parle relève de la sorcellerie. N'importe qui serait terrifié en entendant cette petite voix et l'écraserait aussitôt... ou prendrait ses jambes à son cou.

— Je sais, fit Chris. Quand j'y songe, je ne vois qu'une seule explication.

— Mais ces salopards ne nous ont rien dit, reprit Marek en hochant pensivement la tête.

— Qu'est-ce qu'ils n'ont pas dit ? demanda Kate.

— Que quelqu'un est resté ici. Quelqu'un du XXe siècle.

— Il n'y a pas d'autre explication, ajouta Chris.

— À qui pensez-vous ? demanda Kate.

— À de Kere, répondit Chris qui tournait et retournait depuis longtemps la question dans sa tête. Ce ne peut être que lui. Réfléchis, poursuivit-il pour Marek qui secouait la tête d'un air peu convaincu. Il n'est là que depuis un an. Il a réussi à entrer dans les bonnes grâces d'Oliver et veut se débarrasser de nous ; il sait que nous pouvons le supplanter. Près de la tannerie, souviens-toi, il s'éloigne avec ses hommes, repart vers la rue et, dès que nous parlons, le voilà qui revient. Crois-moi, ce ne peut être que de Kere.

— Il y a quelque chose qui me chiffonne, objecta Marek. De Kere parle parfaitement l'occitan.

— Et alors ? Toi aussi.

— Non. Je parle mal, comme un étranger. Vous entendez la traduction dans l'écouteur ; moi, j'écoute ce qu'ils disent. De Kere parle comme si c'était sa langue maternelle, son accent ne diffère en rien de celui des autres. Il est impossible à quelqu'un du XXe siècle de parler comme cela une langue morte.

— Nous avons peut-être affaire à un linguiste.

— Ce n'est pas de Kere, affirma Marek, mais Guy de Malegant.

— Malegant ?

— Pour moi, cela ne fait aucun doute. Je m'interroge depuis qu'il nous a surpris dans le passage secret. Vous vous en souvenez ? Nous ne faisions pas de bruit, mais, d'un seul coup, il ouvre la porte et nous découvre. Il ne feint même pas la surprise, ne tire pas l'épée. Il donne tout de suite l'alerte ; il savait que nous étions là.

— Cela ne s'est pas passé comme ça, protesta Chris. Malegant est sorti quand messire Daniel est entré dans la chambre.

— Crois-tu ? fit Marek. Je ne me rappelle pas l'avoir vu entrer.

— Je pense que Chris a raison, glissa Kate. Cela pourrait bien être de Kere. Quand je me trouvais dans le passage entre la chapelle et le château, accrochée au mur, de Kere a dit à ses hommes d'aller vous tuer. J'étais loin mais je l'ai entendu distinctement.

— Que s'est-il passé ensuite ? demanda Marek en la regardant avec attention.

— De Kere a murmuré quelque chose à un soldat... mais je n'ai pas saisi ses paroles.

— Bien sûr : il n'avait pas d'écouteur. S'il en avait eu un, tu aurais tout entendu, même des paroles prononcées à voix basse. Je suis convaincu que c'est Malegant. Qui a tranché la tête de Gomez ? Malegant. Qui a facilement pu mettre la main sur l'écouteur ? Malegant. Les autres étaient terrifiés par les éclairs provenant de la machine ; Malegant n'avait pas peur. Il savait de quoi il s'agissait. Malegant est notre homme.

— Je ne pense pas que Malegant ait été là quand la machine lançait des éclairs, objecta Chris.

— L'argument décisif pour moi est que son occitan est épouvantable. Il parle du nez, comme un New-Yorkais.

— Il vient du Middlesex, non ? Et je ne pense pas qu'il soit de haute naissance ; j'ai plutôt l'impression qu'il a été adoubé pour son courage.

— Il n'était pas assez bon jouteur pour te désarçonner avec la première lance, poursuivit Marek. Pas assez fine lame pour me tuer en combat singulier. Crois-moi, c'est Guy de Malegant.

— Quoi qu'il en soit, fit Chris, il sait que nous voulons nous rendre au monastère.

— Exact.

Marek recula de quelques pas ; il considéra les cheveux de Kate d'un air approbateur.

— Nous pouvons y aller.

— Dois-je me réjouir de ne pas avoir de miroir ? fit-elle en portant lentement la main à sa tête.

— Probablement, répondit Marek.

— Je ressemble à un garçon ?

Chris et Marek échangèrent un regard.

— En quelque sorte, fit Chris.

— En quelque sorte ?

— Oui... oui, tu ressembles à un garçon.

— Plus ou moins, en tout cas, ajouta Marek.

Ils se levèrent et se mirent en route.

15:12:09

La lourde porte de chêne s'entrebâilla. Dans la pénombre, une silhouette encapuchonnée de blanc les examina avec attention.

— Dieu vous accorde croissance et prospérité.

— Dieu vous accorde santé et sagesse, répondit Marek en occitan.

— Qu'est-ce qui vous amène en ce lieu ?

— Nous venons voir le frère Marcel.

Le moine hocha la tête, comme s'il les attendait.

— Vous pouvez entrer, reprit-il. Vous arrivez à temps, il est encore ici.

Le moine tira un peu plus le battant de la porte pour leur permettre d'entrer l'un après l'autre.

Ils se trouvaient dans un petit vestibule très sombre, où flottaient des parfums de rose et d'orange. Les paroles étouffées d'un cantique leur parvenaient à travers les murs.

— Vous pouvez laisser vos armes ici, reprit le moine en montrant le coin de la pièce.

— Je crains que ce ne soit pas possible, mon frère, répondit Marek.

— Vous n'avez rien à craindre dans nos murs. Déposez vos armes ou quittez ce lieu.

Marek commença à protester, puis se résigna à déboucler son ceinturon.

Le moine les précéda dans un long couloir silencieux, aux murs nus. Ils tournèrent à droite, s'engagèrent dans un autre couloir. L'établissement était vaste et labyrinthique.

C'était un monastère cistercien ; les moines portaient un froc blanc d'étoffe grossière. L'austérité de leur ordre s'opposait délibérément à ce qu'il considérait comme le laisser-aller des bénédictins et des dominicains. Les moines cisterciens s'imposaient une discipline rigoureuse et menaient une vie ascétique. Pendant des siècles, l'architecture sévère de l'ordre a banni toute sculpture, ses manuscrits ont banni toute illustration. Les moines se nourrissaient de légumes, de pain et d'eau, sans viandes ni sauces. Leur lit était dur, leur cellule froide et nue. Tous les aspects de leur existence étaient résolument spartiates. Mais cette discipline de fer avait...

Ploc !

Surpris par le bruit, Marek tourna la tête. Ils venaient de déboucher dans un cloître, une cour fermée sur trois côtés par une galerie à colonnes, un lieu réservé à la lecture et à la méditation.

Ploc !

Des rires leur parvenaient. Des voix d'hommes, des cris.

Ploc ! Ploc !

La fontaine et le jardin occupant le centre du cloître avaient été supprimés pour laisser la place à un sol de terre battue. Quatre hommes en blouse de grosse toile, debout dans la poussière, jouaient à un jeu rappelant le jeu de paume.

La balle roulait par terre. Les hommes la suivaient en se bousculant ; quand elle s'arrêta, l'un d'eux la ramassa. « Tenez ! » cria-t-il en lançant la balle en l'air avant de la frapper de la paume de la main. Elle rebondit sur un mur latéral du cloître. En hurlant, les hommes se bousculèrent pour se mettre en position. Sous les arcades de la galerie, des moines et des spectateurs vêtus avec recherche criaient des encouragements et faisaient tinter les pièces contenues dans leurs bourses.

Une longue planche de bois était fixée sur un mur. Chaque fois que la balle la touchait — avec ce bruit qui avait intrigué Marek —, les cris des parieurs redoublaient d'intensité.

Il fallut un moment à Marek pour comprendre que le jeu qu'il regardait était l'ancêtre du tennis.

Tenez — d'après l'exclamation du joueur lançant la balle — était un jeu nouveau, dont l'invention remontait à vingt-cinq ans et qui faisait fureur à l'époque. Les raquettes et le filet ne viendraient que des siècles plus tard. C'était une variété de jeu de paume, pratiquée dans toutes les couches de la société. Les enfants y jouaient dans la rue. Le jeu était si populaire dans la noblesse qu'il avait provoqué une vague de construction de nouveaux monastères, restant pour la plupart inachevés. Les travaux étaient suspendus dès que les

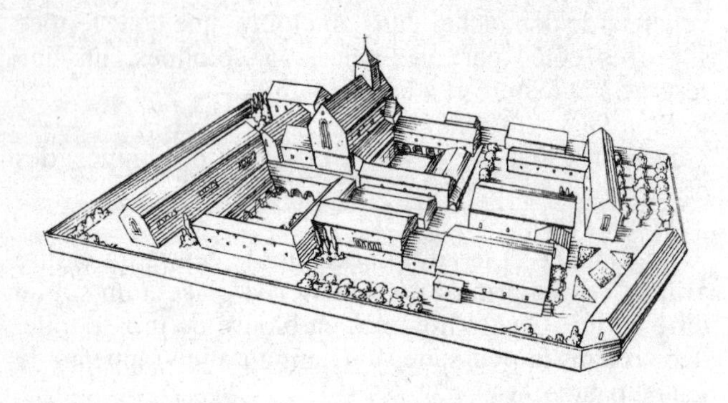

cloîtres étaient terminés. Les familles royales s'inquiétaient de voir les princes négliger leur instruction pour passer de longues heures sur le sol carrelé, jouant bien avant dans la nuit, à la lumière des flambeaux. Les paris étaient généralisés. Jean II, le roi de France, en captivité en Angleterre, avait dépensé une petite fortune pour payer ses dettes de jeu de paume. (Il était surnommé Jean le Bon ; s'il fallait en croire les méchantes langues, ce n'était certainement pas au jeu de paume qu'il avait gagné ce surnom.)

— On joue souvent ici ? demanda Marek au moine qui les guidait.

— L'exercice physique fortifie le corps et aiguise l'esprit, répondit-il aussitôt. Nous jouons dans deux cloîtres.

Tandis qu'ils passaient sous les arcades d'une galerie, Marek remarqua que plusieurs spectateurs portaient une robe verte bordée de noir. C'étaient de rudes gaillards grisonnants, à l'allure de brigands.

Ils sortirent du cloître pour monter un escalier.

— Il semble que le monastère fasse bon accueil aux hommes d'Arnaud de Cervole, reprit Marek.

— Vous dites vrai, répondit le moine. Ils nous feront la faveur de nous rendre le moulin.

— On vous l'a enlevé ?

— D'une certaine manière.

Le moine s'avança jusqu'à une fenêtre dominant la Dordogne, d'où le moulin était visible, à quelques centaines de mètres.

— Nous avons bâti le moulin de nos propres mains, à la demande du frère Marcel, notre architecte révéré. Comme vous devez le savoir, il dirigea les travaux pour le compte de notre ancien abbé, l'évêque Laon. Le moulin qu'il a conçu et que nous avons construit est en toute justice la propriété de ce monastère. Mais lord Oliver frappe son usage d'une redevance pour son compte personnel, sous prétexte que son armée contrôle le territoire. Le père supérieur se réjouit de ce qu'Arnaud se soit engagé à rendre le moulin au monastère et à supprimer cette redevance. Voilà pourquoi nous faisons bon accueil aux hommes d'Arnaud.

C'est ma thèse ! se dit Chris en écoutant le moine. Exactement ce que ses recherches avaient montré. D'aucuns considéraient encore le Moyen Âge comme une période peu développée, mais Chris savait que le progrès technique y avait été florissant. Dans ce sens, il n'était pas si éloigné de notre siècle. La mécanisation industrielle, devenue une caractéristique majeure de l'Occident, avait fait ses premiers pas au Moyen Âge. La plus importante source d'énergie disponible — l'énergie hydraulique — y est abondamment exploitée et utilisée pour des activités de plus en plus nombreuses et non plus seulement pour moudre le grain. Le moulin permet de fouler les draps, de moudre le malt, de travailler le bois, de préparer le mortier et le ciment, de faire la pâte à papier, d'obtenir de l'huile par pression, de préparer les teintures, d'actionner les soufflets des forges.

Dans toute l'Europe, on construit des barrages sur les cours d'eau, des moulins-bateaux sont attachés sous les arches des ponts. Sur certaines rivières, les moulins se succèdent à quelques centaines de mètres de distance.

Le moulin est le plus souvent banal ; il représente pour le seigneur une source importante de revenus... et de conflits. Litiges, assassinats et combats rythment l'activité du moulin. Ils en avaient là un bon exemple...

L'attention de Chris revint sur ce que disait Marek.

— Je vois pourtant que le moulin est encore aux mains de lord Oliver ; ses couleurs flottent sur les tours et ses hommes occupent les remparts.

— Oliver tient le moulin, expliqua le moine, car le pont est proche de la route de La Roque. Qui contrôle le moulin contrôle la route. Mais Arnaud le lui prendra bientôt.

— Pour le rendre au monastère ?

— Absolument.

— Que fera le monastère en échange ?

— Nous bénirons Arnaud, comme il se doit, répondit le moine. Et nous le récompenserons généreusement, ajouta-t-il au bout d'un moment.

Ils traversèrent un scriptorium où les moines penchés sur leur pupitre recopiaient des manuscrits. Marek fut choqué par le fait que leur travail était accompagné non par un psaume, mais par les cris et acclamations du public suivant la partie qui se déroulait dans le cloître. Il vit aussi que, malgré l'interdiction séculaire faite par l'ordre d'illustrer les textes, nombre de moines ornaient de miniatures les coins et les marges de leur manuscrit. Les enlumineurs étaient munis de pinceaux et de coupelles de pierre contenant différentes couleurs. Certaines illustrations avaient des coloris éclatants.

— Par ici, fit le moine en montrant un escalier.

Ils descendirent quelques marches, débouchèrent dans une petite cour ensoleillée. Marek vit sur le côté un groupe de huit soldats portant les couleurs d'Arnaud. Les hommes prenaient le soleil ; il remarqua qu'ils avaient l'épée au côté.

Le moine les conduisit vers une petite construction au fond de la cour, poussa la porte. Ils entendirent d'abord le bruit de l'eau coulant d'une fontaine dans une large vasque, puis les paroles d'un chant en latin. Au centre de la pièce, deux moines en froc lavaient un corps nu et livide étendu sur une table.

— Frater Marcellus, murmura leur guide en s'inclinant devant la table.

Marek demeura pétrifié. Il lui fallut un certain temps pour comprendre.

Le frère Marcel était mort.

14:52:07

Sa réaction le trahit. Le moine comprit que les visiteurs n'étaient pas au courant du décès. Le visage rembruni, il prit Marek par le bras.

— Qu'êtes-vous venus faire ici ?

— Nous espérions parler au frère Marcel.

— Il a rendu l'âme cette nuit.

— De quoi est-il mort ?

— Nous l'ignorons. Comme vous pouvez le constater, il était âgé.

— L'affaire qui nous amène est urgente, poursuivit Marek. S'il était possible de voir ses biens personnels...

— Il n'avait pas de biens personnels.

— Il y a certainement quelques objets...

— Il vivait très simplement.

— Pourrais-je voir sa chambre ?

— Je regrette, je ne peux souscrire à votre demande.

— J'apprécierais infiniment de...

— Notre frère vivait dans le moulin. Il y avait sa chambre depuis de longues années.

Le moulin était aux mains d'Oliver ; il ne leur était pas possible d'y aller, du moins dans l'immédiat.

— Peut-être puis-je vous aider, reprit le religieux, si vous me dites quelle affaire pressante vous a attirés ici.

Il avait parlé avec détachement, mais Marek fut aussitôt sur ses gardes.

— Une affaire privée, répondit-il. Je ne puis m'en ouvrir à vous.

— Il n'est rien de privé dans cet établissement, poursuivit le cistercien en se rapprochant insensiblement de la porte.

Marek eut le sentiment qu'il s'apprêtait à donner l'alerte.

— Nous venons à la demande du maître Edwardus.

— Le maître Edwardus ! répéta le moine dont l'attitude changea du tout au tout. Que ne l'avez-vous dit ? Et qu'êtes-vous pour le maître Edwardus ?

— En vérité, nous sommes ses assistants.

— Vraiment ?

— Sur ma foi.

— Vous auriez dû le dire. Le maître Edwardus est le bienvenu dans nos murs ; il accomplissait une tâche pour le père abbé quand les hommes d'Oliver l'ont emmené.

— Vraiment ?

— Suivez-moi sans attendre, reprit le moine. Le père abbé voudra vous recevoir.

— Mais nous avons...

— Il souhaite vous recevoir. Venez !

De retour dans la cour ensoleillée, Marek constata que le nombre de soldats en vert et noir avait augmenté ; ils étaient à l'évidence en état d'alerte, prêts au combat.

Le père supérieur résidait dans une petite maison de bois située dans un endroit écarté du monastère. Ils entrèrent dans un petit vestibule lambrissé où un moine âgé, tassé sur une chaise comme un crapaud, montait la garde devant une porte.

— Le père abbé est-il céans ?

— Au vrai, il entend une pénitente en confession.

Des craquements cadencés leur parvinrent de la pièce contiguë.

— Combien de temps doit durer la pénitence ?

— Un certain temps, sans doute, répondit le batracien. Elle ne cesse de retomber dans le péché.

— Je voudrais présenter ces gentilshommes au père abbé. Ils apportent des nouvelles d'Edwardus de Johnes.

— Je lui ferai part de votre visite, comptez sur moi, fit le batracien d'un ton suintant l'ennui.

Mais Marek surprit une lueur de vif intérêt dans les yeux du gros moine.

— Tierce approche, fit-il en levant la tête pour regarder le soleil. Vos invités partageront-ils notre modeste repas ?

— Merci infiniment, mais non, nous allons...

Chris toussota ; Kate donna un petit coup de coude à Marek pour le faire taire.

— Très volontiers, rectifia-t-il. Si ce n'est pas abuser...

— Vous êtes les bienvenus.

Ils s'apprêtaient à prendre la direction du réfectoire quand un jeune moine entra précipitamment.

— Monseigneur Arnaud arrive ! lança-t-il, hors d'haleine. Il veut voir le père abbé immédiatement !

Le batracien se dressa et ouvrit une porte latérale.

— Entrez !

Ils se retrouvèrent dans une petite pièce nue, contiguë à la chambre de l'abbé. Les craquements du lit cessèrent ; ils perçurent les murmures du gros moine qui s'adressait d'une voix basse et pressante à l'abbé.

Quelques secondes plus tard, une autre porte s'ouvrit et une femme entra, les jambes nues, le visage empourpré, se rajustant hâtivement. Elle était d'une grande beauté. Quand elle se tourna vers eux, Chris ne put masquer sa stupéfaction en reconnaissant Claire d'Eltham.

— Pourquoi me dévisager de la sorte ? fit-elle.

— Euh... madame...

— Votre attitude, messire, est des plus injustes. Comment osez-vous me juger ? Je suis une femme bien née, seule en pays étranger, sans personne pour me défendre, me protéger ni me guider. Il faut pourtant que je me rende à Bordeaux, distante de quatre-vingts lieues, et de là en Angleterre, si je veux faire valoir mes droits sur les terres de mon mari. Tel est mon devoir de veuve et, en ces temps de guerre et de violences, je ferai sans hésiter tout ce qui sera nécessaire pour y parvenir.

L'hésitation est étrangère au caractère de cette femme, se dit Chris, abasourdi par tant d'impudence. De son côté, Marek la regardait avec une admiration manifeste.

— Pardonnez-lui, madame, car il est jeune et souvent irréfléchi.

— Il faut s'adapter aux circonstances. J'avais besoin d'une recommandation que seul l'abbé était en mesure de me fournir ; j'utilise tous les moyens de persuasion à ma disposition.

Sautillant sur un pied, Claire essayait d'enfiler ses chaussures sans perdre l'équilibre. Elle lissa sa robe, puis plaça la guimpe sur sa tête, la nouant habilement sous le menton, de sorte que seul son visage restait visible.

En quelques instants, on eût dit une nonne. Son attitude se fit réservée, sa voix plus basse, plus douce.

— Vous avez appris fortuitement, reprit-elle, ce que je voulais cacher à tous. Je suis donc à votre merci et j'implore votre silence.

— Il vous est acquis, répondit Marek. Vos affaires ne nous concernent pas.

— En échange, poursuivit Claire, je vous promets mon silence. L'abbé, à l'évidence, ne souhaite pas que votre présence soit connue de Cervole. Chacun gardera ainsi son secret. Ai-je votre parole ?

— Vous l'avez, madame, répondit Marek.

— Oui, madame, acquiesça Chris.

— Oui, madame, fit Kate.

Au son de cette voix, Claire parut surprise ; elle s'avança vers Kate.

— Dites-vous vrai ?

— Oui, madame, répéta Kate.

Claire passa la main sur la poitrine de Kate, toucha les seins sous la bande de toile.

— Vous avez coupé vos cheveux, damoiselle, fit-elle. Vous savez que se faire passer pour un homme est puni de mort ? ajouta-t-elle en lançant un regard en coin à Chris.

— Nous le savons, dit Marek.

— Vous devez être profondément dévouée à votre maître pour renier votre sexe.

— Je le suis, madame.

— Dans ce cas, je prie sincèrement pour votre salut.

La porte s'ouvrit, le gros moine leur fit signe d'approcher.

— Venez, venez, fit-il. Pas vous, madame ; le père abbé vous donnera bientôt satisfaction. Vous, messires, suivez-moi.

Quand ils furent dans la cour, Chris se pencha vers Marek.

— André, cette femme est dangereuse, lui murmura-t-il à l'oreille.

— Je reconnais qu'il y a en elle une étincelle..., commença Marek en souriant.

— Écoute-moi, André. On ne peut croire un seul mot de ce qu'elle dit.

— Vraiment ? Je l'ai trouvée étonnamment franche. Elle a besoin de protection ; on ne peut lui en vouloir.

— De protection ? répéta Chris.

— Oui, fit pensivement Marek. Il lui faut un champion.

— Un champion ? Qu'est-ce que tu racontes ? Il nous reste... combien d'heures nous reste-t-il ?

— Onze heures et dix minutes, répondit Marek en regardant son bracelet-montre.

— Alors ? À quoi penses-tu en parlant d'un champion ?

— Juste quelque chose qui me passait par la tête, fit Marek en prenant Chris par l'épaule. Ce n'est pas important.

11:01:59

Ils avaient pris place à une longue table, dans la grande salle où les moines étaient rassemblés. Devant chacun fumait un bol de soupe épaisse ; au centre de la table trônaient des plats remplis de légumes. Personne ne faisait un mouvement, les moines en prière gardaient la tête baissée en chantant :

Pater noster qui es in cœlis
Sanctificatur nomen tuum
Adveniat regnum tuum
Fiat voluntas tua...

Kate ne cessait de lancer des regards de convoitise vers la nourriture. Le fumet des chapons chatouillait ses narines ; ils paraissaient gras à souhait, le jus coulait dans les plats. Elle remarqua soudain que ses voisins paraissaient intrigués par son silence. Tout le monde devait connaître cette prière.

À ses côtés Marek chantait d'une voix forte :

Panem nostrum quotidianum
Da nobis hodie
Et dimite nobis debita nostra...

Kate ne connaissait pas le latin ; elle ne pouvait mêler sa voix aux autres. Elle resta silencieuse jusqu'à l'*amen* terminant la prière.

Les moines se redressèrent, inclinèrent la tête vers elle. Le moment que Kate redoutait était arrivé : ils allaient lui parler et elle ne pourrait leur répondre. Que faire ?

Elle se tourna vers Marek ; il semblait parfaitement détendu. Évidemment, il parlait leur langue.

Un moine lui fit passer un plat de viande sans rien dire. En vérité, toute l'assemblée était silencieuse. On faisait circuler la nourriture sans un mot ; on n'entendait que le cliquetis discret des couverts sur les assiettes. Les moines prenaient leur repas en silence !

Elle prit le plat, remercia d'un signe de tête, se servit copieusement. Elle s'apprêtait à en prendre un peu plus quand elle croisa le regard lourd de reproches de Marek. Elle lui tendit le plat.

Dans un angle du réfectoire un moine se mit à lire un texte en latin. Les paroles scandées l'accompagnèrent tandis que Kate se jetait sur la nourriture. Elle était affamée ! Elle ne savait depuis quand elle n'avait pris un tel plaisir à manger. Elle lança un regard en coin à Marek qui prenait son repas, souriant, le visage serein. Kate avala quelques cuillères de soupe, qui était délicieuse, se tourna de nouveau vers Marek.

Il ne souriait plus.

Marek avait gardé un œil sur les portes du réfectoire. Il y en avait trois dans la longue salle rectangulaire ; une sur sa droite, une autre à gauche, la troisième au centre, juste en face de lui.

Quelques instants plus tôt, il avait vu un groupe de soldats en vert et noir devant la porte de droite. Ils avaient jeté un coup d'œil dans la salle, comme pour voir comment se passait le repas, mais étaient restés à l'extérieur.

Un deuxième groupe venait d'apparaître dans l'embrasure de la porte centrale. Il se pencha vers Kate, murmura : « porte de gauche » à son oreille sous les yeux réprobateurs de leurs voisins. Kate fit un petit signe de tête pour indiquer qu'elle avait compris.

Où menait la porte de gauche ? Il n'y avait pas de

soldats, mais elle s'ouvrait sur l'obscurité d'un couloir. En tout état de cause, il leur faudrait courir le risque de sortir par là. Il rencontra le regard de Chris, fit un petit signe en levant le pouce : le moment était venu de partir.

Chris acquiesça d'un geste imperceptible. Marek repoussa son bol de soupe ; il commençait à se lever quand un moine vint se placer derrière lui.

— Le père abbé va vous recevoir, murmura-t-il en se penchant légèrement.

Le père supérieur du monastère de la Sainte-Mère était un homme énergique d'une trentaine d'années, au corps d'athlète et au regard pénétrant. Sur sa robe noire ornée de riches broderies pendait un lourd collier en or ; la main qu'il leur donna à baiser portait des bagues à quatre doigts. Il les accueillit dans un cloître ensoleillé et commença à marcher aux côtés de Marek tandis que Kate et Chris les suivaient de loin. Les hommes d'Arnaud étaient partout. L'abbé était un homme enjoué, qui avait la manie de sauter du coq à l'âne, comme pour prendre son interlocuteur au dépourvu.

— Je suis sincèrement désolé de la présence de ces soldats, mais je crains que des hommes à la solde d'Oliver n'aient pénétré dans l'enceinte du monastère ; nous devons prendre des précautions tant que nous ne les aurons pas trouvés. Arnaud de Cervole a eu la bonté de nous offrir sa protection. Avez-vous bien mangé ?

— Fort bien, mon père. Grâce en soit rendue à Dieu et à vous-même.

— Je n'aime pas la flatterie, fit l'abbé avec un bon sourire. Et notre ordre la proscrit.

— J'y serai attentif, répondit Marek.

— Tous ces hommes d'armes sont mauvais pour le gibier, soupira l'abbé.

— De quel gibier parlez-vous ?

— Le gibier, fit le père supérieur avec agacement. Nous sommes allés chasser hier matin et sommes revenus bredouilles ; rien, pas même un chevreuil. Et les troupes de Cervole n'étaient pas encore arrivées ; il y a aujourd'hui deux mille hommes. Ils effraient le gibier qu'ils ne tuent pas. Il faudra des mois à la forêt pour retrouver la paix. Quelles nouvelles de maître Edwardus ? Dites-moi, j'ai besoin de savoir.

Marek constata avec étonnement que l'abbé paraissait sincèrement avide de nouvelles. Mais il semblait attendre des informations précises.

— Il est à La Roque, mon père.

— Ah bon ? Avec Oliver ?

— Oui.

— Comme c'est regrettable. Vous a-t-il donné un message pour moi ?... Non ? poursuivit-il en voyant l'air perplexe de Marek.

— Edwardus ne m'a pas donné de message, mon père.

— En code peut-être ? Une phrase mal tournée ou d'apparence banale ?

— Je suis désolé, mon père.

— Pas tant que moi. Et il se trouve maintenant à La Roque ?

— Absolument.

— En vérité, je n'aime pas cela, reprit le père supérieur, car je pense que La Roque est imprenable.

— Mais s'il existe un passage secret qui conduit à l'intérieur...

— Oh ! le passage ! lança l'abbé avec un geste de la main. Le passage causera ma perte ; je n'entends parler que de cela. Tout le monde souhaite en connaître l'emplacement... et Arnaud n'est pas le moins impatient. Edwardus m'aidait à fouiller dans les vieux documents de Marcellus. Êtes-vous certain qu'il n'a rien dit ?

— Il nous a seulement dit de chercher le frère Marcel.

— Certes, marmonna l'abbé, ce passage secret est l'œuvre de Marcellus, l'assistant et scribe de Laon, mais le vieux moine n'avait plus toute sa tête depuis plusieurs années. C'est pourquoi nous l'avions laissé vivre dans le moulin. Il marmottait de matines à complies et, d'un seul coup, se mettait à crier qu'il voyait des démons et des esprits. Ses yeux roulaient dans leurs orbites et ses bras battaient l'air avec frénésie jusqu'à ce que les visions s'évanouissent. Mes frères en religion le vénéraient, poursuivit le père supérieur en secouant la tête. Ils voyaient dans ses visions la preuve de sa piété et non du désordre mental qu'elles trahissaient. Mais pourquoi le maître Edwardus vous a-t-il demandé de le chercher ?

— Il a dit que le frère Marcel avait une clé.

— Une clé ? répéta l'abbé avec un geste d'agacement. Bien sûr qu'il avait une clé ; il en avait même beaucoup. Elles sont encore dans le moulin, mais nous ne pouvons pas...

Soudain, il chancela, leva vers Marek un regard horrifié.

De tous côtés des hommes criaient en montrant les toits.

— Mon père...

L'abbé cracha du sang et s'affaissa dans les bras de Marek qui l'étendit délicatement sur le sol. Il sentit avant de la voir la flèche plantée dans le dos du père supérieur. D'autres projectiles sifflèrent à ses oreilles et se fichèrent dans l'herbe.

En levant les yeux, Marek vit des silhouettes en bordeaux et gris dans le clocher de la chapelle. Une flèche arracha son chapeau, une autre transperça la manche de son pourpoint. Une troisième s'enfonça dans l'épaule du père supérieur.

Le trait suivant toucha Marek à la cuisse. Il sentit une douleur fulgurante irradier dans sa jambe, perdit l'équilibre. Il essaya de se relever, mais la tête lui tournait, les forces lui manquaient. Il retomba sur le dos au milieu d'une pluie de projectiles.

De l'autre côté du cloître, Chris et Kate coururent se mettre à l'abri de la grêle de flèches. Kate poussa un cri, trébucha et s'étala de tout son long, une flèche dépassant de son dos. Quand elle se remit péniblement debout, Chris vit que le projectile avait transpercé son vêtement sous l'aisselle sans la toucher. Une flèche lui érafla la jambe, déchirant ses chausses. Ils atteignirent enfin la galerie, se jetèrent derrière une colonne pour reprendre haleine. Des flèches rebondirent sur la pierre tout autour d'eux.

— Ça ira ? lança Chris.

Kate hocha la tête, le souffle coupé.

— Où est Marek ? demanda-t-elle d'une voix haletante.

Chris se leva, passa prudemment la tête derrière la colonne.

— Non ! s'écria-t-il.

Il s'élança dans la galerie pour faire le tour du cloître.

Marek se releva en titubant, vit que le père supérieur était encore vivant. Il le hissa sur ses épaules pour le transporter à l'abri, dans un angle de la galerie. Les hommes d'Arnaud répliquaient maintenant par des volées de flèches tirées en direction du clocher. Marek porta l'abbé derrière une colonne, l'allongea sur le côté. Le père supérieur arracha le projectile fiché dans son épaule, la lança derrière lui. L'effort le laissa pantelant.

— Mon dos... mon dos...

Marek le tourna sur le ventre avec mille précautions. La tige de la flèche montait et descendait au rythme de la respiration du père supérieur.

— Voulez-vous que je la retire, mon père ?

Non !

L'abbé leva péniblement le bras pour le passer autour du cou de Marek et approcher sa tête de la sienne.

— Non. Trop tard..., les sacrements...

Ses yeux se révulsèrent. Marek vit un moine accourir.

— Quelqu'un arrive, mon père.

L'abbé parut soulagé, mais il ne relâcha pas son étreinte sur la nuque de Marek.

— La clé de La Roque..., reprit-il d'une voix réduite à un murmure.

— Oui, mon père ?

— ... Pièce...

— Quelle pièce, mon père ? Quelle pièce ?

— Arnaud..., reprit l'abbé en secouant la tête. Arnaud sera furieux...

Il relâcha son étreinte. Marek arracha la flèche de son dos et reposa délicatement sa tête sur le sol de pierre.

— Il me faisait toujours... en parler à personne... Arnaud.

L'abbé ferma les yeux.

Le moine se glissa entre eux, parlant rapidement en latin. Il retira les chaussures du père supérieur, posa par terre une bouteille contenant les saintes huiles et entreprit de lui administrer l'extrême-onction.

Adossé à une colonne, Marek arracha la flèche de sa cuisse. Le projectile l'avait atteint obliquement ; la blessure n'était pas aussi profonde qu'il l'avait cru. Il n'y avait que deux à trois centimètres de sang sur la pointe. Il posa la flèche au moment où Kate et Chris arrivaient.

Ils regardèrent d'abord sa jambe, puis le trait. Il saignait. Kate remonta son pourpoint et découpa à l'aide de sa dague une bande de toile dans le bas de sa chemise. Elle l'attacha autour de la cuisse en guise de bandage.

— Ce n'est pas si grave, fit-il.

— Cela ne peut pas te faire de mal d'avoir la cuisse bandée. Peux-tu marcher ?

— Bien sûr que je peux marcher !

— Tu es tout pâle.

— Ça ira, fit-il.

Il s'écarta de la colonne pour regarder dans la cour.

Quatre soldats gisaient dans l'herbe criblée de flèches. Les autres avaient disparu ; plus personne ne tirait en direction du clocher. De la fumée s'échappait des fenêtres. De l'autre côté de la cour ils virent aussi une fumée noire et épaisse qui semblait provenir du réfectoire. Tout le monastère commençait à brûler.

— Il faut trouver cette clé, déclara Marek.

— Mais elle est dans la chambre du frère Marcel.

— Je n'en suis pas si sûr.

Il était revenu à l'esprit de Marek qu'avant son départ du chantier de fouilles Elsie, l'épigraphiste, lui avait dit quelque chose ayant trait à une clé. Elle avait aussi fait état d'un mot qui l'intriguait. Trop préoccupé par l'absence de Johnston, il avait oublié les détails, mais se souvenait qu'Elsie était en train d'étudier un des parchemins de la pile provenant du monastère. La pile où ils avaient découvert le message du Professeur.

Marek savait où dénicher ces parchemins.

Ils s'élancèrent vers la chapelle. De la fumée s'échappait par des vitraux brisés. Ils entendirent des cris venant de l'intérieur, virent sortir un groupe de soldats. Marek s'arrêta et rebroussa chemin, les autres sur ses talons.

— Où allons-nous ? demanda Chris.

— Nous cherchons la porte.

— Quelle porte ?

Sans ralentir l'allure, Marek tourna à gauche dans une galerie, puis de nouveau à gauche, par une étroite ouverture débouchant dans un local exigu, une sorte de magasin éclairé par une torche. Il y avait une trappe en bois ; il ouvrit l'abattant. Des marches s'enfonçaient dans l'obscurité. Marek saisit la torche ; ils descendirent. Chris referma la trappe derrière eux. Les marches donnaient dans une salle sombre et humide.

La flamme crachotait dans l'air froid ; à la lueur tremblante de la torche ils virent six barriques ventrues alignées le long d'un mur. Ils étaient dans une cave à vin.

— Les soldats ne mettront pas longtemps à découvrir cet endroit, fit Marek en les entraînant sans marquer la moindre hésitation dans une enfilade de celliers remplis de futailles.

— Tu sais où tu vas ? lança Kate.

— Pas toi ?

Non, elle ne le savait pas... Chris et elle suivaient Marek de près afin de rester dans le cercle de lumière rassurant de la torche. Ils passèrent devant des sépultures, de petits renfoncements dans le mur, où reposaient des corps enveloppés dans des linceuls. Ils apercevaient au passage le sommet d'un crâne auquel restaient accrochées quelques touffes de cheveux ou encore des pieds, les os en partie dénudés. Des petits cris de rats s'élevaient autour d'eux dans les ténèbres.

Kate ne pouvait s'empêcher de frissonner.

Marek poursuivit son chemin jusqu'à ce qu'il arrive dans une salle presque vide.

— Pourquoi t'arrêtes-tu ? demanda Kate.

— Tu ne sais pas ?

En regardant autour d'elle, Kate reconnut la salle souterraine au plafond effondré, à l'intérieur de laquelle elle s'était glissée quelques jours plus tôt. Le cercueil de pierre du chevalier s'y trouvait ; la pierre tombale portant le gisant était en place. Contre un mur, sur la table de bois grossièrement assemblée, étaient empilés des morceaux de toile cirée et des piles de manuscrits attachés avec de la ficelle imbibée d'huile. En face se dressait un mur bas sur lequel était posé un paquet de manuscrits et où brillait le verre de lunettes du Professeur.

— Il a dû le perdre hier, fit Kate. Les soldats l'ont probablement capturé dans cette salle.

Elle regarda Marek passer les documents en revue. Il découvrit rapidement le message du Professeur, revint à la feuille précédente. Le front plissé, il l'étudia à la lumière de la torche.

— Cela parle de quoi ? demanda Kate.

— C'est une description, répondit Marek. D'un cours d'eau souterrain... voilà !

Il montra la marge d'un manuscrit où une note en latin avait été griffonnée.

— Marcellus a la clé, traduisit-il en suivant avec son doigt. Puis cela parle de... euh... une porte ou une ouverture et de grands pieds.

— Des grands pieds ?

— Attends, fit Marek. Non, ce n'est pas ça.

Ce qu'Elsie avait dit lui revenait.

— Il est question des pieds d'un géant. Oui, les pieds d'un géant.

— Les pieds d'un géant, répéta Kate, l'air sceptique. Tu es sûr de ce que tu dis ?

— C'est ce qui est écrit.

— Et ça ? demanda Kate.

Elle désigna deux mots placés l'un au-dessus de l'autre.

DESIDE
VIVIX

— Cela me revient ! fit Marek. Elsie a dit qu'elle ne connaissait pas ce mot, *vivix*. Mais elle n'a pas parlé de *deside*. On ne dirait pas un mot latin et ce n'est ni de l'occitan ni du moyen français.

Il découpa à l'aide de sa dague un coin du parchemin sur lequel il grava les deux mots, le plia et le glissa dans sa poche.

— Qu'est-ce que cela signifie ? demanda Kate.

— Aucune idée.

— C'était ajouté dans la marge ; cela ne veut peut-être rien dire. Ou bien c'est un simple griffonnage, un compte, quelque chose comme ça.

— J'en doute.

— On devait griffonner à cette époque.

— Sans doute, Kate, mais, pour moi, il ne s'agit pas de ça. C'est sérieux.

Marek revint au manuscrit, suivit le texte avec son index.

— Bon... le texte dit : *Transitus occultus incipit...* le

passage commence... *propre ad capellam viridem, sive capellam mortis...* à la chapelle verte, aussi nommée chapelle de la mort...

— La chapelle verte ? fit Kate d'une drôle de voix.

— C'est ça, répondit Marek. Mais on ne dit pas où elle se trouve. Si le passage communique avec les grottes, cette chapelle peut être n'importe où.

— Non, André, glissa Kate.

— Comment ? Que veux-tu dire ?

— Je sais où est la chapelle verte. Son emplacement était indiqué sur les cartes topographiques ; c'est une ruine, juste à l'extérieur du site des fouilles. Je me rappelle m'être demandé pourquoi elle n'avait pas été incluse dans nos chantiers, tellement elle était proche. La carte indiquait *chapelle verte morte*. Cette idée de mort verte me plaisait ; on aurait dit le titre d'une nouvelle d'Edgar Poe.

— Te souviens-tu de son emplacement exact ?

— Non, mais c'était dans la forêt, à environ un kilomètre au nord de Bézenac.

— Alors, c'est possible, fit Marek. Un tunnel d'un kilomètre est possible.

Ils entendirent du bruit au loin ; les soldats descendaient dans les caves.

— Il faut y aller.

Marek s'engagea dans un passage menant à l'escalier. Quand Kate l'avait vu, il était à moitié enfoui sous un amas de décombres. Cette fois, parfaitement dégagé, il donnait sur une autre trappe.

Marek gravit les marches, plaça l'épaule contre l'abattant. La trappe s'ouvrit aisément, montrant le gris du ciel, le noir de la fumée.

Marek sortit ; ils le suivirent.

Ils débouchèrent dans un verger. Sur les arbres fruitiers soigneusement alignés, les feuilles printanières étaient d'un vert vif. Ils traversèrent le terrain au pas de course, jusqu'au pied du mur du monastère, haut de trois mètres cinquante, impossible à escalader. Ils grimpèrent dans les arbres les plus proches pour sauter par-dessus le mur. Juste devant eux s'étendait un bois touffu. Ils s'élancèrent vers les premiers arbres pour se mettre à couvert.

09:57:02

David Stern s'écarta du prototype pour examiner une dernière fois l'appareillage électronique entouré de ruban adhésif qu'il venait de passer cinq heures à assembler et à tester.

— C'est prêt, fit-il. Nous pouvons leur envoyer un message.

Il faisait nuit ; les baies vitrées du laboratoire étaient noires.

— Quelle heure est-il pour eux ?

Gordon commença à compter sur ses doigts.

— Ils sont arrivés à huit heures du matin. Vingt-sept heures se sont écoulées : il est donc onze heures.

— Bon. Cela devrait aller.

Stern avait construit cet appareil de communication contre l'avis de Gordon qui faisait valoir deux arguments de poids. Il affirmait d'abord qu'on ne pouvait envoyer un message dans l'autre monde, ne sachant où la machine atterrirait. Statistiquement, il y avait toutes les chances qu'elle se pose à un endroit où les voyageurs ne se trouveraient pas ; ils ne verraient donc jamais le message. La seconde objection était qu'il ne serait pas possible de savoir s'ils avaient ou non reçu le message.

Stern avait réfuté les deux objections de la manière la plus simple qui soit. Son paquet contenait un émetteur-récepteur identique à celui que les voyageurs portaient dans l'oreille et deux petits magnétophones. Le premier transmettait un message, le second enregistrait tout message à destination de l'émetteur-récepteur. Gordon l'avait écouté avec une pointe d'admiration.

Le message de Stern disait : « C'est David. Vous êtes maintenant partis depuis vingt-sept heures. N'essayez pas de revenir avant encore cinq heures, le temps dont nous avons besoin pour être prêts à vous recevoir. En attendant, faites-nous savoir si tout va bien. Parlez ; votre message sera enregistré. Salut et à bientôt. »

— Nous pouvons l'envoyer, fit Stern après avoir écouté une dernière fois son message.

Gordon se mit à enfoncer des touches sur le pupitre de contrôle. Un bourdonnement s'éleva de la machine, une lumière bleue l'enveloppa.

Quelques heures auparavant, quand il avait entrepris de travailler sur son répondeur-enregistreur, la préoccupation majeure de Stern était que ses amis ignorent qu'il leur était impossible de revenir. Il les imaginait dans une situation délicate, attaqués de tous côtés, appelant la machine au dernier moment, tenant pour acquis qu'ils pourraient rentrer instantanément. Il estimait donc essentiel de leur faire savoir qu'ils ne pouvaient rentrer dans l'immédiat.

Telle avait été sa première préoccupation. Une autre était apparue, encore plus inquiétante. L'air de la salle souterraine avait été renouvelé pendant seize heures, des équipes d'ouvriers avaient entrepris de reconstruire l'aire de transit, les écrans de la salle de contrôle étaient surveillés depuis de longues heures.

Il n'y avait pas eu de saut de champ.

Cela signifiait qu'ils n'avaient pas essayé de revenir. Stern avait le sentiment — personne, bien entendu, surtout pas Gordon, ne dirait le fond de sa pensée — que les gens d'ITC considéraient que le fait que plus de vingt-quatre heures se soient écoulées sans un saut de champ était mauvais signe. Que pour une bonne partie d'entre eux les voyageurs n'avaient plus d'espoir de retour.

L'intérêt de l'appareil de Stern n'était pas tant d'envoyer un message que d'avoir la possibilité d'en recevoir un, ce qui apporterait la preuve qu'ils étaient encore en vie.

Stern avait installé une antenne sur la machine et fabriqué un dispositif permettant de changer l'orientation de l'antenne flexible et de répéter trois fois le message, donnant ainsi aux voyageurs trois chances de se manifester. Après quoi, la machine reviendrait automatiquement, comme elle le faisait lorsqu'elle transportait l'appareil-photo.

— C'est parti, fit Gordon.

Les éclairs laser se succédèrent ; la machine commença à rapetisser.

L'attente fut angoissante ; la machine revint dix minutes plus tard. Au milieu des vapeurs froides serpentant sur le sol, Stern reprit son matériel. Il arracha le ruban adhésif qui l'entourait, commença à passer l'enregistrement.

Il entendit une première fois son message.

Pas de réponse.

Une deuxième fois.

Toujours pas de réponse. Rien d'autre que des grésillements.

Le visage impassible, Gordon ne quittait pas Stern des yeux.

— Il peut y avoir des tas d'explications...

— Bien sûr, David.

Stern entendit son message pour la troisième fois.

Encore des bruits de friture, puis, dans le silence du laboratoire, la voix de Kate lui parvint.

KATE : Hé ! les gars. Vous n'avez rien entendu ?

MAREK : Qu'est-ce que tu racontes ?

CHRIS : Tu ne veux pas couper ton écouteur, Kate !

KATE : Mais...

MAREK : Coupe-le !

Les grésillements reprirent, couvrant les paroles.

Stern avait sa réponse.

— Ils sont vivants, fit-il en se tournant vers Gordon.

— Assurément. Allons voir où on en est sur l'aire de transit.

Doniger allait et venait dans son bureau, mimant les paroles de son discours, préparant ses effets. Il avait la réputation d'un orateur fascinant, voire charismatique, mais Diane savait que cela ne lui venait pas naturellement. Les déplacements, les formules, les gestes, Doniger ne laissait rien au hasard.

Dans les premiers temps, elle avait été profondément intriguée par ce comportement. Ces répétitions interminables, quasi obsessionnelles avant toute apparition en public, semblaient étranges de la part d'un homme qui, en toutes circonstances ou presque, se contrefichait de l'impression qu'il donnait à autrui. Elle finit par prendre conscience que Doniger aimait parler en public parce qu'il y trouvait la possibilité de manipuler les auditeurs. Il était convaincu d'être plus intelligent que tout le monde ; un discours persuasif lui offrait une occasion en or de le démontrer.

Il continuait d'aller et venir devant Diane.

— Nous sommes tous gouvernés par le passé, même si personne ne le comprend, fit-il avec un ample geste du bras. Et personne ne veut reconnaître son pouvoir. Quand on y réfléchit, on se rend compte qu'il a toujours été plus important que le présent. Le présent est comme un récif corallien qui émerge, mais dont la charpente formée de squelettes innombrables de coraux demeure invisible sous la surface de la mer. De la même manière, notre perception du monde repose sur d'innombrables événements et décisions du passé. Ce que nous ajoutons dans le présent est insignifiant. Prenons un adolescent qui, son petit déjeuner avalé, file dans un magasin acheter le dernier CD d'un groupe à la mode. Il croit vivre un moment du présent. Mais qui a défini ce qu'est un « groupe » ? Qui a défini un « magasin », un « adolescent » ou encore un « petit déjeuner » ? Sans parler de tout le reste, du cadre de vie de notre adolescent : la famille, l'école, les vêtements, les moyens de transport et le gouvernement. Rien de tout cela n'a été décidé dans le présent ; cela remonte, dans la plupart des cas, à des siècles. Cinq cents ans, mille ans. L'enfant est assis en haut d'une montagne constituée par le passé. *Et il n'en a pas conscience*. Il est *gouverné* par ce qu'il ne voit pas, ne connaît pas, par ce à quoi il ne pense jamais. Cette forme de contrainte est acceptée sans discussion. Notre adolescent met en question d'autres formes de contrôle : les interdits parentaux, les messages commerciaux, la législation et les autorités. Mais l'empire invisible du passé qui détermine la quasi-totalité de sa vie n'est pas mis en doute. Voilà où réside le véritable pouvoir. Mais si le présent est régi par le passé, il en va de même de l'avenir. Voilà pourquoi je dis que l'avenir appartient au passé. Et la raison...

Doniger s'interrompit avec un geste d'agacement : le téléphone cellulaire de Diane sonnait. Tandis qu'elle répondait, il se remit à faire les cent pas en prenant de nouvelles postures.

Diane raccrocha, le regarda en silence.

— Oui ? Qu'est-ce qu'il y a ?

— C'était Gordon. Ils sont vivants, Bob.

— Ils sont revenus ?

— Non, mais nous avons un enregistrement de leurs voix. Trois d'entre eux au moins sont en vie, c'est sûr.

— Un enregistrement ? Qui a trouvé le moyen de faire ça ?

— Stern.

— Tiens donc ! Peut-être n'est-il pas aussi stupide que je le croyais. Nous devrions le recruter... Est-ce que cela signifie que nous allons les récupérer ? poursuivit Doniger après un silence.

— Je n'en suis pas certaine.

— Quel est le problème ?

— Ils gardent leur écouteur coupé.

— Allons donc ! Pourquoi ? Les batteries ont largement de quoi tenir trente-sept heures. Il n'y a aucune raison de couper les écouteurs... Croyez-vous que cela pourrait être à cause de lui ? À cause de Deckard ?

— Peut-être. Oui.

— Comment serait-ce possible ? Cela fait plus d'un an. Deckard doit être mort... Un type qui cherchait querelle à tout le monde.

— En tout cas, il y a une raison pour qu'ils coupent les écouteurs...

— Rob avait trop d'erreurs de transcription, coupa Doniger, et il échappait à toute autorité. Il allait se retrouver derrière les barreaux.

Rob Deckard avait tabassé dans un bar un type qu'il n'avait jamais vu. D'après la police, il l'avait frappé cinquante-deux fois avec une chaise métallique. Le malheureux était resté un an dans le coma. C'est pour échapper à la prison qu'il s'était porté volontaire pour une dernière mission.

— Si Deckard est encore en vie, fit Doniger, l'air pensif, ils ne sont pas au bout de leurs ennuis.

09:57:02

Dans la pénombre fraîche de la forêt, Marek dessina un plan grossier en grattant la terre avec un bâton.

— En ce moment, nous sommes là, derrière le monastère. Le moulin est dans cette direction, à quatre ou cinq cents mètres. Mais il y a un poste de garde.

— Je vois, fit Chris.

— Il nous faudra ensuite entrer dans le moulin.

— Ce ne sera pas du gâteau, soupira Chris.

— Comme tu dis. Après cela, nous aurons la clé. Et nous rejoindrons la chapelle verte... qui se trouve où, Kate ?

Elle prit le bâton, traça un carré.

— Disons que c'est La Roque, en haut de la falaise. Il y a une forêt au nord ; la route passe à peu près là. Je crois que la chapelle n'est pas très loin... par ici.

— Un kilomètre ? Deux kilomètres ?

— Deux bons kilomètres.

Marek hocha la tête en silence.

— Tout cela paraît assez facile, fit Chris en se levant et en s'essuyant les mains. Il suffit d'éviter les soldats qui gardent la route, de pénétrer dans le moulin fortifié, puis de trouver une chapelle dans la forêt... sans se faire trucider en chemin. Qu'attendons-nous ?

Au sortir de la forêt, ils découvrirent un spectacle de désolation. Le monastère était en flammes, de gros nuages de fumée occultaient le soleil. Le sol était recouvert d'une épaisse cendre noire qui se déposait sur leur visage et leurs épaules ; un goût de poussière envahit leur bouche. Ils distinguaient à peine sur l'autre rive de la Dordogne la silhouette de la ville de Castelgard réduite à l'état de ruines fumantes.

Ils marchèrent un long moment dans ce paysage désolé sans croiser âme qui vive. Devant une ferme, à l'ouest du monastère, un vieillard était étendu, deux flèches dans la poitrine. De l'intérieur leur parvinrent les vagissements d'un nouveau-né. Ils s'approchèrent, virent près de l'âtre le corps d'une femme abattue à coups de hache et un petit garçon de six ans éventré, les yeux levés au plafond. Ils ne relevèrent pas la présence du bébé, mais les cris semblaient provenir d'une couverture, dans un angle de la pièce.

Kate fit deux ou trois pas dans cette direction, mais Marek la retint par le bras.

— Non.

Ils reprirent leur route.

Des nuages de fumée traversaient la campagne aux chaumières et aux champs désertés. À part la famille massacrée de la ferme, ils ne rencontrèrent personne.

— Où sont-ils passés ? demanda Chris.

— Ils se sont réfugiés dans les bois, répondit Marek. Ils y ont des huttes et des abris souterrains. Ils savent ce qu'il faut faire.

— Dans les bois ? Comment vivent-ils ?

— En attaquant les soldats qui s'y aventurent. C'est pourquoi les seigneurs font tuer tous ceux qu'ils trouvent dans la forêt. Ils les tiennent pour des brigands — des *godins* — et savent que ceux-ci leur rendront la pareille, si l'occasion se présente.

— C'est ce qui s'est passé à notre arrivée ?

— Oui, répondit Marek. L'antagonisme entre les nobles et les gens du commun est à son maximum. Le peuple supporte de plus en plus mal d'être écrasé par les redevances et prélèvements de toute nature alors que la noblesse n'assume pas ses devoirs. Les chevaliers subissent de cuisantes défaites ; la captivité du roi de France est hautement symbolique pour le peuple. La guerre entre la France et l'Angleterre est terminée, mais le peuple constate que la noblesse est la cause de nouvelles destructions. Arnaud et Oliver qui se sont battus pour leur roi à Poitiers pillent et ravagent le pays afin de payer leurs troupes. Le peuple est contraint de se réfugier dans les forêts et se défend comme il peut.

— Et la ferme que nous avons vue ? demanda Kate. Comment peut-on en arriver là ?

— Qui sait ? répondit Marek. Un père ou un frère a pu être assassiné et dépouillé par des brigands ; une épouse et des enfants se rendant d'un village à un autre ont pu disparaître sans laisser de trace. La douleur et la colère ont pu porter quelqu'un à se venger.

— Mais...

Marek lui fit signe de se taire en montrant quelque chose devant eux. Dépassant d'un bouquet d'arbres, une bannière vert et noir portée par un cavalier au galop filait vers leur gauche.

Marek indiqua la direction opposée ; ils avancèrent en silence jusqu'à ce qu'ils soient enfin en vue du moulin fortifié. Et du poste de garde.

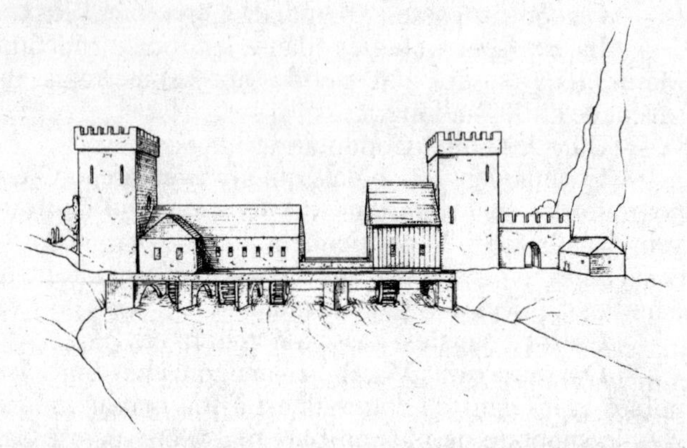

Sur la rive nord de la Dordogne le pont s'achevait par un haut mur crénelé dans lequel s'ouvrait une arche. Un poste de péage en pierre s'élevait sur le côté. La seule route menant à La Roque passait sous cette arche, ce qui signifiait que qui contrôlait le pont contrôlait la route.

Une falaise calcaire haute et abrupte surplombait la route, interdisant le passage. Près de l'arche, s'entretenant avec les gardes, ils reconnurent Robert de Kere.

Un flot de paysans, femmes et enfants pour la plupart, certains transportant leurs maigres biens, s'étirait sur la route. Ils allaient chercher la protection de la forteresse de La Roque. De Kere s'adressait à un garde en tournant de loin en loin la tête vers la file de fuyards. Il ne semblait pas très vigilant, mais ils ne pourraient passer près de lui sans se faire repérer.

De Kere finit par entrer dans le pont fortifié ; Marek fit signe à ses compagnons d'y aller. Ils gagnèrent la route, se mêlèrent aux paysans qui avançaient lentement vers le poste de garde. Marek sentit des gouttes de sueur se former sur son front.

Les gardes examinant les ballots des manants confisquaient tout ce qui pouvait avoir de la valeur et le lançaient sur un grand tas, au bord de la route.

Marek atteignit l'arche ; les gardes le dévisagèrent, mais il évita leur regard. Il était passé ! Chris et Kate franchirent l'arche à leur tour.

Ils suivirent la foule le long de la rivère. Quand la file tourna à droite vers la forteresse de La Roque, Marek prit la direction opposée.

Il n'y avait personne sur la rive. Dissimulés derrière des buissons, ils observèrent à loisir le moulin fortifié, à quelques centaines de mètres.

Ce qu'ils virent n'avait rien d'encourageant.

De chaque côté du pont se dressaient deux tours massives percées de meurtrières entourées d'un chemin de ronde. Ils comptèrent au sommet de la plus proche deux douzaines de soldats en bordeaux et gris disposés le long des créneaux. Ils étaient aussi nombreux en haut de l'autre tour où flottait un étendard aux couleurs d'Oliver.

Entre les tours, le pont soutenait deux constructions dissymétriques reliées par des passerelles. Quatre roues hydrauliques tournaient au-dessous, mues par le courant accéléré grâce à une suite de retenues et de canaux de dérivation.

— Qu'en penses-tu ? demanda Marek à Chris, qui étudiait depuis deux ans ce pont fortifié. Pouvons-nous entrer ?

— Aucune chance, répondit Chris en secouant la tête. Il y a des hommes d'armes partout. Pas d'accès possible.

— Quel est le premier bâtiment ? poursuivit Marek en montrant une construction en bois de deux étages.

— Ce doit être un moulin à céréales, répondit Chris. Les meules sont probablement à l'étage. La farine tombe dans des récipients où il est facile de l'ensacher et de la transporter.

— Combien de personnes y travaillent ?

— Deux ou trois, j'imagine. Mais pour l'instant — il montra les soldats sur les créneaux —, il n'y a peut-être personne.

— Très bien. Et l'autre bâtiment ?

Marek indiqua la seconde construction, plus longue et plus basse, communiquant avec la première par une petite passerelle.

— Comment le savoir ? On peut y moudre le malt, y préparer la pâte à papier, il peut s'agir d'une forge ou même d'une scierie.

— Une scierie ?

— Oui. Il y a des scies hydrauliques à cette époque.

— Tu ne peux pas en être sûr ?

— Non, pas de si loin.

— Je me demande pourquoi vous perdez votre temps à parler de ça, glissa Kate. De toute façon, nous ne pourrons pas y pénétrer.

— Il le faut, répliqua Marek. Nous devons localiser la chambre du frère Marcel et mettre la main sur la clé qui s'y trouve.

— Comment faire, André ? Vois-tu un moyen d'y parvenir ?

Marek considéra longuement le pont en silence.

— Nous irons à la nage, déclara-t-il enfin.

— Impossible, protesta Chris.

Les piles du pont étaient lisses, les pierres, verdâtres et glissantes, couvertes d'algues.

— Jamais nous ne pourrons grimper par là.

— Qui parle de grimper ? lança Marek.

09:27:33

Chris retint un cri au contact de l'eau glacée. Marek s'éloignait déjà de la rive, se laissant porter par le courant. Juste derrière lui, Kate s'écartait pour gagner le milieu du bras de la rivière. Chris plongea à son tour en se retournant nerveusement vers la rive.

Jusqu'à présent, les soldats ne les avaient pas vus ; le bruit de l'eau était si fort que Chris n'entendait rien d'autre. Il regarda devant lui, en direction du pont, sentit l'angoisse le gagner. Il n'aurait qu'une seule chance : s'il ratait son coup, le courant l'emporterait et il était peu probable qu'il puisse remonter la rivière sans se faire prendre.

Il savait à quoi s'attendre.

Une chance.

Une succession de murets partant de la rive augmentait la vitesse du courant. Devant lui une chute amenait l'eau aux roues. L'ombre du pont s'étendit sur les eaux de la Dordogne, tout s'accéléra. Par-dessus le grondement de la masse d'eau écumeuse, il perçut les craquements du bois des roues.

En arrivant à la hauteur de la première roue, Marek saisit l'axe horizontal. Il opéra un rétablissement, se hissa sur une palette et se livra passivement au mouvement de la roue jusqu'à ce qu'il disparaisse.

À le voir faire, c'était facile.

Kate atteignit la deuxième roue, vers le milieu du

pont. Avec agilité, elle referma les mains sur l'axe, mais faillit lâcher prise. Elle parvint à se hisser sur une palette où elle resta accroupie.

Entraîné par la chute d'eau, Chris poussa un grognement de douleur quand son corps heurta les rochers ; la rivière bouillonnait, le courant le poussait à toute allure vers la roue du moulin.

À lui de jouer.

Au moment où il sortait de l'eau, il tendit le bras pour saisir l'axe de la roue à aubes. Le bois couvert d'algues était froid et glissant... Des échardes se plantèrent dans ses doigts... Il lâcha prise... essaya d'utiliser son autre main... Le bout de bois remontait... Impossible de l'attraper... Il l'abandonna, retomba dans l'eau, tendit la main vers le suivant... Il le rata... et fut emporté par le courant. Il déboucha dans la lumière, emporté par les eaux agitées de la rivière.

Il avait raté son coup !

Le courant continuait de l'entraîner loin du pont, de l'éloigner des autres.

Il était livré à lui-même.

09:25:12

Un genou sur la palette de la roue hydraulique, Kate se sentit arrachée à l'étreinte de l'eau. Elle posa l'autre genou, son corps s'éleva. Elle regarda par-dessus son épaule, eut le temps d'apercevoir la tête de Chris montant et descendant dans un bouillonnement d'écume, avant que la roue la fasse basculer à l'intérieur du moulin.

Elle sauta par terre, s'accroupit dans l'obscurité. Les planches fléchirent sous son poids, une odeur de moisi lui monta aux narines. Elle était dans un petit local, la roue à aubes derrière elle ; les engrenages en bois cédèrent bruyamment sur sa droite. Elle demeura immobile, aux aguets sous les projections d'eau. Elle n'entendait rien d'autre que le bruit de l'eau et les craquements du bois. Juste devant elle se trouvait une porte basse. La main sur la poignée de sa dague, elle la poussa doucement.

Le grain descendait de l'étage supérieur par une glissière de bois et se déversait dans un grand récipient carré posé sur le plancher. Une haute pile de sacs rebondis occupait un angle de la pièce. Une poussière jaune obscurcissait l'air ; elle recouvrait les murs, toutes les surfaces et l'échelle placée dans un coin, qui donnait accès à l'étage supérieur. Kate se souvint que Chris avait dit un jour qu'une flamme ferait tout sauter.

D'ailleurs, il n'y avait ni chandelles ni appliques aux murs.

Elle rampa prudemment vers l'échelle. Ce n'est qu'en l'atteignant qu'elle découvrit deux hommes vautrés au milieu des sacs, des bouteilles de vin vides à leurs pieds. Ils continuèrent à ronfler sans remuer un orteil.

Elle gravit les premiers barreaux de l'échelle.

Elle passa devant les meules, une roue de granite tournant sur une autre. Les grains, précipités dans une sorte d'entonnoir, se déversaient dans un espace ménagé au centre de la meule courante. Broyés, ils ressortaient sur les côtés et tombaient dans le trou du plancher.

Au fond de la pièce, elle vit Marek penché sur le corps inerte d'un soldat. Un doigt sur les lèvres, il désigna une porte sur la droite. Kate entendit des voix : les soldats dans le poste de garde. Marek tira l'échelle, la fit glisser sur le plancher et la plaça contre la porte.

Elle l'aida à récupérer l'épée, l'arc et le carquois du soldat. L'homme était lourd ; il fut plus difficile et plus long qu'elle ne l'aurait cru de le dépouiller de ses armes. Elle observa son visage : il avait une barbe de deux jours et un chancre sur la lèvre. Ses yeux bruns grands ouverts regardaient fixement le plafond.

Elle bondit en arrière en étouffant un cri de terreur quand l'homme leva brusquement la main vers elle. Elle se rendit compte que sa manche trempée s'était prise dans le bracelet du soldat. Elle la dégagea ; la main retomba avec un bruit mat.

Marek prit l'épée ; il lui tendit l'arc et les flèches.

Sur un mur, plusieurs frocs blancs étaient suspendus à une rangée de patères. Marek passa une robe, lui en donna une autre.

Il lui montra, à gauche, la direction de la passerelle menant au second bâtiment. Deux hommes d'armes en bordeaux et gris étaient en faction, interdisant le passage.

Marek jeta un coup d'œil autour de lui, vit un gros

bâton utilisé pour remuer le grain, le tendit à Kate. Il y avait d'autres bouteilles de vin dans un coin. Il en prit deux, ouvrit la porte et s'adressa aux soldats en occitan, en montrant les bouteilles. Ils accoururent sans perdre une seconde. Marek poussa Kate sur le côté de la porte, lui souffla un mot dans l'oreille : « Fort ! »

Le premier garde apparut, l'autre sur ses talons. Kate prit de l'élan et cogna si fort qu'elle était sûre de lui avoir brisé le crâne. Il n'en était rien. L'homme s'affaissa, mais entreprit aussitôt de se relever. Elle lui assena deux autres coups de bâton ; il tomba de tout son long, cessa de bouger. Pendant ce temps, Marek avait fracassé une bouteille de vin sur la tête de l'autre garde et le frappait à grands coups de pied dans le ventre. L'homme se débattait comme un beau diable, les bras levés pour se protéger. Kate lui appliqua un bon coup de bâton sur la tête ; il retomba, inerte.

Avec un geste satisfait de la tête, Marek glissa l'épée sous son froc, s'encapuchonna et s'engagea sur la passerelle, la tête légèrement inclinée, à la manière des moines. Kate lui emboîta le pas.

Elle n'osait lever les yeux vers les soldats sur les remparts. Elle avait dissimulé le carquois sous son vêtement, mais devait porter l'arc à la main. Elle espérait que personne ne le remarquerait. Ils atteignirent l'autre bâtiment ; Marek s'arrêta devant la porte. Ils tendirent l'oreille, ne perçurent que des coups cadencés et le grondement des eaux de la rivière. Marek ouvrit la porte.

Toussant, crachant, Chris se laissait porter par le flot tumultueux ; il était déjà à près de cent mètres du pont. Les troupes d'Arnaud occupaient les deux rives, attendant à l'évidence l'ordre de donner l'assaut au moulin. Des chevaux tenus par des pages attendaient à proximité.

La réflexion du soleil sur l'eau éblouissait les hommes d'Arnaud ; ils plissaient les yeux ou tournaient le dos à la rivière. Chris comprit que c'était probablement grâce à l'éclat du soleil qu'on ne l'avait pas encore repéré.

En prenant soin de ne pas projeter d'eau ni lever les bras, Chris se rapprocha de la rive nord et se tapit derrière une haute touffe de joncs d'où nul ne pouvait le voir. Il reprit son souffle. Pour espérer rejoindre Kate et Marek, il fallait qu'il soit de ce côté-là, sur la rive française.

Ses amis parviendraient-ils à sortir sains et saufs du moulin grouillant de soldats ? Chris n'aurait su dire quelles étaient leurs chances.

Il lui revint à l'esprit que Marek était encore en possession de la céramique. Si André mourait ou disparaissait, il deviendrait impossible de retourner au XXe siècle. Mais restait-il vraiment de l'espoir ?

Quelque chose heurta l'arrière de sa tête. Il se tourna, vit un rat mort, le ventre gonflé, flottant au fil de l'eau. Saisi d'une violente répulsion, il sortit la tête du couvert des joncs. Pas de soldats à proximité ; ils se tenaient dans l'ombre d'un bosquet de chênes, une douzaine de mètres en aval. Chris sortit de l'eau, s'aplatit dans les broussailles. Il éprouvait sur son corps la caresse bienfaisante du soleil ; il entendait les soldats rire et plaisanter. Il savait qu'il aurait dû gagner un endroit plus retiré ; si d'aventure quelqu'un se promenait sur le chemin longeant la rivière, il le verrait aussitôt au milieu de la maigre végétation. Mais à mesure qu'il se réchauffait, il sentait une profonde fatigue l'envahir. Ses paupières se faisaient lourdes, ses membres pesants ; il se dit qu'il allait fermer les yeux un petit moment.

Juste un petit moment.

À l'intérieur du bâtiment, le vacarme assourdissant fit grimacer Kate ; elle regarda à l'étage inférieur. Sur toute la longueur du bâtiment, une double rangée de martinets s'abattait sur des enclumes dans un fracas continu qui se répercutait sur les murs.

Près de chaque enclume se trouvaient un baquet

d'eau et un bassin de métal rempli de charbons ardents. Il s'agissait à l'évidence d'une forge où l'acier était successivement chauffé, battu et refroidi dans l'eau. Les marteaux étaient animés par la force hydraulique.

Dans le bâtiment déserté par les forgerons, sept ou huit soldats en bordeaux et gris contrôlaient méticuleusement tous les recoins. Ils regardaient sous les marteaux, tâtaient les murs à la recherche d'un compartiment secret, fourrageaient dans les coffres à outils.

L'objet de leur quête ne faisait aucun doute : la clé du frère Marcel.

Marek se tourna vers Kate ; il lui fit signe de descendre l'escalier au pied duquel une petite porte dépourvue de serrure était entrebâillée. C'était probablement celle de la chambre de Marcellus.

La chambre avait certainement déjà été fouillée.

Cela ne préoccupait pas Marek outre mesure ; impatient, il commença à descendre les marches. Au pied de l'escalier, ils passèrent devant les lourds martinets de forge et se glissèrent dans la chambre du moine.

Marek secoua la tête.

C'était une véritable cellule de moine, exiguë, d'une nudité frappante ; elle ne contenait qu'un petit lit, un broc à eau, un vase de nuit. Au chevet du lit il y avait une table avec une chandelle. Rien d'autre. Deux frocs étaient suspendus à une pièce de bois fixée à l'intérieur de la porte.

On voyait au premier coup d'œil qu'il n'y avait pas de clés dans cette pièce. S'il y en avait eu, les hommes d'armes auraient mis la main dessus.

Au grand étonnement de Kate, Marek se laissa pourtant tomber à quatre pattes et entreprit de chercher méthodiquement sous le lit.

Marek avait gardé en mémoire les dernières paroles du père supérieur.

Ignorant l'emplacement du passage secret, l'abbé tentait à toute force de le découvrir afin d'en faire bénéficier Cervole. Il avait encouragé le Professeur à fouiller dans les vieux documents, une décision judicieuse, puisque Marcellus avait l'esprit trop dérangé pour dévoiler à quiconque ce qu'il savait.

Johnston avait mis la main sur un document mentionnant une clé, une découverte à laquelle il semblait attacher de l'importance. L'abbé n'avait pas caché son exaspération à Marek. « Bien sûr qu'il y a une clé. Marcel a quantité de clés... »

Le père supérieur connaissait donc l'existence de cette clé. Il savait où elle se trouvait mais n'était pas en mesure de l'utiliser.

Pourquoi ?

Kate tapa sur l'épaule de Marek. Il leva les yeux, vit qu'elle avait écarté les deux frocs blancs. Dans le bois de la porte étaient gravés trois dessins constitués à partir de caractères et de chiffres romains. Les gravures avaient un aspect dépouillé, presque décoratif, qui paraissait très éloigné du style médiéval.

Marek comprit soudain qu'il ne s'agissait pas de dessins mais de diagrammes.

Il avait trouvé les « clés ».

Le troisième, celui de droite, retint son attention. Il se présentait ainsi :

Le diagramme avait été gravé dans le bois de longues années auparavant. Les soldats n'avaient pas pu le manquer, mais, comme ils poursuivaient leur recherche systématique, sa signification avait dû leur échapper.

Marek, lui, comprenait.

Kate interrogea silencieusement : *Escalier ?*

Plan, répondit Marek en montrant l'image.

Tout lui paraissait maintenant très clair.

VIVIX ne figurait pas dans le dictionnaire, car ce n'était pas un mot, mais une suite de chiffres romains :

V, IV et IX. Ces chiffres correspondaient à des directions précises indiquées par DESIDE, qui n'était pas un mot non plus, mais représentait les vocables latins DExtra, SInistra, DExtra. Soit : droite, gauche, droite.

La clé de l'énigme était donc la suivante : une fois à l'intérieur de la chapelle verte, il fallait faire cinq pas à droite, quatre à gauche et neuf à droite.

Et on arrivait au passage secret.

Marek fit un clin d'œil à Kate.

Ce que tout le monde cherchait, ils l'avaient enfin trouvé. Ils avaient la clé de La Roque.

09:10:23

Il leur restait maintenant à sortir indemnes du moulin. Marek s'avança vers la porte, passa prudemment la tête pour regarder dans la forge. Kate vint se placer près de lui.

Elle compta neuf soldats. Plus de Kere.

Dix contre deux.

Les hommes d'armes semblaient chercher avec moins de conviction. Plusieurs d'entre eux échangeaient des regards par-dessus les marteaux avec des haussements d'épaules, comme pour dire : restons-en là. À quoi bon continuer ?

Il était absolument impossible à Kate et à Marek de s'esquiver sans se faire repérer.

Marek montra l'escalier menant à la passerelle.

— Emprunte l'escalier et sors d'ici, murmura-t-il à l'oreille de Kate. Je te couvre. Nous nous retrouverons sur la rive nord, en aval. Compris ?

— Je ne veux pas te laisser seul contre dix. Je reste avec toi.

— Non, répliqua Marek, il faut que l'un de nous puisse s'échapper. Vas-y. Je me débrouillerai.

Il fouilla dans sa poche.

— Prends ça, ajouta-t-il en lui tendant la céramique.

— Pourquoi, André ? fit Kate en réprimant un frisson.

— Prends-la !

Ils entrèrent dans la forge. Kate se dirigea vers l'escalier tandis que Marek traversait la pièce en direction des fenêtres donnant sur la rivière.

Elle avait gravi la moitié des marches quand elle entendit un cri. Convergeant de tous les coins de la pièce, les soldats se ruaient vers Marek qui avait rejeté son capuchon en arrière et en affrontait déjà un.

Sans hésiter, Kate sortit le carquois de dessous son vêtement, encocha une flèche et banda l'arc. Les paroles de Marek lui remontèrent à la mémoire : *Si vous voulez tuer un homme...* Dire qu'elle avait trouvé cela ridicule sur le moment.

Un soldat criait en la montrant du doigt. Elle lâcha sa flèche qui lui transperça le cou : l'homme recula en titubant. Il bascula en hurlant dans un bassin rempli de charbons ardents. Un autre battit en retraite, cherchant à se mettre à l'abri ; Kate le toucha en pleine poitrine. Il s'effondra, mort.

Plus que huit.

De Kere était au nombre des trois que Marek combattait en même temps. Les épées s'entrechoquaient, les hommes esquivaient les coups devant les martinets. Marek s'était déjà débarrassé d'un soldat qui gisait sur le plancher.

Plus que sept.

Soudain, Kate vit l'homme se relever ; il avait fait semblant d'être touché à mort. Elle le vit avancer à pas de loup pour attaquer Marek par-derrière. Elle encocha une autre flèche, tira. L'homme se plia en deux en se tenant la cuisse ; il n'était que blessé. Kate l'acheva d'un trait en pleine tête.

Elle levait le bras pour prendre une nouvelle flèche quand elle vit de Kere se précipiter vers elle à une vitesse stupéfiante.

Elle prit la flèche, l'encocha fébrilement et tira ; le projectile rata sa cible. De Kere n'était plus qu'à quelques marches d'elle.

Kate lâcha l'arc et les flèches ; elle fila à toutes jambes.

Elle s'engagea en courant sur la passerelle, la tête tournée vers la rivière. Des pierres affleuraient partout sous la surface bouillonnante de l'eau ; la rivière n'était pas assez profonde pour qu'elle puisse sauter. Elle allait devoir redescendre par les roues. De Kere hurla quelque chose derrière elle ; du haut de la tour crénelée, un groupe d'archers la prenait pour cible.

Elle atteignit la porte du moulin quand les premières flèches sifflèrent autour d'elle. De Kere insultait les archers en brandissant le poing ; des flèches volaient autour de lui.

Dans la salle supérieure du moulin, des soldats se jetaient contre la porte bloquée par l'échelle. Elle ne tiendrait pas longtemps. Kate passa par le trou du plancher et se laissa glisser à l'étage inférieur. Réveillés par le tumulte, les deux soldats avinés se relevaient péniblement, les yeux rouges. Mais avec toute la poussière jaune, il leur était difficile de voir distinctement.

Cette poussière flottant dans l'air donna une idée à Kate.

Elle fouilla dans sa bourse, prit un des deux cubes rouges. Il portait l'inscription « 60 ». Elle tira la languette, le lança dans un angle de la pièce.

Elle commença à compter en silence. Cinquante-neuf. Cinquante-huit...

De Kere se trouvait maintenant juste au-dessus d'elle ; il hésitait à descendre, ne sachant si elle était armée. Elle entendait des voix et les pas d'un groupe nombreux. Les soldats avaient réussi à enfoncer la porte. Ils devaient être au moins une douzaine. Peut-être plus.

Elle vit du coin de l'œil un des deux ivrognes bondir vers elle, les mains tendues. Elle lui balança un grand coup de pied dans l'entrecuisse ; il s'effondra en gémissant, se tortilla sur le plancher.

Cinquante-deux. Cinquante et un...

Elle se baissa pour se glisser dans la petite pièce par où elle avait pénétré dans le moulin. La roue à aubes tournait en grinçant et en projetant de l'eau. Kate ferma la porte basse, mais elle n'avait ni serrure ni loquet.

Cinquante. Quarante-neuf...

Elle se pencha pour regarder par l'ouverture dans le plancher où la roue effectuait sa rotation ; elle était assez large pour lui permettre de passer. Il lui suffisait de s'accrocher à une des palettes et de se laisser porter par la roue jusqu'à ce qu'elle soit assez bas pour sauter dans l'eau.

Mais elle se rendit compte en essayant de synchroniser ses mouvements que c'était plus facile à dire qu'à faire. La roue semblait tourner très vite, l'eau lui éclaboussait le visage, les palettes se brouillaient devant ses yeux. Combien de temps restait-il ? Trente secondes ? Vingt ? Elle avait cessé de compter en étudiant la roue. Mais elle savait qu'il n'y avait plus de temps à perdre. Si Chris avait dit vrai, le moulin allait exploser dans les secondes qui venaient. Elle tendit les mains, saisit la première aube qui passait — commença à se laisser entraîner —, flancha et la lâcha — lança les bras vers la suivante —, se dégonfla de nouveau et fit un pas en arrière. Elle respira un grand coup pour se calmer, s'apprêta à recommencer.

Elle entendit une succession de bruits sourds : les soldats étaient en train de sauter dans la pièce voisine. Elle n'avait plus le temps.

Il fallait y aller.

Elle prit une longue inspiration, saisit la première palette à deux mains en se jetant contre la roue. Elle se glissa dans l'ouverture, déboucha dans la lumière — elle avait réussi ! — mais eut soudain l'impression qu'on lui arrachait le bras. Elle resta suspendue dans le vide.

Kate leva les yeux.

Robert de Kere tenait son bras dans une poigne de fer. Se penchant à la dernière seconde entre les deux palettes, il l'avait attrapée au moment où elle amorçait sa descente. À quelques centimètres de Kate, la roue poursuivait sa rotation. Elle essaya de s'arracher à l'étreinte de De Kere ; le visage dur, déterminé, il la regarda gigoter dans le vide.

Elle continua à se débattre.

Il ne relâcha pas sa prise.

Elle remarqua soudain un changement dans le regard du chevalier balafré — une lueur d'hésitation — quand le bois pourri commença à céder sous ses pieds. Le poids des deux corps était trop lourd pour le vieux plancher gorgé d'eau par les incessantes projections de la roue. Les planches pliaient lentement. L'une d'elles se brisa sans un bruit ; de Kere s'enfonça jusqu'au genou dans le trou. Mais il la tenait toujours.

Combien de temps ? se demanda Kate en tapant de sa main libre sur le poignet de l'homme sans parvenir à lui faire desserrer son étreinte.

Combien de temps ?

De Kere avait la ténacité d'un dogue ; rien ne pouvait lui faire lâcher prise. Une autre planche céda ; de Kere fit un pas de côté. Encore une et il passerait à travers le plancher, entraînant Kate dans sa chute.

Il semblait ne pas s'en soucier. Il la tiendrait jusqu'au bout.

Combien de temps ?

De sa main libre, elle parvint à saisir une palette et utilisa la force de la roue pour s'arracher à l'étreinte du chevalier. Ses deux bras la brûlaient. Mais elle réussit : les planches craquèrent, de Kere la lâcha au dernier moment et elle se laissa tomber dans l'eau bouillonnante, au bord de la roue.

Il y eut aussitôt un éclat de lumière jaune et le bâtiment de bois s'envola, soufflé par l'explosion. Kate eut le temps d'apercevoir des planches volant en tous sens avant de basculer pour plonger la tête la première dans l'eau glacée. Elle vit des étoiles — fugitivement — et perdit connaissance dans les tourbillons de la rivière.

09:04:01

Chris fut réveillé par les cris des soldats. Il leva la tête, vit des hommes d'armes courant sur le pont dans la plus grande confusion. Un moine en blanc sortit par une fenêtre du grand bâtiment ; il reconnut Marek en train de ferrailler avec un adversaire invisible. André se laissa glisser le long d'une plante grimpante jusqu'à ce qu'il soit assez près de l'eau pour sauter. Chris ne le vit pas remonter à la surface.

Il scrutait encore les eaux bouillonnantes quand le moulin à grain explosa dans un grand éclat de lumière. Projetés en l'air par le souffle, les soldats dégringolaient des remparts comme des marionnettes. Quand la fumée et la poussière commencèrent à se dissiper, Chris vit qu'il ne restait du moulin que quelques poutres en flammes. Des corps flottaient au fil de l'eau qui charriait des quantités de planches et de débris de bois.

Chris ne voyait toujours pas Marek ; Kate non plus. Un froc blanc passa devant lui, emporté par le courant. Étreint par l'angoisse, il se dit qu'elle devait être morte.

Alors, il se retrouvait seul ! Il décida de prendre le risque de les appeler, tapota son oreille.

— Kate ? fit-il doucement. André ?

Pas de réponse.

— Tu m'entends, Kate ? Et toi, André ?

Son écouteur ne transmettait aucun son, pas même un grésillement de parasites.

Il vit passer un autre corps flottant sur le ventre ; l'homme ressemblait à Marek. Était-ce lui ? Oui, Chris en était sûr : brun, grand, vigoureux, en chemise de toile. Il étouffa un gémissement. Des soldats criaient sur la rive ; il regarda à quelle distance ils se tenaient. Quand il se retourna vers la rivière, le corps était loin.

Chris rampa derrière les buissons pour réfléchir à ce qu'il allait faire.

Kate remonta à la surface sur le dos, incapable de résister à la force du courant. Autour d'elle des morceaux de bois frappaient l'eau comme des missiles. Son cou était si douloureux qu'elle avait de la peine à trouver son souffle ; à chaque inspiration, des ondes se propageaient le long de ses membres. Elle ne pouvait pas bouger. Elle se crut paralysée, mais finit par réussir à remuer le bout des doigts et des orteils. La douleur s'estompa, resta localisée sur le cou ; elle respirait un peu mieux. Elle parvint à remuer tous ses membres, recommença pour s'en assurer. Oui, tout fonctionnait.

Bon, elle n'était pas paralysée, mais avait-elle le cou brisé ? Elle fit un petit mouvement, tourna imperceptiblement vers la gauche, puis vers la droite. C'était affreusement douloureux, mais elle pouvait tourner la tête. Entraînée par le courant, elle sentit quelque chose de poisseux couler dans son œil, brouillant sa vision. Elle s'essuya, vit du sang sur le bout de ses doigts. Elle devait avoir une plaie à la tête. Son front la brûlait ; elle y posa la paume de sa main. Quand elle la retira, elle était couverte de sang.

Elle décida de rester sur le dos. La douleur était encore trop forte ; elle ne se sentait pas capable de se retourner sur le ventre pour nager. Elle continua de se laisser porter par le courant en se demandant pourquoi personne ne faisait attention à elle.

Des cris lui parvinrent de la rive ; elle comprit qu'on l'avait repérée.

Chris passa la tête au-dessus des buissons juste à

temps pour voir Kate flottant sur le dos. Elle était blessée ; tout le côté gauche de son visage était couvert de sang. Elle ne remuait pas ; peut-être était-elle paralysée.

Leurs yeux se croisèrent fugitivement ; elle esquissa un sourire. Chris savait que, s'il se montrait, il serait probablement capturé, mais il n'eut pas une seconde d'hésitation. Marek avait disparu ; il n'avait plus rien à perdre. Autant rester avec Kate jusqu'à la fin. Il se jeta dans l'eau, avança en pataugeant pour la rejoindre. Il réalisa trop tard qu'il venait de commettre une erreur.

Il était à portée de flèche des archers restés sur la tour du pont fortifié ; les premiers projectiles sifflèrent à ses oreilles avant de pénétrer dans l'eau.

Presque aussitôt, sur la rive occupée par les hommes de l'Archiprêtre, un chevalier en armure poussa sa monture dans la rivière en soulevant une gerbe d'eau. Son visage était caché par un heaume, mais à l'évidence il n'avait peur de rien ; il plaça son cheval de manière à protéger Chris du tir des archers. L'animal s'enfonça progressivement dans la rivière et finit par nager. Le chevalier avait de l'eau à la taille quand il se pencha pour saisir Kate et la jeter en travers de sa selle comme un sac mouillé avant de prendre Chris par le bras. Il fit tourner sa monture et regagna la rive.

Kate glissa de la selle et s'affaissa sur la terre détrempée. Le chevalier aboya un ordre ; un homme portant un petit drapeau rayé de bandes obliques rouges et blanches accourut. Il examina la blessure à la tête de Kate, nettoya la plaie, étancha le sang et posa un bandage.

Pendant ce temps, le chevalier avait mis pied à terre. Il retira son heaume. Grand, vigoureux, séduisant, l'homme avait fière allure. Entre les cheveux bruns bouclés et la bouche aux lèvres sensuelles, ses yeux noirs pétillaient de malice. Il avait le teint basané d'un Espagnol.

Quand la tête de Kate fut bandée, le chevalier lui sourit, découvrant des dents blanches et parfaites.

— Si vous voulez bien me faire l'honneur de m'accompagner.

Il entraîna Kate et Chris vers le monastère. Devant la porte latérale de la chapelle se tenait un groupe de soldats ; des cavaliers attendaient à côté, portant la bannière vert et noir d'Arnaud de Cervole.

Tandis qu'ils avançaient vers la chapelle, tous les hommes d'armes s'inclinaient respectueusement devant le chevalier.

Chris poussa discrètement Kate du coude.

— C'est lui, souffla-t-il.

— Qui ?

— Arnaud.

— Le chevalier ? Tu plaisantes ?

— Observe le comportement des soldats.

— Nous devons la vie à Arnaud, fit pensivement Kate.

L'ironie de la situation n'échappait pas à Chris. Dans les récits historiques de l'époque, Oliver était présenté comme une sorte de saint, au contraire d'Arnaud de Cervole, « un des plus grands scélérats de son temps », selon les termes d'un historien. La vérité était apparemment à l'opposé de l'histoire. Oliver était un être méprisable et Cervole — à qui ils devaient la vie — réunissait dans sa personne toutes les qualités du chevalier.

— As-tu vu André ? demanda Kate à mi-voix.

Chris hocha la tête.

— Tu en es certain ?

— Pas certain. Je crois l'avoir vu descendre la rivière.

Kate n'insista pas.

Devant la chapelle du monastère s'étiraient de longues files d'hommes, les mains liées dans le dos. C'étaient pour la plupart des soldats d'Oliver, mais il y avait quelques manants dans leurs vêtements grossiers. Chris évalua leur nombre à une cinquantaine. Les prisonniers les regardaient passer d'un air maussade. Certains étaient blessés ; tous semblaient abattus.

Au passage du petit groupe, un soldat en bordeaux et gris se tourna vers son voisin.

— Voilà ce salaud de Narbonne, lança-t-il d'un ton railleur. Celui qui n'hésite jamais à se salir les mains pour Arnaud.

Tandis que Chris essayait de comprendre le sens de cette remarque, le beau chevalier pivota sur lui-même.

— Qu'as-tu dit ? s'écria-t-il.

Il saisit le prisonnier aux cheveux, lui redressa la tête et, dans le même mouvement, lui trancha la gorge d'un coup de dague. Un flot de sang inonda la poitrine du soldat qui resta debout en émettant un son rauque.

— Tu n'insulteras plus personne, reprit le beau chevalier.

Il regarda le sang couler, sourit en voyant les yeux écarquillés de terreur de sa victime qui restait sur ses jambes. Chris eut l'impression que cela durait une éternité ; il dut s'écouler trente ou quarante secondes, pendant lesquelles le chevalier observa l'homme en silence, le sourire aux lèvres.

Le soldat finit par tomber à genoux, la tête baissée, dans l'attitude d'un homme en prière. Le chevalier plaça posément le pied sous son menton et le poussa en arrière. Il assista aux derniers soubresauts du moribond qui se prolongèrent près d'une minute.

Quand tout fut terminé, le chevalier essuya sa dague sur les chausses du mort, puis fit signe à Kate et à Chris de se remettre en route.

Ils entrèrent tous les trois dans la chapelle du monastère.

Une épaisse fumée emplissait l'édifice. Tout le sol était dévasté, il n'y avait plus ni bancs ni prie-Dieu. Ils restèrent au fond ; le beau chevalier ne montrait aucune impatience. Près d'eux, un petit groupe de soldats échangeait des murmures.

Seul au centre de la chapelle, un chevalier agenouillé était en prière.

Le regard de Chris se dirigea vers les soldats ; la discussion était vive, les murmures furieux. Il n'avait pas la moindre idée du sujet de leur désaccord.

Il sentit quelque chose couler sur son épaule. Il leva les yeux, vit juste au-dessus de lui un pendu se balancer doucement au bout d'une corde. De l'urine dégouttait le long de sa jambe. Chris s'écarta du mur ; une demi-douzaine de corps, les mains liées dans le dos, étaient suspendus à des cordes attachées à la balustrade de la galerie. Trois d'entre eux portaient les couleurs d'Oliver, deux autres des habits de paysans, le dernier un froc blanc. Assis par terre, apparemment résignés à leur sort, deux hommes regardaient des soldats attacher d'autres cordes aux balustres.

Le chevalier en prière se signa et se releva.

— Voici les assistants, messire Arnaud, annonça le beau chevalier.

— Quoi ? Que dis-tu, Raymond ? Quels assistants ?

Le chevalier se retourna. Âgé d'à peu près trente-cinq ans, Arnaud de Cervole avait un corps sec et une mine chafouine à l'aspect déplaisant. Un tic nerveux lui remontait le nez et le faisait ressembler à un rat. Son armure était souillée de sang. Il posa sur eux des yeux indifférents et apathiques.

— Les assistants du maître Edwardus.

— Ah ! fit Arnaud en entamant une sorte de ronde autour de Kate et de Chris. Que font-ils ici ?

— Nous les avons sortis de la rivière. Ils ont réussi à s'enfuir du moulin au dernier moment.

— Ah ! ah ! reprit Cervole, les yeux brillants d'un vif intérêt. Ayez la bonté de m'expliquer comment vous avez détruit le moulin.

Chris s'éclaircit la voix.

— Nous ne l'avons pas détruit, messire.

— Quoi ? interrogea Arnaud, faisant face à Narbonne. Quelle langue parle-t-il ? C'est incompréhensible.

— Ils viennent d'Irlande, messire. Peut-être des îles Hébrides.

— Ils ne sont donc point anglais. Voilà qui est à porter à leur crédit.

Il continua de tourner autour d'eux, puis les dévisagea.

— Me comprenez-vous ?

— Oui, messire, répondit Chris.

— Êtes-vous anglais ?

— Non, messire.

— En vérité, vous ne semblez pas l'être. Vous avez l'air trop doux, trop pacifiques. Celui-ci a la fraîcheur d'une damoiselle, poursuivit-il en regardant Kate. Quant à l'autre...

Il tâta le biceps de Chris.

— Un clerc ou un scribe, déclara Arnaud de Cervole en remuant le nez. Et il n'est assurément pas anglais... car les Anglais sont des sauvages ! lança-t-il d'une voix forte qui se répercuta sur les murs de la chapelle enfumée. En convenez-vous ?

— Oui, messire, fit Chris.

— Les Anglais ne connaissent d'autre manière de vivre que dans l'insatisfaction et les querelles permanentes. Ils ne cessent de mettre à mort leurs propres monarques : telle est leur coutume sanguinaire. Nos frères normands ont conquis leur île et se sont efforcés de leur inculquer des manières plus civilisées ; ils ont échoué, évidemment. Le Saxon est trop profondément imprégné de barbarie. L'Anglais se complaît dans la destruction, la mort et la torture. Non contents de s'entre-déchirer sur leur pauvre île inhospitalière, ils viennent porter la guerre ici, sur nos terres paisibles et prospères qu'ils ravagent ! Toujours d'accord ?

Kate hocha la tête en s'inclinant légèrement.

— Leur cruauté est sans égale, poursuivit Arnaud. Vous avez entendu parler de leur ancien roi, celui qui portait le nom d'Edward II ? Vous savez comment ils ont choisi de l'assassiner ? Avec un tisonnier chauffé au rouge ! Leur roi ! Pas étonnant que ces barbares se comportent chez nous avec une telle sauvagerie !

Il se mit à marcher à grands pas avant de revenir se planter devant Kate et Chris.

— Et Hugh le Despenser, qui exerçait le pouvoir sous le même roi ? Il devait lui aussi périr de mort violente. Savez-vous comment ? On l'a attaché à une échelle sur la place publique, on lui a coupé les testicules et on les a brûlés devant son visage. Juste avant de le décapiter ! Charmant, non ?

Il quêta leur approbation du regard ; ils acquiescèrent docilement.

— Son successeur, le roi Edward III, a retenu les leçons de l'histoire, à savoir qu'il lui faut mener une guerre perpétuelle s'il ne veut périr des mains de ses sujets. Voilà pourquoi le roi et son ignoble fils, le Prince Noir, ravagent la France, un pays qui n'avait pas connu de tels actes de sauvagerie avant leurs chevauchées accompagnées de massacres et de viols, de tueries d'animaux et de destruction des récoltes, de mise à sac des villes et de démantèlement du commerce. Pourquoi ces exactions ? Pour que l'esprit de leurs compatriotes assoiffés de sang soit occupé par ce qui se passe ailleurs, pour faire main basse sur des fortunes, pour que leurs nobles dames servent leurs invités dans des pièces de vaisselle française. Pour se parer des vertus de la chevalerie quand leurs plus beaux faits d'armes se réduisent à massacrer des enfants à la hache !

L'Archiprêtre acheva sa tirade pour considérer successivement Kate puis Chris d'un regard pénétrant, soupçonneux.

— Pour toutes ces raisons, reprit-il, je ne comprends pas pourquoi vous vous êtes rangés sous la bannière de ce pourceau d'Oliver.

— Il n'en est rien, messire, répondit vivement Chris.

— La patience n'est pas mon fort. Dites la vérité : vous aidez Oliver, car votre maître est à sa solde.

— Non, messire. Le Maître est retenu contre sa volonté.

— Que raconte ce coquin tout mouillé ? lança Arnaud en levant les mains d'un air dégoûté.

— Mon anglais est bon, affirma Narbonne en faisant un pas en avant. *Spek ayain*, poursuivit-il en regardant Chris. Répétez.

— Le maître Edwardus..., annonça Chris en réfléchissant à la manière dont il allait formuler sa phrase.

— Oui...

— ... est prisonnier.

— *Pris-ouner ?* répéta Narbonne, la mine perplexe.

Chris eut le sentiment que l'anglais de son interprète n'était pas aussi bon qu'il l'imaginait. Il décida d'essayer en latin, aussi pauvres que fussent ses connaissances.

— *Est... in carcerem... captus... heri captus est de cœnobio sanctae Mariae.*

Il espérait qu'ils comprendraient : Il a été capturé hier au monastère.

— *Invité ?* fit Narbonne en haussant les sourcils. Contre sa volonté ?

— En vérité, messire.

— Il dit que le maître Edwardus a été enlevé hier au monastère et qu'il est le prisonnier d'Oliver, expliqua le chevalier.

Arnaud de Cervole scruta le visage de Chris et s'adressa directement à lui d'une voix basse et menaçante.

— *Sed vos non capti estis. Nonne ?* Mais vous n'avez pas été enlevés ?

— Euh... nous...

— *Oui ?*

— Non, non, messire..., rectifia vivement Chris. *Non.* Nous nous sommes échappés. Euh... *ef... effug... imus. Effugimus.*

Était-ce le mot juste ? Il commençait à transpirer à grosses gouttes.

Apparemment, c'était clair. Le beau chevalier hocha longuement la tête.

— Il dit qu'ils se sont échappés.

— Échappés ? lança Arnaud. D'où ?

— *Ex Castelgard heri...*

— Vous vous êtes échappés hier de Castelgard ?

— *Etiam, mi domine.* Oui, messire.

Arnaud le considéra longuement sans rien dire. Au balcon, on passa une corde autour du cou des deux prisonniers avant de les pousser dans le vide. La chute ne suffit pas à leur briser les vertèbres ; ils se tortillèrent au bout de leur corde en émettant des sons rauques jusqu'à ce que la mort les prenne.

Arnaud leva un regard agacé, comme s'il était dérangé par les râles d'agonie des suppliciés.

— Il reste de la corde, fit-il en se retournant vers Chris et Kate. Je veux la vérité de votre bouche.

— Je dis la vérité, messire.

Cervole pivota sur ses talons, plongea les yeux dans ceux de Chris.

— Avez-vous parlé au moine Marcel avant sa mort ?

— Marcel ? fit Chris, s'efforçant de feindre l'ignorance

— Oui, oui, Marcel ! *Cognovistine fratrem Marcellum ?* Connaissez-vous le frère Marcel ?

— Non, messire.

— *Transitum ad Roccam cognitum habesne ?*

Chris n'eut pas besoin d'attendre la traduction : Le passage vers La Roque, le connaissez-vous ?

— Le passage... *transitum...* (Chris haussa les épaules, feignant de nouveau l'ignorance.) Non, messire.

— Vous ne savez rien du tout, répliqua Arnaud, l'air franchement incrédule.

Il s'avança en fronçant le nez, si près que Chris eut l'impression qu'il le reniflait.

— Je doute de vos paroles. En fait, vous êtes des menteurs. Il faut en pendre un, ajouta-t-il en se tournant vers Narbonne, afin que l'autre parle.

— Lequel, messire ?

— Lui, répondit Arnaud, l'index pointé sur Chris.

Il examina Kate, lui pinça la joue, l'effleura du bout des doigts.

— Ce damoiseau touche mon cœur. Je le recevrai ce soir sous ma tente ; je ne tiens pas à l'abîmer avant.

— Très bien, messire.

Narbonne aboya un ordre ; des hommes attachèrent une corde sur la balustrade. Deux soldats saisirent les poignets de Chris, les lièrent prestement dans son dos.

Ils sont capables de le faire ! se dit-il. Il se tourna vers Kate ; elle ouvrait des yeux horrifiés. Les soldats commencèrent à l'entraîner.

— Messire ! fit une voix venant de l'aile de la chapelle. Si vous permettez.

Les soldats réunis en un groupe compact s'écartèrent pour laisser le passage à Claire d'Eltham.

— De grâce, messire, puis-je vous dire un mot en privé ?

— Naturellement, si tel est votre désir.

Arnaud s'avança vers Claire qui entreprit de lui parler à l'oreille. Il écouta, haussa les épaules. Elle poursuivit d'un ton insistant.

— Hein ? fit-il au bout d'un moment. À quoi cela servirait-il ?

Elle continua de parler à voix basse ; Chris n'entendait rien.

— Madame, fit l'Archiprêtre, ma décision est prise.

Claire ajouta quelques mots. Arnaud s'écarta enfin en secouant la tête ; il revint vers Chris et Kate.

— Cette noble dame cherche à gagner Bordeaux avec ma protection. Elle prétend vous connaître et vous tient pour d'honnêtes gens. Elle pense que je devrais vous relâcher.

— Si tel est votre bon plaisir, messire, glissa Claire. Il est bien connu que l'Anglais tue sans discernement, au contraire du Français que son intelligence et son éducation poussent à la mansuétude.

— Il est vrai, acquiesça Arnaud, que nous sommes plus civilisés. Si ces deux-là ignorent tout du frère Marcel et du passage secret, ils ne me sont d'aucune utilité. Qu'on leur donne des chevaux et des provisions, et qu'ils partent. Je me recommande à votre maître Edwardus et que le Seigneur Dieu vous accorde de le rejoindre sains et saufs. Vous pouvez aller votre chemin.

Claire s'inclina.

Chris et Kate l'imitèrent.

Narbonne trancha les liens de Chris et les accompagna à l'extérieur. Abasourdis par le retournement de la situation, Chris et Kate ne trouvaient rien à dire. Chris avait les jambes en coton et se sentait tout étourdi ; Kate se frottait le visage comme pour sortir d'un mauvais rêve.

— Vous devez la vie à une dame fort habile, fit Narbonne après un long silence.

— Assurément, murmura Chris.

— La Providence vous favorise, reprit le beau chevalier avec un mince sourire.

Il ne semblait guère s'en réjouir.

La situation avait changé du tout au tout aux abords de la rivière. Les troupes d'Arnaud s'étaient emparées du moulin fortifié ; sur les remparts flottaient maintenant des bannières vert et noir. Les deux rives de la Dordogne étaient occupées par la cavalerie de l'Archiprêtre ; un flot ininterrompu de soldats et de matériel remontait vers La Roque en soulevant des nuages de poussière. Entre les charrettes remplies de femmes jacassantes ou d'enfants en haillons, des chariots tirés par des chevaux transportaient des vivres, d'autres d'énormes pièces de bois — les catapultes désassemblées qui serviraient à projeter des blocs de pierre et de la poix bouillante par-dessus les murailles de la forteresse.

Narbonne avait réussi à leur procurer deux montures, des chevaux fatigués portant les marques de l'attelage. Il conduisit les animaux jusqu'au poste de péage.

Un tumulte au bord de la rivière attira l'attention de

Chris. Une douzaine d'hommes, dans l'eau jusqu'aux genoux, se démenaient pour faire soulever un canon en fonte, à chargement par la culasse, monté sur un affût cylindrique de bois. Chris ouvrit de grands yeux, fasciné. Aucune bouche à feu aussi ancienne n'avait été conservée ni même décrite par les chroniqueurs.

Il était établi que l'artillerie à feu était en service dès cette époque ; les archéologues avaient mis au jour des boulets sur le site de la bataille de Poitiers. Mais les historiens estimaient que les canons étaient rares, essentiellement des engins de prestige. En observant les soldats qui s'efforçaient de hisser l'arme sur le chariot d'où elle avait basculé, Chris se dit qu'on ne dépenserait pas tant d'énergie pour une arme dotée d'une valeur purement symbolique. Le canon était lourd ; il ralentissait l'avance de toute l'armée qui devait vouloir atteindre La Roque avant la tombée de la nuit. On aurait pu attendre et le transporter plus tard ; les efforts déployés indiquaient à l'évidence que l'engin jouerait un rôle important dans le siège de la forteresse.

Chris se demanda comment il serait utilisé. Les murailles de La Roque avaient trois mètres d'épaisseur, beaucoup trop pour des boulets de canon.

Au moment de se séparer d'eux, Narbonne les salua d'une courte inclination de tête.

— Dieu vous ait en sa sainte garde.

— Dieu vous bénisse et vous apporte la prospérité, répondit Chris.

Le beau chevalier donna une tape sur la croupe des deux chevaux qui partirent en direction de La Roque.

Chemin faisant, Kate fit part à Chris de ce qu'elle avait découvert avec Marek dans la chambre du moine.

— Tu sais où se trouve cette chapelle ?

— Oui, je l'ai vue sur une carte topographique, à un kilomètre à l'est de La Roque. On y arrive par un sentier qui traverse la forêt.

— Nous connaissons l'emplacement du passage secret, soupira Chris, mais André avait la céramique.

Maintenant qu'il est mort, nous ne pourrons plus partir d'ici.

— Non, fit Kate, c'est moi qui l'ai.

— C'est toi ?

— André me l'a donnée sur le pont, expliqua Kate. Il devait savoir qu'il ne s'en sortirait pas vivant. Il aurait pu prendre la fuite, mais il a choisi de rester pour me sauver.

Elle se mit à pleurer doucement.

Chris garda le silence en songeant à la passion de Marek, qui avait toujours amusé ses compagnons. « Il croit vraiment à toutes ces conneries sur la chevalerie ! » Les autres prenaient son comportement pour de l'affectation, lui reprochaient de se complaire dans un rôle, de se donner des attitudes. On ne pouvait sérieusement espérer, en cette fin de XXe siècle, convaincre autrui que l'on croyait à l'honneur et au respect de la vérité, à la pureté du corps, à la défense de la femme et au caractère sacré de l'amour véritable, toutes ces valeurs d'un autre temps.

André, apparemment, y croyait sincèrement.

Le paysage offrait une vision d'apocalypse sous un pâle et triste soleil obscurci par la poussière et la fumée. Dans les vignes tous les ceps avaient brûlé ; il ne restait que des chicots rabougris et fumants. Dans les vergers dévastés se dressaient les squelettes noircis des arbres. Tout avait été détruit par le feu.

L'air résonnait des plaintes déchirantes des blessés. Quantité de soldats de l'armée en retraite étaient tombés au bord de la route ; certains respiraient encore, d'autres portaient le masque terreux de la mort.

Chris venait de s'arrêter devant un des corps inertes pour prendre des armes quand une voix se fit entendre à proximité.

— *Secors, secors !* gémit un blessé, le bras tendu.

Chris s'avança vers lui ; l'homme avait une flèche plantée dans l'abdomen, une autre dans la poitrine. Il n'avait guère plus de vingt ans et savait qu'il allait mourir. Étendu sur le dos, il regardait Chris d'un air implorant en prononçant des paroles incompréhensibles. Il finit par montrer sa bouche en disant : *Aquam. Da mihi aquam.* Il avait soif ; il voulait de l'eau. Chris fit un geste d'impuissance : il n'avait pas d'eau. Le jeune soldat parut furieux ; il grimaça, ferma les yeux et détourna la tête. Chris s'éloigna. Quand il entendit par la suite d'autres blessés appeler à l'aide, il poursuivit sa route sans s'arrêter ; il ne pouvait rien faire pour eux.

Au loin ils distinguaient la haute silhouette de l'imprenable forteresse fièrement dressée au sommet de sa falaise. Dans moins d'une heure, ils seraient à La Roque.

Dans un recoin obscur de la chapelle de la Sainte-Mère, Raymond de Narbonne aida Marek à se relever.

— Vos amis sont partis, annonça-t-il.

Marek toussa, s'agrippa au bras du chevalier pour se mettre debout tandis que des ondes de douleur se propageaient dans sa jambe. Un sourire joua sur les lèvres de Narbonne ; il avait capturé Marek juste après l'explosion du moulin.

En sautant par la fenêtre du moulin, Marek avait eu la chance de tomber dans un bassin assez profond pour ne pas se blesser. Il était remonté à la surface sous le pont ; le tourbillon produit dans le trou d'eau avait empêché le courant de l'entraîner.

Il s'était débarrassé de son froc et l'avait laissé partir au fil de l'eau quand le moulin à grain avait explosé. Sous une pluie de débris de bois, un soldat tombé à côté de lui était pris dans le tourbillon. Marek commençait à prendre pied sur la rive quand il sentit la pointe d'une épée sur sa gorge et vit un chevalier lui faire signe d'approcher. Portant encore les couleurs d'Oliver, Marek se mit à balbutier en occitan, jurant de son innocence, demandant grâce.

— Silence, fit simplement le chevalier. Je vous ai vu.

Narbonne avait vu Marek sortir par la fenêtre et jeter son froc à l'eau. Il l'emmena dans la chapelle où ils retrouvèrent Arnaud et Claire. L'Archiprêtre était d'humeur sombre et inquiétante, mais Claire semblait avoir quelque influence sur lui. C'est elle qui avait demandé à Marek de rester caché dans l'ombre à l'arrivée de Kate et de Chris.

— Si Arnaud croit pouvoir vous dresser contre vos compagnons, il se peut qu'il vous épargne tous les trois, mais, si vous vous présentez unis devant lui, la rage l'emportera et il vous tuera tous.

Claire avait mis en scène la rencontre avec Arnaud ; tout compte fait, cela ne s'était pas trop mal passé.

Jusqu'à présent.

— Ainsi vos amis connaissent l'emplacement de ce passage ? fit l'Archiprêtre en considérant Marek d'un œil méfiant.

— Oui, messire. Je le jure.

— Je les ai épargnés sur votre foi, poursuivit Arnaud. Et sur celle de cette noble dame qui se porte garante de vous.

Il s'inclina légèrement devant Claire qui esquissa un sourire.

— Vous avez écouté la voix de la sagesse, messire, fit-elle. Pendre un homme peut délier la langue de l'ami qui assiste à la scène, mais cela ne sert bien souvent qu'à renforcer sa détermination, de sorte qu'il emporte son secret dans la tombe. Celui-ci est d'une telle importance qu'il convient de tout faire pour vous l'approprier.

— Nous ferons donc suivre ces deux-là pour voir où ils nous conduisent, déclara Arnaud. Raymond, fournissez une monture à ce pauvre homme et donnez-lui pour escorte deux de vos meilleurs chevaliers.

— Avec votre permission, messire, fit Narbonne en s'inclinant, je l'accompagnerai en personne.

— Soit, conclut Arnaud en lançant au chevalier un regard lourd de sens. Qui sait si cela ne cache pas encore quelque ruse ?

Pendant ce temps, Claire s'était avancée vers Marek et pressait sa main dans les deux siennes. Il sentit quelque chose de froid entre ses doigts, se rendit compte que c'était une petite dague, longue de moins de dix centimètres.

— Madame, fit-il, j'ai une dette envers vous.

— Faites en sorte de l'acquitter, chevalier, répondit Claire en le regardant dans les yeux.

— Je n'y manquerai pas, Dieu m'en soit témoin.

— Je prierai pour vous, chevalier.

Elle se pencha pour poser sur sa joue un chaste baiser.

— Raymond de Narbonne vous escortera, murmura-t-elle. Il aime à trancher les gorges. Quand il aura appris le secret, prenez garde à la vôtre et à celle de vos amis.

Elle s'écarta en souriant.

— Vous êtes trop aimable, madame, fit Marek. Vos souhaits me vont droit au cœur.

— Dieu vous garde, chevalier.

— Madame, vous êtes toujours dans mes pensées.

— J'aimerais tant, chevalier...

— Suffit ! coupa Arnaud de Cervole, la mine dégoûtée. Mettez-vous en route, Raymond. Ce débordement de sentiments me soulève le cœur.

Narbonne s'inclina. Il sortit en entraînant Marek derrière lui.

07:34:49

— Je vais vous dire où est le foutu problème, lança Doniger avec un regard noir aux visiteurs. Le problème est de faire revivre le passé, de le rendre réel.

Les trois jeunes gens, deux hommes et une femme, vautrés sur le canapé de son bureau, tout de noir vêtus, portaient ces vestes pincées aux épaules qui donnent l'impression d'avoir rétréci au lavage. Les hommes avaient les cheveux longs, la femme une coupe au carré. C'étaient les publicitaires engagés par Diane Kramer. Doniger remarqua qu'elle avait pris place en face d'eux, une manière discrète de prendre ses distances. Il se demanda si elle avait déjà vu leur matériel.

Tout cela irritait Doniger. Il ne supportait pas cette engeance ! C'était la deuxième réunion de la journée ; après les abrutis des relations publiques dans la matinée, il fallait maintenant se taper ceux-là !

— Le problème, reprit-il, est que trente chefs d'entreprise viennent demain écouter ma présentation intitulée « La promesse du passé » et que je n'ai pas d'images à leur montrer.

— J'ai ! lança un des hommes en noir, l'air pète-sec. C'est précisément notre point de départ, monsieur Doniger : le client veut faire revivre le passé. C'est ce que nous nous sommes efforcés de faire. Avec l'aide de Mme Kramer, nous avons demandé à nos spécialistes de réaliser des maquettes vidéo. Nous sommes persuadés que ces images ont une force d'évocation...

— Nous allons voir ça, coupa Doniger.

— Bien, monsieur. Si nous pouvions baisser les lumières...

— Laissez les lumières comme elles sont.

— Oui, monsieur.

L'écran mural s'éclaira en émettant des reflets bleutés.

— Nous aimons le premier sujet, reprit le jeune homme tandis qu'ils attendaient les images, parce que cette page célèbre de notre histoire est traitée en moins de deux minutes. Vous savez que quantité d'événements historiques se sont déroulés très lentement, surtout selon les critères d'aujourd'hui. Celui-ci a été de courte durée ; par malheur, il a eu lieu par une journée pluvieuse.

Sur l'écran apparut une image grise, sinistre, un ciel chargé de nuages bas. La caméra fit un panoramique sur un rassemblement avant de survoler les têtes d'une foule nombreuse. Un homme de haute taille était en train de monter sur une estrade de bois.

— Qu'est-ce que c'est ? Une pendaison ?

— Non, répondit le jeune publicitaire. C'est Abraham Lincoln s'apprêtant à prononcer le discours de Gettysburg.

— Allons bon ! Vous avez vu à quoi il ressemble ? On dirait un cadavre ambulant. Ses vêtements sont froissés, les manches bien trop courtes.

— Oui, monsieur, mais...

— Et cette voix ? On croit entendre des glapissements !

— Il est certain, monsieur Doniger, que personne n'a jamais entendu la voix d'Abraham Lincoln, mais la vérité...

— Êtes-vous complètement cinglés ?

— Non, monsieur Doniger...

— Bon Dieu, je ne peux pas utiliser ça ! On ne veut

pas entendre Lincoln parler avec la voix de Betty Boop ! Qu'avez-vous d'autre ?

— Ceci, monsieur Doniger, répondit le jeune homme sans se démonter, en changeant de cassette. Pour cette seconde vidéo, nous avons choisi une scène d'action, toujours dans le cadre d'un événement historique connu de tous. Nous voici donc le soir de Noël 1778, sur la rivière Delaware, où...

— On n'y voit que dalle ! lança Doniger.

— Je crains que ce ne soit un peu sombre, en effet : c'est une traversée de nuit. Mais nous avons pensé que la traversée de la Delaware par George Washington serait une bonne...

— George Washington ? Où est-il ?

— Il est là, fit le jeune homme en montrant l'écran.

— Où ?

— Là.

— Le type recroquevillé à l'arrière du bateau ?

— Exactement...

— Non, non, non ! Il faut qu'il se tienne à la proue, comme un général.

— Je sais qu'on le représente ainsi sur les tableaux, mais cela ne s'est pas passé de cette manière. Vous voyez ici le vrai George Washington dans l'attitude où il a traversé...

— On dirait qu'il a le mal de mer, coupa Doniger. Vous voulez que je présente une vidéo qui montre George Washington souffrant du mal de mer ?

— C'est la réalité.

— Au diable la réalité ! s'écria Doniger en balançant une des cassettes à l'autre bout de la pièce. Qu'est-ce que vous avez dans la tronche ? Je me fous de la réalité ! Je veux quelque chose de vivant et d'original, quelque chose qui excite l'imagination. Et vous me montrez un cadavre ambulant et un gnome trempé comme une soupe !

— Nous pouvons nous remettre au travail...

— La présentation est pour demain ! Je reçois trois

gros investisseurs à qui j'ai promis qu'ils verraient quelque chose de peu banal... Bon Dieu de bon Dieu !

— Nous pouvons essayer avec des photogrammes, glissa Diane Kramer.

— Des photogrammes ?

— Oui, Bob. On peut prendre des images photographiques de ces vidéos ; le résultat pourrait être excellent.

— Ouais, ouais, fit la publicitaire en hochant vigoureusement la tête. Ce ne serait pas mal.

— Lincoln aurait toujours des rides, objecta Doniger.

— Nous effacerons les rides avec Photoshop.

— Peut-être, fit Doniger après quelques secondes de réflexion.

— De toute façon, ajouta Diane, mieux vaut ne pas trop en montrer. Le mieux est l'ennemi du bien.

— D'accord, conclut Doniger. Préparez ces images et montrez-les-moi dans une heure.

Les publicitaires sortirent à la file indienne ; Doniger se retrouva seul avec Diane. Il passa derrière son bureau, fourragea dans les papiers.

— Que préférez-vous ? demanda-t-il. « La promesse du passé », ou « l'avenir du passé » ?

— « La promesse du passé », répondit Diane. Il n'y a pas à hésiter.

07:34:49

Escorté par deux chevaliers, Marek allait dans la poussière des chariots, remontant vers la tête de la colonne. Il ne voyait pas encore Chris et Kate, mais les trois cavaliers allaient bon train ; ils ne tarderaient pas à les rattraper.

Il regarda les deux chevaliers qui formaient son escorte. Sur sa gauche, Raymond, raide dans son armure, un mince sourire aux lèvres ; sur sa droite, un vieux soldat blanchi sous le harnois. Ni l'un ni l'autre ne prêtaient beaucoup d'attention à leur prisonnier ; ils n'avaient pas grand-chose à craindre de lui. D'autant moins que Marek avait les mains liées, les poignets à quinze centimètres l'un de l'autre.

La poussière le fit tousser ; il se plia en deux sur sa selle. Il parvint à sortir la petite dague de dessous son pourpoint, la fit glisser dans le creux de sa main, s'agrippant de l'autre au pommeau de bois de la selle. Il essaya de placer l'arme de telle manière que les mouvements réguliers de sa monture finissent par cisailler la corde qui retenait ses poignets. Plus facile à dire qu'à faire. La dague ne semblait jamais être dans la bonne position ; elle n'entamait pas les liens. Marek regarda son bracelet : 07:31:02. Il restait encore plus de sept heures d'autonomie aux batteries.

Après avoir quitté le sentier longeant la rivière, les trois cavaliers s'étaient engagés sur la route sinueuse qui traversait le village de La Roque, encastré dans la falaise. Les façades des maisons montraient une unité de ton, assez sombre et d'autant moins accueillante que des planches étaient clouées en travers de toutes les ouvertures, dans la crainte des combats et des pillages.

Ils avaient rejoint les premiers rangs des troupes d'Arnaud, menées par des chevaliers en armure et leur suite. Hommes et chevaux gravissaient les rues abruptes du village ; les bêtes s'ébrouaient, les chariots glissaient sur les pavés. Les chevaliers ouvrant la marche de l'armée pressaient l'allure. Quantité de chariots transportaient des engins désassemblés ; ils voulaient à l'évidence entamer les opérations de siège avant la tombée de la nuit.

Ils étaient encore dans le village quand Marek aperçut Kate et Chris sur de mauvaises montures, une centaine de mètres devant. Ils disparurent à un tournant de la rue. « Pas plus près », fit Narbonne en posant la main sur le bras de Marek.

Une bannière claqua devant la tête d'un cheval ; l'animal se cabra en hennissant. Un chariot versa, répandant son chargement de boulets de canon qui commencèrent à dévaler la rue escarpée. C'était le moment de confusion que Marek attendait pour le mettre à profit. Il éperonna son cheval ; l'animal refusa de partir. Marek baissa la tête, vit que le chevalier aux tempes grisonnantes avait prestement saisi les rênes.

— Mon ami, fit posément Raymond de Narbonne, ne m'obligez pas à vous tuer. Du moins pas tout de suite. Et rangez donc ce petit couteau ridicule ; vous pourriez vous blesser.

Le rouge au front, Marek fit docilement glisser la dague sous son pourpoint ; ils continuèrent à chevaucher en silence.

Venant de derrière les maisons bordant la rue, un cri d'oiseau se fit entendre à deux reprises. Narbonne tourna vivement la tête ; son compagnon fit de même. À l'évidence ce n'était pas un oiseau.

Les deux hommes tendirent l'oreille ; un autre cri répondit bientôt, plus haut dans le village. Narbonne se contenta de poser la main sur la poignée de son épée.

— Qu'est-ce que c'est ? demanda Marek.

— Pas votre affaire, répondit Narbonne d'un ton péremptoire.

Ils poursuivirent leur route en silence au milieu de l'armée en marche où chacun avait sa tâche ; nul ne faisait attention aux trois cavaliers portant les couleurs d'Arnaud sur leur selle. Ils arrivèrent enfin en haut de la falaise et débouchèrent dans une prairie ; la forteresse se dressait sur leur droite. Le sol montait en pente douce au nord ; la lisière de la forêt s'étirait sur leur gauche.

Avançant au milieu des soldats d'Arnaud, Marek n'eut pas le temps de penser qu'il passait à moins de cinquante mètres des douves et de la porte de la première enceinte du château. Kate et Chris étaient toujours devant lui, à une petite centaine de mètres.

L'attaque survint avec une rapidité stupéfiante. Cinq chevaliers jaillirent des arbres, l'épée brandie, et chargèrent en poussant leur cri de guerre. Ils fonçaient droit sur Marek.

Avec un rugissement, Narbonne et son compagnon dégainèrent, entraînant leur monture dans un mouvement circulaire ; les épées s'entrechoquèrent. Cervole en personne vint leur prêter main-forte ; il se lança furieusement dans la bataille. Plus personne ne s'occupait de Marek.

Il vit qu'un autre groupe d'assaillants avait fondu sur Kate et Chris ; il reconnut de loin le plumet noir de Guy de Malegant. Voyant ses amis cernés, Marek remonta rapidement la colonne.

Un des assaillants avait saisi Chris par la manche de son pourpoint et essayait de le désarçonner ; un autre tenait les rênes du cheval de Kate qui dansait sur place en hennissant. Chris éperonna son cheval ; l'animal se cabra, le chevalier qui le tenait lâcha prise. Mais Chris fut soudain couvert de sang. Il poussa un grand cri, perdit le contrôle de son cheval qui partit au galop en direction des arbres, son cavalier de travers sur la selle, s'accrochant de toutes ses forces au pommeau. Il disparut en quelques secondes dans la forêt.

Kate s'efforçait toujours d'arracher ses rênes au chevalier qui les tenait. Dans un tumulte de cris et de jurons, les hommes d'Arnaud essayaient de repousser les assaillants à coups de pique. L'un d'eux toucha le chevalier qui tenait les rênes de Kate. Sans armes, les mains liées, Marek fonça droit sur lui, permettant à Kate de se dégager.

— André ! s'écria-t-elle.

— Va-t'en, va-t'en ! lança-t-il avant de diriger son regard vers le chevalier au plumet noir.

— Malegant ! hurla-t-il à pleins poumons.

Marek piqua des deux pour sortir de la mêlée furieuse et partit au galop en direction de la forteresse ; les assaillants s'élancèrent à bride abattue à sa poursuite. Marek eut le temps d'apercevoir Raymond de Narbonne et Arnaud combattant dans un nuage de poussière.

En tournant la tête, Kate vit Marek franchir le pont-levis et disparaître à l'intérieur de la forteresse. Ses poursuivants le talonnaient. La lourde grille de la herse s'abaissa bruyamment ; le pont mobile se leva derrière eux.

Marek avait disparu. Chris avait disparu. Ils pouvaient être morts l'un comme l'autre. Elle était la seule encore libre.

Tout reposait sur elle.

07:24:33

Kate se fraya un chemin entre les chevaux et les chariots transportant le matériel de l'armée d'Arnaud. Les assiégeants étaient en train d'installer un vaste camp de toile à la lisière de la forêt, au fond de la grande plaine montant en pente douce vers la forteresse.

Des hommes lui criaient de venir les aider ; elle répondait d'un geste de la main qu'elle espérait de camaraderie virile et poursuivait son chemin. Elle atteignit enfin l'orée de la forêt, longea les arbres jusqu'à ce qu'elle aperçoive un sentier s'enfonçant dans la pénombre. Dès qu'elle fut à couvert, elle fit halte pour permettre à sa monture de se reposer et à son propre cœur de ralentir le rythme de ses battements.

Dans la plaine, des soldats assemblaient rapidement les engins de siège. Les trébuchets à la silhouette disgracieuse, semblables à des frondes géantes, étaient composés d'un bâti de lourdes pièces de bois soutenant le bras abaissé par un treuil et retenu par d'épaisses cordes. Libéré, le bras expédiait son projectile par-dessus les murailles. L'ensemble devait peser plus d'une tonne, mais les hommes travaillaient vite, œuvrant avec une parfaite coordination. Kate comprenait maintenant pourquoi, dans certains cas, deux ans suffisaient à l'époque pour bâtir une église ou un château. Les ouvriers étaient si habiles, si consciencieux, qu'ils n'avaient guère besoin d'encadrement.

Elle fit tourner son cheval et s'engagea dans la forêt.

La végétation bordant le sentier forestier était dense ; plus Kate s'enfonçait entre les arbres, plus l'obscurité devenait profonde. Il y avait de quoi avoir la chair de poule ; elle entendait des hululements et d'autres cris d'oiseaux inconnus. Elle vit en passant sous un arbre une douzaine de corbeaux posés sur des branches basses ; elle les compta, se demandant s'il fallait y voir un présage et ce qu'il convenait d'en augurer.

En avançant au pas sur la sente, elle avait l'impression de remonter dans le temps, de revenir à un mode de pensée primitif. Les arbres refermaient leur feuillage sur elle ; le sol était sombre comme la nuit. Elle éprouvait une sensation d'oppression.

Au bout de vingt minutes, elle déboucha avec soulagement dans une clairière où le soleil donnait sur l'herbe haute. Il y avait au fond une trouée entre les arbres ; le sentier se poursuivait. En traversant la clairière, elle aperçut un château sur sa gauche ; elle n'avait pas souvenance de vestiges d'un édifice sur les cartes, mais il était bel et bien là.

Le soleil se réverbérait sur la façade chaulée du petit château — plutôt un manoir —, avec ses quatre tourelles et son toit d'ardoises bleutées. Au premier abord, la demeure paraissait pimpante, mais Kate remarqua que toutes les fenêtres étaient bouchées. Une partie du toit s'était effondrée, laissant un trou béant ; les dépendances délabrées menaçaient ruine. La végétation avait repris possession du champ bien entretenu qui s'étendait autrefois devant le manoir et dont il ne subsistait plus que la clairière. Il se dégageait de l'ensemble une atmosphère d'abandon et de dépérissement.

En frissonnant, elle piqua des éperons. Devant elle, l'herbe portait les traces des sabots d'un autre cheval allant dans la même direction. Les traces étaient toutes fraîches ; les longues herbes couchées se redressaient lentement pour reprendre leur position naturelle.

Quelqu'un était passé très récemment ; quelques minutes seulement avant elle. Kate avança prudemment jusqu'au fond de la clairière.

L'obscurité l'enveloppa dès qu'elle pénétra dans la forêt. Dans la boue du sentier, les empreintes de sabots étaient nettes.

Elle s'arrêtait de loin en loin, l'oreille tendue, mais aucun son ne lui parvenait. Soit le cavalier qui la précédait était loin devant, soit il prenait soin d'avancer en silence. Elle crut à deux reprises entendre un cheval, sans pouvoir en être sûre.

Ce devait être le fruit de son imagination.

Elle poursuivit sa route en direction de la chapelle verte.

Dans la pénombre de la forêt, Kate distingua soudain une silhouette appuyée contre une souche. C'était un vieillard ratatiné, un capuchon sur la tête, une cognée sur l'épaule.

— De grâce, mon bon maître ! fit-il d'une voix tremblante quand elle arriva à sa hauteur. Donnez-moi un petit quelque chose à manger. Je suis pauvre et n'ai rien à me mettre sous la dent.

Kate ne pensait pas avoir quoi que ce soit à donner, mais il lui revint à l'esprit que Narbonne leur avait remis un petit paquet. Elle passa la main derrière sa selle, trouva un croûton de pain et un morceau de viande séchée. La nourriture paraissait d'autant moins appétissante qu'elle s'était imprégnée de l'odeur du cheval ; elle la présenta au mendiant.

L'homme s'avança avec vivacité, tendit une main décharnée vers la nourriture... et referma une poigne d'acier sur le poignet de Kate en tirant d'un coup sec pour la faire tomber de cheval. Il se mit à pousser des gloussements de plaisir. Dans la lutte, son capuchon se rabattit ; il était plus jeune qu'elle ne l'avait cru. Trois autres hommes jaillirent des arbres bordant le sentier. Kate comprit qu'elle était tombée entre les mains de godins, des paysans réfugiés dans la forêt. Elle était encore en selle, mais elle ne tiendrait pas longtemps. Elle éperonna son cheval, l'animal fourbu resta sans réaction. L'étreinte de son agresseur ne se relâchait pas ; il tirait en marmonnant entre ses dents : « Pauvre jouvenceau ! Faut-il être bête ! »

Ne sachant que faire, Kate appela à l'aide, hurlant à pleins poumons. Cette réaction parut surprendre les brigands qui marquèrent une hésitation. Ils entendirent à ce moment-là le bruit d'un cheval arrivant au galop et un cri de guerre. Ils se regardèrent et prirent la fuite. Mais le brigand à la hache ne voulait pas lâcher Kate ; il continuait de tirer sur son bras, brandissant son arme de l'autre main.

Soudain, telle une apparition, surgit sur le sentier un chevalier couvert de sang, à l'allure si farouche que le dernier brigand prit ses jambes à son cou et disparut dans l'obscurité de la forêt.

Chris tira sur les rênes pour freiner sa monture et fit halte à la hauteur de Kate. Une énorme vague de soulagement la parcourut ; elle avait eu si peur. Chris souriait, visiblement content de lui.

— Tout va bien, damoiselle ?

— Et toi ? fit Kate, horrifiée.

Chris était littéralement couvert de sang. Quand il lui sourit, le sang séché sur sa peau se fendilla à la commissure des lèvres. Il donnait l'impression d'être tombé dans une cuve de teinture rouge.

— Ça va, répondit-il. Le cheval qui était à côté de moi a reçu un coup d'épée. Une artère a dû être sectionnée ; j'ai été trempé en une seconde. Le sang est chaud, tu sais !

Kate continuait de le considérer d'un air ahuri, incapable de comprendre comment quelqu'un dans cet état trouvait le moyen de plaisanter. Chris prit les rênes de son cheval et ils s'éloignèrent rapidement.

— Je pense, fit Chris, qu'il vaut mieux ne pas leur laisser le temps de se ressaisir. Ta mère ne t'a donc pas dit de ne jamais adresser la parole à des inconnus ? Surtout quand tu les rencontres au coin d'un bois.

— Je croyais qu'en leur offrant un peu de nourriture ils pourraient me renseigner.

— Cela n'arrive que dans les contes de fées. Dans la vraie vie, si tu t'arrêtes pour aider un miséreux en pleine forêt, tu peux être sûre qu'avec ses compagnons il volera ton cheval et se débarrassera de toi.

Le sourire aux lèvres, Chris paraissait sûr de lui, détendu. Kate se demanda pourquoi elle n'avait jamais remarqué qu'il était bel homme et avait un charme certain. Mais il venait de lui sauver la vie ; elle devait éprouver de la reconnaissance.

— À propos, reprit-elle, que faisais-tu dans cette forêt ?

— J'essayais de te rattraper, répondit-il en riant. Je croyais que tu avais beaucoup plus d'avance.

Ils arrivèrent à une fourche du sentier ; la piste principale partait sur la droite en descendant légèrement. L'autre, plus étroite, obliquait vers la gauche sur un sol plat, mais elle semblait moins utilisée.

— Qu'en penses-tu ? fit Kate.

— Prenons la plus large, répondit Chris en poursuivant sa route sans hésiter.

Kate le suivit docilement.

La végétation devenait luxuriante ; des fougères hautes de près de deux mètres, semblables à des oreilles d'éléphant, masquaient partiellement la vue du sentier. Kate perçut le bruit d'un cours d'eau. La pente s'accentua ; elle ne voyait plus où elle allait à cause des fougères. Ils descendirent de cheval, attachèrent les animaux à un tronc d'arbre et poursuivirent leur route à pied.

Le sentier devenait de plus en plus escarpé, le sol de plus en plus boueux. Chris glissa, essaya de se retenir à des branches pour ralentir sa chute. Mais il prit de la vitesse et disparut en poussant un grand cri.

Kate attendit un moment.

— Chris ?

Pas de réponse.

— Chris ? reprit-elle en tapotant son écouteur.

Toujours rien.

Elle ne savait pas s'il était préférable d'avancer ou de rebrousser chemin. Elle décida de continuer, mais avec prudence, ayant vu à quel point le sentier était glissant. Au bout de quelques pas, ses pieds se dérobèrent sous elle. Elle perdit l'équilibre, commença à glisser dans la boue. Elle heurta un tronc d'arbre ; le choc lui coupa le souffle.

La pente se fit encore plus raide ; elle bascula en arrière, descendit sur le dos, utilisant ses pieds pour éviter les arbres vers lesquels elle était précipitée. Les branches lui égratignaient le visage et lui déchiraient les mains ; elle ne pouvait rien faire pour ralentir sa chute.

Les arbres se faisaient plus clairsemés ; du jour apparaissait entre les troncs. Un bruit d'eau accompagnait sa glissade ; le sentier qu'elle dévalait sur le dos était parallèle à un petit ruisseau. Les arbres étaient de plus en plus rares ; elle vit que la forêt se terminait une vingtaine de mètres devant elle. Le bruit de l'eau s'amplifia.

Elle comprit soudain pourquoi il n'y avait plus d'arbres.

Elle arrivait au bord d'un à-pic.

Elle filait droit vers une chute d'eau.

Terrifiée, elle roula sur le ventre, plongea les doigts dans la boue, comme un animal plante ses griffes dans la terre. En vain ; rien ne pouvait l'arrêter. Elle parvint à se remettre sur le dos, se dit que sa dernière heure était venue. Elle se sentit projetée en l'air, osant à peine regarder en bas.

Elle atterrit presque aussitôt dans un feuillage, s'agrippa à ce qui lui tombait sous la main. Elle réussit à arrêter sa chute. Elle était dans les hautes branches d'un gros arbre surplombant l'à-pic ; la chute d'eau se trouvait juste en dessous. La dénivellation n'était pas aussi importante qu'elle l'avait cru. La chute ne faisait guère plus de quatre à cinq mètres de haut ; un bassin recueillait l'eau au pied de la paroi verticale.

Elle essaya de remonter le long des branches, mais ses mains couvertes de boue glissaient trop. Elle finit par se suspendre par les mains et les pieds à une grosse branche, dans la posture du paresseux. Elle avança d'un mètre, comprit qu'elle n'y arriverait jamais.

Elle lâcha prise.

Elle se retrouva sur une autre branche, un mètre plus bas, y resta accrochée un moment. Elle ne tint pas longtemps : ses mains étaient trop glissantes.

La branche suivante surplombait le ruisseau dont les eaux se jetaient en grondant dans le vide, projetant un nuage de gouttelettes. Elle regarda le bouillonnement de l'eau dans le bassin, essayant d'en estimer la profondeur.

En équilibre instable, elle eut le temps de se demander où était passé Chris avant de basculer sur le côté et de tomber comme une pierre.

Kate plongea dans l'eau glaciale, bouillonnante et opaque qui l'entraînait dans ses tourbillons. Elle roula sur elle-même, désorientée, s'efforça de remonter à la surface, heurta des rochers. Elle sortit la tête juste sous la chute d'eau qui dégringolait avec une force incroyable, l'empêchant de respirer. Elle s'immergea de nouveau, fit quelques brasses sous l'eau, ressortit cinq ou six mètres plus loin. L'eau était plus calme, mais toujours glaciale.

Elle gagna le bord du bassin, s'assit sur un rocher.

Son bain forcé lui avait permis de se débarrasser de la boue dont elle était couverte. Elle se sentait régénérée... et heureuse d'être en vie.

Kate regarda autour d'elle en reprenant haleine.

Elle se trouvait dans un vallon étroit. Sous le ciel embrumé par les projections de la chute d'eau, la végétation était luxuriante, l'herbe grasse, les arbres et les rochers couverts de mousse. Devant elle, un chemin empierré conduisait à une petite chapelle.

Dans cette atmosphère humide, la chapelle était couverte d'une moisissure visqueuse qui s'étalait en longues traînées sur les murs et gouttait du bord des toits. La moisissure était d'un vert éclatant.

La chapelle verte.

Près de la porte étaient entassées des pièces d'armure brisées, vieilles plates rouillées sous le pâle soleil, heaumes cabossés gisant sur le côté. Des épées et des haches jonchaient le sol autour de l'amoncellement d'armures.

Kate ne voyait toujours pas Chris. Il n'avait pas dû dévaler le sentier boueux jusqu'à la chute d'eau ; il allait arriver par un autre chemin. Elle décida de l'attendre ; elle avait été contente de le retrouver et il lui manquait. Hors le fracas de l'eau, aucun son n'était perceptible dans le vallon, pas même un chant d'oiseau. Ce silence était lourd de menaces.

Elle avait pourtant le sentiment de ne pas être seule. Comme s'il y avait quelque chose... une *présence* dans le vallon.

Elle entendit soudain un grondement provenant de l'intérieur de la chapelle ; un son guttural, animal.

Elle se leva, progressa prudemment sur le chemin empierré qui passait devant les armes. Elle ramassa une épée, serra les deux mains sur la poignée ; elle se sentait un peu ridicule. L'arme était lourde ; elle savait qu'elle n'aurait ni la force ni la dextérité nécessaires pour la manier. En s'approchant de la chapelle, elle perçut une odeur violente de pourriture qui s'échappait de la porte. Le grondement retentit de nouveau.

Un chevalier en armure s'avança soudain dans l'embrasure de la porte, bouchant le passage. L'homme était gigantesque, plus de deux mètres sans doute ; il portait une armure souillée de moisissures vertes et un casque qui lui enveloppait tout le visage. Il brandissait d'une main une lourde hache à deux tranchants, semblable à celle d'un bourreau ; tandis qu'il se dirigeait vers Kate, la hache se balançait d'avant en arrière.

Elle recula instinctivement, sans quitter la hache des yeux. Sa première idée fut de prendre la fuite, mais l'homme s'était élancé vers elle avec vivacité ; il l'aurait sans doute rattrapée. De toute façon, elle ne voulait pas lui tourner le dos. Elle ne pouvait pas non plus s'attaquer à ce colosse qui, avec son armure, semblait deux fois plus grand qu'elle. Il n'avait pas articulé un mot ; du casque ne sortaient que des grognements et des rugissements — des cris d'animal, des cris de dément.

Le géant fonça sur elle, l'obligeant à agir. Elle porta un coup d'épée en y mettant toute sa force ; il leva sa hache pour parer l'attaque ; les armes s'entrechoquèrent dans un grand bruit de métal, provoquant des vibrations si fortes que Kate faillit lâcher son épée. Elle attaqua derechef, plus bas, visant les jambes ; il détourna aisément l'épée et d'un mouvement preste arracha l'arme des mains de Kate. L'épée vola en l'air, retomba sur l'herbe.

Elle se retourna pour prendre la fuite. Avec un grognement affreux, le chevalier se jeta en avant, saisit une poignée de ses cheveux.

Le cuir chevelu en feu, elle hurla de douleur. Le colosse la traîna sur l'herbe, vers le mur latéral de la chapelle. Kate vit qu'il se dirigeait vers un bloc de bois dont la surface gardait la marque de profondes entailles. Elle comprit ce que c'était : un billot.

Elle se débattait en vain. Le chevalier la poussa vers le sol, plaçant son cou sur le billot. Il posa un pied au milieu de son dos pour l'immobiliser. Elle ne pouvait qu'agiter inutilement les bras.

Au moment où le colosse levait sa hache au-dessus de sa tête, elle vit une ombre passer sur l'herbe.

06:40:27

La sonnerie du téléphone se prolongeait avec insistance. En bâillant, David Stern alluma la lampe de chevet avant de décrocher.

— Allô ? fit-il d'une voix pâteuse.

— David, c'est John Gordon. Vous devriez venir dans la salle de transit.

Stern tâtonna pour trouver ses lunettes. Il regarda sa montre : six heures vingt.

— Il y a une décision à prendre, poursuivit Gordon. Je passe dans cinq minutes.

— D'accord, fit Stern en raccrochant.

Il se leva, tira le store. Le soleil pénétra dans la chambre, inondant la pièce de lumière, lui faisant plisser les yeux. Il se dirigea vers la salle de bains.

Il occupait une des trois chambres réservées aux chercheurs travaillant de nuit dans les laboratoires. Elle était équipée comme une chambre d'hôtel ; il y avait même des échantillons de shampoing et de lait hydratant sur un coin du lavabo. Stern sortit quelques minutes plus tard, rasé et habillé ; Gordon n'était pas là, mais il entendit des voix au bout du couloir. Il avança, jetant en passant un coup d'œil à l'intérieur des différents laboratoires par les portes vitrées. À cette heure matinale, il n'y avait pas âme qui vive.

Arrivé au fond du couloir, il trouva une porte ouverte ; un mètre à la main, un ouvrier prenait les dimensions de l'encadrement. À l'intérieur quatre techniciens se tenaient autour d'une grande table occupée par une maquette en bois blanc de la forteresse de La Roque et de ses environs. Les hommes échangeaient des murmures ; l'un d'eux essayait de soulever le bord de la table. Ils semblaient chercher comment la déplacer.

— Doniger dit qu'il en a besoin, fit un des hommes. Il veut montrer la maquette après sa présentation.

— Je ne vois pas comment on va pouvoir la sortir, bougonna un autre. Je me demande comment on l'a fait entrer.

— Elle a été montée sur place.

— Ça passe tout juste, lança l'ouvrier en repliant son mètre.

Sa curiosité piquée, Stern entra pour regarder de plus près la maquette. Le château fidèlement reproduit à échelle réduite se trouvait au centre d'un vaste complexe. Il était entouré d'une couronne de végétation ; au-delà s'étendaient un ensemble de bâtiments trapus et un réseau de voies de communication. Stern savait qu'au Moyen Âge la forteresse se dressait dans une plaine nue.

— Quelle est cette maquette ?

— La Roque, répondit un technicien.

— Elle n'est pas fidèle à la réalité.

— Bien sûr que si. Elle est en tout point conforme aux derniers plans qu'on nous a remis.

— Quels plans ? demanda Stern.

Sa question provoqua un silence gêné. Stern découvrit d'autres maquettes : une de Castelgard, une du monastère de la Sainte-Mère. Sur les murs s'étalaient des plans à grande échelle ; on eût dit le bureau d'un architecte.

Sur ces entrefaites, Gordon passa la tête dans l'embrasure de la porte.

— David ? fit-il. Vous me suivez ?

Les deux hommes s'engagèrent dans le couloir. En regardant par-dessus son épaule, Stern vit que les techniciens avaient basculé la maquette pour lui faire franchir la porte.

— Qu'est-ce que ça veut dire ?

— Étude de l'aménagement du site, répondit Gordon. C'est ce que nous faisons pour tous nos projets. L'objectif est de définir l'environnement immédiat du monument historique, de manière à préserver le site lui-même pour les visiteurs et les chercheurs.

— Quel rapport avec ITC ?

— Cela concerne directement nos activités. Nous allons dépenser des millions de dollars avant que la restauration du site soit achevée ; nous ne voulons pas qu'il soit pollué par une grande surface ni des hôtels trop hauts. Nous nous efforçons d'élaborer un plan d'aménagement global, en accord avec les autorités locales. Sincèrement, je n'ai jamais trouvé cela particulièrement intéressant.

— Vous avez parlé de la salle de transit, reprit Stern. Qu'y a-t-il à voir ?

— Je vais vous montrer.

Le sol de caoutchouc de l'aire de transit avait été déblayé et nettoyé. Des ouvriers à quatre pattes remplaçaient les portions du revêtement rongées par l'acide. Deux des écrans de verre étaient en place ; un homme protégé par de grosses lunettes, une curieuse torche à la main, inspectait minutieusement l'un d'eux. La tête levée, Stern suivait du regard les grues qui transportaient d'autres panneaux de verre de la seconde aire de transit.

— Un coup de chance d'avoir eu cette autre aire en construction, observa Gordon. Sinon, il aurait fallu une semaine pour descendre les panneaux de verre. Heureusement, ils étaient sur place ; il ne reste qu'à les faire passer d'une aire à l'autre. Un vrai coup de chance.

Stern gardait la tête levé ; il était frappé par les dimensions imposantes des panneaux de protection. Les écrans incurvés suspendus en l'air faisaient largement trois mètres de haut sur cinq de large ; leur épaisseur devait atteindre soixante centimètres. Les grues les transportaient vers des supports fixés au sol.

— Nous n'en avons pas un seul de réserve, ajouta Gordon. Il n'y a que ceux-là.

— Et alors ?

Gordon l'entraîna vers un des panneaux déjà en place.

— On peut les considérer comme des flacons de verre géants, des récipients de forme concave qui se remplissent du haut par un trou. Quand ils sont pleins d'eau, leur poids atteint cinq tonnes. La concavité leur donne une meilleure résistance ; c'est justement la résistance qui me préoccupe.

— Pourquoi ?

— Approchez.

Gordon fit courir ses doigts sur la surface du verre.

— Vous voyez ces petits creux, ces points grisâtres ? Ils sont si petits qu'il faut regarder attentivement pour les remarquer. Mais ils n'étaient pas là avant. Je crois que l'explosion a projeté des gouttelettes d'acide fluorhydrique dans l'autre salle.

— Et le verre a été attaqué.

— Légèrement. Mais si la résistance du verre est affaiblie, les écrans risquent de se fêler pendant le remplissage. Dans le pire des cas, le verre pourrait se briser.

— Et alors ?

— Et alors, la protection de l'aire de transit ne sera plus entièrement assurée, répondit Gordon en regardant Stern dans les yeux. Nous ne pourrons plus garantir de ramener vos amis en toute sécurité ; il y aura un risque d'erreurs de transcription.

— Existe-t-il un moyen de vérifier l'état des panneaux ?

— Pas vraiment. Nous pourrions en soumettre un à un test de charge de rupture, au risque de le faire éclater ; comme nous n'en avons aucun en réserve, je ne le ferai pas. J'ai demandé que l'on effectue une polarisation microscopique, ajouta Gordon en montrant le technicien muni de lunettes de protection. Cela permettra de déceler des lignes de fracture préexistantes — il y en a toujours dans le verre — et d'avoir une estimation des risques de rupture. Notre technicien est équipé d'une caméra digitale qui fournit directement les données à l'ordinateur.

— Vous allez faire une simulation informatique ? demanda Stern.

— Grossière, répondit Gordon. Si approximative qu'elle sera probablement sans valeur. Mais j'y tiens.

— Quelle est la question qui se pose ?

— À quel moment remplir les écrans.

— Je ne comprends pas.

— Si nous le faisons maintenant et s'ils résistent, tout se passera probablement bien. Mais on ne peut en avoir la certitude. Il se peut qu'un écran ait une faiblesse mais qu'il ne cède qu'au bout d'un certain temps. Il serait donc préférable de tous les remplir au dernier moment.

— En combien de temps pouvez-vous le faire ?

— Assez vite ; nous disposons d'une lance d'incendie. Mais pour réduire les risques, il vaudrait mieux les remplir lentement. Dans ce cas, pour les neuf écrans, il faudra près de deux heures.

— Et vos sauts de champ commencent deux heures avant l'arrivée ?

— Oui... si tout fonctionne dans la salle de contrôle. Le matériel n'est plus en service depuis dix heures. Les vapeurs acides ont pénétré dans la salle ; le matériel électronique a peut-être souffert.

— Maintenant, je comprends, fit Stern. Et chaque écran est différent ?

— Exact.

Ils étaient devant un problème scientifique classique : évaluer les risques, et faire la part des incertitudes. Le profane ignore que la majorité des problèmes scientifiques prend cette forme. Pluies acides, réchauffement de l'atmosphère, protection de l'environnement, risques de cancer, autant de questions complexes qui exigent de peser chaque chose avant de prendre une décision. Dans quelle mesure les études étaient-elles sérieuses ? Les scientifiques qui les avaient réalisées étaient-ils dignes de confiance ? La simulation informatique était-elle fiable ? Quelle valeur accorder aux prévisions ? Telles étaient les interrogations qui revenaient sans cesse. La presse ne s'embarrassait pas de nuances ; elle préférait le titre accrocheur. Le public, en conséquence, croyait à tort que tout était établi ; même les idées les plus profondément enracinées — les germes engendrent des maladies — n'étaient pas définitivement prouvées.

Dans le cas présent, où la vie de ses amis était en jeu, David Stern se trouvait face à de multiples incertitudes. Les écrans étaient-ils sûrs ? La salle de contrôle serait-elle en mesure d'annoncer leur retour en temps voulu ? Était-il préférable de commencer tout de suite à remplir lentement les écrans ou de le faire plus tard ? Ils allaient devoir prendre une décision ; des vies humaines en dépendaient.

Gordon le regardait ; il attendait.

— Combien d'écrans sont intacts ? demanda David.

— Quatre.

— Remplissons-les maintenant. Attendons les résultats de la polarisation et de la simulation informatique pour nous occuper des autres.

— C'est précisément la conclusion à laquelle je suis arrivé, fit Gordon en hochant lentement la tête.

— D'après vous, poursuivit Stern, les autres écrans sont en bon état ou non ?

— Je dirais oui, répondit Gordon. Nous en saurons plus dans deux heures.

06:40:22

— Messire André, fit Guy de Malegant en s'inclinant avec grâce, auriez-vous l'obligeance de me suivre ?

Marek s'efforça de dissimuler son étonnement. À son arrivée dans la forteresse, il s'attendait à ce que Malegant et ses hommes en finissent avec lui. Non seulement on lui avait laissé la vie sauve, mais on le traitait avec déférence, presque en invité de marque. Ils traversèrent la cour intérieure du château, passant devant le grand salon illuminé ; Malegant obliqua vers la droite, en direction d'une construction de pierre.

Outre des volets de bois, les fenêtres du bâtiment étaient garnies de vessies de porc translucides tendues sur le châssis ; il y avait des chandelles aux fenêtres, mais à l'extérieur, sur les appuis.

Marek comprit pourquoi avant même de pénétrer dans le bâtiment composé d'une seule et vaste pièce. Le long des murs, des sacs de toile grise étaient empilés sur des plates-formes surélevées. Dans un angle, de la grenaille de fer était entassée en pyramides sombres. Une odeur caractéristique — âcre et piquante — flottait dans la salle ; Marek savait où il était.

Dans l'armurerie.

— Nous avons trouvé un de vos assistants, maître Edwardus. Il vous prêtera main-forte.

— Je vous en sais gré.

Le professeur Johnston était assis en tailleur au centre de la pièce. Deux mortiers de pierre contenant des mélanges de poudre étaient posés à côté de lui ; il en tenait un troisième entre les genoux. À l'aide d'un pilon de pierre, il broyait une poudre grise d'un mouvement circulaire et régulier. Johnston ne s'arrêta pas en voyant Marek ; il ne manifesta aucun étonnement.

— Bonjour, André.

— Bonjour, professeur.

— Tout va bien ? demanda Johnston sans s'interrompre.

— Ça va, merci. Je me suis fait un peu mal à la jambe.

En vérité, sa jambe le faisait souffrir, mais la plaie était propre. L'eau de la rivière l'avait bien nettoyée ; dans quelques jours, il n'y paraîtrait plus. Le Professeur continuait patiemment son ouvrage du même mouvement régulier.

— C'est bien, André, poursuivit-il avec calme. Où sont les autres ?

— Je ne sais pas où est Chris, répondit Marek, qui gardait en mémoire l'image de son ami couvert de sang. Pas de problème pour Kate ; elle va trouver le...

— Parfait, coupa le Professeur sans hausser la voix, avec un coup d'œil fugace en direction de Malegant. Tu sais ce que je suis en train de faire, bien sûr, continua-t-il en changeant de sujet.

— L'incorporation, répondit Marek. Les matériaux sont de bonne qualité ?

— Pas mauvais, tout compte fait. C'est un charbon de bois de saule, l'idéal. Le soufre est assez pur et le nitrate d'origine organique.

— Déjections d'oiseaux ?

— Exact.

L'une des premières choses étudiées par Marek était la fabrication de la poudre, une substance dont l'emploi s'était largement répandu en Europe au XIVe siècle. La poudre à canon est l'une de ces inventions — au même titre que la roue de moulin ou l'automobile — qui ne peuvent être identifiées à une personne ou à un endroit particulier. Le mélange originel — une part de charbon de bois, une part de soufre, six parts de salpêtre — venait de Chine. Mais la manière dont il était arrivé en Europe faisait encore l'objet de controverses, ainsi que ses premières utilisations, moins comme un explosif que comme un mélange incendiaire. La poudre avait d'abord servi à l'époque où *armes à feu* signifiait « armes utilisant le feu », contrairement au sens moderne d'« armes lançant un projectile », telles que le fusil ou le canon.

La raison en était que les premières poudres n'avaient pas un fort pouvoir explosif ; les propriétés chimiques n'étaient pas encore bien connues, la maîtrise de la fabrication restait approximative. La poudre à canon explosait quand le charbon de bois et le soufre s'enflammaient rapidement, la combustion étant facilitée par une riche source d'oxygène, à savoir des sels de nitrate qui prendraient plus tard le nom de salpêtre. Les sources les plus courantes de nitrate étaient les déjections de chauves-souris recueillies dans les grottes. Dans les premiers temps, ces déjections étaient intégrées telles quelles au mélange.

La grande découverte du XIVe siècle fut que le pouvoir explosif de la poudre s'améliorait quand elle était très finement broyée. Ce procédé, dit « incorporation », donnait à la poudre à canon la consistance du talc. Les longues heures de broyage permettaient aux fines particules de salpêtre et de soufre de pénétrer dans les interstices microscopiques du charbon de bois. Certains arbres, comme le saule, étaient particulièrement appréciés ; le charbon de bois était plus poreux.

— Je ne vois pas de tamis, fit Marek. Vous allez la mouiller ?

— Non, répondit Johnston en souriant. Le procédé n'existe pas encore.

Ce procédé qui ne serait découvert que vers l'an 1400 consistait à ajouter de l'eau au mélange pour en faire une pâte qu'on laissait sécher et dont le pouvoir explosif était beaucoup plus grand. L'eau provoquait la dissolution partielle du salpêtre qui se déposait à l'intérieur des pores du charbon de bois, entraînant les particules insolubles de soude. La poudre ainsi obtenue était non seulement plus puissante mais plus stable et se conservait mieux.

— Voulez-vous que je vous remplace ? demanda Marek.

L'incorporation, opération de longue haleine, pouvait demander jusqu'à six à huit heures.

— Merci, fit le Professeur en se levant. J'ai terminé. Dites à monseigneur Oliver, ajouta-t-il en se tournant vers Malegant, que nous sommes prêts pour la démonstration.

— Du feu grégeois ?

— Pas exactement, répondit Johnston.

À la lumière déclinante du soleil, lord Oliver allait et venait impatiemment le long des murailles massives de l'enceinte extérieure. L'épaisseur du rempart — plus de cinq mètres — rapetissait les canons disposés dans les créneaux. Il était flanqué de Guy de Malegant et de Robert de Kere, la mine lugubre. Ils tournèrent la tête du même mouvement en voyant arriver Johnston.

— Alors, maître, êtes-vous enfin prêt ?

— Je le suis, monseigneur, répondit Johnston en s'avançant, un mortier sous chaque bras.

Marek en portait un troisième, dans lequel la fine poudre grise avait été mélangée à une substance visqueuse sentant fortement la résine. Johnston lui avait expressément demandé de ne pas toucher au mélange ; l'odeur fétide de la pâte ne l'incitait aucunement à le faire. Il portait un bol de sable de l'autre main.

— Le feu grégeois ? C'est le feu grégeois ?

— Non, monseigneur. Mieux encore : le feu d'Athênaios de Naukratis, appelé « le feu automatique ».

— Vraiment, fit Oliver en plissant les yeux. Montrez-moi.

Devant les canons s'étendait la plaine où étaient alignés les trébuchets, hors de portée des bouches à feu, à près de deux cents mètres des murailles. Johnston disposa ses mortiers par terre, entre les deux premiers canons. Il chargea le premier avec un sac de l'armurerie et plaça dans le tube une grosse flèche à empenne de métal.

— C'est votre poudre et votre flèche, annonça-t-il.

Il s'approcha du deuxième canon et versa soigneusement sa poudre finement broyée dans un sac qu'il chargea dans la bouche de l'engin.

— André, fit-il, le sable, je te prie.

Marek posa le récipient aux pieds du Professeur.

— À quoi sert ce sable ? demanda Oliver.

— Une simple précaution, monseigneur. En cas d'erreur.

Johnston prit une autre flèche qu'il tint délicatement par les deux extrémités et fit glisser lentement dans la bouche du canon. La flèche avait une pointe cannelée ; les sillons étaient remplis d'une pâte brune à l'odeur âcre.

— Voici ma poudre et ma flèche.

L'artilleur lui tendit un mince bâton dont une extrémité était incandescente. Le Professeur enflamma la poudre du premier canon.

L'explosion fut modeste : une bouffée de fumée noire s'éleva, la flèche atterrit dans la prairie, à près de cent mètres du premier trébuchet.

— Maintenant, ma poudre et ma flèche.

Le Professeur mit le feu au deuxième canon.

Il y eut une explosion retentissante, accompagnée d'un panache de dense fumée noire. La flèche vola en direction d'un trébuchet qu'elle manqua de trois mètres. Elle resta couchée sur l'herbe.

— C'est tout ? ricana Oliver. Vous me pardonnerez si je ne...

La flèche s'enflamma soudain, formant un cercle de feu qui projeta des flammèches dans toutes les directions. Le trébuchet s'embrasa aussitôt ; des soldats accoururent, portant des sacs de toile remplis d'eau.

— Je vois..., murmura Oliver.

Au lieu de l'éteindre, l'eau semblait aviver le feu. Plus les hommes jetaient d'eau, plus les flammes s'élevaient. Les soldats battirent en retraite, ne sachant que faire, et regardèrent, impuissants, le trébuchet se consumer. En quelques minutes, il n'en resta qu'une masse de bois calciné et fumant.

— Par Dieu, Edward et saint George, murmura Oliver.

Le Professeur s'inclina en souriant.

— Vous avez le double de notre portée et une flèche qui s'enflamme toute seule... Comment est-ce possible ?

— La poudre est finement broyée, ce qui provoque une explosion plus violente. Les flèches sont enduites d'huile, de soufre et de chaux vive mélangés à de la filasse. L'eau les enflamme instantanément ; l'humidité de l'herbe suffit, comme vous l'avez constaté. J'ai emporté ce sable pour le cas où des parcelles du mélange auraient touché mes doigts et se seraient enflammées avec la moiteur de la peau. C'est une arme dangereuse, monseigneur, qu'il convient de manipuler avec précaution.

Il montra le troisième mortier, près de Marek.

— Maintenant, monseigneur, poursuivit-il en prenant un bâton, veuillez observer attentivement l'expérience suivante.

Il plongea le bâton dans le troisième récipient, en recouvrit l'extrémité de la pâte visqueuse et malodorante, et le leva devant lui.

— Comme vous le voyez, il ne se passe rien. Il ne se passera rien pendant des heures, des jours, avant que...

Du geste théâtral d'un magicien, il lança sur l'extrémité du bâton le contenu d'une petite tasse d'eau.

Le bâton émit un chuintement, commença à fumer et

s'enflamma au bout du bras de Johnston. La flamme était d'un bel orange vif.

Oliver ne put retenir un soupir de plaisir.

— J'en veux une grande quantité, déclara-t-il. Combien d'hommes vous faut-il pour broyer et préparer votre substance ?

— Une vingtaine, monseigneur. Une cinquantaine serait préférable.

— Vous en aurez cinquante, plus si vous le désirez, conclut Oliver en se frottant les mains. Combien de temps vous faut-il ?

— La préparation n'est pas très longue, mais elle ne peut être faite dans la précipitation. Elle n'est pas sans danger. Et il y aura un risque à conserver cette substance dans l'enceinte du château, car les assiégeants lanceront certainement des projectiles enflammés.

— Peu m'importe, répliqua Oliver avec une moue de mépris. Commencez votre préparation, j'en ferai bon usage dès cette nuit.

De retour dans l'armurerie, Marek regarda Johnston placer les soldats par rangées de dix, un mortier entre les jambes. Le Professeur passa les hommes en revue, s'arrêtant de loin en loin pour donner des instructions. Les hommes d'armes grommelaient contre ce qu'ils appelaient une « corvée de cuisine », mais Johnston expliquait qu'ils avaient pour tâche de préparer les herbes de la guerre.

Plusieurs minutes s'écoulèrent avant que le Professeur vienne s'asseoir à ses côtés.

— Avez-vous eu droit au laïus de Doniger sur l'impossibilité de changer l'histoire ? demanda Marek en observant les soldats.

— Oui. Pourquoi ?

— Il semble que nous donnions un solide coup de main à Oliver pour défendre son château. Ces flèches vont contraindre les assaillants à reculer leurs engins de siège, trop loin pour avoir la moindre efficacité. Sans eux, il n'y aura pas d'assaut. Arnaud ne jouera pas la carte de la patience ; ses routiers exigent des conquêtes rapides. S'ils ne peuvent prendre un château d'entrée de jeu, ils passent leur chemin.

— C'est exact...

— S'il faut en croire les historiens, la forteresse tombe aux mains d'Arnaud de Cervole.

— C'est vrai, fit Johnston, mais pas à la suite d'un siège. Un traître a ouvert les portes du château aux troupes de Cervole.

— Je me suis interrogé là-dessus, poursuivit Marek. Cela ne tient pas debout : la forteresse a trop d'ouvertures pour qu'un traître puisse les ouvrir de l'intérieur.

— Tu penses qu'en aidant Oliver à conserver son château nous risquons de changer le cours de l'histoire ? demanda Johnston en souriant.

— Je me pose des questions, c'est tout.

Marek se disait que la chute du château était pour l'avenir un événement d'une importance certaine. L'histoire de la guerre de Cent Ans pouvait en effet être considérée comme une suite de sièges et de victoires. Il s'agissait aussi de savoir qui périrait et qui survivrait ; le plus souvent, quand un château cédait sous l'assaut, ses habitants étaient massacrés. Plusieurs centaines de personnes étaient à l'abri des murailles de La Roque ; si elles sortaient indemnes du siège, leurs milliers de descendants pouvaient assurément modifier l'avenir.

— Nous ne le saurons peut-être jamais, fit pensivement Johnston. Combien de temps nous reste-t-il ?

Marek regarda son bracelet ; le minuteur indiquait 05:50:29. Il se mordit la lèvre. Il avait oublié que le temps coulait implacablement. La dernière fois qu'il l'avait consulté, il restait près de neuf heures, ce qui lui avait paru assez long.

— Un peu moins de six heures, répondit-il.

— C'est Kate qui a la balise ?

— Oui.

— Où est-elle ?

— Elle cherche le passage secret.

Marek se dit que, si elle trouvait l'entrée, elle pouvait être à l'intérieur de la forteresse dans deux ou trois heures.

— Où cherche-t-elle ? poursuivit Johnston.

— Dans la chapelle verte.

— C'est ce qu'indiquait l'énigme du frère Marcel ?

— Oui.

— Elle est partie seule ?

— Oui.

— Personne ne va jamais là-bas, soupira le Professeur en secouant la tête.

— Pourquoi ?

— On raconte que la chapelle verte est gardée par un chevalier qui a perdu l'esprit. À la mort de sa bien-aimée, il est devenu fou de chagrin. Il a enfermé la sœur de sa femme dans un manoir voisin et tue tous ceux qui ont le malheur de s'approcher de ce manoir ou de la chapelle.

— Croyez-vous que cette histoire soit vraie ? demanda Marek.

— Personne ne le sait, répondit Johnston avec un haussement d'épaules. Nul n'en est jamais revenu vivant.

05:19:55

Les yeux fermés, Kate attendait que la hache tombe. L'homme en armure poussait des grognements, sa respiration se faisait plus rapide ; il haletait au moment de porter le coup fatal....

Puis il se tut.

Elle sentit le pied qui lui écrasait les reins changer de position.

L'homme regardait autour de lui.

La hache s'abattit sur le billot, à quelques centimètres du visage de Kate. Le colosse s'appuya sur l'arme pour jeter un coup d'œil derrière lui et se remit à pousser des grognements furieux. Kate tordit le cou pour essayer de voir, mais la lame de la hache lui bouchait la vue.

Elle entendit des pas.

Il y avait quelqu'un d'autre.

La hache disparut, le pied cessa de peser sur le dos de Kate. Elle roula sur l'herbe, vit Chris à quelques mètres, tenant l'épée qu'elle avait laissé tomber.

— Chris !

Les dents serrées, il retroussa les lèvres en une ébauche de sourire. L'air terrifié, il ne quittait pas des yeux le chevalier vert. Le géant se retourna en rugissant ; la hache siffla dans l'air. Chris leva son épée pour parer le coup : des étincelles jaillirent. Sur l'attaque suivante du géant, Chris se baissa, trébucha en reculant ; il s'écarta d'un bond tandis que la hache s'enfonçait dans l'herbe avec un bruit mat. Kate fouilla dans sa bourse pour prendre la bombe de gaz. L'objet d'une autre époque paraissait ridiculement petit et léger dans sa main, mais elle n'avait rien d'autre.

— Chris !

Debout derrière le chevalier vert, elle leva la bombe pour la montrer à Chris. Il hocha vaguement la tête, trop occupé à esquiver les coups. La fatigue le gagnait ; il ne pourrait contenir longtemps les assauts de son adversaire.

Kate n'avait plus le choix : elle prit son élan, bondit sur le dos du géant, qui poussa un grognement de surprise. Agrippée à ses épaules, elle fit passer la bombe sur le devant du heaume et vaporisa du gaz à travers la visière. Le colosse se mit à tousser ; un frisson secoua son corps. Kate recommença ; elle sentit le géant vaciller sur ses jambes. Elle se laissa aller à terre.

— Vas-y ! cria-t-elle à Chris.

Un genou au sol, il essayait de reprendre son souffle. Le chevalier vert était encore debout, mais il oscillait d'avant en arrière. Chris s'avança lentement et plongea son épée dans le flanc du colosse, entre les plaques de l'armure. Avec un rugissement de fureur, le chevalier tomba sur le dos.

Chris ne perdit pas une seconde. Il trancha les lanières de cuir, écarta le casque d'un coup de pied. Kate distingua des cheveux emmêlés, une barbe en broussaille et des yeux de fou avant que l'épée s'abatte sur la gorge du géant.

Raté !

La lame de l'épée trouva l'os et resta prise dans les chairs : la tête n'était qu'à moitié détachée du tronc. Le chevalier vert vivait encore ; il avait une lueur meurtrière dans l'œil et ses lèvres remuaient.

Chris essaya de dégager sa lame, mais elle était coincée. La main gauche du chevalier se leva et se referma sur son épaule. L'homme avait une force herculéenne, démoniaque : il força Chris à s'approcher à quelques centimètres de son visage. Il avait les yeux injectés de sang, des dents brisées, rongées par la carie. La vermine grouillait dans sa barbe. Il sentait la pourriture.

Chris réprima un haut-le-cœur en sentant l'haleine fétide du chevalier. Il se débattit, parvint à poser un pied sur le visage du colosse, se redressa en s'arrachant à son étreinte. Il réussit à dégager son épée, la brandit pour porter le coup de grâce.

Les yeux du chevalier vert se révulsèrent, sa mâchoire s'affaissa. Il était mort.

Chris s'affaissa dans l'herbe humide pour reprendre son souffle. La répulsion était trop forte : il fut secoué de frissons impossibles à réprimer, ses dents se mirent à claquer. Il ramena les genoux contre sa poitrine pour essayer de se calmer.

— Mon héros, fit Kate en posant la main sur son épaule.

Il l'entendit à peine ; il était incapable d'articuler un mot. Les frissons finirent par s'apaiser et il se releva.

— Jamais je n'avais été aussi contente de te voir, reprit Kate.

— J'ai choisi le chemin le plus facile, fit-il en souriant.

Chris avait réussi à arrêter sa glissade sur la boue. Après avoir passé de longues minutes à remonter la pente abrupte, il était descendu par l'autre sentier. Le trajet n'avait pas présenté de difficulté jusqu'à la chute d'eau, où il avait trouvé Kate en fâcheuse posture.

— Tu connais la suite, fit-il en se levant.

Appuyé sur l'épée, il regarda le ciel ; la nuit commençait à tomber.

— Combien de temps reste-t-il, à ton avis ?

— Je ne sais pas. Quatre ou cinq heures.

— Alors, il vaut mieux y aller.

Le plafond de la chapelle verte s'était effondré en divers endroits. Ils virent dans l'intérieur en ruine un petit autel, des encadrements gothiques autour des fenêtres en piteux état, des flaques d'eau stagnante sur le sol. Difficile d'imaginer que cette chapelle avait été un bijou d'architecture aux portes et aux voûtes ornées d'une profusion d'ornements. La moisissure dégouttait des sculptures rongées par l'érosion.

Un serpent noir s'enfuit devant Chris dans l'escalier en spirale menant à la crypte. Kate suivait prudemment. Il faisait plus sombre, le seul éclairage provenant des fissures du sol de la chapelle. De l'eau coulait goutte à goutte dans la pénombre. Au centre du caveau souterrain, des fragments de pierre étaient répandus autour d'un tombeau intact. Le couvercle du cercueil de pierre noire portait un gisant ; Kate se pencha vers le visage du chevalier, mais ses traits étaient mutilés par l'érosion.

— Il faut chercher les pieds du géant, c'est bien cela ? fit Chris.

— Oui. Compter les pas à partir des pieds du géant... ou de pieds géants.

— À partir des pieds du géant..., répéta Chris en montrant le cercueil où les pieds du gisant formaient deux bosses. Tu crois qu'il s'agit de ceux-là ?

— Ils n'ont rien de géant, répondit Kate avec une moue dubitative.

— Non...

— On peut toujours essayer, reprit-elle en se plaçant au pied de la pierre tombale.

Elle fit d'abord cinq pas sur la droite, puis quatre sur la gauche, se tourna de nouveau vers la droite ; au troisième pas, elle s'arrêta, le nez contre le mur.

— Ce n'est pas ça, fit Chris.

Ils commencèrent à explorer la crypte. Kate fit une découverte intéressante : une demi-douzaine de flambeaux étaient entassés dans un angle du caveau, pour rester au sec. Ils étaient de fabrication grossière, mais pourraient se révéler utiles.

— Le passage doit être par ici, fit Kate avec conviction.

Ils cherchèrent une demi-heure en silence, frottant la

moisissure qui recouvrait les murs et le sol, étudiant les sculptures dégradées pour déterminer si elles pouvaient représenter les pieds d'un géant.

— Était-il précisé, demanda Chris, si les pieds étaient *à l'intérieur* de la chapelle ?

— Je ne sais pas. André a traduit le texte et me l'a lu.

— Sinon, il faudrait peut-être voir à l'extérieur.

— Les flambeaux sont dans la crypte.

— Exact.

Agacé, Chris fit un tour complet sur lui-même.

— Si le frère Marcel a conçu une énigme partant d'un repère, reprit Kate, il n'aurait pas choisi une sépulture, qui peut être déplacée. Il aurait pris un point fixe sur un mur.

— Ou sur le sol.

— Oui, sur le sol.

Kate se tenait près d'une des petites niches pratiquées dans le mur du fond. Elle les avait prises au début pour des autels, mais elles étaient trop petites et portaient des traces de cire. À l'évidence, les enfoncements étaient destinés à abriter des bougies. Les surfaces intérieures de celle qu'elle examinait étaient ornées de sculptures au motif symétrique représentant les ailes déployées d'un oiseau. En parfait état, les sculptures avaient peut-être été protégées de la moisissure par la chaleur des bougies.

Un motif symétrique...

Tout excitée, Kate s'avança vers la niche suivante : elle était ornée de deux plantes à feuilles découpées. La troisième représentait deux mains jointes pour la prière. Elle fit le tour du caveau, examina toutes les niches.

Pas de pieds.

Du bout de sa chaussure Chris décrivait de grands arcs sur le sol pour enlever la couche de moisissure.

— Des grands pieds, des grands pieds ! murmurait-il entre ses dents.

— Je me sens vraiment stupide, fit Kate écarquillant les yeux.

— Pourquoi ?

Elle indiqua la porte derrière lui, celle qu'ils avaient franchie en arrivant en bas de l'escalier, dont les sculptures ornant les piédroits étaient rongées par l'érosion.

Il était encore possible de distinguer les motifs des sculptures. Les montants étaient décorés d'une succession de bosses, cinq de chaque côté, de taille croissante à partir du sol. La plus grosse montrait une surface plane, ne laissant aucun doute sur ce qu'elle représentait.

Cinq orteils sur chacun des jambages.

— Bon sang ! souffla Chris. C'est la porte !

— Des pieds géants, fit Kate en hochant la tête.

— Pourquoi a-t-on fait ça ?

— Certaines ouvertures étaient ornées d'images hideuses, démoniaques, répondit Kate avec un petit haussement d'épaules. Elles symbolisaient la fuite des esprits du mal ou l'interdiction d'entrer qui leur était faite.

Ils se placèrent au milieu de la porte. Kate compta cinq pas, puis quatre et enfin neuf. Elle tomba sur un anneau de fer rouillé, fixé dans le mur. Ils tirèrent tous deux avec fébrilité ; l'anneau leur resta dans les mains, s'effritant en fragments rubigineux.

— Nous avons dû nous tromper quelque part.

— Recommence.

Kate repartit vers la porte, fit des pas plus petits. Droite, gauche, droite. Elle fit face à une autre partie du mur ; tout était droit, il n'y avait que de la pierre.

— Je ne comprends pas, Chris. Nous devons faire une erreur, mais je ne sais pas laquelle.

Découragée, elle appuya la main sur le mur.

— Peut-être as-tu encore fait des pas trop grands, suggéra Chris.

— Ou trop petits.

— Nous allons trouver, affirma Chris en s'avançant vers elle.

— Tu crois ?

— J'en suis sûr.

Ils s'écartaient du mur pour repartir vers la porte quand un bruit sourd se fit entendre derrière eux. Une des grandes dalles, à l'endroit où ils se tenaient, venait de glisser, découvrant des marches. Le grondement étouffé d'un cours d'eau souterrain montait par l'ouverture obscure et menaçante.

— Gagné ! s'écria Chris.

03:10:12

Dans la salle de contrôle en surplomb de l'aire de transit, Stern et Gordon gardaient les yeux fixés sur l'écran du moniteur. Il montrait des panneaux représentant les cinq écrans de verre attaqués par les projections d'acide fluorhydrique. De petits points blancs s'affichèrent.

— Ils indiquent les endroits où le verre est creusé, expliqua Gordon.

Chaque point était accompagné d'une série de chiffres, trop petits pour être lisibles, qui donnaient la taille et la profondeur des marques.

Stern regarda sur l'écran les panneaux commencer à se remplir d'eau ; le niveau était représenté par une ligne bleue horizontale. En superposition apparurent deux chiffres en gros caractères : le poids de l'eau et la pression au centimètre carré sur la surface du verre, au pied du récipient, là où elle était la plus forte.

Aussi simplifiée que fût la simulation, Stern retint son souffle en voyant s'élever la ligne qui marquait la hauteur d'eau.

Une lumière rouge clignota.

— Une fuite, annonça Gordon.

Une autre s'alluma sur un deuxième panneau. Une ligne brisée traversa l'image qui disparut aussitôt.

— Un écran en miettes, fit Gordon.

— Quel est votre avis sur cette simulation ? demanda Stern, la mine sombre.

— Bâclée et sommaire.

Sur l'écran, un deuxième récipient vola en éclats. Les deux derniers furent remplis à ras bord sans incident.

— Voilà, fit Gordon. L'ordinateur nous indique que trois des cinq écrans ne peuvent être remplis.

— Faut-il le croire ?

— En ce qui me concerne, c'est non, répondit Gordon. Les données (entrées) ne sont pas assez précises et il intègre toutes sortes de pressions hypothétiques. Je pense quand même qu'il serait préférable de remplir les écrans au dernier moment.

— Dommage qu'il ne soit pas possible de les renforcer.

Gordon tourna vivement la tête vers lui.

— À quoi pensez-vous ? Vous avez une idée ?

— Je ne sais pas... Nous pourrions peut-être remplir les creux de plastique, les boucher avec une sorte de mastic...

— Quoi que nous fassions, il faut que ce soit uniforme. La surface du réservoir doit être couverte d'une manière *parfaitement* uniforme.

— Je ne vois pas comment nous pourrions faire, reprit Stern.

— Surtout en trois heures. C'est le temps qui nous reste.

Stern s'enfonça dans un fauteuil, l'air soucieux. Sans savoir pourquoi, il pensait à des voitures de course. Une suite d'images lui traversait l'esprit. Des Ferrari. Steve McQueen. La formule 1. Le bonhomme Michelin. L'enseigne jaune de Shell. D'énormes pneus de camion chuintant sur une chaussée mouillée.

Dire qu'il n'aimait pas les voitures ! À New Haven, il conduisait une vieille Coccinelle. Son esprit survolté essayait à l'évidence de fuir une réalité désagréable... quelque chose qu'il ne voulait pas accepter.

Le risque.

— La seule chose à faire est d'attendre le dernier moment et de prier.

— Exact, répondit Gordon. C'est précisément ce que nous allons faire. Nous aurons des sueurs froides, mais je pense que cela peut marcher.

— Existe-t-il une autre solution ?

— Empêcher leur retour ; ne pas laisser vos amis revenir. Faire venir des écrans neufs et les installer ici.

— Cela prendrait combien de temps ?

— Deux semaines.

— On ne peut pas faire ça, déclara Stern. Il faut tenter le coup.

— D'accord. Tentons le coup.

02:55:14

En haut de l'escalier en spirale, Marek et Johnston retrouvèrent Robert de Kere qui arborait un air suffisant. Lord Oliver n'était pas loin ; il allait et venait le long des remparts de la forteresse, le visage empourpré, visiblement hors de lui.

— Vous sentez cette odeur ? s'écria-t-il en montrant la plaine où les troupes d'Arnaud de Cervole continuaient de s'amasser.

Le soir tombait, le soleil descendait sur l'horizon ; Marek estima qu'il devait être dix-huit heures. Il distingua dans la lumière incertaine une douzaine de trébuchets espacés dans la plaine. Après les dommages causés par la flèche incendiaire, les engins de siège avaient été éloignés les uns des autres, de sorte qu'un nouvel incendie ne pourrait en détruire qu'un seul.

Derrière les trébuchets, des soldats se pressaient autour d'une multitude de feux. À l'arrière-plan, les centaines de tentes de l'armée assiégeante s'étiraient à la lisière de la forêt.

Aux yeux de Marek, cette scène était tout à fait ordinaire : une armée en campagne mettait le siège devant une place forte. Il ne comprenait pas ce qui plongeait Oliver dans une telle colère.

Une odeur de brûlé provenant des feux montait vers eux ; elle rappelait à Marek celle qui accompagnait des couvreurs travaillant sur un toit.

— Oui, monseigneur, fit Johnston dont l'air interdit indiquait qu'il ne comprenait pas non plus ce qui mettait Oliver dans un tel état. C'est l'odeur de la poix.

C'était une pratique courante dans la guerre de siège de lancer de la poix bouillante par-dessus les murailles du château.

— De la poix, bien sûr ! gronda Oliver. Mais ce n'est pas tout... Vous ne sentez donc pas ? Ils mélangent quelque chose à la poix.

Marek huma l'air ; il se dit qu'Oliver devait avoir raison.

La poix pure ayant tendance à s'éteindre, elle était le plus souvent utilisée en combinaison avec d'autres substances — de l'huile, de l'étoupe ou du soufre — pour brûler plus longtemps.

— Oui, monseigneur, reprit Johnston. Je sens.

— Vous sentez quoi ? lança Oliver d'un ton accusateur.

— *Ceraunia*, si je ne me trompe.

— Également appelée la « pierre de tonnerre » ?

— En effet, monseigneur.

— L'utilisons-nous de notre côté ?

— Non, monseigneur..., répondit Johnston.

— C'est bien ce qu'il me semblait !

Oliver fit un signe de tête à de Kere, comme si leurs soupçons se voyaient confirmés. À l'évidence le chevalier balafré était derrière tout cela.

— Point n'en est besoin, monseigneur, reprit Johnston. Nous avons mieux : du soufre pur.

— Ce n'est pas la même chose.

— Si, monseigneur. Cette pierre est la *pyrite keraunienne.* Finement broyée, elle devient du soufre.

Oliver poussa un grognement, se remit à marcher en fulminant.

— Comment se fait-il qu'Arnaud soit en possession de cette pierre ?

— Je ne saurais le dire, répondit Johnston. Mais elle est bien connue des gens d'armes. Il en est fait mention dans Pline.

— Vous êtes habile à ruser, maître Edwardus. Je ne parle pas de Pline, mais d'Arnaud de Cervole. Ce pourceau illettré ignore tout de *ceraunia* et de la pierre de tonnerre.

— Monseigneur...

— À moins qu'il ne soit conseillé par quelqu'un, poursuivit implacablement Oliver. Où sont passés vos assistants ?

— Mes assistants ?

— Allons, allons, maître, vous ne me tromperez pas cette fois.

— L'un d'eux est ici, fit Johnston en indiquant Marek. On me donne à entendre que le deuxième est mort ; j'ignore où est le troisième.

— Je crois pour ma part, répliqua Oliver, que vous savez fort bien où ils se trouvent. Ils sont passés dans le camp adverse, ce qui explique pourquoi Cervole est en possession de cette pierre.

Marek suivait la conversation avec une inquiétude croissante. Oliver ne lui avait jamais paru d'un caractère tempéré, mais, devant l'imminence de l'assaut des assiégeants, il montrait les signes manifestes d'une paranoïa attisée par de Kere. L'homme devenait imprévisible et dangereux.

— Monseigneur...

— Ce que je soupçonne depuis le début ne fait plus aucun doute pour moi ! Vous êtes la créature d'Arnaud ! Vous avez passé trois jours dans le monastère dont l'abbé est à la solde d'Arnaud !

— Si vous aviez la bonté de m'écouter...

— Jamais ! À vous d'écouter ! J'ai la conviction, malgré vos protestations, que vous agissez contre moi, que vous — ou vos assistants — connaissez l'entrée secrète qui conduit au cœur de mon château. Que vous projetez de vous enfuir à la première occasion, dès ce soir peut-être, en tirant parti de l'offensive d'Arnaud.

Marek s'efforça de ne trahir aucune émotion. C'est précisément ce qu'ils comptaient faire, si Kate découvrait l'entrée du passage secret.

— Ah ! ah ! s'écria Oliver en montrant Marek. Regardez-le ! Sa mâchoire se crispe. Il sait que je dis vrai !

Marek s'apprêtait à répondre, mais Johnston posa la main sur son bras pour lui imposer silence. Le Professeur se contenta de secouer la tête.

— Quoi ? Vous lui interdisez de faire l'aveu de sa faute ?

— Non, monseigneur. Mais vos soupçons sont injustifiés.

— Alors, lança Oliver avec un regard mauvais, fournissez-moi les armes que j'ai demandées.

— Elles ne sont pas prêtes, monseigneur.

— Vous voyez ! ricana Oliver en faisant un petit signe de tête à de Kere.

— Le broyage de la poudre demande plusieurs heures...

— Il sera trop tard !

— Tout sera prêt en temps voulu, monseigneur.

— Vous mentez, vous mentez, vous *mentez* !

Oliver se retourna en tapant du pied ; il porta son regard au loin, sur les engins de siège.

— Regardez dans la plaine, reprit-il. Voyez comme ils se préparent. Allez-vous me le dire, maître Edwardus ? *Où est-il ?*

— Qui, monseigneur ? demanda Johnston après un silence.

— Arnaud ! Où est Arnaud de Cervole ? Ses troupes se massent pour donner l'assaut. Il est toujours à leur tête, mais je ne le vois pas ! Où est-il ?

— Monseigneur, je ne saurais...

— La sorcière d'Eltham est là... vous la voyez, près des engins, qui nous observe ? Maudite femelle !

Marek tourna la tête vers la plaine. Claire était bien là, marchant au milieu des soldats, messire Daniel à ses côtés. Marek sentit son cœur battre plus vite, rien qu'en la voyant. Il se demanda ce qu'elle faisait si près des premières lignes des assiégeants. Elle regardait en haut des murailles. Soudain, elle s'arrêta net ; il eut la certitude, en son for intérieur, qu'elle l'avait vu. Il fut pris d'une folle envie de lui faire un signe de la main, mais parvint à se contenir en voyant Oliver pester et grommeler à quelques mètres de lui. Elle lui manquerait quand il serait parti.

— Claire d'Eltham, gronda Oliver, est une espionne d'Arnaud, depuis le commencement. Elle a ouvert à ses hommes les portes de Castelgard, de connivence, n'en doutons pas, avec cet abbé intrigant. Mais où est donc leur maître ? Où est ce porc d'Arnaud ? Il semble avoir disparu.

Il y eut un silence embarrassé ; Oliver esquissa un pauvre sourire.

— Monseigneur, fit Johnston, je comprends votre...

— Vous ne comprenez rien ! s'écria Oliver en tapant du pied. Vous deux, poursuivit-il avec un regard mauvais, suivez-moi.

Une odeur nauséabonde se dégageait de la fosse circulaire devant laquelle ils se tenaient, dans les entrailles du château. À dix mètres au-dessous du sol, ils voyaient la surface noire et huileuse de l'eau.

À un signal d'Oliver, un soldat se mit à actionner la manivelle d'un treuil ; une grosse chaîne remonta des profondeurs en cliquetant.

— On l'appelle « le bain de Milady », expliqua Oliver. Il a été conçu par François le Gros qui avait un penchant pour ce genre de chose. On dit qu'Henri de Renaud y est resté dix ans avant de mourir. On lui lançait des rats vivants, qu'il attrapait et dont il mangeait la chair crue ; il s'en est nourri toutes ces années.

Des ondulations parcoururent la surface de l'eau, une lourde cage de fer en sortit et commença à s'élever. L'eau coulait des barreaux noirs, immondes ; l'odeur était insupportable.

— Maître Edwardus, reprit Oliver en suivant la lente ascension de la cage, j'ai fait la promesse à Castelgard de vous tuer si vous cherchiez à me tromper. Vous prendrez le bain de Milady.

Il le regarda longuement, l'air farouche.

— C'est le moment d'avouer !

— Il n'y a rien à avouer, monseigneur.

— Dans ce cas, vous n'avez rien à craindre. Mais écoutez bien ceci : si je découvre que vous ou l'un de vos assistants connaît l'entrée du passage secret, je vous ferai enfermer dans cette cage dont vous ne sortirez pas vivant. Je vous y laisserai croupir dans les ténèbres jusqu'à la fin de vos jours.

À la lumière de la torche qu'il tenait dans un recoin de la salle, un mince sourire joua sur les lèvres de Robert de Kere.

02:22:13

L'escalier raide s'enfonçait dans l'obscurité. Un flambeau à la main, Kate précédait Chris. Ils suivirent un passage étroit qui semblait avoir été creusé par l'homme avant de déboucher dans une salle souterraine. Au plafond de la cavité naturelle ils distinguèrent la faible clarté de la lumière du jour ; l'entrée d'une grotte devait se trouver là-haut.

Le sol continuait à descendre en pente douce. Kate aperçut devant elle une nappe d'eau noire protégée par des rochers et entendit le grondement d'une rivière souterraine. Une odeur aigre-douce rappelant celle de l'urine la prit aux narines. Elle gravit les rochers, s'arrêta devant la nappe d'eau entourée d'une frange de sable.

Il y avait dans le sable l'empreinte d'un pied.

De plusieurs pieds.

— Pas récentes, déclara Chris.

— Où est le passage ? demanda Kate.

Sa voix se répercuta sur les parois rocheuses. Elle vit sur la gauche qu'on avait taillé une saillie de la roche pour ménager un enfoncement permettant de contourner la nappe noire. Elle se remit en marche.

Kate ne se sentait pas oppressée ; elle avait exploré plusieurs grottes au Colorado et au Nouveau-Mexique avec ses amis grimpeurs. Çà et là des marques de pas étaient visibles sur le sol ; les rochers portaient des traces qui avaient pu être faites par des armes.

— Si le passage était utilisé pour approvisionner le château en eau pendant un siège, fit-elle en se retournant vers Chris, il ne doit pas être très long.

— Le château a une autre source d'eau potable. On devait plutôt apporter des vivres ou autre chose.

— Peu importe. Quelle longueur peut-il faire ?

— Au Moyen Âge, répondit Chris, les paysans n'avaient pas peur de faire trente kilomètres à pied. Les pèlerins, femmes et vieillards compris, en parcouraient quotidiennement vingt à vingt-cinq.

— Ah bon ?

— Ce passage peut faire quinze kilomètres, poursuivit Chris. J'espère que non, ajouta-t-il après un silence.

Derrière la saillie s'ouvrait une galerie taillée dans la paroi rocheuse ; elle faisait à peu près un mètre cinquante de haut sur un mètre de large. Mais au bord de la nappe d'eau noire une embarcation était amarrée, une petite barque dont les flancs battaient doucement les rochers.

— Que préfères-tu ? demanda Kate. On continue à pied ou on prend la barque.

— Prenons la barque.

Ils trouvèrent des avirons dans la petite embarcation. Chris commença à ramer tandis que Kate tenait le flambeau. La barque prit rapidement de la vitesse, entraînée par le courant. Ils descendaient le cours d'eau souterrain.

Kate s'inquiétait : elle évaluait à deux heures le temps qu'il leur restait. Il fallait dans ce laps de temps pénétrer dans le château, rejoindre leurs amis et découvrir un endroit assez dégagé pour appeler la machine. Tout cela en deux heures.

Elle se réjouissait d'être portée par le courant, de la vitesse avec laquelle ils glissaient sur l'eau. Le flambeau crachotait et crépitait. Soudain, ils perçurent des froissements, comme des papiers agités par le vent. Le bruissement s'amplifia ; ils entendirent un cri aigu semblable à celui d'une souris.

Le cri venait des profondeurs de la grotte.

Kate interrogea Chris du regard.

— Le soir tombe, fit-il succinctement.

Elle prit peu à peu conscience de leur présence. Quelques-unes pour commencer, puis un nuage aux contours incertains, enfin un torrent de chauves-souris émergeant de l'obscurité. Elle sentit le vent provoqué par le battement de centaines d'ailes quand les animaux passèrent au-dessus de la barque.

Le vol des chauves-souris se prolongea plusieurs minutes, puis le silence retomba, troublé par les crépitements du flambeau.

Ils continuèrent de glisser sur les eaux sombres de la rivière souterraine.

Le flambeau crachota, avant de s'éteindre lentement. Kate en alluma rapidement un autre, un des quatre que Chris avait pris dans la crypte. Il en restait trois ; serait-ce suffisant pour remonter à la lumière du jour ? Que feraient-ils si le dernier s'éteignait et qu'il leur reste plusieurs kilomètres à parcourir ? Poursuivraient-ils en rampant dans le noir, en tâtonnant pendant des jours le long des parois ? Peut-être ne rencontreraient-ils jamais la sortie et finiraient-ils par mourir dans les ténèbres.

— Arrête ! lança Chris.

— Arrête quoi ?

— D'y penser.

— De penser à quoi ?

— Tout va bien, répondit Chris en souriant. Nous réussirons.

Elle ne lui demanda pas comment il avait su, mais elle se sentit rassurée, même si ce n'étaient que paroles en l'air.

Après un passage étroit et sinueux, où ils durent se baisser pour ne pas toucher le plafond, le cours d'eau débouchait dans une cavité naturelle de grande taille. De la voûte de la grotte descendaient des stalactites qui, à certains endroits, touchaient le sol et plongeaient même dans l'eau. La lumière vacillante du flambeau était environnée de ténèbres. Kate distingua un sentier qui courait le long de l'eau : il semblait traverser toute la grotte.

Le cours d'eau se rétrécit, le courant s'accéléra au milieu des stalactites. Cela rappelait à Kate les marais de Louisiane, mais sous terre. Heureusement, ils allaient vite ; elle commençait à se sentir plus confiante. À cette allure, ils pourraient couvrir dix ou quinze kilomètres en quelques minutes. Peut-être réussiraient-ils à respecter l'échéance, peut-être que deux heures suffiraient largement...

L'accident se produisit si vite qu'elle eut à peine le temps de comprendre ce qui se passait. Elle entendit Chris crier son nom, se retourna juste à temps pour voir une stalactite près de son oreille. Sa tête heurta la concrétion calcaire, le flambeau aussi. La mèche se détacha. Horrifiée, Kate la regarda tomber au ralenti et rejoindre son reflet à la surface de l'eau. Elle s'éteignit en émettant de faibles crachotements.

Ils étaient plongés dans une obscurité totale.

Kate étouffa un petit cri.

Jamais elle ne s'était trouvée dans des ténèbres aussi profondes, sans la moindre clarté. Elle entendait l'eau couler, sentait un souffle d'air froid, percevait l'immensité de l'espace. La barque continuait d'avancer à l'aveuglette, heurtant des stalactites. Kate perçut un grognement, l'embarcation tangua violemment ; il y eut un grand plouf à l'arrière.

— Chris ? fit-elle, essayant de résister à l'affolement qui la gagnait. Chris ? Que faisons-nous maintenant ?

Sa voix se répercuta dans le vide des ténèbres.

01:33:00

La nuit tombait, le ciel virait du bleu au noir ; les étoiles devenaient plus visibles au firmament. Lord Oliver était parti dîner avec de Kere ; du grand salon s'élevaient des cris et des rires. Les chevaliers d'Oliver faisaient ripaille avant la bataille.

En reprenant avec Johnston le chemin de l'armurerie, Marek regarda sa montre ; le minuteur indiquait 01:32:14. Le Professeur ne demanda pas combien de temps il restait ; Marek préféra garder le silence. Des cris retentirent soudain sur les remparts tandis qu'une énorme masse incandescente décrivait une courbe au-dessus des murailles pour retomber dans la cour intérieure.

— C'est parti, déclara posément le Professeur.

À vingt mètres d'eux, la masse enflammée s'abattit. Marek vit un cheval mort dont les pattes raides dépassaient de la boule de feu. Il sentit une odeur de poils et de chairs brûlés ; des bulles de graisse crevaient en crépitant.

— Bon Dieu ! souffla-t-il.

— Il est mort depuis longtemps, fit posément Johnston en montrant les pattes raides de l'animal. Ils aiment balancer des carcasses par-dessus les murs ; nous verrons pire d'ici la fin de la nuit.

Au milieu des soldats accourant avec des seaux d'eau pour éteindre le feu, Johnston et Marek entrèrent dans l'armurerie ; les cinquante hommes étaient encore au travail. L'un d'eux préparait dans un grand récipient un mélange de résine et de chaux vive pour la pâte brune.

Marek les regardait travailler quand quelque chose de lourd s'écrasa sur le toit ; les chandelles vacillèrent aux fenêtres. Il perçut des cris, des pas précipités.

— Ils ont réussi à leur deuxième tentative, soupira le Professeur. Précisément ce que je redoutais.

— Quoi ?

— Cervole sait qu'il y a une armurerie et il a une bonne idée de son emplacement ; on voit le bâtiment du haut de la colline. S'il parvient à l'atteindre avec un projectile incendiaire, les dégâts seront considérables.

— Tout explosera, fit Marek en regardant les sacs de poudre empilés le long des murs.

À l'époque médiévale, la poudre n'explosait pas toujours, mais ils avaient la preuve que celle d'Oliver permettait de tirer au canon.

— Oui, répéta Johnston, tout explosera. Il y aura des victimes en quantité, la confusion régnera, un énorme incendie se déclarera. Des soldats seront obligés d'abandonner leur poste pour combattre le feu. Si les remparts se dégarnissent...

— Les assiégeants escaladeront les murailles.

— Sans perdre une minute.

— Comment un projectile incendiaire pourrait-il toucher l'intérieur de l'armurerie ? Les murs font au moins soixante centimètres d'épaisseur.

— Peu importe l'épaisseur des murs. Ils viseront le toit.

— Comment...

— Cervole a des canons, expliqua le Professeur. Et des boulets de fer. Chauffés au rouge, ils seront lancés par-dessus les murailles. Un boulet de cinquante livres peut transpercer le toit de l'armurerie ; je ne tiens pas à être là au moment où cela se produira, conclut-il avec un sourire contraint. J'aimerais bien savoir ce que fait Kate.

01:22:12

Désemparée, accroupie à l'avant de la barque emportée au gré du courant, Kate avait l'impression d'être en plein cauchemar. Malgré la fraîcheur de l'air, elle commençait à transpirer ; son cœur battait à tout rompre. Plongée dans les ténèbres, elle respirait avec difficulté, comme si l'air avait de la peine à pénétrer dans ses poumons.

Terrifiée, elle changea de position ; l'embarcation se mit à tanguer dangereusement. Elle posa les deux mains à plat pour ne pas perdre l'équilibre.

— Chris ?

Elle entendit un clapotis lointain dans l'obscurité. Le bruit de quelqu'un qui nage.

— Chris ?

— Oui ! répondit une voix affaiblie par la distance.

— Où es-tu ?

— Je suis tombé.

Il avait l'air si loin. Et la distance entre eux augmentait à chaque minute. Elle était seule. Il lui fallait absolument trouver de la lumière. Elle entreprit de ramper vers l'arrière, tâtonnant des deux mains, espérant sentir sous ses doigts le bois d'un flambeau. La barque se remit à tanguer.

Elle s'immobilisa, attendant que l'embarcation retrouve sa stabilité.

Où étaient passés les flambeaux ? Elle croyait les

avoir vus au milieu de la barque. Elle sentit les avirons sous ses doigts. Mais pas de flambeaux.

Étaient-ils tombés à l'eau en même temps que Chris ?

Il lui fallait de la lumière. De la lumière !

Elle posa la main sur la bourse retenue à sa taille, réussit à l'ouvrir à tâtons. Elle était incapable de dire ce qu'elle sentait sous ses doigts. Des pilules... la bombe... puis un cube, de la taille d'un morceau de sucre. Un des cubes rouges ! Elle le coinça entre ses dents.

Elle prit sa dague, découpa un morceau de tissu d'une trentaine de centimètres dans la manche de sa tunique. Elle enroula l'étoffe autour du cube rouge et tira sur la languette.

Elle attendit.

Rien ne se passa.

Le cube s'était peut-être imbibé d'eau quand elle avait sauté du moulin dans la rivière. Les cubes étaient censés être étanches, mais elle avait passé un long moment dans l'eau. Celui qu'elle avait pris était peut-être défectueux ; elle allait en essayer un autre. Le dernier. Elle fouillait dans la bourse quand le morceau d'étoffe s'enflamma dans sa main.

— Aïe !

Elle se brûlait ; elle n'avait pas bien préparé son coup. Les dents serrées, elle leva le bras et vit aussitôt les flambeaux sur sa droite, contre le bord de l'embarcation. Elle en saisit un, l'approcha du tissu enflammé ; le flambeau s'alluma. Elle lâcha le morceau d'étoffe, plongea la main dans l'eau.

Sa main lui faisait mal. Elle l'examina, vit que la peau était rouge ; la brûlure ne semblait pas trop grave. La douleur passerait.

Elle déplaça le flambeau pour regarder autour d'elle : elle était entourée de pâles stalactites trempant dans la rivière. Elle avait l'impression de se trouver dans la bouche entrouverte d'un poisson gigantesque et de se déplacer entre les dents. La barque continuait d'avancer en heurtant les stalactites.

— Chris ?

— Oui ! répondit la voix étouffée.

— Tu vois la lumière ?

— Oui.

Elle saisit une stalactite, serra la main sur la surface glissante de la concrétion calcaire, parvint à immobiliser la barque. Elle ne pouvait revenir à la rame vers Chris ; elle devait tenir le flambeau.

— Peux-tu nager jusqu'ici ?

— Oui.

Elle entendit au loin le battement de ses bras s'accélérer.

Dès qu'il fut monté dans la barque, trempé mais souriant, Kate lâcha la stalactite. Ils repartirent, entraînés par le courant. La traversée de la forêt de stalactites dura encore plusieurs minutes, puis ils débouchèrent dans une autre cavité naturelle. Le courant s'accéléra. Devant eux un grondement allait en s'amplifiant ; cela ressemblait au bruit d'une chute d'eau.

Kate vit soudain quelque chose qui lui fit bondir le cœur : un bloc de roche au bord de la rivière. Le pourtour du rocher portait des traces de frottement ; il avait à l'évidence été utilisé pour amarrer des embarcations.

— Chris...

— J'ai vu.

Kate crut distinguer derrière le rocher le départ d'une sorte de chemin. Chris rama jusqu'au bord du cours d'eau ; la barque amarrée, ils descendirent. Il y avait bien un chemin menant à un passage souterrain aux parois lisses, taillées par l'homme. Kate s'engagea la première dans la galerie, le flambeau à la main.

Elle étouffa un cri.

— Chris ! Il y a une marche.

— Quoi ?

— Une marche. Taillée dans la roche, à une quinzaine de mètres.

Elle pressa le pas, Chris sur ses talons.

— En fait, reprit Kate, il y a plus qu'une marche. C'est un escalier.

À la lumière tremblotante du flambeau, ils découvrirent une douzaine de degrés, très raides, sans main courante, montant jusqu'au plafond de la galerie où était ménagée une trappe munie d'un anneau de fer.

Ils étaient à l'intérieur de la forteresse.

Elle tendit le flambeau à Chris, commença à gravir les marches. Arrivée en haut, elle tira sur l'anneau : rien. Elle poussa, plaça une épaule contre la pierre.

Elle parvint à soulever la dalle de quelques centimètres.

Elle vit une lumière jaune, si vive qu'elle dut plisser les yeux. Elle perçut le ronflement d'un feu tout proche, des rires et des voix d'hommes. Elle lâcha prise, incapable de supporter plus longtemps le poids de la dalle qui se remit en place.

— Branche ton écouteur, fit Chris, déjà au milieu de l'escalier.

— Tu crois ?

— C'est un risque à courir.

Elle tapota son oreille, perçut des grésillements. Puis elle entendit la respiration amplifiée de Chris.

— Je passe la première, fit-elle.

Elle fouilla dans sa poche, prit la balise et la lui tendit. Elle vit son front se plisser.

— Par sécurité, fit-elle. Nous ne savons pas ce qu'il y a là-haut.

— D'accord.

Chris posa le flambeau et appuya l'épaule contre la trappe. La pierre grinça, la dalle se souleva. Kate se glissa dans l'ouverture ; sans faire de bruit, elle aida Chris à lever entièrement la dalle, puis à la coucher sur le sol.

Ils avaient réussi.

01:13:52

— Posez-vous la question, fit Robert Doniger en se tournant, le micro à la main, vers l'auditorium vide, plongé dans l'ombre. Quel est le trait dominant de notre société ? Comment les gens voient-ils les choses, qu'attendent-ils qu'on leur propose ? La réponse est simple : dans tous les domaines, des affaires à la politique, de la publicité à l'éducation, le trait dominant est le divertissement.

Devant l'étroite scène étaient alignées trois cabines meublées d'un fauteuil et d'un bureau, avec un carnet et un verre d'eau. Chaque cabine était ouverte sur le devant, de sorte que son occupant ne voyait que Doniger, pas ses voisins.

C'est ainsi que Doniger faisait ses présentations. Un truc qu'il avait retenu de vieilles études psychologiques sur la pression exercée par autrui. Chacun savait qu'il y avait d'autres personnes dans les cabines, mais il ne pouvait ni les voir ni les entendre. Cela faisait peser une pression considérable sur les auditeurs ; ils ne pouvaient faire autrement que se demander ce que les autres allaient faire, s'ils allaient investir.

— Aujourd'hui, poursuivit Doniger en allant et venant sur le devant de la scène, tout le monde attend qu'on le divertisse et que le divertissement soit permanent. Les réunions d'affaires doivent être dynamiques, avec des tableaux et des graphiques animés pour éviter aux participants de sombrer dans l'ennui. Les grands magasins, les centres commerciaux doivent être attrayants afin de vendre en nous amusant. Les politiciens donner d'eux-mêmes une image séduisante et ne dire que ce que nous voulons entendre. Les professeurs prendre garde de ne pas raser les jeunes esprits habitués à la vitesse et à la variété des programmes télévisés. Les étudiants étudier en se distrayant. Quand on ne se distrait plus, on change. On change de marque, de chaîne, de parti, d'amis. Telle est la réalité de la société occidentale à la fin de notre siècle. Dans les siècles précédents, l'être humain voulait s'améliorer, être sauvé, libéré ou éduqué. Aujourd'hui, il veut qu'on le distraie. La grande peur n'est ni celle de la maladie ni celle de la mort, mais la peur de l'ennui. Ce sentiment de disposer de beaucoup de temps, de ne rien avoir à faire, de ne pas s'amuser. Jusqu'où ira cette manie de la distraction ? Que fera-t-on quand on se sera lassé de la télévision et lassé du cinéma ? Nous connaissons la réponse : on se tournera vers d'autres activités : sports, parcs à thème, attractions, montagnes russes. Du plaisir organisé, des sensations programmées. Et que fera-t-on quand on se sera lassé des parcs d'attractions ? Tôt ou tard, ces plaisirs paraîtront artificiels, on comprendra qu'un parc de loisirs est en vérité une sorte de prison où l'on paie pour être un détenu. On en viendra donc à rechercher l'authenticité. Ce sera le mot clé du nouveau siècle. Qu'est-ce qui est authentique ? Ce qui n'est pas conçu et organisé pour faire du profit. Ce qui n'est pas contrôlé par les grandes entreprises. Ce qui existe en soi et prend sa propre forme. Il va sans dire que dans le monde moderne on ne laisse rien prendre sa propre forme. Le monde moderne est l'équivalent commercial d'un jardin à la française où tout est planté et disposé géométriquement. Où rien n'est naturel, où rien n'est authentique. Vers quoi se tournera-t-on alors pour vivre l'expérience si rare, si désirable de l'authenticité ? On se tournera vers le passé. Quoi de plus authentique que le passé ? Il était là bien avant Disney et Murdoch, Nissan, Sony, IBM et tous ceux qui façonnent notre quotidien. Le passé était là avant qu'ils arrivent pour modeler les esprits et pour vendre. Le passé est réel, il est authentique : c'est ce qui le rendra follement attrayant. Voilà pourquoi j'affirme que l'avenir est le passé. Le passé est la seule possibilité qui... Oui, Diane ? Qu'y a-t-il ?

— Un problème dans la salle de transit, Bob. Il semble que l'explosion ait endommagé les écrans restants. Gordon a fait une simulation informatique ; elle indique que quatre d'entre eux éclateront quand ils seront remplis d'eau.

— Êtes-vous en train de me dire qu'ils risquent de revenir sans protection ?

— Oui.

— Nous ne pouvons encourir ce danger.

— Ce n'est pas si simple...

— Si, coupa Doniger. Il n'en est pas question. Je préférerais qu'ils ne reviennent pas du tout plutôt que de les exposer à subir des dommages irréparables.

— Mais...

— Mais quoi ? Si Gordon a les résultats de la simulation, pourquoi va-t-il de l'avant ?

— Il n'y croit pas ; il dit qu'elle a été faite dans la précipitation. Il pense que le transit se passera bien.

— Nous ne pouvons prendre ce risque, répéta Doniger. Ils ne reviendront pas sans les écrans. Point à la ligne.

— Bob, reprit Diane en se mordant les lèvres, je pense que...

— Souffririez-vous de pertes de mémoire ? coupa Doniger. N'est-ce pas vous qui refusiez de laisser partir Stern à cause des risques d'erreurs de transcription ? Et vous voulez maintenant que toute l'équipe revienne sans protection. Pas question, Diane.

— Bon, fit-elle à contrecœur. Je vais aller parler à...

— Pas de parlotes ! Finissez-en. Débranchez tout, si nécessaire, mais ne les laissez pas revenir. J'ai raison, vous le savez.

— Il a dit *quoi* ? s'écria Gordon.
— Ils ne reviennent pas. Bob a été catégorique.
— Il faut qu'ils reviennent, protesta David Stern. Vous devez les laisser revenir.
— Non, riposta Diane Kramer.
— Mais...
— A-t-il vu Wellsey ? coupa Diane en se tournant vers Gordon. Lui avez-vous montré Wellsey ?
— Qui est Wellsey ?
— Un chat, répondit Gordon.
— Wellsey est déchiré, expliqua Diane. C'est un des premiers animaux que nous avons envoyés de l'autre côté. Avant de savoir qu'il fallait utiliser les écrans d'eau pour le transit. Le chat Wellsey souffre de graves déchirures.
— Des déchirures ? demanda Stern.
— Vous ne l'avez pas mis au courant, Gordon ? fit Diane.
— Bien sûr que si. Cela signifie qu'il a subi de graves erreurs de transcription, expliqua-t-il à David. Mais les faits remontent à plusieurs années, à l'époque où nous avions aussi des problèmes avec l'informatique et...
— Montrez-lui le chat, coupa Diane. Nous verrons s'il tient toujours à ramener ses amis. Quoi qu'il en soit, Bob a pris sa décision : la réponse est non. Si nous ne pouvons disposer d'écrans en bon état, personne ne revient. En aucun cas.
— Nous avons un saut de champ, annonça un technicien à sa console.
Ils se pressèrent autour du moniteur pour suivre la progression de l'onde et observer les petites rides qui déformaient la surface.
— Combien de temps ? demanda Stern.
— À en juger par ce signal, à peu près une heure.
— Pouvez-vous dire combien ils sont ? fit Gordon.
— Pas encore, mais... il y en a plusieurs. Quatre, peut-être cinq.

— Il y aurait donc tout le monde, reprit Gordon. Ils ont dû trouver le Professeur et ils reviennent. Ils ont fait ce qu'ils devaient faire.

Il se tourna vers Diane Kramer, la regarda en silence.

— Je regrette, fit-elle. Personne ne revient sans les écrans. La décision est irrévocable.

01:01:52

Accroupie près de la trappe, Kate se mit lentement debout. Elle se tenait dans un renfoncement large d'un peu plus d'un mètre, entouré de hauts murs de pierre. Sur sa gauche elle apercevait la lumière d'un feu. Une porte se dressait juste devant elle ; derrière, une suite de degrés montait jusqu'au plafond, à huit ou neuf mètres au-dessus du sol.

Où était-elle ?

Chris passa la tête par la trappe ; il montra le feu.

— Nous savons maintenant pourquoi on n'a jamais découvert l'entrée de ce passage, fit-il à voix basse.

— Pourquoi ?

— Elle est derrière la cheminée.

— Derrière la cheminée ?

Kate comprit qu'il avait raison. Le renfoncement donnait accès à l'un des passages secrets de La Roque, derrière la cheminée du grand salon.

Elle avança prudemment la tête vers l'angle du mur... et découvrit le grand salon. La cheminée au fond de laquelle elle se trouvait faisait près de trois mètres de haut. À travers les flammes dansantes elle vit la table d'honneur à laquelle Oliver et ses chevaliers, le dos tourné, étaient en train de festoyer. Elle se tenait à moins de cinq mètres d'eux.

— Tu as raison, murmura-t-elle en dirigeant son regard vers Chris. Nous sommes derrière la cheminée.

Elle lui fit signe de la rejoindre. Elle s'apprêtait à gagner la porte quand Guy de Malegant fit volte-face pour lancer une aile de poulet dans les flammes. Puis il reprit sa position et se remit à manger.

Ne reste pas là ! se dit Kate.

Trop tard. Les épaules de Malegant se contractèrent ; tandis que son corps pivota de nouveau vers l'âtre, leurs regards se croisèrent.

— Monseigneur ! s'écria-t-il en repoussant sa chaise, la main sur la poignée de son épée.

Kate s'élança vers la porte, tira ; elle était fermée ou coincée. Elle n'arrivait pas à l'ouvrir. Elle se retourna vers la suite de marches étroites ; de l'autre côté du feu, Malegant hésitait. Il la regarda, plongea au milieu des flammes. Elle vit Chris commencer à sortir par la trappe, lui cria de redescendre. Il se baissa tandis qu'elle gravissait les premières marches.

Malegant visa les pieds, les ratant de peu ; la lame de l'épée frappa la pierre avec un grand bruit. Il regarda en jurant l'ouverture du passage secret. Elle l'entendit s'élancer à sa poursuite dans l'escalier ; apparemment, il n'avait pas vu Chris.

Elle n'avait pas d'arme ; elle n'avait rien.

Rien d'autre que ses jambes pour courir.

En haut des marches, à dix mètres au-dessus du sol, se trouvait une étroite plate-forme. Elle sentit en l'atteignant un amas de toiles d'araignée s'accrocher à son visage. Elle s'en débarrassa nerveusement. La plate-forme ne devait pas faire plus de trente centimètres de côté, mais, pour quelqu'un qui pratique la grimpe, ce n'était pas un problème.

Il n'en allait pas de même pour Malegant. Le chevalier noir gravissait lentement les dernières marches, l'épaule collée à la paroi, se tenant aussi loin que possible du bord de l'escalier, cherchant des prises dans le mortier. Il avait l'air hagard et respirait vite. Ainsi le vaillant chevalier avait le vertige. Mais pas assez pour l'arrêter. Cette peur du vide semblait au contraire attiser sa fureur : il la regardait avec des lueurs de meurtre dans l'œil.

La plate-forme donnait sur une porte de bois rectangulaire dans laquelle était pratiquée une petite ouverture circulaire de la taille d'une pièce. À l'évidence l'escalier avait été construit pour permettre à un observateur d'épier à travers l'ouverture ce qui se passait dans le grand salon. Kate poussa la porte, s'y appuya de tout son poids. Au lieu de s'ouvrir, le panneau de bois traversa la baie et s'écrasa avec fracas sur le sol du salon de réception. Kate faillit être entraînée dans sa chute.

Elle était dans le grand salon.

Très haut, dans le poutrage du plafond, dix mètres au-dessus des tables. Devant elle partait la maîtresse poutre, une énorme pièce de bois courant sur toute la longueur de la salle, soutenant un assemblage de poutres perpendiculaires, espacées d'un mètre cinquante, qui reliaient les deux murs latéraux.

Kate s'engagea sans hésiter sur la maîtresse poutre. La tête levée, tous les convives la montrèrent du doigt en retenant leur souffle.

— Par saint George ! s'écria Oliver. Un assistant du Maître ! Nous sommes trahis !

Il tapa sur la table, se dressa d'un bond, hors de lui.

— Chris, fit Kate. Trouve le Professeur.

Elle entendit des grésillements, puis une syllabe.

— ... cord.

— Tu as entendu ? Chris ?

Un bruit de friture.

Elle avança rapidement sur la poutre centrale. Malgré la hauteur de la charpente, elle se sentait à l'aise. La pièce de bois était large de trente centimètres ; pas de quoi s'affoler. Entendant des cris dans la salle, elle se retourna : Malegant arrivait à son tour sur la poutre centrale. Il paraissait effrayé, mais la présence de ce public lui donnait du courage... ou lui interdisait de montrer qu'il avait peur. Il posa d'abord un pied hésitant, puis commença à marcher rapidement en équilibre sur la poutre, l'épée pendant au bout de son bras. Il atteignit la première pièce verticale de la ferme, prit une profonde inspiration et fit le tour du poinçon en se retenant d'une main. Il continua d'avancer.

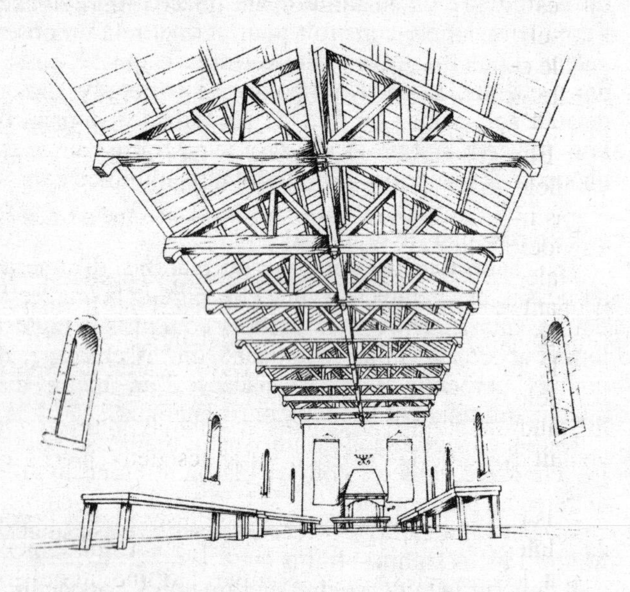

Kate comprit que la maîtresse poutre était trop large, qu'il était trop facile pour Malegant de garder l'équilibre. Elle passa sur une poutre transversale qui filait vers le mur. La pièce de bois ne faisait que quinze centimètres de large ; Malegant aurait du mal à la suivre. Elle fit le tour d'une poutre verticale, continua d'avancer.

C'est alors qu'elle se rendit compte de son erreur.

En règle générale, les plafonds médiévaux aux poutres apparentes avaient une particularité architecturale aux points de jonction avec les murs — une pièce de bois décorative, une poutre sur laquelle elle aurait pu poursuivre sa progression. Mais le plafond du grand salon reflétait le style français. La poutre horizontale sur laquelle elle se trouvait se prolongeait jusqu'au mur où elle s'insérait dans une entaille pratiquée dans la maçonnerie, à un peu plus d'un mètre au-dessous de la ligne du toit. Il lui revint en mémoire qu'elle avait vu ces entailles dans les ruines de la forteresse. Où avait-elle la tête ?

Elle était coincée.

Elle ne pouvait aller plus loin — il n'y avait que le mur — ni revenir sur ses pas ; Malegant était derrière elle. Elle ne pouvait pas non plus sauter sur la poutre parallèle, distante d'un mètre cinquante.

Pas impossible, mais c'était un grand saut au-dessus du vide.

Malegant se rapprochait ; il avançait prudemment, s'aidant de son épée pour garder l'équilibre. Il avait un sourire mauvais ; il savait qu'il la tenait à sa merci.

Elle n'avait plus le choix. Elle regarda la poutre parallèle. La difficulté était de prendre de la hauteur ; il lui faudrait bondir en s'élevant au maximum si elle voulait franchir la distance entre les deux pièces de bois.

Plus que quelques secondes et elle serait à la portée de Malegant. Elle s'accroupit, respira profondément, banda les muscles de ses jambes ; d'une impulsion puissante, elle se lança dans le vide.

Chris sortit par la trappe. Il vit à travers les flammes que tout le monde avait la tête levée vers le plafond. Il savait que Kate était là-haut, mais il ne pouvait rien faire pour elle. Il se dirigea vers la petite porte, essaya de l'ouvrir. Voyant qu'elle ne bougeait pas, il poussa de toutes ses forces ; elle s'entrouvrit de quelques centimètres. Il donna un grand coup d'épaule : la porte céda avec un craquement.

Il déboucha dans la cour intérieure de la forteresse. Des hommes d'armes couraient en tous sens. Le feu avait pris dans une des galeries de bois construites le long des remparts. Un projectile incendiaire flambait au beau milieu de la cour. Dans la confusion qui régnait personne ne faisait attention à lui.

— André ? Tu m'entends ?

Des grésillements. Pas de réponse.

— Oui, fit la voix d'André au bout de quelques secondes.

— Où es-tu ?

— Avec le Professeur.

— Où ?

— Dans l'armurerie.

— Où est l'armurerie ?

00:59:20

Il y avait deux douzaines d'animaux dans les cages du laboratoire, des chats pour la plupart, mais aussi quelques cobayes et des souris. Des odeurs de fourrure et d'excréments flottaient dans la salle.

— Les animaux déchirés sont isolés des autres, fit Gordon en avançant dans l'allée. C'est une nécessité.

Stern vit trois cages contre le mur du fond ; elles étaient munies d'épais barreaux. Gordon s'arrêta devant la première qui contenait une petite boule de fourrure. C'était un chat persan, à la robe d'un gris pâle ; il dormait.

— Je vous présente Wellsey.

Le chat semblait tout à fait normal ; sa respiration était lente, régulière. La moitié de sa tête dépassait de la fourrure ; il avait les pattes noires. Stern se pencha pour l'observer de plus près, mais Gordon l'arrêta d'un geste.

— Pas trop près.

Gordon prit un bâton, le fit glisser le long des barreaux de la cage.

Le chat ouvrit les yeux. Pas avec lenteur et indolence... il les ouvrit tout grands, instantanément sur le qui-vive. L'animal ne bougea pas, ne s'étira pas. Seuls les yeux remuaient.

Gordon recommença à faire glisser le bâton sur la cage. Le chat sauta en crachant sur les barreaux, la bouche ouverte, montrant les dents. Il se cogna la tête contre les barres de métal, recula, bondit derechef... Il continua de se jeter furieusement sur les barreaux en grondant et en crachant.

Stern le regardait, horrifié.

La tête de l'animal était affreusement déformée. Un des côtés semblait normal, mais l'autre était nettement décalé vers le bas ; l'œil, la narine, tout était plus bas. Au milieu de la tête, une ligne séparait les deux moitiés. Voilà pourquoi on dit qu'il est « déchiré », songea David.

C'était encore pire sur la partie postérieure de la tête. Observant le chat qui se jetait inlassablement sur les barreaux de sa cage, David n'y avait pas prêté attention. Il découvrit soudain derrière l'oreille un troisième œil, plus petit, partiellement formé. On distinguait au-dessous de cet œil une ébauche de nez, puis, sur le côté de la tête, la saillie d'une portion de mâchoire semblable à une tumeur. Quelques dents blanches disposées en arc sortaient de la fourrure, bien qu'il n'y eût pas de bouche.

Des erreurs de transcription. Stern comprenait maintenant ce que cela signifiait.

Le chat se cognait avec la même violence contre les barreaux ; les coups répétés commençaient à provoquer des saignements.

— Il continuera jusqu'à ce que nous soyons partis, fit Gordon.

— Alors, allons-y.

Ils s'éloignèrent en silence.

— Vous n'avez pas tout vu, reprit Gordon au bout d'un moment. Il y a aussi des transformations mentales ; ce sont les premiers signes apparus chez notre observateur.

— L'homme dont vous m'avez parlé, celui qui est resté là-bas ?

— Rob Deckard. Un de nos ex-marines. Bien avant de constater les changements physiques, nous avons remarqué des troubles de comportement. Nous n'avons pas réalisé tout de suite que des erreurs de transcription en étaient la cause.

— Quel genre de troubles mentaux ?

— Rob était au départ un garçon enjoué, un excellent athlète, très doué pour les langues. Quand il prenait une bière avec un étranger, il se mettait à parler la langue de l'autre dès la fin de son verre. Il avait retenu des phrases, des expressions ; il s'exprimait sans accent. Au bout de quelques semaines, on aurait cru que c'était sa langue maternelle. Ce don n'avait pas échappé au corps des marines ; on l'avait envoyé dans une école de langues. Mais, au fil du temps, les dommages se sont accumulés chez Rob et il a perdu son entrain. Il est devenu méchant. Très méchant.

— Poursuivez.

— Il a roué de coups un gardien qui prenait trop de temps pour vérifier son identité. Dans un bar d'Albuquerque, il a laissé pour mort un client avec qui il avait eu une altercation. Nous avons su ce jour-là que Deckard souffrait de lésions cérébrales permanentes et que son état ne pouvait qu'empirer.

En revenant dans la salle de contrôle, ils trouvèrent Diane penchée sur un moniteur, les yeux rivés sur l'écran, qui montrait les fluctuations de champ. Elles étaient plus fortes ; d'après les techniciens, il y avait au moins trois personnes, peut-être quatre ou cinq. L'expression de Diane laissait deviner à quel point elle était partagée ; elle aurait voulu les voir revenir.

— Je persiste à penser que l'ordinateur se trompe et que les réservoirs tiendront, fit Gordon. Nous pouvons commencer à les remplir pour voir s'ils résistent.

— Nous pouvons le faire, en effet. Mais même si nous réussissons à les remplir, rien ne nous garantit qu'ils n'éclateront pas plus tard, au beau milieu du transit. Le résultat serait catastrophique.

David Stern se tortilla sur sa chaise ; il se sentait mal à l'aise. Quelque chose le tracassait, revenait avec insistance. Quand l'avocate avait prononcé le mot

« éclater », des images d'automobiles avaient défilé dans son esprit, la même succession d'images. Des courses de voitures. D'énormes pneus de camion. Le bonhomme Michelin. Un gros clou sur la chaussée, un pneu qui roulait dessus.

Éclater.

Un écran qui éclatait, une crevaison... Quel lien y avait-il entre les deux ?

— Si nous voulons y arriver, reprit Diane, il faut absolument renforcer les écrans.

— Nous y avons déjà réfléchi, fit Gordon. Il n'existe aucun moyen de le faire.

David Stern étouffa un soupir.

— Combien de temps ?

— Cinquante et une minutes, répondit le technicien à son pupitre.

00:54:00

À son grand étonnement, Kate entendit des applaudissements s'élever des tables. Elle avait réussi : suspendue par les mains, elle se balançait sous la poutre. En bas on applaudissait, comme pour un numéro de cirque.

Elle opéra un rapide rétablissement, reprit appui sur la poutre. Malegant revenait déjà vers la poutre centrale ; il avait manifestement l'intention de lui couper la route.

Elle se mit à courir pour regagner le centre de la charpente. Plus agile, elle atteignit la maîtresse poutre bien avant Malegant. Cela lui laissa un peu de temps pour rassembler ses esprits, réfléchir à ce qu'elle allait faire.

Que pouvait-elle faire ?

Debout au milieu du poutrage, elle se tenait à une pièce de charpente verticale dont le diamètre faisait le double de celui d'un poteau télégraphique. Des contrefiches partaient obliquement des deux côtés pour rejoindre le toit. Ces poutres étaient si basses que, si Malegant décidait de passer, il lui faudrait se baisser pour franchir l'obstacle.

Kate s'accroupit pour voir comment on pouvait passer sous la poutre oblique. L'opération était délicate et prendrait un certain temps. Elle se redressa ; ce faisant, sa main effleura la poignée de sa dague. Elle avait oublié qu'elle avait une arme. Elle prit la dague, la pointa devant elle.

En la voyant, Malegant éclata d'un gros rire repris en chœur par les spectateurs. Le chevalier noir cria quelque chose ; les rires redoublèrent.

Malegant s'approcha ; elle recula. Elle lui laissait de l'espace pour faire le tour du poinçon. Elle essaya de prendre un air terrifié — ce ne fut pas difficile — et se recroquevilla en tenant sa dague d'une main tremblante.

Tout devait être parfaitement synchronisé.

Malegant s'arrêta de l'autre côté du poinçon pour l'observer. Il commença à se baisser pour contourner la poutre verticale, entourant d'un bras la pièce de charpente, l'épée plaquée contre le bois.

Kate se précipita vers Malegant, lui clouant la main sur le bois avec sa dague. Puis elle passa de l'autre côté de la poutre verticale et balança de grands coups de pied dans les jambes de l'homme pour le faire tomber. Il bascula dans le vide, resta suspendu par sa main clouée sur le bois. Il serra les dents, mais pas un son ne sortit de sa gorge. On était dur au mal à cette époque !

Sans lâcher son épée, il essaya de reprendre appui sur la maîtresse poutre ; Kate était déjà repassée de l'autre côté de la pièce de bois verticale. Leurs regards se croisèrent.

Il savait ce qu'elle allait faire.

— Allez rôtir en enfer ! gronda Malegant.

— Après vous.

Elle arracha la dague ; le chevalier noir tomba sans un cri. À mi-hauteur, il s'empala sur la pointe de fer de la hampe d'une bannière. Il y resta un moment accroché, puis le manche de bois se brisa et il s'écrasa sur une table, projetant de la vaisselle en tous sens. Les convives se jetèrent en arrière. Le corps de Malegant resta immobile au milieu des débris de vaisselle.

— Tuez-le ! hurla Oliver, le bras tendu vers Kate. Tuez-le !

Le cri fut repris par toute l'assistance ; des archers coururent chercher leur arme.

Oliver n'attendit pas leur retour. Écumant de rage, il sortit de la salle en compagnie de plusieurs hommes d'armes.

Les servantes, les petits enfants, tout le monde criait : « Tuez-le ! » Kate se mit à courir sur la maîtresse poutre, vers le mur opposé à la cheminée. Quelques flèches sifflèrent autour d'elle et se fichèrent dans la charpente. Elle vit une autre porte dans le mur, faisant pendant à la première. Sans ralentir, Kate l'ouvrit d'un coup d'épaule et se retrouva dans l'obscurité.

Elle se cogna la tête au plafond de l'enfoncement exigu. Elle était à l'extrémité nord du grand salon, ce qui signifiait que le mur n'était pas adossé à l'enceinte de la forteresse.

Elle leva les bras, poussa de toutes ses forces ; une portion de la couverture céda. Kate se glissa dans l'ouverture donnant directement sur le toit d'où il lui fut facile de gagner les remparts de l'enceinte intérieure.

De ce poste d'observation, elle vit que le siège de la place forte battait son plein. Des volées de flèches enflammées survolaient les murailles en décrivant une large courbe et retombaient dans la cour intérieure. Des archers ripostaient par l'embrasure des créneaux. Les canons des remparts étaient chargés de flèches de métal ; de Kere aboyait des ordres en marchant nerveusement. Il ne la vit pas.

Elle se détourna, mit son écouteur en marche.

— Chris ?

De Kere pivota sur lui-même, la main plaquée sur son oreille. Il regarda fébrilement dans toutes les directions, le long des remparts, aux quatre coins de la cour intérieure.

C'était de Kere.

Il tourna à ce moment-là la tête dans la direction de Kate. Il la reconnut immédiatement.

Elle prit ses jambes à son cou.

— Kate ? fit Chris. Je suis en bas, tu me vois ?

Une grêle de flèches enflammées s'abattit dans la cour. Les bras levés, il fit de grands signes à Kate ; il n'était pas sûr qu'elle puisse le voir dans l'obscurité.

Elle commença une phrase : « C'est... » Le reste se perdit dans les grésillements. Chris fit volte-face pour suivre du regard lord Oliver et quatre soldats qui traversaient la cour. Ils entrèrent dans un bâtiment trapu qui devait être l'armurerie.

Chris avait entrepris de les suivre quand une boule de feu tomba à ses pieds, roula sur un ou deux mètres et s'immobilisa. Il distingua à travers les flammes une tête humaine, les yeux ouverts, les lèvres retroussées. Une odeur de chair brûlée s'en dégageait. En passant, un soldat l'écarta d'un coup de pied, comme on tape dans un ballon.

Des flèches continuaient de pleuvoir dans la cour. Un projectile effleura son épaule, laissant sur sa manche une traînée de feu. Chris reconnut l'odeur de la poix, sentit la chaleur sur son bras et son visage. Il se roula par terre sans parvenir à éteindre le feu ; il semblait couver sans brûler. Chris se mit à genoux, prit sa dague pour ouvrir la manche de son pourpoint et se libéra du vêtement. Sur le dos de sa main, des gouttelettes de poix brûlaient encore. Il se frotta la main dans la poussière de la cour.

Il réussit enfin à éteindre les petites flammes.

— André ? fit-il en se relevant. J'arrive.

Pas de réponse.

Inquiet, Chris vit soudain lord Oliver sortir de l'armurerie et se diriger avec son escorte vers une petite porte dans le mur d'enceinte. Les soldats faisaient avancer Marek et le Professeur à la pointe de leur épée. L'inquiétude de Chris s'accrut ; il avait le sentiment qu'Oliver avait décidé de se débarrasser d'eux.

— Kate ?

— Oui, Chris.

— Je les vois.

— Où ?

— Ils vont vers la petite porte, au fond de la cour.

Il commença à les suivre, mais se dit qu'il lui fallait une arme. À quelques mètres de lui, une flèche enflammée frappa un soldat dans le dos ; l'homme tomba de tout son long, face contre terre. Chris se pencha sur le corps du soldat, prit son épée et se releva.

— *Chris.*

Une voix d'homme dans l'écouteur ; une voix inconnue. Chris regarda autour de lui, ne vit que des soldats courant en tous sens, des flèches criblant le sol de la cour en proie aux flammes.

— *Chris,* fit la voix douce. *Par ici.*

Il distingua à travers les flammes une silhouette sombre, immobile comme une statue, qui l'observait fixement au fond de la cour. La silhouette sombre ne s'occupait aucunement de la pluie de flèches ; elle gardait les yeux rivés sur Chris. C'était Robert de Kere.

— *Savez-vous ce que je veux, Chris ?*

Chris ne répondit pas. Il leva nerveusement l'épée qu'il tenait, comme pour la soupeser. De Kere ne le quittait pas des yeux.

— *Vous voulez vous battre contre moi, Chris ?* fit-il avec un petit rire.

Puis il se mit à avancer vers lui.

Chris prit une longue inspiration, ne sachant s'il devait l'attendre ou s'enfuir.

Soudain, la porte de l'arrière du grand salon s'ouvrit avec fracas et un chevalier en armure, son heaume à la main, s'élança dans la cour en rugissant : « Pour Dieu et l'Archiprêtre ! » Chris reconnut Raymond de Narbonne. Des dizaines d'hommes d'armes en vert et noir déferlèrent à sa suite et engagèrent le combat avec les troupes d'Oliver.

De Kere s'immobilisa, hésitant sur ce qu'il convenait de faire. Soudain, un homme saisit Chris à la gorge, brandissant son épée de l'autre main : c'était Arnaud de Cervole.

— Oliver ! gronda l'Archiprêtre en attirant Chris vers lui. Où est Oliver ?

Chris indiqua d'une main tremblante la porte dans le mur d'enceinte.

— Montrez-moi !

Ils traversèrent la cour jusqu'à la porte. L'escalier en spirale, dans sa partie inférieure, débouchait sur une enfilade de salles souterraines. La première, vaste et sinistre, avait un haut plafond voûté.

Arnaud ouvrait la marche à grands pas, la respiration haletante, cramoisi de rage ; Chris s'efforçait de ne pas se laisser distancer. Ils traversèrent une deuxième salle, aussi vide que la première. Des voix leur parvinrent de la suivante ; Chris crut reconnaître celle du Professeur.

00:36:02

Sur les écrans de la salle de contrôle, des pics commençaient à se former sur les ondulations de champ. En se mordant les lèvres, Diane Kramer les regardait prendre de l'amplitude ; elle tapotait sur la table avec le bout des doigts.

— Allons-y, déclara-t-elle enfin. Nous pouvons au moins remplir les écrans pour voir comment ils réagissent.

— Très bien, fit Gordon, visiblement soulagé.

Il prit la radio, se mit à donner des instructions aux techniciens rassemblés dans la salle de transit.

Stern considéra attentivement sur les moniteurs les lourdes lances transportées sur le premier réservoir vide. Des ouvriers montèrent sur des échelles pour régler l'ajustage des tuyaux.

— Je crois que c'est la meilleure solution, fit Gordon. Nous aurons au moins...

— Non ! s'écria Stern en se dressant d'un bond. Ne le faites pas !

— De quoi parlez-vous ?

— Ne remplissez pas les réservoirs.

— Pourquoi ? demanda Diane en ouvrant de grands yeux.

— Ne les remplissez pas !

Sa voix retentissait dans la petite pièce. Il vit sur les

écrans des techniciens approcher les lances à incendie de l'orifice du réservoir.

— Dites-leur d'arrêter ! Pas d'eau dans le réservoir ! Pas une goutte !

Gordon donna un ordre à la radio. Surpris, les techniciens levèrent la tête ; ils interrompirent leur travail, firent redescendre les lances d'incendie.

— David, fit doucement Gordon, je pense que nous devons...

— Non, coupa Stern. Il ne faut pas remplir les réservoirs.

— Pourquoi ?

— Cela empêchera la colle de prendre.

— La colle ?

— Oui, fit David. Je sais comment renforcer les écrans.

— Vraiment ? lança Diane. Comment allez-vous faire ?

— Combien de temps ? demanda Gordon en se tournant vers les techniciens.

— Trente-cinq minutes.

— Vous voyez, David, il ne reste que trente-cinq minutes. Nous n'avons plus le temps de tenter quoi que ce soit.

— Si, répliqua Stern. Nous avons encore le temps. Mais il va falloir faire vite.

00:33:09

Dans la cour intérieure de la forteresse, Kate se dirigea vers l'endroit où elle venait de voir Chris. Il avait disparu.

— Chris ?

Pas de réponse.

Et il avait la céramique.

Le sol était jonché de corps en train de se consumer ; elle courut de l'un à l'autre pour voir si Chris était au nombre des victimes.

Elle reconnut de loin Raymond de Narbonne qui la salua d'un signe de tête et d'un petit geste de la main... puis il sursauta. Elle crut d'abord à une illusion d'optique provoquée par les flammes, mais, quand il se tourna, elle vit le sang couler sur le côté de son armure. Un homme se tenait derrière lui, qui le lardait de coups d'épée, le frappait furieusement au bras, à l'épaule, au torse et à la jambe. Les coups n'étaient pas assenés avec assez de force pour le tuer, mais chacun ouvrait une nouvelle blessure. Couvert de sang, Narbonne recula en titubant. L'autre avança sur lui sans cesser de frapper. Narbonne se laissa tomber à genoux, puis bascula en arrière. Son assaillant s'acharnait maintenant sur le visage, portant des coups en diagonale, projetant en l'air des lambeaux de chair. Sa tête était cachée par les flammes, mais Kate l'entendait proférer : « Salaud ! Salaud ! » à chacun de ses coups. Elle se rendit compte que l'homme parlait anglais et comprit aussitôt qui il était.

Robert de Kere.

Arnaud de Cervole s'enfonçait dans les souterrains du château, Chris sur ses talons. Quand ils entendirent des voix se répercuter sur les murs. Arnaud ralentit l'allure, se rapprocha de la paroi de pierre. La salle suivante était en partie occupée par une grande fosse au-dessus de laquelle une lourde cage de fer était suspendue par une chaîne. Le visage impassible, le Professeur se tenait à l'intérieur de la cage qui descendait lentement. Deux soldats tournaient la manivelle d'un treuil. Les mains liées, surveillé par deux autres soldats, Marek était adossé au mur du fond.

Au bord de la fosse, lord Oliver regardait la cage descendre, un sourire aux lèvres. Il but une grande rasade dans un gobelet en or, s'essuya les lèvres.

— Je vous ai fait une promesse, maître Edwardus. Je la tiendrai. Lentement, plus lentement, ordonna-t-il aux soldats qui actionnaient le treuil.

Incapable de détacher son regard d'Oliver, l'Archiprêtre grondait comme un chien furieux. Il tira son épée.

— Je prends Oliver, murmura-t-il à Chris. Je vous laisse les autres.

Les autres ? Il y avait quatre hommes d'armes !

Chris n'eut pas le temps de protester. Arnaud poussa un rugissement et s'élança en hurlant.

— Oliverrrrr !

Lord Oliver se retourna sans lâcher son gobelet.

— Ah ! Le porc est dans nos murs ! lâcha-t-il avec une moue de dédain.

Il lança le gobelet par-dessus son épaule et dégaina son épée. Le combat s'engagea aussitôt.

Chris s'élança à son tour vers les soldats en charge du treuil, sans savoir ce qu'il allait faire. Les deux autres restaient près de Marek, l'épée à la main. Oliver et Arnaud s'affrontaient avec férocité ; les épées s'entrechoquaient, les injures volaient.

Tout se passa ensuite très vite. Marek fit un croche-pied au soldat le plus proche de lui et le frappa avec un poignard de si petite taille que Chris ne voyait pas l'arme dans sa main. Quand l'autre se tourna pour lui faire face, Marek le poussa si violemment du pied que l'homme recula en titubant et heurta le treuil, faisant lâcher la manivelle aux deux autres.

Le mécanisme du treuil commença à s'emballer. Le cliquetis redoubla d'intensité, la cage du Professeur descendit au-dessous du niveau du sol et disparut dans la fosse. Chris était arrivé à la hauteur du premier soldat. L'homme dont il n'apercevait que le dos pivota sur lui-même ; Chris frappa de toutes ses forces, le blessant sérieusement. Il porta un deuxième coup ; le soldat s'effondra.

Plus que deux. Marek, les poignets toujours attachés, reculait devant le premier en évitant adroitement la lame qui sifflait autour de sa tête. L'autre se tenait près du treuil, l'épée à la main, prêt à combattre. Chris attaqua ; le soldat para aisément le coup. Marek qui avait décrit un cercle en reculant heurta l'homme dans le dos. Le soldat tourna fugitivement la tête.

— Vas-y ! s'écria Marek.

Chris frappa de la pointe de l'épée ; l'homme s'affaissa lentement.

Le treuil continuait son mouvement rotatif. Chris saisit la manivelle ; il s'écarta d'un bond quand l'épée du dernier soldat s'abattit violemment sur le treuil. La cage descendit un peu plus. Tandis que Chris reculait, Marek lui tendit ses poignets attachés. Mais Chris n'était pas sûr de réussir à trancher les liens avec la lourde et longue épée.

— Vas-y ! hurla Marek.

Chris donna un coup du tranchant de l'épée ; la corde fut coupée net. Mais le dernier soldat se rua sur lui avec l'énergie du désespoir, le blessant au bras. Chris sentit qu'il était en danger de mort. Son assaillant baissa soudain la tête avec un regard horrifié. Il vit la pointe couverte de sang d'une épée dépassant de son abdomen. Le soldat tomba en pliant sur les jambes ; Marek retira la lame du corps inerte.

Chris repartit en courant vers le treuil ; il saisit la manivelle, parvint à l'arrêter. Il vit en se penchant sur la fosse que la cage était déjà profondément enfoncée dans l'eau aux reflets huileux ; la tête du Professeur dépassait à peine de la surface. Un tour de manivelle de plus et il était noyé.

Marek vint lui prêter main-forte pour remonter la cage.

— Combien de temps ? demanda Chris.

— Vingt-six minutes, répondit Marek en regardant le minuteur.

Pendant ce temps, Arnaud et Oliver continuaient d'en découdre au fond de la salle. Chris entendait les chocs répétés des épées qui faisaient jaillir des étincelles.

La cage s'éleva, dégouttant d'eau sale.

— Je savais que tu arriverais à temps, fit Johnston en souriant à Chris.

Les barreaux noirs glissaient dans les mains de Chris tandis qu'il poussait la cage pour l'éloigner de la fosse. Des dépôts visqueux et de l'eau croupie coulaient sur la terre, formant de petites flaques. Chris reprit la manivelle pour faire redescendre la cage sur le sol. Le Professeur était trempé, mais il semblait soulagé d'avoir retrouvé la terre ferme. Chris alla ouvrir la cage, mais il vit qu'elle était fermée avec un cadenas de fer gros comme le poing.

— Où est la clé ? fit Chris en se tournant vers Marek.

— Je ne sais pas. J'étais par terre quand on l'a enfermé dans la cage ; je n'ai pas vu ce qui se passait.

— Professeur ?

— Je ne saurais le dire. Je regardais *là-bas*.

De la tête, il indiqua la fosse.

Marek frappa le cadenas du tranchant de son épée.

Des étincelles fusèrent, mais le cadenas était solide ; la lame ne fit qu'égratigner le métal.

— Ça ne marchera pas, déclara Chris. Il nous faut cette fichue clé, André.

Marek scruta le sol autour de lui.

— Combien de temps ?

— Vingt-cinq minutes.

Chris se dirigea en secouant la tête vers le corps le plus proche et entreprit de fouiller le soldat.

00:21:52

De la salle de contrôle, Stern regarda les techniciens plonger la pâle membrane de caoutchouc dans un seau d'adhésif et la placer aussitôt dans l'orifice de l'écran de verre. Ils fixèrent ensuite un tuyau d'air comprimé ; le caoutchouc commença à se dilater. Il fut momentanément possible de voir qu'il s'agissait d'un ballon, mais le caoutchouc continua de s'étirer. De plus en plus fin, il devint translucide, épousant la courbe de l'écran de verre jusqu'à ce qu'il adhère à chaque centimètre carré du réservoir. Les techniciens refermèrent l'orifice, déclenchèrent un chronomètre et attendirent que l'adhésif durcisse.

— Combien de temps ? demanda Stern.

— Vingt et une minutes, répondit Gordon. Simple mais efficace, ajouta-t-il en montrant les ballons.

— J'avais cette image devant les yeux depuis une heure.

— Quelle image ?

— Une crevaison. Comme un pneu de voiture qui éclate. Je continuais d'y penser et cela me paraissait curieux : l'éclatement d'un pneu est devenu rare sur les modèles récents. Les nouveaux pneus sont tapissés d'une membrane obturatrice. Je me demandais pourquoi cette image me revenait sans cesse à l'esprit. J'ai fini par comprendre que nous tenions la solution : utiliser une membrane pour renforcer les écrans.

— Elle ne s'obturera pas automatiquement, glissa Diane.

— Non, fit Gordon, mais elle ajoutera une épaisseur au verre et permettra de répartir la pression.

— Exact, approuva Stern.

Les techniciens avaient inséré un ballon dans chaque réservoir et bouché les orifices. L'adhésif durcissait rapidement.

— Encore trois minutes, fit Gordon en regardant sa montre.

— Combien de temps pour remplir un réservoir ?

— Six minutes, mais nous pouvons en faire deux à la fois.

— Dix-huit minutes en tout, soupira Diane. Ce sera juste.

— Ça ira, affirma Gordon. Nous pouvons toujours augmenter le débit des pompes.

— Et la pression sur le verre.

— Oui, néanmoins nous pouvons le faire, si nécessaire.

Diane jeta un coup d'œil sur son écran. Il montrait toujours les ondulations, cependant les pics étaient plus visibles.

— Pourquoi les sauts de champ ont-ils changé d'aspect ?

— Rien n'a changé, répondit Gordon sans se retourner.

— Si. L'amplitude des pics diminue.

— Elle diminue ?

Gordon s'approcha pour regarder, l'air perplexe. Il vit quatre pics, puis trois, puis deux. De nouveau quatre, fugitivement.

— N'oubliez pas que ce que nous voyons est en réalité une fonction de probabilité. Les amplitudes de champ reflètent la probabilité que l'événement se produira.

— Autrement dit ?

— Il a dû se passer quelque chose là-bas, répondit Gordon sans quitter l'écran des yeux. J'ignore de quoi il s'agit, mais la probabilité de leur retour n'est plus la même.

00:15:02

Chris transpirait à grosses gouttes. Il retourna le corps en ahanant et poursuivit sa fouille. Il avait passé plusieurs minutes à explorer fébrilement les vêtements des deux premiers soldats pour trouver la clé. Sous la longue tunique bordeaux et gris, les hommes d'armes portaient un surcot rembourré ; cela faisait beaucoup d'étoffe. Il n'était pourtant pas facile de cacher la clé du cadenas. Elle devait être en fer et mesurer une quinzaine de centimètres de long.

Mais il ne la trouvait pas. Ni sur le premier soldat ni sur le deuxième. Il se releva en pestant.

À l'autre bout de la salle, Arnaud et Oliver étaient encore en train d'en découdre ; les épées s'entrechoquaient en cadence, inlassablement, semblait-il. Marek longeait les murs, une torche à la main, explorant les moindres recoins. Il ne paraissait pas avoir plus de succès que Chris.

Chris avait l'impression d'entendre les minutes s'égrener dans sa tête. Il parcourut la vaste salle du regard en se demandant où on pouvait y cacher une clé. N'importe où, malheureusement : accrochée à un mur, glissée sous la base d'une torchère. Il repartit vers le treuil, chercha autour de l'appareil... et il la vit ! Une grosse clé en fer, à même le sol.

— Je l'ai !

Marek se retourna et regarda son bracelet tandis que

Chris s'élançait vers la cage. La clé entra dans la serrure du cadenas mais refusa de remplir son office. Il crut d'abord que le mécanisme était grippé, mais, au bout de trente interminables secondes d'efforts, il dut se rendre à l'évidence : ce n'était pas la bonne clé. Partagé entre la colère et le découragement, il la jeta par terre et s'adressa au Professeur.

— Je suis désolé, murmura-t-il. Profondément désolé.

— J'ai réfléchi à ce qui s'est passé, Chris, fit Johnston sans se départir de son calme habituel.

— Et alors ?

— Je crois que c'est Oliver qui l'a. Il m'a enfermé lui-même ; je pense qu'il a gardé la clé.

Oliver continuait à repousser les assauts de son adversaire, mais il paraissait en mauvaise posture. Non seulement Arnaud maniait l'épée avec plus d'habileté, mais Oliver avait bu et le souffle lui manquait. Un mauvais sourire sur les lèvres, l'Archiprêtre poussait inexorablement son adversaire vers le bord de la fosse. Pantelant, couvert de sueur, Oliver s'adossa au garde-fou, trop épuisé pour poursuivre le combat.

Arnaud appuya délicatement la pointe de son épée sur la gorge offerte.

— Grâce ! haleta Oliver. Je demande grâce !

Il était évident qu'il n'espérait pourtant pas avoir la vie sauve. Arnaud de Cervole enfonça légèrement la pointe de son arme, faisant tousser Oliver.

— Monseigneur Arnaud, fit Marek en s'avançant. Il nous faut la clé de la cage.

— Hein ? Quelle clé ? Quelle cage ?

— Je sais où elle se trouve, articula Oliver avec un mince sourire.

Arnaud donna un petit coup de la pointe de son arme.

— Dites-le.

— Jamais.

— Si vous le dites, poursuivit l'Archiprêtre, je vous laisse la vie sauve.

— Vraiment ? fit Oliver en lui lançant un regard vif.

— Je ne suis point un Anglais hypocrite et perfide. Donnez-nous la clé et vous avez ma parole de gentilhomme de France que je ne vous tuerai pas.

La poitrine haletante, Oliver plongea les yeux dans ceux de son ennemi.

— Très bien, fit-il au bout de plusieurs secondes.

Il lâcha son épée, fouilla sous sa robe. Quand sa main ressortit, elle tenait une lourde clé de fer. Marek s'en saisit prestement.

— J'ai rempli mon contrat, fit Oliver en regardant Arnaud. Êtes-vous homme de parole ?

— Assurément, répondit l'Archiprêtre. Je ne vous tuerai pas...

Il fit un pas en avant, referma vivement les mains sur les genoux d'Oliver.

— ... mais je vous offre un bain prolongé, acheva-t-il en le faisant basculer par-dessus le garde-fou.

Oliver tomba avec un grand plouf dans l'eau noire de la fosse ; il remonta à la surface en crachant. Marmonnant des insultes, il nagea jusqu'au bord de la fosse, leva les bras pour prendre un point d'appui sur les pierres couvertes d'un dépôt visqueux. Les mains d'Oliver glissaient ; il ne trouvait pas de prise. Il se mit à taper rageusement sur la surface de l'eau et leva la tête vers Arnaud en jurant.

— Savez-vous bien nager ? demanda l'Archiprêtre.

— Très bien, fils de pourceau français !

— Tant mieux. Je vous laisse profiter de votre bain.

Sur ce, il s'écarta de la fosse.

— Je suis votre obligé, dit-il à Chris et à Marek en inclinant légèrement la tête. Que Dieu vous ait en sa sainte garde.

Arnaud de Cervole s'éloigna au pas de course pour aller rejoindre ses hommes. Ils entendirent le bruit de ses pas décroître dans les salles vides. Marek fit jouer la clé dans la serrure du cadenas ; la porte de la cage s'ouvrit en grinçant. Le Professeur sortit.

— Combien de temps ? demanda-t-il.

— Onze minutes, répondit Marek.

Ils s'élancèrent vers la sortie. Marek clopinait mais il parvenait à les suivre. Ils entendirent Oliver se débattre dans l'eau de la fosse.

— Arnaud ! rugit-il d'une voix qui se répercuta sur les parois de pierre. *Arnaud !*

00:09:04

Les grands écrans placés au fond de la salle de contrôle montraient les techniciens en train d'effectuer le remplissage des écrans d'eau ; ils semblaient bien résister. Mais dans la petite pièce tous les regards étaient tournés vers le moniteur de la console, tout le monde suivait les ondulations du champ miroitant. Les pics qui ne cessaient de décroître depuis dix minutes avaient presque disparu.

Ils ne voyaient plus de loin en loin que de légères rides à la surface, mais leur regard ne quittait pas l'écran.

À un moment, les petites ondulations semblèrent plus marquées, plus nettes.

— Il se passe quelque chose ? demanda Diane Kramer d'un ton plein d'espoir.

— Je ne pense pas, répondit Gordon. Je crois que ce sont des fluctuations aléatoires.

— J'ai eu l'impression qu'elles devenaient plus fortes, insista Diane.

David Stern voyait qu'il n'en était rien ; Gordon avait raison. Les ondulations demeuraient intermittentes, instables.

— Quel que soit le problème, fit pensivement Gordon, il n'est pas résolu.

00:05:30

À travers le rideau de flammes qui s'élevait dans la cour intérieure de la forteresse, Kate vit le Professeur et ses compagnons sortir par une petite porte. Elle s'élança vers eux ; tout le monde semblait indemne. Sans ralentir le pas, le Professeur la salua d'un petit signe de tête.

— Tu as la céramique, dit-elle à Chris.

— Oui.

Il sortit la balise de sa poche, la retourna pour appuyer sur le bouton.

— Il n'y a pas assez d'espace...

— Mais si, fit Chris.

— N'oublie pas qu'il faut deux mètres de chaque côté.

Ils étaient encerclés par les flammes.

— Nous ne trouverons jamais deux mètres de libres dans cette cour, déclara Marek.

— Exact, fit le Professeur. Nous devons essayer l'autre.

Le corps de garde placé entre les deux cours était à une quarantaine de mètres. La herse était levée ; le bâtiment ne semblait même pas défendu. Tous les hommes d'armes avaient dû abandonner leur poste pour repousser les assiégeants.

— Combien de temps ?

— Cinq minutes.

— En route, fit Johnston.

Ils s'élancèrent au pas de course dans la cour en proie aux flammes, contournant les brasiers, évitant les combattants. Le Professeur et Kate ouvraient la marche, Marek suivait en grimaçant de douleur, accompagné par Chris qui ne voulait pas le laisser seul.

Kate atteignit l'entrée du corps de garde : aucun soldat en vue. Elle franchit la porte, se glissa sous les pointes menaçantes de la herse, déboucha dans l'autre cour.

— Oh ! non ! s'écria-t-elle.

Les troupes d'Oliver étaient rassemblées dans la cour de l'enceinte extérieure. Des chevaliers et des pages — par centaines, semblait-il — s'activaient dans toutes les directions, criant des ordres aux hommes postés sur les remparts, transportant des armes et des provisions.

— Pas assez de place ici non plus, déclara le Professeur. Il faut passer l'autre porte, sortir du château.

— Sortir ? fit Kate. Jamais nous ne réussirons à traverser cette cour.

Marek les rattrapa. Il traînait la jambe et respirait avec difficulté. Un coup d'œil lui suffit.

— Le hourd, dit-il.

Une galerie couverte courait le long des remparts de l'enceinte extérieure. Cette plate-forme abritée permettait aux soldats de lancer des projectiles sur les assaillants. Peut-être parviendraient-ils en suivant le hourd à atteindre l'autre côté de la cour et la porte de l'enceinte extérieure.

— Où est passé Chris ? demanda Marek.

Ils se retournèrent pour regarder dans la cour intérieure éclairée par les flammes.

Chris avait disparu.

Il suivait Marek en se demandant s'il ne ferait pas mieux de le porter et s'il serait capable de le faire quand on le poussa sur le côté avant de le plaquer brutalement contre un mur.

Il entendit une voix derrière lui dire dans un anglais sans accent : « Pas toi, mon gars. Tu restes ici. » Et il sentit la pointe d'une épée dans son dos.

Chris se retourna ; l'homme qui tenait l'épée était Robert de Kere. Le chevalier balafré le prit au collet et le poussa sans ménagement contre un autre mur. Chris vit avec inquiétude qu'ils se trouvaient tout près de l'armurerie ; avec les flammes qui s'élevaient alentour, ce n'était pas le meilleur endroit.

De Kere ne semblait pas s'en soucier.

— En fait, reprit-il, vous allez tous rester ici.

— Pourquoi ? demanda Chris sans quitter l'épée des yeux.

— Parce que c'est toi qui as la balise, mon gars.

— Ce n'est pas vrai.

— N'oublie pas que j'écoute vos transmissions. Allez, donne-la-moi.

Serrant le cou de Chris, de Kere le poussa à travers la porte de l'armurerie. La salle était vide ; les soldats avaient décampé. Autour d'eux s'élevaient des piles de sacs remplis de poudre. Les mortiers où les hommes d'armes avaient broyé la poudre sous la conduite de Johnston étaient éparpillés au centre de la salle.

— Votre foutu professeur, grommela de Kere. Ça croit tout savoir... Alors, cette balise !

Chris fouilla sous son pourpoint, referma la main sur la bourse de cuir.

— Alors ? lança de Kere en claquant impatiemment des doigts. Tu te dépêches ?

— Une seconde.

— Vous êtes tous pareils, reprit de Kere. Tous comme Doniger. Sais-tu ce qu'il a dit, Doniger ? « Ne t'inquiète pas, Rob, nous sommes en train de mettre au point une nouvelle technologie pour te remettre en état. » Toujours une nouvelle technologie ! Mais il n'a rien mis au point du tout, il n'a jamais eu l'intention de le faire ! Il m'a menti comme il ment à tout le monde. Mon visage...

Il porta la main à la cicatrice qui lui barrait la figure.

— La douleur ne me quitte jamais. C'est dans les os et ça fait mal. Le ventre aussi ; c'est terrible.

De Kere tendit de nouveau la main, la paume vers le ciel.

— Dépêche-toi, fit-il avec irritation. Si tu continues à me faire attendre, je te tue sur-le-champ.

Les doigts de Chris se refermèrent sur la bombe. À quelle distance le gaz serait-il efficace ? Certainement pas à la distance d'une épée prolongeant un bras tendu, mais il n'avait pas le choix.

Il actionna le vaporisateur. De Kere toussa, plus irrité que surpris, et fit un pas en avant.

— Petit salaud... Tu es content de toi ? Tu es un rusé, hein ?

À petits coups de la pointe de son épée, il obligea Chris à reculer.

— Pour ce que tu as fait, je vais t'ouvrir le ventre et tu verras tes intestins se répandre sur le sol.

Il leva son épée, mais Chris esquiva aisément le coup ; le gaz devait agir. Il vaporisa un nouveau jet vers le visage du chevalier balafré, se baissa pour éviter la lame qui s'abattit sur le sol, renversant un mortier.

De Kere titubait, mais il restait debout. Chris actionna une troisième fois le vaporisateur. De Kere porta une nouvelle attaque ; Chris esquiva, mais la lame le toucha au bras, au-dessus du coude droit. Un filet de sang commença à couler, dégouttant sur le sol ; il lâcha la bombe de gaz.

— Ces ruses ne marchent pas ici, ricana de Kere. Ici, on ne joue pas. Tu vois, c'est une vraie lame ; maintenant, regarde bien.

Il se prépara à porter le coup fatal. Il n'était pas encore très stable sur ses jambes, mais les forces lui revenaient rapidement. Chris se baissa pour éviter la lame qui siffla au-dessus de sa tête et creva plusieurs sacs de poudre. Un nuage de particules grises s'éleva. Chris recula ; son talon buta contre un mortier. Il tenta de l'écarter du pied, mais ne parvint pas à le déplacer.

Ce n'était pas un des mortiers de poudre : il contenait une pâte épaisse. Une odeur âcre s'en dégageait. Chris la reconnut aussitôt : l'odeur de la chaux vive.

Ce récipient contenait le feu automatique.

Chris se baissa vivement, souleva le mortier à deux mains.

De Kere s'immobilisa.

Il avait compris.

Chris mit à profit cet instant d'hésitation. Il lança le mortier à la hauteur du visage du chevalier ; le récipient retomba sur sa poitrine, projetant des éclaboussures brunâtres sur son visage et le haut de son corps.

De Kere poussa un cri de fureur.

Chris avait besoin d'eau. Où pouvait-il en trouver ? Il jeta un coup d'œil désespéré autour de lui, mais il connaissait déjà la réponse : il n'y avait pas d'eau dans l'armurerie. De Kere l'accula dans un angle de la salle.

— Pas d'eau ? fit-il en souriant. Dommage, petit rusé.

Tenant son épée à l'horizontale, il fit un pas en avant. Chris éprouva dans son dos le froid de la pierre ; il sut que tout était fini. Il se prit à espérer que les autres s'en sortent.

Il vit de Kere s'avancer lentement, avec assurance. Il sentit son haleine ; il était assez près pour que Chris lui crache au visage.

Cracher sur lui.

À l'instant où l'image lui traversa l'esprit, Chris cracha... pas sur le visage, mais sur la poitrine. De Kere poussa un grognement de dégoût : le pauvre gosse ne savait même pas cracher. Partout où la salive la touchait, la pâte se mit à fumer en chuintant.

De Kere baissa la tête, le regard horrifié.

Chris cracha de nouveau. Puis une troisième fois.

Les chuintements s'amplifièrent ; les premières étincelles apparurent. Tout allait prendre feu d'un instant à l'autre. De Kere essaya frénétiquement d'enlever la pâte avec ses doigts ; il ne fit que l'étaler. Sous l'effet de la moiteur de la peau, elle se mit à grésiller au bout de ses doigts.

— Maintenant, regarde bien, fit Chris.

Il s'élança vers la porte. Il perçut un souffle dans son dos au moment où la pâte s'enflammait. En observant par-dessus son épaule, il vit que le haut du corps du chevalier balafré était en flammes. Immobile, de Kere le suivait du regard.

Chris accéléra l'allure. Il se mit à courir de toutes ses forces pour s'éloigner aussi vite que possible de l'armurerie.

Les autres le virent arriver ventre à terre ; il agitait les mains. Ils ne comprenaient pas pourquoi. Ils restèrent au centre de la porte voûtée, attendant qu'il les rattrape.

— Avancez, avancez ! hurla Chris en leur faisant signe de s'éloigner.

Marek vit les premières flammes jaillir des fenêtres de l'armurerie.

— Vite ! s'écria-t-il.

Il poussa ses compagnons vers le fond du passage voûté donnant dans l'autre cour.

Chris franchit la porte en courant à toutes jambes. Marek le prit par le bras pour l'attirer à l'abri du mur juste au moment où l'armurerie explosait. Une énorme boule de feu s'éleva au-dessus des murailles, baignant toute la cour d'une lumière éblouissante. Soldats, tentes, chevaux, tout fut projeté au sol par l'onde de choc. Dans la fumée régnait une confusion indescriptible.

— Tant pis pour le hourd, fit Johnston. Allons-y.

Ils commencèrent à traverser la cour au pas de course ; devant eux se dressait le dernier corps de garde.

00:02:22

Des cris et des acclamations retentirent dans la salle de contrôle. Diane Kramer sautait sur place ; Gordon tapait dans le dos de Stern. Le moniteur montrait de nouveau des fluctuations de champ. Intenses et puissantes.

— Ils reviennent ! s'écria Diane.

Stern se tourna vers les moniteurs vidéo reproduisant l'image des écrans de protection dans la salle de transit. Ceux qui étaient déjà remplis avaient résisté ; le niveau d'eau des autres, en cours de remplissage, était proche du maximum.

— Combien de temps ? demanda Stern.

— Deux minutes vingt.

— Et pour terminer le remplissage ?

— Deux minutes dix.

— Vous croyez que nous réussirons ? poursuivit Stern en se mordant la lèvre.

— Et comment ! répondit Gordon.

Stern se tourna de nouveau vers le moniteur. Les fluctuations de champ étaient de plus en plus marquées, leurs contours miroitaient. Le pic devenu stable dépassait nettement de la surface, prenait sa forme définitive.

— Combien sont-ils ? demanda David.

Il connaissait déjà la réponse : le pic était en train de se diviser pour former trois bosses distinctes.

— Trois, répondit le pupitreur. Il semble qu'ils soient trois.

00:01:44

La porte du mur d'enceinte extérieur était fermée, la lourde grille de la herse baissée, le pont-levis en l'air. Les corps de cinq soldats gisaient devant la porte. Marek commença à relever la herse, pour leur permettre de passer sous la grille. Mais le pont mobile restait levé.

— Comment faire pour l'ouvrir ? demanda Chris.

Marek examina les lourdes chaînes qui montaient à l'intérieur du corps de garde.

— Là-haut, fit-il en levant le bras.

Il y avait à l'étage un treuil commandant les manœuvres du pont-levis.

— Restez là, reprit Marek. Je m'en charge.

— Reviens tout de suite, fit Kate.

— Ne t'inquiète pas.

Il gravit péniblement un escalier étroit donnant sur une pièce exiguë aux murs de pierre nue. Un homme âgé, aux cheveux de neige, tenait d'une main tremblante une barre de fer glissée dans les maillons de la chaîne. Cette barre de fer maintenait le pont mobile levé. Marek écarta le vieillard d'une bourrade et retira la barre de fer. La chaîne défila en grinçant ; le pont-levis s'abaissa peu à peu. En jetant un coup d'œil au minuteur, Marek constata avec étonnement qu'il indiquait 00:01:19.

— André ? fit la voix de Chris dans son écouteur. Redescends.

— J'arrive.

Il entendit soudain un bruit de pas précipités. Les hommes d'armes postés sur le toit du corps de garde venaient voir pourquoi le pont-levis s'abaissait. S'il partait maintenant, les soldats empêcheraient immédiatement le pont mobile de descendre plus bas.

Il allait devoir rester.

Chris suivait des yeux le mouvement du pont mobile. Les chaînes grinçaient dans son dos. Il distingua un coin de ciel piqueté d'étoiles.

— André, tu viens ?

— Il y a des soldats.

— Et alors ?

— Il faut que je les empêche de toucher à la chaîne.

— Ce qui veut dire ?

Marek ne répondit pas. Chris entendit un grognement, suivi d'un cri de douleur. Marek se battait là-haut. Le pont-levis continuait de s'abaisser. Chris regarda le Professeur ; le visage de Johnston ne trahissait aucune émotion.

Au pied de l'escalier qui menait au toit, Marek brandit son arme. Il embrocha le premier soldat qui se présenta, tua le deuxième d'un seul coup d'épée et repoussa les deux corps du pied ; il voulait avoir de l'espace. Les hommes d'armes encore dans l'escalier s'arrêtèrent, désorientés. Marek surprit des murmures de colère et de consternation.

La chaîne continuait de cliqueter, le pont-levis de s'abaisser.

— Viens vite, André !

Le minuteur de Marek indiquait : 00:01:04. Un peu plus d'une minute. Il vit par la fenêtre que ses compagnons n'avaient pas attendu que le pont-levis soit entièrement abaissé. Ils s'élancèrent vers l'extrémité libre du pont, sautèrent dans l'herbe, derrière les douves. Il discernait à peine leurs silhouettes dans l'obscurité.

— André, fit encore la voix de Chris. André !

Un autre soldat descendit l'escalier, l'épée de Marek décrivit un grand cercle et souleva une gerbe d'étincelles en heurtant le métal du treuil. L'homme remonta précipitamment en criant aux autres de reculer.

— Dépêche-toi, André. Tu as encore le temps.

Chris avait raison : il pouvait encore réussir. Les soldats n'auraient pas le temps de relever le pont avant qu'il soit passé de l'autre côté, avec les autres. Ses compagnons l'attendaient. Ses amis. Ils l'attendaient pour repartir avec lui.

Au moment où il s'apprêtait à descendre l'escalier, son regard se posa sur le vieillard recroquevillé dans un coin. Marek se demanda ce que cela pouvait être de passer toute sa vie dans ce monde. D'y vivre et d'y aimer, constamment sous la menace des épidémies, des famines, des guerres et des massacres.

— Tu viens, André ?

— Plus le temps, répondit Marek.

— André !

Il vit dans la plaine une succession d'éclairs. Ils appelaient les machines. Ils s'apprêtaient à partir.

Les machines étaient là. Ils avaient pris place sur les bases d'où s'échappaient des vapeurs froides serpentant sur l'herbe sombre.

— Viens, André, fit Kate.

— Je ne pars pas, répondit Marek après quelques secondes de silence. Je reste ici.

— Tu n'y penses pas, André ?

— Si.

— Tu parles sérieusement ?

Kate se tourna vers le Professeur ; il inclina lentement la tête.

— Toute sa vie, c'est ce qu'il a voulu.

Chris se baissa pour insérer la balise de céramique dans la fente.

Marek regardait par la fenêtre du corps de garde.

— Salut, André, fit la voix de Chris.

— Salut, Chris.
— Prends soin de toi.
— André, murmura Kate, je ne sais pas quoi dire.
— Au revoir, Kate.

Puis il entendit la voix du Professeur.

— Adieu, André.
— Adieu.

Une voix enregistrée se fit entendre dans l'écouteur : « Restez immobile... ouvrez les yeux... respirez profondément... ne bougez plus... *Maintenant !* »

Un éclair éblouissant de lumière bleue illumina la plaine. Il fut suivi d'un autre, puis d'un autre encore. L'intensité des éclairs alla en décroissant jusqu'à ce qu'il n'y ait plus rien à voir.

Doniger arpentait dans la pénombre le devant de la scène de l'auditorium ; dans les cabines, les trois investisseurs potentiels écoutaient en silence.

— ... Le passé est réel, authentique ; c'est ce qui le rendra follement attrayant. Le passé représente la seule voie permettant d'échapper à l'emprise des grandes entreprises. On commence déjà à le comprendre. Le tourisme culturel est un secteur en plein développement. On ne cherche pas à découvrir d'autres lieux mais d'autres époques. On veut se plonger dans l'atmosphère d'une cité médiévale fortifiée, d'un temple bouddhiste, des pyramides de la civilisation maya, des nécropoles égyptiennes. On veut parcourir et respirer le monde du passé. Le monde d'antan. On ne veut pas du toc, enjolivé, bien présenté ; on veut que ce soit authentique. Qui garantira cette authenticité, qui apposera son label sur le passé ? ITC. Je vais vous montrer nos projets d'aménagement de sites culturels aux quatre coins du monde ; j'insisterai sur celui qui se trouve en France, pourtant nous en avons beaucoup d'autres. Dans chaque pays, le site appartiendra à l'État, cependant nous resterons propriétaires de l'espace environnant, ce qui signifie que nous posséderons les hôtels, les restaurants, les établissements de commerce, l'ensemble de l'infrastructure touristique. Sans parler des livres, des films, des guides, des costumes et des jouets dont les droits nous reviendront. Chaque touriste déboursera dix dollars pour entrer dans le site, mais il en dépensera cinq cents à l'extérieur. Nous aurons ainsi la mainmise sur toute l'infrastructure.

Doniger s'interrompit.

— Pour être sûr, cela va sans dire, que les choses sont faites avec goût, reprit-il en souriant.

Un graphique apparut dans son dos.

— D'après nos estimations, chaque site dégagera un excédent de deux milliards de dollars par an, en comptant la vente des produits dérivés. Le total devrait s'élever à plus de cent milliards dès 2020. Voilà une première raison pour vous engager à nos côtés. La deuxième est plus importante encore : sous le couvert du tourisme, nous cherchons en réalité à créer un label. Il en existe déjà, par exemple, dans le domaine des logiciels, pas pour l'histoire. Elle est pourtant l'outil intellectuel le plus puissant qui soit dans nos sociétés. Soyons clairs : l'histoire n'est pas un recueil impartial des événements du passé, pas un champ clos où les spécialistes s'affrontent dans des controverses passionnées. Le but de l'histoire est d'expliquer le présent, de dire pourquoi le monde qui nous entoure est ce qu'il est. L'histoire nous indique ce qui est important dans le monde d'aujourd'hui. Elle nous dit pourquoi ce à quoi nous attachons de la valeur est digne de notre intérêt. Et elle nous montre ce qui n'en est pas digne, ce qui doit être rejeté. Voilà où réside le vrai pouvoir, le plus profond, celui de définir une société. L'avenir est dans le passé ; il appartient à celui qui contrôle le passé. Jamais jusqu'alors cela n'avait été possible ; aujourd'hui, c'est chose faite. Le rôle d'ITC est d'aider ses clients à modeler l'univers dans lequel nous vivons, travaillons et consommons. Je suis convaincu d'obtenir pour ce faire votre soutien plein et entier.

Il n'y eut pas d'applaudissements, juste un silence abasourdi. C'était toujours la même chose ; il leur fallait un moment pour s'imprégner de ce qu'il avait dit.

— Je vous remercie pour votre attention, ajouta Doniger avant de quitter la scène.

— Il vaut mieux pour vous que ce soit important, lança Doniger dans le couloir menant à la salle de transit. Je déteste écourter un exposé devant un auditoire de cette sorte.

— C'est important, fit Gordon.

— Ils sont revenus ?

— Oui. Nous avons réussi à remettre les écrans en état de marche ; trois d'entre eux sont revenus.

— Quand ?

— Il y a un quart d'heure.

— Et alors ?

— Ils sont passés par de rudes épreuves. L'un d'eux est sérieusement blessé ; il faudra l'hospitaliser. Les deux autres vont bien.

— Quel est le problème ?

— Ils veulent savoir pourquoi ils n'ont pas été informés des projets d'ITC.

— Parce que ce ne sont pas leurs oignons, répondit Doniger.

— Ils ont risqué leur vie...

— Ils l'ont fait librement.

— Mais ils...

— Qu'ils aillent se faire foutre, coupa Doniger. Pourquoi tant de complications ? Ce ne sont que des historiens... S'ils ne travaillent pas pour moi, ils vont tous devoir chercher du boulot.

Gordon ne répondit pas. Il regardait par-dessus l'épaule de Doniger, qui se retourna lentement.

Johnston était là, avec la fille, les cheveux massacrés, et un des hommes. Dépenaillés, crottés, couverts de sang, ils se tenaient près d'un moniteur vidéo qui montrait l'auditorium ; les chefs d'entreprise quittaient leurs cabines ; la scène était vide. Les historiens avaient dû entendre son laïus, au moins en partie.

— Eh bien, fit Doniger en souriant de toutes ses dents, je suis heureux de vous revoir parmi nous.

— Nous aussi, répondit Johnston.

Mais il ne souriait pas.

Personne ne parlait ; ils se contentaient de l'observer.

— Vous m'emmerdez, à la fin ! lâcha Doniger. Pourquoi m'avez-vous amené ici ? poursuivit-il en se tournant vers Gordon. Parce que les historiens sont fâchés ? Voilà l'avenir, que cela leur plaise ou non. Je n'ai pas de temps à perdre avec ces histoires ; je dirige une société.

Gordon montra la petite bombe de gaz qu'il tenait au creux de la main.

— Nous avons discuté entre nous, Bob. Nous estimons que la société devrait être dirigée par quelqu'un de moins excessif.

Doniger entendit un chuintement. Il sentit une odeur âcre, semblable à celle de l'éther.

En revenant à lui, Doniger perçut un vrombissement et un hurlement de métal tordu. Plantés derrière les écrans, ils le regardaient tous. Il ne fallait surtout pas descendre d'une machine quand le processus avait commencé. « Ça ne marchera pas », lança-t-il d'une voix forte avant d'être aveuglé par l'éclair violet du laser. Les éclairs se succédaient rapidement ; il vit la salle de transit grandir autour de lui tandis qu'il rapetissait, la vapeur s'épaissir à mesure qu'il s'en rapprochait. Un sifflement perçant lui déchira les oreilles ; il ferma les yeux en attendant l'impact.

Il plongea dans les ténèbres.

Il entendit le gazouillis des oiseaux, ouvrit les yeux. Il leva les yeux vers le ciel : il était limpide. Ce n'était donc pas le Vésuve. Il se trouvait dans une forêt aux arbres énormes. Ce n'était pas Tokyo. Les oiseaux chantaient avec entrain et il faisait chaud. Ce n'était pas la Toungouska.

Où l'avait-on envoyé ?

La machine était légèrement inclinée ; le sol accusait une faible déclivité vers la gauche. Il vit une trouée entre les arbres, quitta la machine et fit quelques pas sur le terrain en pente. Il perçut au loin le lent battement d'un tambour.

En atteignant la trouée, il découvrit une ville fortifiée. Elle était partiellement cachée par d'épaisses fumées, mais il la reconnut aussitôt. C'était Castelgard. Il se demanda ce qui avait pu les pousser à l'envoyer là-bas.

C'est évidemment Gordon qui avait tout manigancé. Gordon qui lui avait parlé du mécontentement des universitaires. Ce salopard était en charge de la technologie et il se croyait assez malin pour assumer la responsabilité de toute la boîte. Gordon l'avait expédié à Castelgard, pensant qu'il n'en reviendrait jamais.

Mais Doniger était en mesure de revenir et il le ferait. Il n'éprouvait aucune inquiétude : il avait sur lui une balise de céramique dont il ne se séparait jamais, à l'intérieur du talon de sa chaussure. Il enleva la chaussure, vérifia que la balise était bien dans la fente pratiquée dans l'épaisseur du talon. Elle y était, mais au fond ; elle semblait coincée. Il prit une brindille, la glissa dans la fente ; elle n'était pas assez rigide.

Il essaya ensuite d'arracher le talon, sans succès. Il lui fallait un outil, un burin, une sorte de ciseau. Il trouverait certainement cela dans le village.

Doniger remit sa chaussure. Il se débarrassa de sa veste et de sa cravate, commença à descendre vers le village. Il releva chemin faisant quelques détails qui l'intriguèrent. La porte de l'enceinte devant laquelle il se tenait était ouverte et il n'y avait pas un seul soldat sur les remparts. Curieux. Il ignorait en quelle année on l'avait expédié, mais c'était à l'évidence une période de paix ; cela arrivait, entre deux invasions anglaises. Il croyait pourtant que la porte de la ville était gardée nuit et jour. Il constata ensuite que personne ne travaillait dans les champs ; les parcelles semblaient à l'abandon, envahies par les herbes.

Que se passait-il ?

Il franchit la porte de la ville. Il y avait bien un garde, mais il était étendu sur le dos, mort. Doniger se pencha sur l'homme : des filets de sang coulaient de ses yeux. Il avait dû être frappé à la tête.

La fumée qu'il avait remarquée provenait de petits récipients disposés un peu partout — sur le sol, les murs, les piquets de clôture. La ville paraissait déserte, vidée de ses habitants en cette journée lumineuse. Sur la place du marché il n'y avait pas âme qui vive. Il entendit des voix d'hommes, un chant religieux accompagné par le lent battement d'un tambour.

Un frisson lui secoua les épaules.

Il vit apparaître une douzaine d'hommes en robe noire qui marchaient en chantant, comme pour une procession. Plusieurs, nus jusqu'à la ceinture, se fouettaient avec des lanières de cuir incrustées de fragments de métal. Le sang coulait en abondance sur leurs épaules et leur dos.

Des flagellants.

Doniger poussa un petit gémissement. Il s'écarta pour laisser passer les hommes en noir qui poursuivirent leur route sans lui accorder un regard.

Il continua de reculer, sans se retourner, jusqu'à ce que son dos heurte quelque chose de dur.

C'était le limon d'une charrette, mais il n'y avait pas de cheval attelé à la voiture. À l'arrière étaient entassés des ballots de vêtements. Puis il vit un pied d'enfant dépassant des vêtements ; plus loin, un bras de femme. Il perçut un bourdonnement, vit un nuage de mouches grouillant sur les corps.

Doniger se mit à trembler violemment.

Le bras de la femme présentait des protubérances noirâtres.

La peste noire.

Il savait en quelle année il était. En 1348, quand l'épidémie avait ravagé Castelgard, emportant le tiers de sa population. Et il savait comment la maladie se propageait : par les mouches, par l'air, par contact. Le simple fait de respirer l'air infecté pouvait entraîner la mort. Il savait qu'on en mourait vite, qu'on tombait d'un seul coup dans la rue. On se mettait brusquement à tousser, à éprouver des maux de tête. Une heure plus tard, on était mort.

Il s'était penché sur le corps du soldat, s'était approché tout près de son visage.

Trop près.

Doniger se laissa glisser le long d'un mur ; la terreur le paralysait.

Son corps fut secoué par une quinte de toux.

Épilogue

Une pluie drue tombait sur la campagne anglaise baignant dans la grisaille. Penché sur le volant, Edward Johnston plissait les yeux pour essayer de distinguer la route à travers le rideau de pluie. Elle était bordée de coteaux aux flancs barrés par les lignes sombres de haies aux contours brouillés. Il n'avait pas vu une habitation depuis trois kilomètres.

— Es-tu sûre que c'est la bonne route, Elsie ?

— Absolument.

La carte dépliée sur les genoux, Elsie Kastner suivit la route du doigt.

— Six kilomètres après Cheatham Cross, à deux kilomètres de Bishop's Vale. Ce devrait être là, sur la droite.

Elle montra la pente d'un coteau planté de chênes espacés.

— Je ne vois rien, fit Chris, assis à l'arrière.

— Avez-vous mis la climatisation, Professeur ? demanda Kate. J'ai chaud.

Enceinte de sept mois, elle avait toujours chaud.

— Oui, répondit Johnston.

— À fond ?

Chris lui tapota le genou d'un geste rassurant.

Johnston ralentit, à la recherche d'une borne kilométrique. La pluie diminuait d'intensité ; la visibilité était meilleure.

— Là ! s'écria Elsie.

En haut du coteau se découpait un rectangle sombre de murs éboulés.

— C'est ça ?

— Le château d'Eltham. Ce qu'il en reste.

Johnston gara la voiture sur l'accotement et coupa le contact.

— Édifié sur cet emplacement par John d'Eltham, au XIe siècle, lut Elsie, penchée sur le guide, le château a connu une suite de transformations. En particulier le donjon en ruine du XIIe et une chapelle du XIVe, dans le style gothique anglais. Sans rapport avec le château d'Eltham, à Londres, d'une époque postérieure.

Le vent dispersait les dernières gouttes de pluie. Johnston ouvrit la portière et descendit en passant son imperméable. Elsie descendit de son côté, ses documents protégés par une pochette en plastique. Chris fit le tour de la voiture pour ouvrir la portière de Kate. Ils enjambèrent un muret, commencèrent à gravir le coteau.

Les murs de pierre assombris par la pluie étaient plus hauts qu'ils ne l'avaient cru de prime abord. Ils traversèrent en silence les ruines à ciel ouvert sans voir un seul panneau, pas la moindre indication de l'endroit où ils se trouvaient.

— Où est-elle ? demanda enfin Kate.

— Par là.

Au détour d'un haut pan de mur ils découvrirent la chapelle, étonnamment préservée, le toit refait. Les fenêtres étaient de simples voûtes dans la pierre, sans vitrage ; il n'y avait pas de porte.

À l'intérieur, le vent s'engouffrait dans les ouvertures ; de l'eau coulait du plafond. Johnston fit courir sur les murs le faisceau d'une grosse torche.

— Comment as-tu découvert l'existence de cet endroit, Elsie ? demanda Chris.

— Dans les archives de Troyes, on mentionnait un riche Anglais du nom d'Andrew d'Eltham qui, à la fin de sa vie, avait fait un pèlerinage au monastère de la

Sainte-Mère, accompagné de son épouse et de ses fils. Cela m'a incitée à entreprendre des recherches.

— Venez voir, fit Johnston, le faisceau de la torche dirigé vers le sol.

Tout le monde s'approcha.

Le sol était couvert de branches brisées et de feuilles mouillées. Johnston se mit à quatre pattes pour les écarter, dégageant une des deux pierres tombales encastrées dans le dallage. Chris étouffa un petit cri en mettant au jour la première sculpture, celle d'une femme chastement couverte d'une longue robe, étendue sur le dos. Il n'y avait pas à s'y tromper, la sculpture représentait Claire. Contrairement à bon nombre de gisants, elle avait les yeux ouverts ; son regard vide restait fixé sur le plafond.

— Toujours aussi belle, murmura Kate, le dos cambré, la main sur le flanc.

— Oui, fit Johnston. Toujours aussi belle.

Ils dégagèrent la seconde dalle funéraire, reconnurent André Marek, étendu aux côtés de Claire ; il avait aussi les yeux ouverts. Un Marek âgé. Sur le côté du visage il avait la marque d'une ride, à moins que ce ne fût une balafre.

— D'après mes sources, expliqua Elsie, André a raccompagné Claire en Angleterre, où il l'a épousée sans se préoccuper des rumeurs selon lesquelles elle aurait fait assassiner son premier mari. Il était, semble-t-il, profondément amoureux de sa femme. Ils ont eu cinq fils et sont restés inséparables jusqu'à la fin de leurs jours. Le vieux routier a terminé paisiblement sa vie en dorlotant ses petits-enfants. Les derniers mots d'André sur son lit de mort ont été : « J'ai choisi une bonne vie. » Il a été inhumé à Eltham, dans la chapelle de famille, en juin 1382.

— 1382, fit pensivement Chris. Il avait donc cinquante-quatre ans.

Johnston dégagea le reste de la dalle funéraire. Ils découvrirent le blason de Marek : un lion rampant sur champ d'azur semé de fleurs de lis. Au-dessus de l'écu était inscrite une formule en français.

— La devise de sa famille, reprit Elsie. *Mes compaingnons cui j'amoie et cui j'aim... Me di, chanson.* Mes compagnons que j'aimais et que j'aime encore... Dites-leur ma chanson.

Ils contemplèrent en silence le visage d'André.

Johnston effleura du bout des doigts les contours du visage de pierre.

— Voilà, dit-il enfin. Nous savons au moins comment il a vécu.

— Croyez-vous qu'il ait été heureux ? demanda Chris.

— Oui, répondit Johnston.

Il se disait pourtant que, même si Marek avait aimé ce monde, ce n'était pas le sien. Pas complètement. Il avait toujours dû s'y sentir comme un étranger, quelqu'un coupé de son environnement, de ses racines.

Le vent gémissait ; quelques feuilles se soulevaient, retombaient en raclant les dalles. L'air était humide et froid. Personne ne parlait.

— Je me demande s'il pensait à nous, reprit Chris. Je me demande si nous lui avons jamais manqué.

— Bien sûr, répondit le Professeur. Il ne te manque pas, à toi ?

Chris hocha la tête en silence. Kate renifla, se moucha.

— À moi, il me manque, ajouta Johnston.

Ils sortirent de la chapelle, redescendirent vers la voiture. La pluie avait cessé, mais des nuages sombres et menaçants couraient sur la croupe des collines lointaines.

Remerciements

Notre vision de l'époque médiévale a changé du tout au tout au long des cinquante dernières années. On entend encore de loin en loin un spécialiste parler avec suffisance de l'âge des ténèbres, mais ces conceptions simplistes n'ont plus cours depuis longtemps. Cette période autrefois considérée comme statique, brutale et obscurantiste, est perçue de nos jours comme dynamique, en perpétuel mouvement. Le savoir y était recherché et apprécié, les études encouragées dans les grandes universités, les techniques progressaient à grands pas, les relations sociales étaient en pleine évolution, les échanges commerciaux s'internationalisaient, le niveau général de la violence meurtrière était souvent moins alarmant qu'aujourd'hui. En ce qui concerne l'esprit de clocher, les préjugés religieux et les massacres, autant d'éléments associés à la réputation de l'époque médiévale, une observation attentive des événements qui ont marqué le XXe siècle conduit à constater que nous ne valons pas mieux.

En réalité, la conception du Moyen Âge comme une époque brutale est une invention de la Renaissance dont les chantres ne ménageaient pas leurs efforts pour faire valoir un nouvel esprit, fût-ce au détriment des faits. Si le monde médiéval a été si longtemps taxé d'obscurantisme, peut-être est-ce parce que ce jugement va dans le sens d'une croyance contemporaine qui nous tient à cœur, à savoir que notre espèce ne cesse d'aller de l'avant pour créer les conditions d'un monde meilleur, plus éclairé. Cette croyance est pure illusion, mais elle a la vie dure. Il est extrêmement difficile pour nos contemporains de concevoir que l'âge moderne, scientifique, puisse ne pas représenter une amélioration par rapport à la période préscientifique.

Un mot sur le voyage dans le temps. Même s'il est vrai que des démonstrations de téléportation quantique ont été réalisées dans plusieurs laboratoires de différents pays, les applications pratiques ne sont pas pour maintenant. Les idées présentées dans cet ouvrage sont le prolongement des recherches de David Deutsch, Kip Thorne, Paul Nahin et Charles Bennett entre autres. Ce que j'ai écrit pourra les amuser, mais ils ne le prendront pas au sérieux. C'est un roman : le voyage dans le temps demeure du domaine de l'imaginaire.

La représentation du monde médiéval repose sur des bases plus solides ; je suis redevable aux travaux de nombreux spécialistes dont certains sont nommés dans la bibliographie ci-jointe. Les erreurs me sont imputables.

Mes remerciements vont aussi à Catherine Kanner pour les illustrations et à Brant Gordon pour les rendus d'architecture assistés par ordinateur.

Je tiens tout particulièrement à remercier l'historien Bart Vranken pour ses précieux conseils et pour sa compagnie au long de nos explorations de ruines peu connues, à l'abandon, dans le Périgord.

Bibliographie
- extraits -

Allmand, Christopher, *La Guerre de Cent Ans*, Payot, 1989.
Auteur anonyme, *Lancelot du Lac*, Lettres gothiques françaises.
Barber, Richard, *Les Tournois*, Cie 12, 1989.
Berry, duc de, *Les Très Riches Heures du duc de Berry*, Seghers, 1991.
Bloch, Marc, *La Société féodale*, Albin Michel, 1994.
Chrétien de Troyes, *Cligès*, Lettres gothiques françaises, 1994.
Lancelot ou le Chevalier à la charrette, Gallimard, 1998.
Contamine, Philippe, *La Guerre au Moyen Âge*, PUF, 1999.
Duby, Georges, *Histoire de la vie privée*, Seuil, 1999.
Histoire de la France, le Moyen Âge, Hachette Littérature, 1998.
Froissart, Jean, *Chroniques de Flandres, de Hainaut et d'Artois au temps de la guerre de Cent Ans*, Corps 9, 1987, collection « Trésors littéraires médiévaux ».
Chroniques, livre 1, le manuscrit d'Amiens, Droz, 1991.
Chroniques, Stock, 1997, traduit de l'ancien français par Jean Duby.
Gimpel, Jean, *La Révolution industrielle du Moyen Âge*, Seuil, 1975.
Huizing, Johana, *L'Automne du Moyen Âge*, Payot, 1989.
Kaeuper, Richard W., *Guerre, justice et ordre public : l'Angleterre et la France à la fin du Moyen Âge*, Aubier, 1994, collection « Historique ».
LaSale, Antoine, *Jehan de Saintré*, Droz, 1967.

La Tour Landry, Geoffrey de, *Le Livre du chevalier de La Tour Landry*, Kruas Reprint, 1970.
Origo, Iris, *Le Marchand de Prato*, Albin Michel, 1989.
Patreson, Linda, *Le Monde des troubadours : la société médiévale occitane de 1100 à 1300*, Presses du Languedoc, 1999.
Pirenne, Henri, *Les Villes du Moyen Âge*, PUF, 1992.
Ranoux, Patrick, *Atlas de la Dordogne-Périgord*, P. Ranoux, 1996.
Rossiaud, Jacques, *La Prostitution médiévale*, Flammarion, 1998.
Strayer, Joseph, *Les Origines médiévales de l'État moderne*, Payot, 1979.
Tuchman, Barbara W., *Un lointain miroir : le XIVe, un siècle de calamités*, Fayard, 1979.
White, Lynn, Jr., *Technologies médiévales et transformations sociales*, Mouton, 1969.
Zimmer, Heinrich, *Le Roi et le cadavre*, Fayard, 1978.

"Meurtre à la japonaise"

(Pocket n° 4334)

À Los Angeles, une soirée a été organisée pour un conglomérat japonais, dans une suite de la tour Nakamoto. Alors que la fête bat son plein, une call-girl est assassinée quelques étages plus bas. Tous les pistes semblent se tourner vers un tueur japonais. En pleine guerre financière nippo-américaine, impossible d'éviter le scandale. Les journaux s'emparent de l'affaire, la police subit des pressions du plus haut niveau et la vie privée de Smith et Connor, les deux flics chargés de l'enquête, commence à être menacée...

Il y a toujours un Pocket à découvrir

La photocomposition de cet ouvrage a été réalisée
par Graphic Hainaut (59163 Condé-sur-l'Escaut)

Imprimé en France sur Presse Offset par

BRODARD & TAUPIN

GROUPE CPI

15098 – La Flèche (Sarthe), le 20-09-2002
Dépôt légal : juin 2002

POCKET – 12, avenue d'Italie - 75627 Paris cedex 13
Tél. : 01.44.16.05.00